Monika Feth • Der Libellenflüsterer

© Isabelle Grubert

DIE AUTORIN

Monika Feth wurde 1951 in Hagen geboren, arbeitete nach ihrem literaturwissenschaftlichen Studium zunächst als Journalistin und begann dann, Bücher zu verfassen. Heute lebt sie in der Nähe von Köln, wo sie vielfach ausgezeichnete Bücher für Leser aller Altersgruppen schreibt. Der sensationelle Erfolg der »Erdbeerpflücker«-Thriller machte sie weit über die Grenzen des Jugendbuchs hinaus bekannt. Ihre Bücher wurden in mehr als 20 Sprachen übersetzt.

Mehr über die Autorin unter:

www.monikafeth-thriller.de
www.monika-feth.de
www.facebook.com/Monika.Feth.Schriftstellerin

Weitere lieferbare Bücher bei cbt:

Die »Erdbeerpflücker«-Thriller:

Der Erdbeerpflücker (Band 1, 30258)
Der Mädchenmaler (Band 2, 30193)
Der Scherbensammler (Band 3, 30339)
Der Schattengänger (Band 4, 30393)
Der Sommerfänger (Band 5, 30721)
Der Bilderwächter (Band 6, 30852)

Die »Romy«-Thriller:

Teufelsengel (Band 1, 30752)
Spiegelschatten (Band 2, 16114)

Du auf der anderen Seite (30934)
Fee – Schwestern bleiben wir immer (30010)
Nele oder Das zweite Gesicht (30045)
Die blauen und die grauen Tage (30935)

Monika Feth

Der Libellenflüsterer

cbt

Kinder- und Jugendbuchverlag
in der Verlagsgruppe Random House

MIX
Papier aus verantwortungsvollen Quellen
FSC® C014496

Verlagsgruppe Random House FSC® N001967
Das für diese Buch verwendete FSC®-zertifizierte Papier *Salzer Alpin* wird produziert von UPM, Schongau und geliefert von Salzer Papier, St. Pölten, Austria.

1. Auflage
Originalausgabe September 2015

Umschlagkonzeption:
init | Kommunikationsdesign,
Bad Oeynhausen, unter Verwendung
eines Motivs von © Thinkstock/Purestock
he · Herstellung: kw
Satz: Buch-Werkstatt GmbH, Bad Aibling
Druck: GGP Media GmbH, Pößneck
ISBN: 978-3-570-30957-5
Printed in Germany

www.cbt-buecher.de

»Kann man jemanden lieben,
vor dem man Angst hat?«, fragte ich.
»Du kannst Angst vor jemandem haben,
den du liebst«, antwortete Merle.

Der Erdbeerpflücker

1

Beim Laufen stelle ich mir immer vor, hinter den Feldern sei das Meer. Weite bis zum Horizont, hier und da eine Scheune aufs Grün getupft, knorrige Obstbäume entlang der Wege, vom ständigen Wind gegen den Strich gebürstet.

Im Sommer und im Herbst kommen die Leute aus der Stadt hierher und ernten die Äpfel, Birnen und Pflaumen, die niemandem gehören und allen. Viele schlagen die Früchte brutal mit Stöcken von den Zweigen, während auf der Erde das Fallobst vergammelt, umsurrt von betrunkenen Wespen.

Doch noch war April, und das Wetter wechselte von einem Moment auf den andern, so, wie es sein muss.

Heute brauchte ich mir das Meer nicht vorzustellen, denn es umgab mich von allen Seiten. Die Felder waren kilometerweit mit durchsichtiger Folie abgedeckt, um das Reifen der Erdbeerpflanzen voranzutreiben. In regelmäßigen Abständen war sie mit Sandsäcken beschwert, um zu verhindern, dass sie davonflatterte.

Der Wind trieb Wellen in das künstliche Meer, das so intensiv im Sonnenlicht glitzerte, dass ich fast meinte, Salz auf den Lippen zu schmecken und die Schreie der Möwen hoch oben in der Luft zu hören. Er blies mir das Haar aus dem Gesicht, kühlte den Schweiß auf meiner Haut und erzeugte dieses Glücksgefühl in mir, nach dem ich süchtig geworden war. Es ließ mich so beschwingt laufen, dass meine Füße den Boden kaum zu berühren schienen.

Nach dem langen Winter freute ich mich über jeden Sonnenstrahl. Ich zog den Reißverschluss meiner Jacke auf und schlug den Weg zu dem kleinen Wäldchen ein, das ich jedes Mal umrundete, ohne es je zu betreten.

Etwas daran war mir unheimlich. Es war, als würden sämtliche Geräusche in seiner Nähe verstummen. Es gab nur noch die Bäume und Sträucher, seltsam unberührt von dem Wind, der über die Felder fegte, das Geräusch meiner Schritte und mein Keuchen, das ich vergeblich zu unterdrücken versuchte.

Wie war dieser Flecken inmitten der Felder entstanden? Hatte ihn jemand angelegt? Gab es darin verborgen ein Gebäude, das man von außen nicht sehen konnte? War es ehemaliges militärisches Gebiet? Hatte man hier einen Bunker gebaut?

Aber warum gab es dann keinen Zaun? Keine Mauer? Und wieso wirkte es trotzdem so abgeschottet?

Es verschluckte den Tag und das Licht.

Sogar den Gesang der Vögel.

Schaudernd beschleunigte ich das Tempo und machte mich auf den Heimweg.

Unser Bauernhof war das schönste Haus in Birkenweiler. Ich dachte es jedes Mal, wenn ich es von Weitem erblickte. Seit wir in diesen Stadtteil Bröhls gezogen waren, hatte ich den Schritt noch keinen Tag bereut. Im Gegenteil. Hier befand sich alles, was mir wichtig war.

Ich streifte die durchgeschwitzten Sachen ab und stellte mich unter die Dusche. Während mir das Wasser auf den Kopf prasselte und über den Körper rann, spürte ich, wie sich die Nervosität, die ich beim Laufen komplett verloren hatte, leise wieder meldete.

Zehn Minuten später war ich angezogen und betrat mit feuchten Haaren Lukes Zimmer, das noch vor Kurzem Teil des Stalls gewesen war.

»Möchtest du, dass ich dich begleite?«, fragte Luke und hielt mitten in der Bewegung inne, einen schweren Umzugskarton mit Büchern vor dem Bauch. Die Sehnen an seinen Unterarmen traten von der Anstrengung hervor, und ich merkte wieder, wie sehr ich alles an ihm liebte, selbst den Schweiß auf seiner Stirn.

»Besser nicht.« Ich ließ den Blick über das Chaos wandern. »Mach lieber hier weiter.«

»Die Arbeit läuft mir nicht weg«, widersprach er. »Ich hab noch den ganzen Tag vor mir.«

Und morgen, dachte ich glücklich.

Und übermorgen.

Und überübermorgen.

Ab jetzt haben wir alle Zeit der Welt.

Ich setzte mich auf eine der an der Wand entlang gestapelten Kisten und beobachtete, wie er den Bücherkarton auf einen der übrigen wuchtete. Er richtete sich auf und rieb sich mit dem Handrücken über die Schläfe. Ein Schmutzstreifen blieb zurück.

»Das muss ich ohne dich hinkriegen.« Ich widerstand der Versuchung, zu ihm zu laufen und ihn zu küssen, ihm den hinreißenden Schmutzstreifen abzuwischen und ihn noch einmal zu küssen. »Es gibt Dinge, da muss man alleine durch.«

»Ich will ja nicht mit rein.« Luke stützte sich mit beiden Händen auf den Schreibtisch, der mitten im Zimmer stand und als Ablagefläche für alles Mögliche diente, hauptsächlich für das Werkzeug, das er benötigte, um seine Möbel aufzubauen. Er sah mich auf diese Weise an, die meine Knie weich werden ließ. »Ich will dich nur hinfahren und auf dich warten, bis du fertig bist. Und dich dann zu einem Eis einladen.«

»Wünsch mir einfach Glück«, bat ich ihn, fest entschlossen, mich nicht umstimmen zu lassen. Das hatten Merle und Mike bereits versucht. Anscheinend waren sie alle versessen darauf, den Chauffeur für mich zu spielen. Ich glitt von der Kiste und trat auf Luke zu. »Spuckst du mir mal über die Schulter?«

Er zog mich an sich und küsste mich, bevor er neben meinem Ohr dreimal leise »toitoitoi!« rief.

An der Tür drehte ich mich noch einmal um. Er stand ein wenig unschlüssig zwischen seinen Sachen, als hätte er vergessen, was er als Nächstes tun wollte.

»Du schaffst das.« Er reckte den Daumen in die Luft. »Wenn nicht du – wer dann?«

Da war ich mir gar nicht so sicher. Ich hatte Isa den Grund für meinen Besuch nicht verraten, hatte sie nur gebeten, vorbeikommen zu dürfen, um etwas mit ihr zu besprechen. Falls sie verwundert gewesen war, so hatte sie mich das nicht spüren lassen. Möglicherweise, dachte ich jetzt wieder, lacht sie sich gleich über meine Bitte tot oder wirft mich nach dem ersten Satz raus.

In der Küche saß Mike bei einem späten Frühstück. Er hatte die ganze Nacht in seiner Werkstatt gesägt und geschraubt. Mittlerweile hatte sich herumgesprochen, wie gut er arbeitete. Er hatte ein paar schöne alte Möbelstücke für einen stinkreichen Typen in Bad Godesberg restauriert. Seitdem konnte er sich über mangelnde Aufträge nicht beklagen.

»Lässt du die Uni heute dann sausen?«, fragte er.

Ich holte den Orangensaft aus dem Kühlschrank und füllte ein Glas bis zum Rand. Nachdem ich die Hälfte getrunken hatte, setzte ich mich zu Mike an den Tisch. Schwitzwasser bildete sich am Glas. Ich nahm noch einen Schluck.

»Hallo?« Mike beugte sich zu mir vor. »Jemand zu Hause?«

»Entschuldige. Was hast du gefragt?«

»Ob du heute blaumachst.«

»Nein. Nach dem Gespräch mit Isa fahr ich direkt nach Köln.«

»Nervös?«

»Tierisch.«

»Kann ich mir vorstellen.« Mike betrachtete das Brötchen in seiner großen Hand, als überlegte er, ob und wie er hineinbeißen sollte. Schließlich legte er es unverrichteter Dinge auf den Teller zurück. »Und du willst wirklich nicht ...«

»Wirklich nicht.« Ich strich ihm über die Schulter, trank den Saft aus und ging in mein Zimmer, um meine Tasche zu holen.

Ich hätte jetzt gern ein paar Worte mit Merle gewechselt, aber die war längst im Tierheim. Für heute standen Impfungen an, zu denen die Tierärztin ins Heim kam, weil der Transport mehrerer Tiere einfach zu schwierig war und der einzelner Tiere zu kostspielig. Den Gedanken, sie kurz anzurufen, verwarf ich, weil ich wusste, wie sehr die Mitarbeiter an den Arzttagen rotierten.

Die Sonne verausgabte sich, und der Himmel war zum ersten Mal so blau, dass man fast schon den Frühling riechen konnte. Erwartungsvoll stieg ich in meinen Peugeot. Ich hatte große Lust, mit offenem Verdeck zu fahren, doch dazu war es noch zu kalt. Stattdessen machte ich das Fenster auf und drehte das Radio so laut, dass ich die Vibration der Bässe bis in die Fingerspitzen spüren konnte.

An einer Ampel versuchte ein Typ in einem Land Rover, mit mir zu flirten. Er schob sich die bombastischste Sonnenbrille ins Haar, die ich je gesehen hatte, kniff die Augen zusammen und schickte mir ein Lächeln rüber, das womöglich auf Frauen wirkte, die auf fette Autos standen. Mich ließ es kalt, und als die Ampel auf Grün sprang, schoss sein Wagen beleidigt davon.

Mein Handy klingelte. Ein Blick auf das Display zeigte mir, dass meine Mutter versuchte, mich zu erreichen. Sie rief fast jeden Morgen an, um mir einen schönen Tag zu wünschen. Ich hatte beschlossen, diese Angewohnheit nicht als Einmischung in mein Leben zu betrachten, sondern einfach als freundliche Geste.

Doch jetzt konnte ich das Gespräch unmöglich annehmen. Ich würde mich verplappern und sie würde mich von meinem Vorhaben abbringen wollen. Es war besser, das Treffen mit Isa abzuwarten, bevor ich mich unter die Argusaugen meiner Mutter traute, die offenbar die Fähigkeit besaß, mich selbst durchs Telefon zu beobachten.

Ich fand eine Lücke auf dem Parkstreifen vor dem Polizeigebäude, atmete tief durch und stieg aus. Isa wartete vor der Tür auf mich, wie sie es versprochen hatte. Sie lotste mich an dem telefonierenden Beamten in der Halle vorbei und führte mich über einen schwarzen Fliesenboden, der glänzte wie ein unbewegter See in der Unterwelt.

»Fahrstuhl oder Treppe?«, fragte sie. »Mein Büro ist ganz oben.«

Das waren sechs oder sieben Stockwerke, wenn ich draußen richtig hingeguckt hatte.

»Treppe.«

»Prima.« Sie wirkte erleichtert. »Dieses ewige Sitzen ist die Hölle.«

Sie nahm die Stufen locker. Erst in der dritten Etage beschleunigte sich ihr Atem ein wenig, aber sie konnte sich immer noch mit mir unterhalten, ohne nach Luft zu schnappen.

»Sie machen Sport, stimmt's?« Prüfend musterte sie mich.

»Ja. Ich laufe.«

»Ich auch.« Sie nickte mir anerkennend zu. »Schon immer?«

»Absolut nicht. Ich weiß eigentlich gar nicht, warum ich damit angefangen habe. Irgendwann hab ich es ausprobiert und jetzt bin ich davon abhängig.«

»Kenn ich. Wenn ich nicht zum Laufen komme, bin ich ungenießbar. Dann hält es keiner mit mir aus.«

Wir hatten den obersten Treppenabsatz erreicht und gingen einen Flur entlang, hinter dessen Türen man Stimmen hörte und das Klingeln von Telefonen. Niemand begegnete uns. An einem Kaffeeautomaten blieb Isa stehen.

»Kaffee, Cappuccino oder Kakao?« Sie zog zwei Münzen aus ihrer Hosentasche. »Sie haben die Wahl. Aber irgendwie schmeckt sowieso alles gleich.«

»Cappuccino, bitte.«

Isa schob zwei dunkelbraune Plastikbecher ineinander, bevor sie sie unter die Düsen stellte. »Sie sind sonst so heiß, dass man sie kaum anfassen kann«, erklärte sie. Vorsichtig balancierte sie einen Cappuccino und einen Kaffee zu der hintersten Tür und drückte mit dem Ellbogen die Klinke runter.

In ihrem Büro stellte sie die Becher auf einem weißen Schreibtisch ab. Durch das Fenster sah man auf die Straße, auf der es von Menschen wimmelte. Rechts blickte man auf ein Bürogebäude. Ein Flugzeug brummte hoch oben in der Luft und hinterließ einen weißen Streifen auf dem Stück Blau, das sich trotzig gegen schnell heranziehende Wolken behauptete.

Volle, aber aufgeräumte Regale, die vom Boden bis zur Decke reichten. Fachliteratur, wie ich sie von Tilo kannte. Zeitschriften, die auch in seinen Regalen lagen. Weiße, halbhohe Aktenschränke an der Fensterwand.

Kein Foto auf dem Schreibtisch, dafür jede Menge Unterlagen, Stifte, aufgeklappte Bücher. In einer Ecke ein runder weißer Tisch mit vier weißen Stühlen. In der Mitte des Tischs eine Vase mit einem Strauß kurzstieliger gelber Rosen.

Isa deutete auf einen der Stühle. Ich entschied mich für den Platz, von dem aus ich das Zimmer im Blick hatte. Isa holte die Kaffeebecher und zog eine Packung Kekse aus der Schreibtischschublade.

»Schokotaler aus dem Weltladen«, sagte sie. »Da könnte ich mich glatt reinlegen.«

Ein Spruch, den man im Rheinland häufig hört. Auch Merle verwendete ihn oft. Ich musste mir immer das Lachen verkneifen.

»Was kann ich für Sie tun?« Isa hob den Kaffee an die Lippen und sah mich durch den aufsteigenden Dampf hindurch aufmerksam an.

Der kümmerliche Schaum auf meinem Cappuccino

sackte bereits in sich zusammen, doch als ich trank, merkte ich, dass es mir schmeckte.

Obwohl ich mir hundert Mal überlegt hatte, wie ich meine Bitte möglichst geschickt vortragen sollte, tat ich jetzt das genaue Gegenteil: Ich fiel plump mit der Tür ins Haus.

»Ich will Polizeipsychologin werden«, sagte ich ohne Vorwarnung. »Genau wie Sie. Ich studiere Psychologie, aber das reicht mir nicht. Ich möchte die Praxis kennenlernen. So schnell wie möglich.«

»Welches Semester?«

Isa wirkte nicht im Mindesten überrascht.

»Zweites.«

Ich hörte selbst, wie blöd das klingen musste. So als ob sich ein Grundschüler nach dem Abi erkundigt.

Aber Isa schien sich auch darüber nicht zu wundern. Sie musterte mich nachdenklich und nahm einen Schluck Kaffee.

Es war noch kein Jahr her, dass sie mir und Luke das Leben gerettet hatte. Sie selbst hatte sich dabei eine Kugel eingefangen und wäre beinah gestorben.

Ihr Gesicht war schmaler geworden, und ich meinte, ihm noch Spuren der Strapazen anzusehen, die sie im Krankenhaus und in der Reha hatte durchmachen müssen. Und plötzlich fand ich es unverzeihlich, dass ich ausgerechnet sie mit meiner Bitte behelligte. Ich hatte nur noch das Bedürfnis, aufzustehen und so rasch wie möglich ihr Büro zu verlassen.

»Entschuldigung. Ich hätte nicht herkommen sollen.«

Ich stellte den Cappuccino ab.

Sie betrachtete ihre Hände, die sich um den Kaffeebecher gelegt hatten, als wollten sie sich daran wärmen. Als sie wieder aufschaute, war ein Lächeln in ihren Augen und so etwas wie … Respekt.

»Für ein Praktikum ist es zu früh«, sagte sie. »Das geht ja nur in den Semesterferien. Ihr Stundenplan sieht, wie Sie wissen, so etwas auch noch gar nicht vor. Allerdings …« Ihr Zögern ließ mein Herz schneller schlagen. Meine Hände wurden feucht. »… bin ich tatsächlich gerade auf der Suche nach ein bisschen Hilfe, weil die Studentin, die bisher ab und zu für mich gearbeitet hat, an eine andere Uni gewechselt ist. Ich muss das natürlich noch mit meinem Chef abklären. Aber wären Sie an einem kleinen Job interessiert?«

Wieder hatte ich das dringende Bedürfnis, aus dem Zimmer zu stürzen.

Diesmal vor Glück.

Ich musste Merle anrufen. Luke und Mike. Und Ilka und Mina.

Mein Puls brauchte eine Weile, bis er sich beruhigt hatte, dann war ich endlich in der Lage, mit Isa über meinen neuen Job zu sprechen.

*

Merle liebte ihre Arbeit. Leidenschaftlich.

Sie hatte nie etwas anderes tun wollen, als sich um Tiere zu kümmern, die auf der Schattenseite des Lebens geboren waren. Obwohl sie das Abi wider Erwarten locker geschafft hatte, war ihr nicht ein einziges Mal in den Sinn gekommen, ein Studium anzufangen. Sie plante nicht gern in die Zukunft, lebte lieber im Hier und Jetzt und das mit allen Konsequenzen.

Doch so wohl sie sich bei der Arbeit im Tierheim auch fühlte – eines machte sie fertig: mit anzusehen, wenn den Tieren Schmerzen zugefügt wurden, was sich mitunter nicht vermeiden ließ.

Natürlich wusste sie, dass Impfungen notwendig waren, denn es gab Krankheiten, die Hunde und Katzen innerhalb weniger Tage dahinraffen konnten. Katzenseuche. Staupe. Oder Tollwut, die von vielen Tierhaltern noch immer unterschätzt wurde.

Die Tiere verstanden jedoch nicht, was mit ihnen passierte. Sie gerieten in Panik, versuchten verzweifelt, sich aus dem Griff der Hände zu befreien, die sie festhielten. Ihre Herzen pochten, als wollten sie zerspringen.

Merle hasste es, diejenige zu sein, die sie dieser Tortur auslieferte. Es schnürte ihr jedes Mal die Kehle zu.

Mit den Hunden waren sie rasch durch. Nun kamen die Katzen an die Reihe. Sie wehrten sich heftiger, deshalb floss bei ihrer Behandlung häufig Blut.

Diesmal erwischte es Merle. Sie fing sich einen Kratzer ein, der quer über ihren linken Handrücken lief und höllisch brannte.

Es war ausgerechnet Karlchen gewesen, der sie gekratzt hatte. Karlchen, der keiner Fliege etwas zuleide tat, der nicht mal wusste, dass es sich bei einer Maus um einen Leckerbissen handelte oder dass man Vögel auch jagen konnte, statt ihnen nur sehnsüchtig nachzuschauen.

Merle nahm es ihm nicht übel. Karlchen hatte sich längst in ihr Herz geschlichen und sogar in das der Heimleiterin.

Frau Donkas, die bei den Tieren stets eisern Distanz wahrte, hatte bei Karlchens Anblick die Segel gestrichen. Immer häufiger tauchte sie unter fadenscheinigen Gründen im Katzenhaus auf, um Sekunden später mit seligem Blick Karlchen umherzutragen.

Er war ein zierlicher roter Kater im besten Alter, der sein bisheriges Leben bei einem Schauspieler verbracht hatte, der plötzlich und unerwartet verstorben war. Merle hatte den Mann einmal im Theater am Dom auf der Bühne gesehen. Seine Stimme war ihr durch Mark und Bein gegangen. Ob er laut oder leise gesprochen, geschrien oder geflüstert hatte – sie war in jede Zelle ihres Körpers gekrochen.

Vielleicht hatte Karlchen von ihm gelernt. Selten war Merle einer Katze begegnet, die auf so vielerlei Arten sprechen konnte und die Menschen so mühelos für sich einnahm.

Die Tierärztin desinfizierte Merles Wunde und klebte ein Pflaster darauf, bevor sie weitermachten. Man durfte mit solchen Verletzungen nicht spaßen. Sie konnten sich böse entzünden.

Nach seinem Ausbruch hatte Karlchen sich beruhigt, und er sah Merle mit einem Ausdruck an, als wollte er sich für seine Grobheit entschuldigen.

»Schon gut«, murmelte sie, als sie ihn wieder in den Katzenkorb setzte. »Alles okay, mein Kleiner.«

Sie sehnte sich nach frischer Luft. Der Geruch nach Desinfektionsmitteln und dem Angstschweiß der Tiere war ihr so tief in die Nase gedrungen, dass sie befürchtete, für den Rest des Tages nichts anderes mehr wahrnehmen zu können.

Die Tür wurde aufgestoßen und mit den für sie typischen energischen Schritten betrat Frau Donkas den Behandlungsraum. Sie hatte ein Gespür dafür, Augenblicke zu erwischen, in denen sie störte.

»Merle?«

Merle. Und ein langes, deutlich hörbares Fragezeichen. Nicht: *Merle, hätten Sie wohl einen Moment Zeit für mich?* Oder: *Komme ich ungelegen, Merle?* Nein. Mit Höflichkeit hielt sie sich nicht auf.

Aber sie hatte ein unerschöpfliches Herz für Tiere. Ständig war sie unterwegs, um Geld für das Heim aufzutreiben, auch wenn ihr Privatleben dabei auf der Strecke blieb.

»Ich bin gleich weg. Kommen Sie hier klar?«

Das fragst du doch sonst auch nicht, dachte Merle, während sie behutsam Marylin auf dem Behandlungstisch absetzte, eine wilde Katzenschönheit, die erst vor wenigen Wochen im Keller einer Berufsschule eingefangen worden war.

Marylin fauchte und spuckte. Um ein Haar hätte Merle sie losgelassen.

»Klar komm ich klar«, sagte sie.

Ihr Blick begegnete dem belustigten Blick der Tierärztin.

»Klar«, wiederholte die Ärztin schmunzelnd.

Merle lachte leise. Marylin unter ihren Händen entspannte sich ein wenig.

»Ich bin über Handy erreichbar«, verkündete Frau Donkas, als wäre das eine unerhörte Neuigkeit, riss die Tür auf und verschwand.

»Und nun schmeißen Sie den Laden hier ganz allein?«, fragte die Tierärztin. »Alle Achtung.«

Wie anstrengend der Tag werden würde, hing davon ab, wie lange die Impfungen noch dauern, wie viele Besucher am Nachmittag erscheinen und ob es einen Notfall geben würde oder nicht. Ann hatte sich krankgemeldet. Robbie kämpfte gegen eine Erkältung an. Kein Wunder, denn die beiden waren mittlerweile ein Paar geworden und lebten zusammen. Wenn der eine von einem Virus heimgesucht wurde, gab er es sofort an den andern weiter.

»Siehst du, Marylin.« Merle verschloss behutsam das Törchen des Katzenkorbs. »Schon passiert. War doch gar nicht so schlimm, oder?«

Die Katze, die nicht daran gewöhnt war, von Menschen berührt zu werden, starrte sie aus weiten Augen an. Merle seufzte. Das Erlebnis bedeutete einen Rückschlag. Sie würden sich Marylins Vertrauen mühsam wieder erarbeiten müssen.

Sie schaute auf die Uhr. Kurz nach zehn. Die Zeit kroch nur so dahin. Noch eine halbe Stunde, bevor sie das hier hinter sich hatte und sich anderen Arbeiten widmen konnte.

Das Diensttelefon vibrierte in ihrer Hosentasche. Sie ignorierte es, weil sie gerade den lautstark protestierenden, sich mit allen vieren sträubenden Jumper aus seinem Korb zu heben versuchte. Danach würde sie telefonieren müssen. Sie hoffte inständig, dass keine der hinterlassenen Nachrichten sie zu einem Notfall rief.

Nur das nicht, dachte sie. Nicht heute, nach diesem fürchterlichen Morgen.

Ihre Hand, die immer noch brannte, begann jetzt zu schmerzen. Ihr Magen knurrte. Der Kopf tat ihr weh. Sie lechzte nach einem Kaffee und hätte gern für ein paar Minuten Ruhe gehabt. Doch die würde sie nicht finden. Irgendwas sagte ihr, dass es nur noch schlimmer werden würde.

Sie vertrieb den Gedanken und sprach besänftigend auf den vor Angst hechelnden Jumper ein. Augenblicklich beruhigte er sich, schmiegte sich an sie und ließ die Untersuchung in ihren Armen über sich ergehen, ohne aufzumucken.

»Sie machen das fantastisch«, lobte die Tierärztin, aber Merle hörte ihre Worte nur noch von Weitem. Der Vormittag war ins Wanken geraten, ohne dass sie hätte sagen können, warum.

*

Mama hat geweint. Lo erkennt es an ihren Augen.

»Kakao?«, fragt Mama.

Lo nickt und steckt den Daumen in den Mund.

Mama gießt Milch in den kleinen Topf auf dem Herd. Sie tut das jeden Morgen. Es macht Lo ein warmes, kuschliges Gefühl, wenn sie Mama dabei zusieht.

Sogar heute.

Gerade heute.

Mama räumt Papas Teller und seine Tasse in die Spülmaschine. Die *aus dem letzten Loch pfeift.* Das hat Mama gestern Abend gesagt. Und dann hat sie Papa vorsichtig gefragt, ob sie nicht eine neue kaufen können.

»Hast du sie noch alle?«, hat Papa sie angeschrien. »Glaubst du, ich drucke das Geld im Keller?«

Mama hat ihm ein zweites Stück Fleisch auf den Teller gelegt und sich über ihren eigenen Teller geduckt.

»Ob du das glaubst?«, hat Papa gebrüllt.

»Nein«, hat Mama gesagt. »Entschuldige. Das war dumm von mir.«

Papa hat seinen Teller leer gegessen und mit Brot die Soße aufgetunkt. Dann hat er Mama lange angeguckt.

Lo hat sich nicht getraut, den Daumen in den Mund zu schieben. Sie hat Angst gehabt, Papa würde ihn wieder mit Senf bestreichen.

»Wozu hast du einen Kopf auf dem Hals, wenn du ihn nicht zum Denken benutzt?«

»Es tut mir leid …«

»So«, hat Papa mit gefährlich leiser Stimme gesagt. »Es tut dir leid, ja?«

Er hat sein Glas leer getrunken und sich neuen Wein eingeschüttet. Sein Arm hat Teller und Schüsseln vom Tisch gewischt. Mit einem lauten Knall ist alles in Scherben gegangen und durch die Küche gespritzt.

Papa hat auf die Scherben, Fleischstücke, Kartoffeln und Blumenkohlröschen gezeigt.

»Mach das weg!«

Da ist Lo längst schon unsichtbar gewesen.

Keiner konnte sie finden.

Keiner berühren.

Keiner ihr wehtun …

Sie hat sich auf ihr Bett verkrochen und von unten die Fernsehgeräusche aus dem Wohnzimmer gehört. Hat Amanda ganz fest an sich gedrückt.

Irgendwann in der Nacht ist sie wach geworden.

Von Papas Schreien.

Mamas Weinen.

Den Geräuschen …

»Hier. Dein Kakao.«

Mama streicht ihr übers Haar. Sie setzt sich zu ihr an den Tisch. Trinkt von ihrem Kaffee. Lächelt.

Lo hält Amanda auf dem Schoß. Früher konnte Amanda *Mama* sagen. Aber ihre Puppenstimme ist kaputtgegangen.

Genau wie Los Stimme.

Weg. Einfach weg.

Nur die Wörter sind noch da. Fest verschlossen in ihrem Kopf.

2

Ich hatte das Polizeigebäude gerade verlassen, als mein Handy sich meldete. Es war Zarah, eine Studentin, mit der ich die Vorlesung *Sozialpsychologie I* bei Professor Staplak besuchte.

»Die Vorlesung ist auf ein Uhr verschoben worden«, erzählte sie mir. »Ich bin auf dem Weg in die Cafeteria. Treffen wir uns da?«

Vielleicht war das ein Wink des Schicksals, denn jetzt hatte ich Zeit genug, um bei meiner Mutter vorbeizufahren. Wenn man schon eine unbequeme Nachricht zu überbringen hat, dachte ich, dann lieber so rasch wie möglich.

»Du, ich würd gern lieber was erledigen«, antwortete ich. »Können wir uns später zusammensetzen?«

»Sorry. Heute bin ich sonst den ganzen Tag verplant«, sagte Zarah und beendete das Gespräch.

Ihre Enttäuschung war nicht zu überhören gewesen, aber ich konnte es nicht ändern. Ich musste endlich Schluss damit machen, ständig everybody's darling sein zu wollen. Dadurch stand ich mir nur selbst auf den Füßen.

Auf der Fahrt zu der alten Mühle, in der meine Mutter mit Tilo lebte, überfielen mich Zweifel, und ich überlegte, ob ich ihr den Job bei Isa nicht besser verschweigen sollte. Eigentlich ging er sie ja auch gar nichts an.

Keine Chance.

Dann nämlich würde Isa garantiert bei irgendeiner Psychologentagung Tilo über den Weg laufen, und was daraus werden würde, konnte ich mir lebhaft vorstellen.

Im Dorf kamen mir die ersten Saisonarbeiter auf ihren Fahrrädern entgegen. Bis zur Erntezeit war es noch eine Weile hin, aber der Erdbeerbauer brauchte schon jetzt, bei den vorbereitenden Arbeiten, Unterstützung.

Das Geschäft schien zu boomen. Es wurden immer größere Flächen bepflanzt und die Zahl der Erntehelfer wuchs von Jahr zu Jahr.

Sie kamen hauptsächlich aus Rumänien und blieben bis zum späten Herbst. Dann kehrten sie in vollbepackten Bussen und Autos wieder zu ihren Familien zurück. Auf den Dächern der Fahrzeuge waren Sofas, Sessel und Schränke notdürftig festgeschnallt. Es war nur eine Frage der Zeit, bis sie von der Polizei aus dem Verkehr gezogen wurden.

Die Natur begann in sämtlichen Farben zu explodieren. Die Bäume waren in weißen und rosafarbenen Tüll gehüllt und ließen selbst die strengen, dunklen Häuser heiter wirken.

Ich wusste nicht, warum ich den Weg durch das Dorf gewählt hatte. Wahrscheinlich, weil es mir immer fremd geblieben war. Ich war hier nicht aufgewachsen und hatte nicht lange genug in seiner Nähe gelebt, um mich inmitten seiner Bewohner heimisch zu fühlen. Immer wieder suchte ich in mir so etwas wie ein Zugehörigkeitsgefühl, doch es wollte und wollte sich nicht einstellen.

Als ich in die lange gewundene Auffahrt einbog und auf die Mühle zufuhr, ging mir jedoch das Herz auf. Ich liebte den Anblick dieses schönen alten Gebäudes, das meine Mutter so hingebungsvoll hatte restaurieren lassen, selbst wenn sie des Guten hier und da zu viel getan hatte und manches mir zu prunkvoll erschien.

Edgar und Molly kamen angerannt, kaum dass meine Füße im weißen Kies versunken waren. Sie strichen mir um die Beine, die Schwänze steil in die Luft gestreckt, und schnurrten wie kleine Rasenmäher um die Wette.

»Kommt ihr mit rein?«, fragte ich. Doch da waren sie schon wieder weg, auf Mäuse-, Vogel- oder Maulwurfsjagd. Das Land hier war für sie wie ein gedeckter Tisch.

Ich störte meine Mutter beim Schreiben, das erkannte ich auf den ersten Blick. Sie hatte sich die rote Lesebrille ins Haar geschoben und betrachtete mich eine Weile zerstreut, bevor sie die Tür weiter aufmachte, um mich einzulassen.

»Jette!«, sagte sie überrascht und mit einer kleinen Verzögerung, als hätte sie mich eben erst erkannt. Ihr Lächeln brauchte noch länger. Offenbar hatte mein unerwartetes Erscheinen sie aus dem Konzept gebracht.

Ich küsste sie auf die Wange.

»Komme ich sehr ungelegen?«

»Nein, nein. Ganz und gar nicht«, behauptete sie, doch ihr Gesichtsausdruck strafte ihre Worte Lügen. »Ich freu mich ja, dass ich dich überhaupt mal wieder sehen darf.«

»Wir telefonieren ständig, Mama.«

»Das ist nicht dasselbe.«

Sie ging in die Küche und ich folgte ihr. Der kurze Schlagabtausch hatte mich wieder in meine Rolle als Tochter verwiesen, und fast bereute ich schon, überhaupt hierhergekommen zu sein.

An der Garderobe hing eine von Tilos Jacken und auf dem Küchentisch lag ein Buch über *Klinische Psychologie.*

Abgesehen davon deutete nichts darauf hin, dass auch er hier lebte. Er war ein ruhiger, zurückhaltender Mann, dem es nichts auszumachen schien, meine Mutter die erste Geige spielen zu lassen.

Meinem Vater war das nicht gelungen. Als erfolgreicher Steuerberater, der von seinen weiblichen Angestellten und den Klientinnen angehimmelt wurde, war er daran gewöhnt gewesen, selbst im Mittelpunkt zu stehen.

Doch dann hatte meine Mutter angefangen, Krimis zu schreiben. Sie wurde berühmt und er hatte nicht das Zeug zum Prinzgemahl. Er schwängerte seine Sekretärin und verschwand aus meinem Leben, als wäre es das Selbstverständlichste auf der Welt.

»Möchtest du was trinken?«, fragte meine Mutter.

»Ein Wasser.«

Sie reichte mir die Flasche und nahm zwei Gläser aus dem Schrank. Alles war sauber und aufgeräumt. Die neue Putzfrau schien eine Rakete zu sein. Meine Mutter sang ihr Loblied von früh bis spät.

Wir setzten uns in den Wintergarten, der die Wärme der Sonne gespeichert hatte und einem das Gefühl gab, es sei mindestens schon Juni. Meine Mutter streifte die Schuhe ab und zog die Beine an. Sie trug eine weite schwarze Hose aus einem weichen Wollstoff und über dem schwarzen Top ein sandfarbenes Baumwollsakko. Um den Hals hatte sie sich einen hauchdünnen schwarzen Leinenschal geschlungen, unter dem eine schwere dunkelrote Korallenkette hervorblitzte.

»Gut siehst du aus«, sagte ich.

Was untertrieben war. Sie strahlte regelrecht.

Mit einer Handbewegung tat sie mein Kompliment ab. Ich war in ihr Heiligtum eingedrungen, ihre morgendliche

Schreibklausur. Sie hatte nur einen Gedanken – so rasch wie möglich wieder an den Computer zu kommen.

»Was führt dich zu mir?«, fragte sie, als wär ich nicht ihre Tochter, sondern irgendwer, der gleich sein Anliegen vortragen würde.

Seltsamerweise verletzte mich das nicht. Es verblüffte mich nur.

Glückwunsch, dachte ich. Du wirst erwachsen, Prinzessin.

»Eine Vorlesung ist verschoben worden«, erklärte ich, als wär das allein Grund genug, unangemeldet hier reinzuschneien.

»Ach …«

Viel länger würde ich den wirklichen Grund für meinen Besuch nicht hinausschieben können, also brachte ich es besser gleich hinter mich.

»Ich hab einen Job angenommen.«

»Einen Job?« Sie zog die Stirn in Falten und sah selbst damit noch hinreißend aus. »Wozu? Wenn du mehr Geld brauchst, ist das kein Problem, das weißt du doch.«

Ein schmerzlicher Zug hatte sich auf ihr Gesicht gelegt. Sie empfand es noch immer als Kränkung, dass ich nur so viel Geld von ihr annahm, wie ich unbedingt zum Leben brauchte.

»Es *ist* ein Problem. Wir haben oft genug darüber gesprochen, Mama.«

»Was willst du dir mit deiner … *Unabhängigkeit* beweisen, Jette? Und mir?«

Sie hatte nichts begriffen.

»Ich will keinem etwas beweisen«, sagte ich.

Es war ja nur ein Hauch von Unabhängigkeit, und doch war sie mein Schutzschild gegen die Dominanz meiner

Mutter, gegen ihre übertriebene Fürsorglichkeit – und gegen ihren Reichtum, vor dem alle in die Knie gehen mochten, aber nicht ich.

»Du solltest deine Energie in dein Studium stecken und die Zeit nicht mit einem unnützen *Job* verplempern.«

Es war die Art, wie sie das Wort *Job* betonte, die mich aufbrachte. Es waren das *unnütz* und das *verplempern.* Und das *du solltest.* Es war die durch nichts zu erschütternde Sicherheit, mit der sie über mich und mein Leben urteilte.

»Willst du denn gar nicht wissen, für wen ich arbeiten werde?«

»Für deinen Vater wahrscheinlich.« Sie setzte sich gerade hin und zupfte eine unsichtbare Fluse von ihrer Hose. Dann blickte sie in den blühenden Garten hinaus, wahrscheinlich, um nicht mich anschauen zu müssen.

Das sah ihr ähnlich, dass sie mir nicht mal zutraute, allein einen Job an Land zu ziehen. Ich trank mein Wasser aus und stellte das Glas so behutsam wie möglich auf dem Tisch ab, weil ich es am liebsten durch die spiegelblanke Glasfront des Wintergartens geschmettert hätte.

»Nein. Ich werde für Isa arbeiten.«

Sie fuhr zu mir herum. »Wie bitte?«

»Nur Studium reicht mir nicht. Ich will die Praxis kennenlernen.«

»Bei der *Polizei?*«

Ich nickte. Sie so erregt zu sehen, machte mich sonderbar ruhig.

»Wenn du Einblick in die Praxis eines Psychologen willst, hättest du Tilo fragen können.«

»Ich schlage aber eine ganz andere Richtung ein als Tilo.«

»Hör auf, in Rätseln zu sprechen, Jette.«

Da war er wieder, dieser Unterton, den ich so hasste.

Bei dem ich mich wieder fühlte wie damals, als ich an der Hand meiner Mutter zum Kindergarten ging. Wo ich nicht hinwollte. Doch es hatte nichts genützt, mich zu sträuben. Ihre Hand hatte mich unerbittlich zur Tür dirigiert.

»Ich werde Polizeipsychologin.«

Zuerst saß sie da wie erstarrt. Dann nahm sie die Brille aus dem Haar, klappte die Bügel zusammen und legte sie auf den Tisch. Sie sah mir in die Augen.

»Warum tust du mir das an, Jette?«

Ihre Theatralik gab mir den Rest. Ich musste mich dazu zwingen, sitzen zu bleiben.

»Das hat nichts mit dir zu tun, Mama.«

»Warum, Jette? Was willst du mir damit heimzahlen, dass du die Gefahr förmlich suchst?«

Sie betrachtete sich als Nabel meiner Welt. Noch immer. Doch das war sie schon lange nicht mehr.

»Du stellst die falschen Fragen«, sagte ich. Enttäuscht. Müde. Ich hatte es so satt, immer wieder von meiner Mutter in die Enge getrieben zu werden.

Kopfschüttelnd saß sie da und ihre Finger schoben die Brille auf dem Tisch hin und her. Endlich hob sie den Kopf. »Und welche Frage wäre die richtige?«

»Eine, die mit mir zu tun hat, nicht mit dir.«

»Anscheinend bin ich als Mutter eine absolute Fehlbesetzung.«

Ihre Wehleidigkeit war mehr, als ich ertragen konnte. Ich stand auf, schnappte mir meine Tasche und ging zur Tür. Offenbar hatte ich für dieses Gespräch den ungeeignetsten Augenblick von allen gewählt. Mein Fehler.

»Wir können ja später noch mal drüber reden«, sagte ich. »Jetzt muss ich los.«

Ich gab meiner Mutter keinen versöhnlichen Kuss und

spürte ihren Blick im Nacken, bis ich von der Auffahrt abgebogen war. Erst da bekam ich wieder Luft. Ich fuhr die Seitenfenster runter, damit der Wind mir das Haar zerzausen und den Kopf durchlüften konnte.

Trat aufs Gaspedal.

Ich hatte den Anfang gemacht. Jetzt vertraute ich auf Tilo. Er kannte meine Mutter. Er kannte mich. Er kannte das Problem. Vielleicht würde es ihm gelingen, sie davon zu überzeugen, dass sie loslassen musste. Es war höchste Zeit, denn sonst würden wir einander verlieren.

*

Merle sichtete die Nachrichten auf dem Anrufbeantworter und teilte sie in Kategorien ein, die sie wiederum nach Dringlichkeit staffelte. Es gab Anfragen potenzieller Abnehmer von Tieren. Werbeangebote von Futtermittelfirmen. Hinweise auf wilde Katzen, die ein stillgelegtes Fabrikgelände mitsamt seiner Umgebung unsicher machten. Und natürlich die üblichen internen Nachrichten von Mitarbeitern anderer Tierheime, mit denen sie im regen Kontakt standen, weil immer wieder Probleme auftauchten, die mit vereinten Kräften besser gelöst werden konnten.

Ganz oben auf der Liste ihrer Notizen stand der Anruf eines Mannes, der einen offenbar ausgesetzten Hund am Pingsdorfer See meldete. Das Tier gebärde sich hochgradig aggressiv und lasse niemanden an sich heran.

Merle schlug gerade ihren Terminkalender auf, als Robbie ihr Büro betrat.

»Keiner hält sich an die Öffnungszeiten«, schimpfte er, wobei sein Akzent deutlicher zutage trat als sonst. »Kommen, wann sie wollen, und nerven so lange, bis man schließlich doch aufmacht und ihre Fragen beantwortet.«

Merle sah ihn nur an.

»Okay. Ich hätte sie einfach vorm Tor stehen lassen sollen.«

Er räumte einen Stuhl frei und setzte sich Merle gegenüber. Die Probepackungen von Hunde- und Katzensnacks lagen jetzt auf dem Boden. Ein weiterer Stolperstein in diesem Durcheinander, das Merle nicht in den Griff bekam, sosehr sie sich auch darum bemühte.

Merle mochte Robbie sehr. Er stammte aus Yorkshire, war der Liebe wegen nach Deutschland gekommen und hier hängen geblieben, obwohl sich die Sache mit der Liebe bald erledigt hatte.

Und nun war er mit Ann zusammen. Ein Glücksfall für das Tierheim und ein Glücksfall für Merle. Sie vertraute den beiden blindlings und hätte die Hand für sie ins Feuer gelegt.

»Now then«, sagte er. »Was liegt an?«

Sein Deutsch war hervorragend. Nur manchmal verhedderte er sich noch in der Satzstellung oder transportierte eine englische Redensart ins Deutsche, wo sie häufig keinen erkennbaren Sinn mehr ergab.

»Ein ausgesetzter Hund.«

»Wo?«

»Pingsdorfer See.«

Robbie runzelte die Stirn. »Schon wieder?«

Das dichte Waldgebiet der Ville-Seenkette war ideal, wenn man ein lästig gewordenes Tier loswerden wollte. Fand man die richtige Stelle, konnte es durchaus ein, zwei Tage dauern, bis es gefunden wurde.

»Er soll groß sein. Und dunkel. Mehr konnte der Finder nicht sagen. Er versteht nichts von Hunden.«

Robbie nickte ergeben. Die wenigsten Menschen waren

in der Lage, Angaben zu machen, die ihnen die Arbeit erleichterten.

»Hab schon rumtelefoniert, aber es scheint so, als bliebe der Job an uns hängen.«

»Dann los.« Robbie schob den Stuhl zurück und stand auf. »Wer weiß, wie lange der arme Kerl schon auf Erbarmen wartet.«

»Erlösung«, korrigierte Merle ihn unwillkürlich.

»Sag ich doch.«

Sie hoben die große Transportbox in den alten Sprinter des Tierheims. Merle setzte sich ans Steuer und fuhr vom Hof, Robbie verschloss das Tor und schwang sich neben sie. Während der kurzen Fahrt hingen sie ihren Gedanken nach.

Fünf Minuten später bogen sie von der L194 ab und folgten dem langen Wehrbachsweg, der auf die Maiglerstraße mündete. An der Kreuzung hinter den letzten Häusern hielt Merle an und schaltete den Motor aus.

Robbie zeigte auf zwei Paare um die sechzig, die mit Rucksäcken und Nordic-Walking-Stöcken ausgestattet waren und alle die gleichen neongelben Allwetterjacken trugen. Einer der beiden Männer winkte, löste sich von der Gruppe und kam auf sie zu.

»Da sind Sie ja endlich!«

Merle beschloss, nicht auf den Vorwurf einzugehen, der in seinen Worten lag. Die Kälte hatte die Nase des Mannes bläulich verfärbt. Vielleicht war es auch der Inhalt des Flachmanns gewesen, der seine Jackentasche wölbte. Merle konnte Alkohol in seinem Atem riechen.

»Vielen Dank, dass Sie uns informiert haben«, sagte sie. »Wo genau haben Sie den Hund gefunden?«

»Die Richtung.« Er wies in den Wald. »Wir hatten kein Netz und mussten ein Stück laufen, um Sie anrufen zu können.«

»Zeigen Sie uns den Weg?«, fragte Merle.

Er nickte und stieg seufzend zu ihnen in den Wagen. Diesen Tag hatte er sich offensichtlich ganz anders vorgestellt.

Sie ließen den Wasserturmweg rechts liegen, fuhren bis zum Waldrand und folgten den Anweisungen des Mannes, der sie ohne zu zögern über die Waldwege lotste.

Der Hund empfing sie mit heiserem Bellen. Jemand hatte ihn mit einer starken Kette an einem Baum festgebunden. Weil jeder Zug an der Kette ihm die Luft abschnürte, bewegte er sich kaum. Allerdings verwandelte sich das Bellen rasch in ein grollendes Knurren aus tiefster Kehle.

Eine Mischung aus Rottweiler und Labrador, wie Merle feststellte, ein wunderschönes Tier, aber kraftlos und im Augenblick absolut unberechenbar.

»Brauchen Sie mich noch?«, fragte der Mann. »Ich würde nämlich gern mit meinen Freunden weiterlaufen.«

»Nein. Gehen Sie ruhig. Und vielen Dank noch mal für Ihre Hilfe. Das ist nicht selbstverständlich.« Merle reichte ihm die Hand. »Finden Sie allein zurück?«

»Das fragen Sie einen alten Pfadfinder?«

Er drückte Merle die Hand und machte sich in einem flotten Tempo auf den Weg.

Mittlerweile hatte Robbie die Fleischwurst aus dem Papier gewickelt, die er mitgenommen hatte. Er warf dem Hund ein Stück davon zu. Ohne ihn und Merle aus den Augen zu lassen und obwohl die Kette ihm die Luft abschnürte, stürzte das ausgehungerte Tier sich darauf und wartete gierig auf den nächsten Happen. Robbie brach ein weiteres Stück ab und warf es. Dabei sprach er leise auf den Hund ein und verfiel in seine Muttersprache.

»Come on. It's alright. We'll get you out of here.«

Der Hund entspannte sich ein wenig. Doch das bedeutete nicht, dass er jetzt ungefährlich war. Wachsam beobachtete er, wie Robbie Handschuhe aus der Tasche seiner Jacke zog und sie überstreifte, einen Moment innehielt und sich ihm dann Schritt für Schritt langsam näherte. Dabei warf er ein weiteres Stück Wurst.

Sie hatten verschiedene Gerätschaften im Wagen, mit deren Hilfe sie den Hund ohne Verletzungsrisiko für ihn oder sich selbst einfangen konnten. Damit würden sie ihm allerdings zusätzlich Angst bereiten. Sie würden seinen Widerstand brechen müssen und das war bei einem bereits traumatisierten Tier mehr als problematisch.

Merle hielt sich zurück und ließ Robbie machen. Anscheinend sprach der Hund auf ihn an.

»Good old boy. Look at me, I'm your friend. Don't be afraid.«

Den Rest der Wurst nahm das Tier aus Robbies Hand. Der Bann war gebrochen.

»Du hast da echt was drauf«, sagte Merle, als sie wieder im Auto saßen und dem Labyrinth der Waldwege folgten, vorsichtig, um unnötige Erschütterungen zu vermeiden. »Respekt, mein Lieber.«

»Quatsch.« Robbie grinste verlegen. »Hab bloß meinen Job gemacht.«

»Und wie«, sagte Merle mit neidloser Bewunderung.

»Er ist ein guter Hund.« Robbie schüttelte verständnislos den Kopf. »Was bringt so einen Idioten dazu, sein Tier auszusetzen?«

»Frag mich was Leichteres.«

»Genau das sollte man mit dem Typen auch machen. Ihn im Wald an einem Baum festbinden und sich selbst überlassen. Da kann er dann in aller Ruhe über den Mist nachdenken, den er angezapft hat.«

»Verzapft«, sagte Merle.

»You know what I mean.«

In der Tat, das wusste Merle. Sie reagierte selbst oft mit Hass auf Tierquäler und solche, für die ein Tier nur eine Ware war. Nicht umsonst war sie militante Tierschützerin geworden. Die Hunde, Katzen, Ratten, Kaninchen, Meerschweinchen und Mäuse, die sie schon aus Versuchslaboren rausgeholt hatten, konnte sie gar nicht mehr zählen. Sie war dankbar dafür, dass es immer noch Menschen gab, die bereit waren, solchen geschundenen Kreaturen ein Zuhause zu bieten.

»Irgendwann erhält auch der seine gerechte Strafe«, sagte sie.

»Das glaubst du wirklich?« Robbie stieß zornig den Atem aus. »Wie viele von denen werden denn von den Bullen gefasst?«

Zu wenige. Viel zu wenige, dachte Merle.

»Anzeige gegen Unbekannt«, murmelte Robbie, »und nach sechs Wochen wird das Verfahren eingestellt. So läuft das doch.«

»Das Leben vergisst nichts.« Sobald sie Asphalt unter den Reifen hatten, wagte Merle es, zu beschleunigen.

»Du meinst, das Leben bestraft einen für die Sünden, die man begangen hat?«

Merle nickte. Sie wollte zu gern daran glauben. Doch dann schüttelte sie den Kopf.

»Wahrscheinlich nicht«, gab sie zu. »Aber ich wollte, es wär so. Ich wollte, es gäbe eine höhere Gerechtigkeit.«

Sie brachten den Hund in einem Zwinger der Quarantänestation unter. Zuerst musste er gründlich untersucht werden, um auszuschließen, dass er unter einer ansteckenden Krankheit litt. Dann musste Merle mit der Polizei Kontakt aufnehmen und auf der Website des Tierheims eine Suche nach eventuellen Zeugen der Tat starten.

Und den Halter des Tiers ermitteln.

Der in der Regel auch der Täter war.

Seufzend griff sie nach dem Telefon. Es würde ein langer Tag werden. Hoffentlich war Jette da, wenn sie nach Hause kam. Was sie dringend brauchte, war ein langer, schöner Weiberabend mit Essen, Trinken, Reden. Und vielleicht einem guten Film.

Doch bis dahin gab es noch einiges zu tun.

*

Abel Burggraf liebte das schattige Licht und den Duft nach Erde und Laub. Die kalte, saubere Luft erfrischte ihn. Sanft gab der weiche Boden unter seinen Schritten nach. Dann und wann knackte ein Zweig, auf den er trat. Das Geräusch wurde von der tiefen Stille verschluckt, kaum dass er es wahrgenommen hatte.

Der Wald war Balsam für seine Nerven. Vielleicht würde er irgendwann die Wunden heilen können, aus denen Abel immer noch blutete.

Alles ist möglich, hatte seine Mutter ihm immer wieder eingeschärft. *Du musst nur daran glauben.*

Als Kind war ihm das Glauben leichtgefallen. Er hatte daran geglaubt, dass seine Eltern immer für ihn da sein würden. Dass er ihre Liebe verdient hatte und sie niemals verlieren würde. Dass ein glückliches, erfülltes Leben auf ihn wartete.

Doch dann, mit fünfzehn, hatten sie ihn abgeschoben. In ein auf *schwer erziehbare* Jugendliche spezialisiertes Internat.

Plötzlich war er auf sich allein gestellt. Den Schülern

ausgeliefert, die ihn in der Hackordnung auf den letzten Platz verwiesen. Und den Lehrern, die nicht zu bemerken schienen oder nicht bemerken *wollten,* was sich Tag für Tag vor ihren Augen abspielte.

Er lernte, was Willkür und Sadismus waren.

Mit einem scharfen Pfiff rief er die Hündin zurück, die sich zu weit entfernt hatte. Auch und gerade als Förster sollte er sie an der Leine führen, doch er hatte seine eigenen Ansichten darüber, wie ein Hund zu erziehen war. Die Praxis gab ihm recht. Jeder seiner Münsterländer gehorchte aufs Wort.

Abel schwor auf diese Rasse. Die Sanftmut und Treue der Tiere waren sprichwörtlich. Sie eigneten sich nicht nur für die Jagd, sondern waren außerdem absolut unproblematische Familienmitglieder.

Die Hündin war heute nervös. Sie spürte, ob es ihm gut ging oder nicht, reagierte auf die leiseste Veränderung. Manchmal war ihm das fast unheimlich. Seismografisch genau registrierte sie Nuancen in seiner Stimmung und richtete ihr Verhalten danach aus.

»Braves Mädchen«, sagte er, als sie an seine Seite zurückgekehrt war. Er tätschelte ihren Hals und sie drückte sich für einen Moment dankbar an sein Knie.

An diesem Morgen verzichtete er nicht aus Erziehungsgründen darauf, sie anzuleinen. Er hatte sich in der Nacht die rechte Hand verletzt. Bei jeder Bewegung schoss ihm ein Schmerz durch Arm und Schulter, der ihm die Tränen in die Augen trieb.

Deshalb hatte er sich einen Verband angelegt, was nicht leicht gewesen war ohne Hilfe. Er war mies gewickelt und würde sich bei der erstbesten Gelegenheit lösen. Aber Abel hatte null Bock gehabt, das Dinah tun zu lassen.

Sie würde versuchen, ihm heute aus dem Weg zu gehen, und das war gut so. Ihre verheulten Augen waren eine einzige Anklage. Selbst mit ihrer ängstlichen Schweigsamkeit versuchte sie nur, ihm die Schuld an dem Vorfall zuzuschieben.

Manchmal konnte er sie einfach nicht mehr sehen.

An der ersten Weggabelung befahl er der Hündin, sich zu setzen.

»Bleib!«

Er wandte ihr den Rücken zu und ging weiter, bis er außer Sichtweite war. Dann erst pfiff er nach ihr, und sie kam mit wehenden Ohren angerannt, nein, ange*flogen.*

Das Zurückbleiben war eine der schwierigsten Übungen für sie. Es hatte lange gedauert, bis sie es aushielt, ihn auch nur für eine Weile aus den Augen zu verlieren.

Sie freute sich, als wäre er Stunden fort gewesen. Es rührte ihn jedes Mal. Nie im Leben würde er auch nur einen einzigen Menschen mit einer solchen Treue finden.

Er öffnete die speckige braune Tasche, die er an einem breiten Lederriemen über der Schulter trug, und hielt sie ihr hin, damit sie Witterung aufnehmen konnte. Noch vor der Morgendämmerung war er unterwegs gewesen, um Köder zu verteilen, kleine, je mit einem Hundesnack gefüllte Stoffkissen, die er jenseits der Wege unter Laub und Zweigen versteckt hatte.

»Such!«

Sie senkte die Nase auf den Boden und benötigte nur einen Moment der Orientierung, bis sie die Spur aufgenommen hatte und ihr in den Wald hineinfolgte.

Irgendwo stieg mit lautem Flügelschlag ein Vogel auf, doch sie ließ sich davon nicht ablenken, folgte unbeirrt weiter der Spur, bis sie auf den ersten Köder stieß. Sie grub ihn aus und setzte sich, um auf ihren Herrn zu warten.

Abel belohnte sie mit dem Snack, den er aus dem Stoffkissen wickelte, und lobte sie, bevor er sie weiterschickte. Seine Anstrengungen hatten sich ausgezahlt. Sie wurde von Tag zu Tag besser.

Allmählich hob sich seine Stimmung. Er folgte der Hündin durch die Streifen goldenen Lichts, das durch die Baumkronen fiel, spürte, wie der Ärger von ihm abglitt und einer Gelassenheit Platz machte, wie er sie von früher kannte.

Hier war er. In seinem Wald. Dem einzigen Ort auf der Welt, an dem er sich lebendig fühlte. An dem er beinah so etwas empfand wie Glück.

Er hätte den Tag gern in seiner Hütte verbracht, doch für den frühen Nachmittag hatte er ein Gespräch mit einem Kollegen vereinbart, das er schlecht absagen konnte. Außerdem hatte sich jemand angemeldet, der Holz kaufen wollte.

Vor allem jedoch durfte er Dinah nicht allein lassen. Sonst kam sie noch auf den Gedanken, zum Arzt zu gehen und ihm ihr blaues Auge zu zeigen.

Grimmig ballte er die Fäuste und stöhnte auf, als der Schmerz in seiner rechten Hand wieder aufloderte.

Warum reizte sie ihn auch immer so?

Er merkte gerade, wie erneut die Wut in ihm zu rumoren begann, als die Hündin anschlug. Sie hatte den nächsten Köder gefunden.

Diesmal lobte er sie mechanisch.

Die Freude an dem Morgen war ihm abhandengekommen.

Dinah hatte es wieder einmal geschafft.

3

Während Kriminalhauptkommissar Bert Melzig langsam an den gut bestückten Regalen entlangging, die die Wände der drei großen Räume bis zur Decke einnahmen, versuchte er, kein Geräusch zu verursachen. Doch in dieser für alte Bibliotheken so typischen Stille übertrieb sich jeder Laut ganz von allein.

Die Gummisohlen seiner Schuhe hafteten bei jedem Schritt eine Spur zu lange auf dem schönen Holzfußboden und lösten sich widerwillig mit einem leisen Schmatzen. Der Stoff seiner Hose begleitete seine Bewegungen mit einem wispernden Rascheln. Sogar sein Atem klang ihm laut in den Ohren.

Hier lagerte das Ehrfurcht gebietende Wissen von Jahrhunderten.

Ihm wurde bewusst, dass seine Lebenszeit nicht ausreichen würde, um auch nur einen Bruchteil dessen zu lesen, was sich ihm hier bot. Und dass sein Bildungsgrad erschreckend unzulänglich war. Mit seinem lange vernachlässigten Englisch, seinem halb vergessenen Französisch und den nur noch in dürftigen Ansätzen vorhandenen Lateinkenntnissen würde er hier nicht weit kommen.

Es roch nach stockfleckigem Papier, uraltem Leder und nach dem Staub, der in schrägen Streifen von Sonnenlicht flirrte. Berts Blick spazierte über rote, braune und grüne Buchrücken mit goldenen Lettern, deren mattes Schimmern ihn magisch anzog.

Das Draußen hinter den zum Teil heruntergelassenen Rollos schien in dem Halbdunkel dieser Räume gar nicht mehr zu existieren. Man hörte keinen Verkehrslärm, keine Stimmen, kein Telefonklingeln, nicht mal den Gesang der Vögel, von denen es hier auf dem Land nur so wimmelte.

Er atmete tief ein. Es war gut, dass er es durchgezogen hatte.

Der Chef war nicht begeistert gewesen, als Bert ihm mitgeteilt hatte, dass er zwei Wochen Urlaub brauchte. Nicht nächsten Monat, nicht in einem halben Jahr, nicht irgendwann, sondern sofort. Doch nach einigem Hin und Her hatte er schließlich widerstrebend zugestimmt.

Der Grund für Berts Wunsch ging den Chef schlichtweg nichts an. Einzig Rick Holterbach gegenüber, dem jungen Kollegen, der mittlerweile sein Freund geworden war, hatte Bert das, was er vorhatte, beim Namen genannt:

Er brauchte eine Auszeit.

Und das dringend.

Diesen Teil des Plans hatte Rick nachvollziehen können. Den Rest allerdings nicht.

»In einem *Kloster?*«, hatte er gefragt und Bert ungläubig angestarrt. »Warum, zum Teufel, ausgerechnet in einem *Kloster?*«

»Ich brauche Ruhe«, hatte Bert ihm zu erklären versucht. »Keinen Lärm. Keine Hektik. Keinen Mord. Keinen Totschlag. Nur Ruhe.«

»Und was willst du da den ganzen Tag lang machen?«

»Denken«, hatte Bert entgegnet.

Denken.

Den Dingen auf die Spur kommen. Vielleicht sogar sich selbst.

»Denken«, hatte Rick mit leiser Verwunderung wiederholt, als hätte er das Wort zum ersten Mal gehört. Er hatte Bert besorgt betrachtet und nichts mehr dazu gesagt.

Und hier war Bert nun.

Im Kloster St. Paul.

Tief in der Eifel.

Kurz hatte er überlegt, ans Meer zu fahren, doch er liebte das Meer zu sehr und hatte befürchtet, es werde ihn bloß ablenken.

Er hatte sich für das Kloster St. Paul entschieden, weil es nicht eines dieser kommerzialisierten Tagungshäuser war, die längst den Kontakt zu ihrem Ursprung verloren hatten. In denen ausgebrannte Manager versuchten, wieder auf die Spur zu kommen, erfolgsverwöhnte Geschäftsfrauen ein Wellness- oder Fastenwochenende mit ihren Freundinnen verbrachten und Menschen, die von allem zu viel hatten, den nächsten Kick suchten.

Im St. Paul tickten die Uhren noch anders. Es hatte sich zwar der Welt geöffnet, war jedoch in erster Linie Kloster geblieben, in dem Benediktinermönche ihr strenges Klosterleben lebten.

Am Morgen war Bert angereist, hatte brav Handy und Laptop an der Pforte abgegeben und seine karge Zelle bezogen, die er für sich lieber *Kammer* nannte, um nicht an seinen Beruf erinnert zu werden, den er ebenso zurücklassen wollte wie alles andere.

Zehn Quadratmeter.

Bett, Schrank, Tisch, Stuhl und ein kleines Fenster, das

zum Klostergarten hinausging. Nackter Holzfußboden, dünnes Bettzeug. Keine Wolldecke, kein Fernseher, keine Annehmlichkeiten.

Beklommen hatte er die Arme vor der Brust verschränkt und das schlichte Holzkreuz über der Tür betrachtet, an dem ein Christus hing, der ihn an Skulpturen von Barlach erinnerte.

Von den zwölf Kammern auf diesem Flur waren, wie er erfahren hatte, vier belegt. Die Bewohner mussten sich eine Toilette und ein winziges Badezimmer mit Waschbecken und Dusche teilen. Die einfachen Mahlzeiten nahmen sie gemeinsam mit den siebzehn Ordensbrüdern ein.

Schweigend.

Als Bert nach einem geeigneten Kloster Ausschau gehalten hatte, war ihm wichtig gewesen, dass er am täglichen Leben der Mönche teilnehmen durfte. Dafür hatten sich offenbar auch die übrigen Gäste entschieden.

Bruder Sebastian, der ihn bei der Ankunft in Empfang genommen hatte, war nicht sehr gesprächig gewesen. Er hatte ihm nur das Notwendigste erklärt und ihn dann mit einer Liste allein gelassen, die knapp über den Tagesablauf informierte.

5.00 Uhr: Gebet.
Kontemplation
6.30 Uhr: Frühstück
Arbeit
12.00 Uhr: Gebet
12.30 Uhr: Mittagessen
Kontemplation
Ab 15.00 Uhr: Arbeit
18.00 Uhr: Gebet

19.00 Uhr: Abendbrot
Kontemplation
24.00 Uhr: Gebet
Die Gebete finden in der Kapelle statt. Zu den Mahlzeiten treffen wir uns im Refektorium. Sie werden schweigend eingenommen. Die Einteilungen für die Arbeit werden jeweils nach dem Frühstück bekannt gegeben. Wir bitten darum, auch während der Arbeit nur das Nötigste zu sprechen.

Sobald Bert sich in seiner Kammer eingerichtet hatte, waren ihm Bedenken gekommen. Er hatte sich mit Büchern eingedeckt, die ihn plötzlich überhaupt nicht mehr interessierten. Sie stellten im Grunde lediglich die letzte Verbindung zu seinem eigentlichen Leben dar.

Die er kappen musste, um zu finden, was er hier suchte.

Doch auch das war ihm mit einem Mal gar nicht mehr klar gewesen.

Was genau suchte er denn?

Er hatte ausgepackt und seine Kleidung im Schrank untergebracht, in dem es nach altem Holz und einem mit Lavendel gefüllten Leinensäckchen roch, das an einem Haken innen an der Schranktür hing. Er hatte die Bücher und sein Schreibzeug auf Tisch und Fensterbank verteilt, sich ans Fenster gestellt und hinausgesehen.

Das Klostergelände war von einer hohen Sandsteinmauer umgeben. Die Beete wurden von niedrigen, schmalen Buchsbaumhecken eingefasst. Unter dem Frühlingskleid schimmerte noch der lange Winter hervor, doch die ersten Arbeiten waren bereits getan, davon zeugte nicht nur die verbeulte Schubkarre, die wartend auf einem der Wege stand, als sei sie nur kurz dort abgestellt worden.

Bert hatte einen kurzen Fluchtimpuls verspürt, hinaus aus der Enge dieses eingeschränkten Lebens, die nach seinem Hals griff und sacht zuzudrücken begann. Doch dann hatte er die Kammer verlassen und sich auf Erkundungsreise begeben. Für ihn würde das Klosterleben erst ab Mittag beginnen. Bis dahin hatte er Zeit, sich umzusehen.

Es hatte nicht lange gedauert, und er war in der Bibliothek gelandet, wo er jetzt weiter an den Regalen entlangging. Er fand die Schriften von Sokrates, Platon und Aristoteles. Eine nahezu erschlagende Vielzahl an kirchentheoretischen und philosophischen Werken sämtlicher Jahrhunderte. Die unterschiedlichsten Ausgaben der Bibel.

Die *Confessiones* des Augustinus. Thomas von Aquin. Immanuel Kant. Kierkegaard. So viele Namen. So viele Geheimnisse, in die er sich würde versenken können.

Falls neben den Gebeten, der Kontemplation und der Arbeit Zeit dafür blieb.

Berts Blick glitt über die einfache, zweckmäßige Einrichtung der Bibliothek. Hier und da waren Tisch und Stuhl aufgestellt worden, damit die Ordensbrüder sich in die Lektüre der Bücher vertiefen konnten. Vielleicht hatte der eine oder andere unter ihnen sogar selbst eines der Werke verfasst, die hier in den Regalen standen.

Im dritten Raum befand sich die moderne Abteilung. Auch hier fand Bert hauptsächlich philosophische und theologische Schriften. Ein alter Mönch war damit beschäftigt, Bücher einzuordnen. Er lächelte Bert kurz zu und machte mit seiner Arbeit weiter.

Wir bitten darum, auch während der Arbeit nur das Nötigste zu sprechen.

Anscheinend nahm man das Schweigegebot hier sehr ernst.

Bert war es recht. Er hätte die Stille in diesen schönen Räumen nur ungern mit Worten gestört. Sicherlich würde man sich später einander vorstellen. Bis dahin würde er, aufgehoben in der wohltuenden Ruhe dieses Gebäudes, für sich bleiben und seine Entdeckungen machen.

Er merkte jetzt schon, wie gut ihm das tat.

Andächtig strich er mit der Hand über einen Buchrücken. Dann wandte er sich ab und ging weiter. Es gab noch so vieles zu erkunden, und er war froh, dass er es allein tun konnte.

Allein sein. Denken.

Fühlen.

Mehr wollte er nicht.

*

Imke Thalheim konnte sich nicht auf das Schreiben konzentrieren. Der Besuch ihrer Tochter hatte sie rausgebracht, und sie fand den Faden nicht wieder, an dem sie gesponnen hatte, bevor Jette mit ihren Neuigkeiten hereingeplatzt war.

Sie war wütend wie lange nicht mehr.

Wie konnte eine Polizeipsychologin, die etwas von ihrem Fach verstand, Jette einen Job anbieten? Ihr Tür und Tor zu den schrecklichsten Verbrechen öffnen, sie geradezu mit der Nase auf Fälle stoßen, die Jettes verhängnisvolle Neugier wecken würden?

Denn dass es so kommen musste, war nur eine Frage der Zeit. Jette hatte sich schon mehrmals in gefährliche Situationen begeben, die sie beinah das Leben gekostet hätten. Allerdings war sie immer nur zufällig hineingeraten. Jetzt aber gab diese Isa ihr die Möglichkeit, ganz offiziell Einblick in ihre Fälle zu bekommen.

»Das kann ich mir nicht vorstellen«, sagte Tilo, der zwischen zwei Terminen nach Hause gekommen war, um mit Imke ein etwas verfrühtes Mittagessen einzunehmen. Er hatte eine Vorspeisenplatte mitgebracht, üppig gefüllt mit den verführerischsten Leckerbissen, die Claudios Pizzaservice zu bieten hatte.

Merles Freund ließ es sich nicht nehmen, die Bestellungen für Imke und Tilo höchstpersönlich herzurichten, was jedoch nichts daran änderte, dass Imke ihm sein Machogehabe verübelte, mit dem er Merle sehr oft verletzte.

»Wieso nicht?«, fragte Imke und stellte Teller und Gläser auf den Tisch.

Sie deckten im Wintergarten. Das Licht der Sonne hob die grauen Fäden in Tilos Haar hervor und ließ sie wie Silber glänzen.

»Isa hat nicht umsonst einen so tadellosen Ruf in unserer Branche.« Tilo setzte die Wasserflasche ab und reichte Imke Messer, Gabeln und Servietten. »Sie wird Jette mit unverfänglichen Aufgaben betreuen und sie genau im Auge behalten.«

»Das möchte ich ihr auch raten.«

Imke nahm sich Parmaschinken, gefüllte Oliven und ein wenig gegrilltes Gemüse. Sie brach ein Stück Brot ab und aß es dazu. Nachdenklich schaute sie auf das Land, das sie zusammen mit der alten Mühle erworben hatte.

Zwanzigtausend Quadratmeter im Landschaftsschutzgebiet. Das meiste davon an einen Bauern verpachtet, der seine Schafe hier grasen ließ. Imke mochte die sanften, friedfertigen Tiere. Sie waren ein wohltuender Kontrast zu den Krimis, die sie schrieb, den Tätern und ihren Grausamkeiten, die ihr im Kopf herumspukten.

»Schau dir das an«, sagte sie und wies lächelnd nach draußen.

Hinter dem niedrigen Holzzaun, der den Garten eingrenzte, sprangen zwischen den Muttertieren die Lämmer umher. Noch waren ihre Bewegungen unbeholfen und eckig, und ihre langen, dünnen Beine wirkten furchtbar zerbrechlich. Doch von Tag zu Tag wurden sie sicherer.

Auch Tilo lächelte. Man konnte gar nicht anders.

»Ich würde am liebsten bei ihr anrufen«, gestand Imke.

»Bei Isa?«

»Ja.«

»Aber du wirst es nicht tun.« Tilo musterte sie eindringlich. »Es wäre nämlich der sicherste Weg …«

»… einen Keil zwischen Jette und mich zu treiben«, führte Imke seinen Satz fort. »Ich weiß.«

Sie waren einander mittlerweile so vertraut, dass sie sich oft in halben Sätzen unterhielten. Imke war sich nicht klar darüber, ob sie das mochte. Den andern so gut zu kennen, nahm ihm seine Geheimnisse. Und waren die nicht das Salz in der Suppe?

»Oder ich rufe den Kommissar an«, sagte sie.

»Bitte! Imke!«

»Jette Einblick in die Arbeit einer Polizeipsychologin zu gewähren, ist so, als würde man ein Pulverfass in ein Feuer rollen.«

»In deinen Büchern verwendest du bessere Bilder«, sagte Tilo schmunzelnd.

»Sie will *selbst* Polizeipsychologin werden!« Es ärgerte Imke, dass Tilo ihre Befürchtungen nicht ernst nahm. »Ich will mir nicht bis an mein seliges Ende Sorgen um meine Tochter machen.«

Tilo, der die ganze Zeit mit gutem Appetit zugelangt hatte, wischte sich mit seiner Serviette den Mund und lehnte sich zurück.

»Dann hör damit auf. Jette ist eine erwachsene junge Frau, die ihre Erfahrungen machen muss. Deine Aufgabe ist es, da zu sein, wenn sie dich braucht.«

Er hatte recht und er wusste das. Sein Lächeln war freundlich und liebevoll, aber Imke konnte es nicht erwidern. Sie hasste es, wenn er den Psychologen raushängen ließ.

»Jaja«, sagte sie, »ganz wie im Lehrbuch.«

Sie schob ihren Teller weg und griff nach der Zeitung, die sie noch nicht gelesen hatte.

»Entschuldige.« Tilo sah auf seine Armbanduhr. »Ich muss los.«

Er gab ihr einen flüchtigen Kuss auf die Wange. Kurz darauf hörte sie die Haustür zufallen und dann den Motor seines Wagens. Sie faltete die Zeitung wieder zusammen und blieb eine Weile reglos sitzen.

»Warum kann er nicht ein einziges Mal reagieren wie ein normaler Mensch?«, fragte sie die Schafe draußen. »Wieso ist er immer so verdammt *korrekt?*«

Ein Mutterschaf hob den Kopf und blickte ihr direkt in die Augen.

Imke seufzte. Dann begann sie, den Tisch abzuräumen.

*

Mama hat ihre Sonnenbrille aufgesetzt. Obwohl die Sonne im Haus gar nicht scheint. Obwohl es hier nicht mal besonders hell ist.

Sie ist lange im Badezimmer gewesen und hat sich geschminkt. Jetzt sieht ihr Gesicht wieder fast so aus wie sonst.

Fast.

Lo kann immer noch sehen, dass Mama geweint hat.

Sie erkennt auch immer noch die geschwollenen Stellen an ihren Wangen und am Kinn. Und der schöne rote Lippenstift, den Mama aufgetragen hat, kann nicht verdecken, dass ihre Lippe aufgeplatzt ist.

Mama hat das blaue Kleid angezogen. Ihre frisch gewaschenen Haare schimmern wie Gold. Im Märchen würde jetzt der Prinz kommen, sie auf sein Pferd heben und mit ihr davonreiten. Und Lo würde auf das niedliche kleine Pony klettern, das er extra für sie mitgebracht hätte, und ganz schnell hinter ihnen hergaloppieren.

Aber der Mann, der bei ihnen in der Küche sitzt, ist kein Prinz.

Er sieht auch nicht so aus.

Herr Landau heißt er, und er hat eine fleckige schwarze Ledertasche bei sich, aus der er eine blaue Mappe zieht. Er legt sie auf den Küchentisch und blättert darin.

Mama gießt dampfenden Kaffee in die geblümten Tassen. Ihre Hände zittern, als sie ihm seine hinstellt. Kaffee schwappt über und bildet einen flachen braunen See auf dem Unterteller. Erschrocken läuft sie zur Spüle, um einen Lappen zu holen.

Sie wischt den See auf und trägt den Lappen zurück zur Spüle.

»Entschuldigen Sie bitte«, sagt sie leise.

»Ist doch nichts passiert«, sagt Herr Landau, der kein Prinz ist, dafür aber sehr nett und lieb. Er trinkt einen Schluck und lobt den Kaffee, und Mama wird ein bisschen rot und setzt sich wieder hin.

Lo trinkt von ihrer Milch und leckt sich die Sahne von der Oberlippe. Sie nimmt eins von Mamas frisch gebackenen Erdnussplätzchen und knabbert vorsichtig daran, damit es nicht zerbricht.

Amanda sitzt auf ihrem Schoß und guckt Herrn Landau an. Sie fürchtet sich ein wenig. Lo hält sie ganz fest.

»Eine schöne Puppe«, sagt Herr Landau.

Wenn er lächelt, legen sich tausend Fältchen um seine Augen. Und wenn er damit aufhört, bleibt für einen kleinen Moment ein Kranz feiner heller Linien zurück.

»Wie heißt sie denn?«

Vorsicht, warnt Amanda. Sie spürt die Gefahr wie die Hunde, wenn der Fuchs ums Haus streicht.

Lo senkt den Kopf, bis ihr die Haare wie ein schützender Vorhang vors Gesicht fallen. Ein Lächeln kann mir nichts dir nichts umkippen, das weiß sie nur zu genau.

Und wehtun.

Herr Landau blättert weiter in der blauen Mappe. Mama sieht ihm dabei zu. Sie vergisst, ihren Kaffee zu trinken. Ab und an schaut sie zur Tür, die nach draußen führt. Sie wartet auf das Bellen der Hunde. Das Quietschen des Zwingertors.

Papas Schritte.

»Eigentlich sollte Ihr Mann bei diesem Gespräch anwesend sein«, beschwert sich Herr Landau.

»Ich habe ... vergessen, ihm Bescheid zu sagen.« Mama schenkt ihm Kaffee nach. Schiebt ihm die Schale mit den Plätzchen hin. »Tut mir leid ...«

»Sie brauchen sich nicht zu entschuldigen.« Seine Stimme wird ganz sanft. »Sie sind verletzt. Was ist passiert?«

»Ich bin ... von der Leiter gestürzt«, antwortet Mama. »Beim Fensterputzen.«

Vorsichtig hebt Lo den Kopf und streicht sich die Haare aus dem Gesicht. Mama hat die Fenster nicht geputzt. Sie ist auch nicht von der Leiter gefallen.

Sag es, murmelt Amanda. *Sag ihm, was wirklich gewesen ist.*

Sie ist oft böse auf Mama. So böse, dass Lo sie kaum beruhigen kann.

»Lo …« Mama beugt sich vor und berührt sie zärtlich am Arm. »Magst du ein bisschen draußen spielen gehen?«

Dabei ist Lo schon aufgestanden. Jedes Mal wird sie weggeschickt. Und sie ist froh darüber. Herr Landau wird Fragen stellen. Mama wird antworten. Und gegen die Tränen ankämpfen, die Papa immer so wütend machen.

»Herr Landau kommt ab und zu, um zu sehen, ob bei uns alles in Ordnung ist«, hat Mama Lo erklärt.

Dann ist er vielleicht doch ein Prinz, hat Lo anfangs überlegt. Einer, den eine Hexe verzaubert hat. Und nun muss er ganz vielen Menschen helfen, um wieder zurückverwandelt zu werden.

Oder er ist ein Schutzengel. Passt auf, dass Mama nicht passiert, was Jamba passiert ist.

Jamba war Papas Lieblingshund.

Und dann hat sie Papa gebissen.

Am nächsten Morgen war sie tot.

Schatten zittern im Sonnenlicht. Sie sprenkeln den Zwinger mit den Hundehütten, bewegen sich mit dem Wind. Die Hunde kommen fiepend an den grünen Zaun. Sie wollen mit Lo spielen.

Nicht, sagt Amanda.

Sie dürfen den Zwinger nicht allein betreten.

Lo steckt die Hand durch den Draht. Die Hunde lecken daran. Ihre Zungen sind warm und rau. Es kitzelt, und Amanda fängt an zu kichern. Da muss auch Lo lachen.

Sie legt den Kopf in den Nacken und guckt in den blauen Himmel. Eine kleine Melodie tanzt in ihrem Kopf.

Stumm bewegt sie die Lippen dazu.

Auf einmal sind die Hunde still. Sie lauschen, und Lo weiß, dass Papa in der Nähe ist.

Die Melodie in ihrem Kopf verklingt.

Die Hunde bellen. Der schmutzige Jeep biegt um die Ecke.

Amanda weint leise vor sich hin.

Gut, dass Herr Landau wieder weggefahren ist. Lo drückt Amanda fest an sich, damit sie aufhört zu zittern.

4

Helge Landau trat mit voller Wucht auf die Bremse und brachte seinen Wagen im letzten Moment zum Stehen. Er war ausgebrochen und stand nun schräg hinter dem quittegelben Smart, der an einer roten Ampel wartete.

»Fuck …«

Helge atmete tief ein und aus. Er hatte weder die Ampel noch den Smart wahrgenommen, und er hätte nie geglaubt, das hier ohne Zusammenstoß über die Bühne zu bringen.

Die Fahrerin des Smart stieg aus und betrachtete verblüfft das Heck ihres Wagens.

»Keine zwei Zentimeter«, empfing sie Helge, der beobachten konnte, wie freudige Erleichterung ihre vorwurfsvolle Miene verdrängte. »Das grenzt echt an ein Wunder.«

Helge holte noch einmal tief Luft und beschloss, ab jetzt an schützende Mächte zu glauben.

»Entschuldigen Sie«, sagte er. »Ich war in Gedanken.«

Sie winkte ab. »Ist ja nichts passiert.«

So hatte er sich als Kind Schneewittchen vorgestellt. Langes schwarzes Haar, die Haut wie Porzellan und die klarsten blauen Augen, die er je gesehen hatte. Eine Traumfrau, und ausgerechnet hier musste er ihr begegnen.

Wären sie in Köln gewesen, hätte er sie zu einem Kaffee eingeladen, doch in diesen Eifelkäffern gab es keine Cafés. Wenn überhaupt, dann Stehcafés, die zu einer Bäckerei gehörten, oder, ein seltener Luxus, zwei, drei zusammengestellte Tische mit unbequemen Stühlen in einer dunklen Ecke des Ladens.

Aber Helge war ungerecht. Seit dem Studium lebte er in Köln. Er liebte die Domstadt und litt unter Entzugserscheinungen, sobald er sie verließ. Was er jeden Morgen tun musste, seit er eine Stelle beim Sozialen Dienst in Euskirchen hatte. Da sein Team den Bereich Blankenheim, Dahlem, Gemünd, Hellenthal, Kall, Nettersheim und Schleiden abdeckte, war er in der halben Eifel unterwegs. Das totale Kontrastprogramm zum Leben in der Großstadt.

»Ja. Dann ...« Er reichte der jungen Frau die Hand und spürte ein leichtes Bedauern, sie wieder loszulassen. Sein Leben war voller verpasster Gelegenheiten. Voller Momente, die verstrichen waren, ohne dass er sie genutzt hatte.

Die Ampel sprang auf Grün und beendete seine Überlegungen. Schneewittchen setzte sich in ihr Auto und brauste davon, als müsste sie vergeudete Zeit nachholen.

Helge nahm sich vor, konzentrierter zu fahren. Der Besuch in dem alten Forsthaus steckte ihm noch in den Knochen. Die verängstigte Dinah Burggraf. Das stille Kind, das er noch nie ohne seine Puppe gesehen hatte, die es fest an sich drückte.

Er hatte schon einmal mit einem Fall von Mutismus zu tun gehabt. Damals hatte er versagt und das Kind nicht retten können. Das würde ihm nicht wieder passieren. Doch zunächst musste er sicher sein, dass die kleine Lo tatsächlich nicht sprach. Womöglich war sie ganz einfach nur außergewöhnlich schüchtern.

Es ärgerte ihn, dass Abel Burggraf seinen Besuch ignoriert und ihm damit deutlich demonstriert hatte, wie wenig er seine Autorität als Mitarbeiter des Jugendamts anerkannte.

Helge nahm das Verhalten des Mannes nicht persönlich. Allerdings würde er es sich nicht länger bieten lassen. Morgen würde er wieder im Forsthaus auftauchen, und zwar unangemeldet und zur Mittagszeit. Dann kam Abel Burggraf, wie seine Frau erzählt hatte, immer zum Essen nach Hause.

»Mit mir machst du nicht den Molly«, murmelte er und sah den Förster vor sich, groß, kräftig und muskulös. »Nicht mit mir.«

Er selbst war mittelgroß und schlank, hatte noch nie ein Fitnessstudio von innen gesehen, trieb keinen Sport, hing lieber mit seinen Freunden rum. Dennoch fürchtete er sich nicht vor solchen Typen.

Sein Amt schützte ihn.

Das Amt und die Angst, die es den Leuten einjagte.

Abel Burggraf wusste genau, dass er nicht zu weit gehen durfte. Er wusste, welche Macht das Jugendamt hatte. Und ihm musste klar sein, welche Bedeutung Helge als Bindeglied zwischen dem Amt und seiner Familie besaß.

Dass jemand wie dieser Mann Forstbeamter geworden war, verwunderte Helge nicht. Mit seinen erst fünfundzwanzig Jahren war er als Leiter des Forstreviers Gemünd verantwortlich für viertausendachthundert Hektar Wald, von dem er etwa die Hälfte selbst bewirtschaftete. Es gab einen festangestellten Mitarbeiter und eine weibliche Bürokraft, davon abgesehen kaum Einschränkungen seiner Freiheit.

Und seines Machthungers.

In seinem Revier, das hatte Helge recherchiert, besaß der Förster sogar Weisungsbefugnis der Polizei gegenüber. Wie man sich erzählte, hatte Abel Burggraf davon schon einige Male Gebrauch gemacht.

An einer Imbissbude stieg Helge aus und bestellte sich eine Bratwurst mit Kartoffelsalat und viel Monschauer Senf. Beim Essen machte er sich Notizen.

Dinah Burggraf hatte sich geschickt geschminkt, doch auch das beste Make-up konnte nicht sämtliche Spuren einer Misshandlung übertünchen. Die Verletzung an der Unterlippe war ihm ebenso wenig entgangen wie die Schwellungen an Augenbrauen und Kinn. Obwohl sie sich ein Halstuch umgebunden hatte, waren ihm, wenn das Tuch verrutscht war, mehrere Blutergüsse in unterschiedlichen Altersstadien aufgefallen, die sich bis zum Schlüsselbein hinunterzogen.

Weiß der Himmel, wie es unter ihrem Kleid aussieht, dachte er und presste unwillkürlich die Lippen zusammen. Niemals würde er sich an einen solchen Anblick gewöhnen, niemals vergessen, was Gewalt Menschen antat.

Nicht mehr lange und Dinah Burggraf würde nur noch ein Schatten ihrer selbst sein.

Dennoch zeigte sie ihren Mann nicht an.

Im Gegenteil.

Sie schützte ihn mit ihren Lügen.

Helge vertilgte sein Essen mit einer grimmigen Geschwindigkeit und fühlte, wie ihm jeder Bissen schwer im Magen lag. Er trank sein Wasser aus und holte sich noch einen Kaffee, was er schon bereute, als er sah, wie die Frau hinter der Theke ihn einschenkte.

Es war der lauwarme Rest aus einer Glaskanne, die auf einer Warmhalteplatte stand, und obwohl Helge ihn mit zwei Tütchen Zucker süßte, war er bitter und hinterließ einen sauren Nachgeschmack auf der Zunge.

Als er den Imbiss wieder verließ, hatte sich die Sonne hinter eine dichte Wolkendecke zurückgezogen. Graue Schleier verhüllten die Landschaft. Es würde Regen geben.

Helge fing an zu frösteln und sehnte sich nach einer heißen Dusche.

Der Winter war lang gewesen. Er hatte den Menschen Kraft geraubt. Selbst jetzt noch, Anfang April, war der Regen oft mit Schnee vermischt.

Helge stieg ins Auto und fuhr los. Er hatte noch zwei Außentermine, und er hoffte, sie würden angenehmer sein als der im alten Forsthaus von Hellenthal.

*

Ich hatte beschlossen, für Merle und mich zu kochen. Kochen gehört nicht gerade zu meinen Leidenschaften, aber ich hatte Hunger auf etwas Warmes und das Bedürfnis, meiner Freundin eine Freude zu machen. Also lag es nahe, beides zu verbinden.

Es war ungewohnt still im Haus. Ilka hatte viel an der Kunstakademie zu tun und würde erst am Freitag aus Düsseldorf nach Hause kommen. Mike war auf einer Antiquitätenmesse in Frankfurt, wo er ein, zwei Nächte bleiben wollte, um möglichst viele Termine durchzuziehen. Luke hatte beschlossen, die letzte Nacht in Köln allein in seiner fast leer geräumten Wohnung zu verbringen, um Abschied zu nehmen.

Ich hatte lange mit Mina telefoniert, deren Therapie bald beendet sein würde. Sie freute sich darauf, zu uns zurückzukehren, war jedoch auch traurig. Raoul, der ebenfalls in ihrer Patienten-WG lebte und in den sie sich verliebt hatte, musste noch bleiben, und sie konnte sich nicht vorstellen, auch nur eine Stunde von ihm getrennt zu sein.

Unsere WG war zwar eigentlich komplett, hätte jedoch unter Umständen noch einen weiteren Mitbewohner verkraftet. Ich hatte Mina darauf angesprochen. Sie hatte lächelnd abgewehrt.

»Lieb von dir, Jette, aber Raoul ist ein hartgesottener Einzelgänger.«

Ihr wurde sofort bewusst, was sie da gesagt hatte, und sie fing an zu kichern. Ich brauchte einen Tick länger, bis ich losprustete.

»Seltene Spezies, diese multiplen Einzelgänger«, sagte ich und wischte mir die Tränen aus den Augenwinkeln.

»In der Tat.« Mina schnappte nach Luft. »Wär glatt ein Kapitel in Tilos Buch wert.«

Sie war auch während ihres Klinikaufenthalts und während der Zeit in ihrer Therapie-WG Tilos Patientin geblieben und hatte ihm gestattet, über seine Arbeit mit ihr zu schreiben. Sobald sie wieder zu Hause war, würde er die weitere Therapie allein übernehmen.

Schon deshalb, hoffte ich, würde sie nicht auf die Idee verfallen, uns zu verlassen, um in Raouls Nähe zu sein.

»Mina kennt ihn doch kaum«, hatte meine Mutter bei ihrem letzten Besuch gesagt, als ich ihr von ihm erzählt hatte. »Sie sollte sich mit schwerwiegenden Entscheidungen Zeit lassen.«

»Sie wird ein komplettes Leben brauchen, um ihn kennenzulernen«, hatte Merle eingewandt. »Es wird immer wieder Persönlichkeiten in ihm geben, die sie noch nicht entdeckt hat.«

Und in ihr selbst, hatte ich gedacht.

Meine Mutter hatte bekümmert genickt, aber ich hatte ihr angesehen, wie es in ihrem Kopf rumorte.

Eine Liebe zwischen zwei Multiplen? Sie witterte eine Geschichte.

Sofort hatte ich zugemacht. Ich war nicht mehr bereit, Material für ihre Bücher zu liefern. Sollte sie doch ihre Fantasie bemühen. Sie hatte schließlich genug davon.

»Du bist schrecklich ungerecht, wenn es um deine Mama geht«, warf Merle mir später vor, nachdem meine Mutter uns wieder verlassen hatte. Sie verstand nicht, wieso unser Verhältnis so schwierig war, denn im Vergleich zu ihren eigenen Eltern waren meine in ihren Augen Gold wert. Selbst mein Vater, der sich aus meinem Leben verabschiedet hatte, als ich fünfzehn war und ihn dringend gebraucht hätte.

Merle platzte mitten in meine Gedanken hinein. Ihre Haut war von der Fahrt auf dem Fahrrad gerötet, ihre Augen blitzten. Sie zog die Mütze ab und wuschelte sich durch die frisch gefärbten Haare, die leuchteten wie Ahornlaub in der Herbstsonne.

»Hmmm«, machte sie glückselig und guckte mir über die Schulter. »Pasta! Woher wusstest du, dass ich einen Schwung Kalorien brauche?«

»Brauchst du den nicht immer?«

Merle hatte eigentlich ständig Hunger. Vielleicht, weil sie permanent in Bewegung war. Saß sie irgendwo herum, was so gut wie nie vorkam, arbeitete ihr Kopf garantiert weiter. Nicht von ungefähr war sie diejenige, die innerhalb ihrer Tierschutzgruppe für die Planung der meisten Aktionen zuständig war.

Auch Claudio hatte sich lange auf ihre Mitarbeit in seinem Pizzaservice verlassen. Seit sie die Festanstellung im Tierheim durchgesetzt hatte, fand sie allerdings kaum noch

Zeit, ihn zu unterstützen. Claudio beklagte sich bitterlich darüber. Offenbar hatte er insgeheim die Hoffnung gehegt, Merle würde irgendwann beschließen, ganz bei ihm einzusteigen.

»Zuerst diese elenden Impfungen«, erklärte sie und beugte sich schnuppernd über den Topf mit der Tomatensoße, »und dann mussten wir uns auch noch um einen ausgesetzten Hund kümmern.«

Sie hob Smoky auf, der sie mit lautem Schnurren begrüßte.

»Na, mein Alter?«, erkundigte sie sich zärtlich. »War dein Tag besser als meiner?«

Smoky rieb seinen dicken grauen Kopf an ihrer Schulter und fing gurrend an zu erzählen.

Merles Finger gruben sich in sein dünnes Zottelfell, das immer noch erahnen ließ, unter welch schlimmen Bedingungen er gelebt haben musste, bevor das Tierheim ihn aufgenommen hatte. Auch seine trüben Augen verrieten, dass der Katzengott es in der Vergangenheit nicht gut mit ihm gemeint hatte.

Dafür wurde er jetzt bei uns nach Strich und Faden verwöhnt. Besonders von Donna und Julchen, die ihn beide um die Wette anhimmelten. Smoky war ein Womanizer. Doch nicht nur das. Selbst der betagte Klecks hatte ihn in sein ängstliches Katerherz geschlossen.

Smoky tat uns allen gut.

Als wir beim Essen saßen, schlug Merle sich an die Stirn.

»Mensch, Jette! Entschuldige! Ich hab noch gar nicht nach deinem Gespräch mit Isa gefragt. Wie ist es gelaufen?«

»Ich hab einen JOB! Jedenfalls so gut wie. Nur Isas Chef muss noch zustimmen.«

Merle stieß einen schrillen Schrei aus, sprang auf, zog

mich vom Stuhl und drückte mich so fest an sich, dass mir die Luft wegblieb. Smoky ging blitzschnell unter dem Tisch in Deckung.

Wir setzten uns wieder. Merle sah mich erwartungsvoll an.

»Also«, forderte sie mich auf, »und jetzt von Anfang an: Du kamst rein ...«

Ich berichtete ihr in aller Ausführlichkeit von meinem Besuch bei Isa. Merle stopfte hungrig die Pasta in sich hinein und hörte fasziniert zu. Manchmal vergaß sie zu schlucken, die nächste vollgeladene Gabel, von der die Spaghetti baumelten, abwartend in der Luft.

»Waaahnsinn!«, sagte sie, als ich mit meinem Bericht fertig und mein Essen kalt geworden war. »Weißt du schon, was du zu tun hast?«

»Bürokram. Ein bisschen Recherche, wenn ich Glück hab. Und vielleicht lässt sie mich mal in eine Akte schauen oder nimmt mich mit zu irgendwelchen Gesprächen.«

»Waaahnsinn!«

»Ab und zu wird sie mir auch Arbeit mit nach Hause geben.« Die Nudeln schmeckten sogar lauwarm. Sie waren mir erstaunlich gut gelungen. »Nicht schlecht, oder? Da kann ich sie mir dann einteilen, wie es am besten passt.«

»Waaahnsinn!«

»Merle? Alles in Ordnung mit dir? Dein Wortschatz umfasst doch eigentlich ein paar Worte mehr als *Wahnsinn.*«

»Waaahn...« Sie riss sich zusammen, und der andächtige Ausdruck auf ihrem Gesicht machte einem strahlenden Lächeln Platz. »*Ist* aber doch Wahnsinn! So ein Glück zu haben.« Sie legte den Kopf schief. »Wie machst du das bloß, dass dir ständig alles gelingt?«

Ich blickte mich suchend in der Küche um.

»Redest du mit *mir?*«

»Okay.« Sie hob Smoky, der zögernd unter dem Tisch hervorgekommen war, auf den Schoß. »Vielleicht gelingt dir nicht *alles*. Aber du vermittelst, verdammt noch mal, den Eindruck, als wärst du Miss Alleskönner.«

Sie kraulte Smoky hinter den Ohren. Sein Schnurren kippte in ein Röcheln um. Liebevoll drückte sie ihn an sich.

»Wo ist Luke?«, wechselte sie das Thema.

»In Köln.«

»Um *was* zu tun?«

»Er zelebriert die letzte Nacht in seiner Wohnung.«

»Abschied von Köln.« Merle nickte. »Ist schon ein fetter Liebesbeweis, dass er für dich aufs Land zieht.«

»Ich weiß.«

Smokys Schlafgeräusche und das Summen des Kühlschranks füllten die Stille in der Küche aus. Auf einmal fühlte ich mich meiner Freundin so nah, dass mir der Hals eng wurde.

»Jette?«

»Hmm?«

»Zwischen uns wird sich nichts ändern. Oder?«

Ich wusste sofort, was sie meinte.

»Zwischen uns wird sich niemals etwas ändern«, antwortete ich.

»Dann sehe ich Lukes Einzug gelassen entgegen.«

Sie küsste Smoky auf den strubbeligen Kopf, lehnte sich zurück und schloss die Augen. Wir schwiegen eine Weile.

»Du? Jette?«

»Ja?«

»Wär bei uns noch Platz für eine weitere Katze?«

»Warum machst du nicht gleich ein zweites Tierheim hier auf?«

»Ich liebe dich auch.«

Es war schön, ihr so nah zu sein, und ich wünschte mir, das würde immer so bleiben. Doch nichts blieb, wie es war, das hatten wir zu oft erfahren. Aber daran wollte ich nicht denken. Nicht an diesem Abend. Heute wollte ich einfach nur glücklich sein.

*

Bert fand es kalt in der Kapelle. Es war eine alte Kälte, die sich aus Jahrhunderten zu nähren schien und sicherlich nie ganz verschwand, weder in langen heißen Sommermonaten noch durch kräftiges Heizen im Winter. Ähnlich war es mit dem Geruch nach Blumen, Kerzen und Staub, der wohl von jeher zu diesem hohen Raum gehörte.

Wie auch der Gesang der Ordensbrüder.

Die Stimmen verschmolzen zu einer einzigen, die sich ruhig an den weißen Wänden emportastete und durch die Luft floss, ohne sich auch nur in Nuancen zu verändern. Die Melodien waren wie von einer anderen Welt. Melancholisch und voller Demut baten sie den Christus am Kreuz um Erlösung.

Doch der war mit seinem eigenen Schmerz beschäftigt.

Bert fragte sich, ob es noch weitere Religionen gab, die das Sterben eines Menschen als Symbol gewählt hatten. Er nahm sich vor, das zu recherchieren.

Die Mönche schienen vollkommen vertieft in ihren Gesang. Bert bewunderte sie dafür. Ihm selbst gingen tausend Dinge durch den Kopf und ließen ihn nicht zur Ruhe kommen. Er dachte an Rick und die anderen Kollegen. An seine Kinder, denen er sich ebenso entzogen hatte wie seinen Freunden. An die einführenden Worte, die der Abt zur Begrüßung gesagt hatte.

Dachte an das erste gemeinsame Mittagessen, bei dem er auch die übrigen Hausgäste kennenlernen durfte. Die Zeit der Kontemplation, zu der er in den Garten hinausgegangen war. Und er dachte an die Arbeit, die heute hauptsächlich daraus bestanden hatte, mit einem der anderen Gäste die Regale im Vorratsraum zu reinigen und frisch gekaufte Lebensmittel einzuräumen.

Sie hatten sich dabei leise unterhalten, obwohl der Abt noch einmal auf Schweigen gedrungen hatte, und Bert wusste nun, wer die Gäste waren: ein Dachdecker, ein Informatiker und der Moderator eines Fernsehverkaufssenders. Alle drei waren vom Burn-out betroffen und hatten die Auszeit im Kloster gewählt, weil sie Ruhe suchten.

Beim Abendessen, das aus Brot, Butter und Käse bestand, verspürte er ein seltsames Unbehagen. Es war eigenartig, den andern beim Essen zuzuschauen und ihren Kau- und Schluckgeräuschen zu lauschen, ohne ein einziges Wort mit ihnen zu wechseln.

Bert empfand gemeinsames Essen als eine sehr kommunikative Angelegenheit. Speiste man in Gesellschaft, gehörten Gespräche dazu. Schwieg man für eine Weile, dann teilte man auch das, ohne den andern auszuschließen.

Die Ordensbrüder aber schwiegen jeder für sich allein. Bat einer um den Brotkorb, dann nur mit einem Nicken, einem Lächeln, einer Geste. Anschließend versank er wieder in sich selbst.

Bert begegnete seinem eigenen Unbehagen auf den Gesichtern der übrigen Gäste. Wie wir doch verlernt haben zu schweigen, dachte er. Die einfachste Sache von der Welt wird für uns zur größten Herausforderung.

Ihm wurde bewusst, dass selbst seine Gedanken das Schweigegebot verletzten.

Ich rede unentwegt, dachte er. Nur eben innerlich.

Er hatte noch eine Menge zu lernen.

Nach dem Essen überlegte er, um sein Handy zu bitten, was zweimal am Tag gestattet war, doch dann entschied er sich dagegen. Er war hier, um zu sich selbst zu finden. Wie sollte ihm das gelingen, wenn er schon am ersten Tag mit einer Ausnahme begann?

Seufzend begab er sich in seine Kammer.

Kontemplation.

Er hatte keine Ahnung, ob er dazu fähig war.

*

Abel saß in dem hoffnungslos überladenen, viel zu kleinen, viel zu dunklen Wohnzimmer und zappte lustlos durch die Abendprogramme. Er hatte die zweite Flasche Wein geöffnet. Von der ersten spürte er kaum etwas.

Es dauerte immer länger, bis er betrunken wurde.

Der Alkohol half ihm über die Tage. Das war bei etlichen Forstbeamten nicht anders, nur gab es keiner zu. Auch er selbst würde es niemals eingestehen. Dabei waren Schnaps und Bier bei ihren Treffen unverzichtbar, der Flachmann häufiger Begleiter bei der Jagd.

Die unvergleichliche Stille im Wald, die Abel so dringend brauchte, schlug oftmals ins Gegenteil um. Dröhnte ihm in den Ohren, dass ihm fast der Schädel platzte und er dankbar auf den schlichten Ruf eines Vogels reagierte oder auf das Rascheln eines ins Unterholz flüchtenden Tiers.

Diese Stille.

Sie verfolgte ihn nicht selten bis nach Hause.

»Grabesstille«, murmelte er jetzt in seinem Wohnzimmer und setzte das Glas an die Lippen. »Elende, hundsgemeine Mörderstille.«

Er begriff nicht, dass man so sehr hassen konnte, was man doch eigentlich liebte. Dass es einen so nah an den Abgrund drängen konnte.

»Ein einziger Schritt«, murmelte er und merkte nun doch, wie ihm die Zunge schwer wurde. »Ein einziger Schritt nur …«

Die Todessehnsucht begleitete ihn schon sein Leben lang. Er konnte sie mit noch so viel Wein runterspülen – immer kam sie wieder hoch.

Und der Wald spielte ihr Lied.

Leben und Tod waren so eng miteinander verwoben, dass das eine ohne das andere gar nicht vorstellbar war. Aus dem Nest gefallene Vögel. Verendetes Wild. Gerissene Jungtiere. Das war Teil des Försteralltags, und Abel beschwerte sich nicht.

Aber es war nicht leicht, es auszuhalten.

»Das alles«, lallte er und begriff seine eigenen Gedanken nicht mehr.

Dinah war ins Bett gegangen. Sie hatte beim Abendessen wenig geredet. Hatte ihn stumm bedient und ängstlich auf seine Fragen gewartet.

Natürlich hatte er Fragen gehabt. Beispielsweise die nach dem *eigentlichen* Grund dafür, dass dieser Typ vom Sozialen Dienst ständig hier auftauchte und bei ihr in der Küche rumlungerte.

»Was will der von dir?«, hatte er gefragt.

»Nichts«, hatte Dinah geantwortet, und er hatte sie kaum verstanden, weil ihre Stimme kaum mehr als ein Hauchen gewesen war.

Wie er furchtsame Menschen verabscheute!

Er hatte die Hand gehoben, doch dabei war ihm wieder der Schmerz in den Arm geschossen, und er hatte Dinah nicht angerührt. Sein Blick war auf das spitze kleine Gesicht seiner Tochter gefallen. Eine tiefe Resignation hatte sich in ihm ausgebreitet.

Warum konnte sie nicht wie andere Kinder sein?

Warum sprach sie nicht?

Warum war sie so mager, so zerbrechlich?

Rote Wangen sollte sie haben und blitzende Augen und den ganzen Tag plappern und lachen und mit gesundem Appetit ihre Brote verputzen.

Nicht aber so stumm dasitzen, ihre verfluchte Puppe im Arm, ohne die sie keinen Schritt tat, nicht einen.

»Herr Landau wollte sich mit uns beiden unterhalten«, hatte Dinah mit dieser piepsigen Stimme gesagt, die ihn rotsehen ließ, ohne dass er irgendwas dagegen tun konnte.

»Ich hab mit dem nichts zu bereden! Was glaubt der Typ eigentlich, wer er ist? Gott? Spaziert in mein Haus, wie's ihm passt, schnüffelt und spioniert und schreibt sich Sachen auf. Als wären wir Tiere im Zoo, die man ungestraft begaffen kann! Und macht dann noch mit meiner Frau rum!«

»Er hat ... wir haben nicht ... bitte ... Abel ...«

Die Kleine hatte die Augen aufgerissen, schreckensstarr, und die vermaledeite Puppe an sich gepresst. Ihr blasses Gesicht war noch bleicher geworden. Eine Strähne hatte sich aus ihrem Pferdeschwanz gelöst, hell schimmernd im Licht der Lampe.

Wie Seide, hatte Abel gedacht. So fein und so kostbar.

Es war ihm gelungen, aufzustehen und die Küche zu verlassen, bevor die Sentimentalität der Trinker ihn übermannte. Doch die Erinnerung an das Gesicht seiner Tochter hatte sich an ihn geheftet wie eine Handvoll Kletten.

»Scheißprogramm!«, schimpfte er jetzt und schenkte

sich von dem Rotwein ein, der im Glas funkelte wie geschliffener Granat. Karfunkelstein hatte man früher zu Granat gesagt. Ein wunderschönes Wort.

Karfunkelstein, dachte er. Karfunkelwein.

Er lachte leise.

Der Wein zeigte Wirkung. Endlich.

Wurde auch Zeit, dass er den Sozialfuzzi aus dem Kopf kriegte, der anscheinend wirklich glaubte, er könnte ihm Vorschriften machen. Seine Ich-bin-hier-das-Gesetz-Nase wie selbstverständlich in fremde Angelegenheiten steckte und den Leuten erzählen wollte, wo es langging.

Wenigstens hatte Dinah so viel Geistesgegenwart bewiesen, dass sie daran gedacht hatte, sich zu schminken. Sie konnte nicht jedes Mal erzählen, sie sei die Treppe runtergefallen oder vor eine Tür gelaufen.

Sein Mund verzog sich zu einem schwerfälligen Grinsen. Auf dem Bildschirm rekelten sich halb nackte Mädchen und schauten ihm verführerisch in die Augen. *Ruf an,* forderte ihn eine heisere Frauenstimme auf.

Der Wein rann ihm durch die Kehle.

Ruf an! Ruf an!

Das Bild verschwamm vor seinen Augen. Das Glas fiel ihm aus der Hand. Der Wein lief aus und bildete eine rote Lache auf dem Tisch.

Rot wie Blut, dachte Abel. Karfunkelblut.

Müde legte er den Kopf zurück und schloss die Augen.

5

Ich saß gerade beim Frühstück, als Lukes Volvo in die Scheune fuhr. Er war erst zwei Jahre alt und gab wesentlich gesündere, vertrauenserweckendere Geräusche von sich als sein klappriger Vorgänger, der mittlerweile im verdienten Autohimmel weilte. Luke trauerte immer noch ein bisschen um seinen ersten Wagen, aber er versuchte, sich die Weisheit der Kölner zu eigen zu machen, dass *et kütt, wie et kütt.*

Seine Schritte. Die Tür. Und dann war er da.

Bei mir.

In meinem Leben.

Endlich.

Luke war zwar längst Teil unserer WG geworden und sein Umzug eigentlich reine Formsache, dennoch hätten wir ihn feiern müssen. Ich hatte nicht daran gedacht und nun war es zu spät. Das ärgerte mich.

Luke bekam von meinen Selbstvorwürfen nichts mit.

»Guten Morgen, meine Schöne.« Er drückte mir einen Kuss ins Haar. »Alle ausgeflogen?«

»Merle ist im Tierheim und Mike ist gestern wie geplant nach Frankfurt gefahren.«

»Hat er sich schon gemeldet?«

»Ja. Er klang so begeistert wie ein kleiner Junge, dem man völlig unerwartet einen Hund geschenkt hat.«

Luke machte sich einen Kaffee und nahm ein Gedeck aus dem Schrank.

»Das erste richtige gemeinsame Frühstück.« Er schenkte mir einen Blick, der mich daran erinnerte, wieso ich mich damals in ihn verliebt hatte. »Ich meine – das erste Frühstück als ein wirklich zusammenlebendes Paar.«

»Klingt furchteinflößend«, sagte ich. »Findest du nicht?«

»Bereust du es schon?«

Er meinte die Frage nicht ernst, ebenso wenig, wie ich meine Äußerung ernst gemeint hatte. Dennoch regte sich ein unbehagliches Gefühl in mir. Ich hatte so lange darum gekämpft, ihn bei mir zu haben.

Trotzdem.

Was, wenn es schiefging?

Er sah mir in die Augen. Hielt meinen Blick fest. Seine Hand fand meine und umschloss sie zärtlich.

»Liebe ist immer einen Versuch wert«, sagte er leise.

Seine Worte nahmen eine Last von meinen Schultern, die ich erst spürte, als sie von mir abglitt. Ich beugte mich zu ihm und küsste ihn. Seine Lippen schmeckten nach Kaffee, meine nach Aprikosenmarmelade.

»Eine Supermischung«, sagte er und ließ offen, was genau er meinte.

Eine Stunde später war er bereits damit beschäftigt, die letzten Sachen aus seinem Wagen zu räumen, und ich packte meine Tasche, um zu Isa zu fahren. Erst am Nachmittag musste ich in der Uni sein. Wir würden also Zeit genug haben, uns über meinen neuen Job zu unterhalten.

Es war noch ein paar Grad kälter geworden. Die Sonne war irgendwo hinter der grauen Wolkendecke eingefroren, doch man konnte spüren, dass sie in den Startlöchern saß. Vielleicht wünschte ich mir das aber auch nur. Mein ganzer Körper sehnte sich nach Wärme.

Isa offenbar auch, denn sie kam mir mit vor dem Bauch verschränkten Armen am Fuß der Treppe entgegen. Sie trug Jeans und einen flauschigen braunen Wollpulli, der ihr fast bis zu den Knien reichte.

»Brrr«, sagte sie. »Hört dieser Winter denn nie auf?«

In ihrem Büro legte ich meine Sachen auf einem der Stühle ab und wandte mich erwartungsvoll zu ihr um.

»Ich habe mit meinem Chef gesprochen«, sagte sie und deutete auf den Stuhl, der ihrem Schreibtisch gegenüberstand. Sie selbst setzte sich auf ihren Schreibtischsessel. »Es war nicht ganz einfach, ihn davon zu überzeugen, dass ich Ihnen außerhalb der Praktika, die wir anbieten, einen Job geben möchte.«

Nachträglich bekam ich einen Schreck. Ich hatte unseren Deal für abgemacht gehalten und nicht damit gerechnet, dass noch etwas schiefgehen könnte.

»Der Chef ist ein Mensch, der die ausgetretenen Pfade ungern verlässt.« Sie zuckte schmunzelnd mit den Schultern. »Es war eine sportliche Herausforderung.«

Auf manche Probleme konnte ich locker verzichten, und ich war auch nicht der Mensch, der sie sportlich anging, doch das äußerte ich nicht. Ich ließ es bei einem Lächeln bewenden.

»Und nun möchte er Sie kennenlernen.«

Augenblicklich beschleunigte sich mein Herzschlag. Chef und Kennenlernen war eine äußerst unangenehme Gedankenverbindung.

»Jetzt sofort?«

Isa nickte und wir machten uns auf den Weg.

»Ja!«, donnerte eine kräftige Männerstimme, nachdem Isa an die Tür geklopft hatte.

Der Chef saß hinter einem großen Schreibtisch und hielt einen Telefonhörer in der Hand. Mit einer Bewegung seiner freien Hand gab er uns zu verstehen, dass wir uns an den langen Besprechungstisch setzen und warten sollten, bis er fertig war.

»Selbstverständlich«, führte er sein Telefongespräch fort, und in diesem einen Wort schwang vieles mit – Autorität, Erwartungen, Ärger und die Entschlossenheit, dem armen Menschen am anderen Ende der Leitung das Leben unter Umständen sehr, sehr schwer zu machen.

Okay, sagte ich mir. Du musst ihn nicht heiraten. Mach einfach das Beste daraus. Gleichzeitig wurde mir bewusst, dass er Isas Angebot immer noch mit einem Kopfschütteln kippen konnte.

»Der kocht auch nur mit Wasser«, hörte ich meine Großmutter sagen, ein wenig spöttisch und mit dieser unergründlichen Ruhe, die sie auf mich übertrug, sobald wir zusammen waren.

Falls er überhaupt kochen kann, dachte ich, denn er wirkte auf mich wie jemand, der für jeden Handgriff seine Leute hat.

Er legte auf, erhob sich und kam hinter dem Schreibtisch hervor. Seine Krawatte hing schief, sein Hemd war zerknittert, unter seinen Achseln hatten sich ausgedehnte Schweißflecke gebildet.

»Ah …« Er streckte auf dem Weg zu mir die rechte Hand aus. »Das also ist Fräulein Weingärtner.«

Schon ewig hatte mich niemand mehr *Fräulein* genannt.

Irgendwie hatte ich geglaubt, der Begriff sei mittlerweile ausgestorben. Ich stand auf und nahm seine Hand. Sie fühlte sich weich und fleischig an. Mit körperlicher Arbeit war dieser Mann noch nicht oft in Berührung gekommen.

Er betrachtete mich wohlwollend.

»Psychologiestudentin«, sagte er, und weil ich mir nicht sicher war, ob das eine Frage oder eine Feststellung sein sollte, nickte ich.

»Welches Semester?«

»Zweites.«

Ich hob das Kinn und versuchte, die klägliche Semesterzahl mit Selbstbewusstsein auszugleichen.

»So früh schon so zielorientiert?«

Natürlich wusste er, dass ich bei der Bröhler Polizei kein unbeschriebenes Blatt war. Ich war in einige seiner Fälle hineingerutscht und der Kommissar hatte mich in letzter Sekunde retten müssen.

»Die Kombination aus Psychologie und Polizeiarbeit fasziniert mich«, erklärte ich.

In seinen farblosen Augen glomm ein vages Interesse auf. Er nickte und lächelte auf eine beinah schon charmante Weise.

»Ich kenne Ihre Mutter.« Er setzte sich an den Besprechungstisch und forderte mich auf, wieder Platz zu nehmen. »Sie hat einmal hier recherchiert. Sehr beeindruckend, wirklich. Meine Frau hat all ihre Bücher gelesen.«

Die Verbindung, die er zu meiner Mutter zog, gefiel mir nicht. Erst recht nicht die Tatsache, dass ihre Berühmtheit das Einzige zu sein schien, das für mich sprach.

Es gab kaum einen Menschen, dem der Name Imke Thalheim nicht geläufig war. Ihre Krimis lagen in den Schaufenstern und auf den Bestsellertischen der Buchhandlungen. Die Verfilmungen lockten regelmäßig Besucherschlangen in die Kinos.

Da meine Mutter jedoch nach der Scheidung von meinem Vater ihren Mädchennamen wieder angenommen und von Anfang an darunter geschrieben hatte, brachten mich glücklicherweise nicht allzu viele Menschen mit der berühmten Schriftstellerin in Zusammenhang.

Ich wollte, hier wäre das auch so gewesen.

Selbst wenn ich es dann schwerer gehabt hätte.

Ich sehnte mich danach, den Kokon, den meine Mutter in langen Jahren um mich gesponnen hatte, endgültig abzustreifen. Er hing ja nur noch an seidenen Fäden.

Wir tauschten noch ein paar Höflichkeiten aus, dann entließ der Chef Isa und mich.

Ich hatte den Job.

Am liebsten wäre ich Isa um den Hals gefallen, doch so nah waren wir einander nicht. Stattdessen ging ich zur Toilette und schickte Merle eine SMS.

Ihre Antwort kam postwendend.

Das wird gefeiert, herzallerliebste Streberin! Freu mich auf dich! :)

*

Fumée sieht aus wie ein Clown. Sie sitzt neben Lo und starrt sie unverwandt an. Immerzu ist sie hungrig. Obwohl sie zu dick ist.

»Ich kann keinen Hund gebrauchen, der wie ein Fass durch den Wald rollt«, hat Papa gesagt. »Sie muss abnehmen.«

Aber Fumée ist nicht dünner geworden, eher im Gegenteil.

»Sie ist elf Jahre alt«, hat Mama gesagt. »In Menschenjahren sind das immerhin …«

»Siebenundsiebzig.« Papa hat gelacht, weil Mama nicht so schnell rechnen kann wie er. Das Lachen hat seine Augen leuchten lassen.

Lo hat ihn lieb, wenn er lacht. Manchmal so sehr, dass es überall wehtut. Dann fühlt sie sich sicher und geschützt. Dann ist er ihr Papa, und sie hat keine Angst vor ihm.

In solchen Augenblicken ist Amanda still.

Scheint nachzudenken und lässt sich dabei nicht stören.

Wie eine Katze tritt Fumée mit den Vorderpfoten den Boden. Ihre Ohren sind aufgerichtet. Sie wartet auf ein Stückchen Wurst und will es auf keinen Fall verpassen.

Lo hat lange geschlafen. Sie hat Papa diesen Morgen nicht mehr gesehen. Er ist mit einem der anderen Hunde losgefahren. Für heute hat er einen vollen Terminkalender, hat er gesagt, und dass er noch nicht weiß, wann er zurückkommt. Vielleicht erst am Abend.

Deshalb lässt Lo schließlich ein Stück Fleischwurst fallen, und Fumée schnappt es sich aus der Luft.

»Lo«, warnt Mama. »Du weißt, dass Fumée abspecken muss.«

Mama hat so ein hübsches Gesicht. So volles, glänzendes Haar. Und ihre Augen sind wie …

Hübsches Gesicht?, meldet sich plötzlich eine zornige Amanda zu Wort. *Hast du vergessen, wie sie vor dem Schminken ausgesehen hat?*

Für einen kurzen Moment hat Lo nicht mehr daran gedacht. Und es hat gutgetan, nicht daran zu denken. Und jetzt ist alles wieder da.

Blöde Amanda!

»Sollen wir einen Spaziergang machen?«, fragt Mama.

O ja. Dann kann Fumée über die Waldwege flitzen und sich im Moos wälzen und die Nase in die Blätterhaufen vom letzten Herbst stecken. Und das dünne Fell wird ihr zu Berge stehen, und in ihren Augen wird dieser wilde Blick sein, vor dem man sich hüten muss, weil sie dann außer Rand und Band gerät.

Lo nickt.

Darf ich mit?, fragt Amanda zerknirscht.

Lo lässt sie noch ein bisschen zappeln und isst erst ihr Brot auf, bevor sie aufsteht und Amanda vom Stuhl zieht. Sie gibt Mama einen Kuss und läuft in ihr Zimmer, um ihren Waldspaziergangspulli anzuziehen.

Amanda singt.

Das wird ein schöner Tag.

*

Im Sonnenschein fand Helge Landau sogar die Eifel erträglich. Das Licht nahm den Hügeln die Schwere, den Tälern das Klaustrophobische und den Menschen die Melancholie.

Obwohl *Melancholie* ein zu … beschwingtes Wort war, um die Wesensart der Eifelbewohner zu beschreiben. Vielleicht traf *Schwermut* es eher.

Man musste schon ziemlich gut drauf sein, um hier nicht den Blues zu kriegen. Selbst die Tiere auf den Weiden wirkten deprimiert. Die Kühe reagierten noch nicht einmal, wenn man sich dem Zaun näherte und sie ansprach. Mümmelten an ihrem Gras und schlugen so langsam und unbeteiligt mit dem Schwanz nach den Fliegen, dass sie es ebenso gut hätten bleiben lassen können.

Helge war ein spontaner Mensch, der das Glück auch in den winzigsten Dingen entdeckte. Er war froh, einen Job zu haben, der ihn nicht an einen Schreibtisch kettete, einen Job, der ihn mit den unterschiedlichsten Menschen zusammenführte. Auch wenn er ihn viel Trauriges und Schreckliches sehen ließ, befriedigte er ihn doch. Vieles lief nicht, wie Helge es sich wünschte, doch wenn etwas gelang, dann war seine Freude umso größer.

Die Eifel empfand er als heftige Herausforderung. Wäre die Nähe zu Köln nicht gewesen, hätte er längst die Stelle gewechselt.

Im Herbst und im Frühjahr verschwand die Landschaft hinter Schleiern von Regen und Nebel. Im Winter versank sie in Schnee. Wohingegen in den Kölner Straßencafés bis in den Dezember hinein Hochbetrieb herrschte.

Als lägen Köln und die Eifeldörfer in unterschiedlichen Klimazonen.

Wäre er nicht so knapp bei Kasse, würde er sich einen kleinen Geländewagen mit Allradantrieb zulegen. Zwar hatte sein Panda ihn selbst bei Eis und Schnee noch nicht im Stich gelassen, dennoch empfand er zu solchen Zeiten jede Steigung als Nervenprobe.

Er klappte die Sonnenblende herunter, drehte das Radio lauter und fing an zu pfeifen. Wie sehr das Wetter die Menschen doch beeinflusst, dachte er. Die beiden Vormittagstermine, die er bereits hinter sich hatte, waren gelaufen wie geschmiert. Keine Vorwürfe, keine Tränen, fast sogar Kooperationsbereitschaft.

Die vierundzwanzigjährige alleinerziehende (und erneut schwangere) Mutter dreier Kinder zwischen zwei und sechs Jahren, die er zuerst besucht hatte, schaffte es endlich, ihre beiden Älteren regelmäßig in den Kindergarten zu bringen. Sie akzeptierte mittlerweile auch den wöchentlichen Besuch einer Familienpflegerin als hilfreich und lamentierte nicht mehr ständig darüber, kontrolliert und bevormundet zu werden.

Das Lehrerpaar, das mit seinen beiden verhaltensauffälligen Söhnen nicht mehr zurechtkam, hatte sich nach etlichen erfolglosen Überzeugungsversuchen überraschend bereit erklärt, sich eine Wohngruppe anzuschauen. Hier wurden Jugendliche, die aus dem gesellschaftlichen Raster gefallen waren, therapeutisch betreut.

Kleine Schritte, doch mehr konnte Helge nicht erhoffen. Jeder Zentimeter nach vorn war besser als Stillstand.

So durfte der Tag weitergehen.

Als er sich Kall näherte, warf Helge einen Blick auf die Uhr. Noch anderthalb Stunden bis Mittag. Eine halbe Stunde würde für die Fahrt nach Hellenthal draufgehen, den Rest der Zeit konnte er nutzen, um die Gesprächsprotokolle auszuarbeiten. Er beschloss, dies im Café des Möbelhauses Brucker zu tun, und steuerte den Parkplatz an.

Das Café war schwach besucht. Ein Paar mittleren Alters saß hier bei einem Stück Kuchen. Zwei junge Frauen beugten sich über ihre Handys, während ihre Kleinkinder sich von Kinderwagen zu Kinderwagen glucksend in Zeichensprache verständigten.

Helge entschied sich für ein zweites Frühstück und packte seinen Laptop aus. Doch er war mit den Gedanken nicht bei der Sache. Immer wieder kam ihm der bevorstehende Besuch bei den Burggrafs in den Kopf.

Einerseits wünschte er sich, dass sein Plan aufgehen möge und er Abel Burggraf mit seinem Überfall überrumpeln konnte. Andrerseits war ihm bei der Vorstellung, unangemeldet auf den Förster zu treffen, mehr als mulmig zumute. Er bemühte sich nach Kräften, keinem Klischee aufzusitzen, doch der Mann war das eines Gewalttäters schlechthin.

Helge hatte normalerweise kein Problem damit, jemandem in die Augen zu schauen. Bei Abel Burggraf jedoch kostete es ihn enorme Überwindung, den Blick nicht abzuwenden. Lieber unterhielt er sich mit der Wand oder dem Fenster, nur um nicht in die tief in ihren Höhlen liegenden Augen des Försters hineingezogen zu werden.

Man kann in Augen verloren gehen, dachte er und fragte sich verwundert, ob er jetzt anfing zu spinnen.

Der Kaffee war heiß und stark. Die Brötchen krachten beim Hineinbeißen. Käse und Aufschnitt schienen frisch zu sein. Das zweite Brötchen bestrich Helge dick mit Marmelade.

Wie jeder Sozialarbeiter hatte er gelernt, mit schwierigen Klienten umzugehen, Angriffe an sich abgleiten zu lassen und aggressive Situationen zu deeskalieren. Und wie jeder Sozialarbeiter war er bereits mehrfach an seine Grenzen gekommen.

Abel Burggraf, das wusste er mit nachtwandlerischer Sicherheit, würde ihn über die Grenzen hinausführen.

Du musst da nicht hinfahren, sagte eine Stimme in ihm, der er meistens vertraute, denn sie mischte sich nur in äußerst problematischen Situationen ein. Sie scherte sich nicht um Pflichtgefühl und nicht um den Ehrgeiz, alles richtig machen zu wollen. Sie dachte einzig und allein an sein Wohlergehen.

Halt dich da raus, dachte er und brachte sie zum Schweigen.

Er sah das malträtierte Gesicht der verschüchterten Dinah Burggraf vor sich, dachte an die kleine, stumme, viel zu ernste Lo und ihren Zwilling, die Puppe Amanda. Daran, dass er Lo ein einziges Mal hatte lachen sehen, als Fumée, der quirlige Jack Russel Terrier, trotz seines Alters wie ein Derwisch durchs Zimmer getobt war.

Nein. Den Plan, Abel Burggraf zu Hause zu überraschen und ihn so zu einem Gespräch zu zwingen, würde er nicht aufgeben. Auf gar keinen Fall.

*

Merle aß eines von den belegten Brötchen, die Robbie spendiert hatte, ohne dabei ihre Schreibtischarbeit zu unterbrechen. Die Zeit rannte ihr nur so davon. Robbie hielt sich immer noch wacker auf den Füßen, aber er hustete und schniefte und schien Fieber zu haben.

Und dann war auch noch Frau Donkas ausgefallen. Sie reagierte häufig mit Migräne, wenn sie Probleme hatte oder der Stress zu groß wurde. Die Attacken waren so schlimm, dass sie jedes Mal zum Arzt gehen musste, um ausschließen zu lassen, dass es sich um einen Schlaganfall handelte. Sie konnte dann kaum sprechen und hatte Lähmungserscheinungen am Körper und im Gesicht.

Merle hatte beschlossen, einfach nicht über das doppelte Arbeitspensum nachzudenken. Konzentriert arbeitete sie sich von Punkt zu Punkt.

Der ausgesetzte Hund war gesund. Dennoch blieb er in Quarantäne. Er reagierte verängstigt und aggressiv und ließ keinen an sich heran. Robbie schien er zu vertrauen, doch der hatte ebenfalls alle Hände voll zu tun.

Keine Tätowierung im Ohr, kein Chip, nichts, was über die Herkunft des Mischlings Auskunft geben konnte. Niemand suchte nach ihm, nirgendwo wurde er vermisst.

Angeschafft, vernachlässigt, weggeworfen.

So erging es unzähligen Tieren, und sosehr Tierschützer sich auch engagierten, sie konnten es nicht verhindern.

»Vor Weihnachten«, sagte Merle zu Robbie, der mit einer Dose Cola in ihr Büro gekommen war, um eine Kleinigkeit mit ihr zu essen, »müsste es ein absolutes Tierverkaufsverbot geben. Dann wären wir schon ein ganzes Stück weiter.«

»Indeed.« Robbie war daran gewöhnt, dass sie ihn mit ihren Gedanken überfiel. Er setzte sich ihr gegenüber, nahm sich ein Brötchen und schlug die langen Beine übereinander. »Kein Hund, keine Katze und kein Kaninchen unterm Weihnachtsbaum. Dann findet man sie später auch nicht angebunden irgendwo an der Autobahn.«

»Oder im Wald«, sagte Merle grimmig.

»Oder im Wald«, bestätigte Robbie.

Wenn es um Tierschutz ging, waren sie selten unterschiedlicher Meinung.

»Wie macht er sich?«

»Ganz gut«, nuschelte Robbie mit vollem Mund. Er spülte den Bissen mit Cola runter. »Solange man ihn in Frieden lässt. By the way.« Er sah sich auf ihrem überladenen Schreibtisch um. »Hast du schon mit deinem Artikel angefangen?«

»Noch keine Zeit gehabt.« Merle seufzte. »Aber ich würd so gern. Kannst du ...«

»Spuck's aus.«

»Kannst du dich um die Hunde kümmern? Mit den Katzen bin ich durch. Sie sind satt und zufrieden und haben die saubersten Klos der Welt.«

Robbie nickte ergeben. Seine Nasenspitze, fiel Merle auf, war vom vielen Schnäuzen schon ganz rot. Ihr Gewissen meldete sich.

»Nein«, sagte sie. »Lass mal. Du solltest lieber zusehn, dass du ins Bett kommst.«

»Und dich in diesem Chaos verlassen? Forget it.«

»Allein lassen«, verbesserte Merle.

»Was?«

»Mich in diesem Chaos *allein* lassen.«

Gierig biss er in das zweite Brötchen.

»Wann musst du abgeben?«

»Deadline ist der vierundzwanzigste April.«

»Also noch gute zwei Wochen.«

»Aber ich muss noch recherchieren.«

»Das schaffst du locker.«

»Deinen Optimismus möchte ich haben.« Merle verzog skeptisch das Gesicht. »Es ist kein Thema, das man locker runterschreiben kann.«

»Wie sind die überhaupt auf dich gekommen?«, erkundigte sich Robbie. »*FreeAnimal!* Die können *jeden* haben.«

»Herzlichen Dank auch!«

»Come on! You know what I mean!«

Merle hob die Schultern. »Irgendwer hat mich empfohlen. Ich bin wirklich nicht sicher, ob es gut ist, wenn einer von uns mit so was an die Öffentlichkeit geht. Militanter Tierschutz arbeitet im Verborgenen, Rob. Da willst du nicht, dass jeder Bulle sich deinen Namen merkt.«

»Aber du wirst es machen?«

»Hab ja zugesagt. Jetzt muss ich da auch durch.«

Muss ich das wirklich?, fragte sich Merle. Ist der Artikel über die Misshandlung von Tieren so wichtig, dass ich dafür meine Deckung aufgebe?

Ja, beantwortete sie sich die Frage selbst. Es ging nicht darum, einen schönen Artikel zu schreiben. Es ging um Fakten und darum, dass sie veröffentlicht wurden. Darum, die Menschen aufzurütteln und sie auf ein Problem aufmerksam zu machen, das sich tagtäglich vor deutschen Haustüren abspielte.

»Es fängt damit an, dass jemand seinen Hund vernachlässigt«, sagte sie. »Es geht damit weiter, dass perverse medizinische Versuche an Tieren vorgenommen werden, um die hundertste Wimperntusche zu testen oder das tausendste Shampoo. Und schließlich endet es damit, dass Tiere sterben müssen, bloß damit irgendwelche Tussis sich mit ihrem Fell schmücken.«

Robbie rieb sich die Krümel von den Fingern, trank seine Cola aus und erhob sich. Nach einem Hustenanfall, der sich anhörte, als würde gleich seine Lunge explodieren, ging er zur Tür.

»Los!«, sagte er. »Mach den Wichsern Feuer unterm Hintern!«

»Werd ich. Versprochen!«

Merle knüllte die Brötchentüte zusammen, räumte das Geschirr weg und klappte ihren Laptop auf. Der Tierheimcomputer war ein ausrangiertes Erbstück von irgendwem. Er war zu langsam. Wenige Minuten später steckte sie mitten in der Recherche und bekam nichts mehr von dem mit, was um sie herum geschah.

Vor allem dachte sie nicht länger darüber nach, wie aufregend es war, von einer der größten Tierschutzorganisationen einen Auftrag bekommen zu haben, denn sonst wäre sie vor Angst gestorben.

6

Der Wald zittert vor Vergnügen. Sonne und Wind kitzeln die jungen Blätter an den Büschen und Bäumen. Das Licht spielt mit den Schatten.

Und Fumée wirbelt über die Wege, wälzt sich im Laub und grunzt wie ein kleines Ferkel. Blätter bleiben an ihrem dünnen Fell hängen und kleine Zweiglein. Sie könnte glatt zum Ball der Trolle gehen.

Lo hat versucht, sie zu fangen, aber Fumée ist zu schnell. Sie lässt sie ganz nah herankommen und schlägt im letzten Moment einen Haken.

Wie schön es hier ist.

Der Wald fängt direkt hinterm Garten an und deshalb kommen seine Tiere bis ans Haus. Rehe. Wildschweine. Dachse. Hasen. Igel. Fasane. Abends segeln Fledermäuse in der Dunkelheit.

So schön.

Manchmal bringen die Bauern kranke oder verletzte Tiere. Damit Papa sie wieder gesund macht. Ein Rehkitz, dessen Mutter gestorben ist. Einen Igel, der zu dünn ist für den Winterschlaf. Eine Eule mit gebrochenem Flügel.

Papas Stimme wird ganz leise und sanft, wenn er zu einem leidenden Tier spricht. Seine großen Hände schließen sich behutsam um den zuckenden Körper eines Raubvogels, ohne dass sie von dem scharfen Schnabel zerfetzt werden.

Es sind dieselben Hände, die nach dem Stock greifen oder dem Gürtel. Dieselben, die festhalten.

Und wehtun.

Dieselben …

Pass auf!, ruft Amanda.

Doch da ist Lo schon über die Baumwurzel gestolpert und hingefallen und hat sich beide Hände aufgeschürft. Amanda ist in hohem Bogen davongeflogen und hart auf dem Waldweg gelandet.

Lo achtet nicht auf den Schmerz. Sie muss nachgucken, was mit Amanda ist.

»Schlimm?«, fragt Mama und will sie in die Arme nehmen, doch Lo wehrt sie ab und läuft zu Amanda, der Gott sei Dank nichts passiert ist. Nur ihr Kleid ist ein bisschen schmutzig geworden, und in ihrem Haar hängt Laub.

Vor Erleichterung rollen ein paar Tränen über Los Wangen. Sie drückt Amanda tröstend an sich. Wischt sich mit dem Ärmel das Gesicht.

»Sollen wir umkehren?«, fragt Mama.

Lo schüttelt den Kopf. Nicht umkehren.

Weitergehen.

Immer und immer weiter. Immer tiefer in den Wald hinein. Bis zu seinem grünen Herzen, das still und kühl und duftend in seiner Mitte pocht.

*

Manchmal konnte Abel Burggraf die Gesichter nicht mehr sehen. Die Sprüche nicht mehr hören. Und das Gelächter. Vor allem das verlogene Geschleime ging ihm auf den Zeiger. Jeder versuchte, sich gut mit ihm zu stellen. Es war immer von Vorteil, den Förster auf seiner Seite zu haben.

Doch er stand auf niemandes Seite. Nicht mal auf seiner eigenen.

Immer noch Restalkohol von der Nacht im Blut. Immer noch das Dröhnen im Kopf, das ihn wahnsinnig machte. Kein Frühstück heute Morgen, weil sich ihm der Magen schon beim bloßen Gedanken an Essen umgestülpt hatte. Nur eine Tasse Kaffee, stark, wie er ihn mochte.

Dinah hatte ihm die Tasse hingestellt und sich selbst eines von den aufgebackenen Brötchen genommen. Sie hatte es mit Butter und Honig bestrichen und dazu Tee getrunken.

»Warum brauchst du immer eine Extrawurst?«, hatte er sie nach langem, unbehaglichem Schweigen schließlich in barschem Ton gefragt. »Wieso trinkst du nicht Kaffee wie ich?«

Sofort war sie zusammengezuckt und hatte den Kopf eingezogen, wie in Erwartung eines Schlags. Dabei war er trotz seines Katers ausgezeichneter Laune gewesen. Er wusste selber nicht, warum seine Stimmungen so schwankten.

Er hatte es nicht im Griff.

»Ich hab dich was gefragt«, sagte er mit einer Eisesruhe, in der sich bereits der nächste Ausbruch ankündigte.

»Du weißt doch, dass ich zu viel Kaffee nicht vertrage«, antwortete sie leise.

»Sprich lauter! Und guck mich an, wenn ich mit dir rede!«

Gehorsam hob sie den Kopf. Ihr Blick flackerte vor Angst, was ihm meistens gefiel, ihn an manchen Tagen jedoch in Rage brachte.

»Tee bekommt mir besser«, sagte sie stockend, als müsste sie für jedes einzelne Wort Mut fassen.

Er stand auf, holte eine Tasse aus dem Schrank, füllte sie mit köstlichem, dampfendem Kaffee und stellte sie vor sie hin. Dann setzte er sich wieder.

»Trink!«

Sie zögerte nur einen Moment, bevor sie die Tasse an die Lippen hob und vorsichtig trank. Dieses winzige Zögern machte ihn ebenso wütend wie ihr lammfrommer Gehorsam.

Die ganze Frau erzürnte ihn.

Wie sie redete.

Wie sie schwieg.

Wie sie aß und trank.

Wie sie sich anzog und wie sie sich bewegte.

Warum konnte sie nicht sein wie das Mädchen, das er in ihr gesehen hatte, als er sie kennenlernte? Lebhaft, hübsch und zärtlich.

Nichts davon war übrig geblieben. Aus der verführerischen Geliebten von damals war eine blasse, unscheinbare Duckmäuserin geworden, die schon erschrak, wenn er sich einmal nur zu schnell bewegte.

Als sie die Tasse wieder absetzte, zitterte ihre Hand, und Kaffee schwappte über. Wie gelähmt blieb sie sitzen und starrte auf die Pfütze.

»Hey, Abel!«

Die Worte riefen ihn in die Gegenwart zurück. Er war hier, um mit seinem Mitarbeiter, einigen Kollegen aus benachbarten Forstämtern und den wichtigsten Leuten aus der Gemeinde auf den Geburtstag eines stinkreichen Waldbesitzers und passionierten Jägers anzustoßen.

Die richtige Feier würde es später geben. Heute ging es

nur darum, eine Stunde zusammenzusitzen und Männerfreundschaft zu demonstrieren, die es in Wirklichkeit überhaupt nicht gab.

Jeder kämpfte für sich allein. Das Gesetz des Waldes.

»Wo warst du denn mit deinen Gedanken, Kumpel? *Hier* spielt die Musik.«

»Geht dich nichts an.« Er hob finster sein Glas. »Gedanken sind frei.«

»Oha! Abel wird philosophisch!«

Er fiel in ihr Gelächter ein, obwohl er ihnen am liebsten den Hals umgedreht hätte. Das alles kotzte ihn so an, dass er es kaum noch ertrug. Die Gespräche, die Zigaretten und den Schnaps. Die Frauen, die zu solchen Anlässen Schnittchen servierten, selbst gebackenen Kuchen und labbrigen Kaffee aus Warmhaltekannen.

Überall und immer das Gleiche. Tag für Tag. Monat für Monat. Sollte das ewig so weitergehen?

Nein. Er hätte das Wort gern herausgebrüllt, damit die ganze Welt es hörte. NEEEIIINN!

Er war noch zu jung für das Hamsterrad, in dem sich alle wohlzufühlen schienen. Er hatte noch so viele Wünsche, so viele Pläne …

Mit einem Mal zogen sich sämtliche Geräusche zurück. Er sah, wie sich die Münder in den Gesichtern bewegten. Wie sie redeten, lachten, aßen, tranken. Sein Kopf war ein einziges Rauschen.

Pläne?

Verwirrt bemerkte er, dass er sich an keinen einzigen Plan erinnern konnte, den er jemals gehabt hatte.

Er senkte den Kopf und blinzelte das Nasse in den Augen hastig weg.

Keinen einzigen.

Abel sah auf die Uhr. Noch eine Stunde, dann würde er von hier verschwinden.

Er hatte das alles so furchtbar satt.

*

Sobald ich das Polizeigebäude verlassen hatte, rief ich Merle im Tierheim an. Sie löcherte mich mit Fragen.

»Ich darf leider nichts ausplaudern«, sagte ich voller Bedauern. »Die haben mich zu absolutem Stillschweigen verpflichtet.«

»Echt?« Merle hörte sich beeindruckt an. »So richtig mit allem Brimborium?«

»Na ja, auf die Bibel musste ich nicht schwören, aber eine Erklärung unterschreiben, dass nichts von dem, was ich bei meiner Arbeit bei der Polizei erfahre, nach außen dringt.«

»Blöd!«

Dabei war Merle, was ihren militanten Tierschutz anging, selbst ganz schön verschwiegen. Das musste sie sein, weil jede noch so kleine undichte Stelle das Aus für die Gruppe und ihre Aktionen bedeuten konnte.

Isa hatte mir einen ersten Einblick in ihre Arbeit gegeben. Sie war dafür zuständig, Polizisten nach belastenden Einsätzen zu betreuen und sie bei persönlichen Problemen zu beraten, schulte sie für den Umgang mit Stresssituationen und wurde bei der Auswahl von Polizeianwärtern hinzugezogen. Sie war bei Befragungen anwesend, beriet die Polizeileitung in innerbetrieblichen Angelegenheiten und die Einsatzleitung bei besonders riskanten Einsätzen.

Das Erstellen von Täterprofilen gehörte nicht direkt zu ihren Aufgaben, dennoch legte man bei den Ermittlungen großen Wert auf ihre Einschätzung.

»Das hier ist kein riesiges Präsidium«, hatte sie mir erklärt. »Bei uns laufen manche Prozesse unbürokratisch ab, ohne dass man lang und breit Stellenbeschreibungen diskutiert. Wir leben den Polizeialltag, stehen oft unter maßlosem Zeitdruck. Außerdem drängt die Öffentlichkeit, und der Chef macht uns bei den Morgenbesprechungen die Hölle heiß. Wenn ich zu der Ermittlungsarbeit der Kollegen etwas beitragen kann, dann tu ich das. Jeder bei uns verhält sich so.«

Ich hatte erfahren, dass es den *Profiler,* den ich aus dem Fernsehen kannte, in Deutschland gar nicht gibt. Dass es die Fallanalysten sind, die Täterprofile erstellen. Und dass es sie hauptsächlich beim BKA und beim LKA gibt und darüber hinaus höchstens in großen Polizeipräsidien.

Schon das erste richtige Gespräch mit Isa war wahnsinnig interessant gewesen. Sie hatte mich durchs Haus geführt und mich ihren Kollegen vorgestellt. Ich hatte eine Karte für den Polizeiparkplatz bekommen und einen Ausweis, der es mir erlaubte, mich ungehindert im Polizeigebäude zu bewegen.

Ich war Teil des Apparats geworden.

»Schon komisch«, sagte Merle, »dass du jetzt bei den Bullen bist.«

So hatte ich mir das noch gar nicht überlegt. Aus der Sicht meiner Freundin war ich auf die andere Seite gewechselt.

»Ich werd nie ein Bulle«, beruhigte ich sie.

»Eine Bullette, meinst du.«

So alt der Witz war, wir konnten uns immer noch darüber schlapp lachen.

»Und wenn wir uns mal ins Gehege kommen?«, fragte sie plötzlich.

»Quatsch!«

»Jette! Bitte! Was, wenn … ihr mich und meine Leute bei einer Aktion hopsnehmt?«

»Hör auf, Merle. Ich arbeite für *Isa*. Da glaubst du doch nicht, dass ich in irgendwelchen Gebüschen hocke, um Versuchslabore zu beobachten und auf ein paar durchgeknallte Tierschützer zu warten.«

Normalerweise ging Merle auf meinen schnoddrigen Tonfall ein.

Heute nicht.

»Du kannst das nicht wegdiskutieren, Jette. Ab heute stehen wir auf feindlichen Seiten.«

Jetzt wurde sie auch noch melodramatisch.

»Hallo? Merle? Ich bin's, deine Freundin Jette, die immer nur auf einer Seite steht, nämlich auf deiner.«

Manchmal hatte sie es wirklich drauf, mich runterzuziehen.

»Entschuldige«, sagte sie zerknirscht. »Ich mein ja nicht … es ist nur … ach, ich weiß auch nicht.«

»Du, ich muss jetzt in die Uni.« Ich machte mein Auto auf und warf meine Tasche auf den Beifahrersitz. »Wir können heute Abend weiterreden. Oder hast du was vor?«

»Hab den kompletten Abend für dich reserviert, Schätzelein.«

So klang sie schon wieder mehr wie die Merle, die ich kannte.

»Mädelsabend?«, fragte ich.

»Aber so was von!«

Ich warf einen letzten Blick auf das Polizeigebäude und setzte mich in meinen Wagen. Luke hatte heute Abend Jiu-Jitsu-Training. Danach saß er meistens noch ewig mit seinen Freunden zusammen. Merle und ich würden also viel Zeit haben.

Ich atmete tief ein.

Wie schön das Leben sein konnte.

*

Bert konnte sich nicht erinnern, wann er das letzte Mal Fenster geputzt hatte. Ganz sicher jedoch waren niemals Sprossenfenster dabei gewesen. Margot hatte immer mit einem Abzieher gearbeitet, was jedoch nur bei glatten Glasflächen sinnvoll war.

Berts aktuelles Arbeitsmaterial waren ein Eimer mit heißem Wasser, Schwamm, Leder, ein Wischtuch für die Fensterbänke außen, eins für die innen und ein paar trockene Tücher zum Nachreiben.

Die Leiter, die er bei der imposanten Höhe der Klosterfenster benötigte, knarzte bei jeder Bewegung und machte insgesamt einen instabilen Eindruck. Zusammen mit seiner ausgeprägten Höhenangst, die von Jahr zu Jahr schlimmer wurde, ergab das eine gefährliche Mischung.

Nachdem er sich anfangs gefragt hatte, was, zum Teufel, die Mönche sich dabei dachten, selbst die langweiligsten Arbeiten von ihren Hausgästen erledigen zu lassen (die noch dazu ein ordentliches Sümmchen dafür hinblätterten), spürte er vier Stunden und zwölf Flurfenster später, welch wohltuende Wirkung die monotone Tätigkeit auf ihn hatte.

Sein Denken veränderte sich.

Es verschwamm wie der Garten und der Himmel hinter den Fensterscheiben, nachdem Bert sie mit dem nassen Schwamm bearbeitet hatte. Die Gedanken zerflossen ins Ungefähre und waberten träge in seinem Kopf hin und her. Er ließ es zu, versuchte nicht, einen von ihnen zu fassen und zu Ende zu denken.

Irgendwann hatte ein Automatismus eingesetzt, bei dem

jeder Handgriff wie von selbst erfolgte. Bert brauchte sich nicht mehr zu konzentrieren, weder auf die Reihenfolge der einzelnen Schritte noch auf ihren Ablauf.

Seine Hände taten ihre Arbeit, sein Kopf ließ ihn in Ruhe, und die Scheiben wurden so blank, dass es aussah, als wäre überhaupt kein Glas zwischen innen und außen, als sei das Haus Teil der Natur.

Allmählich wurden ihm die Arme schwer und sein Magen begann zu knurren. Er hatte nichts zu essen in seiner Kammer, keinen Schokoriegel, keine Kekse, nicht mal einen Apfel.

In seinem Büro in Köln gab es eine Schublade, in der er Snacks hortete. Oft kam er nicht zum Essen, dann war es hilfreich, auf etwas zurückgreifen zu können, was er in den Mund stecken konnte, ohne die Arbeit zu unterbrechen. Er war immer so gut versorgt, dass auch Rick davon profitierte.

Er putzte das Fenster fertig und beschloss dann, eine Pause einzulegen. Dazu würde er in den Garten hinausgehen. Doch zuvor wollte er an der Pforte um sein Handy bitten.

Kurz darauf spazierte er durch den Kräutergarten und checkte seine Anrufe. Sein Sohn hatte in Mathe eine unglaubliche Zwei zustande gebracht. Seine Tochter brach bei ihrer Ich-wollte-dir-nur-sagen-wie-lieb-ich-dich-hab-Nachricht in Tränen aus, weil sie ihn vermisste.

Alle andern hatten ihn in Ruhe gelassen.

Worum er auch gebeten hatte.

Allerdings, und das ließ seinen Herzschlag komplett aus dem Takt geraten, hatte Imke Thalheim mehrmals versucht, ihn zu erreichen.

Imke Thalheim.

Was wollte sie von ihm?

Grübelnd umrundete er die Beete, auf denen die Pflanzen und Pflänzchen zu sprießen begannen, das Handy in der Hand wie den Schlüssel zum Paradies.

Sie hatte sich gemeldet!

Er selbst hatte sich seit Monaten zurückgehalten, wie er es sich vorgenommen hatte, unendlich mühsam und vollkommen gegen sein Gefühl. Imke lebte mit Tilo Baumgart zusammen, einem bekannten und allseits geschätzten Psychologen, dem auch Bert seinen Respekt nicht versagen konnte. Er achtete ihn nicht nur, er fand ihn sogar äußerst sympathisch, was seine Lage nicht einfacher machte.

Wie sollte er auch nur daran *denken,* diesem Mann die Frau auszuspannen?

Als wäre Imke Thalheim die Sorte Frau, die sich ausspannen ließ! Als wäre sie die Sorte Frau, bei der ein Mann auch bloß den Versuch wagen würde.

Erst recht nicht er selbst.

Eine überaus erfolgreiche Schriftstellerin und ein Kriminalhauptkommissar. Wie passte das zusammen?

Immerhin. Sie schrieb Krimis und einmal hatte er ihr bei Recherchen schon helfen dürfen.

Aber sonst?

Er sah die schöne, bezaubernd eingerichtete alte Mühle vor sich, in der sie lebte, und verglich sie mit seiner traurigen Übergangswohnung in Köln, die noch so leer war, dass seine Stimme zwischen den Wänden hallte.

Die Mühle war von Wiesen, Weiden und Wald umgeben. Ein Bach schlängelte sich hindurch, ringsum grasten Schafe, und auf den Zäunen hockten Wildvögel, die man vor Jahren in der Gegend ausgewildert hatte.

Bert hatte mit Frau und Kindern jahrelang ein kleines

Reihenhaus in Bröhl bewohnt, kaum genug Platz, um sich in den Zimmern zu drehen, und war jetzt in einem großen Mietshaus in Köln-Ehrenfeld gestrandet, das jeden Hässlichkeitswettbewerb auf Anhieb gewinnen würde.

Hin und her gerissen zwischen Depression und Glückseligkeit, zog er seine Runden im Rosengarten, dessen spärlicher Nacktheit man noch nicht ansehen konnte, welche Blütenpracht er im Sommer entfalten würde.

Er beantwortete die Nachrichten der Kinder und fragte sich wieder, was Imke Thalheim wohl von ihm wollte. Es schien dringend zu sein, sonst hätte sie nicht mehrfach versucht, ihn zu erreichen, andrerseits jedoch nicht dringend genug, um auf seine Mailbox zu sprechen.

Seit Langem hatte er ihre Nummer in seinem Adressbuch gespeichert. Er wählte sie und wartete mit lächerlich pochendem Herzen.

»Schön, dass Sie zurückrufen«, hörte er ihre Stimme.

Also hatte sie seine Nummer ebenfalls gespeichert. Sein Herz tanzte Tango.

Nach einem freundlichen Austausch belangloser Worte kam sie zur Sache.

»Es geht um meine Tochter«, sagte sie.

Berts Herzschlag verlangsamte sich. Die Enttäuschung schlug über ihm zusammen. Der Traumtänzer verwandelte sich zurück in den Kriminalbeamten. Seine alberne Hoffnung hatte ihn zum Narren gehalten.

»Bitte verhindern Sie, dass Jette diesen Job bei der Polizei bekommt.«

Bei der Polizei??

»Welchen Job?«, fragte er ernüchtert, und sie begann zu erzählen.

*

Sie laufen immer weiter, und fast wünscht Lo sich, sie würden nie wieder umkehren. Auch wenn sie ihr Zimmer vermissen würde, ihr Bett, auf dem die Kuscheltiere schlafen, und die Bücher, aus denen Mama ihr jeden Abend vorm Einschlafen vorliest.

Oder wenn Lo krank ist.

Sie ist oft krank.

Viel zu oft, sagt Mama, und Lo streichelt dann ihr Gesicht, damit es nicht mehr so traurig aussieht.

Manchmal, wenn Papa sehr wütend geworden ist und auch Lo geschlagen hat, kann sie sich kaum rühren.

Dann kühlt Mama ihr die Stirn mit einem kalten Waschlappen und backt ihr Heidelbeerpfannkuchen, und Lo darf sich wünschen, was sie will.

Meistens zeigt sie auf das schmale Bücherregal, in dem die Bücher mit all den lustigen und geheimnisvollen Geschichten stehen, die sie später mal selber lesen kann. Wenn sie erst in der Schule ist und Lesen lernt.

Lo hat ein bisschen Angst vor der Schule. Vor den Lehrern und den anderen Kindern. Ob sie Amanda mitnehmen darf?

Klar komm ich mit, sagt Amanda. *Das wär ja noch schöner.*

Auch Rechnen lernt man in der Schule. Sogar ohne die Finger zu benutzen. Und Turnen, Schwimmen und Tauchen. Und welche Länder es gibt und wie die Städte in Afrika und Australien heißen.

Weiß ich auch so, sagt Amanda. *Schule ist doof.*

»O Gott!« Mama sieht auf die Uhr. »Ich hab komplett die Zeit vergessen.«

Sie kehren um.

Mama geht jetzt so schnell, dass sie beinah schon läuft.

Lo hat Mühe mitzukommen. Sie schleift Amanda hinter sich her.

»Wie gut, dass Papa auf dem Geburtstag ist«, sagt Mama keuchend. »Da wird es immer Nachmittag, bevor er nach Hause kommt.«

Ganz tief in Lo drinnen stecken Tränen fest, die nach draußen wollen. In Amandas Haaren hängen kleine Blätter. Lo zupft sie ab.

Nicht weinen. Nicht weinen.

Aber schon kann sie spüren, wie Mamas Angst mit spitzen Fingern nach ihr greift. Wie sie selbst anfängt zu keuchen.

Verzagt stolpert sie hinter Mama her.

Vielleicht haben sie ja Glück und der Geburtstagsschnaps hat Papa müde gemacht. So müde, dass er gleich ins Bett fällt, um seinen Rausch auszuschlafen. Dann merkt er gar nicht, dass sie sich verspätet haben und dass es kein richtiges Mittagessen gibt, nur irgendwas aus der Kühltruhe.

Tränen kullern Lo über die Wangen. Sie leckt sie mit der Zungenspitze auf.

Sie schmecken salzig und traurig und sind voller Furcht.

7

Als Helge Landau beim alten Forsthaus vorfuhr, ahnte er bereits, dass er umsonst gekommen war.

Das Haus war leer. Daran gab es keinen Zweifel.

Sein ungeduldiges Klingeln hallte zwischen den Wänden wider.

Niemand öffnete.

Von seinen früheren Besuchen wusste Helge, dass das Tor selten abgeschlossen war. Er betrat den ungepflasterten Hof. Die Türen des schiefen Holzschuppens, der als Garage diente, standen weit offen.

Der Jeep war weg.

Er war auch nirgendwo sonst zu entdecken.

Mist!

Aber das musste nichts heißen. Er schaute auf seine Armbanduhr. Halb eins. Die Mittagszeit war noch nicht vorüber. Unschlüssig blieb er stehen und klimperte mit den Schlüsseln.

Sollte er warten?

Es stand kein Fenster offen und keine Tür. Niemand kam heraus, um die aufgeregt bellenden Hunde in ihrem Zwinger zu beruhigen.

Sein schöner Plan hatte sich in Nichts aufgelöst.

»Ist ja gut«, sagte er. »Nun regt euch schon ab.«

Seine Stimme schien die Hunde tatsächlich zu besänftigen. Sie kläfften noch ein paarmal halbherzig, setzten sich dann mit leisem Grummeln, hörten jedoch nicht auf, ihn aufmerksam zu beobachten.

Helge ging auf das Haus zu. Er registrierte das Knirschen kleiner Steinchen unter seinen Schuhen und dass sich eine Wolke vor die Sonne schob und für einen Moment ihr Licht verschluckte. Ihn fröstelte, und er überlegte, ob er noch einmal zum Auto zurückgehen und seine Jacke holen sollte.

April! April! Macht, was er will.

Helge klopfte an die dunkelbraune, fast schwarze Hintertür. Horchte.

Nichts.

Er drehte sich um, lehnte sich gegen die Hauswand und versuchte, sich die Frau und das Kind des Försters hier draußen vorzustellen.

Allein mit einem gewalttätigen Alkoholiker.

Keine Nachbarn weit und breit. Nur das alte Schieferhaus, das grau und kalt in dieser Einsamkeit stand.

Nichts an diesem Haus war liebevoll hergerichtet. Das Holz der Fensterrahmen lechzte nach frischer Farbe. Die Glasscheiben waren mit hässlichen Gardinen verhängt. Der billig gemauerte Hundezwinger war verdreckt. Die Abdeckung aus bemoostem Wellblech würde kaum verhindern, dass im Sommer eine Gluthitze darin herrschte und eine Eiseskälte im Winter.

Der Hof umfasste etliche Quadratmeter, auf denen sich große Mengen von Schrott und achtlos hingeworfenem Gerümpel angesammelt hatten.

Helge sah schwarzfleckige Gartenstühle aus Kunststoff,

die ursprünglich einmal weiß gewesen sein mussten. Einen kaputten Küchenschrank. Zwei ausrangierte Kloschüsseln. Einen dunkelblauen zerbeulten Kinderwagen. Einen Haufen zerbrochener Ziegelsteine. Und Dutzende weiterer Gegenstände, deren Gebrauchszweck er zum großen Teil nicht zuordnen konnte.

Wo ein Garten hätte sein können, bedeckte kümmerliches Gras die Erde, die von unzähligen Maulwurfshügeln überzogen war. Einzig eine aus grobem Holz gefertigte Schaukel und ein kleiner Sandkasten mit bunten Förmchen und Schaufeln verrieten, dass es hier ein Kind geben musste.

Hinter dem Grundstück begann übergangslos der Wald.

Neben dem Garagenschuppen stand ein alter Rasenmäher, an dem der Förster offenbar gerade werkelte. Allerlei technisches Gerät lag auf dem Boden verstreut, als sei der Mann nur eben mal weggegangen, um in der nächsten Minute zurückzukommen.

Unwillkürlich checkte Helge das Gelände.

Er war froh darüber, die Hausmauer im Rücken zu wissen. Die Vorstellung, von einem wütenden Abel Burggraf auf freier Fläche überrascht zu werden, hatte nichts Angenehmes.

Wind raschelte in den Sträuchern. Ein schmutziger dünner Lappen wehte vorbei. Es roch nach dem Rauch, der aus dem Schornstein aufstieg.

Das zarte Grün an den Zweigen würde mit der ersten Wärme aufbrechen und selbst diese Umgebung in Schönheit tauchen. Es würde eine Idylle zaubern, die einen all die Hässlichkeit vergessen ließ.

Dennoch.

Die Frau und das Kind hier?

Allein mit *ihm?*

Helge hatte mehrfach an Dinah Burggraf appelliert, das Mädchen in den Kindergarten zu schicken, damit sie mit Gleichaltrigen aufwuchs. Sie hatte, wie sie sagte, alles versucht, ihren Mann von der Notwendigkeit zu überzeugen. Es war ihr nicht gelungen.

Abel Burggraf dachte gar nicht daran, *mit irgendwelchen Einrichtungen der Gemeinde gemeinsame Sache zu machen.* Er dachte erst recht nicht daran, den Rat *irgendwelcher Sozialdeppen* zu befolgen.

Helge nahm Beleidigungen dieser Art nicht persönlich, sonst hätte er seinen Beruf längst an den Nagel hängen müssen. An Anfeindungen war er gewöhnt, da hatte er sich ein dickes Fell wachsen lassen. Es machte ihn nur manchmal schrecklich müde, immer und immer wieder dagegen anzukämpfen.

Lo durfte dieser traurigen Einsamkeit hier nicht tagtäglich ausgesetzt werden. Nicht der katastrophalen Ehe ihrer Eltern und erst recht nicht der Gewalttätigkeit ihres Vaters.

Helge hatte sämtliche Register gezogen, hatte es mit Überzeugungskraft versucht und mit Drohungen. Aber er hatte den Förster nicht knacken können.

Im Gegenteil.

Abel Burggraf verhöhnte ihn mit demonstrativer Gleichgültigkeit. Er boykottierte Gespräche oder nahm Termine gar nicht erst wahr.

Hier wäre dringend psychologische Betreuung nötig, dachte Helge wieder. Und zwar für alle drei.

Er musste zu härteren Mitteln greifen, denn es würde ihm nicht gelingen, Abel Burggraf davon zu überzeugen, dass er ein Alkoholproblem hatte. Ein Problem mit sich selbst. Und mit seiner Gewalttätigkeit.

Wie sollte er ihm dann erst begreiflich machen, dass

die zarte Seele seiner fünfjährigen Tochter zu zerbrechen drohte?

Du hast es nicht anders gewollt, Abel Burggraf, dachte er, stieß entschlossen die Hände in die Hosentaschen und kehrte zu seinem Auto zurück. Doch zuerst würde er es noch einmal über Dinah Burggraf versuchen. Er musste sie dazu bewegen, endlich auszupacken.

*

Merle konnte für ihren Artikel aus einem reichhaltigen Fundus von Fakten und Daten schöpfen. Als Mitarbeiterin eines Tierheims hatte sie Zugang zu Informationen, an die Unbefugte nie herangekommen wären. Die brisantesten Hinweise bot ihr jedoch ihre Tierschutzgruppe.

Sie agierten hauptsächlich im Erftkreis, weiteten die Aktionen aber häufig aus, indem sie sich Gruppen aus anderen Regionen anschlossen. Hin und wieder schlugen sie auch im Ausland zu. Sie arbeiteten eng mit Schwesterorganisationen zusammen.

Aussagekräftige Statistiken zum Thema Tierquälerei existierten nicht. Wie auch? Menschen, die Tiere misshandelten, kam man nur in den seltenen Fällen auf die Spur, in denen es Zeugen gab. Oder anonyme Anzeigen. Die Dunkelziffer war hoch.

Merle hatte schon viel Schreckliches gesehen, dennoch war ihr beim Anblick der Fotos, die sie durchblättern musste, als würde das Grauen ihr Herz in die Hand nehmen und langsam zerquetschen.

Sie wischte sich Tränen aus den Augenwinkeln und zog die Nase hoch.

Ihr Kampfgeist erwachte.

FreeAnimal gewährte ihr die Möglichkeit, eine Vielzahl an

Lesern zu erreichen. Sie nicht nur aufzuklären, sondern vielleicht sogar dazu zu bewegen, den Tierschutz zu unterstützen.

Sie würde ihren Artikel mit der Beschreibung exemplarischer Fälle anreichern. Dafür musste sie nicht lange suchen. Bei der Fülle an Material hatte sie die freie Auswahl. Vielleicht sollte sie eine Vorauswahl treffen und dann Robbie um seinen Rat bitten.

Augen zu und durch, dachte sie, als sie die Fälle aufrief.

Doch genau das war nicht möglich.

Der Macht der Bilder, die der Monitor des Laptops ihr zeigte, konnte sie nicht ausweichen. Jette würde heute Abend alle Hände voll zu tun haben, sie wieder einigermaßen aufzurichten.

*

Abel Burggraf sah ihn sofort, aber es war zu spät, um umzukehren. Mit Schwung bretterte er über den Hof, wobei er eine Wolke gelben Staubs aufwirbelte. Befriedigt registrierte er, dass der Typ ihn schlucken musste.

Klar, dass der einen Fiat fuhr. Mit einem Panda durch die Gegend zuckeln und den Leuten vorschreiben, wie sie ihr Leben zu leben hatten! Wow, der Mann hatte es echt drauf.

In einem einzigen kühnen, ironischen Bogen parkte er seinen Jeep vor der Garage und stieg aus. Er hatte genug getrunken, um seine Sorgen für eine Weile zu vergessen, aber längst nicht so viel, dass er einen unsicheren Gang gehabt hätte. Er steckte eine Menge weg.

»Herr Burggraf«, empfing ihn der Typ und tat erfreut, obwohl Abel wusste, dass er sich in Wirklichkeit einen Dreck um seine Klienten scherte. Machte immer einen auf verständnisvoll und vergaß die Gespräche, sobald er wieder vom Hof gefahren war.

Was hatten diese Sesselfurzer denn anderes als ihre kleine heile Welt, in der alles unverrückbar auf seinem Platz stand und keiner an der Fassade rüttelte?

Abel nahm die ausgestreckte Hand und drückte sie mit aller Kraft. Landau schossen die Tränen in die Augen. Er ging fast in die Knie.

Ja, dachte Abel befriedigt. So fühlt sich die Hand eines Mannes an. Die hat Lederhaut und Schwielen an den richtigen Stellen. So einer wie du kann davon nur träumen.

»Ich war gerade in der Gegend und dachte, ich schau mal bei Ihnen vorbei.«

Scheinheiliges Geschwafel!

Wie lange würde er sich das noch anhören können, ohne dem Kerl an den Kragen zu gehen?

Es wunderte ihn, dass Dinah nirgends zu sehen war. Sie hing doch sonst immer mit diesem Typen rum. Konnte ja kaum genug kriegen von seinem Gesülze.

»Bei unserem Gespräch gestern waren Sie ja leider … verhindert.«

Und wieso war Lo nirgends zu entdecken? Sie lief doch normalerweise draußen rum.

Abel spürte, wie eine Welle von Hitze in ihm hochstieg. Argwöhnisch musterte er Landaus Gesicht.

Hatte er seine Drohungen wahr gemacht und irgendwas getrickst?

Er warf einen Blick zum Panda. Keine Dinah und keine Lo. Wie denn auch? In dieser Sardinenbüchse auf Rädern.

»Wo ist meine Frau?«, fragte er und stellte sich breitbeinig hin.

»Wenn *Sie's* nicht wissen«, antwortete Landau patzig. Er rieb sich immer noch verstohlen die Hand, die Abel ihm fast zerquetscht hatte.

Fehlt nicht viel, und er fängt an zu flennen, dachte Abel. Er machte einen Schritt auf ihn zu und war nicht überrascht, dass Landau zurückwich. Am liebsten hätte er ihm eine reingezogen, aber er musste sich beherrschen. Der Leisetreter saß am längeren Hebel. Er hatte die Macht, seine Familie zu zerstören.

»Ich bin eben erst gekommen«, erklärte Landau jetzt.

Aus den Augenwinkeln schien er die Entfernung zu seinem Auto abzumessen. Auszurechnen, ob er eine Chance hätte, es im Notfall vor Abel zu erreichen.

Hast du nicht, dachte Abel. Du hast exakt die Chancen, die ich dir gebe. Diese Gewissheit tat ihm gut.

»Sie haben sie nicht gesehen?«

»Nein. Ihre Frau scheint nicht zu Hause zu sein.«

Konnte sein, dass er die Wahrheit sagte. Konnte aber auch sein, dass er log. Vielleicht hatte er Dinah und Lo in eines dieser Frauenhäuser gebracht, wo sie Frauen vor ihren eigenen Männern versteckten, angeblich, um sie zu *beschützen*. Vielleicht ...

Aber warum war er dann hier?

Erleichtert stieß Abel den Atem aus. Das widerspräche jeder Logik. Landau konnte mit Dinahs Abwesenheit nichts zu tun haben.

»Ich bin Ihretwegen gekommen«, behauptete Landau. »Würde mich gern kurz mit Ihnen unterhalten.«

Er schien wieder Fuß gefasst zu haben und zu seiner alten Sicherheit zurückzufinden.

Abel stöhnte auf. Manche Menschen wurde man einfach nicht los. Er verschränkte die Arme vor der Brust.

»Bitte.«

»Können wir dazu nicht reingehn, Herr Burggraf? Da redet es sich doch angenehmer.«

Wollte er jetzt noch einen Kaffee schnorren? Womöglich erwartete er dazu selbst gebackene Kekse oder ein Stück Kuchen? Dinah war ja so blöd, jeden Besucher zu behandeln wie den Kaiser von China.

»Ich finde es hier draußen angenehm genug«, entgegnete er. »Und machen Sie's kurz. Ich hab noch zu tun.«

»Wie Sie wollen.«

Landau stellte seine Tasche ab. Als er wieder hochkam, hatte er sich komplett in den Mann vom Amt zurückverwandelt. Den Schnüffler. Besserwisser. Den Mann, der Abel mit ein paar Unterschriften die Tochter nehmen konnte. Und die Frau.

Landau fing an zu reden.

Abel hörte die Worte, ohne ihren Sinn zu erfassen. Er beobachtete die Lippen des Mannes, die sich öffneten und schlossen, sah seine Zähne aufblitzen. Sein Blick blieb an Landaus Adamsapfel hängen, der auf und ab hüpfte.

Du musst zuhören, sagte er sich. Du musst einen guten Eindruck machen, sonst passiert ein Unglück.

Ein Unglück kommt selten allein, tönte es in seinem schwerfälligen, vom Alkohol vernebelten Kopf. *Ein Unglück ... selten ... Unglück ... kommt ...*

Ihm fiel eine Melodie dazu ein, aber natürlich summte er sie nicht. Stattdessen starrte er den Mann an, der da vor ihm stand und all seine Vergehen aufzählte, jedes Versäumnis und jede Unzulänglichkeit.

Hörte Begriffe wie *Psychologischer Dienst. Hilfestellung. Entwicklungsstörung. Soziale Kompetenz. Zwangshandlungen. Alkoholismus.*

Selbst ohne die Worte dazwischen wahrzunehmen, konnte er sich einen Reim darauf machen. Egal, wie man sie zusammensetzte, sie ergaben immer einen einzigen Sinn:

Dieser Typ wollte seine Familie zerstören.

»Wir sind nicht Ihre Feinde«, sagte Landau gerade. »Ganz im Gegenteil. Wir bieten Ihnen jede Art von Unterstützung an.« Er streckte ihm die Hand hin. »Kommen Sie, Herr Burggraf. Geben Sie sich einen Ruck.«

Zum Kotzen, diese Gutmenschen. Bemäntelten selbst ihre finstersten Absichten mit dem Anschein der guten Tat.

»Lassen Sie uns in Ruhe«, sagte Abel endlich, und die Zunge lag ihm so schwer und fremd im Mund, dass er unbeholfen um sie herumnuschelte. »Wir haben Sie nicht um Hilfe gebeten.«

Ein harter Zug erschien um Landaus Lippen.

Abel war mittlerweile so müde, dass er keine Sekunde länger hier draußen stehen bleiben wollte. Er sehnte sich nach einer Tasse Kaffee, heiß und stark, damit sein Kopf wieder klar wurde.

Er beschloss, das Gelaber zu beenden.

»Ich kann nicht ignorieren, dass Sie sich auch diesem Gespräch verweigern«, stellte Landau fest und hob seine Tasche wieder auf. »Und dass Sie nach Alkohol riechen, wie jedes Mal, wenn ich Sie gesehen habe. Herr Burggraf, es ist höchste Zeit einzulenken. Wenn nicht …«

»Was dann?« Abel kniff die Augen zusammen. »Häh? Was dann?«

Landau wich zurück. Zentimeter für Zentimeter. Er ließ Abel nicht aus den Augen.

Abel folgte ihm.

Schritt für Schritt.

Eine kalte Gelassenheit hatte sich in ihm ausgebreitet. Eine Ruhe, in der er *wusste,* dass niemand das Problem für ihn lösen würde. Das konnte nur er selbst. Er empfand keine Wut, keine Erregung. Er dachte nicht nach.

Er überließ sich seinen Instinkten.

Das war seine große Stärke. Noch nie hatten seine Instinkte ihn im Stich gelassen.

Man lernte das bei der Arbeit im Revier: auf die Stimmen des Waldes zu hören und Notwendigkeiten spontan zu erkennen. Mit der Zeit entwickelte man eine Art sechsten Sinn für Dinge, die nicht stimmten.

Und die Fähigkeit, rasch zu reagieren.

Jetzt sagte sein Instinkt ihm, dass er handeln musste.

Schnell.

Und ohne zu zögern.

*

Helge begriff, dass es ein Fehler gewesen war, überraschend hier aufzutauchen. Aber die Erkenntnis kam zu spät.

Er erkannte es an den Augen des Försters. Sie waren schwarz, wie ausgebrannt. Spiegelten kein Gefühl, keine Empfindung. Alles war in ihnen verschlossen.

Im nächsten Moment ahnte Helge, dass er sterben würde.

Er stieß mit dem Rücken gegen sein Auto und tastete mit der rechten Hand nach dem Türgriff. Mit der linken umklammerte er den Griff seiner Tasche.

Er trat einen Schritt zur Seite, um die Tür aufmachen zu können. Seltsamerweise hinderte der Förster ihn nicht daran. Abel Burggraf war noch etwa drei Schritte entfernt und schien gar nicht daran zu denken, sich zu beeilen.

Wie ein Roboter schob er sich vor, langsam und unaufhaltsam.

Ohne den Blick von ihm abzuwenden, öffnete Helge die Tür und überlegte im Bruchteil einer Sekunde, ob er dem Förster die schwere Tasche über den Schädel ziehen oder sich lieber auf den Fahrersitz werfen und versuchen sollte, die Türen von innen zu verriegeln.

Hatte er die Zeit dazu?

Vielleicht bluffte der Mann ja nur.

Vielleicht wollte er ihn lediglich vom Hof jagen.

Wenn er es nur genau wüsste!

Schon als Kind hatte Helge sich nicht gern geprügelt, sondern war körperlichen Auseinandersetzungen aus dem Weg gegangen. Er erschlug nicht mal die Fliegen, die sich im Sommer in seine Wohnung verirrten, fing sie lieber mit einem Glas ein und ließ sie draußen wieder frei.

Der Schweiß brach ihm aus, als er erkannte, dass er es nicht fertigbringen würde, Abel Burggraf niederzuschlagen. Ihn auch nur anzugreifen.

Er ließ die Tasche fallen und warf sich auf den Fahrersitz.

Im nächsten Moment war der Förster bei ihm, beugte sich zu ihm hinunter und zog ihn am Pullover aus dem Auto. Helge stolperte über seine Tasche, doch Abel Burggraf fing ihn auf.

Sah ihm in die Augen.

Helge starrte verwirrt zurück. Entdeckte sein Spiegelbild in den Pupillen des Mannes, der ihn töten würde.

Panik tauchte sein Inneres in Feuer. Entsetzt bemerkte er, wie seine Blase sich entlud. Seine Hose sog sich mit warmer Nässe voll.

Der Förster drehte ihn mit Leichtigkeit um.

Legte ihm von hinten den Arm um den Hals.

Helges Genick brach mit einem entsetzlichen Geräusch, das jede Pore seines Körpers füllte.

Dann war Stille.

8

Merle hatte zehn Fälle ausgesucht, die sie mit Robbies Hilfe auf zwei oder drei reduzieren wollte. Es waren allesamt Fälle, an die sie sich verdammt gut erinnern konnte. Tierquäler, die vor Gericht gekommen, jedoch nicht verurteilt worden waren, weil man ihnen ihre Taten nicht schlüssig hatte nachweisen können.

Das war das Problem bei der Misshandlung von Tieren. Sie geschah nicht vor aller Augen, sondern in der Abgeschiedenheit der eigenen vier Wände, auf traurigen Hinterhöfen oder in abgelegenen Gegenden, in denen die Täter vor Beobachtern sicher waren.

Man hatte Merle gesagt, es gehe nicht um eine journalistische Arbeit im strengen Sinne. Sie solle aus ihrer ganz persönlichen Sicht als aktive Tierschützerin schreiben. Nur solle sie die Beispiele bitte so wählen, dass man sie nicht als militante Tierschützerin enttarnen könne.

Wär ich selbst nicht draufgekommen, dachte Merle spöttisch.

Während sie das Material sichtete, machte sie sich Notizen. Ein paarmal wurde sie durch einen Anruf gestört, doch das konnte sie nicht aus ihrer Konzentration reißen.

Binnen kürzester Zeit ertrank sie in Informationen, und ihr wurde klar, dass sie ein Buch füllen könnte mit all den Ungeheuerlichkeiten, die sich einen Platz in ihrem Kopf gesucht hatten und sich nur schwer wieder daraus vertreiben lassen würden.

Ihr Gehirn ordnete und sonderte aus, sammelte und bewertete. Es weigerte sich, die Gräueltaten zu nah an sich heranzulassen. Die Gefühle aber waren längst mit Merle durchgegangen.

Ein Fall hatte sie damals besonders lange beschäftigt. Es ging um einen jungen Forstbeamten, dem vorgeworfen worden war, seinen Hund totgeprügelt zu haben. Merle hatte damals die Verhandlung besucht.

Die Leute, die in der Pause auf dem Flur des Gerichtsgebäudes gestanden und diskutiert hatten, waren sich überwiegend einig gewesen: Der Angeklagte war schuldig.

Auch Merle hatte nicht an seine Unschuld geglaubt, dabei jedoch aus tiefstem Herzen gehofft, dass sie sich irrte.

Sie selbst war es nämlich gewesen, die diesen Hund an den Forstbeamten vermittelt hatte.

Damals war der Mann gerade in das Forsthaus in Hellenthal gezogen. Kurz zuvor war sein Rauhaardackel gestorben. Er hatte sich die Hunde im Albert-Schweitzer-Tierheim angeschaut und sich auf den ersten Blick in eine zweijährige Münsterländer-Hündin und eine schon ältere Jack Russel Terrier-Dame verliebt.

Merle hatte ihn und die Tiere auf dem Kennenlern-Spaziergang begleitet. Sie hatte an dem Vermittlungsgespräch mit Frau Donkas teilgenommen. Und schließlich war sie es auch gewesen, die die Hunde zu ihm gebracht hatte.

Sie handhabten das immer so, denn es diente der Sicherheit der Tiere und ihrer eigenen Seelenruhe, wenn sie das zukünftige Zuhause ihrer Schützlinge persönlich in Augenschein nahmen.

Das Forsthaus war alt gewesen, heruntergekommen und unaufgeräumt.

»Das wird leider noch eine Weile so bleiben«, hatte der junge Förster sich entschuldigt. »Ich kann es nur Stück für Stück renovieren.«

Aber neben dem Laufstall in der warmen Küche, in dem ein pummeliges kleines Mädchen saß, das an einem Brötchen knabberte, waren bereits Decken für die Hunde ausgebreitet. Und ein Blick aus dem Fenster auf das weiträumige Grundstück und den Wald dahinter hatte Merle davon überzeugt, dass das hier ein Paradies für Kinder und Tiere sein konnte.

Nachdem es erst einmal aufgeräumt war.

Sie wusste jedoch aus eigener Erfahrung, dass man nicht alles gleichzeitig in Angriff nehmen konnte und eine Menge Geduld brauchte, wenn man Dinge verändern wollte.

Der Mann hatte ihr imponiert. Mit fünfundzwanzig Jahren war er der jüngste Forstbeamte in Nordrhein-Westfalen, der bereits einen eigenen Bezirk leitete. Es hatte ihr gefallen, dass ausgerechnet er, der für seine Arbeit gut erzogene Hunde brauchte, Heimtieren eine Chance geben wollte.

Daran hatte sie denken müssen, als sie mit den übrigen Prozessbesuchern auf dem Flur stand und darauf wartete, dass es mit der Verhandlung weiterging.

Der Forstbeamte hatte ausgesagt, nichts mit dem Tod des Hundes zu schaffen zu haben. Die Stimme war ihm weggekippt, und er hatte nur mühsam die Tränen zurückhalten können, als er seine Sicht der Dinge geschildert hatte.

Ausgerechnet seine dreijährige Tochter hatte das Tier beim Spielen tot vorgefunden. Sie war buchstäblich darüber gestolpert. An diesem Tag hatte das Mädchen aufgehört zu sprechen.

Die Vorstellung des kleinen, stummen Mädchens hatte Merle fertiggemacht, fast mehr noch als das schreckliche Verbrechen selbst. Der Schmerz des Mannes war so spürbar gewesen, dass Merle beinah selbst die Tränen gekommen waren.

»Nie würde ich die Hand gegen ein wehrloses Tier erheben«, hatte er gesagt. »Ich habe meinen Hund geliebt, auch wenn er manchmal etwas schwierig war.«

Diese Äußerung hatte Merle für ihn eingenommen. Die meisten Tiere, die sie vermittelten, hatten Narben ihres früheren Lebens davongetragen. Äußerlich und innerlich. Fast immer blieben Verhaltensauffälligkeiten zurück, Ängste und Unsicherheiten.

Aber auszurasten und ein solches Tier zu töten?

Unvorstellbar.

Es hatte einen Augenzeugen gegeben, der das Vergehen auch angezeigt hatte. Doch der Förster hatte behauptet, dieser Zeuge sei ein früherer Freund seiner Frau und handle aus Eifersucht.

»Vielleicht hat er es ja selber getan, bloß um es mir dann anzuhängen.«

Er hatte sich zu den Prozessbesuchern umgewandt und den Blick durch den Raum schweifen lassen.

An Merle war er schließlich hängen geblieben. Erkennen war darin aufgeblitzt und hatte Merle getroffen wie ein Stromschlag.

Du glaubst mir, hatte dieser Blick gesagt. *Auch wenn die andern es nicht tun.*

Fast war es gewesen wie ein Befehl.

Als Fotos des toten Hundes gezeigt wurden, begann der Angeklagte zu würgen. Ein Beamter führte ihn rasch hinaus. Als er den Saal wieder betrat, war er kreidebleich, und Merle hasste ihn dafür, dass sie ihm tatsächlich zu glauben begann, obwohl ihre Zweifel längst nicht ausgeräumt waren.

Das Ganze war zwei Jahre her. Der Forstbeamte war aus Mangel an Beweisen freigesprochen worden. Er hatte Job und Familie behalten und galt als unbescholtener Mann. Doch noch immer, wenn Merle ein misshandeltes Tier sah, fragte sie sich in einem hinteren Teil ihres Kopfes, ob der Mann von damals wirklich unschuldig war.

Sie wählte Claudios Nummer.

»Was ist los, mi amore?«

Sie rief ihn selten von der Arbeit aus an, deshalb klang er immer ein wenig alarmiert, wenn er ihre Nummer auf dem Display sah.

»Ich wollte nur mal kurz deine Stimme hören. Wo bist du gerade?«

»War auf dem Großmarkt und bin jetzt auf dem Heimweg. Gleich stellt sich ein neuer Student vor. Wieder mal.« Er stöhnte genervt. »Und dann geht's auch schon an die Vorbereitungen für heute Abend.«

Sein Pizzaservice hatte gut zu tun. Claudio konnte nicht mehr in den Tag hineinleben, wie es ihm gefiel. Er war ein Geschäftsmann geworden, selbst wenn dieses Bild so gar nicht zu ihm passen wollte.

Die Entwicklung hatte auch Merles Leben verändert, denn sie hatte Freiraum gewonnen, seit Claudio keine Zeit mehr hatte, sie Tag und Nacht mit seiner sizilianischen Eifersucht zu verfolgen.

Die Pizzafahrer wechselten ständig. Claudio beschäftigte am liebsten Schüler oder Studenten, die für einen Spottpreis arbeiteten.

»Warum stellst du nicht noch einen festen Mitarbeiter ein?«, fragte Merle ihn zum wohl hundertsten Mal.

»Hältst du mich für einen reichen Mann?«, fragte er zurück wie jedes Mal.

»Ja«, antwortete Merle schlicht. »Du hast nämlich genug zu essen und ein Dach überm Kopf. Und außerdem Leute, die für dich arbeiten.«

»Meine kleine Sozialistin …«

Merle hasste es, wenn Claudio so zu ihr sprach. Sie überlegte sich gerade eine passende Erwiderung, als ihr klar wurde, dass das kurze Telefongespräch seinen Zweck schon erfüllt hatte. An die Stelle des Abscheus und der niederdrückenden Traurigkeit beim Anblick all der misshandelten Tiere auf den Fotos war der Ärger auf den Macho Claudio getreten.

Sie musste schmunzeln.

»Love you«, sagte sie leise und wandte sich wieder ihrer Arbeit zu.

*

Wie eine ausgemusterte Schaufensterpuppe lag der Typ vor ihm. Abel hätte das Knirschen seines brechenden Genicks nicht hören müssen, um zu wissen, dass er tot war.

Plötzlich wurde ihm die Stille bewusst.

Er drehte sich nach den Hunden um.

Sie saßen da wie in Stein gemeißelt. Und starrten ihn an.

Abrupt fuchtelte er mit den Armen und stieß einen Schrei aus, der sie zusammenzucken ließ. Seine Stimme erhob sich in die Luft, dehnte sich und erstarb ebenso plötzlich, wie sie angeschwollen war.

Der ängstlichste der Hunde zog sich winselnd ans Ende des Zwingers zurück, die andern duckten sich demütig.

Und wieder war Stille.

Abel wurde klar, dass er das eine Problem gelöst, sich damit jedoch weitere Probleme an den Hals gehängt hatte. Hier stand er mit einer Leiche und einem fremden Auto. Beides musste er verschwinden lassen und das so schnell wie möglich.

Er überlegte kurz, die Leiche auf natürliche Art zu entsorgen. Ein Ameisenhaufen würde ihm jede Arbeit abnehmen, sauber und präzise. Aber kannte er einen, der groß genug war, um einen kompletten menschlichen Körper darin versenken zu können?

Abel sah auf seine Armbanduhr.

Kurz nach eins.

Wo immer Dinah und Lo sich herumtrieben – sie würden bald zurückkommen.

Er war ein bisschen früher von der Geburtstagsfeier aufgebrochen, weil er zu schnell und zu viel getrunken hatte. Damit hatte Dinah nicht gerechnet.

Interessant.

Was, fragte er sich, machte sie den ganzen Tag, wenn er auf der Arbeit war und glaubte, sie wäre zu Hause, wie sich das für eine gute Ehefrau und Mutter gehörte?

Doch für solche Grübeleien war keine Zeit. Er spürte, wie er mit einem Schlag nüchtern wurde. Sein Kopf arbeitete auf Hochtouren.

Das Auto konnte er in der Garage unterstellen. Es gab nur einen Schlüssel dazu und den besaß er selbst. Vielleicht würde Dinah sich darüber wundern, dass er die Garage abschloss und den Jeep draußen stehen ließ, aber sie würde nicht versuchen, den Grund dafür herauszufinden. Die Neugier auf alles, was sein Leben betraf, hatte er ihr mittlerweile gründlich ausgetrieben.

Warum nicht auch die Leiche in der Garage verstecken, bis er eine Möglichkeit gefunden hätte, sich ihrer zu entledigen?

Er setzte sich in Bewegung. Holte die Rolle Abdeckfolie aus dem Keller, die er für die vielfältigen Renovierungsarbeiten dort aufbewahrte, wickelte ein reichliches Stück ab und breitete es über den toten Sozialarbeiter.

Doch dann musste er die Folie noch einmal herunternehmen, weil ihm eingefallen war, dass er nach dem Autoschlüssel des Mannes suchen musste. Hatte Helge Landau nicht eben noch Schlüssel in der Hand gehalten und damit herumgeklimpert?

Jetzt zahlte sich aus, dass er Förster und Jäger war. Er hatte keinerlei Schwierigkeiten damit, Hasen zu häuten oder Wildschweine und Rehe zu zerlegen. Da würde ihn ein Toter doch wohl nicht …

Er würgte und wandte sich ab. Atmete tief ein und aus.

Überwand sich.

Beugte sich wieder über die Leiche.

Die reglosen, toten Hände waren leer. Also musste er die Taschen von Sakko und Hose durchsuchen. Er kniff die Augen zu und tastete danach.

Was er fand, waren ein paar Münzen, ein zerknittertes Päckchen Kaugummi, ein gebrauchtes Papiertaschentuch und ein Schweizer Messer.

Aber kein verfluchter Schlüssel!

Er spürte, wie Panik in ihm aufstieg. Jeden Moment konnte sein Mitarbeiter auf den Hof gefahren kommen.

Oder ein Waldbesitzer, der Lust hatte, sich über irgendwas aufzuregen. Jemand, der Holz kaufen wollte. Einer seiner Kumpels, die es liebten, unangemeldet aufzutauchen, bloß *um mal kurz Hallo zu sagen.*

Oder Dinah.

Sie konnte nicht lügen. Eine Vernehmung durch die Bullen würde sie nicht durchstehen, ohne ihn zu verraten.

Besser, sie wusste nichts.

Schwer atmend hockte er da und überlegte. Er stopfte Kaugummi, Münzen, Taschentuch und Messer in Landaus Hosentasche zurück und richtete sich auf. Die Tür des Panda stand noch offen. Er stieg über die Leiche und beugte sich ins Wageninnere.

Enttäuscht bemerkte er, dass der Schlüssel nicht steckte. Wär ja auch zu einfach gewesen, dachte er. Wieso sollte ein einziges Mal in meinem beschissenen Leben was klappen?

Die Panik füllte mittlerweile seinen ganzen Körper aus. Vergeblich versuchte er, ihr mit tiefen Atemzügen beizukommen, doch sie hatte ihn fest im Griff. In seinem Innern war ein Feuer ausgebrochen, das ihn verbrannte.

Mit der linken Hand hielt er sich am Lenkrad fest, mit der rechten tastete er den Boden unter den Sitzen ab.

Irgendwo musste der verdammte Schlüssel doch sein!

Als er sich wieder aufrichten wollte, stieß er sich den Kopf und fluchte. Bevor er erneut über die Leiche stieg, versetzte er ihr einen wütenden Tritt.

Herrgott noch mal! Wo hatte der Idiot seinen Autoschlüssel versteckt?

Es kam ihm vor, als wollte Landau ihn noch im Tod verhöhnen.

Genau in dem Augenblick, in dem ihm dieser Gedanke kam, entdeckte er etwas Buntes unter dem Wagen. Eine

Sekunde später hielt er einen staubigen Schlüsselbund in der Hand.

Die Schlüssel waren an einem bunten Acrylanhänger befestigt, der die Form des Kölner Doms hatte. Unter dem Staub fühlte Abel das glatte, angenehme Material des Anhängers und verzog dennoch verächtlich den Mund.

Der Kölner Dom!

Er warf einen Blick auf das Autokennzeichen. Klar, dass Landau Kölner war. Keiner sonst machte so einen Kult um seine Stadt.

Er wollte sich gerade wieder zu der Leiche und der Folie hinabbeugen, als ihm die rettende Idee kam.

Endlich wusste er, wo er den Toten loswerden konnte. Aber zuerst würde die Garage herhalten müssen. Erleichtert begann er zu pfeifen. Eine Melodie, die er auf der Geburtstagsfeier gehört hatte.

Die Hunde saßen noch immer wie Statuen da.

»Tolle Zeugen«, murmelte er, und ein befreites Lachen fegte den letzten Rest der Panik hinweg.

Immer noch war er bis zum Kragen vollgepumpt mit Adrenalin. Er hatte das Gefühl, fliegen zu können.

Wie auf Droge, dachte er.

Jetzt, da er den Ausweg aus seiner gefährlichen Lage gefunden hatte, sog sich jede seiner Zellen mit Leichtigkeit voll. Er war allerdings realistisch genug, nicht zu vergessen, dass er sich noch lange nicht in Sicherheit befand.

Mit einem Mal hatte er das Gefühl, beobachtet zu werden. Er fuhr herum und suchte das Gelände mit zusammengekniffenen Augen ab. Wurde von Schatten genarrt, von Lichtreflexen und Zweigen, die sich im Wind bewegten.

Reiß dich zusammen!

Er merkte, wie schmerzhaft sich seine Kiefer verspannt hatten.

Diesmal bereitete es ihm keine Schwierigkeiten, den Toten anzufassen. Schnell und konzentriert tat er seine Arbeit, und als er fertig war, hatte er die Leiche in eine Mumie verwandelt. Nur dass Gesicht und Hände geisterhaft unter der Folie hervorschimmerten.

Er hätte daran denken sollen, wenigstens das Gesicht abzudecken.

Doch nun war es zu spät.

Abel hob den Körper vom Boden auf wie einen zusammengerollten Teppich, schulterte ihn mit einiger Mühe, trug ihn in die Garage und legte ihn bei den Winterreifen ab. Nachdem er ihn mit alten Tüchern bedeckt und die Reifenstapel, die er hier lagerte, hin und her geschoben hatte, war der Tote nicht mehr zu sehen.

Dann setzte Abel sich in den Panda und fuhr ihn ebenfalls in die Garage. Er schaute sich noch einmal prüfend um, ging hinaus und verschloss das Tor hinter sich. Den Schlüssel machte er vom Bund los und steckte ihn in die Hosentasche.

Sicher war sicher.

Er hob Landaus Tasche auf und strich den Staub von dem vernarbten Leder. Mit einem letzten Blick vergewisserte er sich, dass nichts mehr auf den Besuch des Sozialarbeiters hindeutete, und betrat das Haus.

Um seine Nerven zu beruhigen, kochte er sich einen Kaffee und zog sich mit der Aktentasche in sein Arbeitszimmer zurück, um sich in Ruhe mit ihrem Inhalt zu beschäftigen. Es konnte nicht schaden zu wissen, welche Informationen das Jugendamt über ihn und seine Familie gesammelt hatte.

Wenn Dinah und Lo nach Hause kämen, würde er sie

von seinem Fenster aus rechtzeitig sehen. Keiner würde ihn bei der Lektüre verbotener Papiere überraschen.

Nach einer Weile fand er seine Lage absolut nicht mehr bedrohlich.

Es gab ihn, den perfekten Mord.

Vielleicht war gerade die Spontaneität seiner Tat das Geheimnis. Er öffnete die Aktentasche und spürte, wie sein Herzschlag sich beschleunigte.

»Dann zeig mal, was du dir so über mich zusammengereimt hast«, sagte er laut.

Seine Stimme klang fest und zuversichtlich, und bald lag der Inhalt der Tasche vor ihm auf dem Schreibtisch: Brieftasche, Geldbörse, Smartphone, mehrere Kugelschreiber. Eine Frischhaltebox mit zwei belegten Broten. Schmerztabletten, Hustenpastillen, ein Apfel und ein Päckchen Papiertaschentücher.

»Erbärmlicher kleiner Beamtenspießer«, murmelte er angesichts der Ordnung, in der diese Dinge in der Tasche gesteckt hatten.

Dass der Sozialarbeiter beruflich unterwegs gewesen war, erkannte man an dem Laptop und einigen mehr oder weniger prall gefüllten Mappen in verschiedenen Farben.

Mist!

Aus irgendeinem Grund hatte Abel nicht daran gedacht, dass der Typ mit Laptop arbeitete, obwohl er das doch eigentlich hätte erwarten müssen. Er selbst tat es schließlich auch.

Er hatte keine Ahnung, wie man ein Passwort knackte, aber er würde es herausfinden. Bis dahin blieb zu hoffen, dass eine der Mappen ein paar brauchbare Informationen enthielt.

Abel dachte an den verschnürten Helge Landau in der

Garage. Genugtuung breitete sich in ihm aus. Der zumindest konnte ihm nicht mehr ins Handwerk pfuschen.

*

Irgendwas stimmt hier nicht, sagt Amanda.

Auch Lo hat ein komisches Gefühl. Obwohl sie so spät nach Hause gekommen sind, hat Papa nicht geschimpft. Er hat Lo sogar übers Gesicht gestreichelt. Das hat sich kratzig angefühlt.

Und dann hat er gesagt: »Na, meine kleine Prinzessin?«

So hat er sie schon lange nicht mehr genannt.

Er hat nach Bier und Schnaps gerochen, doch in seinen Augen war nicht dieser Blick, vor dem Lo sich am liebsten ans Ende der Welt verkrochen hätte.

Trotzdem hat sie Mamas Verwirrung gespürt.

Und die Angst, die jeden Mittag und jeden Abend mit Papa nach Hause kommt.

Irgendwas stimmt nicht, wiederholt Amanda.

Lo steckt die Hand durch den Maschendrahtzaun des Zwingers. Die neugierigen schwarzen Nasen der Hunde sind kalt und feucht.

Candy. Honey. Whiskey. Und Dandy. Lo mag sie alle.

Am liebsten aber mag sie Fumée.

Die hat es auch nicht im Haus gehalten. Sie schnüffelt auf der Erde, wieselt im Zickzack hin und her, hat für nichts Augen und Ohren, nur für unsichtbare Spuren. Wahrscheinlich sind Katzen hier langgeschlichen. Oder die Rehe waren wieder am Haus.

Lo hat die Rehe schon ein paarmal gesehen. Hat sich ganz still verhalten und ihnen zugeguckt, wie sie auf ihren langen dünnen Beinen aus dem Wald gekommen sind, die Köpfe erhoben, fluchtbereit.

Nie würde Lo Rehbraten essen.

Sie isst überhaupt nicht gern Fleisch.

»Macht hier eigentlich jeder, was er will?«, hat Papa neulich nach dem Mittagessen gebrüllt. Er hat ihr den Teller vor die Nase geknallt und sich zu ihr runtergebeugt, und Lo hat seinen Atem riechen können, der nach Zigaretten gestunken hat und nach Kaffee. »Du hast dein Fleisch nicht gegessen.«

»Abel …«, hat Mama sich vorsichtig eingemischt.

Doch Papa hat nicht auf sie geachtet.

»Du bleibst so lange am Tisch sitzen, bis du das Fleisch gegessen hast«, hat er gefährlich leise zu Lo gesagt. »Hast du mich verstanden?«

Lo hat genickt, und Papa hat angefangen, Zeitung zu lesen. Hin und wieder hat er auf Los Teller geguckt und ist dann raschelnd wieder hinter der Zeitung verschwunden.

Versuch's wenigstens, hat Amanda geflüstert.

Dabei hatte Mama extra für Lo Karotten und Fenchel gekocht. Mit Kartoffelbrei. Das hatte Lo ratzfatz aufgegessen. Nur das Fleisch, das Papa ihr auf den Teller gelegt hatte, war noch da gewesen, in viel zu große Stücke geschnitten.

Komm, hat Amanda gebettelt, *stell dich nicht so an.*

Lo hat es wirklich versucht. Doch jedes Mal, wenn sie den aufgespießten Happen Fleisch mit der Gabel zum Mund führen wollte, ist ihr Magen Karussell gefahren.

»Abel …«

»Halt dich raus!«, hat Papa Mama angezischt. »Du siehst doch, wohin deine Erziehung führt!«

Lo hat die Tränen in Mamas Augen gesehen. Da hat sie den Fleischbrocken schnell in den Mund geschoben.

Und dann ist es passiert.

Ihr Mund ist so voller Fleisch gewesen, dass sie nur noch durch die Nase atmen konnte. Aber ihre Nase war vom Weinen verstopft, und sie bekam keine Luft. Und auf einmal ist das Fleisch in ihren Hals gerutscht, und sie musste so schlimm husten, dass ihr die Tränen übers Gesicht gelaufen sind.

Das Fleisch ist wieder aus ihrem Hals geflutscht und mitten auf dem Tisch gelandet.

Keuchend hat sie es angestarrt und aus den Augenwinkeln wahrgenommen, dass Papa die Zeitung weggelegt hat. Plötzlich hat sie seinen Griff im Nacken gespürt und die Kraft, mit der er ihr Gesicht auf den Teller gedrückt hat, hinein in all das eklige, tote Fleisch und die fette, lauwarme Soße, auf der sich schon Haut zu bilden begann.

»Du wirst das jetzt essen! Ist das klar? OB DAS KLAR IST?«

Er hat ihren Kopf an den Haaren hochgerissen und auf den Teller gestoßen. Lo hat seine Stimme nur noch von Weitem gehört. Ebenso wie das Splittern von Porzellan. Und als sie wieder wach geworden ist, hat sie in ihrem Bett gelegen und Mama saß neben ihr und hielt ihre Hand.

»Es tut mir so leid, mein Kleines …«

Später, vor dem Badezimmerspiegel, hat Lo einen Schrecken bekommen. Überall in ihrem Gesicht waren Kratzer und Pflaster, und das eine Auge war so zugeschwollen, dass sie es nicht mehr sehen konnte.

Mit nur einem Auge gucken, war ganz schön schwer. Und die Kopfschmerzen auszuhalten, ohne zu weinen.

Denk nicht mehr dran, sagt Amanda.

Nachdenklich streichelt Lo die Hälse der Hunde. Dann merkt sie, dass Fumée verschwunden ist.

Bestimmt will sie Verstecken spielen.

Lächelnd schaut Lo sich um.

Fumée!, ruft Amanda. *Eins, zwei, drei, wir kooommen!*

Es raschelt im Laub bei der Garage. Und wedelt da nicht auch ein vorwitziger Hundeschwanz?

Als Lo sich der Garage nähert, kommt Fumée ihr mit stolzgeschwellter Brust entgegen. Sie legt etwas vor Los Füßen ab, setzt sich hin und sieht sie erwartungsvoll an.

Lo bückt sich nach dem Gegenstand.

Es ist eine Sonnenbrille mit dunkelbraunen Gläsern, die stark verkratzt sind. Sie sieht aus wie die Sonnenbrille, die Herr Landau getragen hat, als er das letzte Mal hier gewesen ist.

Braver Hund, sagt Amanda. *Aber wie kommt die Brille hierhin?*

Das weiß Lo auch nicht. Sie kann sich nicht vorstellen, dass Herr Landau auf dem Grundstück herumspaziert ist. Und bei der Garage hatte er ganz bestimmt nichts zu suchen.

Hier stimmt was nicht, sagt Amanda wieder.

Es ist, als wär es plötzlich kälter geworden.

9

Als ich meinen Peugeot in unserer Scheune abstellte, war es sechs Uhr, und das Licht im Innenhof lag wie eine letzte Liebkosung auf den Pflanzen. Donna und Julchen kamen angeschossen, als hätten sie den ganzen Tag sehnsüchtig auf mich gewartet. Sie waren neuerdings viel und meistens zusammen draußen, anders als unsere Kater.

Smoky führte das Leben eines betagten, freundlichen alten Herrn, der am liebsten in der Sonne lag und seinen Gedanken nachhing, während Klecks in vertrauter Umgebung tapfer seine schrecklichen Erlebnisse zu überwinden versuchte und immer noch bei jedem unerwarteten Geräusch und jeder plötzlichen Berührung zusammenfuhr.

»Hallo, ihr Süßen.«

Ich bückte mich, um die Katzen zu begrüßen, aber sie glitten unter meiner Hand weg und liefen zur Küchentür.

Merle machte uns auf. Die Katzen flitzten an ihr vorbei, als wäre sie gar nicht vorhanden.

»Na toll«, schimpfte sie. »Die würden für ein Schälchen Futter glatt ihre Großmütter verraten.«

Sie nahm mich in die Arme und ich drückte meine Wange an ihre.

Während Merle die Katzen fütterte, inspizierte ich den Kühlschrank. Mein Magen schien sich vor Hunger zu verknoten. Mir war schon ganz flau.

»Überraschung!«, rief Merle. »Claudio spendiert uns Pizza!«

Sie hatte es kaum ausgesprochen, als es klingelte. Claudio hatte einen Fahrer geschickt, den ich noch nicht kannte. Er überreichte mir die Pizzapackungen, zwei Portionen Salat und eine Tüte noch heißer Pizzabrötchen und düste wieder davon.

Keine zwei Minuten später saßen wir am Küchentisch und vertilgten voller Genuss Claudios unvergleichliche Pizza Spinaci und Pizza Funghi. Wir hatten sie jeweils halbiert und ausgetauscht, sodass wir jede probieren konnten.

»Spendabel, dein Claudio«, sagte ich. »Spricht da sein schlechtes Gewissen?«

»Nicht direkt.« Merle grinste. »Aber nachdem ich erfahren habe, dass er die angebliche Verlobte in Sizilien bloß erfunden hat, um mich schön auf Abstand zu halten, strengt er sich jetzt ziemlich an, damit er mich nicht verliert.«

»Dabei hätte er das gar nicht nötig, weil du ihm wie am ersten Tag zu Füßen liegst.«

»Was du ihm nicht unbedingt auf die Nase binden solltest.«

Merles Augen strahlten, und ich freute mich darüber. Sie hatte seine Fürsorge wirklich verdient. Es gab weiß Gott einfachere Dinge, als Claudio zu lieben.

»Bist du mit den Recherchen für deinen Artikel vorangekommen?«, fragte ich, nachdem der erste Hunger gestillt war.

Ihre Augen verschleierten sich, und ich wusste, sie hatte einen schlimmen Tag hinter sich. Kein Wunder bei diesem Thema.

»Ja und nein. Ich hab mich vorerst mal für drei Fälle entschieden, die ich aufarbeiten will. Mal sehen, ob ich das Material in den Griff kriege. Hab ja nicht unbegrenzt Platz.« Nachdenklich drückte sie mit der Messerspitze Dellen in den Käse auf der Pizza und beobachtete, wie sich gelb das Fett darin sammelte. »Es geht mir schwer an die Nieren.«

»Kann ich mir vorstellen.« Ich musterte sie eindringlich. »Willst du dir das wirklich zumuten, Merle?«

»Das ist keine Frage von Wollen oder Nichtwollen. Als Tierschützerin hast du die Aufgabe, Tiere zu schützen. Basta. Und wenn dir so eine Möglichkeit geboten wird, wie jetzt von *FreeAnimal,* dann musst du zugreifen.«

»Du tust so viel für die Tiere. Ihr befreit sie aus diesen schrecklichen Versuchslaboren und bringt sie in anständigen Familien unter. Du arbeitest im Tierheim. Schleppst einen Schützling nach dem andern hier an.« Ich drehte mich um und zeigte auf die Katzen, die vor ihren Futterschalen hockten und um die Wette fraßen. »Niemand würde es dir verübeln, wenn du …«

»*Ich* würd's mir übel nehmen. Ich könnte mir nie verzeihen, die Chance zu vergeben, auf einen Schlag so viele Menschen zu erreichen wie mit diesem Artikel für *FreeAnimal.*«

Das war ein Argument.

Schweigend aßen wir weiter. In der Küche sammelten sich die Abendschatten. Man hörte die Heizung gluckern. Selten hatten wir das große Haus ganz für uns allein. Es war ein seltsames Gefühl.

»Soll ich dir von den Fällen erzählen?«, fragte Merle.

»Nicht bis ins kleinste Detail«, bat ich sie. »Sonst kann ich wieder nicht schlafen.«

»Du erinnerst dich an Abel Burggraf? Diesen jungen Forstbeamten, der seinen Hund ... totgeprügelt haben soll?«

Wie konnte sie fragen! Natürlich erinnerte ich mich.

»Den ihr ihm damals vermittelt habt.«

Merle nickte und schob ihren Teller weg. Das letzte Viertel der Pizza hatte sie nicht angerührt.

»Ich mache mir Vorwürfe, dass ich so lange nicht mehr daran gedacht habe.«

»Du hast doch oft mit mir darüber gesprochen.«

»Aber nichts *getan,* Jette! Förster haben Hunde, also wird auch er immer wieder einen haben. Und was ist mit dem kleinen Jack Russel Terrier? Wie behandelt er ihn? Geht es ihm gut? Lebt er überhaupt noch? Oder hat er ihn genauso ...«

Jetzt hatte auch ich keinen Appetit mehr. Ich trug die Teller zur Arbeitsplatte und ließ uns einen Kaffee einlaufen. Dann setzte ich mich wieder zu meiner Freundin und nahm ihre Hand. Sie war kalt, obwohl es in der Küche angenehm warm war.

»Merle! Du musst nicht das Gewicht der ganzen Welt auf deinen Schultern tragen.«

Sie brach in Tränen aus. Bestürzt reichte ich ihr ein Taschentuch. Sie schnäuzte sich so laut, dass Klecks ängstlich davonhuschte.

Merle verlor nicht oft die Fassung. Selbstverständlich wussten wir alle, dass sie Tag für Tag Dinge sah, die sie stark belasteten. Doch normalerweise befreite sie sich von dem seelischen Druck, indem sie lauthals schimpfte und fluchte.

»Ich hab …«, sie schniefte, »… ich hab ihm den Hund damals … direkt ans Messer geliefert.«

»Das war nicht deine Schuld.« Ich legte den Arm um ihre Schultern und drückte sie an mich. »Du hast die Entscheidung doch gar nicht getroffen. Du hast ihn bloß hingebracht.«

»Ich hätte sehen müssen, dass bei dem Typen was nicht stimmte. Ich bin doch in seinem Haus gewesen!«

»*Wenn* er es überhaupt getan hat, was nicht bewiesen werden konnte, dann hat er dir und allen andern ein grandioses Theater vorgespielt. Ihr könnt nicht alles und jeden durchschauen. Das ist unmöglich, Merle.«

»Der Hund war so freundlich, so …«

»Bist du denn inzwischen sicher, dass der Mann zu Unrecht freigesprochen worden ist?«

Merle schüttelte den Kopf. Sie wischte sich die Augen und schnäuzte sich noch einmal. Das völlig durchweichte Taschentuch ließ sie auf Mikes Stuhl fallen.

»Na, siehst du. Es ist nicht deine Aufgabe, ihn einzusperren oder laufen zu lassen. Dafür gibt es in diesem Land Gerichte.«

»Aber es ist meine Aufgabe, die richtigen Menschen für meine Tiere auszusuchen.«

»Tust du doch. Und du machst deine Sache prima.«

Sie wischte sich nochmals mit den Handrücken über die Augen und hob ihre Tasse an die Lippen. Durch den Dampf hindurch, der vor ihrem Gesicht aufstieg, sah sie mich flehend an.

»Du willst mich nicht bloß trösten?«

»Bestimmt nicht.«

»Danke.« Sie nickte, als müsse sie sich das selbst noch mal bestätigen. »Danke, dass du das gesagt hast, Jette.«

Merle neigte nicht dazu, sich mit Selbstzweifeln zu zerfleischen. Eigentlich sah sie das Leben ziemlich pragmatisch – sie gab ihr Bestes, in der Hoffnung, dass es ausreichte.

Und ihr Bestes war mehr als gut.

Ich konnte mir nicht vorstellen, dass es im Tierschutz viele gab, die sich rund um die Uhr so hingebungsvoll engagierten wie sie.

Energisch stellte sie die Tasse ab. »Ich hätte da ein paar gute Filme im Angebot. Hast du Lust?«

Auch das war typisch für meine Freundin. Ihre Stimmungen wechselten wie das Licht an Gewitternachmittagen. Eben noch schien die Sonne, im nächsten Augenblick prasselten Hagelkörner aus einem pechschwarzen Himmel.

Mit einer Packung Schokoküsse machten wir es uns vor dem Fernseher bequem. Wir saßen gern auf Kissen am Boden, das Sofa im Rücken, die Handys in Reichweite. Konnte ja sein, dass Mina, Ilka, Mike oder Luke sich meldeten.

»Luke hat Jiu-Jitsu?«, vergewisserte sich Merle.

Ich nickte.

Sie kuschelte sich an mich und nahm die Fernbedienung in die Hand.

The King's Speech mit Colin Firth.

Wir hatten den Film schon so oft gesehen, dass wir die Dialoge streckenweise auswendig kannten.

Er war Balsam für die Seele.

Mit keinem konnte ich so gut heulen wie mit Merle, und bei kaum einem Film saßen uns die Tränen so locker wie bei diesem.

»Bereit?«, fragte sie.

Wieder nickte ich, und dann sank Merles Kopf an meine Schulter, und wir verloren uns in den Bildern.

*

Als Lo wach wird, ist es dunkel. Im Haus ist es ganz still. Auch draußen rührt sich kein Lüftchen.

Lo fürchtet sich nicht vor der Nacht.

Die ist meistens friedlich.

Sie lauscht. Hört nichts.

Ein gutes Zeichen.

Anscheinend schlafen Mama und Papa in ihren Betten, die Hunde in ihrem Zwinger, Fumée in ihrem Korb im Flur. Sie darf nicht mit ins Bett, obwohl Lo sich so sehr wünscht, den kleinen, warmen Hundekörper an den nackten Füßen zu spüren.

Nicht allein zu sein.

Papa hat es verboten, und es würde keinem einfallen, etwas zu tun, was er verboten hat. Nicht mal Fumée, die sonst auf keinen hört, nicht auf Mama und nicht auf Lo. Die immer ihre Späße macht. Der man nicht böse sein kann.

Fumée hängt wie verrückt an Papa, aber sie hat auch wahnsinnige Angst vor ihm. Weil er die Hunde streng bestraft, wenn sie Fehler machen oder ungehorsam sind.

Genau wie er Lo bestraft.

Und Mama.

Die Futterschalen bleiben nur ein paar Minuten vor den Hunden stehen. Sind sie dann nicht leer gefressen, nimmt Papa sie wieder weg. Auf diese Weise lernen Hunde, ihr Futter runterzuschlingen.

Lo weiß nicht, wozu das gut sein soll. Papa hat es ihr mal erklärt, aber sie hat es nicht verstanden. Wenn sie sich selbst beim Essen beeilt, um schnell weiterspielen zu können, sagt Mama ihr immer, sie soll langsam essen.

Wie mit den Futterschalen, ist es mit allem.

Jeder muss tun, was Papa will.

Ob er es versteht oder nicht.

Auch die Jäger, denen er erlauben oder verbieten kann, das Wild zu schießen. Oder die Waldbesitzer, die ihn fragen müssen, bevor sie Bäume fällen, um das Holz zu verkaufen.

So ähnlich wie Papa muss der liebe Gott sein.

Nur dass der immer lieb ist.

Wo sie jetzt schon mal wach ist, kann sie ebenso gut in die Küche gehen, um ein bisschen Milch zu trinken. Sie schiebt die Bettdecke weg und steht auf.

Das Holz unter ihren nackten Füßen ist kalt. Zitternd stellt sie sich auf die Zehenspitzen, während sie Amanda hochhebt und in die Arme schließt.

Brrr, sagt Amanda schläfrig. *Es ist so kalt.*

Als Lo die Tür aufmacht, sitzt Fumée schon wartend davor. Sie springt auf und wedelt vor Freude so heftig mit dem Schwanz, dass sie fast umkippt.

Pssst …, macht Amanda, und Lo streicht Fumée beruhigend über den struppigen Kopf.

Papa sieht es nicht gern, wenn Lo nachts im Haus herumläuft. Und er mag es nicht, wenn sie an den Kühlschrank geht.

Aber wenn sie doch solchen Durst hat!

Das Herz schlägt ihr bis zum Hals. Sie hält sich am Treppengeländer fest, setzt vorsichtig einen Fuß vor den andern, um Mama und Papa nicht aufzuwecken. Das alte Holz knarrt unter ihrem Gewicht, als wollten die Stufen Lo verraten.

Vielleicht war das mit der Milch doch keine so gute Idee.

Irgendwas ist anders als sonst.

Lass uns umkehrn, warnt Amanda da auch schon, doch Lo achtet nicht darauf. Zu sehr ist sie damit beschäftigt, Augen und Ohren offen zu halten.

Ich will wieder ins Bett, jammert Amanda.

Los Augen haben sich an die Dunkelheit gewöhnt. Sie kann jedes einzelne Möbelstück erkennen, auch wenn sie alle anders aussehn als am Tag.

Als wären sie bloß geträumt.

Sie tapst an den Kühlschrank, öffnet die Tür und nimmt die Milchtüte heraus. Das Licht im Kühlschrank fällt in einem schmalen Streifen auf den Fliesenboden.

Lo ist gerade auf einen Stuhl geklettert, um ihren Lieblingsbecher aus dem Geschirrschrank zu holen, als ein zweiter Lichtstreifen durch die Küche gleitet, diesmal an der Wand entlang.

Anders als der aus dem Kühlschrank.

Weißer, kälter und ein ganz klein wenig blau.

Lo steigt vom Stuhl, läuft zur Eckbank und klettert darauf. Beugt sich zum Fenster.

Draußen ist Papa. Er geht vom Jeep zur Garage und beleuchtet seinen Weg mit einer Taschenlampe. Die Hunde sitzen am Zaun und gucken ihm zu.

Papa verschwindet in der Garage, zusammen mit dem Licht.

Was tut er da?, fragt Amanda. *Wieso schläft er nicht?*

Darauf hat Lo auch keine Antwort. Sie weiß nur, dass sie jetzt nicht an die Fensterscheibe klopfen darf.

Auf keinen Fall.

Sie hört einen Motor anspringen, entdeckt jedoch kein Scheinwerferlicht.

Papas Motorroller hört sich anders an, denkt sie, und dann sieht sie auch schon, wie rückwärts ein Auto aus der Garage fährt.

Lo hat dieses Auto oft gesehen, wenn es auf dem Hof stand. Sie kennt auch den Mann, dem es gehört.

Wie ist es in Papas Garage gekommen?

Und wo ist Herr Landau?

Papa stellt den Motor ab, steigt aus, bleibt stehen und scheint zu horchen. Er klappt die Rücksitze runter. Dann geht er dem Lichtstrahl der Taschenlampe ein zweites Mal hinterher und verschwindet wieder in der Garage.

Lo, die am Daumennagel gekaut hat, schmeckt Blut. Erst danach spürt sie den Schmerz. Sie versucht, nicht darauf zu achten. Und nicht weiter am Nagel zu kauen. Sonst wird es das Erste sein, das Papa beim Frühstück bemerkt.

Und dann wird er den Senf aus dem Kühlschrank holen.

Sie plinkert die Tränen weg.

Als Papa das nächste Mal draußen erscheint, zieht er etwas Schweres hinter sich her. Die Taschenlampe hat er in den Mund gesteckt. Ihr dünnes Licht hüpft auf und nieder.

Ein Teppich, vermutet Amanda.

Aber gestern ist doch noch gar kein Teppich in der Garage gewesen.

Papa schleift das Ding zu Herrn Landaus Auto und wuchtet es mühsam hoch. Dabei gerät er ins Taumeln und verliert beinah das Gleichgewicht. Als er es in den Kofferraum rutschen lässt, fällt ihm die Taschenlampe aus dem Mund. Er bückt sich nach ihr und hebt sie auf.

Ihr Lichtstrahl gleitet über das dick verpackte Ding hinweg.

Und bleibt an einem Schuh hängen.

Entsetzt fährt Lo zurück.

Ein Schuh?, wimmert Amanda.

Ein Schuh!

Vielleicht eine riesengroße Puppe?, fragt Amanda mit bebender Stimme.

Dabei weiß sie es so gut wie Lo.

Das, was Papa da in den Kofferraum stopft, kann keine Puppe sein.

Es ist viel zu schwer.

Papa macht das Garagentor zu. Er schaut sich um.

Lo duckt sich.

Als sie sich vorsichtig wieder aufrichtet, sieht sie, wie Papa den Wagen wendet und vom Hof fährt.

Langsam.

Leise.

Mitten in der Nacht.

*

Das Licht der Scheinwerfer zerschnitt die Schwärze der Nacht, hob Bäume und Sträucher aus der Dunkelheit, reagierte zitternd auf die zahlreichen Unregelmäßigkeiten der Waldwege und führte bei jedem Schlagloch einen Teufelstanz auf.

Abel war ganz ruhig.

Gefährlich ruhig.

Eine so tiefe Ruhe kippte bei ihm häufig ins Gegenteil.

Alternativ zum Ameisenhaufen hatte er an das Naturschutzgebiet gedacht, dieses unberührte Stück Land, in das sich niemand außer ihm je verirrte. Noch nie war er dort einer einzigen Menschenseele begegnet.

Es war eine Landschaft, die von Menschenhand geschaffen und dann sich selbst überlassen worden war, mit Heidehängen, Sumpfland, Bachläufen und Tümpeln, die in regenreichen Monaten zu einem geschlossenen See anwuchsen.

Knorrige Bäume erzählten Märchengeschichten, und wenn man den Pfaden der Wildkatzen folgte, die hier im vergangenen Jahr ihre Jungen aufgezogen hatten, gelangte man in Zauberwelten.

Doch Abel hatte sich dagegen entschieden. Er wollte Helge Landaus Leiche nicht nur verschwinden lassen. Er wollte, dass sie sich bis auf die Knochen auflöste, und das so schnell wie möglich.

Mit knotigen Händen wiesen die Bäume ihm den Weg, und er musste abwägen, welchem Fingerzeig er folgen durfte und welcher ihn ins Verderben führen würde.

Manchmal fürchtete er um seinen Geisteszustand.

Seine Fähigkeit, die Stimmen des Waldes zu hören und ihre Worte zu verstehen, kehrte sich nicht selten zum Fluch um. Oft fragte Abel sich, ob auch seine Kollegen wussten, dass es Erdgeister gab. Dass sumpfiges Land Gestalten gehörte, die nicht von dieser Welt waren und überhaupt von keiner Welt, die er kannte. Wesen, denen er nur mit Grauen begegnete und die so lange in seinem Kopf spukten, bis er sie in Alkohol ertränkte.

Für eine Weile.

Immer nur für eine Weile.

Wieder ein Schlagloch. Die Erschütterung riss ihn aus seinen Gedanken. Angestrengt kniff er die Augen zusammen. Bald war sein Ziel erreicht. Er durfte nur die nächste Abzweigung nicht verpassen.

Kurz stiegen Zweifel in ihm auf. Hätte er sich für die Entledigung der Leiche nicht doch besser das moorige Wasser im Naturschutzgebiet aussuchen sollen? Mit Steinen beschwert, hätte Helge Landau dort über die Jahre ungestört verrotten können.

Obwohl – es gab bei dieser Variante Risikofaktoren. Vor allem den sich unentwegt verändernden Wasserstand der Tümpel.

Aber auch Jugendliche, die sich zum Grillen an den abgelegensten Orten trafen. Kinder, die auf der Jagd nach

Abenteuern waren. Paare, die für unvergessliche Stunden allein auf der Welt sein wollten.

Womöglich wurde das Gebiet eines Tages doch noch von Wanderern entdeckt, die jetzt schon in Massen über die Eifel ausschwärmten, auf der Suche nach dem letzten unberührten Flecken Natur.

Die Gabelung.

Fast wäre er vorbeigefahren.

Überhängende Zweige schlugen jetzt gegen den Wagen und zerkratzten den Lack. Egal. Helge Landau würde es nicht mehr stören. Der befand sich bereits auf dem Weg zu seinem Herrn.

Abel grinste. Bestimmt hatte der Typ an einen gütigen, allwissenden Gott geglaubt, der mit sicherer Hand das Schicksal seiner Geschöpfe lenkt. War dieser Glaube in seinen letzten Sekunden ins Wanken geraten?

Der Weg wurde steil. Der Panda bekam Schwierigkeiten.

Das hatte er befürchtet.

Nach einigem Schlingern und Stottern fand der Fiat endlich wieder sein Gleichgewicht. Abel wischte sich den Schweiß von der Stirn. Nicht auszudenken, wenn er hier stehen geblieben wäre.

Er war sich noch nicht klar darüber, auf welche Weise er den Panda entsorgen sollte.

Brians Schrottpresse wäre eine Möglichkeit, aber dann hätte er einen Mitwisser, und den konnte er in einer so heiklen Angelegenheit nicht brauchen. Erst recht keinen wie Brian, der auf gefährliche Weise unberechenbar werden konnte.

Das Auto in einem See oder einer Talsperre versenken, wäre eine Alternative. Es konnten Jahre vergehen, bis man ihn dort fand, und es bestand sogar die Chance, dass niemals jemand auf ihn stoßen würde. Das Wasser mit seinen Algen und all den Bakterien und Keimen würde sämtliche Spuren beseitigen. Das hatte was.

Oder ihn einfach irgendwo abstellen und in Brand setzen. Es gäbe ein ausgebranntes Wrack ohne Leiche. Das wär doch mal ein schönes Rätsel für die Bullen.

Je länger Abel nachdachte, desto mehr tendierte er zu Version drei. Er konnte auf Anhieb eine Reihe von Stellen nennen, die sich dafür eignen würden.

Doch zunächst mal musste er die Leiche wegschaffen.

Beides unabhängig voneinander loszuwerden, erhöhte Abels Sicherheit, denn es verringerte die Wahrscheinlichkeit, dass die Bullen ihm auf die Spur kommen würden.

Er war noch nie so froh darüber gewesen, sich in seinen Wäldern auszukennen wie andere Leute in ihren Westentaschen. Es gab Kollegen, die nach vier Jahren noch nicht mal sämtliche Bereiche ihres Reviers in Augenschein genommen hatten.

Bei ihm war das anders. Ausgestattet mit einem phänomenalen Gedächtnis, brauchte er eine Lichtung nur ein einziges Mal zu sehen, um sich auch Jahre später noch an sie zu erinnern.

Deshalb war ihm auch die Lage des spektakulärsten Ameisenhügels in seinem Bezirk nach kurzem Überlegen wieder präsent gewesen. Er war sich nur nicht hundertprozentig sicher, was die exakte Größe betraf.

Egal.

Er musste es riskieren.

Als er am Ziel angelangt war, stieg er aus und ging die letzten Meter zu Fuß. Seine Schritte waren Explosionen in der nächtlichen Stille. Aufgeschreckte Tiere huschten davon. Blattwerk raschelte. Ein Vogel stieß einen Warnruf aus, der von drei Seiten beantwortet wurde.

Erst als Abel stehen blieb, breitete die Stille wieder ihre schwarzen Tücher über die Baumkronen.

Der Ameisenhügel sah aus wie ein mächtiges Tier, das sich zum Schlafen auf dem Waldboden ausgestreckt hatte.

Groß genug, um eine Männerleiche zu verschlingen, dachte Abel erleichtert. Wirklich und wahrhaftig groß genug.

Seine Erinnerung hatte ihn nicht getrogen.

So tief in den Wald drangen selten Wanderer vor. Er hatte hier noch nie eine menschliche Spur entdeckt, konnte sich also halbwegs darauf verlassen, dass der Bau vor Irren sicher war, die es für eine Knalleridee hielten, den streng geordneten Ameisenstaat mit ihren Stöcken durcheinanderzuwirbeln.

Das würde in gewisser Weise *er* diesmal tun.

Oder eher Helge Landau.

Abel grinste und ging zum Wagen zurück, um die Leiche des Mannes zu holen, der ihm nie wieder in die Quere kommen würde. Nie wieder.

*

Als Bert aus dem Schlaf schreckte, war es stockdunkel, und er brauchte eine Weile, bis er sich zurechtfand. Dann hatte er den Lichtschalter ertastet und sich erinnert.

Ein fremdes Bett.

Ein fremder Raum.

Im Kloster St. Paul.

Und er war noch komplett angezogen.

Er setzte sich auf und sah auf den Wecker. Drei Uhr! Er hatte das Mitternachtsgebet verschlafen!

»Das fängt ja gut an«, sagte er leise und eigentlich nur, um seine Stimme zu hören.

Sie war noch da, seine Stimme.

Das konnte man hier fast vergessen, bei diesem ganzen Schweigen.

Nach dem Abendessen hatte er sich noch einmal sein Handy geben lassen. Er war in den Garten gegangen und hatte Isa angerufen.

»Warum sollte ich Jette ablehnen?«, hatte Isa gefragt. »Sie möchte sich einen Einblick in meine Arbeit verschaffen. Das Mädchen ist so interessiert, dass sie viel zu früh anfragt. Und sie ist klug, Bert.«

»Das bestreite ich ja gar nicht, aber du weißt doch, dass ihr *Interesse* sie schon mehrmals fast das Leben gekostet hätte.«

Isa hatte einen Moment gezögert.

»Ist es denn nicht besser, ich hab sie im Blick?«, hatte sie dann erwidert. »Da kann sie mit ihrer Neugier nichts anrichten.«

»Das glaubst aber nur du!«

»Was ist los, Bert? Du kannst doch nicht ernsthaft erwarten, dass deine Erfahrungen meine Entscheidungen beeinflussen.«

»Kann ich nicht?«

»Nein. Kannst du nicht. Schon aus Prinzip.«

»Ach, geht es darum? Ums Prinzip?«

Bert hatte an Margot denken müssen und an ihre endlosen Streitereien, die ähnlich verlaufen waren. Zerknirscht hatte er die Bremse gezogen.

»Lass uns den Ball flach halten, Isa.«

Eine Weile hatte keiner von ihnen etwas gesagt. Es war Isa gewesen, die das Schweigen gebrochen hatte.

»Hat ihre Mutter von dir verlangt, dich einzumischen?«

»Frau Thalheim hat Angst um ihre Tochter. Und das durchaus berechtigt, wie die Vergangenheit gezeigt hat.«

»Self-fulfilling prophecy«, murmelte Isa.

»Was?«

»Ein häufiges Phänomen: Ihre ständige Angst davor, dass Jette in Gefahr geraten könnte, führt dazu, dass sich das Mädchen tatsächlich in Gefahr begibt.«

»Damit sprichst du Jette völlig den eigenen Willen ab.«

»Ganz und gar nicht. Aber Verhalten kann Verhalten beeinflussen. Das muss ich dir doch nicht erklären, mein Lieber.«

Bei ihrer Anrede fühlte er sich wie achtzig. Er merkte jetzt auch, wie verspannt er war. Nacken und Schultern führten ein schmerzendes Eigenleben.

»Okay«, sagte er, um das Gespräch zu beenden. »Dann pass wenigstens auf sie auf. Lass sie nicht aus den Augen.«

»Die Ängste ihrer Mutter haben sich offenbar auf dich übertragen.«

In Isas Stimme war ein zärtliches Lachen, und Bert hatte sich gewünscht, er könnte sich mit ihr bei einem Glas Wein zusammensetzen und die ganze Nacht hindurch weiterreden. Über unverfängliche Dinge, bei denen sie nicht in Streit gerieten.

»Quatsch«, sagte er ohne jede Schärfe.

»Ach, Bert ...«

Sie wusste, was er für Imke Thalheim empfand, und auf einmal wünschte Bert, es wäre anders, und er würde Isa lieben.

»Ach, Isa ...«

»Da sind wir nun«, sagte Isa. »Zwei liebeskranke Menschen mit der Sehnsucht nach Erlösung.«

Liebeskrank?

»Willst du darüber reden?«, fragte er vorsichtig.

»Nein!«

Ihre Antwort kam wie ein Pistolenschuss und ebenso schnell erlosch das Lachen in ihrer Stimme. Irritiert fragte Bert sich nach dem Grund.

Doch plötzlich hatte Isa es sonderbar eilig gehabt und ihn abgewürgt, und er hatte noch eine Weile reglos in der einsetzenden Dämmerung gestanden und zugeschaut, wie sich eine Pflanze nach der andern vor seinen Augen in ein ungefähres Grau auflöste.

Schließlich hatte er Imke Thalheims Nummer gewählt.

Hallo. Hier spricht Imke Thalheim. Leider bin ich zurzeit nicht erreichbar ...

War sie überhaupt jemals erreichbar, je mehr gewesen als ein Trugbild?

»Bert Melzig hier. Leider muss ich Ihnen sagen, dass ich nicht viel ausrichten konnte. Aber die Kollegin, für die Jette arbeiten wird, hat mir versprochen, auf Ihre Tochter achtzugeben. Sie können ihr vertrauen. Ich tue es auch.«

Fast hätte er hinzugefügt, sie möge gut schlafen und etwas Schönes träumen. Er hatte sich gerade noch zurückhalten können.

Er war in seine Kammer zurückgekehrt und hatte sich in Ermangelung eines bequemen Sessels mit einem der Bücher, die er von zu Hause mitgebracht hatte, auf das Bett gelegt, wo er schließlich eingeschlafen sein musste. Er konnte sich nicht daran erinnern, das Licht gelöscht zu haben und unter die Bettdecke gekrochen zu sein.

Sein Kopf war leer.

Hatte er sich nicht genau das gewünscht?

Den Kopf freizukriegen?

Müde schlurfte er über den Flur, ging auf die Toilette, putzte die Zähne und warf sich ein bisschen Wasser ins Gesicht. Dann zog er sich in seiner Kammer aus und legte sich wieder ins Bett.

Er hatte das Gebet verpasst. Na und?

Noch bevor er die Augen richtig geschlossen hatte, schlief er ein.

10

Niemand außer Lo kennt diesen Platz. Nur Amanda und Fumée natürlich, die schon oft mit ihr hier gewesen sind.

Es ist ein Ort, der ihnen allein gehört.

Man geht hinten an der Birke ein kleines Stück in den Wald hinein, wendet sich zweimal nach rechts und dann nach links, bückt sich unter das dornige Strauchgewirr und gelangt an eine Stelle, die wie ein klitzekleines Zimmer ist.

Durch das Blätterdach fällt grünes Licht auf einen dichten Teppich aus Moos. Beim Sitzen kann man sich bequem an einen Baumstamm lehnen. Wenn die Sonne scheint, erkennt man weit oben winzige Fetzen Himmelsblau, und Punkte aus Licht tupfen das Moos.

Lo liebt es, hier zu sein.

Sie hat ein paar Ziegelsteine vom Hof herangeschleppt. Das war ganz schön anstrengend. Sie hat einen kleinen Tisch daraus gebaut, einen Puppenstuhl für Amanda und einen Herd, auf dem man aber nicht kochen kann.

Die Minihöhle hat sie erst vor Kurzem entdeckt.

Sie ist hinter einem mächtigen Stein verborgen, den Lo davorgeschoben hat, und so tief, dass ihre Fingerspitzen die hintere Wand nur dann berühren, wenn sie sich platt auf den Boden legt und den Arm ausstreckt.

Mama hat ihr die schöne silberne Truhe geschenkt, in der zur Weihnachtszeit Lebkuchen gewesen sind, und Lo hat sie in der Höhle versteckt. Sie passt haargenau hinein und ist von außen nicht zu sehen.

In dieser Truhe bewahrt sie ihre Schätze auf.

Glanzbilder. Eine halb abgebrannte goldgelbe Kerze. Ein verschrammtes altes Puppenauge. Einen kleinen Frosch aus Eisen. Ein paar Münzen mit besonderem Schimmer.

Zum Beispiel.

Und Süßigkeiten, von denen auch Fumée welche abkriegt, die sonst nur Hundefutter fressen darf.

Lo holt die Truhe hervor und streift den Staub von den Händen. Sie klappt den Deckel auf und betrachtet glücklich ihre Kostbarkeiten. Dann wickelt sie die Sonnenbrille, die Fumée gefunden hat, in ein Papiertaschentuch und bettet sie behutsam auf eine Tüte Gummibärchen.

Sie teilt sich zwei Kekse mit Fumée, wirft einen letzten Blick auf ihre Schätze und schiebt die Truhe wieder an Ort und Stelle.

Soll sie die Brille Mama zeigen?

Oder besser nicht?

Sie denkt an gestern Nacht. An das verschnürte Paket mit dem Schuh. Aber sie kann sich schon gar nicht mehr richtig erinnern.

Und wenn sie den Schuh bloß geträumt hat? Wenn da gar kein Schuh gewesen ist? Wenn es wirklich bloß ein Teppich …

Ich hab den Schuh genau gesehn, behauptet Amanda.

Manchmal geht sie Lo ziemlich auf die Nerven. Dann würde sie Amanda am liebsten irgendwo im Wald vergessen.

Doch im nächsten Moment tut ihr der Gedanke schrecklich leid und sie kann sie gar nicht oft genug an sich drücken und küssen und sie um Entschuldigung bitten.

Sie streckt sich auf dem Moosteppich aus und schließt die Augen. Noch durch die Augenlider hindurch flirren die Lichtpunkte hin und her.

Bis sie sich schließlich beruhigen.

Blasser werden.

Und still.

*

»Das passt doch überhaupt nicht zu ihm!« Ayla Bilgin war nicht bereit, klein beizugeben, nur weil der Chef kein Interesse daran hatte, aktiv zu werden. »Er ist die Verlässlichkeit in Person. Er würde niemals …«

»Bitte, Frau Bilgin.« Konrad Riemenschneider raschelte mit Papieren und warf einen genervten Blick auf seine protzige Armbanduhr. »Herr Landau ist ein erwachsener Mann. Vielleicht ist er irgendwo … versackt. Wollen Sie ihm allen Ernstes die Polizei auf den Hals hetzen?«

Ayla wusste ja selbst, dass sie sich lächerlich machte. Schon die Kollegen hatten ihr das unmissverständlich signalisiert. Hochgezogene Brauen, Augenrollen, gereiztes Seufzen, die gesamte Palette.

Sie wusste jedoch auch, dass es einen guten Grund für ihre Unruhe gab.

Helge hätte niemals ohne Erklärung die Nachmittagsbesprechung versäumt, und das hatte er gestern getan. Er wäre außerdem nie dem Dienst ferngeblieben, ohne sich telefonisch zu entschuldigen. Genau das aber war *heute* passiert.

»Seit ich hier beschäftigt bin«, sagte sie, »ist Herr Landau noch keinen Tag krank gewesen. Der schleppt sich doch sogar mit Grippe noch zur Arbeit. Er liebt nämlich das, was er tut, und findet es wichtig.«

»Tun wir das nicht alle?«, erwiderte der Chef müde.

Nein, dachte Ayla. Tun wir nicht. Und das geht mir manchmal tierisch auf den Wecker. Immer öfter kotzt es mich an, dass es Kollegen gibt, für die das hier ein Job wie jeder andere ist.

»Frau Bilgin, ich habe in einer halben Stunde einen Termin beim Bürgermeister und würde meine Unterlagen gern noch einmal durchsehen.« Der Chef machte eine Handbewegung zur Tür, die eindeutig einem Rauswurf gleichkam. »Wenn Sie so freundlich wären ...«

»Aber wir *müssen* etwas unternehmen!« Ayla dachte gar nicht daran, der Aufforderung Folge zu leisten. Sie blieb kerzengerade auf ihrem Stuhl sitzen und gestikulierte mit den Händen, um ihren Worten Nachdruck zu verleihen. »Was, wenn Herr Landau in Lebensgefahr schwebt? Wenn er ...«

»Sie gucken zu viele Krimis«, tat der Chef ihren Einwand ab. »Wir leben nicht in Hollywood. Hier in der Eifel sagen sich Fuchs und Hase gute Nacht, da spielen sich keine Dramen ab.«

Es schien ihm nicht aufzufallen, wie unhaltbar seine Behauptung war. Denn genau das erlebten sie Tag für Tag – Tragödien, die nicht selten tatsächlich tödlich endeten.

Er selbst allerdings arbeitete schon lange nicht mehr an der Basis. Er saß an seinem Schreibtisch und interpretierte Zahlen. Das machte weltfremd.

Ayla wusste, dass sie ihm vielleicht unrecht tat, aber es war ihr egal. Sie brauchte diesen Zorn, damit sie beharrlich blieb. Es war immer noch eine Herausforderung für sie, einem Mann, noch dazu einem Vorgesetzten, die Stirn zu bieten. Alles in ihr sehnte sich danach, ruhig an ihren Schreibtisch zurückzukehren, doch sie gab dem Verlangen nicht nach.

»Sie wissen, dass das nicht stimmt«, sagte sie und bemühte sich, seinem Stirnrunzeln standzuhalten.

Er lehnte sich in seinem Schreibtischsessel zurück, die Hände mit den gepflegten Nägeln entspannt auf den Armlehnen, und betrachtete Ayla mit zusammengekniffenen Augen.

»Aus welchem Grund legen Sie sich für Herrn Landau so ins Zeug?«, fragte er und traf damit den Nagel auf den Kopf.

Ayla wandte den Blick ab. Sie sah zum Fenster, vor dem sich die Krone einer riesigen Kastanie ausbreitete. Ihre noch unscheinbaren Blüten würden sich bald zu einem zauberhaften Rot entfalten, ihre Blätter den Räumen wohltuenden Schatten spenden.

»Kennen Sie die Gewohnheiten Ihres Kollegen so genau, dass Sie mit Sicherheit behaupten können, er befinde sich in Gefahr?«

Ayla wäre nun doch gern aufgestanden, um das Zimmer zu verlassen. Ihre Gefühle gingen niemanden etwas an, erst recht nicht diesen Mann, dem es gleichgültig war, ob er über das Schicksal von Menschen oder Kartoffeln entschied. Ihr wurde kalt bei dem Gedanken, ihm ihr Innerstes so schutzlos preiszugeben.

Niemand wusste, was Helge ihr bedeutete.

Nicht einmal er selbst.

Tapfer drängte sie die Tränen zurück.

»Ja«, sagte sie klar und deutlich. »Ich weiß, dass ihm irgendwas zugestoßen ist.«

Der Chef steckte die Unterlagen, die er sich zurechtgelegt hatte, in eine Mappe und erhob sich seufzend.

»Ich habe beim besten Willen keine Zeit mehr«, sagte er. »Lassen Sie uns am Nachmittag noch einmal darüber sprechen.«

»Am Nachmittag kann es schon zu spät sein!« Ayla erhob sich ebenfalls. Sie knetete ihre eiskalten Hände. »Warum darf ich nicht …«

»Schluss jetzt!« Der Chef eilte zur Tür. »Ich sagte, wir reden heute Nachmittag weiter.«

Und damit war er verschwunden.

Ayla kehrte an ihren Schreibtisch zurück. Sie spürte die Blicke der andern auf der Haut und hätte sich am liebsten in Luft aufgelöst.

Der Chef würde erst kurz vor Feierabend wieder im Haus sein.

Inzwischen wartete Helge womöglich vergebens auf Hilfe.

Sie setzte sich auf ihren Schreibtischsessel, drehte sich zum Fenster und dachte nach.

Schließlich packte sie ihre Sachen, stürmte die Treppen hinunter und lief zum Parkplatz. Sie stieg in ihr Auto, nahm ihr Handy und sagte die Vormittagstermine ab. Dann startete sie den Motor und fuhr los.

*

Als ich mich dem Wäldchen näherte, fühlte ich wieder dieses Unbehagen, das ich mir nicht erklären konnte. Diesmal war es so stark, dass ich stehen blieb. Der Wind strich mir kühlend über Gesicht und Nacken, als wollte er mich beruhigen und sagen: Lauf weiter. Hier kann dir nichts passieren.

Mein Kopf glaubte ihm.

Meine Füße waren anderer Meinung.

Ich konnte mir zwar nicht vorstellen, dass irgendwo in diesem wild wuchernden Chaos ein durchgeknallter Typ auf der Lauer lag, der nichts anderes zu tun hatte, als hinter einem Baumstamm auf eine einsame Joggerin zu warten, aber mein Instinkt hörte nicht auf, Alarm zu schlagen.

Meine Angst ärgerte mich. Wenn ich ihr einmal nachgab und umkehrte, konnte es gut sein, dass ich für immer verloren hatte.

Zögernd setzte ich einen Fuß vor den andern.

Der Wind ließ den Schweiß auf meiner Haut erkalten. Fröstelnd kreuzte ich die Arme vor der Brust. Es war so still, dass das Blut in meinen Ohren zu rauschen begann.

Wieder blieb ich stehen. Neigte den Kopf. Lauschte. Ich wollte mich von dieser unbegründeten Angst nicht unterkriegen lassen.

Etwas raschelte im Unterholz.

Eine Sekunde später war ich losgesprintet.

In die entgegengesetzte Richtung.

Ich wusste, ich musste mir eine neue Strecke suchen. Nie wieder würde ich zu dieser Stelle laufen.

Als ich mich unserem Hof näherte, entdeckte ich das Auto meiner Mutter vor der Scheune. Es war ihr einfach nicht abzugewöhnen, uns immer wieder überfallartig mit ihren Besuchen zu überraschen.

Und ich hatte mich so auf ein spätes Frühstück mit Merle gefreut!

Luke war schon an der Uni, Mike würde erst am Abend aus Frankfurt zurückkommen, und Merle würde heute später zur Arbeit fahren, denn mittwochs war das Tierheim geschlossen, und die Mitarbeiter konnten den Tag entspannter angehen.

Das Lachen meiner Mutter empfing mich bereits an der Tür. Sie verstand sich ausgezeichnet mit Merle. Besser als mit mir, dachte ich oft. Merle wiederum liebte meine Mutter heiß und innig und verzieh ihr jede Einmischung in unsere Angelegenheiten. Vielleicht, weil sie mit ihren eigenen Eltern nicht zurechtkam und den Kontakt zu ihnen mehr oder weniger abgebrochen hatte. Sie gratulierte ihnen höchstens noch zu den Geburtstagen.

»Ich habe Brötchen mitgebracht«, empfing meine Mutter mich stolz. »Freust du dich?«

Was erwartete sie? Einen Ritterschlag? Ich beugte mich zu ihr hinunter und küsste sie auf die dezent geschminkte Wange.

»Jette!« Sie schob mich von sich, als wär ich giftig. »Du bist ja nass geschwitzt!«

»Das hat Sport so an sich.« Ich griff nach dem Handtuch, das neben der Spüle hing, und wischte mir Stirn und Nacken. »Man schwitzt.«

»Sport ist Mord«, zitierte Merle Winston Churchill und schüttete die Brötchen aus der Tüte in den Brotkorb.

Ein unwiderstehlicher Duft wölkte auf und ließ mir das Wasser im Mund zusammenlaufen. Ich beschloss, erst nach dem Frühstück zu duschen.

Beim Essen erzählte meine Mutter von ihrer Arbeit. Sie schrieb an einem Krimi, der im Theatermilieu spielte.

»Ein bisschen Hitchcock und ein bisschen Agatha-Christie-Feeling«, sagte sie. »Es gibt im Vorfeld schon das Angebot eines Produzenten.«

»Echt?« Merles Augen glänzten.

Meine Mutter nickte.

»Er will, dass ich das Drehbuch schreibe.«

»Und?«, fragte ich. »Wirst du's machen?«

»Wenn mich die Geschichte dann noch beschäftigt.« Sie zuckte mit den Schultern. »Ich muss darüber nachdenken.«

Nachdem sie ein Thema bearbeitet hatte, verlor sie das Interesse daran. Das war schon immer so gewesen. Sie bewies in solchen Dingen keinen langen Atem. Bisher hatte sie noch kein Thema gefunden, das sie über die Entstehung eines Buchs hinaus fasziniert hätte.

Ich musterte sie verstohlen.

Es war eine der Eigenheiten, die mich an ihr irritierten. Alle zusammengenommen machten den Umgang mit ihr manchmal ziemlich schwierig.

Prüfend fuhr sie sich mit beiden Händen übers Haar.

Also hatte sie meinen Blick bemerkt.

Eine weitere Eigenschaft, die ich bedenklich fand – ihre Eitelkeit. Sie war zu sehr darauf erpicht, jedem zu gefallen.

Sie richtete Grüße von Tilo aus und von meiner Großmutter, die gerade mit zwei Freundinnen durch Frankreich reiste.

»Sie müsste sich ein bisschen schonen«, beklagte sie sich. »Aber kannst du dir das vorstellen? Deine Großmutter im Sessel? Die Hände im Schoß?«

Nein. Konnte ich nicht.

Großmutter war viel zu neugierig. Auf Menschen. Dinge. Das Leben. Sollte sie sich jemals hinsetzen und nichts mehr tun, hätte ich allen Grund, mir Sorgen zu machen.

Aber erst dann.

Bis dahin freute ich mich über ihre Karten aus Saint-Étienne, Moulins und Bergerac und darüber, wie die Unternehmungslust aus jedem ihrer Worte sprudelte.

Merle berichtete von ihrer Arbeit im Tierheim, und meine Mutter hörte aufmerksam zu. Sie war ständig auf der Suche nach Material für ihre Bücher, verwandelte ihre Gesprächspartner skrupellos in unfreiwillige Informanten, und es kümmerte sie wenig, wenn sie in Privatsphären herumtrampelte wie der Elefant im Porzellanladen.

Ich konnte Merle nichts vormachen. Mit einem raschen Blick bat sie mich, mein Misstrauen abzulegen und meiner Mutter eine Chance zu geben.

Vielleicht war ich ja tatsächlich ungerecht. Vielleicht besaß meine Mutter beim Schreiben eine Moral, die ich noch nicht entdeckt hatte. Ich sah nur die Grenzen, die sie überschritt, nicht diejenigen, die sie möglicherweise respektierte.

»Und du?«, fragte meine Mutter mich so unbefangen, als hätte es unser verunglücktes Gespräch vorgestern gar nicht gegeben. »Wie geht es Luke und dir?«

Es ist seltsam mit Beziehungen. Sobald man kein Single mehr ist, existiert man für die meisten Menschen nur noch als Doppelpack. Als hätten eigene Erlebnisse und Empfindungen urplötzlich aufgehört.

»Wo ist er übrigens?«, schob meine Mutter neugierig hinterher.

Ich war ihr gegenüber wirklich negativ eingestellt, das fiel mir selbst auf. Es bereitete mir ein schlechtes Gewissen, und ich nahm mir vor, liebevoller mit ihr umzugehen. Ich fing damit an, dass ich ihr ein verhaltenes Lächeln schenkte.

»Es ist schön, dass er jetzt mit uns zusammenlebt«, sagte ich.

»Fehlt nur noch Claudio, um die WG komplett zu machen.« Sie schmunzelte.

»Bloß nicht! Claudio ist nur in homöopathischen Mengen zu ertragen«, sagte Merle.

Meine Mutter erkundigte sich nach Ilka und Mike.

Mir fiel auf, dass Mina in ihren Gedanken so gut wie gar

nicht mehr vorkam. Das wunderte mich nicht. Die unberechenbare Mina war ihr immer schon unheimlich gewesen.

Daran hatte auch die Tatsache nichts geändert, dass Tilo an einem Buch über multiple Persönlichkeitsstörung schrieb und die Therapie mit Mina als Grundlage dafür nutzte.

Nach einer Weile waren sämtliche Neuigkeiten ausgetauscht. Ich sehnte mich nach einer Dusche und überlegte gerade, wann ich den Frühstückstisch verlassen konnte, ohne meine Mutter zu kränken, da lehnte sie sich zurück, griff nach der Tasche, die neben ihrem Stuhl auf dem Boden stand, zog eine rote Mappe heraus, schob Käseteller und Marmeladengläser beiseite und legte die Mappe auf den Tisch.

Ihr Gesicht hatte etwas von einer satten, zufriedenen Katze.

»Was ist das?«, fragten Merle und ich gleichzeitig.

»Seht selber.«

Da Merle keine Anstalten machte, das zu tun, beschloss ich, die Mappe aufzuklappen. Sie enthielt ordentlich beschriebene Papiere in einer Klarsichthülle.

Die neuen Seiten ihres Manuskripts, schoss es mir durch den Kopf, doch dann fiel mir das erste Wort auf.

Fett gedruckt.

KAUFVERTRAG.

Verständnislos starrte ich die Buchstaben an. Merle beugte sich vor, um ebenfalls einen Blick auf das zu werfen, was ich offensichtlich nicht kapierte.

Meine Mutter trommelte ungeduldig mit den Fingern auf den Tisch. Ihre Augen sprühten förmlich Funken.

»Auf der Suche nach einer geeigneten Geldanlage bin ich auf eine sensationelle Idee gekommen.«

Strahlend zog sie eine Flasche Champagner aus ihrer Tasche und stellte sie auf den Tisch, mitten in das Frühstückschaos.

»Sie haben ...« Merles Blick wechselte entgeistert zwischen meiner Mutter, dem Vertrag und mir hin und her. »Sie haben unsern *Hof* gekauft?«

Ich hatte die ersten Sätze gelesen, aber nicht begriffen.

»Du hast WAS?«

»Den Hof gekauft.« Meine Mutter nestelte am Verschluss der Flasche herum. »Ist das nicht genial?«

»Du hast *unseren* Hof gekauft?«

Merle legte mir beschwichtigend die Hand auf den Arm und drückte ihn leicht. Doch ich wollte mich nicht beschwichtigen lassen. Ich wollte meine Enttäuschung spüren, meine Empörung und meine Wut.

»Unseren Hof? Du?«

»Gläser, Merle!« Meine Mutter merkte gar nicht, was sich da über ihrem Kopf zusammenbraute. »Schnell!«

Doch Merle blieb sitzen.

Mit einem Ploppen sprudelte eine Champagnerfontäne in die Luft. Ich stand auf und nahm meiner Mutter wortlos die Flasche aus der Hand.

Schüttete den bestimmt sündhaft teuren Champagner über dem elenden Vertrag aus. Wehrte mit der freien Hand meine Mutter ab, die aufgesprungen war, um ihn zu schützen.

»Jette! Um Himmels willen! Was tust du denn da?«

Ich knallte die leere Flasche auf den Tisch.

»Und jetzt nimm deine Mappe und geh.«

»Wie bitte?«

»Du sollst gehen.«

Noch war ich ruhig. Aber das würde sich innerhalb der

nächsten Sekunden ändern. Bis dahin musste meine Mutter unser Haus verlassen haben, damit kein Unglück geschah.

»Aber Kind!« Sie forschte betroffen in meinem Gesicht. »Was hast du denn? Ich dachte, ich mache dir damit eine Freu…«

Merle schob mich zur Seite und fasste meine Mutter am Arm.

»Kommen Sie, Frau Thalheim. Ich bringe Sie zur Tür.«

Erst als die Haustür zuschlug, verlor ich die Fassung. Doch da war Merle schon neben mir, nahm mich in die Arme und verhinderte, dass ich um mich schlug.

*

Diesmal konnte Merle verstehen, warum Jette sich so aufregte. Sie hatte ihre Mutter immer wieder beschworen, sich aus ihrem Leben rauszuhalten, da war diese Aktion eine glatte und unmissverständliche Grenzüberschreitung.

Wenn Imke Thalheim wenigstens ein Wort über ihre Pläne verloren hätte. Aber sie hatte ihr Vorhaben im stillen Kämmerlein ausgebrütet und ihre Tochter vor vollendete Tatsachen gestellt. Da brauchte sie sich über Jettes Reaktion nicht zu wundern.

»Aaarrrgggh!«

Jette stand in der Küche und fauchte die Wände an.

»Hat die denn gar nichts kapiert?«

Sie hämmerte mit den Fäusten auf den Tisch, bis das Geschirr hüpfte und die leere Flasche umkippte. Die Pfütze auf dem Tisch hatte sich ausgebreitet. Der Champagner floss über den Rand und tropfte auf den Fußboden.

»Unser schönes altes Haus …«

»Das ist es doch immer noch«, versuchte Merle die

Freundin zu trösten. »Das Einzige, was sich geändert hat, ist, dass wir eine neue Vermieterin haben.«

Sie lief zur Spüle und kam mit Wischwasser und einem Tuch zurück. Die Küche stank nach Kneipe und nach Problemen. Keine gute Kombination.

Jette bedachte Merle mit einem bitterbösen Blick.

»Findest du?«

»Finde ich.«

»Stimmt aber nicht.«

Merle war so mit Aufwischen beschäftigt, dass sie nicht darauf antwortete.

»Wir leben jetzt im Haus meiner Mutter, Merle. Das heißt, ich hätte eigentlich gleich in ihrer Mühle wohnen bleiben können, verstehst du?«

»Du übertreibst. Bleib doch mal locker, Jette.«

»Locker?« Jette richtete sich zu ihrer vollen Größe auf und funkelte Merle erbost an. »Ich soll *locker* bleiben?«

Merle ging zur Spüle zurück und tauschte das Wasser aus.

»Ja«, sagte sie über die Schulter. »Deine Mutter hat Mist gebaut, okay, aber sie hat dich nicht enterbt oder auf die Straße gesetzt oder so was. Sie hat wahrscheinlich wirklich gedacht, sie macht dir eine Freude.«

»Und wie! Ich kann mich vor Begeisterung kaum halten.«

Die Marmeladengläser, das Geschirr, der Käse, buchstäblich alles war vom Champagner besudelt. Seufzend fing Merle an, sauber zu machen.

»Es ist nun mal passiert, Jette. Es hat sogar sein Gutes, wenn man es genau betrachtet.«

»Sein Gutes«, wiederholte Jette mit einem verächtlichen Unterton in der Stimme. »Und was, bitte, soll daran gut sein?«

»Zum Beispiel müssen wir uns nicht mehr bei jeder noch so winzigen Renovierung mit dem Oberspießer von Bauern rumschlagen. Deine Mutter lässt uns da bestimmt freie Hand.«

»Du willst dich *kaufen* lassen?«

»Jetzt mach aber mal halblang, Jette!«

Doch Jette dachte gar nicht daran. Sie kam erst richtig in Fahrt.

»Das hat sie sich fein ausgedacht. Kommt hierher, wedelt mit dem Kaufvertrag und erobert sich – mit wie viel? Zweihunderttausend Euro? Dreihunderttausend? – den Platz in meinem Leben zurück.« Sie blieb vor Merle stehen und tippte ihr mit dem Zeigefinger auf die Brust. »Und in eurem. Mach dir nichts vor. Meine Mutter ist wie Schimmelpilz. Einmal im Haus, wirst du sie nie wieder los.«

Merle schob ihre Hand weg.

»Bauschst du da nicht gerade eine Kleinigkeit zu einer Riesensache auf?«

»Kleinigkeit!« Jette trat einen Schritt zurück und starrte Merle fassungslos an. »Kleinigkeit?« Sie schüttelte den Kopf. »Wie kannst du das sagen? Du bist meine Freundin. Wie kannst du ...«

Merle fühlte sich in die Enge getrieben. Sie hatte gar nicht die Absicht gehabt, für Imke Thalheim Partei zu ergreifen. Sie verstand Jette ja, hatte sie nur besänftigen wollen. Und nun schob Jette sie hinter die feindliche Linie, wo sie überhaupt nicht hingehörte.

»Jetzt komm aber mal wieder runter«, sagte sie und bemühte sich, ihrem Ton die Schärfe zu nehmen, obwohl es ihr allmählich zu bunt wurde. »Du weißt, dass ich immer – und ich meine: *wirklich immer* – auf deiner Seite stehe.«

»Weiß ich das?«

Jette trat einen Schritt zurück, als wäre Merles Nähe ihr mit einem Mal unerträglich.

»Hör auf zu spinnen.« Merle schluckte die Beleidigung runter und zwang sich zu einem Lächeln. Sie streckte die Hand aus. »Wir werden doch nicht unsere Freundschaft aufs Spiel setzen, nur weil deine Mutter was Unüberlegtes getan hat.«

Sofort wusste sie, dass sie wieder etwas Falsches gesagt hatte. Jette ignorierte nämlich ihre ausgestreckte Hand und wich einen weiteren Schritt zurück.

»Was *Unüberlegtes?*« Jette stand da wie die Rachegöttin persönlich. »Begreifst du denn überhaupt nichts? Sie hat sich das *sehr genau* überlegt.«

Merle fragte sich, was, zum Teufel, sie noch sagen oder tun konnte, um Jette zu erreichen.

»Heh! Ich bin's, deine alte Merle.«

Sie brachte es nicht fertig, länger als ein paar Minuten sauer auf Jette zu sein. Sie hatte nichts dagegen, sich ab und zu mal richtig mit ihr zu fetzen, aber dann vertrug sie sich gern wieder.

Sogar mit der Jette, die jetzt abwehrend die Hände hob, sich umdrehte und zur Tür ging.

»Jette! Lass doch den Scheiß!«

Perplex sah sie der Freundin nach.

Dann war sie allein.

11

Die junge Frau ließ sich nicht beruhigen, und so führte der Kollege, dem sie ihr Anliegen vorgetragen hatte, sie schließlich zu Rick Holterbach, der gerade mit zwei Croissants und einem großen Kaffee auf den Fahrstuhl wartete.

Seufzend ergab Rick sich in sein Schicksal. Die Croissants mussten warten. Vielleicht gelang es ihm wenigstens, den Kaffee zu trinken, solange er noch heiß war.

»Ayla Bilgin. Guten Tag, Herr Kommissar.« Sie hielt ihm die Hand hin und zog sie zögernd wieder zurück, nachdem sie registriert hatte, dass Ricks Hände mit Teller und Kaffeebecher besetzt waren. »Es geht um meinen Kollegen Helge Landau. Er ist verschwunden.«

Sie zwang sich offenbar, langsam zu sprechen, doch Rick entging nicht, dass Panik ihre Stimme atemlos machte. Ihre Augen waren vor Sorge umschattet und sie zupfte ohne Unterlass an der eingerissenen Nagelhaut ihres rechten Daumens.

»Seit wann?«

»Seit gestern. Am Morgen habe ich ihn noch gesehen, da hat er seine Unterlagen zusammengepackt und ist zu Außenterminen aufgebrochen. Zu unserer täglichen Besprechung um sechzehn Uhr ist er dann nicht erschienen.«

Der Fahrstuhl ließ auf sich warten. Irgendwer oder irgendwas blockierte ihn wieder.

»Kommen Sie. Wir nehmen die Treppe«, schlug Rick vor. »Ist sowieso gesünder.«

Leichtfüßig stieg sie neben ihm die Treppe hinauf. Anscheinend hatte sie nicht das Bedürfnis, den Moment des Schweigens mit Small Talk zu füllen. Das konnte bedeuten, dass sie ein eher stiller Mensch war oder dass die Angst um ihren Kollegen sie fest im Griff hielt.

»Wo arbeiten Sie?«, erkundigte sich Rick und achtete darauf, seinen Kaffee sorgsam zu balancieren.

»Ich bin Sozialarbeiterin beim Sozialen Dienst in Euskirchen.«

»Jugendamt?«

»Ja. So nannte man es früher.«

»Warum haben Sie sich nicht an die Polizei in Euskirchen gewandt?«

»Mein Kollege wohnt, genau wie ich, in Köln. Wir arbeiten nur in Euskirchen. Hätte ich ...«

»Nein. Ist schon richtig so.«

Rick drückte die Türklinke mit dem Ellbogen hinunter und bedeutete Ayla Bilgin einzutreten. Sie tat es und er warf die Tür mit der Schulter ins Schloss.

Er wies auf den Stuhl, der vor seinem Schreibtisch stand, und setzte Croissants und Kaffee ab. Den Teller schob er beiseite.

»Möchten Sie auch einen Kaffee? Es gibt hier auf dem Flur einen Automaten.«

»Nein, danke. Ich bringe im Augenblick nichts runter.«

Rick setzte sich in seinen Schreibtischsessel und nahm

einen Schluck Kaffee. Er versuchte, in ihrem Gesicht zu lesen.

»Sind Sie nur Kollegen oder ...«

»Ja, Kollegen«, fiel sie ihm rasch ins Wort.

Rick sah, wie sie errötete. Sie gefiel ihm mit ihren sanften dunklen Augen und dem üppigen schwarzen Haar, das ihr weich auf die Schultern fiel. Sie war nur leicht geschminkt und sah aus wie die Schauspielerinnen in den Filmen der Fünfzigerjahre.

Wenn sie wirklich nichts am Laufen hatten, dann war dieser Kollege, um den sie sich so sorgte, ein kompletter Volltrottel.

»Sie sagen, Ihr Kollege ist zu der täglichen Besprechung um sechzehn Uhr nicht erschienen. Kann er nicht aufgehalten worden sein?«

»Dann hätte er angerufen.«

»Sicher?«

»Hundertprozentig. Helge ist sehr zuverlässig.«

Die Zärtlichkeit, mit der sie den Namen aussprach, entging Rick nicht. Dieser Helge schien tatsächlich ein Idiot zu sein. Oder verheiratet, dachte er, oder sonstwie gebunden.

»Das reicht nicht aus, um ...«

Wieder unterbrach sie ihn.

»Heute ist er nicht zur Arbeit erschienen. Ohne Entschuldigung. Das ist völlig untypisch für einen so korrekten Menschen wie ihn.«

»Wenn er krank ist ...«

»Muss er sich krankmelden, damit jemand seine Termine absagen oder übernehmen kann.«

»Vielleicht tut er das ja noch.«

»Das muss so früh wie möglich geschehen, und daran halten wir uns alle. Wir haben mit Kindern zu tun und mit

Jugendlichen, da riskiert man keine Versäumnisse. Ein geplatzter Termin kann im schlimmsten Fall zu einer Kurzschlusshandlung führen.«

Rick vermied es, zu den Croissants zu schielen. Er konnte sie förmlich schmecken, und das Wasser lief ihm im Mund zusammen.

»Frau Bilgin …« Er beugte sich vor, die Arme auf den Schreibtisch gestützt. »Wie alt ist Herr Landau?«

»Achtundzwanzig.«

»Sehen Sie. Das heißt, er ist volljährig. Da können wir keine Vermisstenmeldung aufnehmen, wenn es nicht konkrete Hinweise darauf gibt, dass dem Betreffenden wirklich etwas zugestoßen ist.«

»Aber sein Verhalten ist ungewöhnlich. Er würde niemals …«

»Das glaube ich Ihnen, Frau Bilgin, aber manchmal tun Menschen eben ungewöhnliche Dinge. Sie erscheinen nicht bei der Arbeit. Sie betrinken sich und versacken für ein, zwei Tage. Oder sie verschwinden ganz einfach.«

»Ich war bei seiner Wohnung. Er hat nicht aufgemacht.«

»Dazu ist er nicht verpflichtet.«

»Ich habe Nachbarn gefragt. Keiner hat ihn seit gestern gesehen.«

»Wie viele Parteien wohnen in dem Haus?«

»Ich weiß nicht. Zwölf. Vierzehn.«

»Man kann in Mietshäusern ein- und ausgehen, ohne irgendjemandem zu begegnen. Es gibt Menschen, die nach zehn Jahren ihre Nachbarn nicht kennen.«

Sie sackte förmlich in sich zusammen.

»Lebt er allein?«, fragte Rick.

Sie nickte.

»Was ist mit seinen Eltern, Geschwistern? Haben Sie mit denen auch Kontakt aufgenommen?«

»Geschwister gibt es nicht, ebenso wenig einen Vater. Es gibt bloß die Mutter und die hat sich schon vor Jahren aus dem Staub gemacht. Innerlich, meine ich. Sie hat den Alkohol wesentlich mehr geliebt als ihren Sohn.« Sie sah ihn eindringlich an. »Verstehen Sie, Herr Kommissar? Helges Weg hat ihn nicht zufällig zu diesem Beruf geführt. Er würde niemals einen Termin versäumen, ohne uns darüber zu informieren.« Ihre Augen füllten sich mit Tränen. »Er weiß am besten, was die Kinder und Jugendlichen mitmachen, um die wir uns bemühen. Viele von ihnen leben in schrecklichen Verhältnissen. Die haben nichts, woran sie sich festhalten können. Denen nimmt man nicht ohne triftigen Grund das bisschen Verlässlichkeit, das wir ihnen bieten.«

Sie zog ein Taschentuch aus ihrer Handtasche und wischte sich die Augen. Die Wimperntusche verschmierte. Es schien sie nicht zu kümmern.

»Und etwas ist mit seinem Handy nicht in Ordnung. Ich erreiche ihn nicht.«

Geräuschvoll putzte sie sich die Nase.

Rick empfand das Drängende in ihren Worten und ihrer ganzen Art. Er war davon überzeugt, dass es ihr nicht leichtgefallen war, hierherzukommen und jeden mit der Nase darauf zu stoßen, dass Helge Landau weit mehr war als ein Kollege.

Doch er konnte nichts tun.

Wenn sie bei jedem, der unerwartet aus seinem Tagesablauf ausbrach, eine Suchaktion starteten, würde der Polizeiapparat zusammenbrechen. Außerdem hatten Erwachsene das Recht, ihren Aufenthaltsort selbst zu bestimmen.

Und ihn für sich zu behalten.

Weinende Frauen lösten unweigerlich Ricks Beschützerinstinkt aus. Das war nicht fair. Nicht den Männern gegenüber und nicht den Frauen, die sich besser im Griff hatten. Und die er anders behandelte. Dennoch schmolz er beim Anblick der verzweifelten jungen Frau dahin.

»Für eine Vermisstenmeldung reichen die Anhaltspunkte nicht aus«, sagte er. »Aber ich notiere die Fakten und führe mal ein paar Telefongespräche. So viel kann ich Ihnen versprechen.«

Sie belohnte ihn mit einem dankbaren Lächeln und beantwortete ruhig und präzise seine Fragen.

*

Obwohl er die ganze Nacht unterwegs gewesen war, saß Abel am Schreibtisch und arbeitete die Punkte ab, die für heute anstanden.

Aber es zog ihn magisch in den Wald.

Er kam nicht zur Ruhe, sah den Toten bei jedem Blick aus dem Fenster.

Überall.

Die Ereignisse der Nacht liefen wie Szenen aus einem Horrorfilm vor seinem inneren Auge ab.

Der Mord.

Der Ameisenhügel.

Der Steinbruch.

Der Ameisenhaufen war trotz aller Vorsicht arg in Unordnung geraten, doch die Tierchen waren fleißig und hatten augenblicklich mit der Reparatur begonnen. Sie konnten sich Zeit lassen, denn keiner würde sie in dieser absoluten Einsamkeit dabei stören.

Am Steilhang des Steinbruchs, in dem frühestens in einem guten halben Jahr die ersten Rekultivierungsarbeiten beginnen würden, hatte Abel den Panda in Brand gesetzt und ihn dann über den Rand geschoben.

Polternd war er in die Tiefe gestürzt, eine leuchtende, Funken sprühende Fackel, und unten in einer mächtigen Feuerwolke explodiert.

Abel hatte schützend die Hand über die Augen gelegt, so sehr hatte die plötzliche Helligkeit ihn geblendet. Die Hitze der Explosion hatte er auf der Haut gespürt.

Der Steinbruch lag weit genug von Helge Landaus Grab entfernt. Und vom Forsthaus in Hellenthal. Abel beglückwünschte sich dazu, nicht die Nerven verloren und in der Kürze der Zeit so konsequent geplant zu haben.

Zu Fuß war er nach Hause gelaufen, kreuz und quer durch die Wälder, Stunde um Stunde, in einem gleichförmigen Tempo, die Taschenlampe in der Hand. Die Warnrufe der Nachtvögel waren seine Begleiter gewesen. Es entging ihnen nicht, dass jemand in ihre schwarze Stille eingedrungen war.

Abel hatte sich wie betrunken gefühlt. Was hinter ihm lag, war ihm so fern erschienen wie eine Geschichte, die ihm irgendwer irgendwann einmal erzählt hatte. Nicht wirklich. Kein bisschen.

Zu Hause hatte er sich unter die Dusche gestellt und alles abgewaschen. Den Schweiß. Den Dreck. Die Schuld. Er war ins Bett gekrochen und augenblicklich eingeschlafen. Eine Stunde noch, bis der Wecker klingelte. Das musste reichen, wenn Dinah nicht misstrauisch werden sollte.

Offenbar hatte sie sein Fehlen gar nicht bemerkt. Er blieb oft die halbe Nacht lang auf. Sah fern, rauchte, trank. Dachte nach.

Als dann der Wecker geklingelt hatte, war er aufgestanden wie jeden Morgen. Hatte seine Müdigkeit mit Kopfschmerzen erklärt und sogar die Tablette geschluckt, die Dinah ihm gereicht hatte.

Und nun saß er hier und fragte sich, ob er an alles gedacht hatte. Ein einziger winziger Fehler konnte ihn zu Fall bringen.

Er hörte Fumée bellen und blickte auf. Lo lief mit dem Hund über den Hof, die Puppe im Arm, ein Stöckchen in der anderen Hand. Sie warf es und Fumée rannte ihm nach.

Sie waren gefährlich nah an der Garage, und Abel hatte sich schon halb erhoben, um sie von dort zu verscheuchen. Doch dann setzte er sich wieder. Er hatte den Hof gründlich abgesucht. Und nichts gefunden, was auf den Sozialarbeiter hinweisen könnte.

Nichts.

Absolut nichts.

Auch die Bullen würden nichts finden.

Falls sie überhaupt jemals hier suchen würden.

*

Merle saß der Streit mit Jette noch in den Gliedern. Aber sie hatte sich geschworen, nicht sofort wieder angekrochen zu kommen. Diesmal nicht.

Es fiel ihr schwer.

Mittwochs konnten sie sich im Tierheim um die Dinge kümmern, die an den übrigen Tagen liegen blieben. Die einzigen Besucher, die hereingelassen wurden, waren die Paten, die mit den Hunden spazieren gingen.

Es war wohltuend ruhig. Auch die Tiere spürten das und lagen entspannt in ihren Zwingern und Gehegen.

Frau Donkas verabschiedete sich zu einem ihrer ständigen Außentermine, doch das war nicht weiter schlimm, weil Robbie sich nicht mit Grippe ins Bett gelegt hatte, sondern trotz triefender Nase pünktlich zum Dienst erschienen war.

Nachdem die Tiere versorgt waren, gelang es Merle, in Ruhe ein paar Schreibtischarbeiten zu erledigen. Gegen Mittag setzte sie sich mit Robbie zusammen, der diesmal Kuchen von seinem Lieblingsbäcker mitgebracht hatte.

»Ist was?«, fragte er und schenkte Kaffee ein. Er war so stark, dass die Löffel fast in ihm stecken blieben.

Merle verzog den Mund und goss die doppelte Portion Milch in ihre Tasse.

»Nö. Wieso?«

»Du bist so schweigend.«

»Schweig*sam*.«

Sie sah ihn mürrisch an.

»Sei nicht kleinlich. Stress mit Claudio?«

»Nö.«

Jeder andere hätte jetzt seine Sachen geschnappt und wär gegangen. Nicht so Robbie. Er war viel zu lieb, um wahr zu sein.

»Come on, darling.«

»Jette«, sagte sie widerstrebend.

»Oh. Magst du drüber reden?«

»Nö.«

Schweigend verputzten sie den Kuchen. Streit machte Merle hungrig. Der Kratzer an ihrer Hand tat wieder weh, doch sie ließ das Pflaster drauf. Sie würde die Wunde später noch einmal desinfizieren.

»Ruf sie an«, schlug Robbie schließlich vor.

»Ich denk nicht dran.«

Er holte ihr Handy vom Schreibtisch und schob es ihr hin.

»Na los!«

Er sah so zerknirscht aus, als hätte er selbst mit Jette gestritten.

»Das geht dich nichts an, Robbie.«

»Ich seh doch, wie du leidest.«

Er hatte einen fatalen Hang dazu, die Dinge zu übertreiben. Was vielleicht daran lag, dass Deutsch nicht seine Muttersprache war.

»Du nervst!«

»Mach schon.« Er grinste. »Sei ein braves Mädchen.«

»Noch so ein Spruch, und ich werf dich den Hunden zum Fraß vor.«

»Die würden mir nichts tun.«

Merle verdrehte die Augen und griff nach dem Handy. Sie wählte Jettes Nummer und ließ es klingeln, bis die Mailbox ansprang.

Hallo. Ich rufe gern zurück.

Kein Wort zu viel, dachte Merle. Außer im Streit. Da teilt sie aus.

Sie wusste, dass sie ungerecht war.

Und wenn schon! Das war jetzt auch egal.

»Mailbox.«

Sie legte das Handy auf den Tisch.

»Du hast nicht draufgesprochen.«

»Weiß nicht, was ich sagen soll.«

Jette rief nicht zurück.

Robbie wischte sich die Hände an der Hose ab und machte sich wieder an die Arbeit. Merle nutzte die Ruhe, um sich mit den Unterlagen für ihren Artikel zu beschäftigen.

Streit hin, Streit her – sie hatte beschlossen, ihre Recherchen zu vertiefen, und heute war genau der richtige Tag dafür.

*

Lo kann nicht schlafen.

Die Sonne scheint ins Zimmer. Schatten tanzen an den Wänden. Und Fumée ist nicht da.

Komm, wir spielen ein bisschen.

Amanda hat gut reden. Ihr passiert ja nichts, wenn Papa entdeckt, dass Lo nicht im Bett liegt, sondern im Zimmer rumläuft.

Mir ist laaangweilig!

Das ist Papa egal. Es gibt Regeln. Wer sie verletzt, wird bestraft.

Die erste Regel ist: gehorsam sein.

Die zweite heißt: Mittagsschlaf.

Auf dem Sonnenfleck an der Wand macht Lo mit den Fingern Schattenspiele. Sie kann schon einen Hund und eine Ente. Das hat sie von Papa gelernt. Der kann ganz viele Tiere. Sogar einen fliegenden Vogel und ein Krokodil.

Lo kneift die Augen zu. Aber sie gehen immer wieder auf.

Wenn sie doch solche Sehnsucht nach Fumée hat!

Warum darf sie nicht mit ihr im Bett schlafen?

Wenigstens erlaubt Papa, dass Fumée im Haus wohnt, anders als die anderen Hunde.

Also, ich steh jetzt auf, sagt Amanda.

Lo wirft einen Blick aus dem Fenster.

Keiner zu sehen.

Und nun?

Mäuschenleise zieht sie sich an. Steigt mäuschenleise die Treppe hinunter. Tapst zum Kühlschrank.

»Loretta!«

Beim Klang von Papas Stimme zuckt sie zusammen. Fast fällt ihr die Milchtüte aus der Hand. Sie dreht sich um.

Die Kälte von der Milch steigt ihr an den Armen hoch. Alle Härchen richten sich auf.

Papa nimmt ihr die Tüte ab und stellt sie in den Kühlschrank zurück. Er hebt Lo hoch und trägt sie in sein Büro. Vor dem Terrarium setzt er sie hart ab.

Lo beginnt zu weinen. Amanda klammert sich an ihr fest.

Die Vogelspinne ist wach.

Sie krabbelt auf die Glasscheibe zu, ganz nah an Los Gesicht heran.

Lo will zurückweichen.

Weglaufen.

Sich verstecken.

Doch Papa hält sie fest.

Er sagt noch immer kein Wort. Sein Griff tut weh.

Vor Los entsetzten Augen richtet die Spinne sich auf.

»Soll ich sie rauslassen?«, fragt Papa.

Lo will den Kopf schütteln. Aber sie kann nicht.

Sie kriegt keine Luft.

»Willst du das?«

Nein! Nein! NEIN!

Alles in Lo schreit.

Würgt.

Lodert vor Angst.

»Dann geh jetzt schlafen«, sagt Papa.

Und lässt sie los.

*

Imke saß vor ihrem Computer und brachte keine einzige Zeile zustande. Ihre Gedanken flatterten hin und her. Sie verstand ihre Tochter von Tag zu Tag weniger.

Was ging nur in dem Mädchen vor? Wieso konnte sie sich nicht einfach darüber freuen, dass sie nun in einem Haus lebte, das später einmal ihr gehören würde?

Manchmal war sie Imke so fremd wie eine der jungen Frauen, die zu ihren Lesungen kamen. Fremder noch, denn Jette hatte sogar aufgehört, sich für Imkes Bücher zu interessieren. Als wäre alles, was mit ihrer Mutter zusammenhing, hassenswert.

»Kann mir mal einer sagen, womit ich das verdient habe?«, fragte Imke ihre beiden Katzen, die in einträchtiger Harmonie auf dem Sofa lagen und träge in die Sonne blinzelten.

Ihre eigene Tochter hatte sie rausgeworfen!

»Das hat sich noch keiner erlaubt«, erzählte Imke den Katzen. »Keiner!«

Edgar drehte sich auf die Seite und legte eine Pfote auf Mollys Gesicht. Erst jetzt merkte Imke, *wie* tief Jettes Ablehnung sie getroffen hatte.

»Dabei wollte ich ihr eine Freude machen.«

Nachdem sie die Mädchen verlassen hatte, war sie eine Weile ziellos durch die Gegend gefahren und dann in einem winzigen Café irgendwo an der Landstraße gelandet. Sie hatte einen erstaunlich guten Cappuccino getrunken, während aus einem Lautsprecher schräg über ihrem Kopf das Mittagsprogramm eines Radiosenders plätscherte.

Sie war der einzige Gast gewesen und hatte ihre dicke Jacke angelassen, denn der Wirt hatte bei weit geöffneten Fenstern hinter der Theke eifrig Gläser blank poliert. Schließlich war sie deprimiert und durchgefroren aufgebrochen und nach Hause gefahren.

Imke tippte einen Satz und löschte ihn wieder. Stand auf und ging nach unten, um sich etwas zu trinken zu holen. Setzte sich mit dem Glas Wasser in den Wintergarten und versuchte, Tilo anzurufen. Doch der steckte offenbar in einem Therapiegespräch. Sie erreichte lediglich seine Mailbox.

Tilo hatte ihr abgeraten, den Hof zu kaufen, ohne vorher mit Jette zu sprechen. Er hatte ihr sogar abgeraten, ihn überhaupt zu kaufen. Er hatte ihr prophezeit, wie Jette reagieren würde.

Sie hatte nicht auf ihn gehört und nun hatte sie die Quittung bekommen.

Imke überlegte, wen sie sonst noch anrufen könnte, aber ihr fiel niemand ein. Niemand außer ihrer Mutter, die sie jedoch im Urlaub nicht mit ihrem Kummer behelligen wollte.

Erschrocken bemerkte sie, wie sehr sie sich in den vergangenen Jahren isoliert hatte.

Der malträtierte Kaufvertrag lag vor ihr auf dem Tisch. Imke hatte ihn notdürftig abgetupft und gerade noch gerettet. Dass sich das Papier gewellt hatte, konnte sie verschmerzen. Er bedeutete ihr sowieso nichts mehr.

Der Hof war jetzt nur noch eine Geldanlage. Mit Jette und ihren Freunden hatte er nichts mehr zu tun.

Vielleicht würde Jette die WG sogar verlassen. Das traute Imke ihr durchaus zu. Ihre Tochter war so unsinnig konsequent, dass sie für ihre Überzeugung sogar in Kauf nahm, sich selbst zu schaden.

Imke schüttelte den Kopf. Was hatte sie mit ihrer Schnapsidee bloß losgetreten?

Seufzend erhob sie sich vom Stuhl und kehrte in ihr Arbeitszimmer zurück. Die Katzen hatten sich verzogen. Imke fühlte sich auf einmal vollkommen allein.

12

Als Merle sich von Robbie verabschieden wollte, war er gerade im Quarantänezwinger mit dem Fundhund beschäftigt und konnte sich nicht so richtig auf sie einlassen. Es war schön zu beobachten, wie das Tier immer mehr Vertrauen zu ihm fasste.

»Ich bin dann weg«, sagte Merle. »Ich nehm den Meriva. Heute Abend komm ich noch mal rein und bring ihn zurück.«

Robbie nickte zerstreut. Er hielt dem Hund eine Tube mit Vitaminpaste hin. Alle Hunde waren scharf darauf. Auch dieser vertilgte seine Ration mit lautem Schmatzen.

»Hier«, sagte Merle. »Das Telefon.«

»Leg's hin. Bin gleich fertig.«

Merle legte das mobile Telefon auf einem Mauervorsprung ab und betrachtete den Hund genauer. Die Tierärztin hatte deutliche Zeichen von Unterernährung, Verwahrlosung und Misshandlung festgestellt. Deshalb würde er noch eine Weile isoliert bleiben, damit sie ihn mit so viel Liebe und Zuwendung, wie sie bei ihrer chronischen Unterbesetzung aufbringen konnten, ein wenig aufpäppelten.

»Frau Donkas will auch noch mal reingucken. Sie weiß

aber nicht sicher, ob sie es wirklich schafft. Kommst du alleine klar?«

»Jetzt hau schon ab.«

Robbie konnte den Hund mittlerweile vorsichtig hinter den Ohren kraulen, ohne dass er zurückwich.

»Du magst ihn«, stellte Merle fest.

»Stimmt.«

»Häng nicht dein Herz an ihn, Robbie.«

Sie sagten sich das immer wieder, nahmen sich vor, Distanz zu wahren. Aber das war ungeheuer schwer, wenn ein vernachlässigtes Tier einen aus todtraurigen Augen ansah.

»Ich erreiche dich übers Handy?«, vergewisserte Robbie sich.

»Na klar.«

Merle war froh, dass Robbie abgelenkt war und sich nicht nach ihren Plänen erkundigte. Er hätte versucht, sie davon abzuhalten, diese Recherchen allein zu machen.

Sie selbst hätte ja liebend gern jemanden mitgenommen, aber Jette fiel nach ihrem Streit ebenso aus wie Claudio, der sich nicht die Bohne für den Tierschutz interessierte und außerdem sowieso bis zum Hals in Arbeit steckte.

Robbie konnte das Tierheim heute unmöglich verlassen und die Freunde aus der Tierschutzgruppe hatten ihre eigenen Jobs oder ihr Studium und waren an normalen Wochentagen beschäftigt.

Sie winkte Robbie noch einmal zu, öffnete das Tor, steuerte den Meriva hinaus, verschloss das Tor wieder und fuhr los. Neben ihr auf dem Beifahrersitz lag eine aufgeklappte Straßenkarte, denn der alte Meriva war ziemlich mager ausgestattet und hatte erst recht kein Navigationssystem zu bieten. Merle verließ sich normalerweise auf ihre Navi-

App, fand jedoch, wenn sie allein unterwegs war, die Karte praktischer.

Weil nicht klar war, wie lange ihr Ausflug dauern würde, hatte Merle ein Käsebrötchen, zwei Bananen und eine Flasche Wasser mitgenommen. Ein bisschen fühlte sie sich, als sie Bröhl hinter sich ließ, wie auf dem Weg in die Ferien.

Sie drehte das Radio laut auf, kurbelte das Fenster runter und ließ sich den Wind durch die Haare streichen. Sie hatte sie gerade frisch gefärbt und der Geruch des Hennas wehte ihr in die Nase.

In ihrer Tasche steckte die kleine Digitalkamera, die sie ständig bei sich trug, für den Fall, dass sie etwas dokumentieren musste. Außerdem hatte sie das Diktiergerät mitgenommen, das sie mal für ein paar Euro auf einem Flohmarkt erstanden hatte. In der Mappe, die zwischen ihrer Tasche und der Sitzlehne klemmte, befanden sich die Unterlagen für den Artikel.

Sie war bestens ausgerüstet.

Kurz fragte sie sich, ob das, was sie vorhatte, nicht gefährlich werden konnte, doch sofort schob sie den Gedanken beiseite. Zwei Jahre waren seit damals vergangen. In dieser Zeit veränderten sich Menschen. Auch er würde sich verändert haben.

Und vielleicht war er ja doch unschuldig.

Sie hoffte es inständig.

*

Ayla Bilgin war so eindrücklich gewesen, dass Rick zum Telefon griff, sobald er den letzten Bissen heruntergeschluckt hatte. Die Mittagszeit passte ihm zwar am besten, um Außerplanmäßiges einzuschieben, war jedoch nicht eben günstig, wenn es darum ging, Leute ans Telefon zu kriegen.

Auch beim Jugendamt befanden sich die meisten Mitarbeiter in der Mittagspause. Dennoch erwischte er eine Sozialarbeiterin, die Ayla Bilgins Angaben mehr oder weniger bestätigte. Es sei ungewöhnlich, dass Helge Landau unentschuldigt einen Termin versäume, ja, und er habe sich zuvor in der Tat noch kein einziges Mal krankgemeldet.

»Aber alles passiert irgendwann zum ersten Mal, nicht?«, hatte sie gescherzt. »Ayla übertreibt da ein bisschen mit ihrer Besorgnis.«

»Neigt sie denn zu übertriebener Vorsicht?«, hatte Rick gefragt.

»Das nicht, allerdings ...«

»Ja?«

»Sie mag Helge. Das ist ein offenes Geheimnis.«

Rick seufzte innerlich. Das war zu wenig, um in dieser Angelegenheit aktiv zu werden, andrerseits zu viel, um gar nichts zu unternehmen.

»Wann treffe ich möglichst viele Mitarbeiter bei Ihnen an?«, fragte er.

»Um sechzehn Uhr«, kam es wie aus der Pistole geschossen. »Dann haben wir unsere tägliche Besprechung, an der wir alle teilnehmen, auch der Chef. Es sei denn, jemand hätte einen unaufschiebbaren Außentermin.«

»Und gestern?«, fragte Rick. »Hatte Helge Landau so einen Termin?«

»Das kann ich Ihnen nicht sagen. Ich bin froh, wenn ich meine eigenen Termine im Kopf behalte.« Sie zögerte. »Doch dann hätte er die Besprechung eigentlich absagen müssen.«

»Was er nicht getan hat?«

»Nein.«

»Sind Sie sicher?«

»Hundertprozentig. Ayla hat jeden einzelnen Kollegen gefragt. Mit keinem hat Helge telefoniert.«

»Gut«, sagte Rick, obwohl die Informationen alles andere waren als das. In seinem Innern regte sich die Gewissheit, dass irgendetwas hier wirklich nicht stimmen könnte. »Sechzehn Uhr. Ich werde da sein und möchte alle sprechen.«

»Alle?«

Ihre Stimme klang alarmiert.

»Ja. Möglichst.«

»Gehen Sie ... von einer Straftat aus?«

Jetzt meinte Rick, einen Anflug von Panik in ihrer Stimme zu hören.

»Noch gehen wir von gar nichts aus. Wir stellen lediglich Fragen.«

Eine dürftige Antwort, aber sie erfüllte ihren Zweck, beruhigte die Sozialarbeiterin und erstickte ihre Neugier im Keim.

Rick trank seinen Kaffee aus und wandte sich wieder dem Computer zu. Er hätte jetzt gern ein paar Worte mit Bert gewechselt, doch er hatte sich vorgenommen, ihn nur im absoluten Notfall in seiner Einsiedelei zu stören.

»Kloster«, murmelte er abschätzig. »Ausgerechnet.«

Er notierte den neuen Termin und war bald darauf wieder in seine Arbeit vertieft.

*

Abels Ohren waren heiß vom Telefonieren. Heute war der Teufel los. Er war kaum zum Mittagessen gekommen, weil unentwegt sein Handy geplärrt hatte. Manchmal beneidete er die Kollegen, die sich nicht mit privaten Waldbesitzern herumschlagen und gegen die totale Ahnungslosigkeit ankämpfen mussten.

Die Müdigkeit war unerträglich. Sein Körper und sein Geist sehnten sich nach Schlaf.

Nach Vergessen.

Nicht, dass er seine Tat bereute. Nur war ihm inzwischen der Gedanke gekommen, dass der Soziale Dienst den einen Idioten durch einen andern ersetzen würde. Was, wenn der ebenso hartnäckig war?

Schlafen.

Er musste schlafen, damit sich das Chaos in seinem Kopf wieder legte. Die Festplatte in seinem Gehirn löschen und neu beschreiben.

Es klopfte und Dinah führte einen großen, schweren Mann herein.

Siegmund Kodil, einen Kölner Anwalt, der vor einigen Jahren ein Stück Wald von seinem Vater geerbt hatte, mit dem er wenig mehr anzufangen wusste, als ihn immer weiter abzuholzen. Bis Abel ihn gestoppt hatte.

Jetzt hatte er zwei Wiesen dazugekauft, auf denen er in den Sommermonaten Pferde halten wollte. Schon vor Kurzem hatte er davon gesprochen, dort einen Stall und ein kleines Blockhaus zu errichten, für das er Abels Zustimmung brauchte.

»Möchten Sie Kaffee?«, fragte Dinah ihn. »Oder lieber Tee?«

Abel warf ihr einen bösen Blick zu. Lernte sie es denn nie? Wenn sie dauernd die perfekte Gastgeberin gab, wurden sie diese anhänglichen Typen gar nicht mehr los.

Kodil entschied sich für Kaffee. Er trank ihn in vorsichtigen Schlucken und hielt den kleinen Finger der rechten Hand geziert abgespreizt. Auf seiner Stirn glänzte Schweiß. Er atmete schwer, weil sein mächtiger Bauch ihm im Sitzen sämtliche Organe abschnürte.

Er stellte ein paar Fragen zu den anstehenden Waldarbeiten, bis er auf Umwegen zu seinem eigentlichen Anliegen kam.

»Haben Sie sich das mit der Blockhütte durch den Kopf gehen lassen?«

Abel betrachtete ihn eine Weile schweigend. Zündete sich eine Zigarette an. Blies den Rauch gemächlich an die Decke. Dann nickte er.

»Und?«

Kodil stellte ächzend die Tasse ab und richtete sich auf, damit er wieder Luft holen konnte. Er saß auf der Kante des Stuhls, den Bauch ausladend zwischen den gespreizten Beinen.

Abel hätte ihn mit einem weiteren Nicken glücklich machen können. Doch er entschied sich dagegen.

Er schüttelte den Kopf.

»Aber ...« Kodils Hände beschrieben aufgeregte Kreise in der Luft. »Es werden doch ab und zu Ausnahmen gemacht.«

»Richtig.« Abel betrachtete angelegentlich die Zigarette zwischen seinen Fingern. »Wie Sie sagen: ab und zu.«

Es machte ihm Spaß, den Mann zappeln zu lassen. Seine Ohnmacht zu spüren.

»Und wieso nicht bei mir?«

Abel hob die Schultern. Er drückte die Zigarette in dem kitschigen Aschenbecher aus, den er noch von seinem Vorgänger hier im Haus gefunden hatte, und stand langsam auf.

»Ich bringe Sie raus«, sagte er und wandte sich zur Tür.

Kodil wuchtete sich vom Stuhl und zog den Pullover zurecht. Wütend stampfte er hinter Abel her. Der Holzboden vibrierte unter seinen harten Schritten.

»Sie werden noch von mir hören«, versprach er und ging

zu seinem Auto, einem protzigen Schlitten, der sich in dieser Gegend ausnahm wie ein Diamantcollier in einem Laden für Modeschmuck.

Weichei!

Abel kehrte grinsend in sein Büro zurück. Freunde, dachte er, findet man überall. Feinde muss man sich verdienen. Eine durchaus gefährliche Sicht der Dinge, das war ihm klar. Aber war nicht jedes interessante Spiel gefährlich?

*

Von der Vorlesung zum Thema *Psychologie der Wahrnehmung* bekam ich nicht viel mit, weil meine eigene Wahrnehmung hauptsächlich um meine Mutter kreiste.

Sie hatte unseren Hof gekauft ...

Immer wieder besetzte der Gedanke meinen Kopf, sosehr ich auch versuchte, ihn zu verdrängen.

Unseren wunderschönen alten Bauernhof, den wir so mühsam renoviert hatten. Unser Zuhause, das jeder von uns aus anderen Gründen so bitter nötig hatte. Meine Rückzugsmöglichkeit, wenn mir alles zu viel wurde.

Meine Mutter brauchte nur ihr Scheckbuch zu zücken, um all das zu beschmutzen.

Während ich mechanisch die Begriffe in meinen Laptop tippte, die der Professor an die Tafel schrieb, dachte ich über die Situation nach, in der ich nun steckte. Auf den ersten Blick war lediglich ein Vermieter durch einen anderen ausgetauscht worden, und das schenkte uns, wie Merle schon bemerkt hatte, tatsächlich mehr Freiheit.

Auf den zweiten Blick jedoch war es so, dass meine Mutter mich auf diese Weise wieder unter Kontrolle gebracht hatte. Sie durfte uns jetzt bei allem, was Haus und Garten betraf, auf die Finger schauen.

Sich einmischen.

Über unsern Kopf hinweg entscheiden.

Wie oft schon hatte sie süßlich gefragt, ob sie nicht ein paar Handwerker vorbeischicken solle, die etwas von Renovierung *verstanden.* Wie oft angeboten, hinterm Haus einen hübschen Garten anlegen zu *lassen.*

Sie begriff nicht, was Unabhängigkeit für mich bedeutete. Nie hatte ich Geld von ihr angenommen, wenn ich es vermeiden konnte. Sogar mein Studium finanzierte ich mir mit wechselnden Jobs zur Hälfte allein. Und es war schön gewesen, den Hof zu finden und herzurichten.

Ich selbst zu sein.

Am Ende der Vorlesung merkte ich, dass der Professor ebenso gut Chinesisch hätte sprechen können. Nichts von dem, was er gesagt hatte, war bei mir angekommen.

Bis zum nächsten Seminar hatte ich ein bisschen Leerlauf. Unentschlossen schlenderte ich zur Cafeteria, die wieder hoffnungslos überfüllt war. Ich hatte keine Lust darauf, Schlange zu stehen, keinen Bock darauf, mit andern sonst irgendwo abzuhängen, verließ das Gebäude und machte mich auf den Weg zu einem nahe gelegenen kleinen Café, in dem ich schon einige Male mit Luke gewesen war.

Ein Schwarm grüner Papageien wölkte schwatzend aus einem Baum auf und flog davon. Es waren Halsbandsittiche, die sich in den vergangenen Jahren hauptsächlich in den Kölner Parks eingenistet hatten, mittlerweile jedoch auch die Wohngebiete eroberten.

»Sie werden mit der Zeit unsere Singvögel verdrängen«, hatte Merle neulich prophezeit. »Trotzdem freu ich mich über sie.«

Merle.

Sie hatte versucht, mich zu erreichen, hatte aber keine Nachricht hinterlassen. Ich überlegte, ihr eine SMS zu schicken, doch ich fand nicht die richtigen Worte.

Vor dem Café waren bereits Tische aufgestellt, und da Decken auf den Stühlen lagen, beschloss ich, mich nach draußen zu setzen. Ich bestellte einen Cappuccino, schlang mir die Decke um die Hüften und dachte nach.

Einen weiteren Cappuccino später war mir klar, dass es für mich nicht infrage kam, den Hof aufzugeben, nur um meiner Mutter den Triumph nicht zu gönnen. Und dass wahre Unabhängigkeit mit dem Bewusstsein zu tun hatte.

Meine Mutter konnte uns nicht kaufen.

Weil wir nicht käuflich waren.

Merles saloppe Art, mit meiner dominanten Mutter umzugehen, war genau die richtige. Ich dagegen hatte mich wieder mal zum Affen gemacht. Und meine Freundin auch noch angegriffen.

Ich nahm mein Handy.

Komm, wollte ich zu Merle sagen, *vergessen wir unsern Streit. Du hattest recht. Wir haben einfach den Vermieter gewechselt. Machen wir das Beste draus. Und vielleicht stimmt es sogar, dass meine Mutter uns bloß eine Freude machen wollte. Vielleicht seh ich den Wald vor lauter Bäumen nicht mehr. Außerdem hab ich dich ziemlich lieb und halte es nicht aus, wenn du sauer auf mich bist.*

All das wollte ich ihr sagen, doch als dann die Mailbox ansprang, fand ich den Anfang des Fadens nicht und legte wieder auf.

Womöglich war es ja auch besser, wenn wir uns am Abend zusammensetzten und redeten.

Bestimmt sogar.

Auf dem Weg zurück zur Uni zerbrach ich mir den Kopf

darüber, welche Überraschung ich Merle mitbringen sollte. Sozusagen als Versöhnungsgeschenk.

Leise summte ich vor mich hin und grüßte jeden, der mir entgegenkam. Etwas hatte sich verändert. Ich konnte es nicht benennen, aber es tat mir gut.

*

Der Himmel hatte sich bezogen und ließ die Eifel, wie so oft, in einem schlechten Licht erscheinen. Merle hatte sich gegen die A1 entschieden und die B 265 gewählt. Sie wollte ein bisschen Urlaubsfeeling. Obwohl sie ihren Urlaub ganz sicher nicht in einem der Eifelkäffer verbringen würde.

Zülpich. Embken. Vlatten.

Sie fühlte sich an ihre Kindheit erinnert, auch wenn die Landschaft damals eine andere gewesen war. Kleine Spießerorte mit kleinen Spießergärten und Bewohnern, die hinter ihren grauen Gardinen hervorlugten, um die Leute zu beobachten.

Zu groß geratene Kirchen, geschrumpfte Supermärkte und Imbissbuden mit schmutzigen Fensterscheiben, hinter denen taumelnde Fliegen zwischen langsam vertrocknenden Zimmerpflanzen verendeten.

Merle war sich vorgekommen wie eine dieser fetten schwarzen Fliegen. War panisch in den Zimmern ihres Elternhauses umhergeirrt und immer wieder gegen die Fensterscheiben geflogen.

Nur dass sie rechtzeitig die Flucht ergriffen hatte.

Kaum jemand war ihr fremder als die eigenen Eltern, denen sie nie etwas hatte recht machen können. Gartenzwerge in den Blumenbeeten und eine Tochter mit überragenden Zeugnissen, die sie jeden Sonntag in die Kirche begleitete. Das war ihr Lebensentwurf gewesen.

Die Gartenzwerge hatten sie realisiert.

Kurz nachdem Merle losgefahren war, hatte sie bemerkt, dass die Tankanzeige auf Reserve stand. Statt den kleinen Schlenker zur Tankstelle in Bröhl zu machen, hatte sie sich vorgenommen, unterwegs zu tanken. Dann jedoch hatte sie überhaupt nicht mehr daran gedacht.

Jetzt, in der tiefsten Einöde, inmitten endloser Wiesen und Weiden, fiel es ihr wieder ein, und mit Schrecken verfolgte sie, mit welcher Geschwindigkeit die angezeigte Reichweite abnahm.

Sie musste nicht erst einen Blick in den Kofferraum werfen, um zu wissen, dass da kein Kanister war. Frau Donkas hatte Robbie den Auftrag erteilt, für beide Tierheimfahrzeuge neue Kanister zu besorgen, aber er war noch nicht dazu gekommen, und die alten hatten sie dummerweise bereits entsorgt.

»Gut gemacht, Robbie!«, schimpfte Merle, obwohl sie sich eigentlich über sich selbst ärgerte. Das fehlte noch, dass sie hier stehen blieb und Hilfe suchen musste. Sie hatte keine Ahnung, wie und wo.

»Komm, Schätzchen«, schmeichelte sie sich beim Meriva ein, »lass mich nicht hängen. Du brauchst nur noch ein paar winzige Kilometer durchzuhalten. In Kall *muss* es eine Tankstelle geben.«

Mit den letzten Tropfen erreichte sie Kall und fand tatsächlich eine Tankstelle. Vor Erleichterung fing sie an zu lachen. Sie tätschelte das Armaturenbrett und schwor dem Meriva, dass er das schönste Auto der Welt sei. Eine glatte Lüge, aber der Wagen hatte ein paar Streicheleinheiten verdient.

Aus dem Tankshop nahm sie sich einen Kaffee und eine Tüte Himbeerbonbons mit und machte sich wieder auf den Weg.

Nur noch ein paar Kilometer.

Sie war aufgeregt wie vor einer Prüfung. Kalte Hände, glühende Wangen, und ihr Magen schien sich um sich selbst zu drehen.

Sie rief sich die Fragen, die sie dem Förster stellen wollte, noch einmal ins Gedächtnis.

Falls er überhaupt zu Hause war. Sie hatte sich nicht angemeldet, weil sie ahnte, dass er sich nicht auf ein Treffen einlassen würde.

Abel Burggraf.

Was wohl aus ihm geworden war?

Das seltsame Unbehagen, das an ihr nagte, seit sie Bröhl verlassen hatte, nahm von Schlagloch zu Schlagloch zu. Dennoch fuhr sie weiter.

Sie war nicht der Typ, der aufgab, bevor er überhaupt angefangen hatte.

*

Papa macht Witze. Mama lacht.

Sie sieht schön aus. Ihr Rock flattert im Wind. Die Haare wehen ihr hinterher. Sie läuft schnell wie ein Reh. Mühelos hängt sie Papa ab.

»Und jetzt wir beide, Lo«, sagt Papa. »Streng dich an.«

»Auf die Plätze!«, ruft Mama übermütig. »Fertig! Looos!«

Zuerst ist Papa schneller, dann fällt er zurück. Lo und Amanda gewinnen.

Er hebt Lo hoch und wirbelt sie durch die Luft.

Karussell, denkt Lo. Karussell.

Die Bäume tanzen um sie herum. Dazwischen blitzt Himmel auf.

Und Mamas Lachen.

»Mein Mädchen«, flüstert Papa.

Er drückt Lo an sich und für einen Moment ist alles wie in einem schönen Traum. Lo schnuppert an seinem Hals, atmet seinen vertrauten Duft. Sie schließt die Augen und wünscht sich, immer so bleiben zu können, in Papas Armen, eingehüllt von seiner zärtlichen Stimme und seinem leisen Lachen.

Immer, denkt sie. Immer …

Sie sind durch den Wald gefahren, Mama, Papa, Lo, Amanda und Fumée. Berg rauf und runter, so schnell, dass der Jeep manchmal fast umgekippt wär. Papa hat laut gesungen. Mama auch. Sogar Amanda hat mitgemacht.

Dann, an einer ganz geheimen Lieblingsstelle, hat Papa den Picknickkorb aus dem Kofferraum geholt, eine Tischdecke auf einem abgesägten Baumstamm ausgebreitet und lauter leckere Sachen hervorgezaubert.

Schokoladenkuchen. Blaubeermuffins. Kakao. Für Mama und Papa Kaffee. Und für Fumée einen Kauknochen, der beinah so groß ist wie sie selbst.

Und hier sind sie nun.

Am Ufer des schmalen Bachs streiten sich zwei Vögel, bis Fumée sie bellend vertreibt.

Schön ist es hier. Märchenschön.

Papa gibt Mama einen langen Kuss. Amanda kichert, und Lo drängt sich übermütig zwischen die beiden, um ein bisschen abzukriegen von dem Kuss und Papas Ausgelassenheit und Mamas leuchtenden Augen.

Auf einmal hat sie Papa furchtbar lieb.

Und Mama.

Und Fumée.

Und Amanda.

Überhaupt die ganze Welt.

Dann fischt Papa eine Zigarette aus dem zerknitterten Päckchen. Er zieht die Beine an und legt die Arme auf die Knie. Mama schmiegt sich an ihn, doch Lo weiß schon, dass es gleich wieder zu Ende ist.

Sie will aber nicht, dass es aufhört.

Amanda unterm Arm, läuft sie zu dem schmalen Bach und fängt an, aus Steinen und Zweigen einen Staudamm zu bauen. Fumée kommt ihnen nach. Sie springt im eiskalten Wasser herum wie ein junger Hund. Ihr Bellen klingt anders, hier, mitten im Wald.

Als Papa neben Lo in die Hocke geht, kann sie den Zigarettenrauch riechen. Er klebt an seinen Sachen und an seinem Haar. Es macht ihr nichts aus. Seine starken Hände heben die größten Steine mühelos auf. Sie kommen rasch voran.

Zu rasch, denn er sieht auf die Uhr.

Und dann sitzen sie wieder im Jeep und rumpeln über Stock und Stein.

Schade. Amanda kuschelt sich an Lo. *Es war so schön.*

Ja. Das war es.

Mama und Papa schweigen. Fumée schläft. Der Motor brummelt leise. Und Lo wünscht sich, sie könnte zaubern. Dann würde sie zaubern, dass es immer so sein könnte wie jetzt.

Immer. Immer. Immer.

13

Ayla Bilgin sah aus, als wäre sie Rick am liebsten um den Hals gefallen. Er hätte nichts dagegen gehabt. Unter anderen Bedingungen. Zwischen Malina und ihm krachte es in letzter Zeit immer häufiger, und es gab niemanden, mit dem er darüber hätte reden können.

Außer Bert.

Aber der Blödmann musste ja unbedingt sein Heil in der Stille suchen.

»Wollen Sie einzeln mit den Kollegen reden?«, fragte Ayla Bilgin. Sie glühte vor Aufregung. Ihre dunklen Augen schienen zu funkeln. »Oder soll ich alle zusammenrufen?«

»Wenn Ihnen das nicht zu viele Umstände macht.«

»Umstände? Wo denken Sie hin! Ich bin ja so froh, dass Sie nach Helge suchen wollen.« Wie aufgedreht wirbelte sie an ihm vorbei auf den langen Flur, von dem rechts und links Türen abgingen. »Kommen Sie. Ich führe Sie in unser Besprechungszimmer.«

Rick hätte ihre Erwartungen gern gedämpft, doch schon eilte sie mit langen Schritten vor ihm her, und er versenkte sich in den Anblick ihres prachtvollen Haars und ihres wunderschönen üppigen Körpers.

Der Konferenzraum war gut zwanzig Quadratmeter groß und hatte zwei hohe Fenster, die den Blick in lauter Blattgrün freigaben. Rick setzte sich an den langen Tisch und wartete. Nach und nach tröpfelten Helge Landaus Kollegen und Kolleginnen herein, grüßten, nahmen ihre Plätze ein und sahen ihn erwartungsvoll an.

Der Chef, Konrad Riemenschneider, kam als Letzter. Er schien der skeptischste von allen zu sein.

»Schießen wir hier nicht mit Kanonen auf Spatzen?«, fragte er und zerquetschte Rick mit seiner Pranke fast die Hand.

»Wir schießen überhaupt nicht«, antwortete Rick und widerstand dem Bedürfnis, seine Finger zu massieren. »Ich höre mich nur ein wenig um.«

Ayla Bilgin stellte ihm die Kollegen vor. Dann brachte sie ihm eine Tasse Kaffee, und alle schauten ihm zu, wie er den ersten Schluck nahm. Rick war froh, dass er sich nicht verschluckte.

»Ich weiß gar nicht, was das hier soll«, meldete sich einer der Männer. »Vielleicht hat Helge einfach vergessen anzurufen.«

»Das glaubst du doch nicht wirklich«, entgegnete die Kollegin, mit der Rick telefoniert hatte. »Du weißt, wie pflichtbewusst er ist.«

Mit säuerlicher Miene lehnte sich der Mann zurück und guckte aus dem Fenster. Offenbar ging ihm das viel gepriesene Pflichtbewusstsein Helge Landaus ziemlich auf die Nerven.

Es war ein ausgewogenes Team. Drei Männer (vier mit Helge Landau), vier Frauen und der Chef. Sie duzten einander. Nur der Chef wurde gesiezt und siezte seine Untergebenen ebenfalls.

Rick stellte Fragen und machte sich Notizen. Das Bild, das sich ergab, entsprach dem ersten Eindruck, den er bei dem Gespräch mit Ayla Bilgin gewonnen hatte: Helge Landau liebte seinen Job. Er war Single und lebte für seine Arbeit. Selten hörte man ihn klagen. Er tat nicht bloß, was zu tun war, sondern engagierte sich weit darüber hinaus.

»Es fällt ihm schwer, Distanz zu wahren«, berichtete Ayla Bilgin. »Manchmal lässt er Menschen, die er betreut, zu nah an sich heran. Das ist eine große Gefahr in unserem Beruf. Es passiert jedem von uns ab und zu.«

»Allerdings quartieren wir unsere Schützlinge nicht bei uns ein«, kam es von einer jungen Frau mit ausgetrocknetem, kaputtblondiertem Haar. »So, wie Helge es mit diesem Jungen getan hat, den seine Eltern in die Psychiatrie einweisen lassen wollten.«

Dem allgemeinen Kopfschütteln nach zu urteilen, war dadurch eine Grenze überschritten worden, die nicht überschritten werden durfte.

»Fast hätte ihn das Kopf und Kragen gekostet«, polterte der Chef. »Ich begreife heute noch nicht, wie er sich dazu breitschlagen lassen konnte.«

Rick begann, Helge Landau sympathisch zu finden.

»Weiß jemand von Ihnen, ob er Probleme hat?«, erkundigte er sich.

»Haben wir die nicht alle?«, entgegnete ein von Akne gezeichneter junger Mann mit so verschmierten Brillengläsern, dass Rick sich fragte, wie er damit durch die Welt stolpern mochte.

»Wie bitte?«

»Das sollte ein Witz sein …«

Über den niemand lachte. Der Chef strafte den Scherzkeks mit einem tadelnden Blick.

Niemandem war irgendetwas an Helge Landau aufgefallen, das auf psychische Probleme hindeutete.

»Ganz im Gegenteil«, sagte die blonde junge Frau. »Er wirkte immer ausgeglichen, hatte ein ansteckendes Lachen und …«

»Sprich nicht von ihm, als wär er schon tot!«, herrschte Ayla Bilgin sie unerwartet heftig an.

»Aber ich wollte doch nicht …« In den Augen der blonden Frau schimmerten Tränen. »So hab ich das doch gar nicht gemeint.«

»Schon gut.« Ayla Bilgin legte ihr die Hand auf den Arm. »Entschuldige.«

»Wir wissen aber doch aus Erfahrung, wie gut psychisch Kranke ihren Zustand verbergen können«, nahm der Chef den Faden wieder auf. »Wie es beispielsweise einem Depressiven hilft, Stabilität um sich aufzubauen. Wie glaubhaft er den Eindruck seelischer Gesundheit vermitteln kann.«

»Eine Zeit lang.« Der Mann mit der schmutzigen Brille nickte nachdenklich. »Aber das Kartenhaus stürzt früher oder später ein.« Er nahm die Brille ab und betrachtete sie interessiert. »Wir alle sollten eine Antenne für solche Auffälligkeiten haben. Hätten wir nicht merken müssen, wenn etwas nicht in Ordnung ist?« Endlich zog er ein Taschentuch aus der Hosentasche und begann, die Brille zu putzen.

»Was ist mit dem Umfeld Ihres Kollegen?«, fragte Rick. »Hat Herr Landau Feinde?«

»Jeder von uns wurde bereits bedroht«, meldete sich der anscheinend Älteste der Runde zu Wort. Er war groß und hager und hatte langes graues Haar, das er im Nacken gebunden trug. »Das bleibt bei einem Job wie unserm nicht aus. Wir nehmen Kinder und Jugendliche aus zerrütteten Familien, versuchen, Frauen vor ihren gewalttätigen Männern zu schützen …«

»… und umgekehrt«, wandte der Scherzkeks ein und schob sich die Brille wieder auf die Nase.

»Auch das kommt vor«, ging der Ältere ruhig darauf ein. »Die meisten Betroffenen sehen die Ursache ihrer Probleme nicht bei sich selbst und in ihrem Verhalten – sie schieben uns die Schuld zu.«

»Und schwören Rache«, ergänzte die Sozialarbeiterin, mit der Rick telefoniert hatte.

»Sie halten es also für möglich, dass es jemanden geben könnte, der Ihrem Kollegen etwas angetan hat?«

»Möglich ist alles«, seufzte der Chef.

Er schien allmählich die Geduld zu verlieren. Man konnte ihm am Gesicht ablesen, dass er das ganze Treffen unsinnig fand.

»Ja«, antwortete Ayla Bilgin, ohne ihn zu beachten. »Das halte ich durchaus für möglich.«

Die andern äußerten sich nicht dazu. Betreten sahen sie einander an.

Rick nahm ihr Schweigen als Zustimmung.

»Bearbeitet Helge Landau gerade besonders … explosive Fälle?«

»Jeder von uns tut das«, erklärte der Ältere. »Mehr oder weniger.«

»Mich interessiert vor allem das *mehr.*«

»Helge ist oft bereit, die schwierigen Fälle anzunehmen. Er hat eine Begabung, kritischen Situationen die Schärfe zu nehmen, Streit zu schlichten und Wege aufzuzeigen. Dabei ist er so hartnäckig, dass er dem einen oder andern heftig auf die Füße tritt, falls es sein muss. Ich hab nicht seine sämtlichen Fälle parat, aber einige problematische wird es schon geben.«

»Kann ich mir einen Überblick darüber verschaffen?«

»Wir unterliegen der Schweigepflicht.« Der Chef warf Rick einen Blick zu, der unmissverständlich klarmachte, dass er zu einem Entgegenkommen nicht bereit war.

Rick verzichtete darauf, sich mit ihm anzulegen. Wenn er die Auskünfte brauchte, würde er sie bekommen. Ebenso wie Helge Landaus Terminkalender. Zunächst mal würde er sich noch mit Ayla Bilgin allein zusammensetzen. Dann würde er weitersehen.

*

Merle parkte dicht an der langen Thujahecke, denn es gab hier an der Landstraße keinen Parkstreifen und erst recht keinen Bürgersteig, und die Fahrbahnen waren schmal. Ein Lastwagen war schon so dicht an ihr vorbeigedonnert, dass sich der Meriva unter dem Luftzug leicht zur Seite geneigt hatte.

Sie stieg aus und sah sich um.

Ringsum sanft ansteigende Wiesen. Darauf verteilt ein paar braune Kühe, weiter hinten drei Pferde. Die nächsten Häuser in ziemlicher Entfernung.

Irgendwo brannte ein Feuer. Es roch nach würzigem Rauch, den der Wind in Merles Richtung blies. Und auf diese undefinierbare Weise nach Land.

Kurz kam die Sonne hinter den Wolken hervor.

Auf dem Asphalt entdeckte Merle glitzernde Spuren von Schneckenschleim. Ein Graureiher stand reglos auf der nächstgelegenen Wiese und starrte über die Straße zu ihr herüber. Merle starrte zurück, ohne mit der Wimper zu zucken.

Die Sonne verschwand wieder.

Einsamkeit.

Hier fand sein Leben statt. Und sie hatte noch immer keine Ahnung, ob er schuldig war oder nicht.

Kleine Steinchen knirschten unter ihren Schritten, als sie sich dem Hoftor näherte. Dahinter fingen Hunde an zu bellen. Merle hätte am liebsten auf dem Absatz kehrtgemacht. Nur mit Mühe unterdrückte sie den Fluchtimpuls, der ihr Herz schneller schlagen ließ.

Langsam ging sie zum Haus und drückte auf den Klingelknopf.

Das Läuten von Big Ben ertönte.

Niemand machte auf.

Merle klingelte noch einmal. Diesmal meinte sie, die Leere im Haus förmlich zu hören.

Er war nicht da.

Merle verspürte Enttäuschung – und Erleichterung. Unschlüssig wandte sie sich um und ging zum Tor zurück. Die Hunde dahinter gebärdeten sich wie toll. Es waren mindestens drei.

Sie hatte sich keinen Plan zurechtgelegt. Weder für den Fall, dass Abel Burggraf zu Hause sein, noch für den Fall, dass sie ihn nicht antreffen würde. Sie überlegte auch jetzt nicht, was sie tun sollte.

Ihre Hand legte sich von ganz allein auf die Klinke. Und drückte sie sacht nieder.

Das Tor war nicht abgeschlossen. Abel Burggraf schien sich vor Einbrechern nicht zu fürchten.

Wie ein Blitz tauchte das Bild dieses außergewöhnlich selbstbewussten Mannes in Merles Erinnerung auf, der so viel älter gewirkt hatte, als er tatsächlich gewesen war. Und der nicht ausgesehen hatte, als würde ihm jemals *irgendetwas* Angst einjagen.

Sie schob das Tor vorsichtig auf und lugte durch den Spalt. Ihr Blick fiel auf einen großen, ungepflasterten Hof und einen einfach gebauten Zwinger, in dem vier bildschöne Münsterländer aufgeregt kläfften.

Die kleine Jack Russel Hündin konnte sie nicht entdecken. Sie war schon damals nicht mehr jung gewesen. Vielleicht war sie inzwischen gestorben.

Gestorben ...

Hoffentlich auf natürliche Weise.

Merle wünschte von ganzem Herzen, der Hund möge noch leben. Das Tierheim hatte damals rechtlich keine Möglichkeit gehabt, Abel Burggraf den Jack Russel Terrier wieder wegzunehmen oder zumindest eine regelmäßige Kontrolle durchzusetzen. Der Freispruch erlaubte ihm offiziell, das Tier zu behalten und sich darüber hinaus weitere Hunde anzuschaffen.

Merle hatte oft an die tote Hündin gedacht und darüber die kleine mit dem merkwürdigen französischen Namen, den der Förster ihr gegeben hatte, fast vergessen.

Doch jetzt musste sie sich vergewissern.

Wenn sie eines konnte, dann mit Hunden und Katzen umgehen. Sie näherte sich dem Zwinger mit ruhigen Schritten. Wenig später war sie durch die ebenfalls unverschlossene Tür hineingeschlüpft und versuchte, vier neugierige Hundeköpfe gleichzeitig zu kraulen.

Nachdem sie die Tiere beruhigt hatte, verließ sie sie wieder, wanderte über den Hof und überlegte, was sie tun sollte.

Abbrechen kam nicht infrage. Dafür hatte sie die Fahrt und die Bauchschmerzen im Vorfeld nicht auf sich genommen.

Warten?

Wo sie schon mal hier war, konnte sie sich ebenso gut ein bisschen umschauen. Die Art, wie ein Mensch lebte, sagte eine Menge über seinen Charakter aus. Abel Burggraf würde, wenn überhaupt, ihre Fragen intelligent beantworten, aber er würde ihr nicht sein wahres Gesicht zeigen.

Warum auch?

Dem Gericht hatte er sich mit der Maske des zu Unrecht Beschuldigten präsentiert. Nach Bedarf hatte er sie gegen die Maske des Betroffenen ausgetauscht, gegen die des liebevollen und treusorgenden Familienvaters oder die des untadeligen Forstbeamten.

Wie viele Masken besaß er?

Und wo versteckte er sie?

Der Hof war verwahrlost. Überall stand Krempel herum. Blätter vom letzten Herbst hatten sich in den Ecken und Winkeln verfangen. Der Betonboden des Zwingers war an mehreren Stellen vom Frost aufgeplatzt. Aus den offenen Stellen spross Unkraut.

Auch das Haus, ehemals weiß verputzt, war vernachlässigt. Alte Efeuspuren verästelten sich auf der Fassade bis zum Dach hinauf. Der fleckige Verputz war stark beschädigt, der Fuß des Hauses mit Grünspan bedeckt.

Am Ende des Grundstücks waren Ziegelsteine zu einem provisorischen Grill gestapelt. Ein paar Meter daneben lag ein roter Ball.

Aber ja! Abel Burggraf hatte eine kleine Tochter gehabt.

Deshalb die Schaukel, aus festem Holz am Waldrand gebaut. Der kleine gelbe Eimer und die bunten Förmchen neben dem abgedeckten Sandkasten. Der ausgefranste Kinderschuh in einer verbeulten Schubkarre.

Ein Windstoß trieb ein Papiertaschentuch vor sich her,

blähte es auf wie ein weißes Segel aus einem Kindertraum. Draußen knatterte ein Traktor vorbei.

Merle nahm all das wahr. Auch die langweiligen Gardinen an den Fensterscheiben. Sie passten nicht zu einem jungen Paar. Merle konnte sie sich nicht erklären.

Hier war doch weit und breit kein Nachbar.

Vor wessen Blicken wollten sie sich schützen?

Und wieso?

Sie sah auf die Uhr.

Halb fünf.

Nun hatte sie schon so lange gewartet, da konnte sie auch noch ein halbes Stündchen dranhängen. Es wurde kühl. Sie zog ihre Jacke an. Doch richtig warm wurde ihr nicht.

*

Schon der fremde Meriva irritierte ihn.

»Nanu?«, sagte Dinah. »Besuch?«

Noch mehr alarmierte ihn die Tatsache, dass niemand in dem Auto zu sitzen schien. Dann entdeckte er, dass das Tor nur angelehnt war.

Verdammt!

»Bleibt im Wagen«, befahl er Dinah und Lo. »Da ist jemand auf unserm Hof.«

»Sei vorsichtig«, bat Dinah ihn flüsternd.

Er sah das blasse Gesicht seiner Frau und die geweiteten Augen seiner Tochter und fragte sich verärgert, wovor sie Angst hatten. Er war doch da, um sie zu beschützen. Vor was oder wem auch immer.

Niemand würde ihm nehmen, was ihm gehörte. Niemand.

Langsam schob er das Tor auf.

Sie stand hinten bei der Schaukel und hatte ihn noch nicht bemerkt. Ein junges Mädchen, das ihm vage bekannt vorkam, das er jedoch nicht einordnen konnte. Mit einem prüfenden Rundblick vergewisserte er sich, dass sie allein war.

Er betrat den Hof und schloss das Tor hinter sich.

Jetzt erblickte sie ihn und ihre Körperhaltung veränderte sich. Sie ließ das Seil der Schaukel los, hob den Kopf und stand für einen Moment reglos und kerzengerade.

So verhielt sich Wild, das die Witterung eines Menschen aufgenommen hatte. Abels Augen verengten sich. Bisher hatte er noch jedes Wild, das er gejagt hatte, auch erlegt.

Langsam kam sie auf ihn zu.

»Was machst du hier?«, herrschte er sie an. »Auf meinem Grund und Boden?«

»Entschuldigung.« Sie beeilte sich nicht, schien noch langsamer zu werden. »Ich wollte nicht hier eindringen. Ich wollte … dich wegen einer bestimmten Sache aufsuchen, und weil das Tor nicht zu war, dachte ich …«

Das *Du* kam ihr irgendwie schwer über die Lippen, was auf den ersten Blick gar nicht zu ihr passte. Knallrote Haare, verwaschene, enge Jeans, flache Ankle Boots, eine blaue Sweatjacke, bunte Stulpen über den Handgelenken. Sie wirkte lässig und unerschrocken. Und wahrscheinlich hatte sie eine reichlich große Klappe.

Er kannte solche Frauen.

Er konnte sie nicht ausstehn.

Trotz ihres Selbstbewusstseins war sie auf der Hut. Sie ließ ihn keine Sekunde aus den Augen, und während sie näher kam, war sie sich des Tors als Fluchtweg deutlich bewusst.

Sein Gehirn blätterte blitzschnell Bilder von Gesichtern durch.

Wer, zum Teufel, war sie?

»Ich arbeite im Albert-Schweitzer-Tierheim in Bröhl«, beantwortete sie seine unausgesprochene Frage.

Natürlich. Wieso war er nicht gleich darauf gekommen? Sie war es gewesen, die ihm die Hunde gebracht hatte.

Jamba …

Seitdem war eine halbe Ewigkeit vergangen, in der er versucht hatte, die Vergangenheit abzustreifen wie alte Haut. Und nun war dieses Mädchen hier, um ihn an alles zu erinnern, was er vergessen wollte.

»Ich hab mit dem Tierheim nichts mehr zu schaffen.« Er zeigte auf das Tor. »Da geht's raus.«

»Schöne Tiere.« Sie wies mit dem Kopf zum Zwinger. »Sehr ausgeglichen und mit gutem Sozialverhalten.«

Was sollte das jetzt? Schmierte sie ihm Honig ums Maul?

»Ich würde mich gern mit … dir über damals unterhalten.«

»Nein.«

»Nicht über die Tat. Auch nicht über den Prozess. Mich interessieren …«

»Nein!«

»… deine Ansichten. Ich wüsste gern, warum du Förster bist. Was dir Tiere bedeuten. Wie du zur Jagd stehst und …«

»Was an dem Wort *nein* kapierst du nicht?«

Sie stand nun vor ihm, und er ging mit dem Gesicht so nah an ihres heran, dass er ihren Atem auf der Haut spürte.

Sie wich keinen Zentimeter zurück.

Einerseits imponierte ihm das. Immerhin war er einen Kopf größer als sie, körperlich fit und außerdem ein Mann.

Sie war ihm kräftemäßig nicht gewachsen. Andrerseits machte ihre anmaßende Art ihn rasend, und er hatte nicht übel Lust, sie ihr auszutreiben.

In diesem Augenblick öffnete Dinah das Tor. Fumée drückte sich an ihr vorbei und blieb abrupt stehen.

»Alles in Ordnung, Schatz?«, rief Dinah.

Neben ihr erschien Lo, die unvermeidliche Puppe im Arm, den Daumen im Mund. Wie lange versuchte er nun schon, ihr das Daumenlutschen abzugewöhnen?

Auf einmal kam Fumée angeschossen und sprang bellend und fiepend an dem Mädchen hoch.

»Hallo, meine Kleine! Da bist du ja!«

Sie beugte sich zu dem Hund hinunter und ließ sich die Hände lecken.

»Fumée! Aus!«

Sofort setzte Fumée sich hin und sah ihn schuldbewusst an.

»Hierher!«

Sie befolgte seinen Befehl, obwohl sie noch immer vor Freude bebte, das Mädchen wiederzusehen.

»Fumée«, sagte das Mädchen leise. »Ich hatte den Namen vergessen.«

Dann war Dinah bei ihnen. Sie streckte die Hand aus.

»Ich bin Dinah und du?«

»Merle.«

»Hatte ich dich nicht gebeten, mit Lo im Auto zu bleiben?«, fragte Abel.

»Es hat so lange gedauert. Ich hab mir Sorgen gemacht und ...«

»Geht ins Haus!«

»Soll ich Kaffee kochen?« Sie wandte sich an das Mädchen. »Möchtest du auch ...«

»Dinah!«

Sie zuckte zusammen.

»Hier will niemand Kaffee!«

Er erkannte Sehnsucht in ihren Augen. Sehnsucht nach Gesellschaft. Sie war zu viel allein, das war ihm klar. Aber er konnte sie nicht ruhigen Gewissens in der Gegend herumfahren lassen.

Sie war zu leicht zu beeinflussen.

Er könnte sie verlieren.

»Abel ...«

»Willst du mit mir diskutieren?«

»Nein. Ich würde nur gerne wissen«, sie wandte sich dem Mädchen zu, »was du von uns willst.«

»Ich schreibe einen Artikel für *FreeAnimal* und möchte ... deinen Mann dazu befragen.«

Fassungslos hörte er zu. Was passierte da? Was redeten sie da über seinen Kopf hinweg? Begriff Dinah denn nicht, dass dieses Mädchen ihm eine Falle stellen wollte?

»Sie arbeitet im Albert-Schweitzer-Tierheim«, sagte er.

Jetzt begriff Dinah.

Endlich.

Ihr Blick huschte zu Fumée.

»Ach so.«

»Ich möchte verstehen«, sagte das Mädchen leise.

Kein Wort mehr von *FreeAnimal,* von seinem Beruf und seinen Ansichten. Es lief doch nur wieder auf damals hinaus. Er hatte sich hier ein Leben aufgebaut, wurde allseits respektiert, galt als vorbildlicher Forstbeamter, der seinen Bezirk in Schuss hielt, genoss auch unter den Kollegen hohes Ansehen. Sein Name hatte im Forstamt einen guten Klang.

Und jetzt kam dieses Mädchen daher und bewarf das alles mit Dreck.

War es nicht seltsam?

Zuerst der Sozialarbeiter und nun sie.

Abels linkes Augenlid zuckte. Es hörte gar nicht mehr auf.

Starrte das Mädchen ihn nicht schon an?

In Stresssituationen hatte er das oft. Da verriet ihn sein Körper, stellte ihn bloß und gab ihn der Lächerlichkeit preis.

Er musterte das Gesicht des Mädchens, um zu sehen, ob sie seinen Tic bemerkt hatte, fand aber keine Reaktion. Sie schien einfach auf eine Antwort zu warten.

Vielleicht war es gut, wenn sie sie mit ins Haus nahmen und ihr eine Tasse Kaffee anboten. Wenn er ihre Fragen beantwortete. Sollte sie ihren blöden Artikel schreiben. Er durfte ihr nur keine Munition bieten, dann konnte sie keinen Schaden anrichten.

Oder war es zu gefährlich?

Sollte er sie besser wegschicken?

Und wenn sie was entdeckt hatte?

Er hatte keine Ahnung, wie lange sie schon auf dem Hof herumspaziert war. Möglicherweise hatte er irgendein Detail übersehen. Es hatte alles so schnell gehen müssen gestern. Wie leicht konnte ihm da etwas entgangen sein.

Eine Kleinigkeit, die ihn verraten würde.

Eine weggeworfene Zigarettenkippe (hatte Helge Landau geraucht?). Ein zusammengeknülltes Bonbonpapier. Womöglich sogar einen vom Wind weggewehten Zettel mit Notizen des Sozialarbeiters.

Auch Landau hatte sich unbeobachtet auf dem Hof herumgetrieben. Eine sonderbare Parallele, die Abel jetzt erst auffiel.

Und wenn sie gemeinsame Sache gemacht hatten?

Aber aus welchem Grund?

Verdammt! Er brauchte Zeit zum Nachdenken!

»Also gut«, hörte er sich sagen. »Eine halbe Stunde.«

Die würde reichen, um herauszufinden, warum das Mädchen wirklich hier war.

14

Rick hatte beschlossen, heute länger zu arbeiten. Er fing an, die abendliche Stille im Büro zu genießen, wie er es bisher lediglich bei Bert beobachtet hatte. Keiner platzte herein, kein Anruf störte ihn, und er hatte Zeit für alles, was sonst liegen blieb – ein paradiesischer Zustand.

Er rekapitulierte den Nachmittag beim Sozialen Dienst und führte sich vor Augen, was er dort erfahren hatte:

1. Es war ungewöhnlich, dass Helge Landau unentschuldigt der gestrigen Tagesbesprechung ferngeblieben war.
2. Noch unverständlicher war es, dass er sich heute nicht krankgemeldet und
3. seine Termine nicht abgesagt oder verschoben hatte.
4. Da er sich offenbar über manche Regeln seines Berufs hinweggesetzt hatte (Aufgabe der professionellen Distanz), war es möglich, dass er in einem seiner Schützlinge falsche Erwartungen geweckt hatte und so zu seinem Feind geworden war.
5. Jeder Sozialarbeiter, der an der Basis arbeitete, war unkalkulierbaren Gefahren ausgesetzt.

Waren diese Gründe ausreichend, um eine Suchaktion zu starten?

Rick wünschte sich ein Gespräch mit Bert, wie sie es normalerweise in solchen Situationen führten. Er hatte sein Handy schon ein paarmal in der Hand gehabt, es dann jedoch immer wieder beiseitegelegt.

Sie hatten einen Deal. Jeder wollte sich nur im Notfall melden.

Daran würde er sich halten.

Das Einzelgespräch mit Ayla Bilgin hatte in einem kleinen Bistro stattgefunden, nicht weit von ihrer Arbeitsstätte entfernt, aber doch weit genug, um unentdeckt zu bleiben.

»Bitte!«, hatte sie ihn angefleht. »Unternehmen Sie was!«

Sie hatte ihm eine Aufstellung sämtlicher Termine mitgebracht, die Helge Landau für die vergangenen zwei Wochen in seinem Tischkalender notiert hatte.

»Dazu brauche ich einen triftigen Grund. Solange nichts auf eine akute Gefährdung Ihres Kollegen hindeutet, sind mir die Hände gebunden.«

»Ihm ist etwas zugestoßen«, drängte sie. »Ich spüre es.«

»Allein auf Ihr Gefühl darf ich mich leider nicht verlassen, Frau Bilgin.«

»Helge hat ein Problem, da bin ich mir ganz sicher. Etwas beschäftigt ihn. Er grübelt, driftet in Gesprächen oft mit den Gedanken ab.«

»Ein berufliches Problem?«

»Wahrscheinlich. Ich habe ihn schon mehrmals so erlebt, wenn er mit einer Situation nicht zurechtkam. *Steine, die sich einem in den Weg legen, muss man wegschaffen,* sagt er immer. *Sonst stolpert man darüber.* Aber es gibt Steine, die sind zu schwer, um sie allein zu heben. Und manchmal gewährt das Gesetz uns bei unserer Arbeit kaum Hilfe.«

»Wirkte er in letzter Zeit überfordert? Verzweifelt?«

Kurz schien sie versucht, Ricks Frage zu bejahen, doch dann siegte ihre Aufrichtigkeit.

»Nein. Eher ... kämpferischer. Er legt sich gern mit Windmühlen an.«

»Der Don Quichote des Jugendamts?«

Wenn sie lächelte, war sie noch schöner. Ein Kranz winziger Fältchen erschien um ihre Augenwinkel und ihre Oberlippe bekam die Form eines Herzens.

»Depressive Verstimmungen?«, fragte Rick weiter.

Sie hob die Schultern.

»Ich habe keine bemerkt.«

»Keine Suizidgefährdung«, vermutete Rick.

»Und wenn doch?«, fragte sie. »Wenn er das nur perfekt verborgen hat? Die totale Identifikation mit seinem Job, die Besessenheit, jeden seiner Fälle zu einem guten Abschluss zu bringen, die strikte Weigerung, Misserfolg zu akzeptieren – Helge ist ein Workaholic. Ich hab mich immer gefragt, wann er eigentlich *lebt.*«

Rick hatte seine Überlegungen gerade schriftlich fixiert, als ihn der Anruf einer Kollegin aus Blankenheim erreichte. Waldarbeiter hatten in einem stillgelegten Steinbruch in der Eifel einen ausgebrannten Fiat entdeckt.

Noch bevor die Kollegin auf das Ergebnis der Überprüfung des Fahrzeughalters zu sprechen kam, wusste Rick, dass er vor einem neuen Fall stand.

Ayla Bilgin hatte recht gehabt: Helge Landau musste etwas zugestoßen sein.

*

Merle. Das ist ein schöner Name. Wie *Perle.*

Lo mag Perlen. Manchmal darf sie sich Mamas Perlenkette umhängen. Die ist so leicht, dass man sie kaum spürt.

Die Perlen an Mamas Kette sind nicht gleichmäßig und rund. Sie sind lang und kurz und dick und dünn und sehen lustig aus, ein bisschen wie eingedellt.

»Sonst hätten wir sie nicht bezahlen können«, hat Mama Lo erklärt. »Es sind einfache Süßwasserperlen.«

Lo hat nicht gewusst, dass es süßes Wasser gibt.

Merles Haare sind rot. Wie die von Amanda. Nur etwas dunkler. Sie stehen ihr vom Kopf ab. Das macht das Gel. Lo weiß das, weil auch Papa Gel benutzt.

»Hallo«, hat Merle gesagt und Lo die Hand hingehalten.

Lo hat sich hinter Mama versteckt.

Jetzt sitzt sie dicht an Mama gedrückt, die Hände unter den Knien, damit sie nicht aus Versehen am Daumen nuckelt.

Wenn Merle sie anschaut, guckt sie rasch weg.

Papa ärgert sich. Er will, dass Merle verschwindet.

Merle hat keine Angst vor ihm!

Lo kennt sonst niemanden, der sich vor Papa nicht fürchtet.

Mama hat Kuchen auf den Tisch gestellt. Sie lacht über etwas, das Merle gesagt hat.

Lickerlockerleicht.

Lo wünscht sich, sie würde nie aufhören zu lachen.

Aber sie wird aufhören.

Ganz bald.

Lo erkennt es an Papas Gesicht.

*

Ein paar Leute aus dem Seminar über die *Geschichte der Psychoanalyse* waren noch in die Stadt gefahren, um Pizza zu essen und anschließend ins Kino zu gehen. Ich hätte mich ihnen gern angeschlossen, aber ich hatte ein mulmiges Gefühl wegen Merle. Sie machte ihr Handy sonst nie so lange aus.

Diesmal schien sie richtig sauer auf mich zu sein.

Ich hatte ihr einen kleinen Clown aus Marzipan gekauft. Als Entschuldigung für mein unmögliches Verhalten am Morgen. Merle liebte Marzipan. Vielleicht würde das Kerlchen mit seiner roten Nase und den ausgelatschten Schuhen es schaffen, sie zu versöhnen.

Als ich in Birkenweiler ankam, war das Haus leer.

Ich hatte es nicht anders erwartet. Mike hatte mich angerufen, um mir mitzuteilen, dass er noch einen Tag länger in Frankfurt bleiben wollte. Luke war mit seiner Jiu-Jitsu-Gruppe zu einem Wettkampf unterwegs und würde erst morgen zurückkommen.

Merle war noch nicht da.

Umso besser. Ich würde für uns kochen und sie mit den besten Spaghetti aller Zeiten bestechen.

Ich gab den Katzen Futter, holte Nudeln und passierte Tomaten aus der Vorratskammer und setzte Wasser auf. Schnitt Knoblauch und Zwiebeln klein, bis mir die Tränen über die Wangen liefen. Zupfte Salat, raspelte Parmesan und taute Himbeeren für den Nachtisch auf.

Zwischendurch fiel mir auf, dass meine Mutter sich nicht gemeldet hatte.

Saß wahrscheinlich in ihrer Trutzburg und schmollte.

Es war mir egal.

Als das Wasser für die Nudeln kochte, sah ich auf die Uhr.

Fast sechs.

Wo blieb Merle nur?

Heute war Mittwoch, da war sie nicht an die Öffnungszeiten des Tierheims gebunden und machte meistens früher

Schluss, gerade jetzt, wo sie sich mit dem Artikel für *Free-Animal* beschäftigte.

Ich griff zum Handy und wählte ihre Nummer.

Wieder die Mailbox.

Ich wollte aber die ersten Worte nach unserem Streit nicht an ihre Mailbox richten und unterbrach die Verbindung. Ich drehte den Herd ab und hockte mich noch eine Weile an den Schreibtisch. Für das Referat in Entwicklungspsychologie musste ich mir in den nächsten Tagen ein Thema suchen.

Ich konnte mich nicht konzentrieren. Das Frühwarnsystem in meinem Kopf sendete unüberhörbare Signale aus. Ich setzte mich mit dem Telefon in die Küche und rief Robbie an.

»Sie ist mit dem Meriva unterwegs«, sagte er. »Keine Ahnung, wo sie hinwollte. Ich war gerade mit unserem neuen Fundhund beschäftigt, als sie aufgebrochen ist.«

»Wann war das?«

»So ... gegen eins ungefähr.«

Ungefähr. Warum, zum Teufel, hatte er nicht auf die Uhr geguckt?

»Aber sie muss doch irgendwas gesagt haben.«

»Nur, dass sie am Abend noch mal reinkommen wollte, um den Wagen zurückzubringen.«

»Wann genau?«

»Keine Ahnung, Jette. Wir haben über den Hund geredet und plötzlich war sie weg. Ich hab mir nichts dabei gedacht.«

»Ihr Handy ist aus.«

»Shit! Sie hat versprochen, erreichbar zu sein. I mean – ich bin hier allein. Darauf hätte ich mich sonst nie eingelassen. Wenn irgendwas mit den Tieren passiert, bin ich dran.«

Anscheinend machte er sich keine Sorgen um Merle. Das beruhigte mich ein wenig.

»Bleibst du noch eine Weile im Tierheim?«

»Eine Stunde ungefähr.«

»Rufst du mich an, wenn Merle sich meldet?«

»Okay. Und du sagst mir Bescheid, wenn du zuerst von ihr hörst.«

»Versprochen.«

Als Nächstes rief ich Claudio an.

»Merle ist nicht zufällig bei dir?«, fragte ich ohne Erklärung. Claudio war ein harter Brocken. Den warf so leicht nichts aus der Bahn.

Diesmal aber doch. Er war sofort alarmiert.

»Merle? Wieso fragst du? Ist sie nicht zu Hause?«

»Nein.«

»Und im Tierheim?«

Seine Stimme klang, als erwarte er jeden Moment eine Hiobsbotschaft, die ihn umhauen würde.

»Nein.«

»Jette, was ist passiert?«

Er war nicht der Liebevollste und Einfühlsamste und weiß Gott nicht mein Wunschkandidat für Merle gewesen, als sie ihn kennenlernte. Er hatte sie belogen und betrogen, sie das eine Mal behandelt wie eine Göttin, ein anderes Mal wie einen Fußabtreter. Doch jetzt hörte ich echte Angst in seiner Stimme, und ich beschloss, ihr keine neue Nahrung zu geben.

»Wir hatten Streit, und jetzt meldet sie sich nicht«, sagte ich. »Das ist alles.«

»Ach so.« Ein Stein schien ihm von der Brust zu fallen. »Ja, sie ist manchmal ganz schön nachtragend, meine Kleine.«

Für das *meine Kleine* hätte ich ihn schon wieder ohrfeigen können, aber ich riss mich zusammen.

»Ist sie eben nicht, Claudio, wenigstens nicht mir gegenüber. Sie kann überhaupt nicht lange böse sein.«

Er strafte mich mit Schweigen. Vom ersten Augenblick an war er eifersüchtig auf unsere Freundschaft gewesen und hatte sämtliche Register gezogen, um Merle und mich auseinanderzubringen und Merle so enger an sich zu binden. Dass ihm das nicht gelungen war, warf er mir insgeheim heute noch vor.

»Ich mach mir Sorgen, Claudio. Sie hat ihr Handy ausgeschaltet.«

»Vielleicht will sie gerade nicht gestört werden.«

»Das ist ungewöhnlich für Merle.«

Im Hintergrund hörte ich Rufen und Lachen und die typischen Küchengeräusche. Claudios Abende waren schweißtreibend, laut und hektisch. Ein paarmal hatte ich in seinem Pizzaservice ausgeholfen und war danach fix und fertig gewesen.

»Die kriegt sich auch wieder ein. Irgendwann kommt sie wieder angekrochen.«

Von seiner anfänglichen Besorgnis war nichts mehr zu spüren. Im Null Komma nichts hatte er sich zurückverwandelt in den Macho, der er schon immer gewesen war.

Ich blendete das aus.

»Sie hat dir nicht gesagt, dass sie irgendwas vorhatte?«

»Nein.«

Wozu auch? Claudio hatte nur seine Arbeit im Kopf und ständig Stress mit irgendwelchen Mitarbeitern. Merle kam in seinem Alltag bloß am Rande vor. Zumindest hatte ich das bisher so wahrgenommen.

Er war offensichtlich gar nicht mehr richtig da, gab seinen Leuten knappe Anweisungen, verfiel in einen seiner spektakulären Wutanfälle (wobei er das Telefon mit der Hand bedeckte und so die Lautstärke dämpfte) und meldete sich mit einem Seufzen zurück.

»Hör auf, dich zu beunruhigen, Jette. Merle kann ganz gut auf sich selbst aufpassen. Was meinst du, wie oft sie sich bei *mir* nicht meldet. Und hinterher war nichts. Nichts, verstehst du? Außer dass sie sich über irgendwas geärgert hat.«

Wahrscheinlich hatte er recht und ich machte wieder aus einer Mücke einen Elefanten. Aber Merle und ich hatten schon so viele schlimme Erlebnisse miteinander durchgestanden, dass wir den andern niemals unnötigerweise in Angst versetzen würden.

Nicht mal im Streit.

Ich verabschiedete mich von Claudio und versuchte mich zu erinnern, ob Merle eine geplante Tierschutzaktion erwähnt hatte. Das nächste Treffen mit ihrer Gruppe jedenfalls fand erst nächste Woche statt, da war ich mir sicher.

Ein Blick in den Terminkalender, der auf ihrem Schreibtisch lag, zeigte mir, dass für heute Abend nichts eingetragen war. Sie hatte sich offenbar die ganze Woche frei gehalten. Den Grund dafür konnte ich mir denken.

Merle war nicht der Typ, dem in der Schule Referate lockerflockig von der Hand gegangen waren, und ich wusste, wie schwer sie sich mit dem Artikel für *FreeAnimal* tat. Mit Sicherheit hatte sie die komplette Woche für die Vorarbeiten eingeplant.

Ich schaute mich in ihrem Zimmer um und entdeckte nichts Ungewöhnliches. Ihr übliches Chaos, das immer so aussah, als hätte sie es gerade eben erst verlassen. Im Sessel, auf einem ihrer Lieblingstücher zusammengerollt, lag Klecks und behielt mich mit schmalen Augen im Blick.

»Weißt *du,* wo sie ist?«, fragte ich ihn. »Du bist doch ihr Liebling.«

Er schnurrte leise. Tatsächlich war er unmerklich zu einem unverzichtbaren Teil dessen geworden, was Merles Leben ausmachte. Wie ihre Klamotten, ihre Bücher, die Kunstdrucke an den Wänden und die vielen schönen Kleinigkeiten überall.

Merle hängte ihr Herz nicht leichtfertig an Menschen, Tiere und Dinge. Wenn sie es tat, dann war es für immer.

Ich setzte mich wieder in die Küche und telefonierte die gesamte Tierschutzgruppe durch.

Nichts.

Niemand wusste, wo meine Freundin sich aufhielt.

Nach einem letzten Blick in ihr Zimmer (Klecks schlief jetzt tief und fest und schien mich gar nicht zu bemerken), wusste ich, dass ich meine Unruhe nicht ignorieren durfte.

Die Nummer des Kommissars hatte ich in einem früheren Leben gespeichert.

Und nicht wieder gelöscht.

Ich holte tief Luft und wählte sie.

*

Merle wünschte sich woandershin. Sie war hier nicht willkommen und Abel demonstrierte ihr das mit jedem seiner Worte und Blicke. Selbst seine Gesten waren feindselig.

Wie hielt seine Frau es bloß mit ihm aus?

Dinah war nicht älter als höchstens fünfundzwanzig. Das konnte man leicht vergessen, wenn man sie jetzt beobachtete. Ihre fröhliche Spontaneität auf dem Hof schien Abel nicht gefallen zu haben, denn seit sie im Haus waren, benahm sie sich unterwürfig und wie ferngesteuert.

Und dann das Mädchen!

Merle hatte noch nie ein so scheues Kind gesehen. Damals, bei der Übergabe der Tiere, war Lo noch klein gewesen. Ihre Pausbäckchen hatten vor Lebensfreude geglüht und sie hatte unentwegt geplappert. Die Hunde hatten sie gleich ins Herz geschlossen und sich nicht mehr von ihrer Seite gerührt, und Merle hatte gedacht: So muss es sein. Besser kann Tierschutz nicht funktionieren.

Selten hatte sie ein so gutes Gefühl gehabt, nachdem sie Tiere in ihr neues Zuhause gebracht hatte.

Sie erkannte das Mädchen kaum wieder.

Dünn und blass saß Lo auf der Küchenbank, eng an ihre Mutter geschmiegt, die Hände unter den Knien versteckt, als wollte sie sich selbst daran hindern, aufzuspringen und wegzulaufen.

Abel ließ sie nicht aus den Augen, ebenso wenig wie seine Frau.

Die Stimmung war eigenartig.

Etwas, das Merle nicht benennen konnte, lag in der Luft. Es schnürte ihr die Kehle zu, und sie bereute, jemals hierhergekommen zu sein.

Sei nicht albern, sagte sie sich. Sei wie immer. In nicht mal zwei Stunden sitzt du mit Jette in der Küche und erzählst ihr von diesem gruseligen Typen, und alles ist gut.

Ist es nicht, sagte die kleine Stimme, die sich so gern ungefragt einmischte und sie immer wieder in Schwierigkeiten brachte. *Denn hier wird alles so weitergehen.*

Na und?, meldete sich die andere Stimme, die mit der ersten häufig im Clinch lag und Merle verrückt machte. *Es ist nicht deine Aufgabe, die Welt zu retten.*

Merle trank den Kaffee, der ihr viel zu stark war, und warf einen sehnsüchtigen Blick zum Fenster. Die Gardine sperrte das Draußen aus und tauchte das Zimmer in dieses Zwielicht, das Merle schon in ihrer Kindheit als bedrückend empfunden hatte.

In diesem Licht wurde alles Leichte schwer.

Fumée jagte Schatten. Babyfotos von Lo hingen an den Wänden.

Über der Tür prangte ein Geweih.

Für Merle als Tierschützerin war der Anblick unerträglich, und doch musste sie immerzu hingucken.

Durch die offen stehenden Türen konnte sie in eines der anderen Zimmer sehen. Dort lag ein Fell auf dem groben Holzfußboden. Wildschwein, tippte sie und spürte, wie sich der Inhalt ihres Magens zusammenballte.

Alles hier war irgendwie beklemmend. Merle machte sich wieder klar, dass Abel und Dinah Burggraf jung waren, doch sie kamen ihr vor wie ein Ehepaar aus einer anderen Generation.

»Und was waren jetzt deine Fragen?«

Abels Stimme fuhr wie ein Peitschenhieb in ihre Gedanken.

Ihre Fragen ...

Sie sammelte sich. Ein paar Fragen, ein paar Antworten, dann würde sie ihre Sachen packen und so schnell wie möglich von hier verschwinden.

Aber dann stellte sie die einzige Frage, die sie nicht hätte stellen dürfen.

»Bist du damals zu Recht freigesprochen worden?«

*

Für die Fahrt hatte Rick über eine Stunde gebraucht, und als er neben dem Wagen der Kollegen parkte und aus dem Auto stieg, war er geschafft. Er sehnte sich nach einem Abendessen und Ruhe und vielleicht einem guten Thriller im Fernsehen, doch damit würde er noch warten müssen.

Freya Bergentrop, die Blankenheimer Kollegin, hielt ihm die Hand hin und sah ihm freundlich in die Augen.

»Willkommen hinter den sieben Bergen.«

Sie war etwa in seinem Alter. Rick hatte sie einmal auf einer Fortbildung im Oberbergischen kennengelernt und ihre Offenheit und ihren feinen Humor geschätzt.

»Fragt sich nur, wo die sieben Zwerge abgeblieben sind«, antwortete er und beobachtete, wie sich ein Schmunzeln auf ihrem Gesicht ausbreitete.

Er fand, dass *Freya* und *Bergentrop* irgendwie nicht zusammenpassten. Die Namen gehörten außerdem eher in eine Wagneroper als in diese Wald-Weiden-Wiesen-Ödnis. Seine Lippen verzogen sich unwillkürlich zu einem Lächeln, als er Bert irgendwo in seinem Kopf sagen hörte: *Du und deine Vorurteile.*

»Vom Fahrzeughalter keine Spur?«, fragte er, als sie auf das ausgebrannte Wrack zugingen.

»Nein.« Sie schüttelte den Kopf. »Mit diesem Fahrzeug ist niemand verunglückt, so viel steht fest. Es wurde eindeutig in Brand gesetzt.« Sie wandte sich ihm zu. »Reiner Zufall, dass es überhaupt entdeckt wurde. Die Waldarbeiter, die uns informiert haben, hatten hier eigentlich gar nichts zu tun. Sie arbeiteten ein Stück weiter weg und suchten eine ruhige Stelle, um später am Abend zu grillen, und da sind sie quasi drüber gestolpert.«

»Gut, dass du uns so schnell informiert hast«, sagte Rick.

»Manchmal hat man einen sechsten Sinn.«

Von dem Auto war nicht mehr viel zu erkennen. Freya Bergentrop versorgte Rick mit den nötigen Informationen.

Rick betrachtete sie fasziniert. Sie trug die Haare extrem kurz. An ihrem Hals kletterte eine tätowierte Efeuranke empor und verschwand hinter ihrem linken Ohr. Gekleidet war sie ganz in Schwarz, was ihre Haut in diesem trügerischen Halblicht geisterhaft hell wirken ließ.

Sie bemerkte seinen Blick und hob amüsiert die Augenbrauen. Rasch wandte Rick sich ab.

Im Wageninnern war alles zerstört. Es roch nach Rauch, verschmortem Metall und geschmolzenem Kunststoff.

Die Haut in Ricks Nacken zog sich zusammen.

»Du hast das Auto noch nicht sicherstellen lassen«, sagte er.

»Das hätten wir gemacht, wenn die Sachlage eindeutig gewesen wäre. Doch das ist nicht der Fall. Es sieht für mich nicht nach Vandalismus oder illegaler Entsorgung aus.«

Rick schaute sich um. Hätten durchgeknallte oder zugedröhnte Typen das Auto in Brand gesetzt, wäre etwas zurückgeblieben – Zigarettenkippen, Flaschen, Scherben, vielleicht sogar ein Benzinkanister. Die wollten ihren Spaß und dachten nicht daran, Spuren zu vermeiden oder zu beseitigen.

Leute hingegen, die sich ihrer Fahrzeuge entledigten, machten sich in der Regel nicht die Mühe, sie abzufackeln. Die nahmen die Nummernschilder mit und fielen dann aus allen Wolken, wenn die Fahrzeug-Identifizierungsnummer sie später verriet.

»Dein sechster Sinn hat funktioniert«, sagte Rick. »Der Fahrzeughalter wird seit gestern vermisst. Wir hatten nur noch nichts in der Hand, um aktiv zu werden. Das hier ändert die Situation.«

»Freut mich.«

Rick hatte schon das Handy am Ohr, um dafür zu sorgen, dass das Fahrzeug abtransportiert wurde, denn es würde weitere Untersuchungen geben. Sie mussten herausfinden, was in diesem Auto geschehen war.

Er unterhielt sich noch eine Weile mit Freya Bergentrop und stieg dann in seinen Wagen, um nach Köln zurückzufahren.

*

Was glaubte diese Schlampe eigentlich, wer sie war? Kam ungebeten hierher, drang in sein Haus und sein Leben ein und wollte ihn zur Rede stellen?

Ob er zu Recht freigesprochen worden war?

Unklar erinnerte er sich jetzt daran, sie bei der Gerichtsverhandlung sogar gesehen zu haben. Oder täuschte er sich?

»Warst du nicht damals unter den Zuschauern?«, fragte er misstrauisch.

Sie nickte. Man konnte ihr ansehen, wie unbehaglich ihr zumute war. Mehr noch – sie schien Angst zu haben. Auf ihrer Oberlippe glitzerte Schweiß.

»Wieso fragst du mich das dann?«

Bei den letzten Worten hatte er die Stimme erhoben und sie zuckte zusammen. Doch gleich hob sie den Kopf, wie um ihm zu zeigen, dass sie sich von ihm nicht einschüchtern ließ.

Diese Psychospielchen. Wie leicht er sie durchschaute.

Es war nicht anders als bei Katzen, die die Haare aufstellen, um den Gegner glauben zu machen, sie seien größer und gefährlicher als in Wirklichkeit.

Lo fing an, in einem monotonen Rhythmus vor und zurück zu schaukeln.

Abel hasste das. Sie konnte sich auf diese Art regelrecht in Trance versetzen und war dann für niemanden mehr erreichbar.

Auch für ihn nicht.

Wieder spürte er, wie ihm die Kontrolle entglitt.

Über Lo.

Dinah.

Die Situation.

In seinem Innern begann sich diese Hitze auszubreiten, die seine Eingeweide zu versengen schien. Er hatte Mühe zu atmen. Das Zimmer schwankte bedrohlich. Ihm war so schwindlig, dass er befürchtete, vom Stuhl zu fallen.

»Hast du den Hund damals …«, fragte das Mädchen leise, »hast du ihn …«

Lo fing an zu schreien.

15

Der völlig unerwartete Schrei war ein Schock. Er füllte jeden Winkel der Küche und er hörte und hörte nicht auf.

Merle saß wie erstarrt. Sie sah, wie Dinah das Mädchen schützend an sich drückte.

Lo schrie und schrie.

Abel war blass geworden. Ungläubig starrte er seine Tochter an. Der kleine Hund duckte sich erschrocken in eine Ecke.

Los Schrei kletterte in unvorstellbare Höhen. Er bohrte sich schmerzhaft in Merles Trommelfell. Unverwandt hielt sie den Blick auf Lo und ihre Mutter gerichtet, die zu einer einzigen Person verschmolzen schienen.

Dinah hielt den Körper ihrer Tochter mit beiden Armen umfangen. Kurz dämpfte ihre Schulter die Lautstärke, dann hatte Lo sich wieder losgerissen, und ihr gellender Schrei glitt ungehindert an den Wänden hoch, wirbelte an der Decke entlang, um dann niederzuregnen und alles zu fluten.

Eine Ewigkeit verging.

»Hör auf!«, herrschte Abel plötzlich seine Tochter an.

Lo schrie.

»Du sollst aufhören!«

Lo schrie.

Abels Gesicht hatte sich gefährlich gerötet. Er sprang auf.

»SEI ENDLICH STILL!«

Instinktiv warf Dinah sich über ihre Tochter. Aus den Augenwinkeln schielte sie zu ihrem Mann auf, der wie ein Felsbrocken über ihnen stand.

Dunkel. Hart. Unverrückbar.

Und Lo schrie.

Dinahs Lippen bewegten sich. Wahrscheinlich sprach sie Lo gut zu. Merle verstand kein Wort. Sie hörte nur den nicht enden wollenden, markerschütternden Schrei.

Im nächsten Moment war Abel aufgesprungen und riss seine Frau brutal hoch. Um Lo nicht wehzutun, ließ Dinah sie los. Ihr Mann stieß sie mit voller Wucht zur Seite.

Lo schrie weiter.

»DU SOLLST AUFHÖREN!«

Abel hatte Lo an den mageren Schultern gefasst und schüttelte sie.

Speichel lief ihr aus dem Mund. Ihr Gesicht war kreidebleich und nass von Tränen.

»DU HÖRST SOFORT AUF!«

Dinah klammerte sich weinend an ihn. Er schüttelte sie so heftig ab, dass sie gegen die Wand prallte und zu Boden fiel. Benommen rieb sie sich die Schläfe.

Los Schrei verstummte.

Versandete in einem kläglichen Wimmern.

Merle hörte Fumée irgendwo leise winseln.

Abel stieß seine Tochter schwer atmend auf die Sitzbank zurück. Halb hatte er sich schon abgewandt, da fing Lo wieder an zu schaukeln.

Vor. Zurück. Vor. Zurück.

Abel fuhr zu ihr herum, holte aus und schlug ihr mit aller Kraft ins Gesicht.

Wie in Zeitlupe sah Merle die Haare des Mädchens fliegen. Im nächsten Moment war sie auf den Füßen und warf sich auf den Mann, der ihr selbst, dem Gericht, den Reportern und der ganzen Welt etwas vorgemacht hatte.

Bis jetzt.

Abel war auf den Angriff nicht gefasst und stolperte. Er krachte lärmend gegen die Tür, hatte sich jedoch blitzschnell wieder in der Gewalt.

Merle griff nach der Porzellanvase, die auf dem Tisch stand, und schlug sie ihm auf den Kopf. Sie zersprang erst, als sie auf dem Boden zerschellte.

Der Schlag richtete nicht viel aus. Blut lief in einer dünnen Spur über Abels linke Schläfe. Einen Wimpernschlag später stand er vor Merle und grinste sie verächtlich an.

»*Du* willst dich mit mir anlegen?«, fragte er. »*Du?*«

*

Aus den Augenwinkeln beobachtete Abel, wie Dinah Lo in Sicherheit brachte.

In Sicherheit!

Vor ihm!

Der Zorn darüber fachte die glühende Wut, die sich in seinem Innern entzündet hatte, zusätzlich an. Aber er konnte sich nicht gleichzeitig um alles kümmern. Zuerst einmal würde er dieser Merle zeigen, was Respekt war.

»Niemand mischt sich in meine Erziehung ein«, sagte er. »Das haben schon ganz andere versucht.«

Beim Gedanken an Helge Landau stieg ein unbändiges Gelächter in ihm hoch, das er gerade noch stoppen konnte, bevor es seinen Mund verließ. Er fasste sich an den schmerzenden Kopf und fühlte etwas Nasses. Ohne einen Blick auf seine Finger geworfen zu haben, wusste er, dass es Blut war.

Diese Irre hatte ihn so verletzt, dass er blutete!

Das war vor ihr nur den Jungen aus dem Internat gelungen, die ihn gehetzt und gejagt und ihm den Spitznamen *Gorilla* gegeben hatten, nur weil er vor der Trübsal seines streng reglementierten Lebens in jeder freien Minute in den Wald geflüchtet war. Und später mal einem eifersüchtigen Typen in einer Disco. Der hatte allerdings selbst eine gebrochene Nase und einen Rippenbruch davongetragen.

Nachdem Abel seiner Vergangenheit endlich den Rücken kehren konnte, hatte er sich geschworen, sich niemals mehr schlagen zu lassen.

Von niemandem!

»Nie mehr!«, presste er zwischen den Zähnen hervor. »Nie, nie, nie mehr!«

Sie stand nicht etwa zusammengekauert in einer Ecke, hatte sich nicht in ein zitterndes Bündel verwandelt, das ihn voller Panik anstarrte und ihren Körper mit den Armen zu schützen versuchte.

Nein. Sie hatte eine große Scherbe aufgehoben und stieß damit nach ihm.

Beim zweiten Versuch erwischte sie ihn am Oberarm. Die spitze Scherbe riss ihm das Hemd auf, dann die Haut, und wieder spürte er Blut unter seinen Fingern, als er die Wunde mit der Hand bedeckte, um den jähen Schmerz zu lindern.

Sie bewegte sich rückwärts zur Tür, ließ ihn keinen Moment aus den Augen, die Scherbe wie eine Waffe auf ihn gerichtet. Und das war sie ja auch, eine Waffe. Er hatte es am eigenen Leib zu spüren bekommen.

Mit einem Schrei stürzte er sich auf sie, ignorierte den

Stich an der Schulter, wo dieses Miststück ihn wieder getroffen hatte, schlug ihr mit einer einzigen Bewegung die Scherbe aus der Hand und streckte sie mit einem weiteren Schlag nieder.

Sie versuchte, von ihm wegzukriechen, doch er blieb ihr auf den Fersen, zog sie an den Armen hoch und schleuderte sie gegen den alten Küchenschrank, den er von seinem Vorgänger übernommen hatte, ein scheußliches Monstrum, das seit Generationen genau an dieser Stelle stand, wie sich die Leute im Ort erzählten.

Die Scheiben splitterten, das Mädchen schrie auf.

Und blieb liegen.

Ihr rechter Schuh war verrutscht, das Bein merkwürdig verdreht. Sie sah halb wahnsinnig aus vor Schmerzen.

Abel hatte schon zu viele Unfälle gesehen, um nicht zu wissen, dass er ein Problem hatte. Und was für eins. Sein Blick irrte durch das Zimmer, auf der vergeblichen Suche nach einer Lösung. Dann kehrte er zu dem verzerrten Gesicht des Mädchens zurück.

»Warum bist du nicht einfach gegangen?«, fragte er. »Als noch Zeit dafür war?«

Er verließ den Raum, um in Ruhe nachzudenken. Durch die geschlossene Tür konnte er ihr Wimmern hören.

*

Er war irre.

Eine andere Erklärung gab es nicht.

Merle biss die Zähne zusammen. So einen höllischen Schmerz hatte sie noch nie erlebt. Ihre Zähne klapperten aufeinander, als hätte sie Schüttelfrost, dabei war ihr nicht kalt. Im Gegenteil.

Stöhnend richtete sie sich auf und warf einen Blick auf

ihr rechtes Bein, das lichterloh zu brennen schien. Erschrocken sog sie die Luft ein.

Der Fuß war weggeknickt, unter den Jeans zeichnete sich in Höhe des Knöchels eine spitze Erhebung ab.

Gebrochen?

Bitte nicht, dachte sie. Bitte, bitte nicht!

Erst da kam ihr die Bedeutung seiner letzten Worte zu Bewusstsein.

Warum bist du nicht einfach gegangen?

Als noch Zeit dafür war …

Sie hatte sich in eine verfluchte Scheiße manövriert. Vorsichtig tastete sie nach ihrem Handy. Es war ihr anscheinend beim Sturz aus der Hosentasche gefallen. Hektisch schaute sie sich um.

Vor der Tür hörte sie ihn murmeln. Mit wem sprach er? Sprach er überhaupt mit jemandem? Oder nur mit sich selbst?

Sie befand sich im Haus eines Verrückten. Und das aus eigener Schuld. Sie konnte keinen dafür verantwortlich machen. Das hatte sie sich ganz allein zuzuschreiben.

Im Haus eines Verrückten, und sie war nicht in der Lage aufzustehen. Es gelang ihr nicht, das rechte Bein anzuziehen, geschweige denn, den Fuß zu belasten. Sie traute sich nicht mal, die Jeans hochzuschieben, um nachzusehen.

Shit, dachte sie und kämpfte gegen Tränen an. Shit, shit, shit.

Ihr Handy. Wo war es?

Wo waren Dinah und Lo?

Oh Gott! Sie musste die Bullen rufen.

Langsam drehte sie sich zur Seite. Irgendwo musste es doch sein …

*

Dinah hörte der Melodie der Spieluhr zu und betrachtete ihr kleines Mädchen in der abgedunkelten Geborgenheit des Kinderzimmers.

Die trügerisch war.

Doch wo sonst sollten sie hin?

Die Angst war immer da. Mal stärker, mal schwächer. An manchen Tagen wuchs sie sich zu atemloser Panik aus.

Dinah wusste gar nicht mehr, wie das war, ohne Herzklopfen durch die Tage zu gehen. Nicht jede Sekunde befürchten zu müssen, dass irgendetwas Abel ausrasten ließ.

Er war nicht immer so gewesen.

Sie hatte ihn in einer Disco kennengelernt und sich auf den ersten Blick in ihn verliebt. Er war so stark gewesen, so selbstbewusst, und er hatte ausgesehen wie der Mann aus ihren Mädchenträumen.

Weil ihr Vater sich früh davongemacht hatte, und ihre Mutter mit der Erziehung von zwei lebhaften Kindern hoffnungslos überfordert gewesen war, hatte es Dinah gefallen, dass Abels Brust breit genug war, um sich an ihr anzulehnen. Dass er für sie mitentschied. Die Planung ihrer Dates und später ihres gemeinsamen Lebens übernahm.

Sie war schwanger geworden und sie hatten geheiratet. Nur standesamtlich, ohne Familie und ohne Freunde. Abel hatte darauf bestanden. Sie hatte ihn nicht gefragt, weshalb.

Bis heute nicht.

Denn Abel mochte es nicht, wenn man versuchte, seine Geheimnisse aufzuspüren. Er war schweigsam und verschwiegen. Dabei wusste er selbst bald fast alles über sie.

Der Tag von Los Geburt war der glücklichste ihres Lebens gewesen. Sie hatte ihre winzige Tochter im Arm gehalten und das Gefühl gehabt, endlich ein vollständiger

Mensch zu sein. Als hätte ihr all die Jahre ein wesentlicher Teil gefehlt: Loretta.

Das vollkommenste kleine Wesen auf der Welt.

Lo.

Auch Abel war selig gewesen.

Er hatte sich ein Mädchen gewünscht und nun war es da.

Lo war seine Prinzessin. Sie war sein Dreh- und Angelpunkt. Er trug sie auf Händen. Sie war kaum drei Wochen alt, als er sie das erste Mal mit in den Wald nahm, damit sie von Anfang an alles kennenlernte, was ihm wichtig war.

Lo liebte den Wald, ihren Vater, die Hunde. Ihr Herz war groß und hatte Platz für alles und jeden, der ihr begegnete.

Und dann, eines Tages, lag Jamba erschlagen im Gras.

Zum ersten Mal zweifelte Dinah an ihrem Mann. Schon vorher hatte er immer mal wieder *die Beherrschung verloren*, wie er es nannte. War ihm *die Hand ausgerutscht*. Und er trank auch sehr viel.

Sie hatte Mühe, seinen Beteuerungen Glauben zu schenken, er habe den Hund nicht getötet. Das habe jemand getan, um sich an ihm zu rächen.

Dabei *wollte* sie ihm glauben.

Unbedingt.

Wie sie ihm ja auch immer geglaubt hatte, Lo habe er nie, wirklich niemals angerührt.

Lo hörte auf zu sprechen.

War es der Kummer um den toten Hund, der ihr die Sprache genommen hatte? Oder zweifelte sie, wie ihre Mutter?

Fumée war nach dem schrecklichen Vorfall noch anhänglicher geworden. Wie ein Schatten klebte sie an Abels Füßen oder, wenn er sie zu Hause ließ, an Lo.

Als stünde sie unter einem nicht enden wollenden Schock.

Die Melodie der Spieluhr verklang. Lo hatte sich beruhigt und war schläfrig geworden. Am Daumen nuckelnd, drehte sie den Kopf sacht hin und her, wie sie es oft tat beim Einschlafen. Das Gepolter und Geschrei unten in der Küche hatte sie offenbar ausgeblendet, nahm es selbst jetzt nicht wahr, als die Melodie der Spieluhr es nicht mehr überdeckte.

Leise begann Dinah, ein Kinderlied zu summen. Sie strich Lo zärtlich das feine Haar aus der verschwitzten Stirn. Wollte nicht wahrhaben, dass unten ein Streit tobte, sich Schlimmes zusammenbraute.

Wollte sich raushalten.

Unsichtbar sein und unangreifbar.

Die drei Affen, dachte sie. Nichts sehen, nichts hören, nichts sagen. Aber vor allem: nichts FÜHLEN.

Ihre Stimme zitterte leise. Erinnerte sie daran, dass die Angst nicht gegangen war, sondern sich nur vorläufig zurückgezogen hatte. Nicht mehr lange, und sie würde erneut zuschlagen, heftiger als zuvor.

*

Das Nudelwasser war wieder kalt geworden, ebenso wie die Tomatensoße. Der kleine Clown aus Marzipan wartete vergeblich vor Merles Teller, um ihr zu sagen, dass unser Streit mir leidtat. Keine der Katzen war zu sehen.

Zum achten Mal wählte ich die Nummer des Kommissars und landete wieder auf seiner Mailbox.

»Bitte!«, flehte ich ihn an. »Rufen Sie zurück! Es ist wichtig.«

Mein Magen tat vor Hunger weh. Ich knabberte an einer Scheibe Brot und bekam kaum etwas runter. Wie aufgedreht irrte ich durchs Haus und landete immer wieder in Merles Zimmer.

Ein Zimmer ohne seinen Bewohner ist eine leere Hülle. Wie die Haut einer Schlange, die abgestreift am Wegrand liegt. Ich konnte noch einen Hauch von Merles Parfüm riechen, wusste jedoch nicht mehr, welches sie zurzeit benutzte.

Ich erschrak. Hätte ich es nicht wissen *müssen?* Was war ich bloß für eine Freundin, wenn ich solche Dinge nicht wahrnahm?

Hektisch schraubte ich die Flakons von den Parfümfläschchen, die in Merles Regal aufgereiht standen, die meisten Geschenke von Claudio, der es mochte, wenn eine Frau Parfüm benutzte. Ich schloss die Augen und schnupperte.

Es gelang mir nicht, den richtigen Duft zuzuordnen.

Das machte mich fertig. Es war, als glitte meine Freundin mir durch die Finger. Als würde ich sie Stück für Stück verlieren.

Und wenn ich nicht länger auf den Rückruf des Kommissars wartete und einfach bei der Polizei in Bröhl anrief? Irgendwer würde ja da sein, um eine Vermisstenmeldung aufzunehmen.

Erst nachdem das Wort in meinen Kopf gelangt war, wurde mir seine Tragweite bewusst.

Vermisstenmeldung.

War Merle wirklich etwas zugestoßen?

Vielleicht haderte sie doch noch mit mir, selbst wenn das untypisch für sie war. Alles im Leben tat man irgendwann zum ersten Mal. Vielleicht wollte sie mich schmoren lassen oder hatte einfach keine Lust, den Abend mit mir zu verbringen.

Aber wieso hatte sie sich dann nicht längst bei Robbie

gemeldet? Oder bei Claudio? Mit denen hatte sie doch keinen Streit.

Warum wusste niemand, wo sie war?

Ich nahm den Autoschlüssel und stürmte hinaus, um sie zu suchen. Als ich vor meinem Auto stand, wurde mir klar, dass ich keinen blassen Schimmer hatte, wo ich mit meiner Suche anfangen sollte.

Langsam ging ich ins Haus zurück und fragte mich, ob es an der Zeit war, die andern zu informieren. Nach einigem Nachdenken entschied ich mich dagegen. Es hatte keinen Sinn, sie auch noch zu beunruhigen.

Für Mike war die Messe ziemlich wichtig. Luke war für seine Mannschaft bei dem Wettkampf unverzichtbar. Mina war viel zu weit weg und außerdem nicht in der Verfassung, sich um eine verschollene Merle zu kümmern, ebenso wenig wie Ilka, die in letzter Zeit genug um die Ohren gehabt hatte.

Und meine Mutter?

Die sollte bleiben, wo der Pfeffer wächst.

Ich beschloss, mir einen Tee zu machen, mich in mein Zimmer zu setzen und noch ein wenig zu warten, bevor ich eine Entscheidung traf.

*

Direkt nach dem Gebet bat Bert um sein Handy und ging hinaus in den Garten. Würde er eben fünf Minuten zu spät in den Speisesaal kommen. Er befand sich hier schließlich nicht im Gefängnis.

Als er sich die Anrufliste anschaute, sah er, dass Jette Weingärtner neunmal versucht hatte, ihn zu erreichen. Beim achten Mal hatte sie ihm mit flehender Stimme eine Nachricht hinterlassen.

Im Schnelldurchgang checkte er die übrigen Anrufe. Imke Thalheim bedankte sich für seine Mühe. Seine Tochter schickte ihm kichernd Grüße. Margot teilte ihm mit, dass es seit dem letzten Starkregen durchs Dach ihres ehemals gemeinsam bewohnten Reihenhauses tropfte. Rick hatte sich nicht gemeldet.

»Herr Kommissar!« Jette nahm das Gespräch sofort an. »Vielen Dank, dass Sie zurückrufen!«

Bert erklärte ihr, dass er zwei Wochen Urlaub genommen hatte und weggefahren war, um zur Ruhe zu kommen.

»Entschuldigen Sie bitte, dass ich Sie dabei störe«, sagte sie. »Aber ich mache mir große Sorgen um Merle.«

Er hätte ihr gern geraten, sich an die Kollegen in Bröhl zu wenden, doch da sie nun schon mal miteinander telefonierten, wollte er auch den Grund für ihre Besorgnis erfahren. Also unterbrach er sie nicht.

»... und weil ich nicht weiß, ob man jetzt bereits ... ich meine, ob ich sicher sein kann ... da wollte ich mit Ihnen selbst sprechen.«

So aufgeregt hatte Bert sie selten erlebt.

»Was ist los, Jette?«

»Sie ist verschwunden.«

»Verschwunden? Seit wann?«

»Seit etwa ein Uhr hat sie niemand mehr gesehen oder von ihr gehört.«

»Vielleicht hat sie sich spontan entschlossen, etwas zu unternehmen?«

»Ich weiß, wie impulsiv Merle ist, Herr Kommissar, aber sie hätte mir davon erzählt. Spätestens von unterwegs hätte sie sich gemeldet.«

»Vielleicht hatte sie noch keine Gelegenheit dazu.«

»In sechs Stunden hätte sie die bestimmt gefunden.«

»Und wenn sie nicht anrufen *wollte?*«

Jette zögerte.

»Wir hatten am Morgen Streit«, gab sie schließlich zu.

»Na bitte.«

»Aber Merle ist nicht nachtragend. Außerdem – wieso hat sie nicht wenigstens das Tierheim informiert, wenn sie irgendwo aufgehalten wird? Sie muss nämlich das Auto noch zurückbringen, was sie bis jetzt nicht getan hat. Und ihr Freund hat auch keine Ahnung, wo sie steckt.«

Nach langen Jahren bei der Kripo wusste Bert, wie er Informationen einzuschätzen hatte, und er kannte die Mädchen gut genug, um Jettes Besorgnis allmählich zu teilen.

»Sie haben wahrscheinlich schon herumtelefoniert«, vermutete er.

»Ja. Niemand hat in den vergangenen Stunden von ihr gehört.«

»Was ist mit ihrem Handy?«

»Ausgeschaltet. Auch das ist absolut ungewöhnlich für Merle. Ohne ihr Handy ist sie praktisch nicht überlebensfähig.«

Bert schmunzelte unwillkürlich. Das ging sogar schon bei seinen Kindern los, denen man bei den Mahlzeiten das Handy abnehmen musste, damit überhaupt noch so etwas wie ein Tischgespräch möglich war.

»Jette«, sagte er behutsam. »Dafür wären, wenn überhaupt, die Bröhler Kollegen zuständig. Aber wenn es keine deutlicheren Anzeichen dafür gibt, dass mit Ihrer Freundin irgendetwas nicht stimmt, kann die Polizei nicht aktiv werden. Das ist leider so. Merle ist ein erwachsener Mensch. Sie kann sich aufhalten, wo, wann und mit wem sie möchte.«

»Das heißt, Sie unternehmen nichts?«

»Das heißt, ich bitte Sie, bis morgen abzuwarten. Sollte Merle sich bis dahin nicht gemeldet haben, sprechen Sie einen Kollegen bei der Bröhler Polizei an. Sie kennen sich dort ja aus.«

Diesen kleinen Stich konnte er sich nicht verkneifen.

Er versuchte vergeblich, zu verstehen, welche Faszination sein Beruf auf diese junge Frau ausüben mochte, die mehrfach enger mit Verbrechen in Berührung gekommen war, als ihr gutgetan hatte.

»Sie meinen, ich könnte mit Isa darüber reden?«

Jette hatte den Seitenhieb nicht wahrgenommen, was vielleicht ganz gut war. Und warum sollte sie sich nicht zuerst an Isa wenden? Die würde sie beruhigen und herausfinden, wie ernst man ihre Sorge nehmen musste.

»Versuchen Sie es«, sagte er und beendete das Gespräch.

Auf dem Weg zum Speisesaal sah er in Gedanken Merle vor sich, diese selbstbewusste, außergewöhnliche junge Frau mit dem störrischen roten Haar, die immer so auf ihn wirkte, als würde sie ein Geheimnis vor ihm verbergen.

Er wollte sich gern vorstellen, dass sie jemanden getroffen und mit ihm die Zeit vergessen oder dass sie sich in irgendeiner anderen, angehnehmen Situation verloren hatte, doch es gelang ihm nicht, daran zu glauben.

*

Solange Mama an Los Bett sitzt, ist alles gut. Auch wenn der Kopf wehtut und so heiß ist, dass es sich anfühlt, als würde er gleich platzen.

Weil wieder die Bilder kommen.

Lo spürt den Schrecken jedes Mal neu.

Sieht Jamba wieder auf dem Boden liegen.

Voller Blut, voller Blut …

Sie kann sich nicht bewegen, nicht einen Fuß vor den andern setzen, nicht die Hand heben, nicht mal einen Finger krümmen.

Alle Geräusche sind verstummt. Das Rufen der Vögel. Das Rascheln der kleinen Tiere im Unterholz.

Nichts regt sich.

Das Einzige, was Lo hört, ist das Rauschen in ihrem Kopf.

Jamba liegt so still in dem See aus Blut, so still.

Und dann sieht Lo den Stock …

»Pschschsch«, macht Mama. »Pschschsch, mein Mäuschen. Ich bin hier, alles ist gut …«

Sie drückt Los Hand an ihren Mund und küsst sie sanft, streicht ihr über die Stirn, übers Haar. Zwei Tränen lösen sich aus Los Augenwinkeln und rollen ihr in die Ohren. Es kitzelt, aber Lo muss nicht lachen. Sie möchte weinen, weinen und nicht aufhören, bis sie leer geweint ist und die Tränen die ganze Traurigkeit aus ihr rausgeschwemmt haben.

Mama hat wieder angefangen zu summen.

Lo lauscht den Melodien, spürt, wie der Schlaf ihr Gesicht in beide Hände nimmt und sie zärtlich mit Dunkelheit zudeckt.

Liebe, liebe Jamba, liebe …

16

Es war nicht einfach gewesen, dem Mädchen die K.o.-Tropfen einzuflößen, doch schließlich war es Abel gelungen.

Als Förster hatte er jede Menge Medikamente in seiner Hausapotheke, denn er hatte oft mit verletzten Tieren zu tun. Häufig konnte er sie nur durch einen raschen, gnädigen Tod von ihrem Leiden erlösen, aber manchmal war es möglich, sie mit nach Hause zu nehmen und gesund zu pflegen.

Wie oft hatte er Rehen das Leben gerettet, die von Mähdreschern verletzt worden waren, hatte er Kitze, die ihre Mutter verloren hatten, mit der Flasche aufgezogen und später ausgewildert. Er hatte die gebrochenen Flügel von Bussarden und Schleiereulen geschient und den verwaisten Nachwuchs von Uhus in seinem Wohnzimmer über die Runden gebracht.

Da war ein gebrochenes Fußgelenk keine Herausforderung, vor der er kapitulierte.

Ihm war sofort klar gewesen, dass er das Mädchen hierbehalten musste. Unter so enormem Druck konnte er jedoch nicht entscheiden, wie er weiter mit ihr verfahren sollte. Deshalb hatte er beschlossen, zunächst einmal Zeit zu gewinnen.

Er hatte sie mit den K.o.-Tropfen außer Gefecht gesetzt, ihr Bein geschient und sie in den einzigen Kellerraum verfrachtet, der nicht bis an die Decke mit Kram vollgestellt war. Er beglückwünschte sich zu der Angewohnheit, nichts wegzuwerfen, auch die alten Matratzen und ausrangierten Decken nicht. Irgendwann fand alles wieder Verwendung.

Da das Mädchen für die nächsten Stunden ruhiggestellt sein würde, hatte er sich ungestört mit der Beseitigung ihrer Spuren beschäftigen können.

Zuvor hatte er nach Dinah und Lo gesehen, die beide friedlich auf Los Bett schlummerten. Die Kinderzimmertür hatte er abgeschlossen. Er brauchte keine Zeugen. Wusste nicht mehr, wem er trauen konnte.

Den Meriva, dessen Seiten schwungvoll mit der Aufschrift *Albert-Schweitzer-Tierheim Bröhl* bedruckt waren, hatte er fürs Erste in die Garage gefahren. Die Tasche des Mädchens hatte er durchsucht und neben die Matratze gestellt. Lediglich das Handy hatte er zurückbehalten.

Er war nicht vorbereitet auf diese Situation.

Praktisch aus dem Nichts war das Mädchen hier aufgetaucht. Ihr überfallartiger Besuch hatte anscheinend nichts mit Helge Landau zu tun. Zumindest hoffte er das, obwohl er nicht sicher sein konnte.

Er konnte überhaupt nicht mehr sicher sein.

Verärgert griff er nach seiner Jacke und pfiff nach Fumée, die begeistert angerannt kam. Hunde vergaßen rasch. Das war ihr großes Plus. Sie waren berechenbar, anders als Menschen.

Abel half Fumée, deren alte Knochen manchmal nicht mehr so mitmachten, in den Kofferraum und setzte sich ans

Steuer. Minuten später war er auf dem Weg zu einem seiner Lieblingsplätze, der weit genug entfernt war, um ihm die Einsamkeit und Ruhe zu garantieren, die er jetzt nötiger brauchte als je zuvor.

*

Ich konnte mich nicht erinnern, wann ich zum letzten Mal an einem Abend allein im Haus gewesen war. Selbst von den Katzen ließ sich keine blicken. Ich hatte in jedem Zimmer Licht gemacht, was mir das Gefühl gab, die andern seien nebenan.

Du brauchst keine Angst zu haben, sagte ich mir und ignorierte die Gänsehaut, die sich auf meinen Armen festgesetzt hatte. Nie war mir aufgefallen, wie viele dunkle Ecken es in den Räumen gab, die von den Lampen nicht ausgeleuchtet wurden. Und nie war mir die Stille dichter vorgekommen.

Ich legte eine CD ein und ließ, als es dämmrig wurde, die Rollos herunter. Das half ein bisschen. Obwohl ich keinen Hunger hatte, kochte ich die Spaghetti und wärmte die Tomatensoße auf. Der Marzipanclown sah mir beim Essen zu.

Als mein Handy klingelte, verschluckte ich mich so, dass mir die Tränen aus den Augen liefen.

»Ich bin's«, hörte ich Claudios Stimme, nachdem ich aufgehört hatte zu husten. »Hast du was von Merle gehört?«

»Nein«, antwortete ich krächzend. »Du offenbar auch nicht.«

»Nein.«

Eine Weile schwiegen wir, was seltsam war. Das Einzige, was ich bislang mit Claudio gemeinsam gehabt hatte, war Merle gewesen. Nun konnte ich sogar mit ihm schweigen, was längst nicht mit jedem möglich war.

»Ich würde so gerne was unternehmen«, sagte ich schließlich. »Das tatenlose Rumhocken macht mich verrückt.«

»Hab alle angerufen, die mir eingefallen sind.« Claudio seufzte. »Bei keinem hat sie sich gemeldet.«

»Mach dir keine Sorgen«, sagte ich, nur um etwas zu sagen.

»Es ist acht Uhr!«

»Du meinst, da müssen brave Mädchen längst zu Hause sein?«

Claudio schnaubte verächtlich. Er hasste Grundsatzdiskussionen. Aber damit war er bei Merle an die Falsche geraten. Mir war immer noch unbegreiflich, wieso die beiden überhaupt zusammengekommen waren. Wahrscheinlich waren ihre Hormone ungebremst aufeinander abgefahren. Die Vorstellung brachte mich zum Lächeln.

»War nicht böse gemeint, Claudio.«

»Weiß ich doch.«

Ich fühlte mich ihm plötzlich ziemlich nah. Das erschreckte mich so, dass ich wieder anfing zu husten.

»Hast du zu Abend gegessen?«, fragte er.

»Ja. Spaghetti. Ich wollte sie eigentlich für Merle und mich kochen.«

Meine Stimme zitterte verdächtig. Das hatte nichts mit dem Hustenanfall zu tun.

»Gut. Sonst hätte ich dir was gebracht.«

»Danke, Claudio. Lieb von dir.«

Wie redeten wir denn auf einmal miteinander? Hatte ich ihm etwa die ganze Zeit unrecht getan?

Nein. Ich dachte an die vielen Male, die ich meine weinende Freundin trösten musste, weil Claudio mal wieder den Macho rausgekehrt und sie verletzt hatte. An seine große Lüge von der Verlobten in Sizilien, mit der er Merle so lange auf Abstand gehalten hatte.

Nein. Ich hatte ihm nicht unrecht getan.

Etwas hatte sich verändert.

»Gibt es nicht Orte, an denen wir nach ihr suchen können?«, fragte er. »Welche, die für euch beide wichtig sind? An die sie sich flüchten würde nach einem Streit?«

Darüber hatte ich auch schon nachgedacht. Aber unser Streit war doch nicht so heftig gewesen, dass er meine Freundin dermaßen aus der Bahn geworfen hätte. Ausgerechnet Merle, die sehr gut mit sich selbst und der Welt zurechtkam.

»Es gibt tausend Plätze, die uns lieb und wichtig sind«, sagte ich. »Ich wüsste gar nicht, wo wir da anfangen sollten zu suchen.«

Wieder seufzte Claudio.

»Unser Streit war auch gar nicht so schlimm, dass sie deswegen nicht nach Hause kommen würde ...«

»Du meinst ...«

»Ich hab den Kommissar angerufen, Claudio.«

Ich hörte, wie er erschreckt einatmete.

»Er sagt, wir sollen bis morgen früh abwarten, und wenn sie dann noch nicht da ist ...«

»Madonna mia! Wieso hast du ihn angerufen? Das bringt Unglück!«

Claudio war abergläubisch, das hatte ich ganz vergessen. Ich wollte, ich hätte den Mund gehalten. Andrerseits mussten wir uns den Tatsachen stellen.

»Ich bin davon überzeugt, dass Merle etwas zugestoßen ist«, sagte ich. »Und je schneller wir die Polizei einschalten, desto besser. Ich vertraue dem Kommissar. Er hat uns schon so oft geholfen.«

»Ja! Weil ihr ständig die Nasen in Sachen steckt, die euch nichts angehn!« Claudio wurde laut. »Und euch in Gefahr bringt! Und jetzt ist meine Merle vielleicht schon ...«

Ich hörte ihn plötzlich schluchzen.

Das war das Merkwürdige an Claudio – sosehr er auch immer den starken Mann markierte, manchmal war er empfindsam wie ein kleiner Junge und hatte keine Scheu, das auch zu zeigen.

»Ihr wird nichts passieren«, versprach ich ihm. »Merle ist nicht dumm. Sie ist äußerst vorsichtig. Das hat sie beim Tierschutz gelernt.«

»Aber sie ist auch aufbrausend. Gerade, wenn es um den Tierschutz geht.«

Wir verabredeten, uns sofort gegenseitig anzurufen, wenn Merle nach Hause kam oder sich telefonisch meldete, und verabschiedeten uns beinah freundschaftlich. Angst verbindet und sie verband auch zwei so ungleiche Menschen wie Claudio und mich.

Ich setzte mich vor den Fernseher und sah mir einen Thriller an, um auf andere Gedanken zu kommen. Doch etwas von dem, was Claudio gesagt hatte, spukte in meinem Kopf herum. Ich kriegte es bloß nicht zu fassen.

*

Dann und wann blitzte Licht im Dunkel auf, doch es war so schnell wieder erloschen, dass Merle nicht sicher sein konnte, es wirklich gesehen zu haben. Sie trieb auf einem Ozean von Schmerzen, rot glühend in der schwarzen Kälte, und glitt immer wieder in die Tiefe.

Fast wünschte sie sich, endgültig darin zu versinken, nicht wieder aufzutauchen, nichts mehr zu fühlen.

Und wenn das alles bloß in ihrem Kopf stattfand?

Vielleicht träumte sie ja nur.

Vielleicht würde sie gleich wach werden, und es wäre Tag, und die Sonne schiene, und Jette und Mike würden ihr beim Frühstück Gesellschaft leisten, wie sie es fast jeden Morgen taten.

Jeden Mor…

Der Gedanke fiel auseinander und wurde von der Dunkelheit aufgesogen. Wie alles andere auch.

Jed… Mor… Jett… Merle schloss die Augen. Sie war müde, entsetzlich mü… de…

*

Gegen vier in der Nacht wurde Dinah wach. Sie hob den Kopf und lauschte angestrengt. Das Geräusch, das sie geweckt hatte, wiederholte sich nicht. Sie ließ den Kopf zurück aufs Kissen sinken.

Jetzt erst wurde ihr bewusst, dass sie nicht in ihrem eigenen Bett lag, sondern bei Lo eingeschlafen sein musste. Im nächsten Moment strömten die Erinnerungen in ihr Bewusstsein.

Der endlose Schrei ihrer Tochter gellte ihr in den Ohren.

Sie rückte näher an den erschöpften kleinen Körper heran. Bemerkte, wie sich unter ihrer Hand Los Brustkorb gleichmäßig hob und senkte und nahm diesen wunderbar süßen Duft wahr, den nur Kinder haben und den sie unter Tausenden erkannt hätte.

Eine Weile blieb sie so, und im Haus war es sehr still. Dann stand sie vorsichtig auf und ging zur Tür. Sie hatte sich nicht ausgezogen, war in ihren Kleidern eingeschlafen. Jetzt fühlte sie sich darin unwohl und hätte am liebsten geduscht.

Doch sie durfte Abel nicht auf sich aufmerksam machen. Wahrscheinlich hatte er getrunken, trank möglicherweise immer noch oder lag auf der Wohnzimmercouch, halb weggetreten.

Aber umso gefährlicher.

Wenn er getrunken hatte, verlor er jegliche Hemmung. Dann schlug er mit voller Wucht zu, hatte ihr einmal sogar den Kiefer gebrochen. Trotzdem verließ sie ihn nicht. Blieb, wo sie war, schreckensstarr.

Die ständige Angst hatte sie zu dem gemacht, was sie heute war: *einer Frau, die nicht einmal fähig war, ihr Kind zu schützen.*

Doch jetzt musste sie sich überwinden und nachschauen.

Nach dem Lärm am Abend befürchtete sie das Schlimmste. Vielleicht hatte Abel das Mädchen geschlagen. Dinah wusste, dass es Verletzungen gab, die einen für Stunden außer Gefecht setzten, und wenn Merle eine solche Verletzung davongetragen hatte, dann brauchte sie Hilfe, bevor Abel aus seinem Rausch wieder zu sich kam.

Behutsam legte sie die Hand auf die Klinke.

Die Tür war verschlossen.

Es war nicht das erste Mal, dass so etwas passierte. Abel hatte sie schon oft im Haus eingeschlossen, wenn er zur Arbeit gegangen war.

Um dich zu schützen, hatte er ihr später erklärt, wenn er sich wieder einmal reumütig dafür entschuldigt hatte, sie geschlagen zu haben.

Demonstrativ hatte er seine verbundene Hand auf den Tisch gelegt, damit sie sehen konnte, was sie angerichtet hatte. Mit ihrem Verhalten hatte sie ihn so weit gebracht, ihr Gewalt anzutun und sich dabei zu verletzen.

Ich hasse den Mann, den du aus mir gemacht hast!, hatte er ihr bei einer seiner letzten Rasereien entgegengeschleudert und zugeschlagen, wieder, wieder und wieder. Stunden später hatte er unter Tränen ihre Platzwunden versorgt und danach das Abendessen zubereitet, weil sie sich nicht hatte rühren können.

Was würde er ihr dieses Mal vorwerfen?

Dinah merkte, wie ihr die Luft wegblieb.

Sie ertrug es nicht, eingeschlossen zu sein. Ihr Herzschlag hämmerte gegen die Rippen. Ihr wurde schwindlig. Keuchend stützte sie sich an der Wand ab.

Was sollte sie tun?

Nie konnte sie einschätzen, in welcher Stimmung er war. Möglich, dass er sie zerknirscht aus der Gefangenschaft entlassen würde. Es war allerdings ebenso gut vorstellbar, dass er sich auf sie stürzen und wieder verprügeln würde.

Irgendwann schlag ich dich tot!

Sie war fähig, ihm zu verzeihen, obwohl es ihr immer schwerer fiel. Doch es gelang ihr nicht zu vergessen. Seine Hasstiraden, seine Beschimpfungen und seine Drohungen waren in ihrem Gehirn abgespeichert und widerstanden hartnäckig ihren Versuchen, sie zu löschen.

Irgendwann, das wusste sie, würde Abel eine seiner Drohungen wahr machen.

Irgendwann, dachte sie.

Aber *irgendwann* war bloß ein Wort. Sie wollte sich vor Wörtern nicht fürchten.

Sie nahm ein Zeichenblatt von Los Schreibtisch und schob es unter der Tür durch, die zum Glück so alt und ungleichmäßig war, dass sie nicht präzise mit dem Boden abschloss. Dann suchte sie nach einem Gegenstand, mit dem sie den von außen steckenden Schlüssel aus dem Schloss stochern konnte.

Das war nicht einfach, weil es in diesem Zimmer nichts gab, mit dem Lo sich hätte verletzen können. Im Regal stieß

Dinah schließlich auf die Pinzette aus dem Badezimmer, die Lo sich immer wieder mopste, weil sie glaubte, sie sei aus purem Gold und gehöre einer Prinzessin.

Gott sei Dank, dachte Dinah. Gott sei Dank.

Sie brauchte eine gefühlte Ewigkeit, um den Bart des Schlüssels so zu fassen zu kriegen, dass sie ihn ein Stück drehen konnte. Als sie vorsichtig versuchte, den Schlüssel aus dem Schloss zu schieben, fühlte sie, wie ihr ein Schweißtropfen über die Schläfe rann.

Draußen fiel der Schlüssel mit einem Gepolter nieder, das Tote hätte aufwecken können.

Dinah hielt den Atem an. Wartete. Noch immer auf den Knien.

Als nichts geschah und sie nichts hörte, kein Fluchen, kein gereiztes Murmeln, keine verärgerten Schritte auf der Treppe, wagte sie es endlich, sich zu erheben und die Tür einen Spaltbreit zu öffnen.

Nichts regte sich im Haus. Nicht mal Fumée kam schwanzwedelnd angelaufen.

Es war gespenstisch still.

In Dinahs Handflächen hatte sich Schweiß gesammelt. Sie umklammerte die Pinzette, als könne das kleine Ding ihr Halt geben. Oder gar als Waffe dienen.

Lächerlich.

Sie hoffte inständig, Lo werde ruhig weiterschlafen.

Lieber Gott, dachte sie. Bitte, lass nichts passiert sein. Mach, dass das Mädchen weggefahren ist und Abel tief und fest schläft. Oder im Wald ist. Oder was auch immer.

Nur lass alles in Ordnung sein!

Das Bett im Schlafzimmer war unberührt. Auch im Bad war niemand.

Dinah holte zitternd Luft.

Auf Zehenspitzen schlich sie die Treppe hinunter, versuchte, die knarrenden Stellen zu umgehen, und blieb stehen wie ertappt, sobald sich das alte Holz doch mit einem Ächzen beschwerte.

Bitte, wimmerte sie im Stillen, *bitte, bitte, bitte …*

Die Küche war leer.

Dinah schob die Wohnzimmertür auf.

Bitte, bitte …

Es sah aus, als hätte eine Bombe eingeschlagen. Die Scheiben des Schranks waren zerborsten. Überall lagen Splitter. Als hätte es Glas geregnet, dachte Dinah und sah sich blitzschnell um. Sie entdeckte Abel nirgendwo.

Danke, lieber Gott! Ich danke dir!

Auch Fumée war nicht hier. Das bedeutete, dass Abel fortgegangen war und den Hund mitgenommen hatte. Dinah kontrollierte die übrigen Räume, zuletzt Abels Büro, das in einem Anbau untergebracht war.

Der Rauch seiner Zigaretten hing noch in der Luft. Er war demnach vor Kurzem noch hier gewesen.

Doch jetzt war er nicht zu Hause.

Schon ein wenig beruhigt, überquerte Dinah dennoch den Hof, um in der Garage nachzuschauen. Sie war abgeschlossen. Es brannte kein Licht. Abel bastelte also auch nicht an seinem Jeep.

Kurz darauf hatte Dinah sich vergewissert, dass Merles Auto nicht mehr an der Straße stand. Die Erleichterung ließ sie beinah weinen.

Dem Mädchen war also nichts zugestoßen.

Sie war wieder weggefahren.

Rasch kehrte Dinah ins Haus zurück, um aufzuräumen und die Spuren des Streits zu beseitigen. Dabei fielen ihr Blutflecke auf dem hellen Wohnzimmerteppich auf.

Hatte Abel das Mädchen verletzt?

Oder sich selbst?

Dinah saugte die Glassplitter in der Küche auf, stellte den umgekippten Sessel im Wohnzimmer wieder hin und holte heißes Seifenwasser und einen Putzschwamm aus der Küche.

Das Blut war eingesickert und bereits angetrocknet. Dinah rückte ihm mit der Lauge zu Leibe, tupfte, rubbelte und rieb, doch wie sehr sie sich auch anstrengte, es blieb ein rosafarbener Schimmer.

Als sie wieder Ordnung geschaffen hatte, brühte sie sich eine Tasse Holunderblütentee auf und setzte sich damit in die Küche. Sie hatte alles gemacht wie immer:

Aufgeräumt.

Sauber gemacht.

Jedes Anzeichen seiner Gewalt beseitigt.

Wenn er nach Hause kam, würde er kein Wort über das verlieren, was am Abend zuvor geschehen war.

Auch Dinah würde schweigen.

Draußen fingen die Vögel an zu singen. Der Morgen graute.

17

Sechs Uhr. So früh war ich noch nie gelaufen. Und ich hatte es noch nie so nötig gehabt. Die Luft war kühl und frisch und tat mir gut. Sie vertrieb die Schwere der Nacht aus meinem Kopf, die mich Stunde um Stunde wach gehalten hatte.

Über mir schraubte sich eine Lerche in den Himmel und zwitscherte in den höchsten Tönen. Die Folien auf den Erdbeerfeldern raschelten im Wind. Mein rechter Schuh klackerte bei jedem Schritt, weil sich ein Stein ins Profil der Sohle gebohrt hatte.

Ich legte einen kleinen Sprint ein und verfiel danach keuchend wieder in den alten Trab. Am Abend würden Luke und Mike nach Hause kommen. Mit welcher Nachricht würde ich sie empfangen? Was würde mein Gespräch mit Isa ergeben? Würde Merle irgendwann im Laufe des Tages einfach vor der Tür stehen, und alles wäre wieder in Ordnung?

Bitte, dachte ich. Bitte, bitte, ja …

Als ich durch den Nachbarort lief, sah ich einen Busfahrer, der ausstieg und an eines der Hinterräder pinkelte. Ich hatte mir nie Gedanken darüber gemacht, wie solche Leute das während ihrer Arbeitszeit regeln. Jetzt wusste ich es.

Der Morgen war voller Stimmen. Überall raschelte, zilpte und brummte es. Weit entfernt bellten Hunde, Gänse fuhren bei meinem Anblick schnatternd auseinander, Schafe zeigten mir mit empörtem Blöken, dass sie ein Auge auf mich hatten. Dennoch blieb ich kurz bei ihnen stehen, um die Lämmer zu betrachten, die sich mit staksigen, unbeholfenen Schritten unter den Bäuchen ihrer Mütter in Sicherheit brachten.

Argwöhnisch beobachtete ich das Wäldchen, während ich in sicherer Entfernung daran vorbeilief. Ich war darauf vorbereitet, beim ersten Anzeichen von Gefahr das Weite zu suchen. Wie war ich bloß jemals auf die Idee verfallen, mich ihm bis auf wenige Meter zu nähern und es dann auch noch zu umrunden?

Zum ersten Mal hatte ich das Pfefferspray mitgenommen, das Luke mir irgendwann mitgebracht hatte. Doch ich fühlte mich nicht wohl damit und war mir nicht sicher, ob ich es fertigbringen würde, es auch zu benutzen.

Nach einer knappen Stunde lenkte ich meine Schritte wieder nach Hause, duschte und zog mich an. Nach einer weiteren Stunde saß ich endlich Isa in ihrem Büro gegenüber und erzählte ihr von meinen Befürchtungen.

Ich musste ihr nichts erklären. Sie redete mir nicht ein, unangemessen zu reagieren, und versuchte nicht, Merles Verschwinden zu verharmlosen. Sie nahm meine Besorgnis einfach ernst und versprach mir, sich darum zu kümmern. Sie schob einen Stapel Bücher über den Tisch und bat mich, sie mir anzuschauen.

»Darin erfahren Sie ein bisschen mehr über meinen Beruf«, erklärte sie. »Danach können wir dann richtig mit der Arbeit starten.«

Ich packte die Bücher in meine Tasche und setzte mich

wieder, um ihre Fragen zu Merle zu beantworten. Isa machte sich Notizen an ihrem Laptop. Sie bat mich um ein Foto von Merle, das ich ihr direkt von meinem Smartphone schickte.

Auf dem Foto blickte Merle an der Kamera vorbei und strahlte irgendjemanden an. In ihren Augen lag pure Lebensfreude. Ihr Gesicht strotzte nur so vor Kraft und Vitalität.

Ich senkte den Kopf und blinzelte die Tränen weg, die mir in die Augen gestiegen waren.

»Wir werden sie finden«, versprach Isa, obwohl sie das nicht versprechen durfte. »Ganz bestimmt.«

Ich nickte. Ich wollte ihr glauben. Unbedingt.

*

Abel hatte im Forstamt angerufen und mitgeteilt, er werde erst am Nachmittag ins Haus kommen. Das war das Gute an seinem Job, er konnte kommen und gehen, wie es ihm beliebte, er war niemandem Rechenschaft schuldig. Ein umgestürzter Baum, illegal entsorgter Müll, ein angefahrener Dachs – seine Planungen konnten ständig von irgendetwas über den Haufen geworfen werden.

Der Wald bestimmte seinen Tagesablauf, nicht die Menschen.

Er wusste, dass das Mädchen noch eine Weile schlafen würde, und hatte beschlossen, eine kleine Kontrollfahrt zu unternehmen. Bei diesen Gelegenheiten entdeckte er oft Missstände, die ihm sonst möglicherweise erst Monate später aufgefallen wären.

Es war eine gute Möglichkeit, wieder zu sich zu finden, und das hatte er beinah noch nötiger als gestern Abend.

Sein Jeep nahm ohne Anstrengung jede Steigung, Fumée

ließ sich gutmütig durchschaukeln und von Meter zu Meter gewann Abel seine Fassung zurück.

Hier im Wald konnte ihm nichts passieren. Hier war er der Herr, und niemand machte ihm seine Stellung streitig. Alles, was ihm zusetzte, nahm hier klare Formen an und verlor seine Schrecken. Seit er diesen Bezirk leitete, hatte es kaum ein Problem gegeben, das er nicht bewältigt hätte.

Ihm war klar, dass seine Lage noch nie so schwierig gewesen war. Er hatte sich da in etwas hineinmanövriert, aus dem er ohne Hilfe kaum herausfinden würde.

Doch wer sollte ihm helfen?

Er hatte einen Mann getötet und eine Mitarbeiterin des Tierheims schwer verletzt. Selbst wenn er davon ausging, dass man die Leiche nie finden würde, steckte er, was das Mädchen anging, in einer Sackgasse.

Nach der Geschichte mit dem Hund damals würde ihn das nicht nur seinen Job kosten, sondern mit Sicherheit auch in den Knast bringen.

»Und wenn ich einen Deal mit ihr mache?«, fragte er Fumée, die schläfrig in ihrem Transportkörbchen lag. »Freiheit gegen Schweigen?«

Fumées Antwort war ein herzhaftes Gähnen und für einen Moment beneidete Abel seinen Hund glühend. Wann war er selbst das letzte Mal so unbeschwert gewesen?

Wenn überhaupt, dann immer nur hier.

Im Wald.

Abseits von den Menschen, die so unberechenbar waren und so oberflächlich. Die seinen Bedürfnissen und seinen Plänen im Weg standen und ihn mit ihren lächerlichen Vorschriften unter Druck setzten, bis er nicht mehr anders konnte, als sich zur Wehr zu setzen.

»Ich schenke ihr die Freiheit, und sie bewahrt Stillschweigen über das, was sie hier erlebt hat.«

Er ließ den Satz auf sich wirken und spürte, dass es nicht funktionieren würde. Das Mädchen würde ihm alles versprechen, um freizukommen. Dann, in der Sicherheit ihres erbärmlichen kleinen Alltags, würde sie reden.

Und nicht nur das.

Sie würde plappern wie ein Wasserfall.

Er durfte sie nicht gehen lassen. So viel war klar.

*

Ihre Lider waren so schwer, dass sie die Augen nicht offen halten konnte. Ihr Blick war verschleiert und ließ sie nur Schatten erkennen.

Immer wieder mühte sie sich ab, riss die Augen auf – und spürte, wie sie sich ganz von selbst wieder schlossen.

Zwischen den Versuchen dämmerte sie dahin oder sank in den Schlaf zurück. Sie wehrte sich nicht dagegen, gab sich hin.

Das Aufwachen tat so weh …

Ihr Hals war trocken und mit ihrem Mund stimmte was nicht. Sie konnte ihre Zunge nicht bewegen, und wenn sie versuchte zu schlucken, begann sie zu würgen.

Alles war irgendwie falsch.

Merle hätte gern geweint, doch es kamen keine Tränen.

Falsch. Alles war falsch.

*

Rick hatte noch am Vorabend eine weitergehende Untersuchung von Helge Landaus Fiat veranlasst und am Morgen als Erstes mit der Mutter des Vermissten telefoniert. Er hatte sie so schonend wie möglich mit den Fakten vertraut gemacht und immer wieder betont, dass die Polizei zu diesem Zeitpunkt noch nicht von einem Kapitalverbrechen ausgehe.

»Kann es sein, dass Ihr Sohn das Land verlassen wollte?«

»Dass er …« Schon jetzt am Vormittag sprach sie mit schwerer Zunge. Sie schien völlig überfordert von seinen Fragen und der Situation überhaupt. »Er hat den Tod seines Vaters nicht verkraftet«, sagte sie.

»Woran ist der gestorben?«

»An Herzlosigkeit.«

»An …«

»Für mich, verstehen Sie? Für mich ist er gestorben. Damals, als er uns verlassen hat, mich und das Kind. Von da an war er so gut wie tot.«

»Wann ist das passiert?«

»Vor einer Ewigkeit.«

»Bitte, Frau Landau!«

»Schon vor Helges Geburt.«

Nach einem von Anfang an vaterlosen Leben sollte der Sohn an einem normalen Arbeitstag aus nicht bewältigtem Verlustschmerz sein Auto anzünden und spurlos verschwinden? Das ergab keinen Sinn.

»Frau Landau, wann haben Sie das letzte Mal mit Ihrem Sohn gesprochen?«

»Vor ein, zwei Wochen. Helge lebt sein eigenes Leben. Er ist nicht der große Telefonierer.«

»Wissen Sie, ob er Probleme hat?«

»Probleme?«

»Ist er in Geldnot? Hat er Liebeskummer? Ist er vielleicht krank?«

»Er ist erwachsen. Solche Dinge würde er nie mit seiner Mutter besprechen.«

»Sie können sich sein Verschwinden also nicht erklären?«

»Nein, und ich bete zu Gott, dass sich alles als harmlos rausstellt.«

Hier hatte ihre Stimme ein wenig gebebt, nachdem sie zuvor kaum eine Regung gezeigt hatte. Rick hatte sie noch um ein aktuelles Foto ihres Sohnes gebeten, das Gespräch zu Ende gebracht und sich gefragt, ob Helge Landaus Mutter nun die Tränen vergoss, auf die er vergeblich gewartet hatte.

Er hatte Ayla Bilgin angerufen und sich erkundigt, ob sie bei ihren Überlegungen unterdessen auf irgendetwas Bedeutsames gestoßen war.

»Sie wollten doch wissen, welche der Fälle, die Helge betreut, besonders schwierig sind«, hatte sie geantwortet. »Ich habe Ihnen die problematischsten herausgesucht.«

»Aktuelle Fälle?«

»Ja.«

»Mich interessiert aber auch die Vergangenheit. Vorfälle, bei denen Herr Landau sich die Wut oder den Hass von jemandem zugezogen haben könnte, der sich von ihm verraten, betrogen oder hintergangen fühlt. Was ist zum Beispiel mit dem Jungen, von dem Ihre Kollegin bei unserer Besprechung erzählt hat? Den Herr Landau bei sich einquartiert hatte ...«

»Weil seine Eltern ihn in die Psychiatrie einweisen lassen wollten? Der lebt mittlerweile in einer Wohngruppe, die Helge selbst betreut. Er hat sich offenbar prächtig entwickelt. Der gehört ganz sicher nicht zu Helges möglichen Feinden.«

»Und seine Eltern?«

»Sie haben recht. Es hat einen Prozess gegeben, weil sie ihren Sohn nicht gehen lassen wollten. Ihn in die Psychiatrie einweisen zu lassen, war für sie die einzige Möglichkeit, sich nicht mit ihrem eigenen Scheitern zu konfrontieren. Für eine Störung seiner Persönlichkeit hätten sie ja nichts gekonnt.«

»Meinten sie?«

»So haben sie sich Helge gegenüber geäußert. Aber für das Entstehen einer Persönlichkeitsstörung ist ein hochkomplexes Zusammenspiel unterschiedlicher Faktoren verantwortlich: Umwelt, Veranlagung und eben auch die Familie.«

»Ich hätte gerne die Anschrift der Eltern.«

»Maile ich Ihnen zu, zusammen mit den übrigen Unterlagen.«

»Perfekt.«

»Und was passiert als Nächstes?«

»Bei uns startet jetzt die übliche Routine. Sie überlegen bitte weiter, ob Ihnen irgendetwas einfällt, was das Verschwinden Ihres Kollegen erklären könnte. Jede Kleinigkeit kann wichtig sein.«

Sie hatte es versprochen, und Rick hatte sich in die Unterlagen vertieft, die sie ihm kurz darauf zugemailt hatte.

Ayla Bilgin war fleißig gewesen. Sie hatte zusätzlich zu den aktuellen Problemfällen sämtliche hervorstechenden Fälle der vergangenen drei Jahre aufgelistet.

Da würde er zu tun haben.

Als eine halbe Stunde später das von Frau Landau gemailte Foto ihres Sohnes auf seinem Bildschirm erschien, betrachtete Rick nachdenklich das Gesicht des Sozialarbeiters. Obwohl die Miene ernst war, erkannte er die Andeutung eines Lächelns in den Augen.

Das offenbar dorthin gehörte, denn es hatte bereits lauter feine Linien auf der gebräunten Haut hinterlassen.

Solche Menschen setzen nicht ihr Fahrzeug in Brand, dachte Rick. Solche Menschen haben Aufgaben. Ziele. Sie haben den Mut, gegen Widerstände zu kämpfen.

Wie hatte Ayla Bilgin das ausgedrückt?

Er legt sich gern mit Windmühlen an.

Würde so einer aufgeben, wenn er in Schwierigkeiten geriete? Würde er nicht eher das Gespräch suchen? Mit seinen Kollegen, dem Chef oder wenigstens Ayla Bilgin, die doch alles für ihn getan hätte?

Rick war sich selten so sicher gewesen, vor einem Verbrechen zu stehen.

Wieder überkam ihn der Drang, Bert anzurufen, doch er widerstand ihm, wenn auch mit Mühe.

*

Warum hat Papa Fumée mitgenommen?

Lo sitzt am Küchentisch und wartet auf ihr Frühstück. Sie hat noch Schlaf in den Augen. Amanda lehnt am Fenster und guckt nach draußen.

Die Hunde sind unruhig.

Vielleicht hat Papa vergessen, sie zu füttern. Oder es ist eine Strafe. Wenn sie nicht gehorchen, müssen sie hungern.

Sie sind sehr dünn.

Manchmal gibt Mama ihnen heimlich zu fressen. Anschließend spült sie die Futterschalen gründlich aus und stellt sie zurück an ihren Platz. Sie gibt ihnen immer nur die halbe Menge, damit sie nicht satt und zufrieden sind, wenn Papa nach Hause kommt.

Und sie damit verraten.

In der Nacht hat Lo geträumt. Immer noch klopft der Traum an ihren Kopf. Doch sie will ihn nicht reinlassen.

Nein! Nein! Nein!

Ihr *Nein* ist wie eine Tür. Gegen die sie sich mit aller Macht stemmt.

Nein!

NEIN!

Sie kann sich kaum noch an die erschreckenden Traumbilder erinnern, weiß nur noch, dass ihr ein würgender Schmerz in den Hals gekrochen ist und sie hat weinen lassen.

Mama fragt sie, ob sie Lust hat, ihr heute beim Kuchenbacken zu helfen. Ihre Stimme ist dünn und passt nicht zu ihrem tapferen Lächeln.

In Wirklichkeit hat sie Angst.

Ich glaube, er kommt, sagt Amanda.

Doch das hat sie schon zehnmal gesagt. Mindestens.

Das Ticken der Wanduhr im Wohnzimmer dringt durch das ganze Haus.

Tick. Tack. Tick. Tack.

Da ist er, sagt Amanda. Leise, ganz leise.

Lo hört den Jeep.

Und dann Fumées freudiges Bellen.

Erleichtert springt sie auf und läuft ihr entgegen.

18

»Dir ist klar, dass ich dich nicht laufen lassen kann«, sagte Abel, während er dem Mädchen den Knebel löste.

Er musste nicht befürchten, dass sie schreien würde. Zum einen hatte der Knebel ihre Mundschleimhaut ausgetrocknet, zum andern war sie nicht der Typ, der die Nerven verlor. Sie wusste ja, dass die nächsten Nachbarn zu weit entfernt waren, um sie zu hören, und sie konnte sich denken, dass auf der Landstraße keine Fußgänger vorbeikamen. Höchstens ein paar Wanderer ab und zu, die jedoch meistens schnatterten wie eine Schar hyperaktiver Gänse.

Sie war schlau und würde nach anderen Mitteln suchen, sich zu befreien. Vielleicht würde sie auf Dinah setzen oder sogar auf Lo. Doch sie musste sich denken können, dass sie von dieser Seite keine Hilfe erwarte durfte.

Noch immer war sie benommen. Er hatte die K.o.-Tropfen bisher nur bei Tieren angewendet und offenbar die Dosis falsch berechnet.

»Was ist mit meinem Bein?«, fragte sie heiser.

»Gebrochener Knöchel«, antwortete Abel knapp.

Sie nickte und räusperte sich, verzog vor Schmerzen das Gesicht, griff sich an die Kehle.

»Ich habe Durst«, sagte sie.

Er reichte ihr die kleine Wasserflasche, die er mitgebracht hatte, und sah ihr beim Trinken zu. Sie schluckte so gierig, dass ihr ein Teil des Wassers übers Kinn lief und in ihrem leichten Pulli versickerte. Obwohl er weit geschnitten war, ließ er die Formen ihres Körpers deutlich erkennen.

Sie hielt ihm die Flasche hin und sah ihn an.

Abel wand sich unter diesem Blick, der mehr zu sehen schien, als ihm lieb war. Er nahm ihr die Flasche ab und schraubte die Verschlusskappe fest.

Sie musterte ihn weiter, als könne sie ihm ihr Schicksal vom Gesicht ablesen.

»Glotz mich nicht so an«, sagte er.

Sie wandte den Blick nicht ab. Im Gegenteil. Sie sezierte ihn beinah.

»Hunger?«, fragte er.

»Ja.«

Ihre Stimme war immer noch brüchig. Das Wasser zeigte kaum Wirkung.

Abel reichte ihr ein Brötchen, das er eigenhändig mit Leberwurst beschmiert hatte. Sie schnupperte daran und gab es ihm zurück.

»Was soll das?«

»Ich esse keine Wurst.«

»Wie bitte?«

Abel glaubte, sich verhört zu haben. Sie hatte seit Stunden nichts zu sich genommen und wies das Brötchen zurück?

»Ich bin Vegetarierin.«

Für was hielt sie ihn? Für ihren Handlanger? Den sie hin und her jagen und schikanieren konnte?

Die Prinzessin auf der Erbse, die sich für alles zu schade war?

Er biss in das Brötchen und aß es langsam vor ihren Augen auf.

Voller Widerwillen verzog sie den Mund.

»Deine Entscheidung.« Er wischte sich die Krümel aus den Mundwinkeln. »Du musst selber wissen, ob du dir den Luxus von Überzeugungen leisten kannst, in deiner Lage, die wirklich mehr als beschissen ist.«

»Bring mich in ein Krankenhaus.«

»Dein Bruch ist versorgt.«

»Aber nicht von einem Arzt.«

»Ich weiß, wie man ein Bein schient.«

»Auch bei Menschen?«

Darauf antwortete Abel nicht.

»Sind Knöchelbrüche nicht ... kompliziert?«

Es lag jetzt etwas Drängendes in ihren Worten. Er spürte, dass es einen ungeheuren Kraftakt für sie bedeutete, ruhig mit ihm zu sprechen. In ihren Augen lag ein dunkler Schmerz. Die Wirkung der Tropfen schien nachzulassen.

Ihre Stärke beeindruckte ihn. Er schätzte Gegner, die es ihm nicht zu leicht machten.

»Krankenhaus kommt nicht infrage.«

Sie presste die Lippen zusammen, als wollte sie verhindern, dass ihr eine Bemerkung entschlüpfte, die ihn provozieren könnte. Blickte an sich hinunter, sah, dass ihre Jeans von Blutflecken gesprenkelt war und am Knie zerrissen.

Unwillkürlich betastete sie ihr Gesicht.

»Deine Augenbraue«, sagte Abel. »Sie ist aufgeplatzt. Ich hab sie getackert, um die Blutung zu stillen.«

Das schien sie nicht zu schockieren. Wahrscheinlich benutzten sie bei kleineren Wunden im Tierheim auch einen Tacker, statt gleich den Tierarzt zu rufen.

Sie betastete die Klammern und ließ den Arm sinken. Resignation breitete sich auf ihrem Gesicht aus.

»Was hast du mit mir vor?«

»Hatte noch keine Zeit, darüber nachzudenken.« Er empfand einen enormen Stress. Als würde er im nächsten Moment von innen heraus explodieren. »Verstehst du?«, zischte er sie an. »Kapierst du das?«

Sie wich vor ihm zurück, so weit es eben ging. Dabei bewegte sie ihren verletzten Fuß. Stöhnend sackte sie in sich zusammen.

Abel hatte keine Lust mehr, sich mit ihr zu beschäftigen.

Er hatte großes Glück gehabt, dass sie ihn gestern mit der Vase nicht zum Krüppel geschlagen hatte. Und als sie ihn mit der Scherbe angriff, hätte sie ebenso leicht eine Sehne oder einen Muskel erwischen können, statt ihm nur oberflächlich die Haut von Arm und Schulter aufzureißen.

Geschah ihr recht, dass sie jetzt hier lag.

Unfähig, sich zu retten.

Unfähig, sich auch nur einen halben Meter fortzubewegen.

»Ich muss aufs Klo«, sagte sie.

Daran hatte er überhaupt nicht gedacht.

Er holte einen ramponierten Blecheimer aus dem Nebenraum, füllte ihn zu einem Viertel mit Wasser und stellte ihn ihr hin. Daneben legte er zwei Päckchen Papiertaschentücher.

»Okay. Du hast zehn Minuten.«

Nach einem letzten abschätzigen Blick auf sie verließ er den Keller.

*

Allmählich hatte sich der Nebel in Merles Kopf gelichtet, aber mit der Klarheit waren auch die Schmerzen an die Oberfläche gekommen. Sie versuchte vorsichtig, das verletzte Bein anzuziehen, und schrie auf. Feuer schoss durch ihre Glieder und raubte ihr den Atem.

Undenkbar, diesen Eimer zu benutzen.

Sie würde nicht mal hinkriechen, sich erst recht nicht auf die Füße stellen und dann auch noch das Gleichgewicht halten können. Aber bevor sie Abel um Hilfe bat, würde sie sich eher die Zunge abbeißen. Noch war der Druck auf ihre Blase auszuhalten.

Sie beschloss, Abels Abwesenheit dazu zu nutzen, sich zu orientieren. Wer wusste denn, wann er ihr wieder dieses Zeug einflößen würde, um sie für die nächsten Stunden auszuknipsen.

Ihr Handy!

Sie tastete die Taschen ihrer Jeans ab, dann die Matratze, auf der sie kauerte. Ihre Finger stießen an ihre Handtasche. Sie hielt die Luft an, damit ihr keine unbedachte Bewegung unterlief, und stützte sich vorsichtig auf den Ellbogen, um einen Blick hineinwerfen zu können. Mit der freien Hand wühlte sie in der Tasche und kippte sie schließlich aus, um sich die Arbeit zu erleichtern.

Aber ja. Sie hatte es verloren. Wie konnte sie das vergessen?

Erschöpft ließ sie sich wieder auf die Matratze sinken. Ihr gebrochener Knöchel protestierte mit einer Welle flammender Schmerzen.

Tränen traten ihr in die Augen. Sie hatte sich noch nie so hilflos und allein gefühlt.

Dir ist klar, dass ich dich nicht laufen lassen kann.

Er konnte sie aber doch auch nicht festhalten in diesem

Kellerloch am Ende der Welt. Konnte sie nicht einfach zwischen Spinnweben, Silberfischen und toten Käfern verrotten lassen.

Geschichten von Frauen, die Jahre und Jahrzehnte in verborgenen Räumen gefangen gehalten worden waren, drängten sich in ihren Kopf und ließen ihren Herzschlag rasen. Frauen, die sich nach langer Leidenszeit befreien konnten.

Und Unvorstellbares erzählten.

Aber das hier war anders.

Es war nicht geplant.

Ein Unfall, nichts weiter. Abel war auf sie losgegangen und hatte sie verletzt. Das wollte er jetzt vertuschen. Sie musste ihm nur versprechen, ihn nicht zu verraten, dann hätte er keinen Grund mehr, sie …

Waren die zehn Minuten schon um?

Sie hörte seine Schritte, die sich doch gerade erst entfernt hatten.

»Ich hab nachgedacht«, empfing sie ihn, sobald er den Kellerraum betreten hatte. »Ich werde keiner Menschenseele erzählen, was passiert ist …«

»Da hast du recht«, fiel er mit beißender Ironie ein. »Das wirst du nicht.«

»… werde einfach sagen, ich wär gestolpert und unglücklich gefallen«, redete Merle weiter, als hätte er sie gar nicht unterbrochen. »Ich schwöre dir, dich nicht zu verraten. Bei allem, was mir heilig ist.«

Bei meiner Freundschaft zu Jette, Ilka und den andern, dachte sie. Bei meiner Liebe zu Claudio. Bei all meinen Tieren und …

Er lachte. Ragte drohend und übermächtig vor ihr auf, wobei er das spärliche Licht schluckte, das durch das kleine blinde Fenster fiel, und hörte gar nicht mehr auf zu lachen.

»Woher soll ich wissen, ob dir *irgendwas* heilig ist?«

Merle wünschte sich sehnlichst, er würde sie wieder allein lassen. Gleichzeitig fürchtete sie sich davor. Ihr war entsetzlich übel, vielleicht vor Hunger, vielleicht wegen der K.o.-Tropfen. Ihre Glieder fühlten sich an, als wären sie aus Gummi. Ihre Finger waren noch taub von den Fesseln.

Abel spazierte auf und ab und schien zu überlegen, während Merle ihre Finger rieb, um die Durchblutung anzuregen. Ihr Kopf dröhnte, ihr Mund war schmerzhaft trocken. Sie streckte die Hand nach der Wasserflasche aus, die Abel auf den Boden gestellt hatte, konnte sie jedoch nicht erreichen.

Er schob sie ihr mit dem Fuß hin, und sie trank und bemühte sich, es diesmal ohne Hast zu tun, damit sie bloß nichts von der köstlichen Flüssigkeit verschüttete.

»Hier kannst du nicht bleiben«, sagte er schließlich, mehr zu sich selbst als zu Merle.

Was sollte das bedeuten?

»Wie meinst du das?«, fragte sie vorsichtig.

Er wandte ihr das Gesicht zu und sie erschrak. Er betrachtete sie wie ein lästiges Insekt, das er im nächsten Moment mit einer einzigen Handbewegung von der Bildfläche wischen würde.

»Ich meine, dass ich überlegen muss, was ich mit dir anstelle«, antwortete er und kniff die Augen zusammen.

Merle versuchte verzweifelt, Ordnung in ihre Gedanken zu bringen. Es musste doch eine Möglichkeit geben, ihm zu erklären, dass er auf dem falschen Weg war. Dass er jederzeit umkehren und die richtige Richtung einschlagen konnte.

Er setzte sich wieder in Bewegung, rastlos, getrieben.

Tiere, die im Heim abgeliefert wurden, verhielten sich

ähnlich. Es war unmöglich, in den ersten Stunden echten Kontakt mit ihnen aufzunehmen. Viele waren vor Angst gelähmt, andere extrem aggressiv. Es war eine Grundregel, sie eine Weile in Ruhe zu lassen, damit sie sich beruhigen konnten.

Aber es war nicht Abel, der gegen seinen Willen hier gelandet war.

Sie selbst war das Opfer, das unter Schock stand, verletzt und gefangen war.

Okay, dachte sie. Er hat die Rollen irgendwie vertauscht. Damit muss ich klarkommen.

Keine Fragen mehr. Keine Bitten. Keine Vorschläge. Sie würde ihm mit ihrem Verhalten helfen, Stress abzubauen, damit er nicht überstürzt reagierte und sie womöglich …

Wieder drifteten ihre Gedanken auseinander. Wie Seifenblasen schwebten sie durch ihren Kopf, sanken nieder und zerplatzten. Sie schloss die Augen und versuchte, sich zu konzentrieren.

Wenn Abel sich in die Enge getrieben fühlte, würde er mit Gewalt antworten. Und wenn seine Lage vollkommen aussichtslos wäre, würde er Merle aus dem Weg schaffen.

Es gab nichts zu beschönigen.

Heute, morgen oder übermorgen würde dieser Mann sie töten.

Sie wandte sich ab. Hörte, wie er zur Tür ging und den Raum verließ. Hörte, wie sich der Schlüssel im Schloss drehte. Wie sich seine Schritte entfernten.

Dann war sie wieder allein.

Sie öffnete die Augen und starrte auf die geschlossene Kellertür. Die Erkenntnis kam, ohne dass sie sich um sie bemühen musste.

Abel war krank.

Er war mit normalen Maßstäben nicht zu messen. Und deshalb gab es keine Strategie, die sie verfolgen konnte. Sie war ihm ausgeliefert und konnte nichts, aber auch gar nichts dagegen tun.

*

Zwischen zwei Veranstaltungen, die mich ablenken sollten, damit ich aufhörte, am Rad zu drehen, traf ich mich mit den Leuten aus der Arbeitsgruppe. Die war schon im ersten Semester entstanden. Damals waren wir zu viert gewesen. Mittlerweile waren zwei weitere Studenten hinzugekommen.

Wir unterstützten uns gegenseitig und arbeiteten miteinander. Mal setzten wir uns in der Cafeteria zusammen, mal in der Bibliothek, oder wir verabredeten uns reihum in unserem privaten Bereich. Holly, Ela und Rico wohnten in einem Studentenheim, Arne und Rosalie in Wohngemeinschaften wie ich.

Diesmal gingen wir in die Cafeteria. Wir hatten in Sozialpsychologie ein Gruppenreferat übernommen und wollten die Arbeit aufteilen. Das war schnell geschehen. Wir quatschten noch eine Weile, dann machte sich jeder zu seiner nächsten Veranstaltung auf.

Rosalie und ich besuchten dieselbe Vorlesung. Auf dem Weg zum Hörsaal hakte sie sich bei mir unter.

»Du wirkst bedrückt«, sagte sie. »Was ist los?«

»Merle ist verschwunden.«

Sie starrte mich betroffen an.

»Seit wann?«

»Seit gestern Mittag. Da hat ein Mitarbeiter im Tierheim sie das letzte Mal gesehen.«

Das letzte Mal.

Wie das klang!

»Ich hab versucht, sie anzurufen, aber sie hat ihr Handy nicht an.«

Von unserem Streit erzählte ich nichts. Der war nicht der Grund für Merles Verschwinden, da war ich mir inzwischen ganz sicher.

»Ständig verschwinden Menschen«, sagte Rosalie. »Darüber hab ich neulich was im Internet gelesen. Menschen aller Altersschichten, aber am häufigsten junge. Viele steigen einfach aus ihrem Leben aus und fangen ein neues an.«

Verträumt sah sie auf einen fernen Punkt, schien die Studenten, die mit uns in den Hörsaal strömten, nicht mehr wahrzunehmen.

»Ein komplett neues Leben, stell dir das vor! Alles hinter sich lassen, die Erinnerungen kappen und zu neuen Ufern segeln ...«

»Merle hat keinen Grund, zu neuen Ufern zu segeln«, protestierte ich. »Ihr Leben funktioniert ausgezeichnet. Ich bin mir sicher, dass ihr etwas zugestoßen ist.«

»Merle doch nicht! Wenn sich einer im Leben behauptet, dann sie.«

Wir ließen uns auf unsere Plätze fallen und packten unsere Laptops aus. Die Dozentin betrat den Hörsaal und beendete so unser Gespräch.

Ich dachte über das nach, was Rosalie gesagt hatte. Merle war wirklich stark und unabhängig und ließ sich von keinem die Butter vom Brot nehmen. Aber was, wenn sie jemandem zu entschieden auf die Füße getreten war?

Oder ihr Verschwinden hatte mit ihrer Tierschutzgruppe zu tun. Sie hatten sich im Laufe der Jahre jede Menge Feinde gemacht. Manche ihrer Aktionen kosteten die Leute, gegen die sie sich richteten, eine Stange Geld. Und da Merle für die Planung verantwortlich war, gehörte sie vermutlich zu den Ersten, die man ausschalten würde.

Ausschalten.

Zum ersten Mal hatte ich meinem Schrecken offen ins Gesicht gesehen.

Mir wurde kalt.

Ich beschloss, nach der Vorlesung ins Tierheim zu fahren. Irgendwo musste ich mit meiner Suche anfangen.

*

Unsicher stellte Dinah ihrem Mann eine Tasse Kaffee hin.

»Hast du schon gefrühstückt?«, fragte sie.

Es gab Zeiten, in denen er sich an keine ihrer Gewohnheiten hielt. Da nahm er nicht an den Mahlzeiten teil, sprach kein Wort mit ihr, kümmerte sich nicht um seine Tochter, vernachlässigte die Hunde. Da war er ganz damit beschäftigt, sein eigenes unbegreifliches, beängstigendes Leben zu leben.

Er warf ihr einen finsteren Blick zu. In Windeseile deckte sie den Tisch, schnitt Brot, öffnete ein frisches Marmeladenglas, setzte Wasser auf, um ihm ein Ei zu kochen, presste Apfelsinen aus.

»Wo ist Lo?«, fragte er.

»In ihrem Zimmer.«

Das war ihm Antwort genug. Er klappte seinen Laptop auf. Vertiefte sich in irgendwelche Tabellen, die er für seine Arbeit zu brauchen schien.

Dinah hätte gern mehr darüber gewusst, wie er die Tage verbrachte, wenn er im Forstamt war oder im Wald. Aber sie wagte nicht, ihn danach zu fragen.

Die Seelenverwandtschaft, die sie zu Anfang ihrer Beziehung empfunden hatte, war längst nicht mehr da. Dinah bezweifelte, dass sie je etwas anderes gewesen war als Wunschdenken. Sie hatte Abels Liebe zum Wald gespürt und ihn dafür tief in ihr Herz geschlossen.

Für immer und ewig …

Sein Arbeitszimmer betrat sie äußerst ungern. Die Wände waren mit dunklem Holz verkleidet und mit Geweihen behängt. Die schadhaften Bodenfliesen stammten noch von anno dazumal, als gebe es ein Tabu, das Forstbeamten die Renovierung ihres Arbeitszimmers verbiete. Kälte zog vom Keller herauf und ließ sie frösteln.

Der farblose alte Perserteppich, den Abel von seinem Vorgänger übernommen hatte, war verschlissen und roch muffig. Fumée hatte mittlerweile die meisten Fransen abgenagt, doch Abel wollte sich nicht davon trennen. Ebenso wenig wie von dem grässlichen Schrank mit den unheimlichen Schnitzereien, die allesamt Jagdszenen zeigten.

Das ganze Zimmer war mit dunklen Möbeln vollgestopft. Nicht mal ein bunter Blumenstrauß änderte etwas daran, dass Dinah sich hier wie lebendig eingemauert fühlte.

Sie war froh, dass Abel ihr verboten hatte, in seinem Heiligtum Staub zu wischen oder zu saugen. Betrat sie es doch einmal, um nach etwas zu suchen, das ihr erklären könnte, warum ihr Mann war, wie er war, trieb es sie nach wenigen Minuten wieder hinaus.

Sie bekam keine Luft in diesem traurigen Dämmerlicht, in dem sich Gespenster verbargen, die ihr die Haare zu Berge stehen ließen. Hasste das gleichförmige Ticken der Wanduhr und den modrigen Geruch, der allem anhaftete, egal, wie oft sie die kleine Aromalampe anzündete, gegen die Abel glücklicherweise nichts einzuwenden hatte.

Selbst der Duft von Lavendel, Grapefruit oder Zitronengras war diesem Zimmer nicht gewachsen.

Dinah schreckte das Ei unter kaltem Wasser ab und suchte den schönsten Eierbecher heraus, den roten mit den weißen Punkten, einer der wenigen, der keine angeschlagenen Stellen oder Risse hatte.

Im letzten Moment fiel ihr ein, dass sie das Salz nicht vergessen durfte. Wenn Abel in schlechter Stimmung war, genügte eine Kleinigkeit, um ihn ausrasten zu lassen. Sie schenkte ihm Kaffee nach und setzte sich dann zu ihm an den Tisch.

Abel köpfte das Ei mit einem einzigen entschlossenen Hieb. Dinah musste schaudernd daran denken, dass jedes Frühstücksei ein ungeborenes Küken das Leben kostete.

Sie sah den Schlag nicht kommen.

Er fegte sie vom Stuhl und sie prallte hart auf dem Boden auf. Aus Gewohnheit rollte sie sich wie ein Fötus zusammen, schützte Bauch und Oberkörper mit den angezogenen Beinen und den Kopf mit den Armen.

Doch der erwartete zweite Schlag blieb aus.

Dennoch hielt sie den Atem an und blieb in ihrer Schutzhaltung liegen. Schließlich blinzelte sie vorsichtig.

»Kannst du nicht mal Eier kochen?«

Abels Gesicht war rot vor Wut. Er hatte das Ei samt Becher auf den Boden geschmettert. Das hübsche Porzellan war zersprungen, das Ei zerplatzt. Scherben und Stücke vom Ei überall. Auf dem Sisalteppich, auf ihrer Kleidung und offenbar auch in ihren Haaren. Sie konnte sie spüren.

»Ein Frühstücksei darf nicht zu hart und nicht zu weich sein«, dozierte Abel. »Das Eiweiß muss fest sein, das Dotter flüssig. Raffst du das eigentlich nie?«

Er stand über sie gebeugt.

Nah. Viel zu nah.

»Entschuldige.« Sie rappelte sich auf, blieb in leicht geduckter Haltung, um den nächsten Schlag mit dem Rücken abzufangen. »Ich mach dir schnell ein neues.«

Mit bebenden Fingern setzte sie frisches Wasser auf und nahm ein Ei aus dem Kühlschrank. Bückte sich nach den Scherben. Ihre Finger beseitigten rasch und geübt das Durcheinander. Als sie sich an einer Scherbe schnitt, verzog sie keine Miene. Unauffällig leckte sie sich das Blut vom Finger.

Sie hatte ihn nach dem Mädchen fragen wollen, doch das konnte sie nun vergessen. Abel war gereizt und wartete nur auf die nächste Gelegenheit, um seine Wut loszuwerden. Sie musste sich so unauffällig wie möglich verhalten, um ihn nicht wieder gegen sich aufzubringen.

Lo, meine Süße, dachte sie. Komm nicht nach unten. Nicht jetzt, mein Schatz.

Sie hatte schon häufig das Gefühl gehabt, dass sie ihre Tochter allein mit der Kraft ihrer Gedanken erreichen konnte. Deshalb konzentrierte sie sich, so sehr es ging.

Bitte, dachte sie, bitte! Bleib, wo du bist.

*

Manchmal kam ihm der Gedanke, dass sie sich absichtlich anstellte wie eine Idiotin. Kein normaler Mensch konnte so blöd sein. Sie war eine miserable Köchin, hatte den Haushalt nicht im Griff und erst recht nicht ihre Tochter.

Kein Wunder, dass Lo Angst vor ihm hatte!

Sie impfte sie ihr ja förmlich ein.

Abel sah Dinah dabei zu, wie sie in der Küche umherwuselte. Allein ihre Art, sich zu bewegen, machte ihn aggressiv. Wie sie durchs Haus schlich. Wie sie zusammenzuckte, wenn er eine plötzliche Bewegung machte. Wie sie eilfertig versuchte, seinen Wünschen zuvorzukommen.

Wie anders war sie doch früher gewesen. Ihre Schönheit hatte ihn mit Stolz erfüllt, ihre Unbefangenheit ihn staunen lassen. Ihre zauberhafte Heiterkeit hatte ihm aus jedem Tief geholfen.

Die Männer auf der Straße hatten ihr bewundernde Blicke zugeworfen. Seine Kollegen hatten ihn um sie beneidet.

Abel war der glücklichste Mann der Welt gewesen.

Doch dann hatte sich etwas verändert. Er hatte bis heute nicht begriffen, was genau anders geworden war. Die Kerle schmachteten sie immer noch an, und die Kollegen hatten nicht aufgehört, sie ihm zu missgönnen.

Aber irgendwann hatte das Glück ihn verlassen.

Ängstlich stellte Dinah ihm das frisch gekochte Ei hin. Sie blieb abwartend stehen und war sehr blass.

Gut, wenn sie da stehen bleiben wollte, sollte sie das tun.

Er beugte sich über seinen Laptop und schaute sich die Wetterprognose für den Tag an. Reine Gewohnheit, denn heute war nicht daran zu denken, das Haus für längere Zeit zu verlassen.

Er musste sich eine Lösung für das Mädchen überlegen.

Der Stress überschwemmte ihn. Am liebsten wäre er eine Stunde durch den Wald gelaufen. Stattdessen köpfte er das zweite Ei.

Es war in Ordnung, aber er hatte keinen Appetit mehr darauf. Angewidert schob er es von sich und stand auf. Dinah wollte ihm Platz machen. Er griff ihr ins Haar, zog sie an sich und küsste sie.

Ihre Lippen waren kalt. Erschrocken starrte sie ihn an.

Da ließ er sie los und wandte sich ab.

Vielleicht hatte er heute Abend wieder Verlangen nach ihr.

Er dachte an das Mädchen im Keller und spürte, wie

sein Herzschlag sich beschleunigte. Ihr Schicksal lag in seiner Hand. Das machte ihm mehr Lust als Dinahs ängstliche Bereitwilligkeit.

Viel mehr Lust.

Er hatte ihr eingeschärft, sich still zu verhalten. Hatte ihr gedroht, sie sonst wieder ruhigzustellen.

Eine kalte Neugier regte sich in ihm. Wie würde sie sich entscheiden?

Warum sollte er irgendwas übers Knie brechen? Zunächst musste er herausfinden, ob möglicherweise jemand wusste, dass sie zu ihm gekommen war. Danach würde er weitersehen.

19

Lo setzt Amanda an den Zaun des Hundezwingers. Sie mag das Wort *Zwinger* nicht. Es hört sich nach Wehtun an. Aber den Hunden tut nichts weh. Übermütig beschnüffeln sie Amanda und bellen freudig.

Kommt rein, bedeutet das. *Spielt mit uns!*

Doch das hat Papa verboten.

»Jeder Hund kann gefährlich werden«, hat er Lo eingeschärft. »Und wenn er noch so friedlich ist.«

Vielleicht ist es wie bei Papa, hat Lo gedacht. Vielleicht kann jeder Papa böse werden, selbst wenn er meistens lieb ist.

Meistens?, fragt Amanda. *Ist es nicht umgekehrt?*

Lo wendet sich ab.

He!, ruft Amanda. *Nimm mich mit!*

Nach ein paar Schritten kehrt Lo zurück. Sie läuft zu Amanda und hebt sie auf. Amanda kann ja nichts dafür, dass sie fast immer recht hat.

Amanda schmiegt sich dankbar an ihre Schulter. Ihre Prinzessinnenhaare kitzeln Lo am Hals. Da muss sie lachen und ist nicht mehr traurig.

Sie spielen Vater, Mutter, Kind.

Lo ist die Mutter, Amanda der Vater und Fumée das Kind. Eigentlich will Amanda nicht der Vater sein, aber sie will noch weniger das Kind sein, und Fumée ist es egal. Hauptsache, sie darf mitspielen.

Zuerst machen sie einen Ausflug in den Wald. Die Mutter sammelt Tannenzapfen, das Kind beißt sie kaputt und rennt bellend im Kreis. Irgendwie funktioniert das nicht, wie Lo es sich vorgestellt hat. Vor allem, weil der Vater sauer wird.

Sie lässt die restlichen Tannenzapfen fallen, als wären sie glühend heiß.

Fumée senkt die Nase auf den Boden und läuft im Zickzack zum Haus zurück. Bei einem der Kellerfenster bleibt sie stehen und guckt sich aufgeregt nach Lo und Amanda um. Sie bellt einmal kurz und hoch, dann fiept sie leise.

Komm, sagt Amanda neugierig. *Lass uns nachsehn, was sie gefunden hat.*

Lo zögert. Sie hat plötzlich das Gefühl, etwas Verbotenes zu tun.

Seit wann sind Kellerfenster verboten?, fragt Amanda.

Stimmt.

Papa hat nie gesagt, dass man nicht in Kellerfenster gucken darf.

Das Fenster ist grau von Schmutz. Lo versteht wirklich nicht, was Fumée daran findet. Aber Amanda bleibt hartnäckig. Fumée führt sich einfach zu seltsam auf. Sie tänzelt um Lo herum, dreht sich wie ein Kreisel um sich selbst, winselt und kläfft.

Lo bückt sich und rubbelt mit dem Zeigefinger ein bisschen Staub von der Fensterscheibe. Dann kniet sie sich hin und späht durch das kleine blanke Loch in den dunklen Kellerraum.

Zuerst kann sie nichts entdecken.

Dann schimmert ein Gesicht zu ihr herauf.

Ein Gesicht? Im Keller?

»Lo!«

Papas Stimme!

Lo springt auf und läuft ums Haus herum. Das Herz klopft ihr bis zum Hals.

»Wo seid ihr gewesen?«, fragt Papa.

Lo zeigt zum Waldrand. Sie drückt Amanda fest an sich.

Prüfend schaut Papa ihr in die Augen. Misstrauisch betrachtet er Fumée. Doch Fumée hat ihr Abenteuer schon vergessen, weil es Futter gibt.

Lo folgt ihr in die Küche. Sie weiß nicht, warum, aber sie weiß, dass sie Papa nichts von dem Gesicht im Keller verraten darf.

*

Merle war sich nicht sicher, was – wenn überhaupt – sie am Fenster bemerkt hatte. Irgendetwas hatte sich hinter der staubbedeckten Scheibe bewegt. Sie hatte auch einen Hund bellen hören, ganz nah, nicht so weit entfernt wie die Münsterländer, die sie gestern im Zwinger gesehen hatte.

Oder war das wieder nur ein Trugbild gewesen?

Die Zunge klebte ihr am Gaumen. Sie hatte schrecklichen Durst, doch die kleine Wasserflasche war leer. Kurz hatte sie überlegt, von dem Wasser aus dem Eimer zu trinken, aber bei der Vorstellung, was sich vorher in diesem Eimer befunden haben mochte, hatte sie sich vor Ekel geschüttelt.

Der Druck auf ihre Blase war mittlerweile unerträglich geworden. Sie musste versuchen, sie zu entleeren. Bevor Abel zurückkam.

Und wenn *er* das gewesen war, da oben am Fenster?

Wenn er sie beobachtete?

Sie rollte sich vorsichtig von der Matratze und sog scharf die Luft ein, als der Schmerz in ihrem Fußgelenk zuschlug. Keuchend blieb sie auf dem Bauch liegen, bis das Brennen in ihrem Bein sich in ein dumpfes Pochen verwandelt hatte. Dann stützte sie sich auf den linken Ellbogen, was ihr gelang, ohne den Schmerz wieder aus seiner Höhle zu locken, und zog den Eimer zu sich heran.

Mit einem höllischen Scheppern glitt er über den rauen Beton.

Bei dem Versuch, sich aufzusetzen, fiel sie unkontrolliert zurück, ihr Ellbogen gab nach, und sie schlug mit dem Kopf auf dem Boden auf. Tränen schossen ihr in die Augen.

»Sei nicht so eine Memme«, befahl sie sich leise und wischte sich die Wangen mit dem Ärmel. »Du wirst dich von so einem Typen doch nicht kleinkriegen lassen!«

Was sie da sagte, besaß keinerlei Überzeugungskraft. Anders als der erneute Gedanke an Abels Rückkehr.

Er würde sicherlich nicht lange auf sich warten lassen.

Endlich saß sie halbwegs aufrecht, wacklig auf die Hände gestützt, die Beine ausgestreckt, um das geschiente Fußgelenk zu entspannen. Nachdem sie sich an diese Position gewöhnt hatte, verlagerte sie das Gewicht auf die linke Hand und öffnete mit der rechten ihre Jeans.

Schwer atmend hielt sie inne, um neue Kraft zu sammeln.

»Mistkerl!«, fluchte sie und wünschte sich nichts sehnlicher, als Abel an die Gurgel zu springen.

Von der Pazifistin, die sie vor Tierschutzzeiten einmal gewesen war, hatte sie sich meilenweit entfernt.

Sie biss die Zähne zusammen, stemmte sich auf den gesunden Fuß, bog die Hüften durch und zog und zerrte an Jeans und Slip, bis sie ihr um die Knie hingen.

Wieder musste sie eine Verschnaufpause einlegen. In ihrem Bein spielten sämtliche Nerven verrückt und brachten sie beinah um den Verstand.

»Ich schaff das«, machte sie sich selbst Mut. »Ich schaff das.«

Ein Topf, wie ihn kleine Kinder benutzten, wäre ihr lieber gewesen. Der kippelte nicht so leicht, hatte einen bequemen Rand und war vor allem nicht so hoch.

Sie legte den Kopf zurück, schloss die Augen und schickte ein Stoßgebet gen Himmel, obwohl es wirklich keinen Grund gab, an einen Gott zu glauben, der noch dazu gütig sein sollte.

Schließlich nahm sie allen Mut zusammen, drückte sich hoch, kam unsicher zum Stehen und versuchte, das gebrochene Gelenk dabei nicht zu belasten. Sie schwankte, ruderte mit den Armen, um das Gleichgewicht zu halten, hüpfte auf dem gesunden Fuß hin und her. Dabei rutschten ihr Jeans und Slip bis zu den Waden und drohten, sie zu Fall zu bringen.

Im letzten Moment fing sie sich und fixierte den Eimer, um sich auf ihn zu setzen. Sie verlor die Kontrolle und kippte nach hinten.

Der Eimer rutschte unter ihr weg.

Merle fiel.

Sie sah Sterne. Bekam kaum Luft.

Die Kälte des Fußbodens kroch ihr in den Unterleib. Der Druck auf ihre Blase nahm zu. Aber sie konnte sich nicht bewegen.

Als es ihr endlich gelang, den Kopf zu heben, sah sie, dass der Eimer außerhalb ihrer Reichweite gelandet und das Wasser rausgeflossen war. Nun konnte sie es, selbst wenn sie gewollt hätte, nicht mehr trinken.

Stöhnend tastete sie nach ihrem Slip, zog ihn mühsam hoch, versuchte dann dasselbe vergeblich mit ihrer Jeans. Vor Anstrengung brach ihr der Schweiß aus. Sie keuchte und ächzte und sehnte sich nach einer Schmerztablette.

Jetzt rächte sich ihre Angewohnheit, knallenge Jeans zu tragen. Ihre Finger zitterten vor Anstrengung, vielleicht aber auch, weil sie mittlerweile unterzuckert war. Zu allem Überfluss lief ihr auch noch die Nase.

Ihr war zum Heulen zumute, doch sie riss sich zusammen. Sie war nicht bereit, sich zum Opfer machen zu lassen.

Nicht hier.

Nicht in diesem Augenblick.

Und erst recht nicht von Abel.

Wenn bloß ihre Tränen nicht so locker säßen. Und wenn sie nicht so furchtbar dringend …

In diesem Moment entlud sich langsam, warm und unaufhaltsam ihre Blase.

Im nächsten hörte sie den Schlüssel im Schloss.

*

Die nächste Veranstaltung hatte ich erst um fünfzehn Uhr. Falls ich überhaupt hingehen würde. Noch dreieinhalb Stunden. Zeit genug, um nach Bröhl zu fahren und im Tierheim vorbeizuschauen. Ich nahm die Strecke über Zollstock und Meschenich und legte sie wider Erwarten in einer guten halben Stunde zurück.

Die Hunde empfingen mich mit dem mordsmäßigen Spektakel, das sie bei jedem Besucher aufführten, und obwohl sie mich kannten, beruhigten sie sich erst, nachdem ich aus ihrem Sichtfeld verschwunden war.

Robbie, der an Merles Schreibtisch saß, stand auf und kam mir entgegen.

»Hast du was von Merle gehört?«

»Dasselbe wollte ich dich fragen.«

Er schüttelte bedrückt den Kopf. »Magst du was trinken?«

»Wenn ihr Wasser im Angebot habt.«

Er stellte eine verbeulte Wasserflasche auf die einzige freie Stelle des Tischs, an dem eigentlich Gespräche mit den Leuten geführt werden sollten, die ein Tier aufnehmen wollten. Nur war das nicht möglich, weil eine komplette Lieferung Trockenfutter darauf gestapelt war.

»Lass uns rausgehn«, schlug er vor, nachdem er mir eingeschenkt und einen mutlosen Blick auf all die Kartons geworfen hatte.

Damit war ich sehr einverstanden.

Wir schlenderten in Richtung Katzenhaus.

»Jetzt, wo Ann krank ist und auch noch Merle ausfällt, geht's hier drunter und drüber«, beklagte er sich. »Frau Donkas verzieht sich zu ihren Terminen, statt mal mit anzufassen. Ich weiß kaum noch, wo mir der Kopf steht.«

Im Außengehege lagen die Katzen entspannt auf Kästen, Leitern und Kratzbäumen ausgestreckt. Sie spitzten die Ohren, als wir näher kamen, die eine oder andere öffnete träge ein Auge, doch sie ließen sich nicht aus der Ruhe bringen.

Merles Schützlinge.

»Hast du inzwischen eine Vorstellung, wo Merle stecken könnte?«, fragte ich und nahm einen großen Schluck aus meinem Glas, damit das Wasser nicht bei jedem Schritt überschwappte.

»Sorry. Ich hab mir das Hirn zermartert, aber ich bin sicher, dass sie nichts gesagt hat.«

»Standen Außentermine an?«

»Nein.«

»Ist sie für jemanden eingesprungen?«

»Es ist nicht üblich, dass wir Termine annehmen, ohne den andern mitzuteilen, wohin wir fahren. Erst recht nicht, wenn wir mit einem Auto vom Tierheim unterwegs sind.«

»Hat sie vielleicht einen Anruf von ihrer Tierschutzgruppe bekommen?«

»Woher soll ich das wissen, Jette? Ich krieg doch nicht jedes Telefongespräch mit.«

»Für private Angelegenheiten dürft ihr den Meriva nicht nutzen, oder?«

»Stimmt. Allerdings lässt Merle sich von Regeln nicht sonderlich beeindrucken.«

Robbie grinste mich an und ich grinste zurück. Es war ein Wunder, dass Merle sich wenigstens an die Verkehrsregeln hielt.

»Was kann passiert sein, Robbie?«

Er zuckte mit den Schultern und nagte an seiner Unterlippe, dass mir allein das Hinschauen wehtat.

Als wir am Tor angelangt waren, kehrten wir um.

»Sie hatte angefangen, für diesen Artikel zu recherchieren, den sie schreiben wollte«, sagte Robbie. »Das hat sie ziemlich beschäftigt.«

In meinem Kopf regte sich eine Erinnerung und diesmal bekam ich sie zu fassen.

Sie ist aufbrausend. Gerade wenn es um den Tierschutz geht.

So oder ähnlich hatte Claudio es bei unserem Telefongespräch formuliert.

»Kann sie sich deswegen mit jemandem gefetzt haben?«, fragte ich Robbie.

»Es war keiner hier«, antwortete er.

»Und am Telefon?«

»Möglich.«

»Robbie?«

»Ja?«

»Darf ich mich kurz auf Merles Schreibtisch umsehn?«

»Und wenn die Chefin das rauskriegt?«

»Wie soll sie das denn rauskriegen?«

»Die schmeißt mich raus.«

»Robbie! Bitte! Ich beeil mich, versprochen.«

Ein paar Atemzüge später stand ich vor Merles überladenem Schreibtisch und fing vorsichtig an, mir einen Überblick zu verschaffen.

Merle war nicht allein für das Chaos verantwortlich. Das Büro war während der Dienstzeit nicht abgeschlossen. Viele hatten Zugang. Die ehrenamtlichen Helfer. Die Hundepaten. Die Reinigungskräfte. Die Tierärztin und ihre Mitarbeiter. Sogar der Postbote, der die Sendungen einfach irgendwo ablegte, wenn er niemanden antraf.

Und so sah es auf dem Schreibtisch (und auf praktisch jeder freien Fläche im Raum) auch aus. Bücher, Rechnungen, Quittungen, Briefe, Zeitschriften und Werbebroschüren lagen kreuz und quer verstreut. Der Computer, der irgendwo dazwischen tapfer seine Stellung behauptete, war hochgefahren.

Wenn Merle nicht am Platz war, wurde sie von Robbie oder Ann vertreten. Heute war Robbie für alles allein verantwortlich. Niemand kontrollierte ihn. Das hatte den Vorteil, dass er mich bei meiner Suche unterstützen konnte.

»Gibt es da eine Erklärung für Merles Verschwinden?«, fragte ich und wies auf den Monitor.

Robbie setzte sich in den Schreibtischsessel und rief die E-Mails auf.

»Nichts Ungewöhnliches«, murmelte er. »Das Übliche eben. Ich hab sie seit gestern regelmäßig gecheckt.«

»Hast du dir auch angeguckt, wo sie im Internet unterwegs war?«

»Wie gesagt: Sie hat für ihren Artikel recherchiert.«

Er klickte den Browser-Verlauf an, um es mir zu zeigen.

Tierquälerei.

Seine Finger glitten über die Tastatur und öffneten die eine oder andere Seite. Die Fotos sprangen mich an. Der Magen drehte sich mir um. Mir war speiübel.

Jetzt verstand ich, wie es in den vergangenen Tagen in Merle ausgesehen haben musste.

»Irgendwas Konkretes?«, fragte ich und machte ein paar Schritte durchs Zimmer, um mich wieder zu fangen.

»Sie hat sich mit der Gesetzeslage beschäftigt. Hat Prozesse nachverfolgt, aktuelle, aber auch weiter zurückliegende.« Robbie stockte und ich sah ihn fragend an. »Sie wollte den Artikel auf exemplarischen Fällen aufbauen«, fuhr er fort, »und mit mir über die Auswahl sprechen. Aber wir sind nicht richtig dazu gekommen. Ständig hat irgendwer oder irgendwas dazwischengefunkt. And now ...«

»Mach dir keine Vorwürfe, Robbie. Du hättest wahrscheinlich nichts ändern können.«

Hätte er wirklich nicht?

Oder ich?

Säße Merle in diesem Moment gesund und munter an ihrem Schreibtisch, wenn ich keinen Krach mit ihr gehabt hätte? Nicht so nachtragend gewesen wäre? So blödsinnig empfindlich?

Ich hätte mich ohrfeigen können.

»Vorüberlegungen zu dem Artikel, Skizzen, Seiten, die sie ausgedruckt hat – wo würden wir das finden?«, fragte ich.

»In ihrem Laptop. Und dann arbeitet sie ja viel mit ihrer Kamera und dem Diktiergerät. Außerdem hat sie eine Mappe angelegt. Die hab ich auf ihrem Schreibtisch gesehen.«

Ich öffnete die Schubladen und schob sie wieder zu. Keine Kamera. Kein Diktiergerät. Ich hängte mir meine Tasche um und eilte zur Tür.

»Willst du schon wieder los?«, fragte Robbie.

»Ja. Ich muss zu Hause nachschauen, ob ich Merles Laptop und die anderen Sachen irgendwo finde. Wünsch mir Glück!«

Er hob zustimmend die Daumen.

»Melde dich, wenn du auf etwas gestoßen bist!«, rief er mir nach.

Begleitet vom schrillen Bellen der Hunde, lief ich zu meinem Auto. Als ich losgefahren war, kam mir der Wagen von Frau Donkas entgegen. Ich winkte ihr zu, hielt jedoch nicht an. Ich hatte keine Zeit für Small Talk und keine Lust, Fragen zu beantworten.

Ich hatte Wichtigeres zu tun.

*

Mit einem Blick erfasste Abel die Situation. Das Mädchen lag neben der Matratze auf dem Boden, halb auf dem Rücken, halb auf der Seite, die Jeans über die Hüften runtergezogen. Der Eimer war umgekippt und ein Stück weggerollt.

Sie stützte sich auf und schaute ihn an. Ihr Gesicht war angespannt und schmerzverzerrt.

Und voller Scham.

Seine Nasenflügel blähten sich vor Ekel, als er die Pfütze bemerkte, die sich unter ihr ausgebreitet hatte.

»Kannst du nicht mal richtig pinkeln?«

»Meine … Sachen sind nass.«

Die Worte schienen ihr schwerzufallen. Dennoch wandte sie den Blick nicht ab, und er verspürte das unbezähmbare Bedürfnis, ihr für ihre Unverschämtheit eine reinzuziehen. War es vielleicht zu viel verlangt, dass sie sich für ihre Sauerei entschuldigte?

»Wie wär's denn mit einem kleinen *Tut mir leid?*«, fragte er.

Sie antwortete nicht, veränderte lediglich ihre Haltung ein wenig und unterdrückte ein Stöhnen.

Er hatte Lust, sie in ihrer Pisse liegen zu lassen. Aber sie brauchte saubere Klamotten, sonst würde es hier anfangen zu stinken wie in einer Kloake.

Die Luft in den Kellerräumen war sowieso zum Kotzen und lockte Mäuse und Ratten an. Ständig musste er Fallen aufstellen und Giftköder auslegen. Hatten sich die Viecher einmal eingenistet, war es verdammt schwer, sie wieder loszuwerden.

Abel stellte die Wasserflasche und den Teller mit dem belegten Brot auf den Boden und bückte sich nach einem fadenscheinigen alten Lappen, der auf einer Kehrschaufel verrottete. Er starrte vor Schmutz, aber im Augenblick gab es nichts anderes.

»Hier.« Er reichte ihn ihr und sie nahm ihn ganz automatisch. »Wisch das weg.«

Ihre Lippen kräuselten sich vor Abscheu, als sie den Lappen in die Pfütze tunkte. Er sog sich mit Urin voll und fing an zu tropfen.

Abel hob den Eimer auf und stellte ihn so hin, dass sie ihn erreichen konnte. Sie versuchte, den Lappen mit einer Hand über dem Eimer auszudrücken. Die andere konnte sie nicht gebrauchen, weil sie sich auf dem Ellbogen abstützen musste.

Abel dachte gar nicht daran, ihr die Arbeit mit Seifenlauge und einem anständigen Tuch zu erleichtern. Sie hatte die Schweinerei veranstaltet, jetzt musste sie dafür bezahlen.

Er überlegte, was für Klamotten er ihr geben könnte.

Auf keinen Fall etwas aus Dinahs Schrank. Die hatte nicht viel und würde sofort merken, wenn etwas fehlte. Und dann ginge die Fragerei los.

Er musste von seinen eigenen Sachen etwas aussuchen. Doch er würde sich erst darum kümmern, wenn er sicher sein konnte, dass sie sich weiterhin ruhig verhielt. Er hatte keine Ahnung, wie oft und in welcher Dosis er ihr die K.o.-Tropfen verabreichen durfte, ohne dass es sie umbrachte.

Als sie endlich fertig war und nur noch die dunkle Verfärbung an ihrer Jeans darauf hindeutete, dass sie sich vollgepinkelt hatte, griff er ihr unter die Arme und zog sie auf die Matratze zurück. Er hob ihre Beine an und sie stieß einen Schmerzenslaut aus.

»Wenn du noch einen einzigen Mucks von dir gibst«, warnte er sie, »stell ich dich sofort wieder ruhig.«

Das wirkte.

Sie presste die Lippen zusammen und schloss die Augen. Wie um die Schmerzen auszuschließen.

Und ihn.

Komisch, dass sie ihm glaubte. Dass sie wirklich annehmen konnte, er würde darauf verzichten, sie ins Land der Träume zu schicken, wenn sie kooperierte.

Er schob ihr Wasser und Essen hin, machte ihr noch mal klar, was sie riskierte, wenn sie schrie, und verließ den Raum.

Ihm war eingefallen, dass Dinah kürzlich zwei Säcke mit aussortierten Kleidungsstücken in den früheren Hobbyraum gebracht hatte. Es war der größte und trockenste Kellerraum, weshalb Abel sich dafür entschieden hatte, ihn als Abstellfläche zu nutzen. Er verwendete ihn auch, um kranke Tiere zu pflegen.

Man konnte sie riechen, diese typische Mischung aus Blut, Angst, Ausscheidungen und Medikamenten, aber das störte ihn nicht. Das gehörte zu seinem Beruf wie seine Arbeitskleidung und die Gewehre im Schrank.

Der eine Sack enthielt Kinderklamotten, der andere Sachen von ihm selbst. Abel brauchte gar nicht lange zu wühlen, bis er eine relativ enge Hose, ein schmales T-Shirt und einen geeigneten Pulli gefunden hatte. Dann trieb er noch ein Paar alte Wollsocken auf und ein Tuch, von dem er gar nicht mehr wusste, dass er es überhaupt besessen hatte.

Befriedigt betrachtete er seine Ausbeute.

Ein Problem weniger.

»Zieh dich aus«, befahl er dem Mädchen, als er wieder vor ihr stand.

Sie erstarrte.

»Und dann«, er warf ihr die Sachen zu, »ziehst du das hier an.«

Er stellte fest, dass sie das Essen nicht angerührt hatte. Sie hatte lediglich getrunken. Die Flasche war halb leer.

»War es wieder nicht recht?«

»Ich esse kein Fleisch.«

Nicht dass er nichts anderes als Leberwurst im Kühlschrank gefunden hätte. Da gab es Käse in Hülle und Fülle, denn auch Dinah und Lo aßen so gut wie kein Fleisch und keine Wurst.

Aber es machte ihm Spaß, mit ihr zu spielen.

»Du kannst die Wurst abkratzen«, schlug er vor, wohl wissend, dass das unmöglich war, denn sie pappte fest auf dem Brot.

Sie schüttelte langsam den Kopf.

»Ich lass den Teller stehen«, sagte er. »Vielleicht entscheidest du dich ja noch anders. Und jetzt zieh dich aus.«

Zögernd nestelte sie an ihrer Jeans, die ihr bereits unter den Hüften hing, doch es tat sich nichts. Die Hose war nass und eng und ließ sich keinen Zentimeter tiefer schieben.

Abel griff nach dem Messer, das er immer bei sich trug. Ihre Augen weiteten sich, aber kein Ton kam aus ihrem Mund.

Geht doch, dachte er. Braves Mädchen.

Er schnitt ihre Hose von den Knöcheln bis zur Taille auf und zog sie ihr vom Körper. Dasselbe machte er mit ihrem Slip.

Er hatte erwartet, sie leise schluchzen zu hören, doch sie verhielt sich still, kauerte sich nur zusammen, um sich vor seinen Blicken zu schützen.

»Glaubst du, ich hätte noch nie eine nackte Frau gesehen?«

Dabei war sie noch nicht mal nackt. Ihr Oberkörper war immer noch bedeckt.

»Hör zu«, sagte er leise. »Lass die Zicken, und tu, was ich dir sage. Ich hab dich nicht eingeladen. Dass du in dieser Scheiße gelandet bist, hast du dir selber zuzuschreiben. Dafür kannst du mich nicht verantwortlich machen. Runter mit den Klamotten!«

Mühsam richtete sie sich auf, doch es dauerte ihm zu lange und er riss ihr den Pulli über den Kopf. Sie trug keinen BH und schlüpfte rasch in das T-Shirt, das er ihr zugeworfen hatte, danach in den Pullover.

Dann faltete sie seine Hose auseinander.

»Da ist kein …«

»Slip? Du musst eine Weile ohne auskommen.«

Er sah ihr dabei zu, wie sie sich die Hose über die Füße streifte und sich dann hinlegte, um sie hochzuziehen. Unwillkürlich bewunderte er die Kraft ihrer Bewegungen, die er ihr gar nicht zugetraut hätte.

Ihre nassen Klamotten stopfte er in einen Müllbeutel und knotete ihn zu. Er würde die Sachen später im Wald verbrennen.

Wenigstens hatte sie die Matratze verschont. Nicht dass sie nicht schon versifft genug gewesen wäre, ein Tummelplatz für Bakterien, Milben und sonstiges Krabbelzeug. Aber sie war zumindest einigermaßen trocken.

Abel musterte das Mädchen. Sie sah aus, als wäre sie eingelaufen. Alles war ihr zu groß. Hosenbeine und Ärmel hatte sie hochgekrempelt, damit sie ihr nicht über Hände und Füße baumelten.

»Ich brauche einen Gürtel«, sagte sie. »Die Hose ist mir viel zu weit.«

»Wozu? Mit dem Bruch kannst du sowieso nicht rumlaufen.«

Sie nahm die Wasserflasche und trank.

»Kann ich nicht ein bisschen trockenes Brot haben?«, fragte sie. »Oder etwas Obst?«

»Ich habe dir was zu essen angeboten.«

»Bitte, ich hab solchen Hunger.«

»Dann iss, was ich dir mitgebracht habe.«

Es bereitete ihm Vergnügen, sie abblitzen zu lassen. Damals hatten sie und ihresgleichen am längeren Hebel gesessen, hatten ihn vor Gericht gezerrt und ihm um ein Haar die Karriere ruiniert. Jetzt hatte sich das Blatt gewendet.

Sie war von *ihm* abhängig.

Wenn er wollte, dass sie Fleisch aß, würde sie Fleisch essen. Wenn er wollte, dass sie lebte, würde sie am Leben bleiben. Und wenn er wollte, dass sie krepierte …

Letztlich bekam er immer, was er wollte.

20

Rick hatte sich intensiv mit Helge Landaus Fällen beschäftigt und mehrmals mit Ayla Bilgin telefoniert. Sie hatte ihr Versprechen gehalten und ihm für seine Fragen uneingeschränkt zur Verfügung gestanden. Jetzt hatte er ein besseres Bild von dem Arbeitsfeld des unermüdlichen, pflichtbewussten Sozialarbeiters, der auf so unerklärliche Weise von der Bildfläche verschwunden war.

Kein Fall glich dem andern und jeder trug seinen eigenen Sprengstoff in sich.

Am Vormittag seines Verschwindens hatte Helge Landau zwei Termine wahrgenommen: den üblichen Kontrollbesuch bei einer jungen alleinerziehenden Mutter und ein Gespräch mit einem Lehrerpaar, das mit der Erziehung der beiden verhaltensauffälligen Söhne überfordert war.

Danach verlor sich seine Spur.

Rick hatte die junge Frau angerufen und mit der Lehrerin gesprochen. Beide hatten Helge Landaus Besuch bestätigt, konnten darüber hinaus jedoch nichts aussagen, was ihn weitergebracht hätte.

Nach dem Mittagessen, das Rick in der Kantine des Polizeipräsidiums eingenommen hatte, war er zu den Eltern jenes jungen Mannes gefahren, den der Sozialarbeiter bei sich einquartiert hatte, um ihm die Einweisung in die Psychiatrie zu ersparen.

Ihr Haus, ein ehemaliger, restaurierter Gutshof, thronte über Blankenheim und bot einen unvergesslichen Blick auf die Burg. Es war von einem Garten umgeben, der wie ein Ausschnitt aus einem alten englischen Park war, bestanden mit hohen, efeuumspielten Bäumen.

Im Sommer musste es hier oben zauberhaft sein.

Wenn man die Eifel mochte.

Rick bevorzugte sein geliebtes Köln und daran würde sich niemals etwas ändern.

Dr. Gerlind und Dr. Ronald Steffens, stand auf dem Türschild aus Edelstahl, das in der Sonne blinkte. Als ob es den Sohn gar nicht gäbe, dachte Rick.

Die Frau, die ihm öffnete, war um die vierzig und passte nicht zu diesem Haus mit seinen klaren, schlichten Strukturen. Sie war eine dieser Frauen, die schon mit Mitte zwanzig anfingen, alt auszusehen, und mit siebzig den Eindruck erweckten, sich gut gehalten zu haben. Ihre Kleidung war unauffällig und teuer und das Lächeln nahm Rick ihr nicht ab.

Sie bat ihn herein und führte ihn zu ihrem Mann, der gerade mit einer Kanne Tee ins Wohnzimmer kam.

»Morgen brechen wir in den Urlaub auf«, erklärte sie. »Bis dahin haben wir noch eine Menge zu erledigen. Aber jetzt brauchen wir eine kleine Pause. Möchten Sie auch einen Tee?«

»Gern.«

Rick ließ sich auf dem braunen Ledersofa nieder und sah sich um. Bücher, CDs und zeitgenössische Malerei. Eine gepflegte Lässigkeit, die viel aussagte über diese Menschen, ebenso wie die beiden grauen Perserkatzen, die träge auf der breiten Fensterbank lagen, umgeben von Katzenspielzeug aller Art.

Hier hatten Probleme keinen Platz. Und wenn sie dennoch auftauchten, räumte man sie rasch beiseite.

»Es geht um Helge Landau«, wiederholte Rick, was er bereits am Telefon erläutert hatte. »Ich wüsste gern, was sich damals zwischen ihm, Ihnen und Ihrem Sohn zugetragen hat.«

»Er hat uns unseren Sohn entfremdet«, sagte Frau Steffens prompt.

»Entfremdet?« Ihr Mann rührte grimmig in seiner Tasse. »Er hat ihn aus unserem Haus entführt!«

»Ronald ...«

Sein Ausbruch schien ihr peinlich zu sein. Sie warf Rick einen Blick zu, der ihn um Verständnis bat.

»Und das Jugendamt, das Gericht, sogar unsere Anwältin, alle haben sie mitgespielt.« Ihr Mann war nicht zu bremsen. »Wir hatten nicht die geringste Chance, zu unserem Recht zu kommen.«

»Sie wollten Ihren Sohn in die Psychiatrie einweisen lassen. Ist das richtig?«

Beide nickten.

»Aus welchem Grund?«

»Er hatte ... schwerwiegende Probleme«, antwortete Frau Steffens.

»Welcher Art?«

»Er war depressiv.«

»Hat er eine Therapie gemacht?«

»Selbstverständlich«, fuhr Herr Steffens auf. »Wir haben unseren Sohn nicht vernachlässigt, wie man uns unterstellen wollte. Nur hat die Therapie ihm nicht geholfen. Der Therapeut hat ihm nämlich bloß Flausen in den Kopf gesetzt.«

»Flausen?«

»Oliver wandte sich immer mehr gegen uns«, mischte Frau Steffens sich ein. »Nichts konnten wir ihm recht machen. Bis er schließlich der Meinung war, seine Probleme hätten ihren Ursprung in unserem Familienleben.«

Herr Steffens nahm seine Tasse, führte sie an die Lippen und stellte sie wieder ab, ohne getrunken zu haben. Er stand auf und trat ans Fenster.

»Er hat seine sozialen Kontakte vernachlässigt«, erklärte er. »Hockte nur noch vor seinem PC und spielte Schach gegen Leute, die er nie zu Gesicht bekommen hatte. Finden Sie das gesund?«

Rick äußerte sich nicht dazu.

»Wir wollten ihn in die Psychiatrie einweisen lassen, weil er dringend fachkundige Hilfe brauchte«, fuhr Frau Steffens fort. »Wir haben uns die Entscheidung wahrlich nicht leicht gemacht.«

»Und Herr Landau hat das verhindert?«

»Herr Landau schlug vor, Oliver in einer Wohngemeinschaft unterzubringen, die er selbst betreute.«

»Das war aber für Sie nicht der richtige Weg?«

»Nein. Dieser Mann ist ein Guru für unseren Sohn. Was er sagt, ist Gesetz.« Frau Steffens lächelte wieder dieses Lächeln, mit dem sie Rick nicht überzeugen konnte, weil es nicht echt war und ohne Wärme. »Sie wissen doch, wie beeinflussbar ein junger Mensch von fünfzehn Jahren ist.«

»Er hat ihn abgeholt, als meine Frau und ich nicht zu Hause waren. Ein Nachbar hat das beobachtet. Er hat ihn illegal in seiner Kölner Wohnung versteckt. Nur konnten wir das nicht beweisen. In dem Prozess ging es lediglich darum, ob das Jugendamt das Recht hatte, unseren Sohn aus der Familie zu nehmen und in einer betreuten WG unterzubringen.«

Herr Steffens kam zurück und ließ sich wieder auf seinen Platz fallen.

»Es *hatte* das Recht, selbstredend. Angeblich war das die einzige Möglichkeit, unseren Sohn davon abzuhalten, sich umzubringen. Sie haben ein Gutachten aus der Tasche gezaubert und das war's. Mehr gibt es dazu nicht zu sagen.«

»Aus welchem Grund interessiert Sie das?«, fragte seine Frau.

»Herr Landau ist seit vorgestern verschwunden.«

»Und Sie denken …« Herr Steffens setzte sich aufrecht. »Sie denken allen Ernstes, wir hätten damit etwas zu tun?«

»Was?« Entsetzt starrte seine Frau ihn an. »Was sollen wir denn damit zu tun haben?«

»Hatten Sie in der Zeit nach dem Prozess Kontakt zu Helge Landau?«, fragte Rick.

»Weder zu ihm noch zu unserem Sohn«, antwortete Herr Steffens. »Fragen Sie doch Oliver, ob er etwas weiß. Landau war immerhin sein Betreuer.«

»War?«

»Sie haben doch gesagt, er sei verschwunden.«

Rick beschloss, hier nicht nachzuhaken.

»Sie können mir sicherlich sagen, wo ich Ihren Sohn finde?«

Frau Steffens nannte ihm eine Adresse in Schleiden, die Rick in seinem Smartphone speicherte. Dann erhob sie sich, um ihm unmissverständlich zu signalisieren, dass er genug von ihrer kostbaren Zeit beansprucht hatte.

Er war froh, an die frische Luft zu kommen. In diesem Haus klebte die Verbitterung an den Wänden und seine Gefühle für das Ehepaar Steffens pendelten zwischen Abneigung und Mitgefühl.

Nach Schleiden war es ein Katzensprung.

Er war neugierig auf die andere Seite der Geschichte.

*

Es fiel mir nicht leicht, Merles Zimmer zu durchsuchen. Ich hatte so was schon einmal getan. Da war es Caros Zimmer gewesen und ich hatte Merle an meiner Seite gehabt.

Damals wollten wir Caros Mörder finden.

Die Erinnerungen bestürmten mich so heftig, dass ich sie kaum abwehren konnte, während meine Finger systematisch in Schubladen und Schrankfächern wühlten, Dinge hervorzogen, die nicht für meine Augen bestimmt waren, und unerbittlich in Merles Privatsphäre herumstocherten.

Ich fand weder den Laptop noch die Kamera noch das Diktiergerät und auch nicht die Mappe, von der Robbie gesprochen hatte.

Die ganze Zeit über hoffte ich inständig, dass Merle mit ihren Recherchen nicht ausgerechnet bei diesem Förster angefangen hatte. An seinen Namen konnte ich mich nicht erinnern, und ich war mir sicher, dass Merle ihn bei unserem Gespräch vorgestern Abend nicht genannt hatte, doch das war kein Problem. Ich würde ihn herausfinden.

Zu den anderen Fällen, die sie erwähnt hatte, waren wir gar nicht mehr gekommen. Wir hatten uns überhaupt nicht richtig über die Fortschritte ihrer Arbeit unterhalten. Ich war davon ausgegangen, dass sie erst am Anfang ihrer Überlegungen gestanden hatte, doch vielleicht irrte ich mich da.

Ich schob die letzte Schublade zu und schaute mich noch einmal prüfend um. War irgendwas anders als sonst? Hatte Merle etwas weggenommen oder hinzugefügt?

Nein. Alles schien zu sein wie immer.

Es wäre hilfreich gewesen, wenn sie Tagebuch geführt hätte. Aber Merle war nicht der Typ, der abends notierte, was sie tagsüber erlebt hatte. Sie schöpfte aus dem Vollen, vibrierte vor Tatendrang.

Sie war keine Denkerin. Sie war eine Macherin.

Ich hätte ihr meine Erkenntnis so gern mitgeteilt und mit ihr darüber gelacht. Jetzt gleich, in diesem Augenblick. Dass ich es nicht konnte, machte mir ihre Abwesenheit so bewusst, dass mir schlecht wurde. Ich verließ ihr Zimmer und ging in die Küche, um ein Glas Wasser zu trinken.

Unruhig wanderte ich durch unser stilles Haus, dessen Zimmer ohne ihre Bewohner irgendwie zu groß wirkten und furchtbar leer.

Ich würde den andern Bescheid sagen müssen.

*

Abel hatte den Eimer erneut zu einem Viertel mit Wasser gefüllt.

»Obwohl du ihn in den nächsten Stunden kaum brauchen wirst.«

Sein Lächeln hatte Merle Angst gemacht, denn sie ahnte, was es bedeutete: Er würde ihr wieder Tropfen geben.

Doch er verließ sie noch einmal und verschaffte ihr so kostbare Zeit für ihre Gedanken, die endlich klar waren.

Was konnte sie tun, um sich aus dieser Lage zu befreien?

Schreien hatte keinen Sinn.

Niemand würde sie hören. Außer Dinah und Lo, die jedoch so eingeschüchtert waren, dass sie nicht wagen würden, den Schreien auf den Grund zu gehen. Sie würden Merle nicht hier rausholen und erst recht nicht die Bullen verständigen.

Es gelang Dinah ja nicht mal, ihre kleine Tochter und sich selbst zu retten.

In einem wachen Moment einen Fluchtversuch zu unternehmen, war mit dem gebrochenen Knöchel unmöglich. Merle würde sich nicht weiter als ein paar Meter schleppen können. Abgesehen davon war die Tür verschlossen und das Fenster hoch oben in der Wand unerreichbar.

Dennoch sollte sie Augenblicke wie diesen nutzen, um ihre Beweglichkeit zu trainieren, denn es gab einen einzigen, klitzekleinen Hoffnungsschimmer.

Sie musste versuchen, Abel außer Gefecht zu setzen.

Aber wie sollte sie das bewerkstelligen, angeschlagen, wie sie war? Ihr Magen rebellierte vor Hunger. Wann hatte sie ihre letzte Mahlzeit zu sich genommen? Gestern? Vorgestern? Wie viel Zeit war vergangen, seit Abel sie hierhergebracht hatte?

Erschüttert registrierte sie, dass sie Filmrisse hatte.

Was war während ihrer Bewusstlosigkeit passiert?

Sie schob die Fragen beiseite und setzte sich vorsichtig auf.

»Lass mich in Frieden!«, schnauzte sie den Schmerz an, der ihr vom Knöchel bis ins Knie schoss. »Verzieh dich!«

Er tat ihr nicht den Gefallen, wurde eher noch heftiger.

Merle ließ sich davon nicht unterkriegen. Behutsam hob sie das verletzte Bein, winkelte es an, streckte es und versuchte, es eine Weile parallel zur Matratze zu halten, bevor sie es wieder sinken ließ.

Diesen Vorgang wiederholte sie einige Male. Dann tat sie dasselbe mit dem gesunden Bein.

Danach war sie völlig fertig. Ihr Blick fiel auf das Leberwurstbrot, und das Wasser lief ihr im Mund zusammen.

Beschämt wandte sie sich ab. Fleisch und Wurst kamen

in ihrem Leben schon lange nicht mehr vor. Sie *dachte* nicht einmal mehr daran. Und jetzt wurde sie von ihrer Gier beinah überwältigt.

Wie lange konnte man ohne Essen überleben?

Drei Wochen?

Einen Monat?

Länger?

Merle musste an all die ausgemergelten Tiere denken, die sie schon gerettet hatte. Einmal hatte sie auf einem verwahrlosten Bauernhof einen Hund von der Kette befreit, der vor Schwäche nicht mehr stehen, nicht mal mehr sitzen konnte. Mehrere Tage war nicht sicher, ob er überleben würde.

Er *hatte* überlebt, aber unter den Folgeschäden würde er bis zu seinem Tod leiden.

Sie betrachtete die Wasserflasche. Am liebsten hätte sie sie in einem Zug ausgetrunken, nur wusste sie nicht, wann Abel ihr eine neue bringen würde und ob überhaupt.

War es nicht sicherer, das Wasser zu rationieren?

Es gelang ihr nicht, eine Entscheidung zu treffen. Es gelang ihr nicht einmal, ihre eigenen Gedanken zu begreifen.

Sie, die dafür bekannt war, aus jeder Lage einen Ausweg zu finden, stolperte hilflos durch ein Labyrinth von Unsicherheiten und fürchtete sich zu Tode.

Sie zwang sich, ihre Gedanken zu Jette zu lenken.

»Finde mich«, flüsterte sie tonlos. »Bitte, Jette … finde mich schnell.«

*

Oliver Steffens war zu Hause. Er hatte sich beim Fußballspielen eine Knieverletzung zugezogen und war daher bis auf Weiteres vom Sportunterricht befreit.

»Super, wenn man früher aus der Schule kommt.« Er schenkte Rick ein sympathisches Lächeln. »Ich mach mir grad Rührei. Mögen Sie auch?«

Rick lehnte ab. Er sah sich in der Küche um. Anscheinend fochten die Bewohner der WG einen aussichtslosen Kampf um Zuständigkeiten bei der Hausarbeit aus.

Jan! DU hast diese Woche Küchendienst!!!, stand auf einem DIN-A4-Blatt über der Spüle. Darunter hing ein pinkfarbenes Post-it. *Weiß ich!* Daneben, mit knallrotem Lippenstift auf die schmuddeligen weißen Kacheln geschrieben: *Echt?*

Rick kam sich plötzlich vor wie auf einem anderen Planeten.

»Sie haben am Telefon erwähnt, dass Sie schon bei meinen Erzeugern gewesen sind«, sagte Oliver über die Schulter. Er fischte einen Salzstreuer aus dem Chaos, würzte die aufgeschlagenen Eier und gab sie in eine zischende Pfanne. »Wie geht's ihnen denn so?«

»Du hast keinen Kontakt mehr zu deinen Eltern?«

Rick setzte sich an den Tisch, der merkwürdigerweise leer geräumt und sauber war.

»Tolle Eltern! Nee. Hab ich nicht.«

Was er da zusammenbrutzelte, duftete überwältigend. Nach Eiern, Speck und einer undefinierbaren Mischung von Kräutern.

»Hatten Sie denn den Eindruck, dass sie darunter leiden?«

Oliver kippte das Rührei auf einen Teller, legte eine Scheibe Brot dazu, klaubte eine Gabel aus einer Schublade, nahm Rick gegenüber Platz und fing an zu essen.

»Das kann ich von außen nicht beurteilen«, antwortete Rick.

»Ein Innen gibt's bei denen nicht. Gefühle haben die sich abgewöhnt.«

»Bist du da nicht ein bisschen zu hart?«

»Zu hart?« Oliver spießte ein Stück Speck auf. »Als sie festgestellt haben, dass ich nicht in ihr Weltbild passe, haben sie versucht, mich in die Klapse zu stecken.«

»Wieso hast du nicht in ihr Weltbild gepasst?«

»Ich hatte das Gefühl, zu Hause keine Luft zu kriegen. Deshalb bin ich immer wieder abgehauen. Mit zehn das erste Mal. Bin nie weit gekommen. Sie haben mich immer wieder einfangen lassen. Obwohl sie nichts mit mir anfangen konnten. Bei den Katzen sah das anders aus. Die waren brav und dekorativ und räumten bei Ausstellungen Preise ab. Gegen die bin ich voll abgeschmiert. Im Unterricht gestört, nichts auf die Reihe gekriegt und zu Hause den großen Zampano markiert. Die Psychodocs sollten mich reparieren, damit ich wieder funktionierte.«

»Welche Rolle hat Herr Landau dabei gespielt?«

»Helge? Der hat mir das Leben gerettet. Ich wollte die Flatter machen, diesmal richtig, und keiner hätte mich zurückgebracht. Nie wieder. Nie.«

»Er hat dich aufgenommen?«

»Ja.« Oliver legte die Gabel auf dem Teller ab. »Er hat seinen Job für mich riskiert, hat mich tagelang bei sich pennen lassen, bis er diesen Platz hier in der WG aufgetan hatte.«

»Und dann gab es einen Prozess.«

»Oh ja. Keiner nimmt meinen Alten was weg. Selbst den Sohn nicht, den sie am liebsten aus ihrem Leben löschen würden. Die waren doch heilfroh, dass sie endlich mit ihren beknackten Katzen allein waren und keiner mehr ihre Friedhofsruhe gestört hat.«

»Das war der Grund für den Prozess? Besitzanspruch?«

»Und die Wut darüber, dass ein popeliger Sozialarbeiter ihnen die Stirn geboten – und gewonnen hat.« Oliver schien sich erst jetzt zu wundern. »Wieso wollen Sie das alles wissen? Steckt Helge in Schwierigkeiten?«

»Wir befürchten es. Er ist seit vorgestern wie vom Erdboden verschluckt.«

»Wie … verschluckt?«

»Plötzlich, ohne jegliche Vorankündigung verliert sich seine Spur.«

»Vielleicht brauchte er einfach mal eine Auszeit?«

»Dann hätte er das ordentlich geplant und abgewickelt. Er wäre doch nicht mitten am Tag von seinen Terminen nicht mehr ins Büro zurückgekommen.« Rick musterte forschend Olivers Gesicht. »Oder doch?«

»Nee. Er ist unglaublich zuverlässig und würde niemals jemanden hängen lassen. Aber auch einem wie Helge kann mal die Sicherung durchbrennen. Wie lange hält man das aus, ständig unter Strom zu stehen?«

»War der Zorn deiner Eltern groß genug, um … Rache an ihm zu nehmen?«, fragte Rick behutsam.

»Sie meinen, ob sie ihn aus dem Weg geschafft haben?« Oliver schüttelte den Kopf. »Dazu sind sie viel zu feige. Solche wie sie machen sich nicht die Hände schmutzig. Die nutzen das Gesetz, um einen zu erledigen. Mein Alter ist Anwalt. Der weiß, wie das geht.«

»Das reicht fürs Erste.« Rick schob seinen Stuhl zurück. »Ich will dich nicht länger stören.«

Oliver begleitete Rick zur Tür.

»Glauben Sie wirklich, dass Helge etwas zugestoßen ist?«

»Ich kann über Einzelheiten nicht reden, aber … ja, es

sieht so aus.« Er blieb stehen und drehte sich zu dem Jungen um. »Hast du jemanden, mit dem du darüber reden kannst?«

Oliver nickte. Er war mit einem Mal still und in sich gekehrt.

Wenig später saß Rick im Auto und programmierte sein Navi. Die Eifel war für ihn Niemandsland. Er kannte sich in dieser Gegend absolut nicht aus.

Doch ein Gutes hatte sie: Alle Wege führten von hier aus nach Köln.

*

Abel fesselte nur die Hände des Mädchens. Zum Laufen würde sie sowieso nicht in der Lage sein. Im Grunde war selbst das nicht nötig, denn er würde sie der Einfachheit halber wieder ruhigstellen, damit sie gar nicht erst auf dumme Gedanken kam.

Es machte ihm einfach Spaß, ihr seine Macht zu demonstrieren.

Dinah war mit Lo zu einer Freundin gefahren, die Geburtstag hatte. Eigentlich mochte er es nicht, wenn sie ohne ihn unterwegs war, doch heute kam es ihm wie gerufen. Dinah betrat die Kellerräume so gut wie nie, aber Lo schlich häufig herum, ohne dass man sie hörte oder sah.

Abel band die Hände des Mädchens auf dem Rücken zusammen, und wie sie da so vor ihm lag, war es fast, als präsentiere sie ihm gehorsam ihren Körper.

Im selben Moment machte sie das wieder kaputt, denn sie weinte nicht, klagte nicht, bettelte nicht. Das irritierte und verärgerte ihn.

Woher nahm sie bloß diese unverschämte Stärke?

Als er die Tropfen aus der Hosentasche zog, wich sie

vor ihm zurück, bis die Schmerzen sie bremsten. Sie stöhnte auf.

»Ich würde mich ruhig verhalten«, sagte er. »Das ist kein stabiler Bruch. Wenn deine Knochen sich verschieben, kannst du echte Probleme kriegen.«

»Die hab ich auch so«, gab sie patzig zurück.

Lag mit gefesselten Händen vor ihm und ließ die Coole raushängen.

Wollen wir doch mal sehen, wie cool du wirklich bist, dachte Abel und gab ihr auf diese Respektlosigkeit die Antwort, die sie verdiente. Er holte aus und schlug ihr ins Gesicht.

Ihr Kopf flog zur Seite.

Blut tropfte aus ihrer Unterlippe und lief ihr übers Kinn.

Verfluchter Mist! Wenn sie jetzt anfing zu heulen, würden ihre Nasenschleimhäute anschwellen, und er konnte sie nicht knebeln, ohne zu riskieren, dass sie erstickte.

Aber sie heulte nicht.

Sie hob den Kopf – *und spuckte ihn an!*

Er sah sich selbst dabei zu, wie er ausrastete. Wie er sie schlug, an den Haaren riss und wieder schlug. Und als er mit ihr fertig war, hätte sie die K.o.-Tropfen eigentlich gar nicht mehr gebraucht, denn sie war weggetreten.

Trotzdem flößte er sie ihr ein.

Während er sich die schmerzenden Hände rieb, betrachtete er sie. Das hatte sie jetzt davon. Wieso konnte sie ihre große Klappe nicht halten?

Er atmete schwer. Rieb sich mit dem Ärmel übers Gesicht, um den Schweiß abzuwischen.

An seinen Fingerknöcheln war Blut.

Er hatte nicht aufgepasst und sie an der Nase getroffen.

Okay. Und wenn sie aussah wie der Glöckner von

Notre-Dame, es war egal. Keiner würde sie hier zu Gesicht bekommen.

Als ihr Kopf zurückgesunken war und sie tief und fest schlief, wandte Abel sich zur Tür.

In der Küche wusch er sich gründlich die Hände, bevor er das Haus verließ und in den Jeep stieg. Er musste noch die Waldarbeiter kontrollieren, die an einer bedenklich steilen Stelle Bäume fällten. Wenn er ihnen nicht andauernd auf die Finger sah, nutzten sie das sofort aus und drosselten ihr Tempo.

Auf dem Weg dahin würde er versuchen, Ordnung in seinem Kopf zu schaffen.

Er konnte das Mädchen nicht ewig im Keller gefangen halten. Er musste zu einer Entscheidung gelangen.

Ihm fiel auf, dass er nie ihren Namen dachte.

Merle.

Na bitte.

Merle.

War gar nicht schwer.

Merle … Merle.

Angeblich bekamen Entführer weiche Knie, sobald sie Privates über ihre Opfer erfuhren. Sie brachten es nicht mehr fertig, ihnen etwas anzutun, nachdem eine gewisse Vertrautheit hergestellt war.

Gut, bei einigen mochte es so sein. Er selbst sah das anders: Je mehr man über sein Opfer wusste, desto raffinierter konnte man es quälen.

Leberwurst …, dachte er und grinste.

Wie viele Überraschungen hielt das Mädchen wohl noch für ihn bereit?

21

Zuerst rief ich Luke an.

Im Hintergrund waren Stimmen und Geräusche zu hören.

»Isst du gerade zu Mittag?«, fragte ich ihn. »Du kannst mich auch zurückrufen.«

»Bin schon fertig«, antwortete er. »Warte mal, ich geh kurz mit dir nach draußen.«

Jiu-Jitsu ist ein Kampfsport, der hohe Konzentration verlangt. Ich merkte Lukes Stimme an, dass er noch gar nicht richtig wieder daraus aufgetaucht war.

Fernes Vogelgezwitscher. Fast wie im Sommer.

»Wie läuft es denn?«, fragte ich.

»Ziemlich gut. Wir haben echte Chancen, auf einen der ersten Plätze zu kommen.«

Was für seine Gruppe vor allem deshalb wichtig war, weil ein Preis in diesem anerkannten Wettkampf den guten Ruf ihrer Jiu-Jitsu-Schule über die Grenzen Kölns hinaus verbreiten würde. Sie kämpfte seit Jahren sprichwörtlich um neue Schüler und damit ums Überleben.

»Das habt ihr aber auch verdient.«

»Und weißt du, wer die Preisverleihung vornehmen wird?«

»Wer?«

»Mein alter Lehrer Akito Ono!« In Lukes Stimme tanzte pure Freude. »Ich werde ihn heute Abend wiedersehen.«

»Das heißt …«

»Dass ich gern noch eine Nacht dranhängen würde, Jette. Wär das in Ordnung für dich? Akito kann nicht länger bleiben, sonst würde ich ihn zu uns einladen, damit du ihn endlich kennenlernst. Und er dich. Er würde gern das Mädchen sehen, das, wie er es ausdrückt, *mein Herz in seinen Händen trägt.*«

Seine Stimme war zärtlich geworden, und mir wurde klar, dass ich es nicht fertigbringen würde, dieses Wiedersehen zu vereiteln. Der zierliche, sanfte Japaner, von dem Luke mir schon so viel erzählt hatte, war Buddhist und Träger des zehnten Dan. Er hatte Luke zum Jiu-Jitsu geführt und war ihm in schwierigsten Zeiten Lehrer und Freund gewesen. Nie hatte er Luke aufgegeben, ihm immer wieder gezeigt, dass es sich lohnte, weiterzumachen und an das Gute zu glauben.

Wahrscheinlich hatte ich ihm sogar Lukes Leben zu verdanken.

»Klar ist das in Ordnung.«

Ich rang mir ein Lächeln ab, damit meine Stimme nicht verriet, dass nichts in Ordnung war.

»Und zu Hause?«, fragte Luke. »Genießt du es, Merle mal wieder für dich allein zu haben?«

Ich wollte ihn nicht anlügen und suchte noch nach einer ausweichenden Antwort, als er mir zu Hilfe kam.

»Du«, sagte er. »Es geht weiter. Tut mir leid.«

»Muss es nicht. Toitoitoi! Ich denk an dich.«

Ich wollte gerade Mikes Nummer wählen, als das Handy

in meiner Hand klingelte. Vor Schreck hätte ich es beinah fallen lassen.

»Hallo, Mama.«

»Wenn der Prophet nicht zum Berg kommt …«

»Der Prophet studiert, Mama.«

»Wann hättest du mir denn erzählt, dass Merle verschwunden ist?« Sie hielt sich nicht mit Geplänkel auf, sondern kam direkt zur Sache. »Wann, Jette?«

»Mama! Bitte!«

»Was? Merle geht mich schließlich auch etwas an.«

Ich beschloss, ihren beleidigten Tonfall zu überhören.

»Woher weißt du es?«

»Der Kommissar hat mich angerufen.«

»Er hat *dich* angerufen? Wieso denn *dich*?«

»Anscheinend denkt er, ich hätte noch einen gewissen Einfluss auf meine Tochter.«

»Bitte?«

»Ach, komm! Du weißt genau, was ich meine.«

Natürlich wusste ich das. Er befürchtete, dass ich auf eigene Faust nach meiner Freundin suchen würde, und da hatte er verdammt recht. Auf gar keinen Fall würde ich abwarten, bis der Polizeiapparat in Gang käme.

»Mama, ich hab jetzt gerade keine Zeit. Können wir nicht später …«

»Erzähl mir, was passiert ist.«

Sie würde sich niemals ändern. Alles musste zu ihren Bedingungen ablaufen. Sie bestimmte immer und überall die Regie.

Aber heute nicht.

»Sie ist gestern wahrscheinlich zu Recherchen für einen Artikel aufgebrochen und seitdem hat sie niemand mehr gesehen.«

»Hast du eine Ahnung, wo ...«

»Mama, es passt mir im Augenblick wirklich ganz schlecht.«

»Also gut ...« Ihr Zögern war ein einziger, lang gezogener Vorwurf. »Aber du meldest dich, sobald du Zeit hast, ja?«

»Ja.«

»Und bringst dich nicht in Gefahr, hörst du?«

»Mama, ich bin erwachsen.«

»Versprich es mir!«

»Ich ...«

»Jette! Bitte!«

»Okay.«

Sie *wollte* belogen werden, also tat ich ihr den Gefallen. Dann beendete ich das Gespräch und fuhr meinen Laptop hoch. Ich hatte beschlossen, die andern doch noch nicht anzurufen. Ilka und Mina hatten genug eigene Probleme, da musste ich sie nicht noch zusätzlich belasten. Mike würde in ein paar Stunden sowieso zurückkommen und konnte dann hier auf Merle warten.

Während ich sie suchte.

Unser Streit lag mir schwer auf dem Gewissen. Ich hatte einiges wiedergutzumachen.

*

Das Essen war einfach und schmackhaft. An diesem Mittag gab es Eintopf. Dazu Kräuterbrot, das in der Klosterküche gebacken worden war. Bert stellte fest, dass er anders aß inmitten dieser schweigenden Runde. Langsamer, bewusster und mit mehr Genuss.

Doch sein Kopf kam nicht zur Ruhe. Alles, was er im Alltag beiseiteschob, um sich auf die Arbeit zu konzentrieren, drängte sich plötzlich in den Vordergrund.

Die Auseinandersetzungen mit Margot. Die zahlreichen Situationen, in denen er nicht für seine Kinder hatte da sein können. Verloren gegangene Freundschaften.

Die unerfüllte Liebe zu Imke Thalheim.

Es war wie nachts, wenn er wach im Bett lag und grübelte und aus den Problemen Monster wuchsen, die ihn zwangen, ihnen Stunde um Stunde ins Gesicht zu sehen.

Einer der Mönche las während der Mahlzeit lateinische Texte vor, die Bert nur teilweise verstand. Sonst hätte er sich vielleicht darauf einlassen können wie die andern. So jedoch rauschten sie an ihm vorbei.

Schweigen. Nur die monotone Stimme des Vorlesers.

Nichts sonst.

Bert hatte sich das hier gewünscht, um wieder zu sich selbst zu finden. Innen und außen sollten nicht länger getrennte Bereiche bleiben, zwischen denen er täglich umherirrte. Und nun schien er der Einzige zu sein, der damit nicht zurechtkam.

Der Dachdecker und der Informatiker waren offenbar von Natur aus zurückhaltende, schweigsame Menschen, und der Moderator des Verkaufssenders, der normalerweise rund um die Uhr quasseln musste, machte mittlerweile den Eindruck, als sei Schweigen für ihn eine Wohltat.

Bert überlegte, ob er noch einen Nachschlag erbitten sollte, als der Bruder von der Pforte zu ihm kam.

»Besuch für Sie«, flüsterte er.

Alle Blicke richteten sich auf Bert, der sich entschuldigte und dem gebückt vorauseilenden Mönch verwirrt folgte. Er konnte sich nicht vorstellen, wer ihn hier besuchen sollte. Es wussten überhaupt nur wenige von seiner Auszeit in diesem Kloster.

Und wenn etwas mit den Kindern war?

Dann hätte man angerufen, beruhigte er sich. Da hätte man mit einem Besuch hier draußen keine kostbare Zeit vergeudet.

Die Flure in diesem Kloster waren endlos. Einen Gegenstand von A nach B zu befördern, war eine logistische Meisterleistung.

Und außerdem schweißtreibend.

Bert war noch nie so viel gelaufen. Treppauf, treppab. Durch hundert Türen und um tausend Ecken herum. Die Schuhsohlen quietschten auf den sauber gewischten Böden und machten einem jeden einzelnen Schritt bewusst.

Endlich waren sie an der Pforte angelangt, und der Mönch öffnete die Tür zu dem kleinen Empfangsraum, in dem Bert bei seiner Ankunft schon einmal gesessen hatte.

»Rick!«

Er hätte nicht gedacht, dass er sich schon nach wenigen Tagen so freuen würde, seinen Freund wiederzusehen. Auch Rick strahlte übers ganze Gesicht. Sie umarmten einander und blieben unschlüssig in der Mitte des Zimmers stehen.

»Sollen wir einen Spaziergang machen?«, fragte Bert.

»Okay.« Rick zeigte zum Ausgang. »Unten im Ort ist ein Café. Ich lad dich ein.«

Bert holte seinen Mantel und sagte dem Bruder an der Pforte Bescheid.

»Lass ich die Kontemplation eben mal ausfallen. Wird mir schon keiner den Kopf abreißen. Aber um drei muss ich wieder zurück sein, dann fängt die Arbeit an.«

»Kontemplation? Meine Güte!«

Rick hatte es nicht so mit Denken und Stille. Er war ein impulsiver und intuitiver Mensch. Die Vorstellung, in ein Kloster zu geraten und zwei Wochen lang auf sich selbst gestellt zu sein, war ihm bestimmt unerträglich.

Sie waren kaum draußen, da kam es auch schon.

»Wie hältst du das bloß aus?« Rick schaute sich um. »Die totale Einöde, Mann. Der blanke Horror!«

»Das kann man auch anders sehen.«

»Da bin ich aber gespannt.«

»Als Abwesenheit von Hektik, Lärm und Stress. Die Landschaft hier ist reine Schönheit, Rick. Und inmitten dieser ... Vollkommenheit stehe ich und versuche, das Leben zu begreifen.«

»Ah ja ...«

Bert schmunzelte und legte seinem Freund die Hand auf die Schulter. Es tat so gut, neben ihm herzugehen, fast im Gleichschritt, als hätten sie es geübt.

Das Café hatte nicht das Zeug dazu, eines von Berts Lieblingscafés zu werden. Es war mit den typischen Landgasthausmöbeln eingerichtet und roch nach dem Mittagessen, das Serviererin, Verkäuferin und Bäcker gemeinsam an einem runden Tisch verzehrten, auf dem ein großes RESERVIERT prangte.

Gulasch mit Kartoffeln und Blumenkohl. An den Wänden hingen gestickte Bilder. Auf den Tischen standen kleine Porzellanvasen mit künstlichen Anemonen.

Bert beschloss, sich zu dem Kaffee ein Stück Torte zu gönnen, und Rick tat es ihm nach. Als die Serviererin alles gebracht hatte, beugte Bert sich neugierig zu Rick vor.

»Ich war in der Nähe«, sagte Rick, »da konnte ich nicht widerstehen, einen kleinen Umweg zu fahren.« Er grinste bis zu den Ohren. »Na ja, *Nähe* ist vielleicht übertrieben. Ich ... wollte nicht vergessen, wie du aussiehst.«

»Erzähl mir von dem Fall.«

Schon bei Ricks ersten Worten spürte Bert, wie dieses Kribbeln in ihm aufstieg, das er so gut kannte.

Von wegen, Auszeit.

Von wegen, Abstand.

Schon war er wieder mittendrin.

»Helge Landau. Vermisster Sozialarbeiter, wohnhaft in Köln, angestellt beim Sozialen Dienst Euskirchen, zuständig für den Bereich ... warte ... Blankenheim, Dahlem, Gemünd ... Hellenthal, Schleiden, Nettersheim und ... äh ... Kall.«

»Wer hat ihn vermisst gemeldet?«

»Eine Kollegin.«

»Und die übrigen Kollegen?«

»Die haben das zuerst locker gesehen. Ayla Bilgin, so heißt die Kollegin, die sich an uns gewandt hat, ist heimlich in Helge Landau verliebt. Sie hat uns die Hölle heißgemacht, damit wir nach ihm suchen.«

»Was ihr auch tut.«

»Alles angelaufen.«

»Und?«

»Wir haben sein Auto ausgebrannt in einem stillgelegten Steinbruch entdeckt.«

»Hört sich nicht gut an.«

»Nein.« Rick schüttelte den Kopf. »Aber ich komme mir langsam vor, als säßen wir nicht in einem Café, sondern im Präsidium. Wieso interessiert dich das? Du bist doch hier, um Abstand zu dem ganzen Mord und Totschlag zu gewinnen, oder hab ich da was falsch verstanden?«

»Schon richtig.« Bert widmete sich seiner Torte. »Hab nur so gefragt.«

»Ach?« Rick versenkte die Kuchengabel in einem Sahnegebirge. »Und mehr willst du nicht wissen?«

»Absolut nicht.«

»Mir keine Ratschläge erteilen?«

»Wer? Ich? Dir?«

»Kein Brainstorming?«

»Lass gut sein, Rick. Ich möchte einfach mit dir an diesem Tisch sitzen und meine Torte genießen.«

»Geben sie dir da oben in deinem Kloster nichts zu essen?«

»Natürlich.«

»Aber keine Torte? Die Fastenzeit ist doch zu Ende.«

»Rick, wieso bist du hier?«

Eine Weile antwortete Rick nicht. Dann hob er den Kopf und schaute Bert in die Augen.

»Weil ich in der Nähe war. Ehrlich. Aber ich war froh, in der Nähe zu sein. Also ... *fast* in der Nähe ...«

Verlegen brach er ab.

»Ich bin auch froh, dass du in der Nähe warst«, gab Bert zu. »Mir fällt das alles viel schwerer, als ich gedacht habe.«

Die Erleichterung ließ Rick leise lachen.

»Dann komm zurück. Wir brauchen dich.«

Bert schüttelte den Kopf. So einfach war das nicht. Er fing nicht ein Abenteuer an und stieg beim ersten Problem nach ein paar Tagen wieder aus.

»Ich muss das durchziehen, Rick.«

»Für wen?«

»Für mich. Ich war wie ein Hamster im Rad. Ich will aber nicht zu einem werden, der seine Arbeit mechanisch erledigt. Dazu ist sie zu wichtig. Sie betrifft zu viele Menschen. Es ist wie bei einem Arzt, Rick. Der hat gefälligst morgens ausgeschlafen im OP zu erscheinen. Seine Hände dürfen nicht zittern, und sein Kopf muss so klar sein, dass er jederzeit angemessen reagieren kann.«

»Du hast deinen Job nie mechanisch erledigt, Bert. Ich kenne keinen, der sich so in die Fälle reinhängt wie du und die Menschen so sehr in den Mittelpunkt seiner Überlegungen stellt.«

»Hast du eine Ahnung, wie sehr mich das anstrengt, Rick? Mein Beruf frisst mich auf. Ich habe ihm alles geopfert. Meine Freizeit, meine Familie, Freundschaften und sogar ... die Liebe, wenn du so willst.«

Vielleicht, dachte Bert, ist Rick nicht in der Lage, das nachzuempfinden. Er hat noch genug Herzblut, das er in seine Arbeit fließen lassen kann.

Doch Rick nickte nachdenklich.

»Weißt du, wie Benediktinermönche ihre Tage gestalten?« Bert wartete Ricks Kopfschütteln ab und erklärte es ihm. »Sie versuchen, in allem, was sie tun, die Mitte zu finden. Das Ordensprinzip ist: *Ora et labora et lege,* was *bete, arbeite und lies* bedeutet. Daneben spielen Kontemplation und die Zeit innerhalb der Gemeinschaft eine große Rolle.«

»Und wir haben die Mitte verloren«, murmelte Rick.

»Ja. Mein Leben besteht fast nur noch aus Arbeit. Sie hat alles andere verdrängt.«

»Geht mir auch so«, gestand Rick.

»Stell dir vor, du könntest dem Lesen ebenso viel Raum gewähren wie der Arbeit.« Bert hatte es kaum ausgesprochen, als ihm einfiel, dass Rick nicht gerade der Vielleser war. »Oder dem Gebet«, setzte er hinzu und überlegte, dass Rick, ebenso wie er selbst, auch mit der Religion nicht viel am Hut hatte. »Oder der Zeit, die du mit Malina verbringst.«

»Du meinst, dass es ein Leben neben der Arbeit geben sollte.«

»Genau.«

Rick hatte es wieder auf den Punkt gebracht, und die Tatsache, dass sie sich auf den unterschiedlichsten Ebenen unterhielten und dennoch zu einer Verständigung gelangten, wunderte Bert auch dieses Mal.

»Und das lernst du hier?«

»Sagen wir: Ich versuche es.«

»Okay. Wenn du danach mehr Zeit für ein Bier hast, soll's mir recht sein.«

»Und jetzt erzähl mir von dem Fall«, sagte Bert. »Aber richtig und von Anfang an.«

*

Dinah genoss es, bei ihrer Freundin zu sein. Sie sahen sich viel zu selten und wenn, dann meistens im Forsthaus. In diesem hübschen kleinen Reihenhaus zu sitzen, das voller Sonne war, voller Farben und voller Schönheit, war ein Ausflug in eine andere Welt.

Die Freundin erzählte vom letzten Urlaub, den sie mit ihrem Mann verbracht hatte. Sie hatten sich noch nicht für Kinder entscheiden können, weil beide einer anspruchsvollen Tätigkeit nachgingen, die sie forderte. Marcel war Arzt im Krankenhaus, Louisa schuftete rund um die Uhr für ihre Ausbildung zur Physiotherapeutin.

Lo saß auf dem weichen hellen Teppich, Amanda auf der einen Seite neben sich, Fumée auf der andern, die Spielsachen, die sie mitgebracht hatte, um sich verteilt.

»Du darfst auch gern in den Garten gehen«, sagte Louisa. »Manchmal kommt die Katze der Nachbarn vorbei. Die freut sich immer über ein paar Streicheleinheiten. Und vielleicht freut sie sich sogar über Fumée. Sie ist an Hunde gewöhnt.«

Lo ging mit Amanda und Fumée in den Garten hinaus.

»Süß, wie sie an ihrer Puppe hängt«, bemerkte Louisa.

»Ja. Die beiden sind unzertrennlich.«

Louisa lachte.

»Das hört sich an, als wär Amalia Los Schwester und nicht ihre Puppe.«

»Amanda«, verbesserte Dinah sie. Doch weiter äußerte sie sich nicht dazu. Louisa würde nicht begreifen, welche Bedeutung Amanda für Lo hatte. Sie selbst verstand es ja kaum. Und so richtig *wollte* sie es auch nicht verstehen.

Es machte ihr Angst.

Ebenso wie Los Schweigen.

Sie hätte sich längst jemandem anvertrauen müssen.

Stattdessen hatte sie Abel dabei unterstützt, immer wieder alle Menschen zu täuschen.

Jeder war darauf hereingefallen. Alle glaubten, Lo sei nur ein ungewöhnlich schüchternes Kind. Die Familie, mit der sie kaum noch Kontakt hatten, die Freunde, die immer weniger wurden, der Hausarzt, der so überarbeitet und hektisch wirkte.

Und dann war Helge Landau in ihr Leben getreten.

Er war einer der wenigen gewesen, der einen Zusammenhang zwischen Los Schweigen und ihrer Vergangenheit hergestellt hatte. Sehr vorsichtig und behutsam zwar, aber er hatte begonnen, Fragen zu stellen.

Ein paarmal war Dinah drauf und dran gewesen, sich ihm zu öffnen, doch dann hatte sie wieder Angst vor den Konsequenzen bekommen.

Sie würden ihr Lo wegnehmen.

Deshalb hatte sie weitergeschwiegen.

Weiter vertuscht.

Was war sie nur für eine Mutter? Schaffte es nicht, ihren Mann glücklich zu machen, und ließ ihr Kind in seinen Nöten allein.

Hatte Lo etwas gesehen, damals, als Jamba erschlagen worden war?

Kannte sie den Täter?

Schützte sie ihn mit ihrem Schweigen?

Dinah zog ihre Jacke enger um den Körper.

»Ist dir kalt?«, fragte Louisa. »Soll ich die Heizung höherdrehen?«

»Nein.« Dinah nahm einen Schluck Tee. Genoss das Sonnenlicht, das durch die blank geputzten Fenster fiel. »Alles gut.«

Alles gut!

Wie sich die Menschen mit ihren Floskeln doch ständig beschwichtigten. Nichts war gut. Gar nichts. Zu Hause wartete Abel, und sie hatte keine Ahnung, in welcher Stimmung er sein würde, wenn sie mit Lo zurückkam.

Das wusste sie nie.

Sie sah ihre Tochter mit Amanda durch den Garten spazieren. Lo hielt den Kopf geneigt, als lausche sie dem, was die Puppe ihr erzählte.

»Wie niedlich«, sagte Louisa.

Und Dinah dachte, dass sie noch nie so weit von ihrer Freundin entfernt gewesen war wie in diesem Moment.

Hätte sie sonst endlich den Mut gefunden zu sprechen?

Erschrocken setzte sie die Tasse ab. Warum war ihr das nie aufgefallen? Nicht nur Lo, auch sie selbst hatte sich in ihrem Schweigen verkrochen.

22

Im Tierheim war es üblich, jeden Vermittlungsfall akribisch zu dokumentieren. Es war deshalb ein Leichtes, den Namen des Försters und seine Anschrift zu erfahren. Ich musste bloß Robbie anrufen.

Doch am Telefon meldete sich Frau Donkas. Sonst ständig unterwegs, musste sie ausgerechnet heute am Schreibtisch sitzen.

»Jette! Haben Sie etwas von Merle gehört?«

»Nein.«

Ich merkte, dass mir die Tränen locker saßen.

Bloß das nicht! Nicht heulen. Nicht vor dieser Frau, die den Umgang mit all den verstoßenen, gequälten Kreaturen nur dadurch ertrug, dass sie sich gegen ihre Gefühle abschottete. Das jedenfalls war immer mein Eindruck gewesen, wenn ich ihr begegnet war.

Was nicht hieß, dass sie eine schlechte Heimleiterin war, ganz im Gegenteil. Die Arbeit für den Tierschutz war ihr Leben.

»Ich hoffe ja immer noch, dass wir uns umsonst Sorgen machen«, sagte sie.

Diese Hoffnung hatte ich längst aufgegeben. Ich kannte

meine Freundin zu gut. Wäre sie in der Lage gewesen, sich zu melden, hätte sie mich angerufen oder mir eine SMS geschickt.

»Was kann ich für Sie tun, Jette?«

»Ich habe eine Idee, wo sie hingefahren sein könnte«, begann ich vorsichtig. »Ich möchte Sie um eine Adresse bitten, um das überprüfen zu können.«

»Die Anschrift eines unserer Kunden?«

»Ja.«

»Tut mir leid, Jette. Sie wissen, dass ich die Daten nicht rausgeben darf. Das ist nur unter klar definierten Bedingungen möglich. Wenn zum Beispiel die Polizei ...«

»Schon gut«, unterbrach ich sie.

Ich hatte es falsch angefangen. Ich hätte nach Robbie fragen sollen. Vielleicht hätte sie ihn sogar ans Telefon geholt. Doch nun war das nicht mehr möglich. Sie hätte sofort gewusst, dass ich ihn sprechen wollte, um sie zu umgehen.

Seine Handynummer zu wählen, war zwecklos. Frau Donkas sah es nicht gern, wenn ihre Mitarbeiter im Dienst telefonierten. Im ganzen Tierheim galt daher komplettes Handyverbot.

Es war Donna, die mich auf das Naheliegende brachte, meinen Laptop.

Sie liebte es, sich auf ihm zusammenzurollen, und da lag sie auch jetzt und schlummerte friedlich. Ich hob sie auf und trug sie zu meinem Bett, wo sie weiterschlief, ohne zu protestieren.

Ich schnappte mir den Laptop, setzte mich in den Sessel und rief *Forstamt NRW* auf.

Wenig später hatte ich ihn gefunden.

Abel Burggraf.

Und auch seine Adresse.

Ich stand auf und packte meine Tasche.

*

Die Arbeit tat Abel gut. Fast konnte er sich einbilden, dies sei ein Tag wie jeder andere. Er war mit dem Fortschritt der Waldarbeiter zufrieden. Sie hielten sich ran, was nicht selbstverständlich war. Bisher war keine der Maschinen kaputtgegangen und es hatte sich auch noch keiner krankgemeldet.

Kurz hatte er gemeint, sie hätten ihn misstrauisch beäugt, als ahnten sie etwas, doch dann hatte er sich klargemacht, dass seine Fantasie mit ihm durchging.

Niemand konnte etwas wissen.

Nun saß er im Forstamt und führte einige Telefongespräche, von denen jedes ihn ein Stück weiter von seinem Albtraum wegführte, bis er das Gefühl hatte, wieder in seinen normalen Alltag eingetaucht zu sein. Er ließ sich bei den übrigen Mitarbeitern sehen und tat so lange unbefangen, bis er sich selber glaubte.

Aber natürlich vergaß er für keine Sekunde tatsächlich, dass er eine Lösung für das Mädchen finden musste. Dass er zu Hause sein sollte, bevor sie wieder wach wurde oder Dinah und Lo von ihrem Besuch bei Louisa zurückkamen.

Und dann gab es noch das Problem, den Wagen des Tierheims verschwinden zu lassen.

Er merkte, wie ihm die Wände auf den Leib rückten.

An der Espressomaschine ließ er sich die dritte Tasse Kaffee einlaufen, dabei fühlte er sich von dem vielen Koffein und den Zigaretten sowieso schon high.

In seinem Kopf liefen Filme ab, die er nicht sehen wollte. Sein Körper signalisierte ihm, dass er Bewegung brauchte, um die Anspannung loszuwerden. Das Herz schlug ihm bis zum Hals.

Wenn mich jetzt irgendeiner blöd anquatscht, dachte er, hau ich ihm eine rein.

Was er selbstverständlich nicht tun würde.

Er brauchte diesen Job.

Ohne ihn könnte er einpacken. Sie müssten das Haus verlassen. Er hätte keinen Wald mehr, nicht die Freiheiten und vor allem nicht die Macht, an die er gewöhnt war.

Da konnte er sich gleich einen Strick kaufen.

Er schaute auf die Uhr. Noch ein paar Mails und zwei, drei Gespräche, dann hatte er Zeit zum Nachdenken.

Keiner machte ihm sein Leben kaputt. Erst recht nicht dieses Mädchen.

*

Ein schöner Garten, sagt Amanda, während Fumée ausgelassen hin und her rennt, Spuren erschnüffelt und wieder verliert. *So viel Platz zum Spielen.*

Lo mag den Wald zu Hause lieber.

Sie kuschelt sich gern aufs Moos, um durch die Baumlücken in den Himmel zu gucken und zu träumen, sammelt Tannenzapfen oder baut Höhlen aus runtergefallenen Ästen und Zweigen. Sie kennt die Wege, die die Wildkatzen nehmen, weiß sogar, wo sie Junge geworfen haben, und die Fuchsbauten hat Papa ihr auch gezeigt.

Es gibt noch Bunker aus dem Krieg. Die sind alle kaputt, aber die Tiere nutzen sie, um darin den Winter zu verbringen. Man findet dort Knochen auf dem Boden, Federn und Fellbüschel.

Gruselig.

Amanda schaudert. Sie mag die Bunker unter der Erde nicht. Nur von außen. Da sehen sie wellig aus und rund, und Moos und Gras ist drübergewachsen, manchmal sogar dünne Bäume.

»Nach dem Krieg hat man sie gesprengt«, hat Papa erklärt, aber er findet immer wieder mal einen, der noch fast heil ist.

Hier gibt es so was nicht. Hier ist das Gras glatt und weich und kurz geschoren. Am Rand wachsen blühende Sträucher und Blumen, und am Ende des Gartens steht ein Holzhäuschen, in dem man gut spielen könnte, wenn es nicht voller Gartengeräte wäre.

Lo setzt sich auf einen großen Stein.

Sie muss wieder an das Gesicht im Keller denken.

Vielleicht eine Fee?, überlegt Amanda.

Oder ein Schutzengel, denkt Lo, der aus Versehen in den Keller geraten ist und jetzt nicht mehr rauskommt.

Muss er aber doch, sonst kann er ja seine Menschen nicht mehr beschützen.

Mama zum Beispiel.

Die braucht ganz dringend einen Schutzengel.

Lo blickt zum Haus zurück. Durch das Fenster sieht sie, wie Mama und Louisa miteinander reden. Mama ist hier ganz anders als sonst. Sie lacht und ist fröhlich.

Und wenn wir einfach hierbleiben?, fragt Amanda.

Hierbleiben?

Lo kriegt einen großen Schrecken. Und was ist mit den Hunden? Den Rehen, die bis ans Haus kommen und Lo ganz nah an sich heranlassen, bevor sie auf ihren zierlichen Beinen davonspringen? Dem Wald mit seinen Geheimnissen, die Lo alle noch entdecken möchte?

Was ist mit Papa?

Er kann uns ja manchmal besuchen, schlägt Amanda vor.

Lo macht die Augen zu. Sie erinnert sich an Papas Geruch. An das Gefühl, wenn er seine kratzige Wange an ihrer reibt. An das glückliche Funkeln in seinen Augen, wenn er mit ihr unterwegs ist.

An sein Schreien, wenn …

Lo reißt die Augen auf.

Besuchen.

Manchmal, sagt Amanda. *Nicht zu oft.*

*

Auf dem Rückweg nach Köln ließ Rick sich das Gespräch mit Bert noch einmal durch den Kopf gehen. Insgeheim hatte er schon befürchtet, die *Auszeit* wäre nur der Anfang eines allmählichen Ausstiegs gewesen. Er hatte den Gedanken sofort beiseitegeschoben, doch er war immer wieder hochgekommen. Rick hatte sogar davon geträumt.

Zu wissen, dass der Ermittlervirus in Bert unvermindert aktiv war, erleichterte ihn ungemein. Sein Freund hatte eindeutig Feuer gefangen.

Gegen zwei hatten sie sich getrennt, und Rick war über die Landstraße gebrettert wie im Rausch, bis er von einem Traktor ausgebremst worden war, der die nächsten acht Kilometer gemütlich vor ihm hertuckerte.

Wieder in seinem Büro, fasste er die Fakten zusammen.

Helge Landau hatte bis etwa zehn Uhr fünfzehn zwei Vormittagstermine wahrgenommen und war dann verschwunden. Keiner seiner Kollegen wusste von weiteren Terminen. Allerdings hängte man, wie Ayla Bilgin bestätigt hatte, beim Sozialen Dienst nicht jedes Detail seiner Tagesplanung ans Schwarze Brett.

»Es kommt immer wieder etwas dazwischen«, hatte sie gesagt. »Termine nehmen mehr Zeit in Anspruch als angenommen oder sie fallen aus, dann zieht man andere vor. Oft ergeben sich Notwendigkeiten, die man vorher nicht einschätzen konnte.«

Das Ehepaar Steffens hatte in Ricks Augen allen Grund gehabt, dem Sozialarbeiter, der ihnen (aus ihrer Sicht) den Sohn entfremdet und schließlich genommen hatte, Böses zu wünschen.

Aber hatten sie ihm auch etwas angetan?

Was hatte ihr Sohn Oliver gesagt?

Dazu sind sie viel zu feige. Solche wie sie machen sich nicht die Hände schmutzig. Die nutzen das Gesetz, um einen zu erledigen. Mein Alter ist Anwalt. Der weiß, wie das geht.

Nein. Rick schüttelte nachdenklich den Kopf. Sie hatten sich ihr hübsches, behütetes Leben gewiss nicht aufgebaut, um es durch eine Straftat zu ruinieren.

Eine spontane Tat schloss er ebenso aus. Das Ehepaar Steffens war nicht spontan. Auch das sah ihr Sohn vermutlich richtig. Wie hatte er es ausgedrückt?

Ein Innen gibt's bei denen nicht. Gefühle haben die sich abgewöhnt.

Was nicht bedeutete, dass sie nicht zu einem Amoklauf in der Lage gewesen wären. Nur fand der nicht still und leise statt, sondern gewalttätig und vor aller Augen.

Aber es gab ja nicht mal eine Leiche.

Die Ermittlungen hatten keine Feinde Landaus zutage gefördert. Es waren keine Drohungen gegen ihn bekannt geworden. Er hatte einige heterosexuelle Beziehungen gehabt, die offenbar einvernehmlich zu Ende gegangen waren.

Da der Sozialarbeiter weder aus einer wohlhabenden Familie stammte noch Reichtümer angesammelt hatte, war auch nicht von einer Entführung auszugehen.

Rick zog immer noch in Betracht, dass Landau mit seinem bisherigen Leben abgeschlossen haben könnte und jetzt irgendwo fröhlich auf der Welt herumspazierte. Doch warum sollte er mit dem Anzünden seines Autos eine falsche Fährte gelegt haben? Hatte er etwas auf dem Kerbholz, das er verbergen wollte?

Rick rief die Fotos der Spurensicherung auf und beugte sich zum Monitor vor. Ein völlig unverhältnismäßiger Aufwand, den Wagen zu dem stillgelegten Steinbruch zu fahren und ihn dort abzufackeln, um danach, auf welchem Weg auch immer, unauffällig wieder von dort zu verschwinden.

Was überdies kaum möglich gewesen wäre. Irgendjemand hätte ihn auf der Landstraße beobachtet oder wäre ihm begegnet, ob er nun als Fußgänger, Fahrradfahrer oder Anhalter unterwegs gewesen wäre.

Doch noch war keine Meldung eingegangen. Auch die Veröffentlichung von Landaus Foto im Internet hatte bislang nichts Brisantes ergeben.

Rick spürte, wie die Unzufriedenheit an ihm nagte. Helge Landaus Spur hatte sich vor gut fünfzig Stunden verloren. Viel schneller hätten sie in Anbetracht der Lage gar nicht ermitteln können, doch das tröstete ihn nicht.

Er nahm sich noch einmal die Fälle des Sozialarbeiters vor. Dort verbarg sich der Schlüssel zu allem, davon war er fest überzeugt.

*

Ein Sonnenstrahl lag auf Merles Gesicht. Sie war sich nicht sicher, ob sie ihn nur träumte, machte langsam die Augen auf.

Sie sah das Fenster, bedeckt mit Staub. Nur eine kleine Stelle war klar. Als hätte jemand den Staub weggewischt.

Der Sonnenstrahl verschwand und überließ sie dem Dämmerlicht.

Und der Kälte.

Sie erinnerte sich jetzt an den Traum. Darin war sie durch die Nacht geirrt. Nirgends waren Häuser gewesen. Sie hatte nach Claudio gerufen und als Antwort sein Lachen gehört. Sie war ihm gefolgt, doch wie ein Echo war es immer leiser geworden.

Schließlich war sie über einen schmalen Steg balanciert, den sie in der völligen Dunkelheit nicht erkennen konnte. Vorsichtig hatte sie ihn mit ihren bloßen Füßen ertastet und die ganze Zeit gewusst, dass unter ihr ein Abgrund klaffte.

Von allen Seiten rollte nun das Echo von Claudios Lachen auf sie zu und drohte, sie zu Fall zu bringen. Sie blieb stehen, ruderte mit den Armen, schrie.

Sie konnte die Verzweiflung noch spüren. Den schmalen Steg unter den Füßen. Konnte Claudios Lachen noch hören.

Es zog sie wieder in die Bewusstlosigkeit zurück. Tief ...

*

Niemand im Kloster hatte Bert auf seine Abwesenheit angesprochen. Er war für Gartenarbeit eingeteilt, was ihn sehr freute, denn dabei konnte er ungestört seinen Gedanken nachhängen.

Seine Aufgabe war es, den Boden der Gemüsebeete zu lockern und mit Kompost anzureichern. Die anderen Gäste waren damit beschäftigt, die Rasenflächen zu vertikutieren und Stauden herunterzuschneiden.

Bis auf die Arbeitsgeräusche war es ruhig. In Berts Kopf breitete sich der Fall aus, von dem Rick berichtet hatte. Er konnte kaum glauben, dass seine unmittelbare Umgebung betroffen war. Der Mann hatte in der Eifel gearbeitet und war höchstwahrscheinlich auch hier verschwunden.

Wenn das nicht ein Zeichen war.

Bert vergegenwärtigte sich die Fakten und genoss die Präzision, mit der sein Kopf sie einordnete und bewertete, während seine Hände weiter mit Spaten, Schaufel und Harke arbeiteten.

Allein über einen Fall nachzudenken, war etwas ganz anderes, als es zusammen mit Rick zu tun. Oder mit anderen Kollegen. Mit Rick war es am ergiebigsten, denn sie beide gingen von sehr unterschiedlichen Seiten an die Sache heran und näherten sich dennoch zielgerichtet dem Punkt in der Mitte, der ihnen die notwendigen Schritte eröffnete.

Das hatte er im Café wieder einmal gesehen.

Er hatte sich vollkommen in seinem Element gefühlt und das war ein gutes Gefühl gewesen. Obwohl er sich fest vorgenommen hatte, keinen einzigen Gedanken an seine Arbeit zu verschwenden, tat er nun genau das.

Ganz zwangsläufig führten ihn seine Überlegungen zu einer anderen Person, die ebenfalls verschwunden war.

Merle.

Als er vor seiner Rückkehr ins Kloster seine Nachrichten gecheckt hatte, war nichts von Jette oder Isa dabei gewesen. Er ging davon aus, dass Isa das übliche Prozedere in Gang gesetzt hatte.

Als Beamter der Kripo Köln hatte Rick nichts damit zu tun. Und ihn selbst ging dieser Fall in seiner Auszeit ebenso wenig an wie der des vermissten Sozialarbeiters.

Aber Merle ging ihn etwas an.

Und Jette und ihre Mitbewohner, denn ihre Wege kreuzten sich immer wieder. Er fühlte sich deshalb verantwortlich, obwohl er das nicht tun sollte.

Häng dein Herz niemals an jemanden, der in einen Fall verwickelt ist.

Das uralte Gesetz, gegen das man nicht ungestraft verstieß.

Er schaute auf die Uhr. Gerade mal halb vier. Mit dem Telefonieren sollte er wirklich warten, sonst hatte das ganze Klosterexperiment keinen Sinn.

Experiment?

Begann er schon, seine Auszeit von außen zu betrachten? Er konzentrierte sich auf das Harken. Spürte den Schweiß, der sich unter seiner zu dicken Jacke bildete.

Und driftete wieder davon.

Nach einer Weile gab er den Kampf auf, ging zur Pforte und bat um sein Handy.

*

Der zweite Besuch bei Isa gerade eben war Zeitverschwendung gewesen, und jetzt, auf dem Weg in die Eifel, stand ich irgendwo zwischen Weilerswist und Lommersum im Stau. Nichts ging mehr. Es hatte einen Unfall gegeben und die Polizei hatte die Autobahn gesperrt.

Großartig!

Ich nutzte die unfreiwillige Wartezeit damit, dass ich versuchte, mir einen Plan zurechtzulegen. Es war unsinnig, bei Abel Burggraf aufzutauchen und nach Merle zu fragen. Wenn er etwas mit ihrem Verschwinden zu tun hatte, würde er mir das ganz sicher nicht auf die Nase binden. Außerdem war er dann eine tickende Zeitbombe, die auch für mich gefährlich werden konnte, und damit half ich meiner Freundin bestimmt nicht.

Also war es sinnvoll, mir eine glaubwürdige Lüge einfallen zu lassen.

Guten Tag. Ich komme vom Meinungsforschungsinstitut XYZ und hätte Ihnen gern ein paar Fragen zu Ihren Kaufgewohnheiten gestellt. Hätten Sie einen Moment Zeit für mich?

Er würde mich vermutlich hochkant rauswerfen.

Hallo. Ich bin mit meinem Auto stehen geblieben und mein Handy hat keinen Saft mehr. Darf ich kurz Ihr Telefon benutzen?

Vielleicht würde er mich telefonieren lassen. Eine Minute oder zwei. Ich musste aber so lange in seinem Haus bleiben, dass ich irgendwie die Möglichkeit hatte, mich unauffällig umzusehen.

Was, wenn ich eine Verletzung vorspiegelte? Bestimmt würde er mir anbieten, in seinem Haus auf den Notarzt zu warten.

Und weiter?

Er würde doch einer Fremden nicht sein Haus öffnen und sie dann aus den Augen lassen. Kein vernünftiger Mensch würde das tun. Selbst wenn. Ich war nicht der Typ Privatdetektivin. Ich hätte nicht die Nerven, Zimmer für Zimmer zu durchsuchen, immer in der Angst, von ihm erwischt zu werden.

Wütend dachte ich an den Besuch bei Isa zurück. Hätte sie auf mich gehört, wäre jetzt die Polizei auf dem Weg nach Hellenthal. Stattdessen hatte sie mich an einen Kollegen verwiesen, der meine Angaben mit einem unterdrückten Gähnen aufgenommen und mir lahm versprochen hatte, sich darum zu kümmern.

Noch während ich vor seinem Schreibtisch gesessen hatte, war ein Anruf gekommen, und er hatte die Sprechmuschel zugehalten und mich gefragt: »War das alles? Sind wir fertig?«

»Nein. Sind wir nicht«, hatte ich geantwortet. »Was unternehmen Sie jetzt?«

»Sie erwarten doch nicht, dass ich das mit Ihnen diskutiere!«, hatte er mich angepflaumt.

»Meine Freundin ist in Gefahr!« Ich war aufgesprungen und hätte mich am liebsten auf ihn gestürzt, um ihn aus seiner Selbstgefälligkeit zu reißen. »Und Sie sitzen hier in aller Gemütsruhe und notieren sich meine Angaben. *Tun Sie was!*«

»Ich rufe zurück«, hatte er ins Telefon gemurmelt. Dann war er aufgestanden und hatte sich breitbeinig vor mir aufgebaut. »Das reicht jetzt, Mädchen!«

Von so einem *Mädchen* genannt zu werden, schlug dem Fass den Boden aus. Ich verließ das Zimmer, bevor ich ihm eine Antwort hinknallte, die mir später leidtun würde.

Noch im Auto zitterte ich vor Empörung.

Ich stand allein da. Wieder mal.

Mittlerweile bereute ich es zutiefst, Luke und Mike nicht eingeweiht zu haben, aber jetzt war es dafür sowieso zu spät. Sie würden für die Fahrt viel zu lange brauchen. Ich wählte Claudios Nummer, doch er meldete sich nicht.

War heute nicht sein Großeinkaufstag? Da würde er spät nach Hause kommen.

Trotzdem könnte er seine Anrufe annehmen.

Knapp und bündig bot seine Stimme mir an, eine Nachricht zu hinterlassen. Es gibt jedoch Nachrichten, die man auf einer Mailbox nicht hinterlassen kann, und so ließ ich es bleiben.

Die Leute stiegen aus und liefen auf der Autobahn herum, um eine Zigarette zu rauchen oder zu telefonieren. Manche unterhielten sich miteinander, andern sah man an, wie sehr sie unter Druck standen.

Ich legte den Kopf zurück und dachte an meine Freundin.

Vielleicht konnte sie es ja spüren.

23

Die Panikattacke erwischte Merle mit voller Wucht. Sie hatte Mühe zu atmen, bekam das Herzrasen nicht unter Kontrolle. Tränen liefen ihr aus den Augenwinkeln, obwohl sie nicht weinte. Ihr leerer Magen zog sich in Krämpfen zusammen. Am ganzen Körper brach ihr der Schweiß aus.

Sie rollte sich auf die Seite, kniff die Augen zu und konzentrierte sich auf ihre Atmung.

Durch die Nase.

Ein. Aus.

Den Mund vergessen. Die Zunge, die sich doppelt so groß anfühlte. Durch die Nase.

Ein. Aus.

Es war ungeheuer schwierig, weil ihre Nasenschleimhaut geschwollen war. Sie hatte das Gefühl, zu wenig Luft einzusaugen. Viel zu wenig.

Zu ersticken …

Nicht daran denken.

Ein. Aus.

Allmählich wurde sie ruhiger.

Ein.

Entspannte sich.

Aus.

Wenn sie Glück hatte, würde sie wieder einschlafen.

*

»Das erste Mal war sie heute Morgen bei mir«, sagte Isa. »Kurz nach acht.«

»So früh?«

»Allerdings. Ich hatte kaum meine Jacke ausgezogen, als sie schon an die Tür klopfte. Sie arbeitet ja jetzt offiziell für mich, da musste ich sie nicht unten abholen.«

»Selber schuld.« Das konnte Bert sich nicht verkneifen. »Erwarte kein Mitleid von mir.«

»Sehr witzig.« Isa klang genervt und ging nicht weiter auf seinen Vorwurf ein. »Ich hab mir notiert, was sie zu sagen hatte, sie hat mich mit einem Foto ihrer Freundin versorgt, ich hab ihr einige Bücher mitgegeben, damit sie sich ein wenig einarbeiten kann, und dann ist sie wieder gegangen.«

»Das war das erste Mal.«

»Richtig. Und dann kam sie vor einer guten Stunde noch einmal vorbei, um mir ihre Überlegungen zum Verschwinden ihrer Freundin mitzuteilen. Da steckte ich gerade in einer komplizierten Sache und hab sie zu einem Kollegen geschickt, der mit dem Fall befasst ist.«

»Zu wem?«

»Harald Klüven.«

Bert nickte. Mit Harald hatte er in seiner Bröhler Zeit oft zusammengearbeitet. Er besaß alles, was ein guter Ermittler benötigt: Empathie, Beobachtungsgabe, Objektivität und Durchhaltevermögen. Vielleicht fehlte ihm bisweilen das Feingefühl, vor allem, wenn man ihn reizte, doch er war ein Kollege, auf den man sich verlassen konnte.

»Sie war nicht begeistert.«

»Wieso?«

»Sie wollte, dass wir mit Tatütata in die Eifel brausen, um ihren Ahnungen nachzugehen.«

»In die Eifel?«

»Ich weiß, du hast dich dort gerade verkrochen, und ich rate dir: Bleib, wo du bist. Genieße die Zeit, und häng dich nicht in einen Fall rein, der dich nicht betrifft.«

»Das hab ich auch nicht vor.«

»Gut.«

»Was sind das für Ahnungen?«

Er hörte Isa seufzen und konnte sich vorstellen, was sie dachte.

»Merle hat für einen Tierschutzartikel recherchiert und dafür Fälle gewälzt, die vor Gericht gekommen sind. Einer hat sie wohl besonders nachhaltig beeindruckt. Jette meint, ihre Freundin könnte zu weiteren Recherchen in die Eifel gefahren sein.«

»Was durchaus möglich ist.«

»Ja, aber du kennst das, Bert – es kann ebenso gut anders gewesen sein. Wir müssen in alle Richtungen denken. Wir dürfen uns nicht im Detail verlieren. Nicht zu diesem Zeitpunkt.«

Was sie sagte, war richtig.

»Wir wissen ja noch nicht einmal, ob es wirklich einen Fall gibt«, sagte Isa.

»Was meint Harald?«

»Warum fragst du ihn nicht selbst?«

»Kannst du mich durchstellen?«

»Sofort.« Sie stockte. »Bert?«

»Ja?«

»Pass auf dich auf, da unten in der wilden Eifel.«

»Wahnsinnig wild.« Er schmunzelte. »Da kommt man schnell unter die Räder. Besonders in einem Kloster.«

Er hatte Isas Lachen noch im Ohr, als Harald Klüven sich meldete.

»Bert, alter Junge! Wird's dir allmählich langweilig in Köln?«

Immer, wenn sie sich trafen oder miteinander telefonierten, tauschten sie zuerst Männersprüche aus. Es war ihr Ritual. Bert hatte sich nie gefragt, wie das entstanden war. Vielleicht wollte er den Grund gar nicht wissen.

»Ich nehme gerade eine Auszeit«, erzählte er ehrlich. »Versuche, in einem Eifelkloster Antworten zu finden.«

»Antworten ... in einem Kloster ... jaaa ...«

Berts ungewohnte Mitteilsamkeit hatte Harald geschockt. In typischen Männergesprächen dauerte es, bis man den Dingen auf den Grund ging, und selbst dann bohrten die meisten nicht besonders tief.

»Wie geht's dir, Harald?«

»Kann nicht klagen.«

»Warum ich anrufe ... Du hast mit Jette Weingärtner gesprochen?«

»Sie ist vor 'ner Stunde oder so hier rausgerauscht. Wieso willst du das wissen?«

»Du erinnerst dich, dass ich öfters mit ihr zu tun hatte?«

»Allerdings.«

»Mittlerweile hat sie offenbar Vertrauen zu mir gefasst. Jedenfalls hat sie mich wegen ihrer Freundin Merle angerufen.«

»Und nun willst du mich aushorchen, was?«

»Komm, Harald. Ich doch nicht.«

»Ich kann dir eigentlich gar nichts berichten, Bert. Jette Weingärtner meint, ihrer Freundin müsse etwas zugestoßen sein ... Du weißt selbst, wie junge Leute sind – die ziehen sich schon mal für ein paar Tage aus dem Verkehr und tauchen nach ein paar durchfeierten Nächten putzmunter wieder auf. Kein Grund, die Pferde scheu zu machen.«

»Doch in diesem Fall ...«

»*Falls* es einer ist, Bert.«

»Ich kenne Merle. Sie ist eine zuverlässige junge Frau, Harald. Vielleicht würde sie wirklich gern mal für eine Weile abhauen und ein anderes Leben schnuppern, aber nicht mit dem Wagen des Tierheims, in dem sie arbeitet, und nicht, ohne sich korrekt abzumelden.«

»Wir nehmen das ja ernst, Bert, aber es gibt zurzeit noch keinen Grund für das volle Programm. Zunächst mal müssen wir Informationen sammeln. Du kennst das Spiel doch.«

»Schon mit den Eltern gesprochen?«

»Auch das. Und die guten Leute damit in helle Aufregung versetzt.«

»Wissen sie was?«

»Keiner weiß was.«

»Das Tierheim?«

»Chefin und Mitarbeiter können sich ihr Verschwinden nicht erklären. In den Krankenhäusern ist das Mädchen nicht eingeliefert worden. Du siehst, wir haben unsere Hausaufgaben gemacht.«

»Hast du das Jette gesagt?«

»Hab ich. Aber sie wollte mir erzählen, wie ich meine Arbeit zu erledigen habe.«

»Nämlich?«

»Sie meint, es könnte möglich sein, dass ihre Freundin zu Recherchezwecken zu einem Forstbeamten gefahren ist, der vor einigen Jahren in einem Fall von Tierquälerei angeklagt war. Ein gewisser Abel Burggraf.«

»Was hat man ihm vorgeworfen?«

»Er soll seinen Hund totgeschlagen haben.«

»Ich glaube, ich erinnere mich an den Fall. Ist er nicht freigesprochen worden?«

»Ja. Man konnte ihm die Tat nicht nachweisen.«

»Und er lebt in der Eifel?«

»Im alten Forsthaus in Hellenthal.«

Harald hatte seine Hausaufgaben wirklich gemacht.

»Und?«

»Das ist ein bisschen mager, Bert, und du weißt es. Wenn das Mädchen recherchiert hat, dann sicherlich nicht nur in einem einzigen Fall. Wir können schlecht in der Eifel anrücken und diesen Mann befragen, wenn wir nicht mehr in der Hand haben als Mutmaßungen der Freundin.«

»Aber ich könnte es tun.«

»Du? Warum solltest du?«

»Ich befinde mich gerade in der Nähe und bin in keiner Weise in den Fall involviert …«

»*Falls* es überhaupt …«

»… ein Fall ist. Geschenkt, Harald. Ich könnte unter einem Vorwand dort auftauchen und mich einfach mal ein bisschen umsehen.«

Harald zögerte.

»Ich kenne die Mädchen«, sagte Bert. »Vor allem weiß ich, dass sie einen fatalen Hang dazu haben, sich in gefährliche Situationen zu manövrieren.«

»Okay.« Harald seufzte. »Einverstanden.«

Bert erklärte dem Bruder an der Pforte, dass er das Kloster für einige Stunden verlassen müsse, holte seinen Mantel und stieg in sein Auto. Die Entfernungen in der Eifel waren nicht unüberwindlich. In einer Stunde sollte er in Hellenthal ankommen, wenn nicht zu viele Lkws unterwegs waren.

Er machte das Radio an und fuhr erwartungsvoll in den Nachmittag hinaus, während der Himmel über ihm sich allmählich bezog.

*

Es hatte Abel nicht länger im Forstamt gehalten und so hatte er um vier Schluss gemacht. Niemand würde wagen, ihm das vorzuwerfen. Er arbeitete mehr als alle andern. Manche behaupteten sogar, er sei besessen von seinem Job.

Er ging sofort in den Keller, um nach dem Mädchen zu sehen.

Sie war wach und blickte ihm entgegen. Ihr Haar war schweißnass, ihr blasses Gesicht glänzte. Dreieinhalb Stunden waren vergangen, seit er sie bestraft hatte. Ihre Unterlippe hatte aufgehört zu bluten. Auch das Blut unter ihrer geschwollenen Nase war getrocknet. Dennoch gab sie gequälte Laute von sich, als er sich bückte, um ihr die Fesseln zu lösen.

Vorsichtig bewegte sie die Finger.

»Ich wär fast gestorben«, krächzte sie.

»So schnell stirbt man nicht.« Abel machte eine neue Wasserflasche auf. »Trink.«

Sie versuchte, sich aufzurichten, fiel jedoch wieder auf die Matratze zurück. Verbissen versuchte sie es ein zweites Mal. Beim dritten Mal funktionierte es. Sie trank langsam, als täte ihr jeder Schluck weh.

Ihr Blick war noch nicht ganz klar, aber ihr Kampfgeist kehrte bereits zurück.

»Lass mich gehn«, sagte sie.

Die alte Leier. Verärgert stieß er die Luft aus.

»Bitte, Abel! Noch hast du die Möglichkeit, heil aus der Sache rauszukommen.«

Es war unvernünftig, ihn zu reizen. Hatte sie das noch immer nicht kapiert?

»Halt die Klappe!«, zischte er. »Sobald ich hier reinkomme, fängst du an zu nölen. Kriegt ihr Weiber eigentlich den Hals nicht voll?«

Er verließ den Keller und ging ins Haus, um ihr etwas zu essen zu holen. Im Kühlschrank stand noch ein Rest Spaghetti mit Tomatensoße. Er nahm die eiskalte Schüssel heraus und steckte eine Gabel in die zusammengepappten Nudeln. Die Mühe, das Essen aufzuwärmen, würde er sich nicht machen.

Er rief Dinah an und sagte ihr, sie solle sich Zeit lassen. Er komme schon alleine klar.

Ihrer Stimme hörte er an, wie verwundert sie war.

»Kann hier jetzt keine Schnüffler brauchen«, murmelte er vor sich hin, während er in den Keller zurückkehrte.

Das Mädchen schaufelte die Nudeln in sich rein, als wäre sie kurz vorm Verhungern. Nach kurzer Zeit war ihr Mund bis zum Kinn rot verschmiert. Fasziniert und angewidert zugleich sah Abel ihr zu.

Während sie aß, wurde sie richtig wach. Sie behielt ihn argwöhnisch im Blick, erschrak bei jeder seiner Bewegungen.

»Tischmanieren hat dir auch keiner beigebracht, was?«

Er schaute sich nach einem Tuch um, mit dem sie sich den Mund abwischen konnte.

Sie antwortete nicht, doch das kurze Aufblitzen in ihren Augen war ihm nicht entgangen. Wenn sie könnte, dachte er belustigt, würde sie mich töten.

Es machte ihm Freude, sie am Boden zu sehen, und es tat ihm fast leid, wenn er daran dachte, dass er sich ihrer entledigen musste.

Er könnte wunderbare Studien an ihr machen.

Wie bei einem Tierversuch.

Nur dass es kein *Tier*versuch wäre.

»Wieso bist du wirklich gekommen?«, fragte er.

Sie hörte auf zu kauen. Hob den Kopf und starrte ihn an. Spaghetti baumelten aus ihrem Mund. Ihre Augen verengten sich, und für einen Moment schien es, als hätte sie ihre Lage vergessen und sämtliche Angst verloren.

»Weil ich einen Artikel schreiben möchte. Ich hab dich nicht angelogen.«

»Wieso ich? Es gibt haufenweise Kollegen, die deine Fragen beantworten können.«

Sie sog die Nudelfäden geräuschvoll in den Mund und schüttelte den Kopf.

»Die kannst nur du beantworten.«

»Nämlich?«

»In dem Artikel soll es um die Misshandlung von Tieren gehen.«

Also doch!

Sie wollte ihn drankriegen. Ihn wieder an die Öffentlichkeit zerren und ihm alles nehmen, was er sich in den vergangenen Jahren mühsam aufgebaut hatte.

»Ich bin *freigesprochen* worden!«

»Aus Mangel an Beweisen.«

»Und *du* fühlst dich berufen, Detektiv zu spielen und den Fall noch einmal aufzurollen?«

Sie stellte die Schüssel ab, nahm sich ein Papiertaschentuch aus einem der beiden Päckchen, die Abel längst vergessen hatte, und tupfte sich behutsam den Mund ab.

»Nein. Aber ich *muss* wissen, was passiert ist. Als ich anfing zu recherchieren, kam alles wieder in mir hoch. *Ich* war es ja, die dir den Hund damals gebracht hat.«

»Und du hast geglaubt, du kommst hier angefahren, und ich bitte dich freundlich in mein Haus und lass dich tief in mich reinschauen?«

»Ich … ich hab mir nicht groß Gedanken darüber gemacht. Mein Entschluss, dich aufzusuchen, war eher spontan.«

»Machst du öfter spontane Aktionen, die andere ihre Existenz kosten?«

»Lass mich gehn …«

»Und dein Artikel? Willst du mich denn gar nicht mehr befragen? Nichts verstehen? Nichts *aufarbeiten*, wie man so schön sagt? Keinen Bock mehr darauf, dem erstbesten Bullen von der Freiheitsberaubung zu erzählen?«

»Nein.«

»Und von der Körperverletzung?«

»Nein. Abel …«

»Die unterlassene Hilfeleistung nicht zu vergessen?«

»Nein! Ich schwöre, dass ich …«

»Du schwörst?«

»Bitte, Abel …«

»Zu spät. Das hättest du dir vorher überlegen sollen.«

»Was hast du mit mir vor?«

»Du nervst.«

»Es ist doch nichts passiert, was man nicht wieder hinkriegen kann. Den gebrochenen Knöchel kann man doch erklären …«

»Lass hören.«

»Ich bin gestürzt. Stimmt doch auch irgendwie.«

»Jetzt und hier redest du so, aber wenn ich dich freilasse, wird das anders klingen.«

»Nein. Bestimmt nicht.«

»Oh doch.«

»Abel …«

»Iss auf. Ich komme gleich zurück, um die Schüssel zu holen.«

Damit verließ er den Keller. Er hatte eine Menge Vorbereitungen zu treffen.

*

Die Nudeln hatten Merle, obwohl sie kalt gewesen waren, gutgetan. Sie fühlte sich gestärkt, kam sogar mit den Schmerzen besser zurecht. Sie vermutete, dass Abel ihr mit den K.o.-Tropfen auch ein Schmerzmittel eingeflößt hatte. Als Forstbeamter war er ja wahrscheinlich ein halber Arzt und verfügte über eine gut ausgestattete Hausapotheke.

Allerdings spürte sie, wie es in ihrem Magen zu rumoren begann. Auch ihre Blase meldete sich. Merle warf einen Blick auf den Eimer.

Ein Albtraum!

Sie war nicht in der Lage, ihn allein zu benutzen, und mit Abels Hilfe … undenkbar!

Vorsichtig veränderte sie ihre Position. Als ihr das problemlos gelang, stützte sie sich auf und zog langsam das gesunde Bein an.

Keuchend vor Anstrengung, hielt sie inne, um sich zu sammeln. Dann versuchte sie, es zu belasten. Dabei bewegte sie ganz automatisch das verletzte Bein, und eine Schmerzfontäne entlud sich in ihrem Körper.

Mit einem Schrei fiel sie zurück auf die Matratze und schnappte nach Luft. Für einen Moment sah sie Sterne. Sie hörte sich wimmern.

Trotzdem probierte sie es ein zweites Mal.

Und ein drittes.

Sie musste wieder zu Kräften kommen und ihre Körperbeherrschung zurückgewinnen, um Abel nicht ganz und gar ausgeliefert zu sein.

Ihr Blick fiel auf die Gabel. Den einzigen Gegenstand hier unten, der sich als Waffe verwenden ließ.

Und wenn Abel ihr Fehlen bemerkte?

Ihr wurde schlecht. Ihr Magen schien sich um sich selbst zu drehen. Sie atmete tief ein und aus, um die Übelkeit zurückzudrängen. Damit war sie noch beschäftigt, als sie seine Schritte hörte.

Rasch schnappte sie sich die Gabel und schob sie unter die Matratze.

Wahrscheinlich war die Bewegung zu hastig gewesen oder sie hatte zu schnell gegessen – genau in dem Augenblick, in dem Abel in der Tür erschien, würgte Merle und erbrach das Essen in einem heftigen, atemlosen Schwall.

*

»Du siehst blass aus«, sagte Louisa. »Irgendwas nicht in Ordnung?«

Dinah schüttelte den Kopf. Die Besorgnis der Freundin rührte sie, aber sie konnte ihr nicht die Wahrheit sagen.

Die Scham war zu groß.

Wohin Dinah auch blickte – den meisten Frauen schien es zu gelingen, ihren Mann glücklich zu machen. Was stimmte nicht mit ihr?

»Kann sein, dass ich eine Erkältung ausbrüte.«

»Du bist auch so still.« Louisa blieb hartnäckig. »Als ob dich etwas bedrückte.«

»Alles okay.« Dinah zwang sich zu einem Lächeln. »Mach dir keine Sorgen.«

Wie oft schon hatte sie die Befürchtungen und Ahnungen anderer weggelächelt. Die ihrer Mutter und ihres Bruders, früher, als sie noch Kontakt zu ihnen gehabt hatte. Die ihrer Freundinnen, von denen nur noch Louisa übrig geblieben war. Und die ihrer Kolleginnen aus dem Schuhgeschäft, in dem sie vor ihrer Hochzeit gearbeitet hatte.

Sie hatten es ihr leichtgemacht, denn eigentlich will niemand wirklich hören, wie mies es einem andern geht.

Mittlerweile war ihr das Lügen zur zweiten Natur geworden.

Nur Helge Landau hatte ihren Schutzschild durchbrochen. Er sah, was den andern verborgen blieb, und bot ihr Hilfe an. Er tat das nicht auf eine plumpe, oberlehrerhafte Weise, die sie zu einer Versagerin abstempelte. Er tat es wie etwas ganz Selbstverständliches, das sie vielleicht einmal würde annehmen können, ohne ihr Gesicht zu verlieren.

Sie spürte Louisas Blicke und legte tastend die Finger an ihr Gesicht.

»Ich bin so ungeschickt! Ständig verletze ich mich. Die Königin der blauen Flecke.« Sie lachte ein zu lautes Lachen. »Das macht mir echt keiner nach.«

»Dinah ...« Louisas Stimme wurde drängend. »Wenn du reden willst ...«

»Tun wir doch. Wir reden, seit Lo und ich hier angekommen sind.«

Louisa gab auf. Sie schaute aus dem Fenster und beobachtete Lo, die unter der blühenden Forsythie ein Bett für ihre Puppe gebaut hatte und sie nun schlafen legte, während Fumée sich glücklich im Gras wälzte.

Dinah wollte den Arm ihrer Freundin berühren. Doch sie tat es nicht, weil sie fürchtete, dann die Beherrschung zu verlieren.

Zu Hause wartete Abel.

Er war ihr Mann, egal was passierte.

Nachdem er sie geschlagen hatte, gelobte er fast immer Besserung. Ab und zu brachte er ihr dann sogar ein Geschenk mit, mal einen Blumenstrauß, mal ein Schmuckstück, mal ein Parfüm und war für kurze Zeit beinah der Ehemann, den sie sich gewünscht hatte.

Und der wundervolle Vater, den Lo verdiente.

»Woran denkst du?«, fragte Louisa, ohne sie anzusehen.

»An nichts«, antwortete Dinah.

Dabei war in ihrem Kopf ein regelrechter Tumult ausgebrochen. Flashbacks zogen sie in ihren Strudel. Reihten Szene für Szene dunkelster Erinnerungen aneinander. Längst Verdrängtes kam an die Oberfläche.

Fröstelnd rieb sie sich die Arme.

Es gab keinen Ausweg. Abel würde nicht aufhören zu trinken, und er würde nicht aufhören, gewalttätig zu sein. Vor allem jedoch würde er niemals akzeptieren, dass sie sich von ihm trennte.

Irgendwann schlag ich dich tot!

Die Mauern eines Frauenhauses würden ihn nicht aufhalten. Nirgends wären sie vor ihm sicher, nirgends.

Ich würde euch überall finden.

Nicht einmal eine neue Identität und eine neue Stadt würden sie schützen. Das wusste Dinah so sicher, wie man etwas nur wissen konnte.

Er hatte sie oft gewarnt, hatte klargemacht, was ihr

blühte, wenn sie es wagen sollte, ihn zu verlassen. Und sie wusste, dass er meinte, was er sagte.

Es gab keinen Weg, den sie gehen konnte, und es war undenkbar, jemand anderen da mit hineinzuziehen. Erst recht nicht Louisa, die sich Hals über Kopf in jede Schwierigkeit stürzen würde, um ihr zu helfen.

Sie sah auf ihre Armbanduhr.

Halb fünf.

Bald würden sie wieder nach Hause fahren müssen.

Wie sie sich davor fürchtete.

24

Es wurmte Bert, dass er nach gerade einmal vier Tagen Kloster mit einer derartigen Begeisterung auf seinen Ausflug reagierte. Er genoss es, im Auto zu sitzen und durch die hügelige Landschaft zu fahren, freute sich über jeden Menschen, den er auf der Straße erblickte, und war dankbar für Haralds Offenheit, der er diesen Trip verdankte.

Die Fahrt verlief ohne Verzögerungen. Als er in Hellenthal ankam, hatte sich der Himmel verdunkelt. Leichter Regen fiel. An den nass schimmernden Straßen standen einfache, schmucklose Häuser, die unbewohnt wirkten. Bert sah eine alte Frau, die ihren betagten Hund ausführte. Sonst war der Ort wie ausgestorben.

Die letzte Überlebende, dachte er mit einem amüsierten Lächeln.

Er folgte den Anweisungen des Navis und bekam Herzklopfen, als er sich dem alten Forsthaus näherte.

Das war ihm schon lange nicht mehr passiert. Es war wie eine Zeitreise in die ersten Jahre bei der Polizei, als jeder neue Fall eine Herausforderung bedeutet hatte, der er damals kaum gewachsen gewesen war.

Ein gutes Stück von dem Tor entfernt stellte er sein Auto

an einer knorrigen alten Ligusterhecke ab. Ein Tanklaster dröhnte vorbei, danach ein Motorrad, das eindeutig zu schnell fuhr.

Die Stille, die auf den Lärm folgte, wurde von Hundegebell durchbrochen. Bert schätzte die Zahl der Tiere auf drei oder vier.

Er näherte sich dem Haus.

Abel Burggraf stand auf dem Namensschild. Kein Hinweis auf die Familie, von der Harald gesprochen hatte.

So richtig gutsherrnmäßig, dachte Bert. Er klingelte.

Nichts rührte sich. Auch nach dem zweiten Klingeln nicht.

Bert musterte die Fenster, hinter denen sich jedoch nichts regte. Er schlenderte zum Tor zurück und legte die Hand auf die Klinke.

Erstaunlicherweise war nicht abgeschlossen.

Vorsichtig lugte Bert durch einen schmalen Spalt, um sehen zu können, wo sich die Hunde befanden.

Sie liefen nicht frei im Hof herum.

Das war gut.

Dennoch beschloss Bert, zunächst einmal einen Blick auf die Rückseite des Hauses zu werfen. Er war nicht dienstlich hier und hatte erst recht keinen Durchsuchungsbeschluss. Der Mann konnte ihm die Hölle heißmachen, wenn er ihn auf seinem Grundstück überraschte.

Leise schloss er das Tor wieder und folgte der Hecke, die ihn um das Anwesen herum zum Wald führen würde.

Der Regen wurde stärker. Bert zog sich den Kragen dicht um den Hals. Er wollte keine Zeit vertrödeln, indem er sein Auto nach einem Schirm durchsuchte, den er wahrscheinlich sowieso vergessen hatte mitzunehmen.

Er betrachtete aufmerksam den Boden, entdeckte Reifenspuren, die aber hier draußen von jedem Wagen stammen konnten. Vielleicht hatte jemand angehalten, um sich im Schutz der Hecke zu erleichtern. Vielleicht hatte jemand eine Pause eingelegt, um einen Happen zu essen oder die Straßenkarte zu studieren.

Bert zog den Notizblock aus der Manteltasche, um seine Gedanken zu notieren. Da erst fiel ihm auf, wie sonderbar es war, dass Block und Stift überhaupt in seiner Tasche steckten. Als hätte er nie vorgehabt, die Auszeit ernsthaft durchzuziehen.

*

Als die Hunde anfingen zu bellen, hob Abel den Kopf. Mit einem Satz war er bei dem Mädchen und hielt ihr den Mund zu.

Sie wehrte sich heftig.

Er schlug ihr mit der Faust auf den gebrochenen Knöchel und sie sackte augenblicklich in seinen Armen zusammen.

Abel hielt den Atem an.

Die Hunde beruhigten sich. Dennoch blieb er so, das Mädchen in den Armen, eine Hand auf ihren Mund gepresst.

Bis er sicher war, dass sich niemand Zutritt zum Hof verschafft hatte.

Er musste endlich das kaputte Schloss reparieren.

Das Mädchen regte sich wieder. Sie versuchte, sich aus seinem Griff zu befreien. Als er sie nicht sofort losließ, biss sie ihn in die Hand.

Überrascht schrie er auf und ließ sie los. Er sah, dass ihre Zähne einen deutlichen Abdruck auf seinem Handrücken hinterlassen hatten. Der Gestank ihres Erbrochenen stieg ihm in die Nase und er stieß sie angeekelt von sich.

Stöhnend krümmte sie sich zusammen.

Er verfluchte seine Unbeherrschtheit. Sie war gerade damit beschäftigt gewesen, ihr Erbrochenes wegzuwischen, doch jetzt war sie dazu nicht mehr in der Lage. Also musste er es tun.

Selbst die Latexhandschuhe verhinderten nicht, dass er immer wieder würgen musste. Dabei beseitigte er ohne jedes Problem halb verweste Tierkadaver, die er im Wald fand, weidete Wild aus, das er geschossen hatte, reinigte verwundete Tiere von Eiter und Exkrementen.

Was ging hier ab?

Kurz tauchte in seinem Kopf das Bild eines abgedunkelten Schlafzimmers auf, in dem, von einem Kissengebirge gestützt, eine ausgemergelte, furchterregende Gestalt ruhte.

Er konnte den Geruch nach Medikamenten wahrnehmen, der sich in den alles beherrschenden Gestank ihrer Körperausscheidungen mischte. Hörte wieder die Hasstiraden, die jeden trafen. Die Familie. Die Nachbarn. Leute von früher. Gott und Teufel.

Das Böse klebte an den verschlissenen Tapeten, den verkommenen Topfpflanzen auf der Fensterbank, der schiefen Gardine mit Herzchenmuster. Es war mit der alten Frau eingezogen, die seine Großmutter war, und es steckte jeden an, der sich in ihre Nähe wagte.

Jahr für Jahr hatte sie ihr Sterben ausgedehnt.

Alle Freude im Keim erstickt.

Jedes Weihnachten hatte Abel sich gewünscht, dass sie endlich starb. Dass ihr fauliger Geruch nicht länger an seinen Kleidern und Haaren haftete und auch der Gestank nach abgestandenem Essen, Kamillentee, Hustentropfen und Pisse verschwand.

Doch Jahr für Jahr war sie an Heiligabend in ihrem

Rollstuhl ins Wohnzimmer geschoben worden und hatte die Stimmung vergiftet. Der Weihnachtsbraten war Abel im Hals stecken geblieben, während sie in ihrem Gemüsebrei gestochert und der ganzen Welt die Pest an den Hals gewünscht hatte.

Der Tod war nicht sanft zu ihr gekommen.

Er hatte sie für alles bestraft, was sie je in ihrem Leben verbrochen hatte.

Nachdem Abel sauber gemacht hatte, stellte er den Eimer mit dem stinkenden Wischwasser und dem darin schwimmenden Aufnehmer an die Tür und brachte dem Mädchen eine frische Hose, denn beim Kotzen hatte sie die alte wieder vollgepinkelt.

Widerlich!

Er würde ihr erst mal nichts zu essen geben.

»Lass mich ... gehn ...«

Sie hatte kaum noch die Kraft zu sprechen, aber sie stellte Forderungen. Abel konnte solche Weiber nicht ausstehen. Erst recht nicht, wenn sie aussahen wie dieses Mädchen. Selbst in dem erbärmlichen Zustand, in dem sie sich befand, hatte sie etwas, das ihn magisch anzog.

Vielleicht war es die Tatsache, dass sie sich wehrte.

Das reizte ihn.

Bis zu einem bestimmten Punkt. Dann stieß es ihn ab.

Plötzlich schlugen die Hunde wieder an.

Abel knebelte das Mädchen und verließ den Keller, so schnell er konnte.

*

Im Wald war es fast schon dunkel. Bert stolperte über Baumwurzeln und verfing sich in Efeuschlingen. Hoch oben in den Baumspitzen stießen Vögel Warnrufe aus. Ein

Tannenzapfen fiel und landete nahezu geräuschlos neben ihm im Moos.

Das Forsthaus wirkte von hinten noch trostloser als von vorn. Es war mit hellen Eternitplatten verkleidet, die im Regen schimmerten wie ein Heer bleicher Gesichter. Aus dem Schornstein stieg Rauch auf.

Es roch noch immer nach Winter.

Als Berts Gesicht ein Spinnennetz streifte, zuckte er zurück. Doch schon war es zerrissen und an seinen Wangen und den Haaren kleben geblieben. Mit spitzen Fingern zupfte er die feinen Fäden ab, wobei er instinktiv den Kopf einzog, damit ihm nichts in den Nacken rieselte.

Ausgerechnet jetzt musste ihm die Sendung über Spinnen wieder einfallen, die er sich neulich im Fernsehen angeschaut hatte. Und der Albtraum, in dem er in der Nacht darauf von einer Vogelspinne gebissen worden war. Noch eine halbe Stunde nach dem Frühstück hatte sich sein Oberkörper taub angefühlt.

Ein Mann kam aus dem Haus, blieb mitten auf dem Hof stehen und sah sich um. Als er in seine Richtung blickte, zog Bert sich unmerklich in den Schutz der Bäume zurück. Offenbar rechtzeitig, denn der Mann stemmte die Arme in die Hüften und wandte ihm den Rücken zu.

Das war er also.

Abel Burggraf.

Bert hoffte sehr, dass Merle sich nicht mit ihm angelegt hatte, denn dabei hätte sie unweigerlich den Kürzeren gezogen. Er war ein durchtrainierter junger Mann, etwa eins achtzig, mit dunklem, kräftigem Haar und der Körperhaltung eines Menschen, dessen Maßstab für die Dinge er selbst war.

Bert hatte schon oft mit dieser Sorte Mensch zu tun gehabt. Er fand es schwierig, ihre Gedankengänge nachzuvollziehen.

Der Wind stand günstig, sodass die Hunde Berts Witterung nicht aufnehmen konnten. Abel Burggraf schritt aufmerksam den Hof ab und kehrte, als er nichts Verdächtiges fand, ins Haus zurück. Missmutig, wie es schien, denn bevor er die Tür erreicht hatte, trat er mit voller Wucht gegen einen Stein, der mit Höchstgeschwindigkeit durch die Luft schoss und gegen das Garagentor prallte.

Bert wartete noch eine Weile, bevor er seine Beobachtungen wieder aufnahm. Er hatte selten ein so verlottertes Grundstück zu Gesicht bekommen. Einen Schrotthändler hätte er sich hier gut vorstellen können.

Aber einen Förster?

Umgeben von der schönsten Natur, fiel dem nichts Besseres ein, als auf seinem Hof Abfall zu sammeln?

Sandkasten und Schaukel waren lieblos in diesem deprimierenden Gesamtarrangement untergebracht. Kaum denkbar, dass hier ein Kind selbstvergessen spielen sollte, umgeben von lauter Gerümpel und Elektromüll.

Bert dachte an seine eigenen Kinder, die zwar bloß einen kleinen Reihenhausgarten zur Verfügung hatten, dafür jedoch weiches Gras, auf dem sie barfuß laufen, Fußball spielen und campen konnten. Er hatte für sie ein Baumhaus bauen lassen, in dem sie häufig sogar übernachteten. Und es gab reichlich Kinder in der Nachbarschaft.

Er schaute sich im Wald um. Selbst jetzt, im regnerischen Dämmerlicht, war seine Schönheit offenkundig.

Das Kind des Försters spielte nicht auf dem traurigen Grundstück seiner Eltern, davon war Bert überzeugt, sondern hier, wo es nach Tannennadeln, altem Laub und frischem Holz duftete.

Wie zum Beweis fand er ein Stück weiter auf einem abgesägten Baumstamm buntes Puppengeschirr. Zwei Tellerchen, zwei Tässchen und zwei winzige Löffel, gedeckt auf einem Papiertaschentuch, das sich mit Nässe vollgesogen hatte.

Langsam kehrte er zur Straße zurück.

Diesmal wurde ihm nach seinem Klingeln aufgemacht.

»Ja?«

Abel Burggraf stand breitbeinig in der Tür, eine Hand auf der Klinke, die andere an der Wand, sodass er den Eingang versperrte. Ein deutliches Signal dafür, dass Besuch unerwünscht war.

Bert hatte verschiedene Vorgehensweisen durchgespielt. Nun ließ er sie alle fallen und hielt sich an die Wahrheit.

Zumindest halbwegs.

Er zog seinen Ausweis aus der Tasche und zeigte ihn Abel Burggraf.

»Bert Melzig, Kripo Köln. Herr Burggraf?«

Abel Burggraf nickte mürrisch. Argwöhnisch kehrte sein Blick vom Ausweis zu Berts Gesicht zurück.

Bert war jetzt froh, dass er Rick gedrängt hatte, ihm so viel wie möglich über den Fall zu erzählen.

»Jemand hat in einem alten Steinbruch bei Dahlem ein Fahrzeug in Brand gesetzt.«

»Der Steinbruch gehört nicht zu meinem Bezirk.«

»Sonst hätte man Sie als leitenden Forstbeamten ja auch informiert.«

»Exakt.«

»Es grenzt an ein Wunder, dass der Wagen überhaupt entdeckt wurde, an dieser entlegenen Stelle.«

Abel Burggraf nickte widerwillig.

»Sagen Sie ...« Bert schüttelte den nassen Kragen seines

Mantels. »Können wir ins Haus gehen? Es ist ziemlich ungemütlich hier draußen.«

Abel Burggraf war nicht begeistert, das war deutlich zu erkennen, aber er öffnete die Tür ein Stück weiter und ließ Bert hinein. Er führte ihn durch einen langen, schmalen Flur, an dessen Wänden ganz verloren und viel zu klein einige gerahmte Landschaftsdrucke hingen.

Das Sammelsurium, mit dem die Küche eingerichtet war, hätte gemütlich sein können, doch dazu war es zu lieblos verteilt worden. Bert fühlte sich an den Zustand des Hofs draußen erinnert, und er fragte sich, wie zwischen diesen zusammengewürfelten Möbelstücken, von denen keines zum andern passte, ein behagliches Familienleben möglich war.

Dem alten Küchenschrank fehlten die Scheiben. An den Rändern waren noch Glasreste, die spitz nach oben zeigten. Wieso hatte man das nicht ausgebessert?

Lediglich die Kinderzeichnungen, die mit Heftzwecken an die Wand gepinnt waren, sprachen ihn an. Ihre Farbenfreude und Lebhaftigkeit waren wie Vulkanausbrüche in der blassen und gedankenlosen Durchschnittlichkeit dieses Zimmers.

Ein Paar umgekippte pinkfarbene Kinderschuhe lag in einer Ecke auf dem Boden. Auf der Fensterbank saß ein abgegriffener kleiner Teddybär in zu engen Puppenkleidern. Ein glitzerndes rosafarbenes Haarband hatte sich auf dem Tisch zusammengerollt.

Darum herum herrschte Chaos.

Bert streifte seinen Mantel ab. Er tat das umständlich und bedächtig, um mehr Zeit zu haben, sich umzusehen. Er horchte, konnte jedoch weder Geräusche noch Stimmen hören.

Abel Burggraf schien allein im Haus zu sein.

Das machte die Sache komplizierter.

Ein Kind hätte geredet und womöglich das eine oder andere Geheimnis ausgeplappert. Die Anwesenheit von Frau und Kind hätte außerdem dazu geführt, dass Abel Burggraf sich unwillkürlich entspannt hätte – und möglicherweise unvorsichtig geworden wäre.

Falls es hier überhaupt ein Geheimnis gab.

Eine Frau hätte Bert einen Kaffee angeboten, den er gern angenommen hätte, um die Zeit noch weiter auszudehnen. Doch Abel Burggraf dachte gar nicht daran. Er bot Bert nicht einmal einen Platz an.

Bert zog sich einen wackligen Stuhl heran und legte seinen Mantel auf dem verschlissenen Polster der Sitzbank ab.

»Darf ich Sie um ein Glas Wasser bitten?«, fragte er.

Das konnte der Hausherr schlecht ablehnen. Das Glas war jedoch reichlich klein und schenkte Bert kaum mehr als ein, zwei weitere Minuten.

»Kommt es oft vor, dass Leute ihre Fahrzeuge auf diese Weise entsorgen?«

»Das wissen Sie doch. Sie sind Polizist.«

Burggraf blieb bei der Tür stehen, lehnte sich gegen den Pfosten und verschränkte die muskulösen Arme vor der Brust. Auf diese Weise versperrte er die Sicht auf den Flur und in ein anderes Zimmer, durch dessen geöffnete Tür Bert einen kurzen Blick hatte erhaschen können. Er hatte einen gläsernen Couchtisch, braune Ledersessel und einen hellen Teppich mit einer schwach rosafarbenen Stelle wahrgenommen.

»Ein Panda«, erklärte Bert. »Er gehörte einem Sozialarbeiter namens Helge Landau. Sagt Ihnen der Name etwas?«

Ein Hauch von Unsicherheit glitt über das Gesicht des

Mannes wie ein Wolkenschatten, dann hatte er sich wieder im Griff.

»Ja.«

Bert horchte auf. Das konnte doch nicht wahr sein!

»Und?«

»Er war ein paarmal hier.«

Bingo! Was nur ein Vorwand sein sollte, um mit dem Förster ins Gespräch zu kommen, erwies sich unerwartet als Volltreffer. Bert klappte seinen Notizblock auf. Jetzt hatte er echte Fragen zu stellen.

»Aus welchem Grund?«

»Wegen meiner Tochter.«

»Wie alt ist Ihre Tochter?«

»Fünf.«

Bert sah Abel Burggraf abwartend an.

»Lo kriegt schnell blaue Flecke. Viel schneller als andere Kinder. Aber dieser bekloppte Kinderarzt hat das Jugendamt informiert.«

Bert machte sich eine Notiz. Diese Angewohnheit war nicht nur nützlich als Gedankenstütze, sie half ihm auch, die Befragungen zu strukturieren, indem er beim Schreiben Pausen einbaute.

Wenigen Menschen gelang es, Gesprächspausen zu ertragen. Dann sagten sie etwas, bloß um etwas zu sagen. Das förderte oft verräterische Dinge zutage.

Doch Abel Burggraf schwieg.

»Sagen Sie, Herr Burggraf, es gab doch vor einiger Zeit diesen Prozess ...«

»Das ist zwei Jahre her«, unterbrach ihn der Förster. »Ich bin damals freigesprochen worden.« Seine Stimme blieb ruhig, doch an seiner Schläfe schwoll eine Ader an. »Über alte Geschichten denk ich nicht mehr nach.«

»Reden wir über Ihre Tochter. Sie sagen, sie bekommt schnell blaue Flecke?«

»Ja.«

»Ihre Frau auch?«

Die Augen des Försters wurden schmal.

»Worauf wollen Sie hinaus?«

»Ich stelle nur Fragen.«

»Was hat meine Familie mit dem Auto von diesem Sozialarbeiter zu tun?«

»Verlieren Sie leicht die Beherrschung, Herr Burggraf?«

Der Förster stieß sich vom Türrahmen ab und stellte sich breitbeinig hin.

Um seine Mitte zu finden, die er gerade verloren hat, dachte Bert. Sehr aufschlussreich.

»Ich bin ein impulsiver Typ, wenn Sie *das* meinen.«

Bert trank einen Schluck Wasser und betrachtete nachdenklich seine Notizen. Sollte der Kerl ruhig ein bisschen schmoren. Die Unsicherheit unter seiner Maske war spürbar.

»Wie kommen Sie mit der Tatsache zurecht, dass das Jugendamt Ihnen einen Sozialarbeiter ins Haus schickt?«

»Wir haben nichts zu verheimlichen.«

»Haben Sie nicht versucht, dagegen vorzugehen?«

»Ich hab die Nase voll von Richtern und Staatsanwälten.«

»Existiert ein Gutachten?«

»Weiß ich nicht.«

»Aber es hat Gespräche gegeben zwischen Ihnen und Herrn Landau?«

»Ich bin oft unterwegs.«

»Sie wissen, wie Herr Landau die Situation Ihrer Familie einschätzt?«

»Er will, dass Lo in den Kindergarten geht.«

»Ach, das tut sie nicht?«

»Wir haben den Wald und die Hunde. Das ist alles, was ein Kind braucht.«

»Finden Sie es nicht ein bisschen einsam hier für ein fünfjähriges Mädchen?«

Abel Burggraf machte zwei lange Schritte und stützte sich mit beiden Händen auf dem Tisch ab. Er beugte sich zu Bert vor und sah ihm in die Augen.

»Was sollen die Fragen? Wollen Sie mir irgendwas unterstellen?«

»Sie meinen, dass Sie das Fahrzeug von Herrn Landau in Brand gesetzt haben? Nein. Sollte ich?«

»Wenn ich mit einem Typen nicht klarkomme, regle ich das auf meine Weise. Ich geh nicht hin und fackle sein Auto ab.«

»Auf Ihre Weise? Wie sieht die denn aus, Ihre Weise?«

Der Förster richtete sich auf und blickte kühl zu Bert hinunter.

»Wenn Sie dann fertig sind – ich hab noch zu tun.«

Bert stand auf und zog seinen Mantel an. Er steckte den Notizblock in die Tasche und wandte sich Abel Burggraf zu. Sie standen dicht voreinander. Fast konnte er den Atem des Mannes auf dem Gesicht spüren.

Sie sahen sich in die Augen.

Es war Abel Burggraf, der wegguckte.

Auf dem Weg zu seinem Auto schaute Bert zu jedem einzelnen Fenster hoch. Er warf einen Blick auf den Wald und musterte forschend die Garage.

Die Hunde verhielten sich ruhig, nachdem ihr Herr sie dazu aufgefordert hatte. Sie gaben keinen Mucks von sich, und Bert sperrte die Ohren auf, hörte jedoch nur das Geräusch seiner eigenen Schritte.

Und die des Försters, der ihn zum Tor brachte und dort stehen blieb, bis Bert mit seinem Wagen verschwunden war.

*

Über eine Stunde hatte ich im Stau verloren. Ich hatte kurz überlegt, die A1 zu verlassen, um nicht eine weitere Verzögerung zu riskieren, mich dann jedoch dagegen entschieden. Bestimmt hatten auch andere diese Idee gehabt, und es war gut möglich, dass sich eine Autoschlange über die Landstraße quälte.

Einige Kilometer vor Nettersheim rief Mike an.

»Hi, Süße! Wollte mich nur zurückmelden. Bin ein bisschen früher nach Hause gekommen. Wo steckst du gerade?«

»Mike!«

Ich war so erleichtert, seine Stimme zu hören, dass ich fast an der Ausfahrt vorbeigebraust wäre. Im letzten Moment riss ich das Steuer herum und schnitt einen Tankwagen, dessen Fahrer wütend hinter mir herhupte.

»Hab mich tierisch auf zu Hause gefreut, und jetzt ist keiner da.«

»Warte«, sagte ich. »Ich ruf dich gleich zurück.«

Ich brauchte Ruhe für das Gespräch. An einer geeigneten Stelle fuhr ich an den Straßenrand, schaltete den Motor aus und erzählte Mike alles.

»Hab ich's mir doch gedacht, dass irgendwas nicht in Ordnung ist«, sagte er, als ich fertig war. »Kein Lebenszeichen von dir oder Merle. Das war schon ungewöhnlich.«

»Ich wollte dich und Luke da nicht mit reinziehen«, erklärte ich.

»Hatten wir nicht irgendwann abgemacht, dass es keine Alleingänge mehr geben soll?«

»Das ist kein Alleingang, Mike. Ich hab mich sofort an den Kommissar gewandt.«

»Braves Mädchen. Und? Was hat er gesagt?«

»Abwarten bis zum nächsten Morgen und dann die Kollegen in Bröhl informieren.«

»Und?«

»Hab ich gemacht.«

»Und?«

»Ich war bei Isa, die versprochen hat, alles in Gang zu bringen. Ein Foto von Merle hab ich ihr direkt auf den Rechner geschickt.«

»Und dann?«

»Hab ich selber ein bisschen nachgedacht.«

»Mit welchem Ergebnis?«

Seine Sachlichkeit tat mir ungeheuer gut. Sie erdete mich wieder, nachdem mir meine Fantasie schon die schlimmsten Szenen vorgegaukelt hatte.

»Merle hat doch Material für ihren Artikel gesammelt. Unter anderm wollte sie offenbar über einen Forstbeamten schreiben, der vor zwei Jahren oder so seinen Hund totgeprügelt hat. Der Fall hat sie ziemlich mitgenommen, weil sie selbst ihm das Tier damals sozusagen vermittelt hat.«

»Und du glaubst, sie ist zu ihm gefahren?«

»Ja.«

»Und das ist wo?«

»In Hellenthal.«

»Um zu recherchieren?«

»Ja. Und wie ich Merle kenne, guckt sie sich sein Haus nicht nur von außen an.«

»Ich vermute, du bist auch gerade auf dem Weg dahin?«

»Woher ...«

»Jette, wer dich ein bisschen kennt, muss nur eins und eins zusammenzählen.«

»Okay. Jetzt weißt du's.«

Es war raus. Ich war erleichtert.

»Warum hast du mich nicht angerufen? Ich wär sofort nach Hause gekommen.«

»Eben deshalb. Noch kann sich das Ganze ja auch als fixe Idee rausstellen.«

»Was ist mit Luke?«

»Der weiß es auch noch nicht.«

»Mann«, sagte Mike. »Das hast du ja prima hingekriegt.«

Ich verteidigte mich nicht, denn er hatte recht.

»Welche anderen Möglichkeiten gibt es?«, fragte er. »Kann Merle nicht zu einer geheimen Tierschutzaktion unterwegs sein?«

»So geheim, dass sie nicht mal uns davon erzählt? Never.«

»Woher weißt du denn, ob sie uns wirklich immer alles anvertraut?«

Das wusste ich nicht. Und plötzlich fand ich, dass es durchaus möglich war: Die Aktionen von Merles Gruppe waren oft so gefährlich, dass sie uns diesmal vielleicht dadurch schützen wollte, dass sie uns nicht einweihte.

Ich fragte mich, ob ich nicht lieber umkehren sollte. Vielleicht war ich ja auf der ganz falschen Spur.

»Da ist noch was«, sagte ich leise.

»Was?«

»Merle und ich haben uns gestritten.«

»Soll vorkommen.«

»Aber wir haben uns nicht versöhnt.«

»Und du meinst …«

»Ich meine, sie hätte mir zumindest eine SMS schicken können. Ich versuche jedenfalls seit gestern Abend ständig, sie zu erreichen. Aber sie hat ihr Handy nicht an.«

»Merle? Das ist wirklich komisch.«

»Egal.« Ich startete den Motor und fuhr los. »Ich bin schon fast da. Jetzt zieh ich das auch durch.«

»Gib mir eine Stunde«, sagte Mike, der die Eifel durch seine Arbeit ganz gut kannte, »dann bin ich bei dir.«

»Quatsch! Wir müssen doch nicht alle zusammen da anrücken. Ich hab nichts Dramatisches vor, Mike. Ich gucke mich nur ein bisschen um.«

»Aber du lässt dein Handy an.«

»Ja.«

»Und meldest dich beim kleinsten Anzeichen von Gefahr.«

»Gut.«

»Versprochen?«

»Hochheilig.«

»Okay. Pass auf dich auf, Jette.«

Das hatte ich vor. Ich würde kein Risiko eingehen. Es sei denn, ich wüsste genau, dass der Typ Merle in seiner Gewalt hatte.

25

Sie hatten den Panda gefunden! So schnell. Damit hatte Abel nicht gerechnet. Er fragte sich, wie viel die Bullen wussten. Wieso war dieser Kommissar überhaupt zu *ihm* gekommen, statt den zuständigen Kollegen zu befragen? Und warum war er allein gewesen? Ermittelten die nicht immer zu zweit?

Abel konnte von Glück sagen, dass er Helge Landaus Handy und das des Mädchens längst zerstört und entsorgt hatte. Es war höchste Zeit, nun auch die übrigen Sachen, die er in der Garage verwahrte, zusammenzupacken.

Er blieb noch eine Weile an der Straße stehen, dann ging er in die Garage, stopfte den Laptop des Mädchens und die Tasche des Sozialarbeiters samt Inhalt in einen blauen Müllsack, warf ihn in den Kofferraum des Meriva und sah sich aufmerksam um.

Er durfte nichts vergessen, denn schon bald würde der Kommissar mit einem Durchsuchungsbefehl zurückkommen.

Abel hatte eine Mütze aufgesetzt. Die Kopfwunde, die das Mädchen ihm im Wohnzimmer mit der schweren Vase zugefügt hatte, blutete zwar nicht mehr, aber sicher war sicher.

Hätte der Kommissar ihm in der Küche Auge in Auge gegenübergesessen, hätte er sie sonst entdecken können. Abel kannte das. Eins ergab das andere und plötzlich hatte man sich verplappert und war geliefert.

Es war ungemütlich draußen. Der Regen war stärker geworden. Zusätzlich war Wind aufgekommen. Die Hunde liefen aufgeregt am Zaun entlang. Sie warteten darauf, aus dem Zwinger geholt zu werden, um ihn auf einer Runde durch den Wald zu begleiten.

Womöglich spürten sie aber auch seine Nervosität. Die stieg von Minute zu Minute, weil er nur eine einzige Chance hatte: an alles zu denken und jeden Fehler zu vermeiden.

Er machte einen Gang durchs Haus, um sich zu vergewissern, dass er nichts übersehen hatte. Doch Dinah hatte bereits gründlich aufgeräumt. Sie hätte ihm gesagt, wenn sie irgendwas gefunden hätte, was dort nicht hingehörte.

Dennoch inspizierte er jedes Zimmer gründlich.

Alles in Ordnung.

Blieb nur noch das Mädchen.

Er hatte keine Zeit mehr, sich eine Lösung für sie auszudenken.

Musste sie wegschaffen.

Und er wusste auch schon, wohin.

*

Noch im Auto führte Bert ein paar Telefongespräche, denn im Kloster würde er kaum Gelegenheit dazu haben. Zuerst informierte er Harald.

»Es gab keinerlei Anzeichen dafür, dass Merle dort gewesen ist«, sagte er. »Allerdings hatte ich nicht die Möglichkeit, mich im Haus umzusehen.«

»Und dafür bist du extra rausgefahren«, antwortete Harald

in einem etwas müden Hab-ich-dir-doch-gleich-gesagt-Ton. »Die Zeit hättest du entspannter verbringen können.«

»Der Besuch war nicht umsonst«, widersprach Bert. »Abel Burggraf und seine Familie werden von einem Sozialarbeiter betreut, der seit vorgestern vermisst wird. Die Kollegen in Köln sitzen an dem Fall.«

»Das ist in der Tat seltsam«, gestand Harald widerstrebend ein.

»Mehr als das, Harald. Zwei Personen werden vermisst, und beide hatten – vermutlich – Kontakt zu Abel Burggraf.«

»Wie du sagst. *Vermutlich.*«

»Der Sozialarbeiter mit Sicherheit und Merle wenn nicht persönlich, so doch zumindest durch ihre Recherchen im Fall der Tierquälerei.«

»Das ist richtig.«

»Hör zu«, sagte Bert. »Du kennst meinen Kollegen Rick Holterbach?«

»Wir sind auf einer Tagung zum Thema *Organisierte Kriminalität* mal heftig versackt. Cooler Typ.«

»Ich versuche, ihn gleich zu erreichen. So oder so überschneiden sich eure Fälle.«

»*Falls ...*«

»... es ein Fall ist, ich weiß. Es *ist* einer, Harald. Abel Burggraf war hochgradig nervös. Er hat alles getan, um zu verhindern, dass ich mehr als einen kurzen Blick auf *irgend*etwas werfen konnte. Und er war so aggressiv, dass er mir am liebsten an die Kehle gegangen wäre. Da stimmt was nicht, Harald. Da stimmt etwas ganz entschieden nicht.«

Als er Ricks Nummer wählte, war ihm klar, dass er damit bereits in die Fälle verwickelt war. Es hatte ihn gepackt.

Er konnte nach dem Gespräch mit dem Forstbeamten nicht einfach so tun, als hätte es nicht stattgefunden. Er hatte Abel Burggrafs Gesicht beobachtet und die Emotionen darauf gespiegelt gesehen. Er hatte gehört, wie sich der Tonfall seiner Stimme verändert hatte.

Er hatte Witterung aufgenommen.

»Bert! Lange nichts von dir gehört.«

»Man kann dich ja nicht allein ermitteln lassen«, frotzelte Bert zurück. »Und da hab ich mir gedacht, ich greif dir ein wenig unter die Arme.«

»Kannst du ein bisschen deutlicher werden?«

»Sagt dir der Name Abel Burggraf etwas?«

»Ja. Er ist einer der Fälle, die Helge Landau zuletzt betreut hat. Aber was ...«

»Du kennst Jette Weingärtner.«

»Ja. Und?«

»Ich habe es bei unserem Gespräch nicht erwähnt – ihre Freundin Merle ist seit gestern Mittag verschwunden.«

»Was? Gibt es Anhaltspunkte für ein Verbrechen?«

»Im Grunde nicht, wenn man davon absieht, dass sie sich seitdem nicht mehr bei Jette gemeldet hat.«

»Na ja ...«

»Was im Fall der Freundinnen wirklich ungewöhnlich zu sein scheint.«

»Und weiter?«

»Merle hat für einen Artikel über Tierquälerei recherchiert und kam dabei auf Abel Burggraf, der ...«

»... seinen Hund getötet haben soll. Miese Sache.«

»Harald Klüven ist für den Fall zuständig.«

»Der alte Harald. Ein äußerst trinkfester Kollege. Das hab ich am eigenen Leib erfahren.«

»Hat er mir erzählt.«

»Du hast mit ihm gesprochen?«

»Ja. Jette Weingärtner hat ihm gegenüber die Vermutung geäußert, Merle könne in die Eifel gefahren sein, um ein Gespräch mit Abel Burggraf zu führen.«

»Wo sie aber nicht angekommen ist?«

»Das weiß anscheinend niemand.«

»Muss ein äußerst unangenehmer Typ sein, dieser Burggraf«, erzählte Rick. »Er hat massive Probleme mit dem Alkohol.«

»Und mit seiner Selbstbeherrschung«, sagte Bert.

»Ja. Er misshandelt offenbar seine Frau.«

»Woher weißt du das?«

»Aus Landaus Akten. Doch das ist noch nicht alles. Er misshandelt anscheinend auch seine fünfjährige Tochter, Bert.«

Ricks Stimme bebte vor Empörung. Er mochte Kinder und Kinder waren verrückt nach ihm. Bert hatte schon oft beobachtet, wie er sie mit seinen Grimassen zum Lachen brachte, nicht immer zur Freude der Eltern.

»Landau vermutet, dass ein unbewältigtes Erlebnis dem Mädchen die Sprache genommen hat«, fuhr Rick fort.

»Was?«

»Sie leidet unter Mutismus, was bedeutet, dass sie aufgehört hat zu sprechen.«

»Wann?« Bert wies Rick nicht darauf hin, dass der Begriff *Mutismus* ihm bekannt war. »Wann hat sie das Sprechen eingestellt?«

»Darüber habe ich in den Unterlagen nichts gefunden. Es handelt sich bei alldem um bloße Vermutungen, Bert. Landau war noch nicht so weit, dass er hätte einschreiten können.«

»Wie ist das Jugendamt auf den Fall gestoßen?«

»Der Kinderarzt hat bei dem Mädchen verdächtige blaue Flecke festgestellt und es gemeldet.«

»Das deckt sich mit Abel Burggrafs Schilderung.«

In Berts Kopf begann es zu arbeiten, doch dann wurde ihm bewusst, dass er genau das nicht zulassen durfte, wenn seine Auszeit einen Sinn haben sollte.

»Abel Burggrafs Schilderung?«

»Ich hab ihn aufgesucht und kurz mit ihm gesprochen.«

»Wie bitte? Du?«

»Rick, ich bin auf dem Rückweg zum Kloster. Ich wollte dich nur kurz informieren.«

»Einen Augenblick noch, Bert. Aus welchem Grund bist du überhaupt bei Abel Burggraf gewesen? Wir alle wähnen dich in deinem Kloster bei Wasser und Brot, und du gondelst in der Gegend herum und steckst die Nase in polizeiliche Ermittlungen, die dich gar nichts angehn?«

»Jette Weingärtner hat mich angerufen, weil sie sich Sorgen um ihre Freundin macht. Ich habe sie an Isa verwiesen, bei der sie neuerdings einen kleinen Job angenommen hat ...«

»Das darf doch nicht wahr sein!«

»Habe ich mir auch gedacht, aber Isa ist ganz angetan von ihr und meint, auf diese Weise habe sie sie sogar ein wenig unter Kontrolle.«

»Ihr Wort in Gottes Gehörgang.«

»Und da wollte ich nur kurz bei Isa nachfragen. Du weißt, wie das ist. Isa hatte zu tun und hat mich mit Harald verbunden, der nicht so richtig an die Sache ran wollte. Schließlich hab ich angeboten, mich mal ein wenig bei den Burggrafs umzusehen. Aber jetzt muss ich wirklich ...«

»Willst du das mit dem Kloster tatsächlich durchziehen, Bert?«

»Allerdings.«

»Aber eigentlich steckst du doch schon mitten in zwei Fällen auf einmal.«

»Und steige direkt wieder aus.«

»Bist du sicher? Ich meine ...«

»Du kannst mir jederzeit eine Nachricht hinterlassen, Rick. Ich rufe dann zurück.«

»Danke, Bert. Und jetzt mach, dass du wieder zu den heiligen Männern kommst.«

Bert musste schmunzeln, als er an Bruder Kaspar mit seiner mächtigen Leibesfülle dachte. Jemand, der den weltlichen Genüssen so zugetan war, ging schwerlich als heiliger Mann durch.

Schwerlich, dachte Bert und lachte.

»Was ist so komisch?«, fragte Rick.

»Erzähl ich dir später mal«, sagte Bert und beendete das Gespräch.

Als Nächstes wählte er Jettes Nummer und wurde mit ihrer Mailbox verbunden.

Hallo. Ich rufe gern zurück.

»Bert Melzig«, sagte er ebenso knapp. »Bitte melden Sie sich bei mir.«

Er hatte sich wieder auf die Fahrt konzentriert, als sein eigenes Handy sich meldete.

»Imke Thalheim hier. Guten Tag, Herr Kommissar.«

Ihre Stimme fuhr ihm durch Mark und Bein. Fast hätte er das Lenkrad verrissen und wäre von der Straße abgekommen.

»Frau Thalheim. Wie geht es Ihnen?«

»Ich habe versucht, Sie im Präsidium zu erreichen, doch dort sagte man mir, Sie seien für zwei Wochen im Urlaub.«

»So ungefähr.«

»Ungefähr?«

Er hatte ihr bei ihren Gesprächen nichts davon gesagt. Sie hatte mit dem Kommissar telefoniert, da hatte sein Privatleben keinen Platz gehabt.

»Ich habe mir eine Auszeit genommen und verbringe die nächsten Tage in einem Kloster.«

Wie passend, dachte er bitter. Wo sonst als in einem Kloster?

»In einem Kloster ... ausgerechnet jetzt ...« Sie korrigierte sich sofort. »So hab ich das nicht gemeint, entschuldigen Sie. Natürlich nimmt man eine Auszeit, wenn man sie braucht und nicht, wenn andere sie einem zugestehen.« Sie lachte kurz auf. »Das wär ja noch schöner. Was ich eigentlich sagen wollte ...«

»Ich hab Sie schon richtig verstanden«, sagte Bert. »Im Augenblick befinde ich mich auch gar nicht im Kloster, sondern habe mir einen kleinen ... Ausflug genehmigt.«

Sie war zu nervös für Plaudereien.

»Herr Kommissar, ich möchte mich noch mal nach Merle erkundigen.«

»Das ist nicht mein Fall«, erklärte Bert. »Das ist Angelegenheit der Bröhler Polizei, und wie Sie wissen ...«

»... sind Sie mittlerweile bei der Kripo Köln, ich weiß. Ich weiß aber auch, dass Sie sich bei Ihren ehemaligen Kollegen jederzeit ... jede Information beschaffen können.«

»Merle ist noch nicht wieder aufgetaucht. Die Ermittlungen sind angelaufen. Es gibt noch nichts zu berichten, Frau Thalheim.«

»Ich werde von jedem, mit dem ich spreche, vertröstet. Auch meine Tochter war nicht zu bewegen, mich auf dem Laufenden zu halten.«

»Auf dem Laufenden?«

Bert war hellhörig geworden. Isa mochte glauben, das Mädchen unter Kontrolle halten zu können, doch sie würde eines Besseren belehrt werden. Jette hatte der Polizei einen Tipp gegeben, Harald hatte nicht sofort sämtliche Truppen losgeschickt, um ihn zu überprüfen, und Jette war beleidigt aus seinem Büro gestürmt.

Sie würde sich allein auf die Suche nach ihrer Freundin machen.

Wenn sie es nicht schon längst getan hatte.

»Ich würde mir einfach wünschen, dass sie mich an ihrem Leben teilhaben lässt, an ihren Hoffnungen – *und Ängsten.* Wie es in einer normalen Familie üblich ist.«

Hast du eine Ahnung, dachte Bert, der im Laufe seines Berufslebens gelernt hatte, dass nirgendwo größere Grausamkeiten begangen werden als in *normalen* Familien. Dass nirgendwo tiefere Abgründe klaffen.

Imke Thalheim interpretierte sein Schweigen sofort.

»Sie befürchten, dass Jette wieder auf eigene Faust …«

»Machen Sie sich keine Sorgen«, versuchte er sie zu beschwichtigen, denn er hörte die unterdrückte Angst in ihrer Stimme.

»Wenn Sie sagen, ich soll mir keine Sorgen machen, ist das ein deutliches Zeichen dafür, dass es an der Zeit ist, mir wirklich welche zu machen.«

Bert wünschte, sie würden dieses Gespräch im Wintergarten ihrer alten Mühle führen. Er verspürte das unstillbare Verlangen, ihr dabei in die Augen zu sehen.

Sie zu betrachten.

Zu berühren.

»Frau Thalheim …«

»Schon gut. Aber darf ich Sie bitten, mir Bescheid zu sagen, wenn Sie etwas Neues erfahren?«

Das konnte, das durfte er ihr nicht versprechen. Es ging sie nichts an. Merle war nur die Freundin ihrer Tochter.

»Bitte ... Bert ...«

Seinen Vornamen aus ihrem Mund zu hören, war wie eine Liebkosung. Etwas in ihm zog sich zusammen.

»Ich melde mich«, sagte er und drückte das Gespräch rasch weg.

*

Irgendwann hatte Lo ihre Malsachen ausgepackt, die Stifte, nach Farben geordnet, auf dem Holzfußboden im Wohnzimmer ausgebreitet und angefangen zu malen. Nach wenigen Minuten hatte sie ihre Umgebung vergessen und Dinah und Louisa hatten sich weiter leise unterhalten.

Sie taten es immer noch. Die wenigen Stunden, die sie miteinander verbrachten, waren jedes Mal viel zu kurz. Nie wurden sie fertig mit dem, was sie einander zu erzählen hatten. Meistens redeten sie über früher, und Dinah sehnte sich in die Zeit zurück, in der sie unbekümmert und glücklich gewesen war.

Eine friedliche Stimmung lag im Raum. Auf dem Esstisch brannte eine Kerze. Louisa hatte frischen Tee auf das Stövchen gestellt. Aus dem CD-Player erklang leise Musik.

Dinah hasste es, das Gespräch mit Louisa abbrechen zu müssen. Lo zu stören, die so entspannt und unbeschwert wirkte. Wollte dieses Zimmer nicht verlassen. Nicht ins Auto steigen und zurückfahren.

Geräuschlos erhob sie sich und ging zu Lo hinüber, die so versunken war, dass sie sie nicht bemerkte. Bückte sich zu den Bildern und betrachtete sie.

Gesichter.

Lo hatte lauter Gesichter gemalt.

Große und kleine Gesichter, die sich hell von einem dunklen Hintergrund abhoben und im Raum zu schweben schienen.

Auf manchen Bildern waren schwarze Striche über die Gesichter gelegt. Darum herum wuchsen grüne Ranken.

»Lo«, sagte Dinah leise. »Es wird Zeit.«

»Ach, bitte!« Louisa war hinter Dinah getreten und berührte sie leicht an der Schulter. »Könnt ihr nicht noch zum Abendessen bleiben? Marcel kommt heute sehr spät nach Hause.«

»Das geht nicht, Louisa.« Dinah fing an, die Blätter zusammenzulegen. »Abel wartet.«

»So viele Gesichter!« Louisa griff nach einem der Bilder und betrachtete es. »Wie schön du malen kannst.«

Lo hob den Kopf und sah Louisa ernst an. Dann stand sie auf und nahm ihr das Bild aus der Hand. Sie fing an, die Malstifte in ihrem Mäppchen zu verstauen. Fumée, die merkte, dass alles in Bewegung geriet, wuselte aufgeregt zwischen ihnen herum.

Dinah verspürte plötzlich eine unerklärliche Nervosität. Mit flatternden Händen packte sie die Sachen zusammen. Obwohl sie am liebsten noch eine Weile bei Louisa geblieben wäre und in ihrem behaglichen Haus, konnte sie auf einmal nicht schnell genug wegkommen.

Erst als sie im Auto saßen, entspannte sie sich allmählich wieder.

Im Rückspiegel sah sie Lo, die konzentriert auf etwas zu lauschen schien, was ihr Amanda zuflüsterte.

*

Ihre Kehle war trocken und brannte sauer. Merle hätte gern einen Schluck Wasser getrunken, die Flasche stand aber nicht in erreichbarer Nähe. Nach Abels Schlag auf das verletzte Bein hatte sie sich zunächst nicht mehr getraut, sich auch nur einen Zentimeter zu bewegen. Doch dann hatte sie mit qualvoller Mühe die Hose gewechselt und war froh gewesen, es allein hinzukriegen.

Erstaunlicherweise war die Matratze von Erbrochenem und Urin nahezu verschont geblieben. Lediglich ein kleiner feuchter Fleck erinnerte an das, was geschehen war.

Merle biss die Zähne zusammen.

Die Schmerzen waren unvorstellbar. Es war, als bestünde sie nur noch aus diesem pulsenden, pochenden Brennen, das vom Knöchel aus durch ihre Adern zu fließen und sich in ihrem Kopf zu sammeln schien.

Sie musste sich ablenken, durfte dem Schmerz nicht erlauben, vollständig Besitz von ihr zu ergreifen.

Da sie nicht wusste, wie lange Abel fortbleiben würde, war es sinnvoll, ihre Waffe so zu verstecken, dass sie in jeder Situation Zugriff auf sie hatte. Merle horchte zur Tür und klaubte die Gabel, als alles ruhig blieb, unter der Matratze hervor.

Sie lag gut in ihrer Hand, und ihre Zinken waren spitz genug, um Abel ernsthaft zu verletzen. Merle musste ihn nur am Hals oder im Gesicht treffen.

Und dann? Wenn sie ihn außer Gefecht gesetzt hatte? Sie war doch gar nicht in der Lage, sich ohne Hilfe fortzubewegen.

Wieder lauschte sie.

Wieso hörte sie nichts? Wo waren Dinah und Lo?

Hatte Abel auch sie eingesperrt?

Es war doch nicht normal, dass in einem von drei Personen bewohnten Haus Totenstille herrschte. Selbst wenn sie sich ungewöhnlich ruhig verhielten – müsste man nicht *irgend*welche Geräusche hören? Wasser, das durch die Leitungen lief? Einen Stuhl, der gerückt wurde? Etwas, das hinfiel und über den Boden kullerte?

Doch man hörte nichts.

Vorsichtig streckte sie das verletzte Bein und hielt die Luft an, als der Schmerz wieder lostobte. Ein einsamer Schweißtropfen rollte ihr über die Schläfe und landete kitzelnd in ihrem Ohr.

Abel hatte sie zwar geknebelt, bevor er davongehastet war, er hatte jedoch versäumt, sie zu fesseln. Merle hatte den Knebel aus dem Mund gezogen und ihn angewidert weggeschleudert.

Ab und zu, dachte sie jetzt, muss man auch mal Glück haben.

Noch gestern hatte sie Glück komplett anders definiert.

Nachdem es ihr endlich gelungen war, sich aufzusetzen, wurde ihr schwindlig. Sie schloss die Augen. Und riss sie gleich wieder auf. Zu groß war ihre Angst, die Kontrolle zu verlieren. Hab keine Angst, sagte sie sich. Sonst hörst du auf zu denken und stirbst.

Als die Hunde ein zweites Mal angeschlagen hatten, war ihr klar gewesen, dass irgendjemand auf den Hof gekommen sein musste oder zumindest in die Nähe des Hauses.

Sie hatte sich bemerkbar machen wollen, hatte geschrien.

Es zumindest versucht.

Ihre Stimme hatte ganz armselig geklungen. Als hätten sich ihre Schreie nach innen gerichtet, wo niemand sie hören konnte, nur sie selbst.

Ihre einzige Chance. Und sie hatte sie verschenkt!

Hör auf, darüber nachzugrübeln. Du musst nach vorn sehen, nur nach vorn.

Der Pulli war nicht mit Erbrochenem bekleckert. Die

Hose hatte sie gewechselt. Abel würde sie also nicht wieder zwingen, sich auszuziehen und seinen Blicken preiszugeben.

Sie hatte diesen Ausdruck in seinen Augen gesehen.

Dieses Verlangen, das auch in die Augen der Arbeiter trat, wenn sie an einer Baustelle vorbeiging. Merle quittierte die bewundernden Pfiffe meistens mit ironisch gestrecktem Mittelfinger, aber manchmal, wenn der Tag besonders schön war oder sie sich besonders gut fühlte, gab sie sie auch zurück. Sie pfiff lauter und schriller auf den Fingern als die meisten Typen.

Es war nicht einfach, eine Gabel am Körper zu verstecken, wenn man keine Unterwäsche trug und einem alles drei Nummern zu groß war. Merle schob sie schließlich in die Socke des gesunden Fußes, eine dicke Männersocke, deren Bund ihr bis über die Wade reichte und eng genug war, um dem Gewicht der Gabel standzuhalten.

Erschöpft hielt sie inne. Sie hatte das Bedürfnis, sich in eine Ecke zurückzuziehen und in sich selbst zu verkriechen, wie die Katzen es manchmal taten. Doch es gab hier keinen geschützten Winkel und sie musste auf der Hut sein.

Abel war durchgeknallt. Wer wusste schon, wie er reagieren würde, wenn der Druck auf ihn zunahm? Schon jetzt schien er am Rand seiner Belastbarkeit angelangt.

Sie hatte nervöse Tics an ihm bemerkt: ein unaufhörliches Zucken seines Augenlids und dass er sich ständig räusperte. Offenbar stand er enorm unter Strom.

Es gab nichts Gefährlicheres.

Sie raffte ihre ganze Kraft zusammen, stützte sich mit der linken Hand ab und beugte sich zu ihrer Tasche vor, die Abel ihr, aus welchem Grund auch immer, nicht weggenommen hatte.

Alles unbrauchbar. Nichts, was sie verwenden konnte, um sich aus ihrer Lage zu befreien.

Ein Päckchen Taschentücher. Das Schminktäschchen mit Spiegel, Lipgloss und Wimperntusche. Ihr Schlüsselbund. Die Wagenpapiere und der Führerschein. Der Personalausweis. Ein verpackter Schokokeks, den sie irgendwo zum Cappuccino bekommen und eingesteckt hatte. Der Geldbeutel. Ein paar Streifen Kaugummi. Eine kleine Sprühflasche Desinfektionsspray. Einkaufsquittungen. Ihr Glücksbringer, ein winziger Stein aus den schottischen Highlands, durch die sie zu Zeiten vor Jette und Claudio mal allein getrampt war.

Und die Tüte Himbeerbonbons, die sie sich auf dem Weg hierher gekauft hatte.

Sie war noch da!

Vor Freude traten ihr die Tränen in die Augen. Sie liebte Himbeerbonbons. Sie waren eine Erinnerung an ihre Kindheit, den guten Teil davon, und würden sie über die Stunden tragen, die sie hier allein verbringen musste. Ihr Hungergefühl dämpfen und ihren Durst löschen, wenn das Wasser wieder zur Neige ging. Sie waren ein Hoffnungssignal, was eine absurde Vorstellung war, und doch machte sie Merle Mut.

Jette, dachte sie. Beeil dich. Ich hab nicht mehr viel Zeit.

Andere Menschen mochten in einer solchen Situation beten, doch Merle hatte schon zu viel Grausamkeit gesehen, um an einen Gott zu glauben, der irgendwo in der blauen Unendlichkeit saß und sich ihre Gebete anhörte, um dann zu entscheiden, ob er ihr helfen wollte oder nicht.

Lieber sprach sie in Gedanken zu Jette.

Okay, manchmal auch zu Gott. Wenn es keiner mitkriegte.

Was würde Jette tun? Würde sie den Kommissar anrufen?

Nie hätte Merle gedacht, dass sie einmal auf die Hilfe von Bullen angewiesen sein würde. Dass sie, die militante Tierschützerin, die schon so gut wie jedes Gesetz übertreten hatte, beim Anblick einer Polizeiuniform vor Erleichterung ausrasten würde. Nie.

Ihre Gedanken wanderten weiter zu Claudio. Vermisste er sie? Machte er sich Sorgen? Oder fegte er jeden Anflug von Beunruhigung ganz einfach vom Tisch, wie das auch sonst seine Art war?

Er war am Anfang ihrer Beziehung so fürsorglich gewesen, so liebevoll. Hatte sie auf Händen getragen, bis sie ihm mühsam klargemacht hatte, dass sie lieber auf ihren eigenen Füßen lief.

Da hatte er angefangen, sie loszulassen, langsam und voller Misstrauen.

Noch immer fiel es ihm schwer, seine Eifersucht in den Griff zu bekommen, und häufig gelang ihm das nicht besonders gut. Der Weg, den sie miteinander gingen, war beschwerlich. Oft gerieten sie ins Stolpern, doch sie fingen sich immer wieder.

Und gingen weiter.

Merle verstaute die Himbeerbonbons in der Hosentasche. Mittlerweile pochte ihr Fußgelenk so heftig, dass sie es im ganzen Körper spürte. Langsam ließ sie sich wieder auf die Matratze sinken. Ihr Bein fühlte sich heiß an, doch sie konnte nicht nachsehen, ob es entzündet war, weil Abel es bis zum Knie verbunden hatte.

Sie mochte gar nicht darüber nachdenken, welche Komplikationen es geben konnte. Es war ziemlich wahrscheinlich, dass ein nur provisorisch versorgter Bruch auf Dauer gefährlich war.

Vielleicht würde sie ihr Leben lang hinken.

Wenn sie das Bein nicht sogar verlor.

Sie wickelte den Schokokeks aus dem Papier und aß ihn langsam und bedächtig. Er war trocken und brüchig, ließ aber den ekelhaften Geschmack von Erbrochenem verschwinden, beruhigte ihren Magen und vermittelte ihr, wenn sie die Augen schloss, die Illusion, irgendwo in einem Café zu sitzen, wo sie auf Jette wartete, um eine Runde mit ihr zu quatschen.

Jette …

Merle wischte sich die Kekskrümel vom Pulli, als ihr etwas einfiel. Noch einmal beugte sie sich über ihre Tasche, öffnete den hinteren Reißverschluss und zog eine provisorische Hundeleine hervor, die sie immer bei sich hatte, weil sie nie wusste, ob sie nicht an der nächsten Ecke einem Notfall begegnete. Es war ihr in Fleisch und Blut übergegangen, und sie wunderte sich darüber, dass sie nicht eher daran gedacht hatte.

Jetzt bin ich mein eigener Notfall, dachte sie und fand den Gedanken so beängstigend und gleichzeitig so komisch, dass sie lachen musste. Es war kein wohltuendes Lachen, im Gegenteil. Es tat im Bauch weh und im Hals und hörte sich an wie Weinen.

Merle riss sich zusammen. Sie nahm die Leine doppelt und zog sie durch die Schlaufen der Männerhose, die sie trug. Verknotete sie vorm Bauch und fühlte sich ein bisschen sicherer.

Kaum war sie damit fertig, hörte sie Abels Schritte. Sie klangen anders als sonst. Hektisch. Laut. Irgendwas stimmte nicht.

Panik umschloss Merles Hals und drückte zu.

»Raus hier!«, sagte Abel, als er in den Raum stürmte.

Er schaute sich um, als wollte er sich jedes Detail einprägen. Dann nahm er den Eimer, der bei der Tür stand, und brachte ihn hinaus.

Raus hier?

Was meinte er damit?

Erwartete er, dass sie aufstehen und wandeln würde? Er war nicht Jesus.

Aber vielleicht glaubte er das.

Er kam zurück und beugte sich über sie.

Merle zuckte zusammen.

»Stell dich nicht so an!«, sagte er, trat hinter sie, griff ihr unter die Arme und hob sie von der Matratze auf. Unterm Fenster setzte er sie wieder ab und lehnte sie gegen die Wand. Ihr Bein, das bei dieser Aktion über den kalten, rauen Boden geschleift war, rächte sich mit einer neuen Schmerzattacke.

»Scheiße!«, fluchte Merle. »Ich muss zu einem Arzt!«

»Hast du keine anderen Probleme?«, fuhr er sie an, während er die Matratze zur Tür zerrte und mit ihr auf dem Flur verschwand.

Merle hatte die Luft angehalten, um sich gegen die Schmerzen zu wappnen. Jetzt atmete sie langsam wieder aus. Gottverdammter Wichser, dachte sie, und es tat ihr gut, ihn in Gedanken runterzumachen. Blöder, versiffter Oberhirni!

Normalerweise fluchte sie oft und fantasievoll. Aber wenn einem alles wehtat, fielen einem keine originellen Beschimpfungen ein.

Arsch mit Ohren, dachte sie. Hackfresse.

Jedes Schimpfwort war Ersatz für einen Schlag in sein Gesicht, nach dem sie sich sehnte. Sie ertrug es nicht, ihm ausgeliefert zu sein. Ihn zu hassen, aber mehr noch zu fürchten.

Warum räumte er auf?

Wieso hatte er es so eilig?

Er schafft mich aus dem Weg, dachte Merle, und ihre Finger fingen an zu kribbeln. Als sie sie ansah, bemerkte sie, dass sie vor Kälte blau waren. Erst in diesem Moment begann sie zu frieren, so sehr, dass ihre Zähne klapperten. Sie verschränkte abwehrend die Arme vor der Brust.

Und sah Abel zu, der alles verschwinden ließ, was daran erinnerte, dass jemals jemand hier eingeschlossen worden war.

Als ihr Gefängnis wieder zu einem ganz normalen Kellerraum geworden war, blickte er sich noch einmal um und rieb sich zufrieden die Hände.

Merle fürchtete sich vor dem Moment, in dem sein Blick auf ihr liegen bleiben würde. Sie wünschte, sie könnte sich unsichtbar machen, doch sie war nicht mehr vier, und die Augen zuzukneifen, würde nicht mehr helfen.

Um irgendwie die Flucht nach vorn anzutreten, fragte sie ihn schließlich.

»Was hast du mit mir vor?«

26

Abel betrachtete das Mädchen nachdenklich. Wenn ich das wüsste, dachte er. Wenn ich das bloß selber wüsste. Doch seine Zweifel gingen sie nichts an.

Er fragte sich, wie er in diese Scheißlage hatte geraten können. Mit welch traumwandlerischer Sicherheit er sich ständig ins Aus katapultierte. Als hätte er es darauf angelegt.

»Halt die Klappe«, schnauzte er sie schließlich an, weil er keinen Bock hatte, sich mit ihr auseinanderzusetzen. Wer war er denn, der kleinen Schlampe Rede und Antwort zu stehen? Jemand hätte ihr längst das vorlaute Maul stopfen sollen, und wenn das bisher keinem gelungen war, würde er es eben machen. Kein Problem.

Ihre Augen waren voller Angst und Schmerzen.

»Da.«

Er reichte ihr die Wasserflasche und hielt ihr zwei Tabletten hin.

»Was ist das?«, fragte sie.

»Bist du blind?«, fragte er zurück.

»Schmerztabletten oder …«

Allmählich ging ihm ihr Genöle auf die Nerven. Glaubte sie etwa immer noch, hier die Bedingungen stellen zu können?

»Nur Schmerztabletten«, erklärte er ihr dennoch, denn die Zeit wurde knapp. Gleich würden Dinah und Lo nach Hause kommen und dann mussten sie weg sein. Lo würde wieder überall herumschnüffeln, und Dinah verfiel möglicherweise ausgerechnet heute Abend auf die grandiose Idee, einen neuen Sack für die Altkleidersammlung zu packen. Das durfte er nicht riskieren. »Aber wenn du nicht kooperierst, schick ich dich sofort wieder ins Land der Träume, kapiert?«

Sie starrte die Tabletten in seiner Hand mit einer Mischung aus Verlangen und Argwohn an.

»Ob du das kapiert hast?«

Offenbar hatte sie eine Entscheidung getroffen, denn sie nickte, nahm die Tabletten und steckte sie gehorsam in den Mund. Dann trank sie gierig.

Er reichte ihr ihre Tasche, befahl ihr, die Flasche zuzuschrauben und hineinzustopfen, warf einen letzten Blick auf alles.

Ein Keller wie jeder andere.

Keine Spur von dem Mädchen.

Der Bulle würde nichts entdecken.

Abel bückte sich und hob sie mühelos auf. Trug sie auf seinen Armen zum Flur und die Treppe hinauf. Spürte, wie sie zitterte.

Es erregte ihn.

Über die Maßen.

*

Eine traurige, regennasse Landstraße. Hier und da ein einsames Gehöft.

Und endlich das Forsthaus.

Schäbig, war mein erster Eindruck. Abweisend. Nichts, in dem man sein Leben verbringen wollte.

Ich parkte an der Hecke und stieg aus. Der Regen war lästig, aber ich beschloss, nicht meinen farbenfroh leuchtenden Schirm zu benutzen, sondern zog mir stattdessen die Kapuze meines Parkas über den Kopf.

Das hier war kein Spaziergang. Ich spionierte das Haus eines Mannes aus, der garantiert nicht begeistert reagieren würde, wenn er mich dabei erwischte. Da war Tarnfarbe angebracht.

Vielstimmiges Hundegebell empfing mich. Erschrocken blieb ich neben dem Wagen stehen. Doch niemand außer den Tieren interessierte sich für mich. Ich schloss ab und machte zögernd die ersten Schritte.

Ich hatte mir keinen Plan zurechtgelegt und war unsicher, wo ich mit meiner Suche anfangen sollte. Der Regen hüllte alles in ein beklemmendes Grau. Kein Auto, kein Bus, kein Motorrad, nicht mal ein Traktor fuhr vorbei.

Das Ende der Welt.

Keine Fußgänger, keine Radfahrer.

Keine Zeugen.

Für was auch immer.

Plötzlich fand ich die Idee, allein hier aufzukreuzen, nicht mehr so prickelnd. Ich zog mein Handy aus der Jackentasche und wählte Mike an.

»Wo bist du?« Seine Stimme klang atemlos. Als ob er gerannt wäre. Oder sich sorgte. »Geht's dir gut?«

»Ich bin am Forsthaus«, sagte ich leise. »Und ich frag mich, was ich hier eigentlich mache.«

»Am besten auf dem Absatz kehrt.« Mike hörte sich erleichtert an, als hätte ich endlich etwas begriffen, was er mir schon hundert Mal erklärt hatte. »Setz dich ins Auto und komm nach Hause, Jette. Ich hab kein gutes Gefühl bei der Sache.«

»Quatsch.« Allein mit ihm zu sprechen, machte mir Mut. »Wo ich schon mal hier bin, guck ich mich auch um.«

»Wonach willst du denn suchen? Meinst du, der Typ hat mit Hinweisen um sich geschmissen? Wenn er Merle wirklich etwas angetan hat, dann bestimmt nicht so, dass jeder, der zufällig vorbeikommt, über Indizien stolpert.«

»Wie du redest ...«

»Wieso? Wie rede ich denn?«

»So ... abgebrüht. Als ginge es um irgendwen. Es geht um Merle!«

»Sag mir, was genau du hören willst, dann richte ich mich gern danach.«

Die Ironie tropfte nur so aus seinen Worten. Das war nicht typisch für Mike. Anscheinend hatte ich ihn wirklich getroffen.

»Hör mal, Mike, ich wollte nicht ...«

»Schon gut. Wir sind beide etwas nervös.«

Während wir miteinander telefonierten, war ich an der Hecke entlanggegangen. Die Hunde hatten sich beruhigt. Ab und zu kläffte einer kurz auf und verstummte wieder. Ich war mir inzwischen sicher, dass niemand zu Hause war.

»Mir wäre wohler, wenn du nicht allein da draußen rumlaufen würdest«, sagte Mike.

»Mir auch«, rutschte es mir heraus.

Aber Mike hörte gar nicht richtig hin.

»Warte mal«, sagte er. »Ich leg dich kurz ab.« Ich hörte ein klägliches Miauen und dann Mikes Stimme. »Was ist denn los, mein Kleiner?«

Mein Kleiner?

Damit konnte er nur Klecks oder Smoky meinen. Dem feinen Katzenstimmchen nach zu urteilen, sprach er zu Klecks.

»Hey«, sagte Mike, und ich hörte die Zärtlichkeit in seiner Stimme. »Hab doch keine Angst. Magst du ein bisschen Fleisch?«

»Entschuldige, Jette, mit Klecks ist irgendwas nicht in Ordnung.«

»Nicht in Ordnung? Wieso?«

»Er benimmt sich schon die ganze Zeit merkwürdig. Streicht mir um die Beine und jammert ununterbrochen.«

»Frisst er?«

»Nicht mal Hühnchen. Hab ich eben ausprobiert.«

»Vielleicht hat er sich den Magen verdorben.«

»Eine Maus kann er nicht gefressen haben. Er war drinnen, als ich nach Hause gekommen bin.«

Das passierte manchmal, dass die Katzen eine Maus nicht vertrugen. Doch meistens würgten sie sie dann schnell wieder aus.

»Hat er gebrochen?«

»Glaub ich nicht. Ich hab überall nachgeguckt.«

»Fühl mal, ob seine Nase heiß ist.«

»Ja. Und trocken. Meinst du, ich soll ihn zum Tierarzt bringen?«

»Unbedingt. Verlier keine Zeit.«

»Und du«, sagte Mike, »brichst deine verrückte Undercover-Aktion jetzt bitte ab und kommst nach Hause, ja?«

»Sobald ich kann.«

»Scheiße!«

»Was ist los?«

»Jetzt kotzt er. Und wie. Er hört gar nicht mehr auf.«

Damit war klar, dass ich das hier definitiv allein durchziehen würde. Ich versuchte noch, den Kommissar zurückzurufen, der mir auf die Mailbox gesprochen hatte, erreichte ihn jedoch nicht.

Egal. Bevor ich nicht glasklare Beweise in der Hand hatte, würde er mir sowieso nicht glauben. Und vor allem nicht eingreifen. Das kannte ich schon. Das musste ich mir nicht noch mal antun.

Ich schaltete mein Handy auf stumm und machte mich auf den Weg zum Tor.

*

Rick rieb sich erschöpft die Augen. Er war in Helge Landaus Fälle eingetaucht und hatte jetzt Mühe, wieder zurückzufinden. Zwischendurch hatte er mit Ayla Bilgin telefoniert, um ihr noch ein paar Fragen zu stellen. Sie hatte sie geduldig beantwortet, doch unter ihrer äußeren Gelassenheit spürte er die Verzweiflung.

»Hat Ihr Kollege nicht vielleicht doch über einen seiner Fälle häufiger geredet?«, hatte er sie noch einmal gefragt. »Oder hat einer dieser Fälle ihm besonders am Herzen gelegen?«

Sie hatte die Fragen verneint.

»Man glaubt es vielleicht nicht«, hatte sie ihm erklärt, »aber wenn wir uns privat unterhalten, dann ganz selten über unsere Arbeit. Man darf die Fälle nicht mit nach Hause nehmen, verstehen Sie? Zum einen verliert man schnell die Objektivität, indem man sie sich zu eigen macht, zum andern belastet man seinen Alltag. Es ist ein wichtiges Gesetz in unserem Beruf: Lass die Arbeit im Büro.«

Würd ich auch gern machen, hatte Rick gedacht.

Doch seine Fälle folgten ihm überallhin.

Das war mittlerweile zu einem echten Problem zwischen

Malina und ihm geworden, denn Malina gehörte zu den Menschen, die schreckliche Erfahrungen nur schwer verarbeiten können. Wenn Rick von einem Mordfall erzählte, speicherte sie sämtliche grausigen Einzelheiten und schaffte es kaum noch, sich wieder von ihnen zu befreien. Sie schlief dann schlecht und litt unter Albträumen.

Also hatte er aufgehört, mit ihr über seine Arbeit zu sprechen. Das wiederum war nicht seine Vorstellung von einer Beziehung, und so waren sie in einen Strudel geraten, der sie immer weiter abwärts zog.

Er holte sich einen Kaffee und kehrte zu Helge Landaus Fällen zurück.

Das Elend, das sich da vor ihm ausbreitete, ging ihm unter die Haut, vor allem, weil immer Kinder und Jugendliche betroffen waren. Ob sie nun drogenabhängige Eltern hatten, in einem Milieu von Alkohol und Gewalt aufwuchsen, bereits mit zwölf auf der Straße lebten, den frühen Tod des Vaters oder der Mutter verarbeiten mussten oder die Trennung der Eltern nicht verkrafteten.

Sie waren immer die Opfer.

Er griff zum Telefon und warf, bevor er Harald Klüvens Nummer wählte, einen Blick auf seine Uhr. Gleich halb sieben. Er sollte endlich einmal pünktlich zusammenpacken, um Malina eine Freude zu bereiten, sonst würde sich die Eiszeit in ihrer Beziehung so sehr festsetzen, dass kein Tauwetter der Welt ihnen mehr helfen konnte.

»Klüven!«

Das klang fast wie eine Beschimpfung.

»Rick Holterbach. Hallo, Harald.«

»Rick! Du kommst mir zuvor. Ich hätte dich jeden Moment angerufen. Wie geht's dir?«

»Prächtig. Und selbst?«

Entsetzt stellte Rick fest, dass er die Floskeln seines Vaters benutzte. Wann hatte das angefangen?

»Jede Menge Stress, aber das kennst du ja.«

»Weshalb ich anrufe, Harald …«

»Hab schon mit Bert gesprochen. Er meint, dass sich zwei unserer Fälle überschneiden.«

»Du klingst skeptisch. Siehst du das anders?«

»Na ja, ich war mir bisher noch keineswegs sicher, dass ich es hier *überhaupt* mit einem Fall zu tun habe. Eine junge Frau ist seit gestern Mittag verschwunden. Ich muss dir nicht erklären, dass es dafür tausend Gründe geben kann, die nichts mit einem Verbrechen zu tun haben. Sie ist volljährig und kann ihren Aufenthaltsort frei bestimmen.«

»In meinem Fall sieht das anders aus, Harald. Das Fahrzeug des Vermissten ist ausgebrannt in einem stillgelegten Steinbruch entdeckt worden.«

»Wo?«

»Bei Dahlem.«

»Wo das Verbindungsglied unserer *Fälle* der Forstbeamte ist?«

Rick hatte Haralds sarkastische Betonung durchaus wahrgenommen. Er selbst hatte ja immerhin etwas in der Hand, während Harald sich auf Vermutungen stützen musste.

»Nein. Abel Burggraf leitet den Bezirk Gemünd.«

»Geht ihr von Mord aus?«

»Wir müssen die Ergebnisse der Spurensicherung abwarten. Der Wagen ist erst gestern Abend aufgefunden worden.«

»Was wisst ihr über den Mann?«

»Es gab vor zwei Jahren einen Prozess, weil man ihm vorwarf, seinen Hund totgeprügelt zu haben. Man konnte ihm die Tat nicht nachweisen. Aber: Helge Landau, der Sozialarbeiter, der als vermisst gilt, betreut Burggrafs Familie, und ich habe Akteneinsicht erhalten. Burggraf ist offenbar Alkoholiker und misshandelt Frau und Kind, eine Tochter, fünf Jahre alt.«

»Und ist leitender Forstbeamter? Das ist ja unglaublich.«

»Er hat die Gesprächstermine mit Helge Landau weitgehend torpediert und sich in jeder Hinsicht unkooperativ und aggressiv verhalten. Sicher hätte Helge Landau über kurz oder lang weitere Schritte eingeleitet.«

»Entzug der Tochter?«

»Darauf wäre es möglicherweise hinausgelaufen, ja.«

»Siehst du da ein Mordmotiv?«

»Das Problem ist – wir haben keine Leiche, Harald. Was nützt uns da das schönste Motiv?«

»Irgendeine Spur?«

»Nicht mal der Hauch einer Spur. Die Suche nach Zeugen, die Helge Landau seit seinem letzten beruflichen Termin gesehen haben könnten, ist im Internet bereits angelaufen, hat aber noch keine nennenswerten Ergebnisse gezeigt. Du kennst das ja – zuerst melden sich immer diese Typen, die sich den Kick holen, indem sie uns die Arbeit schwer machen.«

»Nach dem Aufruf in den Zeitungen morgen wissen wir wahrscheinlich mehr«, sagte Harald. »Allerdings …«

»Wir?«, fragte Rick mit einem Schmunzeln.

»Ich hatte schon weniger in der Hand.« Harald ging nicht auf Ricks Frage ein. »Und hab trotzdem eine Hausdurchsuchung durchgesetzt.«

»Nach Berts Aktion dürfte Abel Burggraf vorgewarnt sein.«

»Deshalb sollten wir ihm so wenig Zeit wie möglich lassen.«

Rick legte auf und wählte Malinas Nummer. Mit dem gemeinsamen Abend würde es wieder nichts werden.

*

Dinah registrierte sofort, dass der kleine Peugeot das gleiche Kennzeichen hatte wie der Meriva, mit dem Merle gekommen war.

Merkwürdig, dachte sie. Dann erst fiel ihr das Mädchen auf, das hinter dem Auto stand und ihr unschlüssig entgegensah. Dinah schaltete den Motor aus.

»Bleib noch einen Moment sitzen«, bat sie Lo, die schon ihren Gurt gelöst hatte. »Ich hol dich gleich.«

Fumée sprang aus dem Wagen und lief freudig bellend auf das Mädchen zu. Das Kläffen der Münsterländer in ihrem Zwinger stieg zu den höchsten Tönen an. Zu ihnen hätte sich das fremde Mädchen bestimmt nicht hinuntergebückt, um sie zu streicheln. Und ganz sicher hätten die Hunde es sich nicht gefallen lassen.

Die Hunde eines Forstbeamten müssen wachsam sein und ab-so-lut gehorsam.

Wie oft hatte Dinah diesen Satz von Abel gehört.

Seine Liebe zu Fumée passte nicht dazu und war ihr unbegreiflich, denn Fumée war weder das eine noch das andere. Sie freute sich über jeden Besucher und schmolz bei jedem guten Wort dahin.

Wenn Dinah sie im Umgang mit Lo beobachtete, fragte sie sich oft, aus welchem Grund dieser kluge, hinreißende Hund im Tierheim gelandet sein mochte.

»Wartest du auf mich?«, fragte sie, während sie das Tor öffnete.

Das Mädchen kam auf Dinah zu und streckte die Hand aus.

»Ich bin Jette Weingärtner.«

»Dinah Burggraf«, antwortete Dinah und ergriff die Hand, die schlank war und kühl. Wahrscheinlich stand das Mädchen schon eine ganze Weile hier in der Kälte.

Als Dinah ihren Namen nannte, verengten sich ganz kurz Jettes Augen.

»Meine Freundin Merle hatte vor, Ihren Mann wegen eines Artikels zu befragen«, sagte sie dann. »Ist sie hier gewesen?«

»Sollen wir uns nicht duzen?«, fragte Dinah.

Jette nickte und schaute sie erwartungsvoll an.

»Ja, sie war hier.«

Dinah dachte an Los entsetzlichen Schrei. An den Streit. Und an den Lärm, der von unten zu ihr heraufgedrungen war. Sie dachte daran, dass Abel sie in Los Zimmer eingesperrt hatte und an die Verwüstungen, die sie am nächsten Morgen beseitigen musste.

»Was ist mit ihr?«, fragte sie, und ein banges Gefühl beschlich sie.

»Sie ist verschwunden.«

Also doch ...

Aber wie konnte das sein? Und wer sagte denn, dass Abel überhaupt etwas damit zu tun hatte?

»Das tut mir leid«, sagte sie.

»Wann ist sie denn wieder gefahren?«, fragte Jette.

Diese Frage konnte Dinah nicht beantworten.

Weil sie es nicht wusste.

»Ich weiß nicht«, sagte sie. »Meiner Tochter ging es nicht gut. Ich habe sie ins Bett gebracht und bin dann mit ihr eingeschlafen.«

Jette sah sie an.

»Tut mir leid«, wiederholte Dinah. »Mehr kann ich dir nicht sagen. Am nächsten Morgen war sie jedenfalls nicht mehr da und auch ihr Auto stand nicht mehr draußen vor unserem Grundstück.«

Jette nickte. Unsicherheit legte sich auf ihr Gesicht.

»Hör zu«, sagte Dinah. »Ich muss jetzt meine Tochter aus dem Auto holen und ihr etwas zu essen machen und …«

»Kann ich deinen Mann kurz sprechen?«, fragte Jette. »Es dauert nicht lange. Ich möchte nur wissen, worüber die beiden geredet haben.«

»Ich … weiß nicht.«

Dinah fühlte sich überrumpelt. Hilflos spähte sie zum Haus. Innen war es immer ein wenig schummrig, deshalb hatten sie die Angewohnheit, schon bei Einbruch der Dämmerung das Licht einzuschalten.

Doch das war nicht geschehen. Ob Abel sich hingelegt hatte? Oder in der Garage werkelte?

»Ehrlich. Ich bin auch gleich wieder weg.«

Jetzt kam zu allem Übel auch noch Lo angelaufen, die es im Wagen nicht mehr ausgehalten hatte. Fumée begrüßte sie so begeistert, als hätte sie sie seit Stunden nicht mehr gesehen.

»Hallo.« Jette beugte sich freundlich zu Lo hinunter. »Wer bist denn du?«

Stumm erwiderte Lo ihren Blick.

»Und wer ist das?«

Jette zeigte auf Amanda.

»Meine Tochter Lo«, erklärte Dinah, »und ihre Puppe Amanda. Und das ist Fumée.«

»Guten Tag, Lo«, sagte Jette. »Hallo, Amanda. Freut mich, Fumée.«

Lo musterte sie neugierig. Sie hielt Amanda fest im Arm.

Dinah fuhr den Wagen auf den Hof und schloss gerade das Tor, als ohne Vorankündigung ein wahrer Sturzregen aus dem Himmel brach. Dicke Tropfen platschten auf die Erde und sammelten sich im Handumdrehen zu großen Pfützen.

»Kommt!«

Dinah überlegte nicht lange. Sie fasste Lo bei der Hand und rannte mit ihr zum Haus. Schloss die Tür auf und bat Jette, die schon mit tropfenden Haaren neben ihr stand, kurzerhand hinein.

»Abel!«, rief sie. »Wir sind wieder da! Und wir haben Besuch!«

27

Mama guckt überall nach. Doch Lo weiß, dass Papa nicht da ist. Das Haus würde sich sonst anders anfühlen.

Kleiner.

Und furchtbar still.

Außerdem wär Fumée längst zu ihm gelaufen, um ihn zu begrüßen.

Jette ist nett, sagt Amanda. *Aber den Namen find ich komisch.*

Lo hat ihn auch noch nie gehört.

Jette wuschelt sich mit den Händen durch das nasse Haar, als Mama zurückkommt.

»Abel ist nicht da. Magst du was trinken?«, fragt Mama. »Saft? Kaffee? Tee?«

»Tee«, sagt Jette. »Sehr gern.«

»Schwarzen, grünen, Roibusch, Früchte, Ingwer, Fenchel, Pfefferminz …«

»Pfefferminz, bitte.«

Lo lächelt. Sie mag auch gern Pfefferminztee. Mit einem Löffel von dem leckeren Honig, den sie samstags auf dem Markt beim Imker kaufen.

Jettes Haare sind dunkler, wenn sie nass sind. Genau

wie die von Mama und Lo. Nur Amandas Haare bleiben immer gleich.

Weil ich eine Puppe bin, sagt Amanda hochnäsig.

Dabei wär Lo auch allein draufgekommen.

Mama sieht aus, als wär sie in Eile. Oder als hätte sie Angst. Wieder und wieder horcht sie zum Hof. Aber die Reifen von Papas Jeep sind nicht zu hören.

»Ich kann dir über das Gespräch leider nicht viel berichten.« Mama stellt die Teetassen und ein paar Plätzchen auf den Tisch. Dann gießt sie kochendes Wasser in die Kanne. Im nächsten Moment füllt sich die Küche mit dem Duft der frischen Minze. »Ich hab ja kaum was davon mitgekriegt.«

Der Regen prasselt gegen die Scheiben. Wie kleine Tiere kriechen die Tropfen am Glas entlang. Manche verbinden sich mit anderen, manche bleiben allein.

Lo mag Regen.

Sie mag seine Geräusche und dass es aussieht, als würden lauter Glitzerschnüre in der Luft hängen. Sie mag es, wenn der Regen ihr Gesicht streichelt, und sie mag sein feines Trommeln auf den Blättern der Bäume.

Vor allem mag sie die Pfützen, die sich so schön kräuseln und später, wenn der Regen aufgehört hat, den Himmel spiegeln.

Auch Fumée mag Pfützen. Doch jetzt liegt sie auf ihrer Decke bei der Tür und schläft.

»Hat Merle irgendwas erzählt?«, fragt Jette. »Hat sie vielleicht gesagt, wo sie als Nächstes hinfahren wollte?«

Lo spürt, wie ihr Kopf anfängt wehzutun.

Weit entfernt hört sie Donnergrollen. Ein Gewitter kommt auf sie zu.

Amanda schmiegt sich eng an Los Bauch. Sie fürchtet sich vor Gewittern.

»Nein.« Mama schüttelt den Kopf. »Hat sie nicht.«

Sie sagt nicht ganz die Wahrheit, denn sie erzählt nichts von dem schrecklichen Streit. Aber Lo will nicht darüber nachdenken, sich nicht erinnern.

Ihr Kopf fühlt sich an, als würde er gleich platzen.

Köpfe können nicht platzen, sagt Amanda mit einer viel zu dünnen Stimme.

Aber vielleicht können sie das doch. Wenn nichts mehr reinpasst. Erst recht keine Sachen, die Angst machen. Die man schnell vergessen muss.

Lo setzt Amanda neben sich auf die Bank und macht ihren Rucksack auf. Sie holt den Malblock hervor, packt die Buntstifte aus und fängt an zu malen.

Dabei vergisst sie ihren Kopf und alles, was da nicht reingehört.

*

Merle hatte kein Gefühl für die Zeit, die während der Fahrt vergangen war. Zu sehr hatte sie sich auf das Atmen konzentrieren müssen, um an dem riesigen Knebel nicht zu ersticken.

Abel hatte das Radio bis zum Anschlag aufgedreht und war gefahren wie der Teufel. Er hatte jedes Schlagloch mitgenommen und war über jeden Zweig gebrettert, der auf den Wegen gelegen hatte.

Was hetzte ihn so?

Wieso hatte er sie so plötzlich und ohne Vorankündigung aus dem Keller geholt?

Wohin brachte er sie?

Im Kofferraum des Meriva, der nur mit den schmuddeligen Resten eines dünnen himmelblauen Teppichbodens ausgelegt war, hatte es Merle hin und her geschüttelt. Weil

Abel ihr die Hände gefesselt hatte, war es unmöglich gewesen, die Schläge abzufangen.

Als er endlich anhielt und den Motor ausschaltete, tat ihr jeder einzelne Knochen weh. In ihrem Kopf summte es, als wären Hornissen darin gefangen.

Sie hörte, wie Abel die Tür aufmachte und ausstieg. Hörte ihn um den Wagen herumgehen. Dann schwang der Kofferraumdeckel auf.

Regentropfen wehten herein. Das fühlte sich so gut an, dass Merle das Herz schwer wurde.

Vielleicht war es das letzte Mal, dass sie Regen auf der Haut spürte. Vielleicht würde sie nie wieder das Tageslicht sehen. Nie mehr lachen, weinen, atmen.

Jette, dachte sie und kniff die Augen zusammen. Jette! Bitte!

Wenn die Freundin richtig kombinierte, würde sie womöglich zum Forsthaus geführt werden. Aber das war jetzt vollkommen nutzlos, da Abel Merle weggebracht hatte.

Merle sah ihn wieder vor sich, wie er den Kellerraum von verräterischen Spuren gereinigt hatte.

Er hatte an alles gedacht.

Doch jedem Täter unterlief ein Fehler. Das perfekte Verbrechen gab es nicht. Erst recht nicht, wenn es spontan geschah.

Merle klammerte sich an diesem Gedanken fest.

Auch Abel würde einen Fehler machen. Hatte er ja bereits. Hätte er sie nicht geschlagen, wäre sie nicht hingefallen. Sie hätte sich nicht den Knöchel gebrochen, und Abel hätte sie nicht einsperren müssen, um seine Tat zu verheimlichen.

Wortlos beugte er sich über sie. Entfernte den Knebel.

Rede mit mir, dachte sie. Erklär mir, was du mit mir vorhast!

Er hob sie auf, als hätte sie kein Gewicht. Sein Blick ruhte auf ihrem Gesicht. Hektisch blickte Merle sich um, soweit ihr das in dieser Position möglich war.

Sie befanden sich mitten im Wald.

Kein Weg. Nicht mal ein Pfad.

Sie wunderte sich, dass der Meriva es bis hierher geschafft hatte. Er war ja kein Geländewagen. Merle fragte sich, warum Abel nicht seinen Jeep genommen hatte, der viel besser geeignet gewesen wäre.

Dann fiel es ihr wie Schuppen von den Augen.

Abel wollte den Meriva verschwinden lassen.

Sie war so gut wie tot.

*

Bert war, gemeinsam mit Micha, dem Moderator des Verkaufssenders, für die Zubereitung des Abendessens eingeteilt. Er fischte mit einer Zange saure Gurken aus einem Holzfass und stapelte sie auf einer großen Anrichteplatte, während Micha die beiden langen Tische im Refektorium deckte.

Bruder Alex, den sie heute unterstützten, schob Bert den Topf mit dem Kräuterquark hin, bevor er sich wieder den Pfannen zuwandte, in denen köstlich duftende Bratkartoffeln brutzelten.

Für jemanden wie Bert, dem das Kochen zu mühsam war und der deshalb hauptsächlich Kantinenkost und Fertiggerichte zu sich nahm, war das Essen im Kloster ein Genuss.

Im Keller lagerten Äpfel und Kartoffeln aus eigenem Anbau. Hunderte von Einweckgläsern standen in Reih und Glied in den Regalen, gefüllt mit eingekochten Birnen, Pfirsichen, Kirschen und Pflaumen, Kürbis, Pilzen, Paprika, roten und grünen Tomaten.

Marmelade und Gelee waren aus selbst gezogenen Früchten hergestellt. Der Honig stammte aus den Bienenstöcken im Garten. Die Fruchtsäfte und der Wein waren hausgemacht. Die Eier stammten von den Klosterhühnern.

Doch heute ließ der Gedanke an das Abendessen Bert nicht das Wasser im Mund zusammenlaufen. Er war unruhig und konnte sich nicht einmal auf die einfachsten Handgriffe konzentrieren. Zweimal hatte er sich bereits in den Finger geschnitten, jedes Mal an derselben Stelle, an der er jetzt ein Pflaster trug, das mittlerweile vom Essig der Gurken durchtränkt war, der unangenehm brannte.

Micha lief zufrieden hin und her. Er schien eins mit sich und der Welt zu sein. Hätte er eine Kutte getragen, hätte man ihn von den Mönchen nicht unterscheiden können. Er hatte schnell zu der Ruhe gefunden, die er hier suchte, zumindest erweckte er den Eindruck.

Berts Tinnitus dagegen dröhnte wie eine Blaskapelle. Ruhe war für ihn genau das Mittel, das er brauchte, um so richtig hochzufahren.

Ein Königreich für mein Handy, dachte Bert und fragte sich, wie er bloß auf die idiotische Idee hatte kommen können, sich jemals auf ein Abenteuer wie dieses einzulassen, bei dem er jeden Kontakt zum Leben draußen kappen musste.

Voller widerstreitender Gefühle führte er seine Arbeit zu Ende.

Als Mönche und Gäste an den Tischen Platz genommen hatten, merkte er, dass er nicht mehr warten konnte. Er verließ das Refektorium und machte sich auf den Weg zur Pforte.

Er würde um sein Handy bitten.

Und es behalten.

Er war Polizist mit Leib und Seele. So einen Beruf gab man nicht an der Garderobe ab, auch nicht an der Pforte eines Klosters. Wenn Rick und Harald ihn erreichen wollten, mussten sie die Möglichkeit dazu haben.

Vor allem aber für Jette wollte er erreichbar sein. Vielleicht hatte sie ihn längst zurückgerufen ...

*

Der Bunker war nach dem Zweiten Weltkrieg gesprengt worden, wie die meisten anderen, die während der Nazizeit in der Eifel angelegt worden waren.

Abel gab die kindliche Hoffnung nicht auf, dass er irgendwann einen finden würde, der unversehrt geblieben war. Er hatte sich vorgenommen, es für sich zu behalten, sollte sich sein Traum je erfüllen.

Dann hätte er einen Ort, der ihm allein gehörte. An den er sich jederzeit zurückziehen könnte. Niemand würde ihn dort aufspüren. Niemand stören.

Dort könnte er eins sein mit dem Wald und sich selbst.

Dieser Bunker war durch die Sprengung zwar eingesunken, doch einige Wände waren noch nahezu intakt, und es gab einen Bereich mit so etwas wie einem Zimmer. Man musste sich bücken, um ihn durch eine Art Eingang zu betreten, durch den ein wenig Tageslicht fiel.

Doch jetzt war es darin schon dunkel.

Abel hatte vorsorglich eine Taschenlampe mitgenommen.

Er schleppte das Mädchen hinein und ließ es auf den Boden nieder. Lehnte sie wieder mit dem Rücken gegen eine Wand und schaltete die Taschenlampe ein.

Das Mädchen blickte sich panisch um.

Vogelfedern und abgenagte Knochen lagen auf dem Boden verstreut. Die unbeschädigten Teile der Bunker wurden von etlichen Tieren als Bau genutzt. Wildkatzen und Füchse zogen sich hierher zurück, um Junge zu werfen. Darüber hinaus waren sie ein Eldorado für Dachse, Marder und Fledermäuse.

»Was ist das?« Ihre Stimme war eine Oktave höher als sonst. Mit weit aufgerissenen Augen starrte sie ihn an. »Was soll ich hier?«

»Ein alter Bunker. Hier bleibst du, bis ich mich entschieden habe, was ich mit dir machen soll.«

»Du willst mich in diesem Ding *allein lassen?*« Beim letzten Wort wurde ihre Stimme schrill. »Ich soll hier *die Nacht über bleiben?*«

»Hast du dir selbst zuzuschreiben«, sagte er. »Was steckst du auch die Nase in fremder Leute Angelegenheiten.«

Er ging zum Auto hinaus, um die Matratze zu holen. Auch an eine alte Wolldecke hatte er gedacht, denn nachts war es noch ziemlich kalt, und er wollte nicht, dass die Natur ihm zuvorkam und sein Opfer ins Jenseits beförderte.

Ein paar Klamotten zum Wechseln, Wasser, eine Tüte Brötchen, einige Päckchen Taschentücher und den Eimer aus dem Keller. Mehr Luxus würde er ihr nicht bieten.

»Das kannst du nicht machen! Du kannst mich nicht hier in der Wildnis aussetzen!«

Sieh an, dachte er. Allmählich wird sie mürbe und ihre Großspurigkeit löst sich in nichts auf.

»Oh doch.« Er ging in die Hocke, um ihr näher zu sein, denn er liebte den Geruch ihrer Angst. »Du würdest dich wundern, was ich alles kann.«

Irgendwo raschelte es.

»Was war das?« Angespannt starrte sie ins Dunkel.

»Ein Tier«, sagte er beiläufig. »Daran solltest du gewöhnt sein. Du arbeitest doch im Tierheim.«

»Was für ein Tier?«

»Ein Marder oder …«

»Ein *Marder?*«

»Überaus nützliche Wesen.« Er gab sich keine Mühe, den Genuss zu verbergen, den er bei diesem Gespräch empfand. Es tat ihm gut, sie wahrhaftig am Boden zu sehen, denn da gehörte sie hin. Sie hatte den Männern zu lange auf der Nase herumgetanzt. Jetzt musste sie ihre Lektion lernen. »Du wirst ihnen noch dankbar sein. Sie halten die Ratten fern.«

»Ratten?«

»Ich hätte nicht gedacht, dass eine Tierschützerin so feine Unterscheidungen trifft. Ich dachte, so jemand liebt alle Tiere.«

Sie hörte ihm nicht zu. Ihr gesamter Körper strahlte Panik aus. Instinktiv versuchte sie, zum Ausgang zu robben, doch die Schmerzen stoppten sie schon vor dem ersten Meter.

Sie war gefangen.

Ihm ganz und gar ausgeliefert.

Mehr noch als Dinah und Lo.

Fast wie ein angeschossenes Reh.

Sie diskutierte nicht einmal mit ihm. Seine Bemerkung reizte sie nicht zum Widerspruch. Sie hatte sich bereits geändert. Und würde sich weiter verändern. Bis sie irgendwann folgsam wäre und sanft wie ein Lamm.

Nur würde er ihr keine Zeit dafür lassen können.

Er durfte sie nicht behalten, das Spiel, das ihn so reizte, nicht mit ihr spielen. Er musste sich ihrer entledigen. Ihre bloße Existenz brachte ihn in Gefahr.

Aber noch nicht so bald, dachte er und streckte die Hand aus, um ihr Gesicht zu berühren, das von seinen Schlägen gezeichnet war.

Ihre Augen sprühten vor Hass, als sie blitzschnell den Kopf wegzog.

»Fass mich nicht an!«, zischte sie.

Ihr Mund verzog sich vor Abscheu und da holte er aus und schlug zu. Sie wehrte sich nicht. Schloss die Augen. Blendete ihn aus.

»Sieh – mich – an – du – sollst – mich – an – sehn – sieh – mich – an!«

Im Takt der Worte prügelte er auf sie ein, bis ihm die Arme schwer wurden.

Sie würde schon kapieren, dass er so nicht mit sich umspringen ließ. Würde schon lernen, ihm zu gehorchen. Und wenn es das Letzte war, was er tun würde.

Er würde ihr Respekt beibringen.

*

Hätte ich Dinah unter anderen Umständen kennengelernt, wären wir vielleicht Freundinnen geworden. In ihrer Verletzlichkeit erinnerte sie mich ein bisschen an Caro, auch wenn sie äußerlich wenig Ähnlichkeit mit ihr hatte.

Caro war nun schon seit mehr als zwei Jahren tot, aber sie fehlte mir noch immer.

Das ging mir durch den Kopf, als ich mit Dinah und ihrer kleinen Tochter in der chaotischen Küche saß.

Der altmodische Schrank mit Vitrinenaufsatz hatte keine Scheiben mehr. Zwischen abgestelltem Geschirr, Zigarettenschachteln, Süßigkeiten, zerknitterten Rechnungen und einem Stapel knautschiger T-Shirts hatte Lo Spielzeug verstreut. Sie steckte offenbar gerade in der Rosa-

Phase. Auch ihre Hose und der Pulli, den sie trug, waren rosa.

»Lo und ich waren fast den ganzen Tag weg«, erklärte Dinah entschuldigend, nachdem sie meinen Blick bemerkt hatte. »Und wenn Abel allein zu Hause ist, sieht es hinterher jedes Mal aus, als hätte es ein Erdbeben gegeben.«

Sie wirkte nervös, sah immer wieder hinaus in die Dämmerung. Der Regen rann über die Fensterscheiben und hinterließ im Licht der Küchenlampe glitzernde Spuren. Auf einmal wurde mir flau bei dem Gedanken, dass der Förster nach Hause kommen könnte. Ich nahm einen Schluck Tee und schaute zu Lo hinüber.

Sie war eifrig ins Malen vertieft. Der Buntstift wirkte riesig in ihrer kleinen Faust. Ich bemerkte einen blauen Fleck an ihrem Handgelenk. Sie musste sich sehr wehgetan haben.

»Was malst du denn da?«, fragte ich sie, doch sie hörte mich nicht. Vielleicht wollte sie auch nicht gestört werden. Ich wandte mich wieder Dinah zu.

»Abel hat nichts mit dem Verschwinden deiner Freundin zu tun«, versicherte sie. »Glaub mir.«

Aber das konnte ich nicht, ihr glauben. Sie war Abels Frau. Sie würde ihn auch dann schützen, wenn er Merle etwas angetan hätte.

Doch würde sie das wirklich?

Würde sie ihn tatsächlich bei einem Verbrechen decken?

»Ich habe überall herumgefragt«, sagte ich. »Merles Spur verliert sich genau hier.«

War sie ein bisschen blasser als vorhin? Oder bildete ich mir das ein?

»Warum sollte er ...« Sie warf einen Blick auf ihre Tochter und berührte zärtlich ihren Arm. »Hattest du mir nicht versprochen, heute dein Zimmer aufzuräumen?«

Lo nickte.

»Meinst du, du könntest das jetzt machen?«

Lo betrachtete das Bild, das eben fertig geworden zu sein schien, legte den Stift weg, stand auf, griff nach ihrer Puppe und verließ die Küche. Ich hörte ihre Schritte auf der Treppe.

»Warum sollte er Merle etwas antun?«, nahm Dinah den Faden wieder auf. »Er kennt sie doch kaum. Welchen Grund sollte er haben, sie anzugreifen?«

Es lag etwas so Drängendes in ihrer Frage, dass ich aufhorchte. Ich hatte den Eindruck, als hielte sie etwas zurück. *Sie anzugreifen* war außerdem eine merkwürdige Wortwahl.

»Hat es Streit gegeben?«, fragte ich aufs Geratewohl.

Dinah sprang auf und lief in der Küche umher. Ängstlich spähte sie aus dem Fenster. Ich spürte, dass sie alles dafür gegeben hätte, wenn ich wieder weggefahren wäre.

Doch das konnte ich nicht.

»Ja«, gab sie schließlich zu. »Sie haben gestritten.«

»Aus welchem Grund?«

»Sie hat ihn geschlagen.«

»Was? Merle hat ihn geschlagen?«

Es fiel mir schwer, das zu glauben. Merle konnte zwar nach allen Regeln der Kunst ausrasten, aber sie war nicht der Typ, der gewalttätig wurde.

»Sie hat ihm eine Vase auf den Kopf … weil … sie wollte …«

Es tat mir weh, sie so um Worte ringen zu sehen. Gleichzeitig hatte ich Angst, sie würde nicht weiterreden.

»Darüber kann ich nicht sprechen …«

Ich blickte auf ihren schmalen Rücken, und sie kam mir so zerbrechlich vor, wie sie da stand und voller Angst aus dem Fenster sah. Ich dachte an den blauen Fleck an Los Handgelenk. Und plötzlich begriff ich.

»Musst du nicht«, sagte ich.

Das wäre allerdings ein Grund für Merle gewesen, auf Abel loszugehen. Sie hätte nicht tatenlos zugeschaut, wie er seine Frau oder seine Tochter verprügelte. Sie hätte keinen Gedanken an die Gefahr verschwendet und sich eingemischt.

Sie mischte sich immer ein.

»Aber er hätte ihr trotzdem niemals etwas angetan«, flüsterte Dinah.

Das glaubte sie wirklich?

Ihre Augen flehten mich an, ihr recht zu geben.

»Wenn ich davon nicht überzeugt wäre ...« Sie wandte sich wieder zum Fenster. »... wenn ich ihm so was zutraute ... dann wär mein Leben ja eine einzige Lüge.«

Um ihr Zeit zu geben, ihre Fassung zurückzugewinnen, sah ich mir das Bild an, das Lo gemalt hatte.

Es zeigte offenbar einen Engel, denn was aus dem Rücken des Wesens wuchs, das mich da anschaute, konnten nur Flügel sein, gelb und orange und ein bisschen wie Paddel. Darum herum war nichts. Der Engel stand in der spürbaren Leere und trug ein rosafarbenes Engelskleid und rosafarbene Schuhe.

Und seine Haare waren struppig und knallrot.

»Guck dir das an«, sagte ich.

Dinah wischte sich verstohlen mit dem Ärmel übers Gesicht und drehte sich um. Sie nahm das Bild, betrachtete es und gab es mir zurück.

»Ein Engel.«

»Er hat rotes Haar!«

»Los Engel haben alle rote Haare.«

»Und alle dieselbe Frisur?«

Ich sah, wie sie erschrak. Ihr Gesicht schien auseinanderzufallen. Die Hand, die sie sich auf den Mund legte, zitterte. Im nächsten Moment beugte sie sich über den rosafarbenen Kinderrucksack, zog ein paar Zeichnungen heraus und blätterte sie durch.

Erschüttert legte sie sie auf den Tisch.

Jede der Zeichnungen zeigte einen Engel. Jeder dieser Engel hatte leuchtend rotes Haar, das ihm zu allen Seiten vom Kopf abstand.

»Sie hat Merle gemalt«, sagte ich. »Wieso?«

Dinah sank auf ihren Stuhl. Sie war kreidebleich.

»Sie will etwas mitteilen, Dinah.«

»Nein!« Sie schüttelte den Kopf. »Du irrst dich! Das ist bloßer Zufall!«

»Seit wann zeichnet sie diese Engel?«

»Das hat doch gar nichts zu bedeuten. Sie hatte schon die Vater-Mutter-Kind-Phase, die Haus-Garten-und-Wald-Phase, das Übliche eben. Dann hat sie nur noch Tiere gemalt, Sonne, Mond, Sterne …«

»Seit wann, Dinah?«

Ich hatte Mühe, mich zu beherrschen und sie vor lauter Ungeduld nicht anzuschreien. Drückte unterm Tisch meine Finger, dass sie knackten.

»Seit … heute zum ersten Mal.«

Dinahs Stimme war nicht mehr als ein Flüstern. Sie starrte auf die Bilder ihrer Tochter und kaute so heftig auf ihrer Unterlippe, dass sie anfing zu bluten. Schließlich stand sie auf und verließ die Küche. Ich hörte das Schloss der Haustür aufschnappen und beobachtete durch das Fenster, wie Dinah den Hof überquerte.

Schlafwandlerisch.

Unschlüssig blieb ich sitzen und folgte ihr mit meinem Blick. Als sie die Garage erreicht hatte, rüttelte sie an der Klinke. Doch das Holztor schien verschlossen zu sein. Dinah verschwand aus meinem Sichtfeld und kehrte gleich darauf mit einem langen Gegenstand zurück. Einer Eisenstange vermutlich, denn sie machte sich an dem Tor zu schaffen und brach es auf.

Es ging ganz leicht. Das Tor hatte ziemlich schief in den Angeln gehangen.

Dann ließ sie die Stange fallen und kam, ebenso langsam, durch den Regen zum Haus zurück. Sie war klatschnass, als sie die Küche wieder betrat und sich zu mir an den Tisch setzte.

»Das da drin ist nicht Merles Auto«, sagte sie und lächelte müde. »Es ist Abels Jeep.«

Das bedeutete gar nichts, auch wenn sie erleichtert wirkte. Gut, es war nicht der Meriva vom Tierheim, der da in der Garage versteckt war. Aber Lo malte seit heute Engel mit roten Haaren und sie wollte etwas damit sagen.

»Darf ich versuchen, mit Lo zu sprechen?«, fragte ich.

»Lo spricht nicht.«

»Und durch ihre Bilder?«

Sie sah mich traurig an. Ihre Haare tropften vor Nässe. Sie nahm ein Handtuch vom Haken und rieb sie trocken.

»Geh, Jette. Bitte geh, bevor Abel nach Hause kommt!«

Draußen spielte der Regen seine Melodie.

Ich hörte zu.

Und blieb.

28

Merle saß noch immer zitternd an derselben Stelle und wagte nicht, sich zu rühren. Den Hals der Taschenlampe, die Abel ihr gegeben hatte, fest umklammert, wartete sie auf irgendetwas Unaussprechliches, das außerhalb des Lichtkreises auf sie lauerte und nur darauf aus war, dass ihre Achtsamkeit nachließ und sie wehrlos machte.

Er hatte sie wirklich hier zurückgelassen!

Vom Betonboden aus kroch die Kälte in ihren schmerzenden Körper. Um sich zu wärmen, hätte sie zur Matratze kriechen und sich in die Decke wickeln müssen. Doch sie war wie gelähmt. Womöglich würde sich dieses Etwas da draußen auf sie stürzen, sobald sie sich bewegte.

Da draußen?

Und wenn es längst hier drinnen war?

Ein paarmal hatte sie schon geglaubt, ein Atmen zu hören. Und einmal war ihr gewesen, als hätte etwas ihr Bein gestreift. Und ständig gab es Geräusche. Unterschiedliche und immer wieder an anderen Stellen.

Meine verfluchte Fantasie, dachte sie. Dabei konnte sie sich bei aller Fantasie kaum ein Ungeheuer vorstellen, das schlimmer war als Abel.

Nach dem ersten Schlag hatte er vermieden, ihr Gesicht zu treffen, hatte sich an die Arme und Beine, den Rücken und die Seiten gehalten. Sie hatte sich zusammengekrümmt, um ihren Bauch und den Kopf zu schützen. Dennoch war es ihm gelungen, ihre Schutzhaltung zu durchbrechen und ihr die Faust in den Magen zu rammen.

Sekundenlang hatte sie vergeblich nach Luft gerungen.

Immer noch bereitete ihr das Atmen Mühe und alles in ihr war wie wund.

Sie wagte nicht, daran zu denken, dass die Batterien in der Taschenlampe schlappmachen könnten. Lieber versuchte sie, sich vorzustellen, wie sie mit Jette und den andern bei Claudio saß, der es liebte, ab und zu eigens für sie zu kochen.

Dann holte er den besten Wein aus dem Keller, den er von einem Winzer aus einem kleinen Dorf in Sizilien bezog.

»In diesem Wein glüht die Sonne meiner Heimat«, hatte er einmal gesagt.

»Und in deinem Herzen?«, hatte Merle mit theatralischer Betonung gefragt.

»In meinem Herzen glühst nur du.«

Alle hatten gelacht, am lautesten Claudio, und sie hatte sich an ihn geschmiegt und sich insgeheim gewünscht, es wäre wirklich möglich, im Herzen eines Menschen zu glühen.

Wie eine kleine Sonne, hatte sie damals gedacht, wie eine Sonne.

Claudio.

Vielleicht würde sie ihn nie wiedersehen.

*

Lo sitzt auf ihrem Bett und lauscht dem Regen, der aufs Dach pladdert. Von unten dringen leise die Stimmen von Mama und Jette herauf.

Lass uns einfach hier sitzen bleiben, sagt Amanda. *Ich und du und Fumée. Es ist so schön kuschelig hier.*

Sie tut so, als hätten sie durchs Fenster gar nicht gesehen, wie Mama das Garagentor aufgebrochen hat. Tut so, als wüsste sie nicht, was passiert, wenn Papa nach Hause kommt.

Lo fragt sich, wo er sein mag.

Er hat den Jeep in der Garage gelassen. Das tut er sonst nie. Hier sind alle Wege weit. Die kann man nicht zu Fuß gehen, oft nicht mal mit dem Fahrrad fahren.

Bestimmt hat er den Roller genommen, sagt Amanda.

Lo ist sich nicht sicher. Sie sollten nachgucken.

Oder ein Kollege hat ihn abgeholt, sagt Amanda.

Aber das kommt selten vor. Eigentlich nur, wenn der Jeep kaputt ist. Oder wenn Papa mit einem Kollegen zu einer Fortbildung fährt.

»Ich lass mich ganz gerne mal herumkutschieren«, hat Papa das letzte Mal lachend gesagt. »Wie ein dicker, lustiger König in seiner Kutsche.«

Lo drückt Amanda an sich und schleicht die Treppe hinunter. So leise sie kann. Sie macht die Haustür auf, schlüpft hinaus und lehnt sie nur an, damit sie gleich wieder reinkommt.

Der Regen ist eiskalt.

Trotzdem platscht Fumée durch die Pfützen.

Dreht den Kopf nach Lo.

Brrrr, macht Amanda.

Lo stopft sie unter ihren Pulli, damit sie nicht nass wird. Sie betritt die dunkle Garage und wünscht sich, sie hätte daran gedacht, eine Taschenlampe mitzunehmen. Es gibt einen Lichtschalter innen neben der Tür. Doch der ist zu hoch oben angebracht.

Ein Blick über die Schulter zeigt ihr das behagliche gelbe Licht im Küchenfenster. Mama und Jette sitzen noch immer am Tisch.

Jetzt darf Amanda wieder unter dem Pulli hervorkommen.

Die Stelle, an der Papas Motorroller stehen müsste, ist leer. Nur die Abdeckplane liegt auf dem Boden wie ein hastig abgestreifter Regenmantel.

Dabei benutzt Papa den Roller nie. Er hat ihn einem Kollegen abgekauft, obwohl er viel lieber ein richtiges Motorrad hätte. Nur ist dafür im Augenblick kein Geld da.

Lo drückt Amanda fest an die Brust und läuft zum Haus zurück. Sie springt über eine große, küchenlichtgelb glänzende Pfütze und streicht sich die Haare aus dem Gesicht. Lautlos wie eine Katze läuft sie um die Ecke herum.

Beim Kellerfenster bleibt sie stehen.

Doch es ist schon zu dunkel, um drinnen etwas zu erkennen.

Im Haus ist es trocken und warm, und die Angst, die die ganze Zeit wie ein böser Zwerg auf Los Schulter gehockt hat, macht sich davon. Lo öffnet vorsichtig die Tür, die zum Keller führt. Doch als ihr der muffige Geruch in die Nase steigt, kehrt die Angst zurück.

Langsam steigt Lo die Treppe zu ihrem Zimmer hoch.

Sie wird morgen nachschauen. Wenn der Tag die Zimmer hell macht. Vielleicht sogar die Sonne scheint.

Morgen. Ja.

Bis dahin wird sie auf Mama aufpassen. Und auf die Geräusche von Papas Roller horchen.

*

Abel stellte den Meriva hinterm Haus ab, sodass er auf den ersten Blick nicht zu sehen war. Dann ging er in das kleine, übervolle, staubgeschwängerte Büro, in dem Brian an seinem Schreibtisch saß und telefonierte.

Brian hieß eigentlich gar nicht Brian. Er kam aus dem Ruhrpott und hatte sich den Namen selbst gegeben, weil sein eigener ihm nicht gefiel. Irgendwann einmal hatte er Abel seinen richtigen Namen genannt, doch Abel hatte ihn wieder vergessen.

Der Schrottplatz quoll über von Ersatzteilen aller Art. Wenn man keine Angst hatte, sich die Hände schmutzig zu machen, wurde man hier mit Sicherheit fündig, wonach immer man auch suchte.

Das hatte sich herumgesprochen und Brian im Laufe der Jahre eine treue Stammkundschaft von Tüftlern und Bastlern beschert, die sich hier trafen, um nach Schnäppchen zu suchen, die sie woanders nicht finden würden.

Brians Allergie gegen Geschäfte auf Rechnung machte ihn ebenso beliebt wie die Tatsache, dass er auch für Besitzer von Oldtimern ein reichhaltiges Angebot führte.

BEI BRIAN stand auf dem Schild über dem Eingangstor und dann noch einmal an der Tür zu seinem Büro. Tagsüber war hier immer was los. Nachts ließ Brian die beiden Rottweiler frei auf dem Gelände laufen. Es waren einmal drei gewesen, doch einen hatte man vergiftet. Brian, der allein lebte und für den die Hunde wie seine Kinder waren, kam nur schwer darüber hinweg.

Abel ließ sich auf den verschlissenen schwarzen Ledersessel fallen und zündete sich eine Zigarette an. Er sah dem Rauch nach, den er in den Raum blies, und entspannte sich ein wenig. Hier kam er immer wieder zu sich, gleichgültig, wie nervös er auch sein mochte. Brian hatte eine begnadete Art, die Luft aus Problemen zu lassen.

So eine Fähigkeit konnte man sich nicht angewöhnen. Die war angeboren.

Dafür nahm Abel Brians gelegentliche Unberechenbarkeit in Kauf, wenn es keine andere Möglichkeit gab. Und die gab es nicht. Er konnte nicht noch ein Auto abfackeln, ohne eine überdeutliche Spur zu legen.

Beim Telefonieren fuchtelte Brian mit der freien Hand in der Luft herum. In dem gut gefüllten Aschenbecher, der vor ihm stand, verqualmte eine selbst gedrehte Zigarette. Tabakkrümel lagen auf dem Schreibtisch verstreut.

In einem Apfel, aus dem ein Viertel herausgeschnitten war, steckte ein Taschenmesser. Ein blauer Kaffeebecher mit weißen Querstreifen hatte Ränder auf der vollgekritzelten Schreibunterlage hinterlassen.

Abel sah sich in dem Büro um. Fotos von Oldtimern schmückten die Wände. Auf der Fensterbank waren Topfpflanzen aufgereiht. Sie strotzten vor Gesundheit, ebenso wie die beiden grünen Wellensittiche in dem geräumigen Käfig in der Ecke, die Brians Worte mit lautem Schnattern untermalten.

Brian stand auf und ging zu einer nagelneu glänzenden Kaffeemaschine. Er legte eine Kapsel ein, ließ Kaffee in einen gelben Becher mit violetten Blumen laufen und stellte ihn Abel hin. Er schob ihm die Schale mit den Zuckertütchen und der portionierten Milch rüber und zuckte entschuldigend mit den Schultern.

Es schien ein wichtiges Gespräch zu sein, aber Abel hörte nicht zu. Er ließ sich seinen Plan noch einmal durch den Kopf gehen.

Sofern man es einen Plan nennen konnte. Die Ereignisse trieben ihn zum Handeln und das war nicht gut. In der Hektik konnten ihm Fehler unterlaufen. Er mochte gar nicht daran denken.

Endlich beendete Brian das Gespräch. Er nahm einen Schluck von seinem Kaffee, den er gern kalt trank, eine Angewohnheit, über die er sich selbst amüsierte.

»Manche Typen sind wirklich schwer von Begriff«, klagte er und rieb sich das Gesicht. »Was führt dich her, Mann?«

»Du musst mir einen Gefallen tun«, antwortete Abel.

Brians Augen wurden schmal. Er lehnte sich in seinem Schreibtischsessel zurück und musterte Abel argwöhnisch.

»Einen Gefallen«, wiederholte er.

Sein khakifarbener Overall war verdreckt. Seine runtergekauten Fingernägel hatten einen schwarzen Rand. Er zog die Kappe vom Kopf, die er meistens trug, und legte sie auf einen Stapel zerfledderter Prospekte. Auf seiner Stirn blieb eine Schmutzlinie zurück.

»Ich hab dir schon mehr als einen Gefallen getan«, sagte er und stützte sich mit beiden Armen auf dem Schreibtisch auf.

Abel trank in Seelenruhe seinen Kaffee.

Allmählich wurde Brian nervös, da konnte seine Körpersprache hundert Mal das Gegenteil behaupten.

»Echt, Abel! Ich kann mir krumme Sachen nicht leisten.«

Abel legte die Stirn in Falten.

»Du weißt, wie die Bullen uns Schrotthändlern auf die Finger gucken.«

Abel setzte den Becher ab. Das heftige Geräusch erfüllte den ganzen Raum.

»Du bist mir was schuldig«, sagte er frostig.

Es waren alte Geschichten, mit denen er Brian in der Hand hatte, und er dachte gar nicht daran, sie in Vergessenheit geraten zu lassen. Er hatte diverse seiner krummen Geschäfte gedeckt. Hatte ihm ein erstklassiges Stück Wald zugeschustert, aus dem Brian regelmäßig eine Menge Geld herausholte.

Vor allem jedoch schwieg er über eine Schlägerei, bei der Brian jemanden mit einem einzigen wuchtigen Schlag ins Koma befördert hatte.

Eine Schuld, die Brian in seinem ganzen Leben nicht begleichen konnte.

Brian verzog gequält das Gesicht. Seine Stirn begann zu glänzen.

Abel machte gern Geschäfte mit Leuten, deren Feigheit man kilometerweit roch. Mit einem Minimum an Aufwand ließen sie sich genau dorthin dirigieren, wo man sie haben wollte.

Brian versuchte, den starken Mann zu spielen, und setzte eine finstere Miene auf. Wenn Abel ihn weniger gut gekannt hätte, wäre er darauf reingefallen. So jedoch gab er Brians drohenden Blick ungerührt zurück. Er zwang sich, nicht auf seine Armbanduhr zu blicken, obwohl jede Minute, die verstrich, ihn mehr in Bedrängnis brachte.

Endlich knickte Brian ein.

»Was willst du?«

»Du musst einen Wagen verschwinden lassen.«

»Wie?«

»Komplett.«

»Wie heiß ist die Angelegenheit?«

Darauf antwortete Abel nicht. Brian verstand ihn auch so.

»Meine Bertha macht ganze Sachen«, sagte er.

»Deshalb bin ich hier.«

Brian nannte seine Schrottpresse Bertha, nach seiner

Großmutter, die zeit ihres Lebens alles niedergewalzt hatte, was ihr im Weg gewesen war.

»Typ?«

»Meriva.«

Brian erhob sich schwerfällig, und Abel ging mit ihm hinters Haus, um ihm den Meriva zu zeigen. Er sah, wie Brian den Wagen begehrlich musterte.

»Eine Schande«, sagte er und rechnete wahrscheinlich blitzschnell aus, wie viele Scheine ihm durch die Lappen gingen.

Abel holte den Roller aus dem Kofferraum. Brian beobachtete das verwundert.

»Das musst du nicht verstehen«, sagte Abel. »Und … Brian?«

»Ja?«

»Keine einzige Schraube darf übrig bleiben.«

»Klar.«

»Ich bleib besser so lange.«

»Kannst du machen. Aber ich muss warten, bis meine Leute weg sind.«

Da hatte er recht. Auch wenn die beiden Typen, die für ihn arbeiteten, ständig bekifft waren und bei der Musik, die sie sich den ganzen Tag über Ohrstöpsel reinzogen, kaum etwas von dem mitkriegten, was um sie herum geschah.

Wie es der Teufel wollte, würden sie ausgerechnet heute den Meriva im Rest ihres lädierten Gehirns abspeichern und sich später daran erinnern.

»Okay.« Abel beschloss, Brian zu vertrauen. Es blieb ihm gar nichts anderes übrig. »Ich bau auf dich, Kumpel.«

Sie umarmten sich nach Männerart, ohne dass sich ihre Gesichter berührten, klopften einander auf die Schulter, dann verließ Abel das Grundstück durch den Hinterausgang. Jetzt war er froh, den Roller zu besitzen. Er war leicht, er war schnell und er war relativ leise.

Während der ungemütlichen Fahrt durch den kalten Regen legte er sich die nächsten Schritte zurecht.

Zunächst einmal würde er den Roller wieder in der Garage unterstellen. Danach würde er sich um Dinah und Lo kümmern. Ihnen eine glaubhafte Geschichte für seinen Ausflug auftischen und sie für eventuelle Befragungen briefen.

Wenn die Bullen nicht bereits vor Ort waren.

Fluchend wischte er sich das nasse Gesicht. Es war das Mädchen, das ihn in diese Scheiße geritten hatte. Sie und der übereifrige Sozialheini.

Musste da nicht jeder begreifen, dass er versuchte, seine Familie zu schützen? War das nicht seine verdammte Pflicht?

Wegen des schlechten Wetters war nichts los auf der Landstraße.

Perfekt. So würde er niemandem auffallen. Und selbst wenn. Eine kleine Tour mit dem Roller war schließlich nicht verboten.

*

Jette hatte vor einer guten Stunde versucht, ihn zurückzurufen, jedoch keine Nachricht hinterlassen.

Verdammtes Kloster, dachte Bert.

Verdammte Regeln.

Gottverdammte Auszeit.

Er spürte, wie die altvertrauten Stresshormone in seinem Körper Wirkung zeigten.

Abwarten war nicht seine Stärke. Es war auch nicht sein

Stil. Gut, er war nicht im Dienst. Aber wann hatte ihn das jemals daran gehindert, das zu tun, was er für richtig hielt?

*

Das Knattern eines Motorrollers kündigte ihn an.

»Oh Gott!«

Dinah sah gehetzt im Zimmer umher, als überlege sie krampfhaft, wo sie mich verstecken könne.

Ihr Mann zögerte, stieg ab und schob den Roller in die Garage. Er kam auf das Haus zu und wurde mit jedem Schritt schneller, bis er schließlich fast rannte.

Dinah hatte sich wieder hingesetzt und war gleich wieder aufgesprungen.

»Du hättest gehen sollen«, flüsterte sie. »Jetzt ist es zu spät.«

Ihre Angst fing an, sich auf mich zu übertragen. Ich hörte Los Schritte auf der Treppe.

»Bleib oben!«, rief Dinah.

Doch Lo war schon in die Küche gekommen, die Puppe in den Armen. Dinah zog ihre Tochter an sich. Auf ihrem Gesicht hatte sich blanke Panik ausgebreitet.

Die Haustür flog auf und krachte gegen die Wand.

Fumée unterm Tisch knurrte leise.

»Dinah!«, brüllte Abel Burggraf. Dann füllte sein Körper den Türrahmen aus und die Umgebung begann zu schrumpfen.

Sein Blick konzentrierte sich auf mich.

»Wer ist das?«

Voller Entsetzen guckte Dinah mich an.

»Ich bin Jette Weingärtner«, sagte ich und stand auf.

»Und weiter?«

Er musste eine ganze Weile durch den Regen gefahren

sein. Seine Kleidung hatte sich so mit Nässe vollgesogen, dass sich zu seinen Füßen zwei kleine Pfützen bildeten. Seine schweren Schuhe waren schlammverschmiert. Sein dichtes Haar glänzte schwarz im Licht der Küchenlampe.

»Ich bin Merles Freundin.«

In seinen dunklen Augen explodierte die Wut. Er verbarg das, indem er nach einem kleinen Handtuch griff, das über der Spüle hing, und sich das Gesicht trocknete. Als er auch seine Haare getrocknet hatte, zerknüllte er das Handtuch und schmetterte es in die Spüle. Eine große geblümte Tasse ging zu Bruch.

Dinah schob Lo hinter sich.

»Raus!« Er trat zur Seite und deutete in den Flur. »Raus mit dir! Aber schnell!«

»Sie war hier«, sagte ich, obwohl ich nur einen einzigen Wunsch hatte: das Haus so rasch wie möglich zu verlassen.

»Und ist wieder gefahren. Wo liegt das Problem?«

»Sie ist verschwunden.«

Er machte eine spontane Bewegung auf mich zu und fast hätte ich mich geduckt. Sein Gesicht war rot vor Erregung. Die Luft zwischen uns knisterte.

»Und du suchst sie bei *uns?* Was, zum Teufel, haben *wir* mit deiner verschwundenen Freundin zu tun?«

»Ihre Spur verliert sich hier.«

Ich hörte selbst die Angst in meiner Stimme. Deshalb richtete ich mich auf und zwang mich, Abels Blick zu erwidern. Irgendwie spürte ich, dass es ein fataler Fehler gewesen wäre, ihm eine Schwäche zu zeigen.

Er starrte mich an, als wollte er mich hypnotisieren, und ich befürchtete, dass ihm das durchaus gelingen könnte. Seine dunklen Augen zogen meinen Blick förmlich an.

»Ihre Spur?« Speicheltröpfchen trafen mein Gesicht. »Sind wir hier im *Tatort* oder was?«

»Abel …«, sagte Dinah ängstlich.

Mit einer Handbewegung brachte er sie zum Schweigen.

»Raus!«, wiederholte er. »Raus oder ich vergesse mich!«

»So wie bei Merle?«

Die Worte standen im Raum, bevor ich sie zurückhalten konnte. Ihre Wirkung war verheerend. Ebenso gut hätte ich das Wort *Verbrecher* in Neonfarben an die Wand sprayen können.

»Was sagst du da?«

Er kam mir so nah, dass ich ihn riechen konnte. Sein Körper strahlte eine Hitze aus, die mich unwillkürlich zurückweichen ließ. Bis der Tisch mich bremste.

Abels Gesicht berührte meines beinah. Ich konnte die Poren seiner Haut erkennen und die einzelnen Bartstoppeln auf Wangen und Kinn. Sein Atem stank nach Zigaretten und Kaffee. Es kostete mich eine ungeheure Überwindung, aber ich wandte mich nicht ab.

»WAS WILLST DU DAMIT SAGEN?«

Als Dinah, Lo immer noch mit ihrem Körper schützend, intuitiv eine Bewegung auf mich zumachte, schob er sie roh zur Seite.

Fumée sprang knurrend auf ihn zu. Abel trat nach ihr und erwischte sie unterm Bauch. Der kleine Hund jaulte auf, schlitterte über den Boden und prallte gegen die Wand. Benommen versuchte er, sich wieder aufzurichten.

Ich spürte, wie die Farbe aus meinem Gesicht wich.

»Abel …«, sagte Dinah wieder.

»Du!«, herrschte er sie an, und in diesem Wort steckte so viel Hass, dass sich die Haut auf meinen Armen kräuselte. Er drehte sich zu ihr um und holte aus.

Dinah taumelte. Er hielt sie an ihrem Pulli fest und schlug ein zweites Mal zu. Sie fiel hart gegen den Küchenschrank.

Plötzlich war Lo da und schob sich zwischen ihre Eltern. Sie presste sich an Dinah und umschlang sie mit beiden Armen.

Ich hielt die Luft an.

Abel zögerte.

Aber nur einen Augenblick.

Dann griff er sich Lo und schleuderte sie in den Flur.

»Abel! Nicht!«

Dinah duckte sich und lief an ihm vorbei. Sie beugte sich zu Lo hinunter und strich ihr tröstend übers Haar. Dann zog sie sie behutsam auf die Füße und schob sie in Richtung Treppe. Los kleines, schmales Gesicht war kreideweiß. Auf jeder ihrer Wangen glühte ein roter Fleck.

Ich tastete nach meinem Handy.

Abel stieß einen irren Schrei aus. Er schlug mir das Handy aus der Hand. Zertrampelte es mit seinen schweren Schuhen und stierte Dinah an, die Lo auf den Arm genommen hatte, um sie nach oben zu bringen.

Er entwand ihr das Kind und versetzte Dinah einen Hieb in den Unterleib. Sie krümmte sich und ging zu Boden. Abel trug Lo, die sich verbissen wehrte, in den gegenüberliegenden Raum, das Wohnzimmer offenbar, und schloss sie darin ein.

Lo schlug von innen gegen die Tür. Ihre kleinen Fäuste konnten wenig ausrichten, doch sie hörte nicht auf, immer wieder gegen das Holz der Tür zu hämmern. Fumée, die sich wieder berappelt hatte, sprang winselnd an der Tür hoch und kratzte am Holz.

»Du hast die Garage aufgebrochen!«, schrie Abel und

trat Dinah brutal in die Seite. »Wieso? Warum hast du mir misstraut?«

Ein zweites Mal trat er zu, ein drittes und ein viertes Mal. Nie wieder, das wusste ich, würde ich das grauenvolle Geräusch vergessen.

»Hör auf!«, rief ich.

Fumée verbiss sich knurrend in sein Hosenbein. Er schüttelte sie mit einer beiläufigen Bewegung ab.

Dinah bewegte sich nicht mehr.

Sie lag da wie tot.

Ich versuchte, Abel von ihr wegzureißen. Doch er schien es überhaupt nicht wahrzunehmen. Schließlich warf ich mich mit voller Wucht gegen ihn. Wir verloren beide das Gleichgewicht und stürzten zu Boden.

In der nächsten Sekunde war Abel wieder auf den Beinen und riss mich an den Haaren auf die Füße. Plötzlich, als hätte jemand einen Schalter bei ihm umgelegt, gab er mir einen Stoß und sah schwer atmend auf Dinah hinunter.

»Du bist nicht mehr meine Frau«, sagte er und betonte jedes einzelne Wort. »Ich hab nichts mehr mit dir zu schaffen.«

Er stieg die Treppe hinauf, und ich nutzte die Gelegenheit, um die Wohnzimmertür aufzuschließen.

Langsam und voller Angst kam Lo heraus. Sie entdeckte die reglose Dinah auf dem Boden, legte sich neben sie und kuschelte sich an ihren Rücken. Ihr Gesicht war so traurig, so hoffnungslos, dass es mir den Hals zuschnürte. Fumée leckte beiden hilflos das Gesicht.

Von oben drangen Schritte zu uns herunter.

Es war, als kämen sie aus einer anderen Welt.

Ich hob die Puppe auf, die mit verrenkten Gliedern in der Küche auf dem Boden lag, und hielt sie Lo hin. Sie reagierte nicht, deshalb setzte ich sie neben ihren Kopf, sodass sie sie sehen konnte, sobald sie nach ihr Ausschau hielt.

Dann kümmerte ich mich um Dinah.

Ich sprach sie leise an, doch sie gab kein Lebenszeichen von sich. Ihre Augen waren geschlossen. Ich konnte nicht erkennen, ob sie atmete.

»Dinah? Hörst du mich?«

Nicht einmal ihre Lider zuckten.

Ich legte zwei Finger an ihren Hals, suchte eine Weile, bis ich die richtige Stelle gefunden hatte. Und da, kaum merklich, konnte ich ihren Puls fühlen.

»Sie ist nur ohnmächtig«, sagte ich zu Lo. »Sie wird wieder gesund.«

Das war eine glatte Lüge, denn ich hatte keine Ahnung, wie schwer Dinah verletzt war und ob sie ihre Verletzungen wirklich überstehen würde. Außerdem befand sich Abel noch im Haus, und niemand konnte vorhersagen, was er als Nächstes vorhatte.

Wir mussten von hier verschwinden.

Aber wie?

Dinah blutete aus der Nase und aus dem Mund. Ihr Gesicht begann schon, anzuschwellen. Ihr Herz schlug zwar noch, aber sehr schwach. Sie brauchte dringend ärztliche Hilfe.

Lo schien weggetreten zu sein. Sie starrte ins Leere, nahm weder ihre heiß geliebte Amanda zur Kenntnis noch Fumée noch mich, schien sogar ihren Vater ausgeblendet zu haben.

Ich kroch zu meinem Handy, hob auf, was davon übrig geblieben war.

Unbrauchbar.

Abel hatte gründliche Arbeit geleistet.

Was jetzt?

»Lo«, sagte ich leise und berührte ihre zarte, spitze Schulter. »Ihr habt doch bestimmt ein Telefon?«

Lo reagierte nicht.

»Ich muss einen Arzt anrufen, damit er deiner Mama hilft.«

Ein Schaudern ging durch ihren Körper, aber sie regte sich nicht.

»Oder ein Handy, Lo. Weißt du, wo Mamas Handy ist?«

Wenn es überhaupt möglich war, erstarrte sie noch mehr. Ich strich ihr übers Haar und machte mich auf die Suche nach Dinahs Handy. Vielleicht steckte es noch in ihrer Handtasche.

Doch dazu musste ich ihre Tasche finden.

Plötzlich hörten die Geräusche über uns auf. Mitten im Flur blieb ich stehen wie ertappt. Mein Herzschlag raste, und mein Mund war so trocken, dass ich nicht genügend Spucke sammeln konnte, um zu schlucken.

Wo war Abel?

Was machte er?

War ihm klar geworden, dass ich Hilfe holen würde?

Ich atmete so flach wie möglich. Trotzdem hatte ich das Gefühl, dass man es meilenweit hören konnte. Erst als die Dielen wieder unter Abels Schritten knarrten, wagte ich es, mich zu bewegen.

Die Tasche! Wo hatte Dinah sie bloß abgestellt?

29

Ein Panzer aus Angst hat sich um Los Körper gelegt. Wie bei einer Schildkröte. Sie kann nicht raus, kann sich höchstens in der Angst verkriechen.

Von oben hört sie Papas Schritte. Sie hört, wie Jette umherläuft, um Mamas Handy zu suchen. Spürt Fumées warme, raue Zunge auf dem Gesicht.

Aber Lo darf sich nicht bewegen.

Wenn sie das tut, wenn sie Mama auch nur für einen winzigen Augenblick allein lässt, wird Mama sterben. Das weiß sie so sicher, wie sie weiß, dass die Angst niemals aufhören wird.

Weil niemand den anderen Papa kennt. Den, der nur zum Vorschein kommt, wenn sie allein zu Hause sind und keiner zuguckt. Den, der Mama wehtut.

Und manchmal auch Lo.

Der sogar Jamba …

Lo spürt, wie ein Zittern durch ihren Körper läuft.

Die Nachbarn, die Briefträgerin, Papas Kollegen, der Doktor und die Sprechstundenhilfen – sie alle kennen nur den Papa, der alles über den Wald weiß und über die Tiere, die da zu Hause sind. Der sich für Lo Geschichten ausdenkt und ihr seine Lieblingsplätze zeigt. Der nett sein kann zu Mama. Ab und zu.

Von dem anderen Papa haben sie keine Ahnung.

Er ist Mamas und Los und Amandas und Fumées Geheimnis.

Schon immer.

Manchmal zeigt er sich lange nicht. Und dann, wenn Lo schon hofft, er wär für immer weggegangen, kommt er zurück.

Lo erkennt ihn nicht sofort. Vielleicht beugt Papa sich gerade zu ihr herunter, um ihr etwas Schönes ins Ohr zu flüstern. Und plötzlich werden seine Augen anders. Dunkel. Zornig. Und er packt Lo grob am Arm und schubst sie weg.

Oder er lacht mit Mama und auf einmal …

Lo liegt ganz still. Sie denkt an den Engel im Keller.

Komm, denkt sie. *Es ist Zeit.*

Sie horcht zur Tür, die zum Keller führt.

Komm …

*

Abel stopfte ein paar Klamotten in die große Reisetasche, die sie noch kein einziges Mal benutzt hatten. Für Reisen war nie Geld da gewesen. Aber Abel verspürte auch nicht den Wunsch, die Welt kennenzulernen.

Er brauchte nichts als seinen Wald.

Dinah hingegen nörgelte ständig. Sie wollte in fremde Länder reisen, fremde Menschen kennenlernen und fremde Gebräuche, wünschte sich immer das, was sie nicht haben konnte. Doch mit Los Geburt hatte sich das Thema Reisen von selbst erledigt.

Abel war strikt dagegen, seine Tochter durch die Gegend zu schleppen.

Lieber nahm er sie mit in den Wald.

Er sah die Liebe zu den Pflanzen und Tieren in ihren Augen, beobachtete die Begeisterung, mit der sie an einem Bach sitzen und dem fließenden Wasser zuschauen konnte. Lo rettete Schnecken und Regenwürmer, hob sie vom Weg auf und setzte sie behutsam ins Gras. Sie half ihm bei der Pflege verletzter Tiere und harrte stundenlang neben ihnen aus, wenn sie eine Krise überstehen mussten.

Sie kannte seine Arbeit, auch die im Forstamt, kannte seine Kollegen und Kolleginnen. Nur eines hatte sie nie kennengelernt: die Jagd. Abel erzählte ihr nicht davon, brachte keine erlegten Tiere nach Hause, und wenn Jäger zu Besuch kamen, sorgte er stets dafür, dass Lo ihnen nicht begegnete.

Das Leben im Wald war heilsam, doch es heilte Lo nicht. Sie fand die Sprache nicht wieder und allmählich war Abel mit seinem Latein am Ende.

Nicht nur, was Lo betraf.

Sein Leben war aus den Fugen geraten und bewegte sich auf eine gewaltige Explosion zu.

Aber wenn schon, dann fliege ich nicht allein in die Luft, dachte er, ging in Los Zimmer, öffnete ihren Schrank und raffte wahllos Kleidungsstücke zusammen. Wenn schon, dann lass ich es richtig krachen.

Im Badezimmer, wo er Shampoo, Seife und ein paar andere Sachen für Lo und sich selbst einpackte, fiel sein Blick auf all die Fläschchen, Dosen und Tuben.

Dinah war von Anfang an die falsche Frau für ihn gewesen. Er hatte es nur nicht gemerkt.

Allmählich wurde er ein bisschen ruhiger und konnte wieder denken. Er schätzte, es blieb ihm noch eine halbe

Stunde, bis die Bullen hier aufkreuzten. Bis dahin musste er alles erledigt haben.

*

Merle hatte ein Himbeerbonbon in den Mund gesteckt.

Es spendete ihr ein wenig Trost.

Mittlerweile war es vollständig dunkel geworden. Sie hatte die Taschenlampe ausgeschaltet, um die Batterien zu schonen, hielt sie jedoch vorsichtshalber in der Hand, den Daumen startbereit auf dem Knopf, den sie drücken musste, um sie anzumachen.

Sie hatte den Bunker ausgeleuchtet und sich seine Ausdehnungen eingeprägt. Jetzt fühlte sie sich nicht mehr so vollständig ausgeliefert.

Die Schmerzen in ihrem Bein hatten nachgelassen. Allerdings hatte Abel, als er sie geschlagen hatte, ihr linkes Ohr getroffen, in dem es nun dermaßen stark rauschte und pochte, dass sie sich fragte, ob ihr Trommelfell beschädigt war.

Während das Bonbon in ihrem Mund klein und glatt wurde, sammelte Merle Mut.

Sie würde nicht tatenlos hier sitzen bleiben und auf die Rückkehr dieses Verrückten warten.

Der Raum, in dem sie sich befand, hatte keine Tür und war also nicht verschlossen. Abel hatte auf Fesseln verzichtet, weil er offenbar darauf vertraute, dass sie sich mit ihrem geschundenen Körper kaum weiter als einen Meter fortbewegen konnte und an Flucht erst recht nicht zu denken war.

Doch da täuschte er sich gewaltig.

Merle schaltete die Taschenlampe ein und steckte sie in den Mund, um die Hände frei zu haben. Sie rollte sich auf die Seite und robbte auf die Lebensmittel zu, die Abel ihr hiergelassen hatte. Das verletzte Bein hielt sie gestreckt und leicht angehoben, damit es nicht den Boden berührte.

Nach zwei Metern begann sie zu keuchen und verfluchte Abel, dieses sadistische Arschloch, das die Essenssachen außerhalb ihrer Reichweite deponiert hatte.

Sie atmete tief durch, ließ das Bein vorsichtig sinken und versuchte, sich zu entspannen. Was nicht leicht war in einem Albtraum wie diesem.

Abel fühlte sich anscheinend in die Enge getrieben, sonst hätte er sie nicht an diesen Ort gebracht. Vermutlich hatte er nicht die Absicht, sie hier verrotten zu lassen, sonst hätte er auf die Matratze, die Decke und die Klamotten verzichtet. Auch der Eimer, die Brötchen und das Wasser wären dann überflüssig gewesen.

Es gab dafür nur eine Erklärung.

Er war noch nicht fertig mit ihr.

Sie konnte sich vorstellen, was das bedeutete.

Schaudernd robbte sie weiter, obwohl jede Bewegung einen neuen Schmerz zum Klingen brachte. Ihre Rippen, ihr Zwerchfell und sämtliche Muskeln taten ihr weh. Abel wusste, auf welche Stellen man zielen musste, wenn man jemanden zusammenschlug.

Als sie endlich am Ziel war, stopfte sie ein Brötchen zu der Tüte mit den Himbeerbonbons in die linke Hosentasche und eine kleine Plastikflasche Mineralwasser in die rechte.

Ruhte sich aus.

Durchwühlte dann die Tragetasche mit den Kleidungsstücken.

Sie fand einen dicken Wollpulli, den sie zusätzlich zu dem anzog, den sie trug. Ein Paar dicke Socken wollte sie als Handschuhe benutzen. Sie würde sie auf dem mit Wurzeln, Zweigen und Steinen bedeckten Waldboden gut brauchen können.

Noch einmal setzte sie sich auf und lehnte sich gegen die Wand, um zu verschnaufen. Kämpfte gegen das Bedürfnis an, sich mit einem Brötchen zu stärken. Sie hatte schon viel zu viel Zeit verloren.

*

Es hatte keinen Sinn, weiter nach Dinahs Handy zu suchen. Lo und ich mussten hier raus. Was immer Abel da oben machte – er würde wieder runterkommen. Ohne ihre Mutter wäre Lo ihm schutzlos ausgeliefert.

»Lo?« Sanft berührte ich ihren Arm und spürte, wie sie sich versteifte. »Wir müssen Hilfe holen.«

Zuerst deutete nichts darauf hin, dass sie mich gehört hatte. Dann schüttelte sie langsam den Kopf.

Das war immerhin schon etwas.

Aber sie würde ihre Mutter niemals allein lassen. Sie würde sich an ihr festklammern, und ich müsste sie mit Gewalt von Dinah wegreißen, wenn ich sie in Sicherheit bringen wollte.

»Deine Mama braucht einen Arzt«, flüsterte ich. »Und ... ich möchte dich nicht hier zurücklassen. Dein Papa ...«

Wie sollte ich einem kleinen Mädchen erklären, dass sein Vater unberechenbar und hochgradig gefährlich war? Dass wir uns so schnell wie möglich vor ihm retten mussten, um diesen Tag zu überleben?

Lo bewegte sich. Ihre kleine Hand glitt in die Hosentasche ihrer Mutter und zog ein altes rotes Handy hervor.

Mit bebenden Fingern wählte ich den Notruf.

Flüsternd erklärte ich, was geschehen war, gab die Adresse durch und steckte Dinahs Handy ein. Dann beugte ich mich noch einmal über Lo. Eine Träne rollte ihr über die Wange. Fumée leckte sie auf.

»Lo, meine Süße. In ein paar Minuten wird der Notarzt hier sein und deiner Mama helfen. Bitte vertrau mir und komm mit.«

Ich hatte mein Taschenmesser aufgeklappt und es griffbereit neben mich auf den Boden gelegt. Meine Mutter hatte es mir geschenkt, nachdem sie gelesen hatte, dass eine Joggerin am helllichten Tag zwischen den Feldern überfallen worden war.

»Trag es immer bei dir«, hatte sie verlangt, und ich hatte es ihr versprochen. Um Ruhe zu haben.

Jetzt war ich froh, dass ich es bei mir hatte. Sollte Abel jedoch mit einem Gewehr hier unten erscheinen, hätte ich mit meiner Waffe keine Chance.

Wieder hörten die Geräusche oben auf. Ich spürte, wie Lo unter meinen Händen erstarrte.

Sie hatte Angst.

Ein gutes Zeichen.

Beim nächsten Versuch brach ihr Widerstand. Sie stand auf, gab ihrer Mutter einen Kuss auf die Wange und hob ihre Puppe hoch. Dann schob sie ihre kleine Hand zutraulich in meine.

Fumée kauerte sich neben Dinahs Schulter. Sie schaute Lo kurz an und legte dann den Kopf auf die Pfoten. Sie hatte sich entschieden. Sie würde bei der schwer verletzten Dinah bleiben.

Kurz vor der Haustür trat ich auf etwas Knirschendes. Ich sah flüchtig hin und erkannte ein Himbeerbonbon.

Merle!

Sie war ganz scharf auf Himbeerbonbons. Wenn es ihres

war, konnte es später bei der Beweisaufnahme wichtig werden. Ich hob es auf und steckte es in die Tasche.

Mit angehaltenem Atem öffnete ich die Tür, die ein langes, knarzendes Geräusch von sich gab.

Augenblicklich blieb ich stehen wie angewurzelt, aber Lo zog mich nach draußen. Wir ließen die Haustür offen stehen und rannten Hand in Hand über den Hof, und ich betete, dass Abel uns nicht bereits auf den Fersen war.

Am Tor fiel mir mein Schlüsselbund hin. Ich bückte mich danach, als ich Abels Stimme hörte.

»Lo! Bleib stehen! Lo! Bleib stehen, verdammt noch mal!«

Lo drehte sich um.

Gab auf.

»Hör nicht hin!« Ich fingerte an den Schlüsseln herum, die sich ineinander verkeilt hatten, und zog Lo weiter. »Bitte! Komm!«

Ich riss die Beifahrertür meines Autos auf und Lo kletterte auf den Sitz. Sie nahm ihre Puppe auf den Schoß und starrte zum Haus.

Abels Schritte kamen näher.

Ich ließ mich auf den Fahrersitz fallen. Erst beim zweiten Versuch gelang es mir, den Motor zu starten. Ich warf einen raschen Blick zur Seite.

Hinter Abel, mitten auf dem Weg, erleuchtet von dem Licht, das durch das Küchenfenster in den Hof fiel, stand eine große Reisetasche. Hatte er vorgehabt, mit Lo abzuhauen? Hieß das, dass er Merle irgendwo sich selbst überlassen wollte?

Oder … lebte sie nicht mehr?

Ich verbot mir den Gedanken, sobald er mir in den Kopf gekommen war. Behielt stattdessen den Rückspiegel im

Auge. Bog in die erste mögliche Straße ein. Dann in die zweite, die dritte. Fuhr zickzack und viel zu schnell und hoffte von ganzem Herzen, dass Abel uns nicht einholen würde.

In einer ruhigen Seitenstraße von Hellenthal hielt ich kurz an, damit wir uns anschnallen konnten und das nervende Piepen aufhörte.

Wohin sollte ich Lo nur bringen?

Und wie, wenn ihr Vater uns im Nacken saß?

»Hab keine Angst«, sagte ich, doch Lo nahm es nicht wahr.

Mit großen Augen starrte sie geradeaus.

Irgendwohin.

War auf Tauchstation gegangen.

Hinter uns erschienen die Scheinwerfer eines Wagens. Ich gab Gas und wir rasten mit quietschenden Reifen davon.

*

Ein einziger Meter kam Merle endlos vor. Es gab kaum noch eine Stelle an ihrem Körper, die nicht schmerzte. Die Wirkung der Tabletten, die Abel ihr verabreicht hatte, begann rapide nachzulassen. Trotz der Kälte strömte ihr der Schweiß aus allen Poren.

Wenn sie hier je wieder rauskam …

Wenn.

Dann würde sie das Leben nie mehr als selbstverständlich betrachten. Sie würde sich jeden Morgen und jeden Abend und überhaupt zu jeder einzelnen Stunde darüber freuen, dass es ihr gut ging. Dass sie mit Claudio zusammen war. Und dass sie das Glück hatte, mit ihren Freunden in einer WG zu wohnen.

Sie konzentrierte sich wieder auf ihre Bewegungen. Um sich zu orientieren, machte sie noch einmal die Taschenlampe an.

Nur noch um die Ecke, dann müsste sie den Eingang sehen können.

Doch danach würde es erst richtig schwierig werden. Sie befand sich mitten in einem Wald, den sie nicht kannte. Hatte Kilometer vor sich, die sie kriechend und robbend in tiefster Nacht bewältigen musste.

Das war unmöglich!

Was, wenn sie die falsche Richtung wählte?

Bitte, dachte sie. *Findet mich.*

Sie wusste nicht so genau, an wen ihre Bitte sich richtete. Sehnte sich danach, Jettes Gesicht in der Dunkelheit auftauchen zu sehen, ihre Stimme zu hören und alles Weitere in ihre Hände zu legen.

Aber durfte sie sich wirklich wünschen, dass Jette loszog, um sie zu suchen? Sollte sie Abel begegnen, würde sie das nicht überleben.

Ebenso wenig wie sie selbst.

Er würde zurückkommen.

Es war nur eine Frage der Zeit.

*

Jette war nicht erreichbar. Dabei wartete sie doch händeringend auf Neuigkeiten. Dass sie nicht an ihrem Handy klebte, obwohl sie befürchtete, ihrer Freundin sei etwas zugestoßen, ergab keinen Sinn.

Die Straßen waren nass und die Kurven tückisch, dennoch drosselte Bert das halsbrecherische Tempo nicht. Er hatte ein denkbar schlechtes Gefühl.

Rick war ebenfalls unterwegs. Er hatte einen Durchsuchungsbefehl erwirkt, was bei der Lage der Dinge nicht einfach gewesen war. Nun konnten sie endlich aktiv werden.

»Wir sehen uns dann beim Forsthaus?«, hatte Rick lakonisch am Telefon gefragt, und Bert hatte ebenso lakonisch geantwortet: »Bis gleich.«

Er hatte keinen blassen Schimmer, wie es mit seiner Auszeit weitergehen sollte, und ob überhaupt. Ich habe es versucht, dachte er und schnitt eine besonders enge Kurve, auf die er nicht gefasst gewesen war. Ich habe es wirklich und wahrhaftig versucht.

Aber hatte er das wirklich?

Die Antwort war: nein.

Bei der erstbesten Gelegenheit, die sich ihm geboten hatte, war er rückfällig geworden, ein moderner Pater Brown.

Er brauste durch die Eifler Dunkelheit und spürte wieder die Erregung, die ihn immer dann packte, wenn er sicher war, auf der richtigen Spur zu sein. Stress hin, Stress her – er brauchte seine tägliche Dosis Adrenalin.

Außerdem, das musste er sich eingestehen, war er süchtig danach, das Gute siegen zu sehen.

*

Los Kopf tut weh. Sie möchte weinen, aber es kommen keine Tränen. Das Licht der Scheinwerfer wackelt hin und her, und Jette schimpft, weil die Straßen so holprig sind.

Die Häuser haben gelbe Augen. Es steckt immer noch ein bisschen Winter in der Luft.

Lo weiß nicht, ob es richtig war, Mama allein zu lassen.

Und jetzt durch die Nacht zu fahren.

Immer wieder biegt Jette in eine andere Straße ein. Hält am Bordstein. Macht den Motor aus. Wartet einen Moment. Und fährt dann wieder los.

Immerwiederimmerwieder.

Kreuz und quer durch Hellenthal.

Lo weiß, warum sie das tut. Sobald das Licht fremder Scheinwerfer auftaucht, drückt sie Amanda fester an sich.

Amanda schweigt.

Jette schweigt.

Auch die Dunkelheit ist still.

*

Nein ... NEIN!

Der Eingang war versperrt!

Merle konnte nicht glauben, was doch offensichtlich wurde, nachdem sie um die Ecke gerobbt war: Abel hatte von außen eine Betonplatte davorgeschoben. Sie sah schwer aus und unverrückbar. Zumindest für jemanden, der so lädiert war wie Merle.

Die Bunker in der Eifel waren nach dem Krieg gesprengt worden. Darüber hatte sie erst vor Kurzem eine Reportage gesehen. Dann hatte man der Natur die Aufräumarbeiten überlassen.

Mittlerweile hatte sich eine Decke aus Erde und Gras über den Zeugen der Vergangenheit ausgebreitet. Hier und da sprossen sogar Bäume aus den Mulden und Spalten.

Doch Abel kannte sich in seinem Bezirk aus.

Er hatte nicht nur diesen Bunker entdeckt, der noch relativ unversehrt war, sondern auch das noch halbwegs passende Gegenstück zu der Öffnung gefunden.

Merle knipste die Taschenlampe wieder aus. Zum Nachdenken brauchte sie kein Licht. Sie durfte nicht riskieren, dass die Batterien sich verabschiedeten und sie der Dunkelheit auslieferten.

Es gab zwei Möglichkeiten. Sie konnte in Tränen ausbrechen und sich in ihr Schicksal ergeben oder alles versuchen, um doch irgendwie hier rauszukommen.

Die Entscheidung fiel ihr leicht.

Vielleicht reichte der Spalt links von der Betonplatte, um sich hindurchzuzwängen. Oder die Platte war nicht so schwer, wie sie aussah. Vielleicht konnte Merle sie umkippen, wenn es ihr nur gelang, aufzustehen und sich mit ihrem ganzen Gewicht dagegenzustemmen.

Auf einer Karte hatte sie mal einen Spruch gelesen, der ihr gefallen hatte.

Aufstehen. Krone richten. Weitergehen.

Das mit der Krone sollte sie hinkriegen. Schwieriger war das Aufstehen. Über das Weitergehen wollte sie gar nicht erst nachdenken.

Eins nach dem andern.

Sie zog sich die Socken wieder über die Hände und schleppte sich weiter.

30

Abel war außer sich. Er warf die Reisetasche in den Jeep und pfiff nach Fumée. Die Hündin gehorchte nicht. Er lief noch einmal ins Haus zurück.

Dinah lag totenstill. Neben ihrem Kopf bildete sich eine Blutlache. Abel hätte sich leicht überzeugen können, ob sie noch lebte, aber es interessierte ihn nicht.

Nicht mehr.

Er hatte keine Sekunde zu verlieren, wenn er diese Verrückte stoppen wollte, die Lo entführt hatte.

Niemand nahm ihm seine Tochter weg!

Das hatten schon ganz andere versucht.

»Fumée!«

Die Hündin veränderte nicht mal ihre Haltung. An Dinah geschmiegt, den Kopf auf den Pfoten, hielt sie den Blick mit gerunzelter Stirn auf ihren Herrn gerichtet.

»Fumée! Hierher!«

Sie ließ ein halbherziges Knurren hören. Wandte den Blick nicht von ihm ab.

»Fumée! Wird's bald!«

Sie hob den Kopf. Bleckte die Zähne. Das Knurren kam jetzt aus tiefster Kehle.

Abel erkannte seinen Hund nicht wieder. Der sanfte Jack Russel Terrier hatte sich in einen Wolf verwandelt, in dessen Augen die Angriffslust gefährlich funkelte.

Zu gern hätte Abel ihm gezeigt, wer hier das Sagen hatte. Es drängte ihn danach, dem Hund den Gehorsam einzuprügeln.

Doch jeden Moment konnten die Bullen hier sein.

»Verrecke, du elender Köter!«, zischte er.

Sah hinüber zu Dinahs stillem Körper.

»Das gilt auch für dich, du Schlampe!«

Er griff nach dem Koffer mit seinen Waffen und verließ das Haus.

Noch im Jeep zitterte er vor Wut. Er musste weg von hier. Im Wald konnte er sich beruhigen. Nachdenken. Doch zuvor würde er bei den Bullen vorbeifahren.

Wenn diese ... wie hatte sie sich vorgestellt ... diese Jette die nächste Polizeiwache angesteuert hatte, würde ihr Auto in der Nähe parken.

Dann würde er die Wache stürmen, alles zusammenschießen, sich seine Tochter schnappen und abhauen.

Hatte sie sich *nicht* an die Bullen gewandt, musste er sich auf die Suche begeben. Es würde schwierig werden, aber er war ein guter Jäger, und bisher war ihm keine Beute entkommen.

*

Am Rand von Hellenthal, im Schutz einer verfallenen Holzscheune, hielt ich schweißgebadet an und löste die verkrampften Finger vom Lenkrad. Ich machte den Motor aus, und dann saßen wir im Dunkeln, Lo, ihre Puppe und ich. Die nächste Straßenlaterne war ein Stück entfernt und warf nur schwaches Licht zu uns herüber. Hier würde Abel uns, falls er überhaupt an dieser Stelle vorbeifuhr, hoffentlich nicht so schnell entdecken.

Blende ihn aus, befahl ich mir.

Frag dich nicht, was er tun wird.

Denk nicht mal an ihn.

Aber wie? Er konnte praktisch überall sein.

Und auf uns warten.

Ich wandte mich Lo zu, die klein und verloren neben mir saß, Amanda auf dem Schoß.

»Lo«, sagte ich vorsichtig. »Ich glaube, dein Papa ist mit Merle weggefahren. Ich weiß nicht, wohin er sie gebracht hat, aber es ist ganz wichtig, dass ich sie schnell finde.«

Natürlich erwartete ich nicht, dass sie mir antwortete. Ich wusste ja, dass sie nicht sprach. Ich wusste aber auch, dass Lo die Einzige war, die mich zu Merle führen konnte.

Falls ich mit meinen Überlegungen richtiglag.

»Bestimmt gibt es besondere Orte, wo dein Papa sich gern aufhält«, fuhr ich fort. »Wohin er sich zurückzieht, wenn er allein sein will.«

Schritt für Schritt bewegte ich mich auf unsicherem Boden. Wusste nicht, wo ich auf Abwege geraten würde. War mir nicht mal sicher, ob es überhaupt den richtigen Weg gab und ob Lo ihn kannte.

Und wie sollte sie ihn mir dann zeigen?

Ihre Gesichtszüge waren von den Abendschatten fast ausradiert, doch ich sah ihre großen, traurigen Augen schimmern. Hörte sie mir zu? Verstand sie, was ich sagte? War sie noch bei ihrer Mutter und gar nicht richtig hier?

Sie schwieg.

Und mir lief die Zeit davon.

Ich holte Dinahs Handy hervor, um den Kommissar anzurufen.

Kein Netz!

Ich hätte das Handy aus dem Fenster pfeffern und heulen können vor Enttäuschung, aber ich durfte Lo nicht erschrecken. Sie hatte genug durchgemacht. Sie brauchte jetzt jemanden, der verlässlich war und ihr Hoffnung gab. Ihr kleines Gesicht schimmerte weiß in dem spärlichen Licht der Laterne.

Der Notarzt würde sowieso die Polizei hinzuziehen, also war es nicht unbedingt nötig, dass ich mich dort meldete. Und sicherlich waren die einzelnen Polizeiämter so miteinander vernetzt, dass die Zusammenhänge schnell klar wurden und auch der Kommissar mit einbezogen wurde.

»Bestimmt nimmt dein Papa dich oft mit, wenn er unterwegs ist«, versuchte ich es weiter und widerstand dem Impuls, Los Hand zu streicheln, die Amanda hielt. Alles an ihr signalisierte, dass sie keine Berührung wollte. »Bestimmt zeigt er dir diese Orte.«

Lo vergrub das Kinn in Amandas samtigem Puppenhaar.

Es war schwer, sich Abel als liebevollen Vater vorzustellen. Es war unmöglich. Was, wenn es nur einen Mr Hyde gab, weil Dr. Jekyll sich längst in Luft aufgelöst hatte? Entfernte Lo sich dann nicht bei jedem meiner Worte weiter von mir?

Ich hatte keine Wahl. Ich konnte nur versuchen, sie zu erreichen.

»Vielleicht hat er Merle an seinen *allerschönsten* Lieblingsplatz gebracht, weil er wiedergutmachen möchte, dass er ihr wehgetan hat.«

Ich fragte mich, wohin meine Worte führten. Wem wollte ich etwas vormachen?

Lo? Einem kleinen Mädchen, das wahrscheinlich vom Tag seiner Geburt an von seinem Vater misshandelt worden war?

Was erzählte ich ihr da von Lieblingsplätzen und Wiedergutmachung?

Einem Schläger wie Abel waren solche Gefühle fremd.

»Kann sein, dass Merle verletzt ist«, wagte ich mich weiter vor. »Dann braucht sie dringend Hilfe …«

*

Lo sitzt ganz still.

Es tut so weh in ihr drin.

Sie hört Jette sprechen. Sieht, wie ihre Lippen sich bewegen.

Und kann sich nicht regen.

Sie hat sich in Stein verwandelt. Wie im Märchen.

Und wenn einer sie berührt, wird sie in tausend Stücke zerspringen.

*

Obwohl das Tor offen stand, parkte Bert draußen am Straßenrand. Auf dem Hof stand ein Streifenwagen. Daneben saß Rick in seinem Auto und telefonierte.

Bert klopfte an sein Fenster.

Rick steckte das Handy in die Tasche seiner Jacke und stieg aus. Frustration verwischte den Ausdruck von Freude, der bei Berts Anblick über sein Gesicht gehuscht war.

»Der Vogel ist ausgeflogen«, erklärte er. »Wir sind zu spät gekommen.«

Mach dir keine Vorwürfe, beschwichtigte Bert sich selbst. Du warst nicht im Dienst. Du hattest nichts mit dem Fall zu tun. Doch er wusste genau, dass er sich belog.

Er hätte schneller reagieren müssen.

»Was ist passiert?«, fragte er, denn dass etwas passiert sein musste, sah er Rick an.

»Abel Burggraf hat anscheinend seine Frau zusammengeschlagen.«

»Wie geht es ihr?«

»Sie ist im Krankenhaus. Ihre Verletzungen sind so schwer, dass man sie in ein künstliches Koma versetzt hat.«

»Was ist mit der Tochter?«

»Die hat Jette Weingärtner offenbar mitgenommen.«

»Wie bitte?«

»So hat sich der Notarzt Dinah Burggrafs Äußerungen zusammengereimt. Es ist aber durchaus möglich, dass er die Verletzte nicht richtig verstanden hat.«

»Sagt wer?«

»Er selbst. Dinah Burggraf war nicht wirklich ansprechbar, und er meint, man kann auf das wenige, das er halbwegs zusammenhängend heraushören konnte, nicht allzu viel geben. Mal ehrlich«, Rick schüttelte den Kopf, »warum sollte Jette die Tochter der Burggrafs mitnehmen?«

»Um sie vor ihrem Vater zu schützen?«

»Dann hätte sie das Kind doch irgendwo abgeliefert. Bei der Polizei, den Nachbarn oder in einem Krankenhaus. Es war übrigens Jette, die den Notruf gewählt hat.«

»Dazu hätte sie sich in Hellenthal auskennen müssen. Und vergiss nicht, sie war in Panik.« Bert wagte nicht, sich auszumalen, was sich hier abgespielt haben musste. »Wann hat die Auseinandersetzung stattgefunden? Wissen wir da schon Genaueres?«

Wie schnell ich wieder in meinem Job angekommen bin, dachte er und hörte sich selbst dabei zu, wie er die typischen Worthülsen benutzte.

Auseinandersetzung. Stattgefunden. Wir. Genaueres.

Polizisten distanzierten sich mit jedem Wort von einer belastenden Situation. Sie verhielten sich da nicht viel anders als Ärzte, die nicht von ihren Patienten redeten, sondern von *dem Blinddarm, der Gallenblase* oder *der Leberzirrhose.*

»Leider nein. Die nächsten Nachbarn wohnen etwa einen Kilometer entfernt. Da kriegst du von Ehestreitigkeiten nichts mit.« Rick ging voran ins Haus. »Die Tür war nur angelehnt. Das hat es uns erspart, sie gewaltsam zu öffnen.«

Berts Blick fiel sofort auf die Blutlache im Flur. Sie war ziemlich groß. Daneben lag ein zierlicher weißer Hund, als wolle er sie bewachen.

»Er hat neben Dinah Burggraf gesessen und keinen an sie herangelassen. Ein Kollege von der Schutzpolizei hat ihn sich schließlich geschnappt und ins Wohnzimmer verfrachtet. Irgendwie muss er da wieder rausgekommen sein.«

»Manche Hunde können Türen öffnen.« Bert fiel auf, dass der Kleine tatsächlich wie ein Zirkushund aussah. »Sie springen auf die Klinke.«

»Wir werden ihn ins Tierheim bringen müssen.« Rick lachte freudlos auf. »Was für eine Ironie ...«

»Wieso?«

»Merle arbeitet doch in dem Tierheim, das Abel Burggraf damals die beiden Hunde vermittelt hat.«

»Von denen der eine totgeschlagen worden ist, ja. Grausam.«

Rick winkte einen Beamten herbei, der die Treppe vom oberen Stockwerk herunterkam. »Einer muss sich um den kleinen Kerl hier kümmern.«

»Haben wir schon versucht. Ist lebensgefährlich.«

»Dann ruft in einem Tierheim an.«

Von oben drangen Geräusche zu ihnen herunter. Die

Hausdurchsuchung war in vollem Gange. Wenn hier etwas zu finden war, das sie zu Merle führte, dann würden sie es finden.

Bert warf einen Blick in die Küche, in der er vor nicht einmal vier Stunden noch gesessen hatte. Ein Stuhl war umgekippt. Ein paar Kinderzeichnungen lagen auf Tisch und Fußboden verstreut. Daneben waren Buntstifte aufgefächert. Als hätte das Kind mit ihnen Mikado gespielt und nur kurz das Zimmer verlassen, um gleich zurückzukommen und weiterzuspielen.

Bert nahm eine der Zeichnungen auf. Ein Engel, das erkannte man sofort. Ein Engel mit roten Haaren.

Mit roten Haaren.

Und einer zerzausten Frisur, die ihm sehr bekannt vorkam.

Sein Herz fing an zu flattern.

»Engel.« Er hielt Rick das Blatt hin, während er mit der anderen Hand die übrigen Zeichnungen durchblätterte. »Lauter Engel. Und guck dir die Haare an.«

»Die Kleine fährt gerade auf Rot, Rosa und Pink ab. Tun das nicht alle Mädchen in dem Alter?«

»Das schon. Aber mit fünf hat meine Tochter sämtlichen weiblichen Wesen lange Haare verpasst. Diese Frisur hier ist völlig untypisch. Das Kind hat Merle gemalt.«

»Das heißt, Merle ist definitiv hier gewesen.« Rick zögerte. »Es kann bedeuten, dass sie tot ist. Erzählt man Kindern nicht immer, dass tote Menschen zu Engeln werden?«

Bert weigerte sich, diese Interpretation zuzulassen. Nicht Merle, dachte er. Bitte nicht diese kluge, direkte, beeindruckende junge Frau.

Er sah die dunklen, abweisenden Augen Abel Burggrafs vor sich.

Sie blickten tief in ihn hinein.

Was hatte der Mann Merle angetan?

*

Es kam ihr vor, als hätte sie Stunden gebraucht, um den Ausgang zu erreichen, dabei waren wahrscheinlich bloß ein paar Minuten vergangen. Merle vermisste ihre Armbanduhr, konnte sich nicht erinnern, wann und wo sie sie verloren hatte.

Aufgewühlt streckte sie die Hand aus und berührte den Beton, der ihr den Weg nach draußen versperrte.

Plötzlich war er wieder da, ihr Kampfgeist, den sie so lange vermisst hatte. Sie spürte, wie sehr sie allein das Bewusstsein erregte, dass hinter dieser dicken Platte, die Abel vor den Ausgang gewuchtet hatte, die Freiheit lag.

Das Leben.

Und sie wusste, dass sie nicht aufgeben würde.

Nicht jetzt.

Denn sie war noch nicht dran mit Sterben. Sie würde nicht apathisch hier liegen bleiben und auf Abel warten, damit dieser Drecksack seine Allmachtsfantasien an ihr austobte. Würde seine Grausamkeit nicht wehrlos über sich ergehen und sich am Ende von ihm ermorden lassen.

Sie würde hier rauskommen.

Oder Abel töten.

Die Gabel steckte noch immer in der Socke. Und Merle wusste, sie würde sie benutzen. Ohne Skrupel und ohne mit der Wimper zu zucken.

Sie streckte sich aus, um zu verschnaufen.

Ein Geräusch ließ sie zusammenfahren.

Ein Flattern.

Nah.

Viel zu nah.

Zuerst hielt sie nur den Atem an und zog die Schultern hoch, um sich zu schützen. Dann, als das Geräusch sich nicht wiederholte und nichts sie berührte, rollte sie sich vorsichtig auf die Seite.

Wartete wieder ab.

Gefühlte Ewigkeiten später wagte sie es, die Taschenlampe anzuknipsen.

Fledermäuse.

Sie hingen an der Decke. Ein Dutzend etwa. Reglos jetzt und still. Schwarz und grau. Wie erfroren.

Erleichtert stieß Merle den Atem aus. Als Tierschützerin hätte sie darauf gefasst sein können. Sie wusste doch, dass Fledermäuse in Höhlen, Bunkern und Stollen überwintern. Und dass sie keine Gefahr darstellen, wenn man sie nicht gegen ihren Willen berührt.

Aber sollten sie nicht längst in ihre Sommerquartiere umgezogen sein? Waren sie krank? Oder hatten sie nur noch keine neue Bleibe gefunden?

Wieder regte sich eine, und Merle lenkte den Lichtstrahl der Taschenlampe auf den Boden, um sie nicht zu blenden. Sie hatte keine Sehnsucht danach, von wild gewordenen Fledermäusen umschwärmt zu werden.

Allmählich kam sie wieder zu Kräften und setzte sich langsam auf. Mit beiden Händen drückte sie gegen die Betonplatte, die sich erwartungsgemäß keinen Millimeter bewegte. Dafür jedoch geriet ihr rechter Fuß in Bewegung und ließ Schmerzen durch ihren Körper fließen, unter denen sie sich hilflos krümmte.

Die Schmerzmittel hatten endgültig ihre Wirkung verloren. Das war einerseits der Grund dafür, dass sie wieder einen klaren Kopf bekam. Es hatte aber andrerseits zur Folge, dass die Schmerzen sie quälten. Doch das war ihr lieber, als tatenlos vor sich hinzudämmern und sich Abel auf dem Silbertablett zu präsentieren.

Sie musste versuchen aufzustehen.

Merle steckte die Taschenlampe in den Mund und kam mühsam hoch. Stützte sich auf den linken Fuß und hielt den rechten so, dass er nirgendwo anstoßen konnte. Sie sammelte sich, holte tief Luft, legte beide Hände an die Platte und stemmte sich mit aller Kraft dagegen.

Die Platte gab unmerklich nach, blieb jedoch an Ort und Stelle.

Zitternd vor Kraftlosigkeit und Enttäuschung, machte Merle die Taschenlampe wieder aus. Diesmal bereitete ihr die Finsternis noch größeres Unbehagen als zuvor.

Sie konzentrierte sich auf ihre Atmung. Um ihre Energie zu bündeln, wie Luke es ihr einmal gezeigt hatte. Ihm gelang es auf diese Weise, beim Jiu-Jitsu halbe Wunder zu vollbringen. Da würde sie es doch schaffen, eine lächerliche Betonplatte zu verschieben.

Ihr war klar, dass sie alles riskierte. Dass der Bruch sich so katastrophal verschieben konnte, dass kein Arzt der Welt ihn wieder würde richten können.

Aber Aufgeben kam nicht infrage. Um nichts auf der Welt.

31

Der Peugeot stand nicht vor dem Polizeigebäude. Er war auch nicht in der Nähe abgestellt. Abel hatte gründlich nach ihm Ausschau gehalten. Schließlich hatte er in Sichtweite der Polizeiwache geparkt und den Motor ausgemacht. War mit der Umgebung und der Dunkelheit verschmolzen.

Wartete. Und war sich seiner Waffen im Kofferraum sehr bewusst.

Eine Viertelstunde würde er bleiben. Jette kannte sich hier wahrscheinlich nicht aus und würde eine Weile brauchen, bis sie die Polizeiwache fand. Er konnte die Zeit dazu nutzen, in ihre Haut zu schlüpfen und sich ihre möglichen nächsten Schritte zu überlegen. Darin hatte er Übung, denn auf der Jagd machte er es nicht anders.

Er war sich sicher, dass das Mädchen Lo benutzen würde, um ihre Freundin zu finden. Also musste er sich auch in seine Tochter versetzen. Bei einem Kind, das seine Gedanken nicht äußerte, war das mehr als schwierig.

Aber Abel hatte einen strengen Lehrmeister gehabt.

Er hatte vom Wald gelernt.

Und er war ein guter Schüler gewesen. Er erahnte die

nächste Bewegung des Rehbocks, bevor das Tier selbst wusste, wohin es sich wenden würde. Da sollte es ihm doch möglich sein, Los Denkweise zu entschlüsseln.

Seine Tochter liebte und sie fürchtete ihn.

Beides würde ihr Verhalten beeinflussen.

Das war sein großer Vorteil.

*

»Hör zu, Lo«, sagte ich. »Du musst nichts tun, was du nicht willst. Ich bringe dich, wohin du möchtest. Zu euren Nachbarn oder zur Polizei vielleicht, und die fahren dich dann ins Krankenhaus zu deiner Mama.«

Lo sah immer noch starr geradeaus. Ich hatte keine Ahnung, was sie dachte oder ob sie überhaupt etwas dachte. Ich hoffte, sie hörte mir zu. Es konnte jedoch auch sein, dass sie nichts von dem mitkriegte, was ich ihr sagte.

Der Schock hielt sie gepackt.

»Es wäre schön, wenn du mir noch helfen könntest, Merle zu finden.«

Bevor dein Vater uns zuvorkommt, hätte ich gern hinzugefügt, doch ich beherrschte mich. Sie wirkte so zerbrechlich, so unvorstellbar jung. Ich hatte Angst, ihr mit einem einzigen falschen Wort furchtbar wehzutun.

»Ich stelle dir jetzt ein paar Fragen und du kannst einfach nicken oder den Kopf schütteln. Ist das okay für dich?«

Sie senkte den Kopf.

Bedeutete das *Ja?*

»Wenn dein Papa Merle weggebracht hat, dann bestimmt an einen Ort, der nicht leicht zu finden ist.«

Lo umschlang Amanda mit beiden Armen.

Sie hatte sich aus ihrer Erstarrung gelöst.

Das Herz schlug mir gegen die Rippen. Ich wagte kaum,

Lo anzusehen. Als ich es endlich fertigbrachte, nickte sie. Kaum merklich zwar, aber sie nickte.

Die Erleichterung floss mir durch sämtliche Glieder.

Ich fühlte mich schwerelos.

Als könnte ich jederzeit abheben und davonschweben.

»Kennst du so einen Ort, Lo?«

*

»Sieh dich um«, hat Papa gesagt.

Das war am *geheimen See*. Damals, als er ihn Lo zum ersten Mal gezeigt hat.

Papa hat den See so genannt. Weil er geheim ist und niemand sonst ihn kennt.

Und weil er nicht immer da ist.

Nur wenn es viel geregnet hat.

Er kommt und geht, der See. Nie weiß man, ob er einen erwartet. Bis man ihn zwischen den Bäumen und Sträuchern glitzern sieht.

Mücken tanzen an seinem Ufer. Wasserläufer huschen über die Oberfläche. Und ab und zu steigen von unten kleine Luftblasen auf. Im Winter ist er wie kaltes Glas und die Gräser am Rand sind glitzerweiß gefroren.

»Sieh dich ganz genau um.«

Es war ein heißer Sommertag. Libellen schwirrten durch die stille Luft. Flimmerten blau, grün und golden im Sonnenlicht. Lo fand sie wunderschön, obwohl sie die furchtbare Angst vor ihnen nicht überwinden konnte.

»Das ist mein Reich«, hat Papa gesagt und auf die Bäume, die Lichtung und den See gezeigt. Auch auf den Bunker, der an diesem ersten Tag für Lo nur ein sanfter Hügel gewesen ist, weil er in einer Mulde liegt, bedeckt von Gras und Moos.

Staunend hat Lo umhergeguckt.

»Mein Reich. Es ist so gut versteckt, dass niemand es findet.« Papa hat sich zu Lo gebeugt und ihr tief in die Augen geschaut. »Noch nie hab ich es jemandem gezeigt. Nur dir.«

Das Wasser funkelte. Ein Vogel sang. Weiter weg hämmerte ein Specht.

Die Blüten der Seerosen strahlten in der Sonne.

Und dann hat Papa die Arme ausgebreitet. Und die größte und schönste Libelle ist herangeflogen und hat sich auf seine Hand gesetzt.

Auf seine Hand!

Eine blaue mit durchsichtigen Flügeln.

Lo hat die Luft angehalten.

»Siehst du«, hat Papa gesagt. »Nicht nur die Vogelspinnen. Nicht nur die Dachse. Die Wildschweine und die Füchse. Selbst die wilden, gefährlichen Libellen gehorchen mir.«

Und Lo hat Gänsehaut bekommen, wie jedes Mal, wenn Papa von den Libellen erzählt. Und sie hat gewusst, dass sie ihre Gedanken nie mehr vor ihm würde verbergen können.

*

Nach zwei weiteren vergeblichen Versuchen, die Betonplatte zu bewegen, war Merle so erschöpft, dass ihr die Knie versagten. Sie kauerte sich hin und ruhte sich kurz aus, bevor sie die Taschenlampe wieder anknipste, um den Ausgang noch einmal gründlich auszuleuchten.

Ihre Kraft reichte nicht aus, um den Bunker auf diese Weise zu verlassen. Also musste sie eine andere Möglichkeit in Erwägung ziehen, und da gab es nur eine einzige

Alternative: den Spalt auf der linken Seite, der von der Betonplatte nicht verschlossen war.

Er war schmal.

Verdammt schmal.

Selbst seitlich würde sie kaum durchpassen.

Doch das konnte sie nicht wissen, bevor sie es ausprobiert hatte.

Merle zog die Flasche aus der Tasche und ließ sie durch den Spalt nach draußen fallen. Sie steckte die Taschenlampe in den Mund und rappelte sich auf. Nach einer Zeit, die ihr endlos erschien, stand sie schließlich schwankend auf dem unverletzten Fuß. Langsam schob sie die linke Schulter durch den Spalt.

Die kalte Luft am Hals zu spüren, erzeugte ein solches Glücksgefühl in ihr, dass ihre Zweifel einfach weggewischt wurden. Doch das war nur von kurzer Dauer, denn sie war halb durch, als sie stecken blieb.

Der gesunde Fuß befand sich ziemlich genau auf der Grenze zwischen drinnen und draußen, der verletzte hing schlaff abgewinkelt noch im Bunker.

Bauch und Po steckten fest.

Nein …

Wäre der Spalt rechts gewesen, hätte sie sich auf das gesunde linke Bein stützen und mehr Kraft aufwenden können, um sich mit Gewalt durch die Öffnung zu zwängen.

Merle versuchte, nicht in Panik zu geraten. Sie legte den Kopf zurück und blickte zum Himmel auf, der nicht vollständig dunkel war. Der Mond war zwar von Wolken verdeckt, hier und da schimmerte jedoch ein wenig Licht durch.

Nur – wie machte man das, die Ruhe bewahren, wenn man mitten in der Nacht in der finstersten Eifel im Eingang eines Bunkers eingeklemmt war? Denn das war sie jetzt, kam nicht vor und nicht zurück.

Okay, *mitten in der Nacht* war übertrieben, es war erst gegen neun.

Schätzungsweise.

Aber es fühlte sich so an.

Ohne laufen zu können, ohne Jacke, ohne Schuhe und ohne Handy allein irgendwo im Wald. Lediglich ein trockenes Brötchen und ein paar Himbeerbonbons in der Hosentasche und eine kleine Flasche Wasser, die draußen auf sie wartete. Und nun war sie wieder gefangen, und jeden Moment konnte der Mann auftauchen, dem sie ihre Hilflosigkeit verdankte, um ihr wieder wehzutun und sie seinem Willen zu unterwerfen.

Nein!

Wütend ruckelte sie hin und her, hielt schwer atmend inne, zog, zerrte, schob und kam keinen Zentimeter voran.

Sie steckte sich ein Bonbon in den Mund. Der Zucker und der wunderbare Geschmack zeigten sofort Wirkung. Sie wurde ruhiger und wagte es, einen Blick nach draußen zu riskieren.

Die Mulde, in der sich der Bunker befand, hatte die Größe eines kleinen Innenhofs. Aus bemoosten Mauerresten ragten Teile von Eisenträgern, die krumm und schief in alle Richtungen zeigten. Der Boden war voller abgesprengter Bruchstücke, zum Teil mächtige Betonblöcke, die niemand fortgeschafft hatte, weil sie hier in der Einöde niemandem gefährlich werden konnten.

Merle seufzte. Um in den Wald zu gelangen, musste sie zuerst einen etwa drei Meter hohen Hang hinaufkriechen und dabei jede Menge mit Gras und Moos überwachsene Hindernisse überwinden. Sie würde höllisch aufpassen müssen, um sich an den herausragenden Eisenteilen nicht zu verletzen.

Noch einmal versuchte sie, sich durch die enge Öffnung zu zwängen.

Vergebens.

Und nun?

Es hatte keinen Sinn, um Hilfe zu rufen. Wer sollte sich um diese Zeit schon im Wald aufhalten?

Abel.

Er mochte noch nicht im Wald sein, aber er war ganz sicher auf dem Weg hierher.

Außer ihm war etwas zugestoßen. Er konnte einen Unfall gehabt haben und verletzt im Krankenhaus liegen.

Oder tot sein.

Entsetzt riss sie die Augen auf. *Das* waren die Alternativen?

Von einem Irren getötet oder wehrlose Beute eines wilden Tieres zu werden?

Oder verhungern und verdursten zu müssen?

Denn keiner würde sie hier finden. Abel kannte sich in den Wäldern aus. Er hatte diesen Ort mit Bedacht gewählt.

Verzweifelt stemmte Merle sich gegen die Betonplatte, um den Spalt zu vergrößern, wenigstens ein kleines bisschen.

Mit einem traurigen Knirschen bewegte sie sich.

Nur ein winziges Stück, doch es reichte aus.

Merle verlor das Gleichgewicht und fiel. Nach draußen. Prallte mit dem Hinterkopf auf etwas Hartes. Die Luft blieb ihr weg, dann wurde ihr schwarz vor Augen.

*

Los blasses Gesicht wirkte angestrengt. Ihr Blick war aufmerksam nach vorn gerichtet. Es war, als hätte sie sich in einen Zustand versetzt, in dem ihr nichts, keine noch so kleine Regung entging.

Das traute ich ihr durchaus zu.

Lo schien einer dieser Menschen zu sein, denen die Natur von Anfang an ein Wissen mitgegeben hat, das andere in einem ganzen langen Leben nicht erwerben.

Sie hatte das Aussehen einer Fünfjährigen und das Herz einer alten, weisen Frau.

Langsam drehte sie den Kopf und sah mich an. Dann nickte sie.

»Du kennst einen solchen Ort?«

Wieder nickte sie.

Die Erleichterung überwältigte mich so, dass ich mich räuspern musste, um meine Stimme in den Griff zu kriegen.

»Gut«, krächzte ich. »Das ist wunderbar.«

Doch dann verflog das Gefühl wieder und ich stand vor einem neuen Problem.

Wie sollte Lo mir diesen Ort zeigen?

»Kannst du ihn aufmalen? Oder ...«

Mit weit aufgerissenen Augen fuhr Lo zu mir herum. Im nächsten Moment hörte ich es auch: das Geräusch eines Motors.

Lo zeigte auf die Einfahrt zu einem Hinterhof, und ohne darüber nachzudenken, drehte ich den Zündschlüssel im Schloss und preschte los.

Der Hof war riesig und lag in tiefer Dunkelheit. Ich machte den Motor aus und ließ den Wagen ausrollen. Mein Herz pochte so laut, dass ich Abels Jeep nicht hören konnte.

Aber ich sah das Licht seiner Scheinwerfer. Es schälte ein paar Sträucher aus der Dunkelheit und eine Katze, die erschreckt über eine weiße Mauer flüchtete.

Ich wartete noch eine Weile, dann wendete ich und fuhr langsam und vorsichtig zur Straße.

Plötzlich kamen die Lichter zurück. Ich sah sie im Rückspiegel.

Der Mistkerl hatte uns gefunden.

Mein Herzschlag stolperte. Das Blut in meinem Kopf rauschte. Etwas zupfte an meinem Ärmel.

Es war Lo. Sie atmete zu schnell und zu flach und hörte nicht auf, an meinem Ärmel zu ziehen. Sie zeigte nach rechts und ich schoss los.

Ich hatte keine Wahl, konnte mich nur auf sie verlassen. Im Gegensatz zu mir kannte sie sich hier in der Gegend aus.

Und sie kannte ihren Vater. Das war ein unschätzbarer Vorteil.

An keiner Kreuzung überlegte sie, geriet nicht ein einziges Mal ins Wanken. Sie steuerte mich kreuz und quer durch den Ort und dann einen schmalen Weg hinauf, der in den Wald führte.

Schlagartig wurde es finster.

Hier standen keine Laternen und keine Häuser, in deren Fenster Licht brannte. Die Bäume waren eins geworden mit der Dunkelheit. Kurz schüttete der Mond ein bisschen Helligkeit über den Rand der Wolken. Dann zog auch er sich zurück und überließ uns dem Licht unserer Scheinwerfer, das eine Schneise in die Schwärze schnitt, die im Rückspiegel schon wieder verschwunden war.

Es war so still, dass ich anfing, Gespenster zu hören. Und jeden Moment erwartete ich, Abels Scheinwerfer aufblitzen zu sehen. Aber ich nahm mich zusammen und fuhr weiter. Immer tiefer in den Wald hinein.

Wo die Wahrscheinlichkeit, wieder ein Netz zu finden, immer geringer wurde.

*

Bert sah nervös auf die Uhr. Zwanzig nach neun, und sie hatten noch nichts gefunden, was einer Spur auch nur nahekam.

Draußen war es kalt wie im Winter. Allein beim Blick auf den Hof und die im Zwinger eingesperrten Hunde fing man an zu frieren. Sie hatten aufgehört zu bellen, gaben nur noch hin und wieder ein protestierendes Blaffen von sich.

Die Lieblosigkeit der Einrichtung, die Bert in der Küche bereits aufgefallen war, setzte sich im ganzen Haus fort. Lediglich das Kinderzimmer machte eine Ausnahme. Die Wände waren in einem zarten Prinzessinnenrosa gestrichen. Das weiße Himmelbett hatte einen Baldachin aus rosafarbenem Tüll.

Es gab einen Kinderschrank in allen Farben des Regenbogens, einen graziösen weißen Schreibtisch mit einem pinkfarbenen Schreibtischstuhl, ein kleines rotes Sofa mit hübsch geblümten Kissen, und an die Zimmerdecke war ein Sternenhimmel gemalt.

Auch die Wände waren bemalt. Mit seltsamen, freundlichen Wesen, die Bert an Miró erinnerten. Auf dem Holzfußboden lag Spielzeug. In dem Regal saßen Plüschtiere und Teddybären und guckten mit ihren schwarzen Knopfaugen in die Welt.

Bert hatte auch in diesem Zimmer Kinderzeichnungen gefunden. Das Mädchen hatte gemalt, was Mädchen in ihrem Alter so malen – Prinzessinnen, Tiere, Häuser, Landschaft und immer wieder den Wald.

Engel schienen da noch kein Thema gewesen zu sein,

was Berts Theorie untermauerte, dass die Engel auf den Bildern in der Küche Merle darstellten.

Er betrat das Schlafzimmer, das seltsam sachlich wirkte mit Doppelbett, zwei Nachttischchen und einem schmucklosen Spiegelschrank an der Wand. Ein Blick auf die Garderobe Dinah Burggrafs zeigte ihm, dass sie offenbar nicht viel Geld in Kleidung investierte und modisch nicht auf der Höhe der Zeit war.

Sie schien Jeans und Pullis zu bevorzugen und setzte auf gedeckte Farben. Ihre Schuhe und Stiefel waren praktisch und für das Leben hier bestens geeignet. Vieles war abgetragen.

Nichts in diesem Zimmer strahlte Sinnlichkeit aus.

Alles wirkte vernünftig, praktisch und überlegt.

Seltsam, dachte Bert. Sie sind doch noch so jung.

Er verließ den ersten Stock und ging ins Wohnzimmer, wo sich ein Kollege an dem rosafarbenen Fleck auf dem Teppich zu schaffen machte, der höchstwahrscheinlich dabei entstanden war, als jemand versucht hatte, Blut zu entfernen. Es konnte Merle gehört haben, Helge Landau, aber auch jedem anderen, der Zugang zu diesem Haus gehabt hatte. Möglicherweise auch einem Hund.

In Abel Burggrafs Arbeitszimmer hatte das, was Bert an der Einrichtung des Hauses so irritierte, seinen Höhepunkt erreicht.

Hier passte gar nichts zusammen.

Die Wände waren mit Jagdtrophäen geschmückt. Inmitten Dutzender Geweihe prangten ausgestopfte Tiere. Ein Fasan, ein Dachs, ein Marder und ein brauner Wildschweinkopf mit furchteinflößenden Hauern. Auf dem Boden lag ein Fell mit langen schwarzgrauen Haaren. Bert tippte auf Wolf, auch wenn es riesig war.

Der Schreibtisch schien als Ablagefläche für alles Mögliche zu dienen. Neben einem überquellenden Aschenbecher im XL-Format lagen eine zerdrückte Zigarettenpackung, ein Streichholzheftchen einer Kneipe und einige Streifen Kaugummi. Der Bildschirm des Computers war zugestaubt, wie alles andere auch.

Asche war auf die Schreibunterlage gerieselt. Der Kaffeebecher hatte ockerfarbene Ringe auf dem Papier hinterlassen. Ein halb aufgegessenes Brötchen lag auf einem verschmierten Teller.

Bert stieß es mit dem Finger an. Es war knochenhart.

Wo war Abel Burggraf? Wie lange hatte er schon nicht mehr an diesem Schreibtisch gesessen?

Bert verließ das Haus, um in die hell erleuchtete Garage zu gehen, in der Rick sich bereits umsah. Sie hatten schon so oft Seite an Seite Häuser durchsucht, Einweghandschuhe an den Händen und Plastiktüten für Beweismittel in der Tasche. Sie arbeiteten gut zusammen. Beide wussten, wann es Zeit war zu reden und wann es besser war zu schweigen.

»Ich guck mich draußen mal ein bisschen um«, sagte Bert.

Rick nickte. Er war damit beschäftigt, sich die Schubladen der Werkbank vorzunehmen. Seine Handschuhe waren schmutzig. Es roch nach Benzin, altem Öl und kaltem Zigarettenrauch.

Bert mochte solche Garagen nicht, in denen es aussah und stank wie in einer Autowerkstatt, und er war froh, sie wieder verlassen zu können und frische Luft zu atmen.

Das grelle Licht der überall aufgestellten Polizeischeinwerfer flutete den Hof, und Bert konnte die Taschenlampe erst einmal in der Tasche lassen. Das ganze Gerümpel zu durchkämmen, würde eine Höllenarbeit sein.

Sein Blick fiel auf ausgemusterte Küchengeräte. Einen Satz alter Boulekugeln. Ein verdrecktes Springseil mit abgenutzten roten Holzgriffen. Einen wackligen Kindertretroller, der aussah, als sei er schon lange nicht mehr benutzt worden.

Und haufenweise Sperrmüll.

Wo sollten sie da anfangen?

Er wollte sich eben wieder umwenden und zur Garage zurückkehren, als er einen Kollegen laut fluchen hörte. Und da kam der kleine Hund schon angeflitzt und rannte an ihm vorbei in den Wald.

Instinktiv lief Bert ihm nach.

Der Hund musste der Familienhund sein, sonst wäre er mit den andern im Zwinger untergebracht. Das kleine Mädchen, das, wie Rick berichtet hatte, misshandelt wurde, brauchte seine Zuneigung vermutlich dringend und würde es nicht verkraften, ihn zu verlieren.

Sobald er den Wald erreicht hatte, wurde der Hund langsamer, und auch Bert drosselte dankbar sein Tempo. Er hatte die Taschenlampe angemacht, um nicht über eine Baumwurzel oder Fallholz zu stolpern. Vor sich sah er das weiße Fell des Terriers in der Dunkelheit schimmern.

Plötzlich war das Tier verschwunden.

»Hey, Kleiner«, rief Bert leise. »Ich tu dir nichts. Ich will nur verhindern, dass du dich verläufst.«

Er wusste selbst, dass er Unsinn redete. Der Hund gehörte einem Forstbeamten und kannte sich in diesem Wald aus. Er würde niemals verloren gehen. Eher würde Bert nicht mehr zurückfinden.

»Aber es könnte dich jemand einfangen und mitnehmen. Und dann ist dein Mädchen untröstlich.«

Bert wusste den vollständigen Namen des Mädchens nicht. Er kannte nur die Abkürzung.

»Lo«, sagte er.

Hörte der Hund ihn? Würde er auf den Namen reagieren?

»Lo«, wiederholte Bert. »Wir werden alles tun, um zu verhindern, dass ihr etwas zustößt.«

War es nicht verrückt, hier im Wald zu stehen und einem Hund Versprechungen zu machen?

Wahrscheinlich. Bestimmt sogar.

Plötzlich hörte er ein Winseln.

Er folgte ihm, schob Zweige beiseite, bückte sich unter stachlige Ranken und stand auf einmal in so etwas wie einem natürlichen Raum, den jemand wie eine Puppenstube eingerichtet hatte.

Mit ziemlicher Sicherheit Lo, sonst wäre der Terrier nicht hierhergelaufen.

Er lag auf dem Moosboden, genau so, wie sie ihn im Haus neben der Blutlache gefunden hatten, und sah mit traurigen Augen zu Bert auf.

»Da bist du ja, mein Junge«, sagte Bert, der annahm, der Hund sei ein Rüde, obwohl er es nicht beschwören konnte.

Lo hatte aus Ziegelsteinen einen Tisch und einen Stuhl gebaut und etwas, das wohl ein Herd sein sollte, denn es stand Puppengeschirr darauf.

Bert war nicht überrascht über diesen Ort. Wahrscheinlich spielte Lo hier das Leben, das sie in der Wirklichkeit vermisste, zusammen mit ihren Plüschtieren und Puppen.

Und dem kleinen Zirkushund, der sie zum Lächeln brachte.

Bert überlegte, ihn hierzulassen. Er hatte das Gefühl, dass er sich nicht von der Stelle rühren würde, bis seine Familie zurückgekommen wäre.

»Oder magst du mit mir kommen?«

Er hockte sich neben ihn und hielt ihm die Hand hin. Der Terrier beschnupperte sie und legte den Kopf wieder auf die Pfoten.

Der große Stein fiel Bert auf, weil er nicht hierher passte und das Moos in seiner Umgebung abgeschabt war. Er beugte sich hinunter und zog ihn hervor.

Anscheinend bewegte Lo ihn täglich, obwohl es für ein kleines Mädchen mühsam sein musste, denn er war schwer. Bert steckte die Hand in den entstandenen Hohlraum und ging auf die Knie, um weiter hineinzugelangen.

Seine Finger berührten etwas Kaltes, das sich anfühlte wie Metall. Was er schließlich in den Händen hielt, war eine dieser Blechtruhen, in denen zur Adventszeit Weihnachtsgebäck aufbewahrt wird.

Noch bevor er sie öffnete, wusste er, dass sie Los geheime Schätze enthielt.

Er wusste es, weil auch seine Tochter und ihre Freundinnen solche Schachteln, Dosen und Truhen besaßen, in denen sie all das horteten, was niemand außer ihnen zu Gesicht bekommen sollte.

Obwohl er erwachsen und Polizist war und obwohl es gute Gründe dafür gab, die Truhe zu öffnen, tat er es mit dem Anflug eines schlechten Gewissens, weil er im Begriff war, in die Intimsphäre des Mädchens einzudringen.

Glitzerkram. Kleine bunte Glastiere. Münzen. Glanzbilder. Süßigkeiten in knisternden Tüten. Und auf Gummibärchen, Keksen und Mäusespeck eine in ein Papiertaschentuch eingewickelte Männersonnenbrille mit stark verkratzten Gläsern.

Als wäre sie über den Boden geschrappt.

Der linke Bügel hatte sich fast schon gelöst. Er hing schief und war ziemlich verbogen.

Bert spürte eine Berührung am Arm und blickte in die bettelnden Augen des Terriers. Er zog einen Keks aus der Verpackung und verfütterte ihn nachdenklich.

Falls die Brille Helge Landau gehörte, war Lo womöglich eine Zeugin.

Es konnte sein, dass sie einen Mord beobachtet hatte ...

Bert steckte die Brille in einen der Plastikbeutel, die er bei sich hatte, dann klappte er die Truhe wieder zu und schob sie in ihr Versteck zurück. Verschloss den Hohlraum mit dem Stein und richtete sich auf.

Als er in den Wald hinaustrat, um zum Haus zurückzugehen, rief er leise nach dem Hund. Doch der wollte bleiben.

»Er ist mir entwischt«, sagte Bert und ging achselzuckend an dem Kollegen vorbei, der zuvor vergeblich versucht hatte, den Terrier einzufangen.

Im Haus reichte ihm ein anderer Kollege ein in einer Beweismitteltüte verpacktes Handy oder eher das, was von ihm übrig geblieben war. Noch bevor er Erklärungen dazu abgab, wusste Bert, dass es sich um Jettes Handy handelte.

Es sah aus, als wäre es in einen Schredder geraten.

Kein Wunder, dass Jette nicht erreichbar war.

Einer Eingebung folgend, erkundigte er sich nach dem Anschluss, von dem aus der Notruf verständigt worden war.

»Die Nummer gehört Dinah Burggraf«, teilte ihm der Kollege mit.

Bert ließ sich die Nummer geben und zog sein eigenes Handy aus der Tasche. Dinah Burggrafs Mailbox sprang an.

»Melzig hier«, sagte Bert drängend. »Bitte melden Sie sich!«

Er nannte seine Nummer, weil Jette sie wahrscheinlich

nicht im Kopf hatte, erst dann fiel ihm ein, dass sie ja auf dem Display erschien.

»Sie dürfen Lo nicht in die Sache hineinziehen, Jette. Bringen Sie das Kind zurück und vertrauen Sie mir. Wir werden Merle finden.«

Sie würden versuchen, Dinah Burggrafs Handy zu orten.

Ein Hoffnungsschimmer. Endlich.

32

Die Waldwege, über die Lo mich lotste, hatten den Namen *Weg* nicht verdient. Sie waren steil und holprig und voller Löcher, und mehrmals hing mein Auto so schief, dass ich befürchtete, es würde umkippen. Dreimal musste ich aussteigen, um einen Ast zur Seite zu schieben, der sich quer gelegt hatte.

Lo half mir dabei, und man konnte erkennen, dass sie Übung darin besaß. Wahrscheinlich begleitete sie ihren Vater oft auf seinen Touren.

Es war schweinekalt und wir flüchteten jedes Mal schnell wieder in die Wärme meines Autos. Die Heizung brummte.

»Müssen wir nicht bald wieder den Berg runterfahren?«, fragte ich. »So kommen wir doch immer weiter von Hellenthal weg.«

Lo schüttelte den Kopf. Sie zeigte bergauf.

Ich hatte keine Gelegenheit, darüber nachzudenken, denn nun kam eine Steigung, die mein Peugeot nicht bewältigte. Die Räder drehten durch und das Heck brach nach links aus.

Der Blick aus meinem Seitenfenster ließ mir das Blut in den Adern stocken.

Keinen halben Meter neben mir ging es steil bergab. Wie tief, das konnte ich in der Dunkelheit nicht erkennen, aber nachdem ich das Fenster geöffnet hatte und mit der Taschenlampe aus dem Handschuhfach hinausleuchtete, verlor sich der Lichtstrahl im Nichts.

»Hab keine Angst«, sagte ich zu Lo. »Uns wird nichts passieren.«

Dabei war ich diejenige, die vor Angst bebte.

Der Wegrand war nicht befestigt und verdächtig ausgefranst. Als würde alle paar Minuten ein Stück abbröckeln und hinunterstürzen. Vorsichtig gab ich Gas, drehte behutsam das Lenkrad und hörte auf, nachdem sich das Heck ein weiteres Stück in Richtung Abgrund bewegt hatte.

»Wir müssen zu Fuß weitergehen«, sagte ich und bemühte mich, optimistisch zu klingen.

Ich war hier die Erwachsene. *Ich* musste Lo heil wieder nach Hause bringen. Und ihr signalisieren, dass ich das Zeug dazu hatte.

Lo stieg aus und ich zog die Handbremse an und hievte mich auf den Beifahrersitz. Ich wusste nicht, wie nah das linke Hinterrad dem Rand gekommen war, und wollte es auch gar nicht wissen. Ich schnappte mir die Taschenlampe und stellte entsetzt fest, dass ich bei unserer überstürzten Flucht aus dem Forsthaus nicht nur meine Umhängetasche vergessen hatte.

Wir hatten auch keine Jacken mitgenommen.

Neben mir zitterte Lo wie Espenlaub.

Verzweifelt griff ich nach Dinahs Handy.

Immer noch kein Netz!

Ich versuchte, einen Notruf abzusetzen, doch anscheinend waren wir komplett von sämtlichen Netzen abgeschnitten, die es hier gab. Wir mussten weiter nach oben, um wieder eine Verbindung zu bekommen. Jedenfalls hatte ich das mal gelesen.

Lo beobachtete mich.

Ich lächelte mit gespielter Zuversicht.

In diesem Moment trudelte eine Schneeflocke vom Himmel und landete mit kalter Zärtlichkeit auf meiner Wange.

*

Als Merle die Augen öffnete, fand sie sich zuerst nicht zurecht. Lautlose Dunkelheit umgab sie, erhellt nur vom schwachen Schein der Taschenlampe, die einen Meter entfernt von ihr auf dem Boden lag.

Allmählich kam die Erinnerung zurück, und sie fuhr erschrocken auf, um nicht willkommene Beute für irgendwelche Tiere zu sein.

Oder für Abel.

Der Schmerz schlug aus dem Hinterhalt zu. Sie war nicht auf ihn gefasst gewesen und er traf sie mit voller Wucht. Nicht nur der gebrochene Knöchel, ihr ganzer Körper rebellierte gegen die unbedachte Bewegung, vor allem ihr Kopf.

Merle war auf einen dicken Betonklotz gestürzt. Sie hatte ungeheures Glück gehabt, dass sie überhaupt noch lebte.

Vorsichtig bewegte sie die Finger, die Hände, die Arme. Wandte langsam den Kopf.

Alles noch dran. Und sie war draußen!

Sie fasste sich an den Hinterkopf und fühlte etwas Nasses. Als sie die Hand wieder hervorzog, war sie klebrig.

Blut …

Mühsam rollte sie sich auf die Seite, um nach der Taschenlampe zu greifen. Sie fand die Wasserflasche und steckte sie in die Tasche. Suchte nach den verlorengegangenen Socken, die ihr als Handschuhe dienten. Sie streifte sie über, drehte sich auf den Bauch und stützte sich stöhnend auf das linke Knie, als es zögerlich anfing zu schneien.

Schnee?

Im April?

Falls sie nicht auf dem Weg ins Nirgendwo erfror, würde Abel im Schnee kinderleicht ihre Spur finden.

Sie wusste nicht, für welche der beiden Möglichkeiten sie sich entscheiden würde, wenn sie die Wahl hätte.

Doch sie hatte keine Wahl.

Nicht die geringste.

*

Lo weiß, wie Angst riecht.

Wie sie schmeckt.

Sie weiß, dass sie einen von Kopf bis Fuß ausfüllen kann. Und es keinen Ausweg gibt.

Jette hat Angst. Große Angst.

Sie bemüht sich, sie nicht zu zeigen. Sie glaubt, dass sie Lo beschützen muss.

Das wird ihr nicht gelingen.

Nicht, wenn Papa sie findet.

Eher umgekehrt. Vielleicht kann Lo Papa besänftigen.

Vielleicht lässt er Jette dann in Ruhe.

Ich will nicht hier sein, jammert Amanda. *Bring mich nach Hause.*

An zu Hause darf Lo gar nicht denken. Hoffentlich ist der Arzt gekommen und hat Mama geholfen.

Und Fumée haben wir auch vergessen …

Lo drückt Amanda ein bisschen fester an die Brust. Es ist so furchtbar schwer, tapfer zu sein.

Als sie den Motor von Papas Jeep hört, zieht sie Jette rasch ins Unterholz.

Beim letzten Sturm sind viele Bäume umgeknickt. Lo läuft auf eine alte umgekippte Tanne zu, und sie kauern sich in das große Loch, das durch das herausgerissene Wurzelwerk entstanden ist.

Hier sind sie in Sicherheit.

Hier wird Papa sie nicht finden.

Außer, er hat einen der Hunde bei sich.

*

Abel zog die Handbremse an und stieg aus.

Lo hatte es wirklich getan.

Sich gegen ihn entschieden. Alles verraten, was ihm wichtig war. Wollte ein völlig fremdes Mädchen zu seinem Bunker führen!

Er warf einen Blick in das Innere des Peugeots.

Die Ratten hatten das sinkende Schiff verlassen.

Er hätte nie gedacht, dass sie so weit kommen würden. Selbst für einen Geländewagen, wie er ihn besaß, war diese Strecke an manchen Stellen schwer zu bewältigen. Ein Wunder, dass sie nicht abgestürzt waren.

Ein Schauer überlief ihn. Dann kam die Wut.

Jette hätte Lo fast getötet!

Er schaute sich um. Wie viel Vorsprung hatten sie? Versteckten sie sich hier irgendwo oder waren sie schon am Ziel angelangt? Nun rächte sich, dass seine Tochter sich hier zurechtfand wie eine Katze. Immer wieder hatte er sie mitgenommen, immer wieder, beinah vom ersten Tag ihres Lebens an.

Liebend gern hätte er jetzt einen der Hunde bei sich gehabt, der sofort Los Witterung aufgenommen hätte. Aber er hatte nicht darüber nachgedacht, dass er einen würde brauchen können, hatte eher versucht, unnötigen Ballast zu vermeiden.

Sein einziges Streben hatte seiner Tochter gegolten.

Niemals würde er sie jemand anderem überlassen. Nicht mal – vor allem nicht – Dinah.

Wäre es nach Wunsch gelaufen, hätte er seine Gefangene nach einer Weile aus dem Weg geräumt und wäre dann frei gewesen für ein neues Leben. Irgendwo. Zusammen mit seiner kleinen Prinzessin.

Vielleicht hätte er sich auch entschieden, Merle ihrem Schicksal zu überlassen. Doch das wär nur der halbe Spaß gewesen. Er war noch nicht fertig mit ihr. Es war ihm nicht gelungen, ihren Willen zu brechen. Dabei war er so kurz davor gewesen. So kurz davor. Nicht mehr lange und sie hätte ihm aus der Hand gefressen.

Es war ein interessantes Experiment gewesen, nach dem er nicht gesucht hatte. Es war ihm einfach in den Schoß gefallen. Er hätte es gern zu Ende geführt.

Abel war noch nicht bereit, sein Opfer herzugeben. Nicht jetzt. In diesem Moment. Er hatte noch so viel mit dem Mädchen vorgehabt.

»Lo?«, rief er probehalber. »Komm raus! Du weißt, dass du dich vor mir nicht verstecken kannst!«

Natürlich tat sich nichts. Selbst wenn die beiden hier irgendwo kauerten, würde Lo sich nicht zu erkennen geben.

Sie wusste, was ihr blühte.

Abel stieg wieder in seinen Jeep. Er hatte keine Sekunde zu verlieren.

Seine Tochter würde er sich später vorknöpfen. Sie würde die Bestrafung in ihrem ganzen Leben nicht vergessen.

*

Es war nicht möglich, Dinah Burggrafs Handy zu orten. Sie hatten lediglich in Erfahrung gebracht, dass der letzte Netzkontakt in Hellenthal stattgefunden hatte. Von da aus musste Jette mit dem Kind in den Wald geflohen sein, sonst wäre die Verbindung zum Netz nicht abgebrochen.

Doch da war sie Abel Burggraf am wenigsten gewachsen. Dem Förster war der Wald vertraut. Es war, als würde ein Sehender einen Blinden verfolgen.

Und verfolgen würde er sie. Himmel und Hölle würde er in Bewegung setzen, um seine Tochter zu finden.

Bert und Rick hatten die nächsten Nachbarn befragt, die ihnen zwar nicht weitergeholfen, in ihrer ungeheizten, ungemütlichen Diele allerdings ein wenig aus der Schule geplaudert hatten.

»Dinah ist sehr nett und offen«, hatte die Frau gesagt, eine Mittfünfzigerin mit lebhaft gerötetem Gesicht und strähnigem grauen Haar, die mit ihrem Mann bei Wein und Salzgebäck vorm Fernseher gesessen hatte. »Abel ist abweisend und zugeknöpft, das genaue Gegenteil.«

»Chris …« Ihr Mann schüttelte unmerklich den Kopf.

»Was wahr ist, ist wahr«, beharrte sie. »Wir haben oft genug selber erlebt, wie gerne er anderen Schwierigkeiten macht.« Sie beugte sich zu Bert vor und senkte vertraulich die Stimme. »Wir haben ein kleines Stück Wald geerbt und wollten ein paar Tannen fällen lassen. Da hätten Sie den mal erleben sollen.«

»Er hatte seine Gründe«, verteidigte ihr Mann den Forstbeamten schwach. »Das Grundstück war schon zu stark ausgedünnt.«

»Wollen Sie sich nicht setzen?« Sie ignorierte seinen Einwand und zeigte auf das Wohnzimmer, dessen Tür offen stand. Im Fernsehen gab es gerade eine Schießerei. Die Kugeln pfiffen nur so durch die Luft.

»Nein, danke. Wir müssen gleich wieder los«, antwortete Rick, der hektisch mit den Autoschlüsseln klimperte. »Sie haben heute und in den vergangenen Tagen also keine ungewöhnlichen Beobachtungen gemacht?«

Beide schüttelten bedauernd den Kopf. Man konnte sehen, wie sie angestrengt ihr Gedächtnis abklopften, um ihnen doch noch einen hilfreichen Hinweis zu geben.

»Keine fremden Fahrzeuge, die vor dem Grundstück der Burggrafs geparkt haben?«

»Bei einem Förster ist doch immer Betrieb«, antwortete die Frau. »Mit der Zeit achtet man nicht mehr darauf.«

Bert und Rick verabschiedeten sich. Am Fuß der dreistufigen Außentreppe, die zum Eingang des Hauses führte, wandte Bert sich noch einmal um.

»Wussten Sie, dass Herr Burggraf seine Frau misshandelt?«

»Na ja«, sagte der Mann. »Er hat sie manchmal geschlagen.«

»Und wie würden Sie das nennen?«, fragte Rick in scharfem Ton.

»Aber misshandeln ist doch … ich meine … das ist doch mehr …«

Der Mann verstummte mit hochrotem Kopf.

»Gucken Sie sich die Entfernung zwischen unseren Häusern mal an«, kam seine Frau ihm zu Hilfe. »Was, glauben Sie, kriegt man da mit? Würd mich nicht wundern, wenn er sogar das Kind geschlagen hätte, das arme Ding.«

Bert schaute auf die Uhr.

»Rick …«, murmelte er.

Hier gab es nichts zu holen. Besorgt sah er in das Gewirr

der weißen Flocken, die von Minute zu Minute dicker zu werden schienen.

Sie mussten sich beeilen.

*

Merle kam quälend langsam voran. Sie bewegte sich robbend und kriechend vorwärts, wurde immer wieder von rostigen Eisenstreben aufgehalten, die im Licht der Taschenlampe häufig nicht zu erkennen waren, bis sie ihr die Haut aufgeritzt hatten.

Neben Schwindelgefühlen machte ihr hauptsächlich die Kälte zu schaffen, die in jede Zelle ihres Körpers eingedrungen war. Wehmütig dachte sie an die Wolldecke, die sie im Bunker zurückgelassen hatte.

Sie hätte ihr mehr geschadet als genützt, denn sie hätte sich ständig in ihr verheddert und wäre noch schleppender vorangekommen.

Mit äußerster Willenskraft widerstand sie dem Bedürfnis, sich auszuruhen. Jeden Moment konnte Abel hier auftauchen und dann wär alles umsonst gewesen.

Den Hang zu überwinden, der sie aus der Mulde führte, war beinah schwerer, als den Weg über den Betonschutt zu bewältigen. Hier war das Erdreich mit Moos überwachsen und die verdeckten Eisenstreben wurden zu einer noch größeren Gefahr.

Eine hatte sie an der linken Hand verletzt. Merle versuchte, nicht darauf zu achten. Jammern konnte sie später.

Falls es ein Später für sie gab.

Trotzig hob sie den Kopf. Sie hatte noch nie aufgegeben, bevor etwas unwiderruflich verloren war. Solange ein krankes Tier lebte, kämpfte sie um sein Leben. Sie hatte nicht vor, bei sich selbst eine Ausnahme zu machen.

Bevor Abel sie nicht umgebracht hatte, gab es eine Chance zu entkommen, und die würde sie nutzen.

Endlich war sie oben und leuchtete mit der Taschenlampe die Umgebung ab. Waldboden, Baumstämme und Unterholz. Kein Weg. Nichts, das ihr als Orientierung dienen konnte.

Sie fragte sich, wie Abel mit dem Meriva bis hierher gekommen war. Mit ziemlicher Sicherheit gab es auf der anderen Seite des Bunkers einen Weg. Doch würde sie Abel dort nicht direkt in die Arme laufen?

Laufen, dachte sie bitter. Wenn sie das bloß könnte.

Sie rollte sich auf den Rücken, um zu entspannen und nachzudenken. Für einen Moment gab die Wolkendecke den Mond frei, der beinah schon voll war und groß und bleich über ihr hing. Schneeflocken taumelten in der Luft und setzten sich auf ihr Gesicht.

Was würde Abel vermuten?

Dass sie sich an dem Weg orientierte, den es auf der anderen Seite geben musste.

Damit war die Entscheidung klar: Sie würde das Gegenteil tun und versuchen, quer durch den Wald zu entkommen.

Aber vielleicht rechnete Abel ja genau damit?

Dann wäre es ein tödlicher Fehler, nicht dem Weg zu folgen.

Was sollte sie machen?

Sie entschied sich, ihrem ersten Impuls zu vertrauen, obwohl sie damit die weitaus schwierigere Strecke wählte. Nach einem letzten Blick in den Himmel, der jetzt wieder schwarz und kaum vom Rest der Dunkelheit zu unterscheiden war, drehte sie sich wieder auf den Bauch.

Als Nächstes würde sie sich einen Ast suchen, den sie als

Krücke verwenden konnte. Mit besonders großem Glück fand sie vielleicht sogar zwei. Aufrecht würde sie schneller vorankommen.

Hoffentlich.

*

Nach langen, nervenzerfetzenden Minuten war Abel wieder in seinen Jeep gestiegen und weitergefahren. Ein paarmal hatten wir die Bremslichter aufblinken sehen, doch er war nicht noch einmal ausgestiegen und auch nicht zurückgekommen.

Die Wolkendecke riss auf und gab den Mond und ein paar Sterne frei. Das Mondlicht war kalt, fast blau und tauchte den Wald in ein regloses Licht. Wäre Lo nicht bei mir gewesen – ich hätte das Gefühl gehabt, allein auf der Welt zu sein.

Eine eisige Stille lag in der Luft. Meine Finger waren steif, meine Zehen wurden taub.

Ich sah auf Lo hinunter und schämte mich. Sie war noch so klein. Sie gehörte ins Bett, wo sie es warm hatte. Auf keinen Fall sollte sie um diese Uhrzeit mit mir durch den Wald laufen, immer noch unter Schock, ohne Jacke und mit der furchtbaren Angst im Nacken, ihr Vater könnte uns finden.

Wieder zog ich Dinahs Handy aus der Tasche.

Ohne Erfolg.

Die Wahrscheinlichkeit, in einem kompletten Funkloch zu landen, war verschwindend gering. Uns war es gelungen.

Ob ich einen letzten Versuch riskieren durfte, mein Auto aus der gefährlichen Lage zu befreien, in die ich es manövriert hatte? Um Lo nach Hellenthal zurückzubringen?

Doch selbst, wenn es klappen sollte – Abel war irgendwo in unserer Nähe. Konnte sein, dass er den Motor hörte, denn die Stille trug die Geräusche weit. Konnte sein, dass er die Fähigkeit besaß, sich in jeden meiner Gedanken einzuloggen.

Er war daran gewöhnt, Tiere zu jagen. Verhielten sich Menschen, wenn sie in die Enge getrieben wurden, so anders?

Ich zog meinen Pulli aus. Sofort biss die Kälte mir in die Haut.

»Hier«, sagte ich leise und hielt ihn Lo hin.

Sie legte die Puppe ab und erlaubte mir, ihn ihr über den Kopf zu streifen. Ihre Lippen waren im Mondlicht fast schwarz. Ich krempelte ihr die Ärmel auf, damit sie ihr nicht über die Hände baumelten.

Mein Pulli reichte ihr bis zu den Waden. Ihr schmächtiger Körper ertrank fast in all der Wolle. Aber sie würde nicht mehr frieren, jedenfalls nicht so sehr.

Sie drehte sich um und stapfte zielstrebig bergauf. Ich verschränkte die Arme vor der Brust und folgte ihr.

Bergauf war gut.

Bergauf war die einzige Chance.

Irgendwann würden wir irgendwo da oben wieder eine Verbindung zum nächsten Sendemast finden.

Wir mieden den Weg, kletterten über die Stämme umgestürzter Bäume und zwängten uns durch noch winterdürres Strauchwerk. Ab und zu brach mit lautem Knacken ein trockener Zweig, doch der Waldboden war weich und dämpfte das Geräusch unserer Schritte.

Dann waren wir plötzlich auf einem schmalen Trampelpfad unterwegs, wo uns das Gehen leichter fiel.

Immer wieder probierte ich aus, ob wir endlich Netzkontakt hatten.

Zu Fuß umzukehren, war keine Alternative.

Abel konnte überall sein.

Vielleicht beobachtete er uns jetzt, in diesem Augenblick, mit ruhiger Gewissheit. Wie die Spinne in ihrem Netz. Und vielleicht würden wir schon bald darin zappeln.

Ohne die Hilfe der Polizei würde ich Lo nicht in Sicherheit bringen können.

33

Der Ast, den Merle fand, war nicht lang genug, um ihr als Krücke zu dienen. Sie konnte ihn aber wie einen Gehstock benutzen. Er war stark genug und einigermaßen gerade gewachsen. Schnee hatte auf ihm gelegen, er war eiskalt und ein bisschen glitschig. Merle war froh, dass sie die Socken hatte, um ihre Hände zu schützen.

Den kräftigen Stamm einer Tanne im Rücken, der ihr im Notfall Halt geben konnte, kam sie beim vierten Anlauf endlich mühsam und ächzend wieder hoch, den verletzten Fuß abgewinkelt in der Luft. Sie ruderte mit dem freien Arm, um das Gleichgewicht zu halten.

Heftiger Schwindel wollte sie zu Boden ziehen. Merle kniff die Augen zu, doch das Karussell in ihrem Kopf drehte sich weiter. Als der Anfall nachgelassen hatte, probierte sie, ob sie den verletzten Fuß vorsichtig belasten konnte.

Ein Feuerwerk an Schmerzen explodierte in ihrem Körper.

Sie biss die Zähne zusammen, um nicht zu schreien. Spürte, wie ihr der Schweiß ausbrach und Übelkeit in ihr aufstieg. Atmete tief ein.

Versuchte es noch einmal.

Und tat den ersten winzigen Schritt.

*

»Und?«, fragte Bert, als er sah, dass Rick das Telefongespräch beendet hatte.

»Der Arzt meint, sie können keine Prognose abgeben, wie lange sie Dinah Burggraf im Koma lassen werden. Das kann rein theoretisch Wochen dauern. Sieht so aus, als würde sie uns nichts sagen können.«

»Wir sollten uns Abel Burggrafs Kollegen vornehmen. Vielleicht hat von denen einer was mitgekriegt.«

»Glaubst du, wir kommen zu spät, Bert?«

»Nein.« Bert schüttelte entschieden den Kopf.

»Nach allem, was er seiner eigenen Frau angetan hat, glaubst du, dass Merle noch lebt?«

»Ja. Solange ich ihre Leiche nicht vor mir sehe, gehe ich davon aus, dass Burggraf Merle irgendwo versteckt hält. Dieser Mann ist mehr als ein Schläger, Rick. Er ist ein Sadist und wird ihren Tod hinauszögern, bis er genug von ihr hat.«

Bert griff in die Manteltasche und holte die Tüte mit der Sonnenbrille heraus.

»Die hab ich im Wald gefunden. In einem Versteck, das die kleine Tochter der Burggrafs sich eingerichtet haben muss. Die Brille lag in einer Dose, in der sie ihre gesammelten Schätze aufbewahrt. Ich denke, wir werden feststellen, dass sie Landau gehört.«

»Eine Sonnenbrille? Die kann jedem gehören. Wieso glaubst du, es ist die von Landau?«

»Sie ist stark beschädigt. Würde ein kleines Mädchen einen kaputten Gegenstand zu ihren Schätzen zählen?«

»Du meinst, sie hat sie bloß … in Sicherheit gebracht?«

Bert nickte. Sie waren wieder im Forsthaus und hatten Mühe, einen ruhigen Ort zu finden, an dem sie sich ungestört unterhalten konnten. Die Kollegen stellten jedes Zimmer auf den Kopf.

Schließlich zogen sie sich ins Badezimmer zurück.

»Um ihren Vater zu schützen«, murmelte Rick.

»Möglicherweise.«

»Ihren Vater. Der sie misshandelt hat. Warum nur? Kannst du mir das erklären?«

»Weil sie ihn liebt.«

Rick schwieg. Dann sagte er: »Versetz einem Hund einen Tritt und er leckt dir winselnd die Füße.« Er sah Bert in die Augen. »Ist das nicht furchtbar?«

Bert kannte diese Stimmung, in der man fast an der Welt verzweifelte.

Er kannte aber auch die Macht von Gefühlen.

»Das Mädchen ist fünf, Rick. Die Eltern sind ihre ganze Welt.«

Rick betrachtete die Sonnenbrille von allen Seiten.

»Ich werde Ayla Bilgin anrufen. Eine Frau, die in einen Mann verliebt ist, weiß garantiert, ob er eine Sonnenbrille trägt und wie sie aussieht.«

Wenn sie dem Sozialarbeiter gehörte, sprach das sehr dafür, dass Lo etwas wusste.

Hatte sie etwas beobachtet?

Wusste sie, was mit Landau passiert war?

Und mit Merle?

*

Die Betonplatte war noch an Ort und Stelle. Vor Erleichterung fing Abel an zu lachen. Er fragte sich, weshalb er überhaupt beunruhigt gewesen war. So schnell würden die Bullen diesen Ort nicht auf dem Schirm haben.

Die einzige Person, die auf die Verbindung Abel-Merle-Bunker stoßen könnte, war Lo. Und die war auf dem Weg hierher. Direkt in seine Arme.

Plötzlich sah die Welt wieder ganz anders aus. Abel pfiff vor sich hin und machte sich daran, die Betonplatte wegzuschieben.

Er spürte es, sobald er den Bunker betreten hatte:

Das Mädchen war nicht mehr hier.

Fassungslos stand er da und ballte die Fäuste.

Diese hinterhältige, gemeine Nutte!

Er trat gegen den Eimer, der scheppernd an der Wand landete. Damit scheuchte er die Fledermäuse auf, die aber nur ein paarmal mit den Flügeln schlugen und dann in den Schlaf zurücksanken. Wieso, zum Teufel, waren die überhaupt noch hier? Doch das war jetzt nicht sein Problem. Abel versuchte, seine Gedanken zu ordnen.

Weit konnte Merle noch nicht sein. Es wäre ein Klacks, sie aufzuspüren.

Wenn er nicht in der Nähe bleiben müsste, um auf Lo zu warten.

Doch die würde noch eine Weile brauchen, bis sie hier ankam. Er konnte sich zumindest in der näheren Umgebung schon mal umgucken.

Er stürmte hinaus in den Schnee, der vom Himmel fiel.

Und liegen blieb!

Manchmal hatte man einfach Glück. Da halfen einem sogar die Mächte der Natur. Im Schnee konnte man lesen wie in einem Buch. Und selbst, wenn man wusste, wie die Geschichte ausging, war es doch spannend.

Er grinste und ging los.

»Eckstein, Eckstein, alles muss versteckt sein!«, rief er leise. »Einszweidrei – ich kooomme!«

*

Die Kälte hatte meinen Körper durchdrungen. Mein Blut schien sich in Eis verwandelt zu haben. Ich hielt das Taschenmesser aufgeklappt in der rechten Hand, für den Fall, dass Abel unerwartet aus dem Gebüsch springen sollte. Die Taschenlampe trug ich in der linken.

Bei jedem Rascheln fuhr ich zusammen, in jedem Schatten glaubte ich, Abel zu erkennen. Ab und zu knipste ich die Taschenlampe an, um ins Unterholz zu leuchten, doch danach schaltete ich sie wieder aus.

So leicht wollte ich es Abel nicht machen.

Allmählich gewöhnten sich meine Augen an die Dunkelheit. Lo schien keine Schwierigkeit damit zu haben, sich zurechtzufinden. Leichtfüßig lief sie vor mir her, eine kleine Fee in zu großen Kleidern. Ihre Schritte waren sicher. Sie stolperte nicht und verlor kein einziges Mal das Gleichgewicht.

Sie war ein Waldkind. Das war mein Glück.

Bestimmt kannte sie mehrere Wege, die zurück nach Hellenthal führten, doch keinen davon schlug sie ein. Wir waren zu dem Ort unterwegs, an dem sie Merle vermutete. Zu dem auch Abel unterwegs war.

Wo er uns vielleicht schon erwartete.

Wieder und wieder überprüfte ich, ob Dinahs Handy endlich Kontakt hatte. Der Pfad wurde immer enger, steiler und beschwerlicher.

Aber er führte nach oben.

Wo ich endlich würde telefonieren können.

*

Lo spürt die Kälte kaum. Sie gerät sogar ins Schwitzen.

An dieser Stelle ist es sehr steil. Sie hört Jette hinter sich schnaufen.

Oben kann sie wieder telefonieren, sagt Amanda.

Um die Polizei anzurufen.

Und die sperrt Papa dann ein.

Lo möchte sich die Ohren zuhalten. Vielleicht hat Papa Merle ja gar nicht wehgetan.

Und warum hat er sie dann in den Bunker gebracht?

Vielleicht ist sie ja gar nicht in dem Bunker. Vielleicht … ist das alles gar nicht wahr.

Du hast gesehen, was er mit Mama gemacht hat.

Lo hat keine Lust mehr, Amanda zuzuhören. Sie denkt an ein Lied, das Mama ihr oft vorsingt. Als ihr Kopf voller Musik ist, hört sie Amanda nicht mehr.

Im Bunker wird sie die Wahrheit wissen.

Es ist nicht mehr weit.

*

Merle spürte, wie ihr Magen sich verkrampfte. Sie würgte, musste sich jedoch nicht übergeben.

Gott sei Dank!

Sie hörte Abel rufen. Er lockte sie, als wäre das hier ein Spiel.

Verspottete sie.

Zitternd vor Schwäche und vor Schmerzen, ließ sie sich auf die Knie nieder. Sie lehnte sich mit der Schulter an einen Baumstamm und wartete, den Stock in beiden Händen.

Das Unterholz war so gut wie kahl und bot wenig Schutz. Sie konnte nur hoffen, dass sie sich für den richtigen Baum entschieden hatte und Abel sich nicht von hinten nähern würde.

Sie hatte keine Skrupel, die Waffen, die ihr zur Verfügung standen, anzuwenden. Das einzige Problem war die Kälte. Ihre Hände waren steif gefroren, die Socken, die sie als Handschuhe nutzte, nass und schneeverkrustet.

Vorsichtig bewegte sie die Finger, um ihren Kreislauf wieder in Gang zu bringen. Sie wünschte, es gäbe einen Gott, und er würde sich einmischen und Abel von der Bildfläche verschwinden lassen.

Es wär nicht schade um ihn.

*

Das hier war ein Spiel nach Abels Geschmack. Es war wie beim Schach, wo er versuchte, sich in seinen Gegner hineinzuversetzen, seinen nächsten Zug zu erahnen und ihm unerwartet zuvorzukommen. Jedoch waren sämtliche Vorteile auf seiner Seite.

Er kannte sich in der Umgebung aus.

War gesund und unverletzt.

Trug warme Kleidung.

Und war bewaffnet.

Ganz anders als dieses kleine Miststück.

»Merle«, rief er leise. »Merle …«

Nachdem er beschlossen hatte, sie aus dem Weg zu räumen, konnte er ohne Probleme ihren Namen aussprechen. Seltsam. Wirklich sonderbar.

Er hatte keinerlei Bedenken, empfand im Gegenteil eine grenzenlose Erleichterung bei der Vorstellung, bald alles hinter sich zu haben. Er würde Jette erledigen, sich Lo schnappen und mit ihr untertauchen.

Nur musste er Merle vorher finden.

Im Frühling bot der Wald nicht allzu viele Verstecke. Allerdings machte Todesangst erfinderisch. Abel traute dem Mädchen alles zu.

Sie war ein anderes Kaliber als Dinah. Furcht lähmte sie nicht. Sie schien eher noch ihre Kräfte zu aktivieren. Aber jetzt war eine weitere Verbündete ins Spiel gekommen, um Abel zu unterstützen: die Kälte.

Schon im Bunker war es eisig gewesen, doch da hatte das Mädchen eine Wolldecke zur Verfügung gehabt. Ihm war klar, warum sie sie zurückgelassen hatte. Sie war nicht in der Lage, sie mitzuschleppen.

Es war ihm ein Rätsel, woher sie den Mut genommen hatte, in ihrem jämmerlichen Zustand die Flucht zu wagen.

Im Film würde sie am Ende gewinnen. Doch im wahren Leben waren es nicht die Guten, die den Sieg davontrugen. Es war eine der ersten Lektionen, die er in seinem Leben gelernt hatte.

Eine Lektion, die auch sie jetzt lernen musste.

Es würde gleichzeitig ihre letzte sein.

*

Die Entdeckung kam mit Verzögerung, und fast hätte ich Dinahs Handy weggesteckt, ohne es zu bemerken:

Wir hatten wieder Empfang!

Vor Aufregung ließ ich das Handy fallen. Es war ein vorsintflutliches Modell, das Dinah wahrscheinlich nur für Notfälle benutzte. Es war sehr klein und die Tasten saßen nah beieinander. Zuerst gelang es mir nicht, sie mit meinen steifen, von der Kälte geschwollenen Fingern zu bedienen.

Erst nachdem ich die Hände mit meinem Atem gewärmt hatte, schaffte ich es, den Notruf zu wählen. Den Mann, der ihn entgegennahm, hätte ich am liebsten geküsst, und seine ruhige, bedächtige Art gab mir die Hoffnung zurück, die ich beinah schon verloren hatte.

Leise schilderte ich ihm die Lage, und er hörte zu, ohne

mich zu unterbrechen. Als ich ihm erklären sollte, wo Lo und ich uns genau befanden, musste ich passen.

»Irgendwo über Hellenthal«, sagte ich. »Es gibt da so was wie einen Hauptweg, aber den haben wir verlassen. An der Stelle, an der mein Auto liegen geblieben ist.«

»Verhalten Sie sich ruhig«, sagte der Mann. »Bringen Sie sich nicht unnötig in Gefahr. Wir finden Sie.«

Lo zitterte so heftig, dass die Puppe in ihren Armen bebte.

»Bald kommt Hilfe«, versprach ich ihr. »Es kann nicht mehr lange dauern.«

Schlagartig spürte ich die Kälte nicht mehr. Ich hätte Lo gern in die Arme genommen, damit sie aufhörte zu zittern, aber ich wagte es nicht.

Ich konnte es ihr höchstens anbieten.

»Sollen wir uns gegenseitig ein bisschen wärmen?«, fragte ich.

Lo antwortete mir, indem sie sich wegdrehte. Und weiterging.

Sie hatte recht. Selbst wenn sie uns sofort orteten, würden sie eine Weile brauchen, bis sie uns erreicht hatten.

Erst jetzt sah ich, dass eine Nachricht auf der Mailbox eingegangen war. Ich klickte sie an und schloss vor Erleichterung die Augen, als ich die Stimme des Kommissars erkannte.

»Sie dürfen Lo nicht in die Sache hineinziehen, Jette. Bringen Sie das Kind zurück und vertrauen Sie mir. Wir werden Merle finden.«

Wir.

Er hatte *wir* gesagt!

Das konnte nur bedeuten, dass er seinen Urlaub abgebrochen hatte.

Für Merle.

Ich wählte seine Nummer.

»Jette! Alles in Ordnung mit Ihnen und Lo?«

Das konnte man so nicht sagen. Aber wir lebten noch.

Irgendwo knackte es. Lo blieb mitten in der Bewegung stehen und lauschte. Ich drückte das Gespräch weg und schaltete das Handy auf lautlos.

Das Geräusch wiederholte sich nicht. Dennoch blieben wir, wie wir waren, reglos und mit angehaltenem Atem.

*

»Was ist?«

»Da meldet sie sich endlich …« Bert hielt sein Handy hoch, wie um seine Worte zu unterstreichen. » … und drückt das Gespräch sofort wieder weg.«

»Das heißt, wir können sie jetzt orten! Was hat sie gesagt?«

»Nichts. Sie ist nicht dazu gekommen, weil ich sie ja unbedingt fragen musste, wie es ihr geht!«

»Genau das hätte ich auch getan.«

Bert sah auf seine Uhr. Zweiundzwanzig Uhr zwanzig. Draußen war es stockfinster. Warum hatte Jette das Gespräch abgebrochen? War Abel in der Nähe? Hatte er sie gefunden?

Die Unsicherheit machte ihn fertig.

Neben ihm tigerte Rick hin und her. Immer wieder fuhr er sich nervös durchs Haar, ohne auf seine sorgfältig gestylte Frisur zu achten. Als sein Handy klingelte, presste er es mit einem knappen »Ja!« ans Ohr.

»Wir haben sie.« Er lief in den Flur. »Wir haben sie, Leute! Wir haben sie!«

Bert wünschte, er könnte seine Euphorie teilen, doch es

gelang ihm nicht, die Bilder zu verscheuchen, die in seinen Kopf drängten.

Jette und Lo irrten schutzlos durch einen Wald, der das zweite Zuhause ihres Verfolgers war. Schlechter konnten ihre Karten nicht gemischt sein.

34

Abels Stimme war nicht mehr zu hören. Noch wagte Merle allerdings nicht, daran zu glauben, dass er aufgegeben hatte, nach ihr zu suchen. Es konnte sein, dass er es an einer anderen Stelle probierte. Oder er war ganz nah und wollte sie in eine Falle locken.

Sie hatte einen Krampf in der linken Hand, der sich gar nicht mehr lösen wollte. Behutsam legte sie ihren Stock zur Seite, um die Finger zu entspannen. Sie versuchte, die eine Hand an der anderen zu wärmen, aber ihre Körpertemperatur schien sich der Außentemperatur anzupassen.

Ein großer Vogel erhob sich unter lautem Geflatter von einem Baum. Sie zuckte zusammen und spürte das Pochen ihres Herzens bis in den Hals. Dann senkte sich die Stille wieder herab.

Riesige Schneeflocken schwebten vom Himmel. Schon schimmerte der Waldboden in einem bläulichen Weiß, das Abel jeden ihrer Schritte verraten würde. Sie konnte nicht ewig hier hocken bleiben.

Sie musste wieder los.

Und hoffen, dass weiter Schnee fiel und ihre Spuren zudeckte.

Ob Hilfe unterwegs war?

Galt sie überhaupt schon als vermisst?

Claudio dachte vielleicht, sie hätte sich mal wieder zurückgezogen, weil sie wegen irgendwas sauer auf ihn war. Ihre Freunde glaubten möglicherweise, sie wäre in geheimer Mission für den Tierschutz unterwegs.

Und Jette?

Wahrscheinlich hatte sie sich bereits die Finger wundgewählt, um sie zu erreichen. Sie *musste* wissen, dass etwas passiert war. Aber würde sie die Verbindung zu Abel herstellen?

Selbst wenn – was nützte es?

Wie sollte sie sie hier finden?

Die Bullen würden so schnell nichts unternehmen. Höchstens der Kommissar. Der war anders. Zu dem hatte sogar sie Vertrauen gefasst.

Merle spürte, wie die Hoffnung, die sie die ganze Zeit nicht verlassen hatte, allmählich schwand. Sie war nahezu bewegungsunfähig, sie war hungrig und wahrscheinlich hatte sie auch Fieber. Das verletzte Bein glühte und pochte. Bestimmt war die Entzündung ihrer Wunde fortgeschritten.

Sie klaubte das Brötchen aus der Tasche und biss zweimal ab. Dann trank sie einen Schluck Wasser. Das musste reichen, denn sie hatte keine Ahnung, wie lange sie noch im Wald umherirren würde.

Sorgsam verstaute sie alles wieder in den Hosentaschen und steckte die Hände unter die Achseln, als würde das etwas nützen. Dann zog sie die brettharten Socken über, die nicht viel gegen die Kälte ausrichten konnten, aber zumindest Schutz vor Verletzungen boten.

Noch einmal lauschte sie in die Stille, bevor sie mühsam aufstand und schwankend stehen blieb, um sich zu orientieren. Sie stützte sich auf den Stock und bewegte sich so leise wie möglich vorwärts.

Ohne Ziel.

Einfach nur weg von dem Bunker.

Weg von Abel.

Sie hatte kaum noch Kraft.

Sie hatte bloß ihren Willen.

*

Sie sind fast da.

Nicht mehr lange und sie werden die Lichtung sehen.

Und den *geheimen See.*

Nach all dem Schnee des Winters und dem vielen Regen der vergangenen Wochen wird er da sein, der See. Der Mond wird sich im Wasser spiegeln, und es wird sein, als gäbe es zwei Himmel, einen oben und einen unten.

Doch zuerst müssen die Wolken verschwinden.

Jamba ist jetzt im Himmel, hat Mama gesagt. Und von da aus, stellt Lo sich vor, guckt sie runter auf die Erde.

Können Hunde auch Schutzengel sein?, fragt Amanda.

Lo weiß es nicht.

Es wär schön, wenn Jamba jetzt auf sie aufpassen würde.

Schutzengel …

Lo versteht nicht, warum der Schutzengel aus dem Keller Mama nicht beschützt hat. Dafür sind Schutzengel doch da.

Vielleicht ist es gar kein Schutzengel gewesen, sagt Amanda. *Vielleicht war es bloß ein Traum.*

Lo dreht sich zu Jette um.

Manchmal redet Amanda wirklich Quatsch.

*

Immer wieder horchte ich. Würden sie mit Geländewagen kommen? Oder würden sie einen Hubschrauber nehmen, um uns zu suchen?

Ich hoffte, sie würden leise sein.

Abel war leicht erregbar. Ich hatte erfahren, zu was er fähig war, wenn er sich in die Enge getrieben fühlte.

Lo bewegte sich in diesem Wald mit der Selbstverständlichkeit eines Menschen, der hier zu Hause war. Wie der Geist eines kleinen Mädchens schimmerte sie vor mir im Mondlicht und lockte mich weiter und weiter.

Immer noch hielt ich Taschenlampe und Messer umklammert, befürchtete jedoch, dass mir im Notfall beides aus den Händen gleiten würde, weil die Kälte meine Sehnen und Muskeln lahmgelegt hatte.

Als Lo stehen blieb, durchzuckte mich zuerst der Gedanke, sie hätte Abel gehört oder gesehen. Rasch lief ich zu ihr. Mit aufmerksamem Blick beobachtete sie eine Lichtung, die sich vor uns erstreckte.

Alles an ihrer Körperhaltung zeigte mir, dass wir angekommen waren.

Wo auch immer.

Im nächsten Moment entdeckte ich den See auf der linken Seite. Er war groß und dunkel, und der Mond, der sich tapfer gegen die Wolken behauptete, spiegelte sich darin, als wäre er ertrunken.

Auf der rechten Seite befand sich ein sanft gerundeter, niedriger Hügel, der mich an die schottischen Highlands denken ließ. Überhaupt schien das alles hier nicht von dieser Welt zu sein.

Ich forschte in Los Gesicht und brauchte mich nicht zu fragen, wonach sie so konzentriert Ausschau hielt.

Und so ängstlich.

Ich kniff die Augen zusammen und sah mich ebenfalls aufmerksam um.

*

»Das darf nicht wahr sein!«

Der Laster hatte sich quer gelegt. Der Anhänger berührte den Felsen, der Kühler hing über dem Fluss. An ein Vorbeikommen war nicht zu denken. Die Landstraße war verstopft, so weit der Blick reichte. Einige Leute hatten ihre Fahrzeuge verlassen und standen rauchend und redend jedem im Weg.

Die Rettungsfahrzeuge waren von beiden Seiten an den Laster herangefahren. Feuerwehr und Rettungsdienst waren aus Berts und Ricks Richtung gekommen, die Kollegen der Schutzpolizei aus der anderen.

Bert und Rick stiegen aus und wandten sich an einen Polizeibeamten, der damit beschäftigt war, einen Schaulustigen nach dem andern zu seinem Fahrzeug zurückzuschicken.

»Kripo Köln.« Bert zeigte seinen Dienstausweis und hielt ihm dann eine Straßenkarte hin. »Wir müssen … hierhin.« Er zeigte auf den roten Kreis, der den Bereich markierte, in dem Dinah Burggrafs Handy geortet worden war. »Wie können wir die Unfallstelle umfahren?«

Der Beamte vertiefte sich in den Anblick der Karte und kratzte sich am Hals. Dann winkte er seinen Kollegen heran.

»Dieter, du kennst dich hier besser aus als ich.« Er bat Bert mit einem Blick um Entschuldigung. »Ich bin nicht aus Hellenthal, und bevor ich was Falsches sage oder ewig rumsuche …« Er wandte sich an seinen Kollegen. »Gibt es noch eine andere Möglichkeit, zu dem Naturschutzgebiet da oben zu kommen?«

»Es gibt einen Umweg, aber der kostet Zeit.«

»Wie viel?«, fragte Rick.

»Eine halbe Stunde. Vielleicht mehr.«

»Unmöglich. Die haben wir nicht.«

Bert blickte sich um. Das blaue Licht der Polizeifahrzeuge, das gelbe der Warnlampen, das Scheinwerferlicht und die grelle Beleuchtung im Innern des Rettungswagens hoben den Unfallort aus der Nacht wie eine Szene aus dem Dunkel eines Theaters.

Ein Abschleppwagen kam angefahren. Dennoch würde die Bergung des Lasters mitsamt Anhänger noch eine geraume Weile in Anspruch nehmen. Zeit, die die Mädchen das Leben kosten konnte.

Berts Blick blieb an dem Streifenwagen jenseits des umgekippten Lasters hängen. Rick schien im selben Moment dasselbe zu denken. Auch der Mann, der Dieter hieß.

»Kein Problem«, sagte er.

Eine Minute später rasten Bert und Rick im Passat ihrer Kollegen auf dem Mittelstreifen die Straße hinunter. Sie redeten nicht. Jeder starrte angestrengt geradeaus. Das Schneetreiben hatte unvermittelt nachgelassen, wie das bei spätem Schneeeinbruch häufig der Fall war.

Auf der Fahrbahn war er nicht liegen geblieben. Nur die vereinzelten Häuser auf der linken Seite hatten weiße Dächer und auch die Tannen und der Waldboden rechts waren weiß bestäubt.

Nachdem sie auf einen nicht asphaltierten Waldweg abgebogen waren, wurde die Fahrt holprig.

»Ich bezweifle, dass der Wagen es bis nach oben schafft«, sagte Rick, der für halsbrecherische Fahrten jeder Art die erste Wahl war und aus diesem Grund am Steuer saß.

Das bezweifelte Bert ebenfalls. Er hielt sich an dem Griff über dem Seitenfenster fest, denn Rick erwischte mit absoluter Treffsicherheit jedes Schlagloch und fuhr wie der Leibhaftige.

Wenn es einem gelang, da hochzufahren, dann ihm.

*

Abel wurde nervös. Wo blieb Lo?

Ganz sicher hatte sie den Weg verlassen und abgekürzt. Sie musste deshalb eigentlich längst angekommen sein, selbst mit dieser Jette im Schlepptau, die wahrscheinlich an solche Wanderungen nicht gewöhnt war und sie aufhielt, vor allem bei dieser Witterung.

Was war passiert?

Konnte es sein, dass sie auf halber Strecke umgekehrt waren, um Hilfe zu holen?

Abel mochte sich das nicht vorstellen. Es sah Lo nicht ähnlich aufzugeben. Er hatte seine Tochter erzogen, wie er seine Hunde erzog. Mit absoluter Härte und Konsequenz.

So jung sie auch war, was sie sich vorgenommen hatte, führte sie zu Ende, ohne zu klagen. Wenn sie Jette zu ihrer Freundin führen wollte, dann ließ sie sich durch nichts davon abbringen.

Oder waren sie schon in der Nähe?

Aufmerksam ließ er den Blick schweifen. Die Dunkelheit beeinträchtigte sein Sehvermögen kaum. Alles eine Frage der Übung. Das einzige Problem war, dass er nicht sämtliche Richtungen gleichzeitig im Auge behalten konnte.

Wenigstens hatte es aufgehört zu schneien und ihre Spuren würden nicht mehr von frischem Schnee zugedeckt werden. Das machte die Sache einfacher.

Nichts.

Man hätte glauben können, er sei allein im Wald. Doch das war er nicht und bald würde es hier von Bullen wimmeln. Er konnte nicht länger warten. Er musste eine Entscheidung treffen.

Merle hatte ihm alles genommen. Ohne sie und ihre verfluchte Neugier wäre sein Leben weitergelaufen wie bisher. Er hätte Job und Familie behalten und wäre nicht gezwungen, alles hinter sich zu lassen, um irgendwo bei null wieder anzufangen.

Unwillkürlich knirschte er mit den Zähnen. Jetzt bist du dran, dachte er, und die Vorstellung bereitete ihm eine tiefe Befriedigung.

Er würde zuerst die Geschichte mit diesem Mädchen zu Ende bringen, und mit ein bisschen Glück würden Lo und Jette ihm dabei sowieso in die Arme laufen, denn wenn sie den Bunker leer vorfanden, würden sie nach Merle suchen, genau wie er.

Er ging zu seinem Jeep, öffnete den Koffer und wählte ein Gewehr aus, eine Halbautomatik, die ihm sehr lag. Dann hängte er sich die Tasche mit der Munition über die Schulter. Das Messer trug er bereits an seinem Gürtel.

Er war gewappnet.

Die Jagd begann.

*

Merle konnte sich nicht länger belügen.

Es hatte keinen Sinn.

Sie schleppte sich unter Aufbietung sämtlicher Kräfte vorwärts, ohne mehr als ein paar lächerliche Meter voranzukommen und ohne überhaupt zu wissen, in welche Richtung sie sich wenden sollte.

Die Kälte und sogar die Schmerzen waren auszuhalten, weil der Adrenalinausstoß ihres Körpers sie schützte, aber ihre Reserven waren allmählich verbraucht. Sie keuchte vor

Erschöpfung und das verursachte ein äußerst beunruhigendes Geräusch tief in ihrer Brust.

Lungenentzündung, diagnostizierte ihr Gehirn voreilig, und sie erinnerte sich daran, wie viele alte Menschen im St. Marien, dem Heim für Demenzkranke, in dem Jette lange gearbeitet hatte, an einer Lungenentzündung gestorben waren.

Schaudernd schob sie die Gedanken beiseite und beschloss, sich einen Unterschlupf zu suchen, in dem sie sich verstecken konnte, bis Hilfe da war.

Oder bis ich erfroren bin, dachte sie.

Sie befand sich in einer Gemütsverfassung, in der ihr alles lieber gewesen wäre als dieses quälende Vorantasten mit der ständigen Angst im Nacken, in der nächsten Sekunde von Abel überrascht zu werden.

Sie lehnte sich gegen einen Baumstamm und schaute sich um.

Nicht einfach, hier ein Versteck zu finden, das ausreichend Raum bot und noch dazu sicher war. Nahezu unmöglich. Über so was stolperte man nicht einfach. Das kriegte man nicht geschenkt, sobald man es brauchte.

Ihre Angst nahm zu, ein gefräßiges Monster, das sich an ihrer Schwäche mästete, bis es groß genug sein würde, sie vollständig zu verschlingen.

Irgendwo raschelte es. Merle presste sich mit dem Rücken gegen den rauen, kalten Stamm der Tanne und horchte in die Dunkelheit. Erst als das Geräusch sich nicht wiederholte, merkte sie, dass sie den Atem angehalten hatte, und stieß ihn leise wieder aus.

Noch ein kleines Stück, redete sie sich selbst gut zu.

Nur so lange, bis sie ein Versteck gefunden hatte.

*

Papas Jeep steht mitten auf dem Weg.

Da!, sagt Amanda aufgeregt.

Vielleicht ist Merle trotzdem nicht im Bunker. Vielleicht wollte Papa wirklich bloß allein sein. Und sich überlegen, wie er sich wieder mit Mama versöhnen kann.

Lo klettert den Hügel hinauf und hofft, dass sie nicht auf die gefährlichen Eisenstreben tritt, die jetzt im Dunkeln unsichtbar sind. Fumée hat sich hier mal an einer Pfote verletzt. Das war so schlimm, dass sie mit ihr zum Tierarzt mussten.

Sie tastet nach einer Eisenstrebe, um Jette darauf aufmerksam zu machen. Jette nickt, lässt die Taschenlampe aber aus.

Papa darf sie nicht sehen. Das ist sein Lieblingsplatz und eigentlich dürfte Jette gar nicht hier sein.

Eigentlich dürfte auch Lo nicht hier sein.

Nicht ohne Papas Erlaubnis.

Von oben guckt sie auf den Bunker runter, der nur ein Schatten ist. Ein schwarzer Schatten im Schnee.

Und jetzt?, fragt Amanda.

Lo weiß es nicht. Sie sieht zu Jette auf.

Auch Jettes Gesicht ist nur ein Schatten.

Ich hab Angst, sagt Amanda und fängt leise an zu weinen.

*

Der Bunker war leer.

Wir hatten ihn eine Weile beobachtet, bevor wir genügend Mut gesammelt hatten, um uns anzuschleichen. Nach einer weiteren Weile hatte ich es schließlich gewagt, mit der Taschenlampe in den Eingang hineinzuleuchten. Dann waren wir reingegangen, und ich hatte mein Taschenmesser so fest umklammert, wie es mir mit meinen abgestorbenen Fingern eben möglich war.

Der Lichtschein hatte irgendetwas Flatterndes, Hektisches aufgeweckt, und ich war erschrocken stehen geblieben. Als mein Herzschlag sich wieder normalisiert hatte, war mein Blick auf die Fledermäuse gefallen, die jetzt wieder träge an der Decke hingen.

Nur Fledermäuse ...

Ich inspizierte den Bunker, während Lo beim Eingang blieb.

»Du brauchst keine Angst zu haben«, sagte ich leise, mein Mantra, mit dem ich auch mich selbst beruhigte. Hatte ich mich geirrt, als ich annahm, Abel könnte Merle an einen Ort wie diesen verschleppt haben? Einen Ort, der ihm viel bedeutete, so entlegen und verborgen, dass ihn sonst wahrscheinlich keiner kannte?

Lo stand absolut reglos, und schließlich ging mir auf, dass sie Wache hielt.

Ich machte mir klar, dass sie erst fünf Jahre alt war. Dass *ich* diejenige sein sollte, die den Überblick hatte.

Aber so war es nicht.

Es war Lo, die die Situation kontrollierte.

Trotz ihrer Angst.

Trotz ihrer schrecklichen Geschichte.

Die Enttäuschung, den Bunker leer vorzufinden, wich einer plötzlichen, heftigen Wut auf Abel. Hätte er in diesem Moment vor mir gestanden, wär ich auf ihn losgegangen und hätte ihn ...

Nein. Wär ich nicht.

Ich war nie der Typ gewesen, der losprescht, um seine Probleme zu lösen. Ich brauchte Zeit zum Nachdenken und hatte gern einen Plan, an den ich mich halten konnte.

Gerade versicherte ich Lo noch einmal, sie brauche keine Angst zu haben, als im hinteren Teil des Bunkers eine Matratze im Lichtstrahl meiner Taschenlampe auftauchte. Sie war hinter den Resten einer Wand verborgen gewesen, ebenso wie die anderen Dinge: eine zusammengeknüllte Wolldecke. Ein Eimer. Ein paar Flaschen Wasser. Eine Tüte mit Brötchen.

Mein Puls schoss hoch.

Merle war hier gewesen!

Die Euphorie war nicht von Dauer. Es konnte sich ebenso gut um Abels Lager handeln. War doch möglich, dass er sich hier häuslich eingerichtet hatte, um hin und wieder allein Zeit zu verbringen. Oder der Ort war gar nicht so geheim und jemand anders hatte hier campiert.

Ich ging näher heran, beleuchtete jeden einzelnen Gegenstand.

Zog die Wolldecke hoch.

Und sank mit wackligen Knien auf die Matratze.

Beim Anblick von Merles Tasche kamen mir die Tränen. Hastig wischte ich sie weg, damit Lo sie nicht sah. Es war alles da. Merles Geldbörse. Ihre Papiere. Ihre Schlüssel. Ein zerknittertes Päckchen Taschentücher. Tankquittungen. Lipgloss. Wimperntusche.

Alles durcheinander.

Ihr wunderbares übliches Chaos.

Und ganz unten, zwischen den Falten des Innenfutters verborgen, ein Himbeerbonbon.

Ich schenkte es Lo.

Sie steckte es in den Mund und spähte wieder hinaus in die Dunkelheit.

Ich ging in die Hocke, damit ich ihr in die Augen sehen konnte.

»Merle ist wirklich hier gewesen«, sagte ich leise. »Danke, dass du mich hergebracht hast.«

Dann starrte auch ich in die Dunkelheit da draußen. Ich wollte mich am liebsten nicht mit der Frage beschäftigen, aber ich konnte ihr nicht ausweichen: War Merle die Flucht gelungen oder hatte Abel ihr etwas angetan?

35

Es war zum Verzweifeln. Merle fand kein Versteck. Gut möglich, dass sie an dem einen oder anderen vorbeigelaufen war, ohne es zu bemerken.

Obwohl – *laufen* konnte man ihre Fortbewegungsart wahrlich nicht nennen. Sie hatte nicht mehr die Kraft, den verletzten Fuß anzuheben, deshalb schleifte sie ihn hinter sich her. Jedes Mal, wenn er gegen eine Baumwurzel stieß oder an etwas hängen blieb, stöhnte sie vor Schmerzen.

Sie hatte sich so etwas wie einen Tierbau vorgestellt, nur schien es weit und breit keinen zu geben. Selbst wenn sie einen gefunden hätte, hätte sie sich wahrscheinlich nicht mal reingetraut. Seine Bewohner waren unter Umständen gefährlich und zweifellos bereit, ihr Zuhause gegen Eindringlinge zu verteidigen.

Als sie endgültig nicht mehr weiterkonnte, beschloss Merle, sich hinter einer Gruppe junger Eiben zu verstecken. Sie besaßen ein so dichtes Nadelkleid, dass sie zwischen ihnen ausreichend Schutz fand und doch nicht eingeengt war, falls sie sich zur Wehr setzen musste.

Sie ließ sich auf dem kalten Waldboden nieder und spürte, wie der Schnee ihre Hose durchnässte. Es war ihr egal.

Sie war müde und krank und hatte nicht mal mehr die Kraft, etwas zu essen oder zu trinken.

Totenbaum hatte man die Eibe früher genannt.

Das war der letzte Gedanke, der Merle durch den Kopf ging, bevor ihr das Kinn auf die Brust sank und sie einschlief.

*

Abel versuchte, sich in Merle hineinzuversetzen. Mit ihrem gebrochenen Knöchel würde sie nicht weit kommen. Außerdem hatte sie keine Orientierungsmöglichkeit. Es war, als hätte man sie mitten im Wald ausgesetzt, ohne sie im Geringsten darauf vorzubereiten. Sie war verletzt und hungrig, nicht gegen die Kälte geschützt und nicht im Besitz einer Waffe, um sich zu verteidigen.

Und sie hatte Angst.

Angst konnte einen Menschen retten, weil sie ihn vor Gefahren warnte. Sie konnte ihn aber auch töten, weil sie ihn lähmte.

Abel machte nicht den Fehler, Merle zu unterschätzen. Sie würde nicht aufgeben. Er hatte die Auflehnung in ihren Augen gesehen, selbst in den Momenten, in denen sie so getan hatte, als würde sie sich ihm unterordnen.

Gib solchen Typen ein Messer, dachte er, und sie stechen dich ab, ohne mit der Wimper zu zucken.

Er war auf der Jagd.

In seinem Element.

Vielleicht hatte er sich zu viele Sorgen wegen der Bullen gemacht. Wie sollten sie ihn denn hier aufspüren? Jettes Handy hatte er eigenhändig zerstört und von seiner Beziehung zu diesem Ort wusste niemand.

Außer Lo.

Die ihnen nichts darüber erzählen konnte.

Der Mond zog sich immer wieder hinter die Wolken zurück, doch auch damit kam Abel klar. Der Strahl seiner Taschenlampe griff weit in die Dunkelheit hinein. Nicht die leiseste Bewegung entging ihm und nicht das unbedeutendste Geräusch.

Nicht lange, und er war auf eine Spur gestoßen. Es war jedoch nicht die, nach der er gesucht hatte.

Es waren die Fußabdrücke *zweier* Personen, die einen etwa Größe achtunddreißig, die anderen Größe achtundzwanzig, das wusste er schmerzlich genau.

Sie führten zum Bunker.

Wie berechenbar die Menschen doch sind, dachte Abel. Wie lange war es schon her, dass ihn zuletzt jemand wirklich überrascht hatte?

Und dann musste es ausgerechnet Lo sein, die das tat. Brachte einen wildfremden Menschen hierher und machte alles kaputt, was ihm wichtig war.

Lo und Jette würden ihm nicht weglaufen.

Auch ihrer Strafe nicht.

Deshalb würde er sich zuerst, wie er es geplant hatte, um Merle kümmern. Sie war ein Stachel in seinem Fleisch, den er rausreißen musste.

Auf leisen Sohlen bewegte er sich durch seinen Wald, der ihm Freund war, Zuflucht und Verbündeter, und das Jagdfieber packte ihn, bis kein Gedanke mehr in seinem Kopf war und er nur noch seinen Instinkten folgte.

*

Etwas wurde mir endgültig klar, als ich neben Lo am Eingang des Bunkers stand und hinaussah in die kalte Stille und den bläulich schimmernden Schnee, aus dem die Betonbrocken ragten:

Ich wollte Merle finden und gleichzeitig Lo beschützen.

Aber beides zusammen war unmöglich.

Ich musste Lo von ihrem Vater fernhalten, bis die Polizei eingetroffen war.

Es zerriss mich förmlich, doch ich beschloss, bei Lo zu bleiben. Allerdings nicht im Bunker, denn hierher würde Abel kommen, um mit mir abzurechnen und sich seine Tochter zu holen.

»Weißt du, wo wir uns verstecken können, um auf die Polizei zu warten?«, fragte ich.

Sie runzelte die Stirn. Es war sicherlich nicht leicht für sie, das alles zu begreifen.

»Dein Papa ist bestimmt sehr wütend, weil … ich dich mitgenommen habe. Ich …«

Das Bedürfnis, ihren kleinen, mageren Körper in die Arme zu schließen, überwältigte mich beinah, doch ich gab ihm nicht nach. Lo war unberührbar.

Sie lauschte in den Wald, und es war, als gäbe es eine Verbindung zwischen Abel und ihr, die ich nicht sehen, nicht fühlen, nicht verstehen konnte. Ein Schauer lief mir über den Rücken.

Endlich nickte sie und trat hinaus in den Schnee, der unter ihren Stiefeln leise knirschte.

Ich zögerte keine Sekunde und folgte ihr.

*

Sie war im Kreis gelaufen.

Abel konnte sich ein Grinsen nicht verkneifen, als er das entdeckte. Merle mit ihrem aufgeblasenen Ego, die allen Ernstes glaubte, sich ihm widersetzen zu können, hatte die Flucht gewagt und war dann stümperhaft im Kreis umhergeirrt.

Ein gutes Stück vom Bunker entfernt hatte er ihre Fährte entdeckt, die plötzlich, aus welchem Grund auch immer, abknickte, ein paar Meter zurückführte und schließlich in einem großen Kreis verlief.

Sie hatte geglaubt, sich von ihrem Gefängnis zu entfernen, und hatte es doch bloß umrundet. Wenn das nicht eine Ironie des Schicksals war.

Anfangs war der linke Fußabdruck deutlich und fest, der rechte dagegen zaghaft, fast nicht zu erkennen. Dann veränderte sich die Spur. Merle zog den rechten Fuß nach, eine schwache, unregelmäßige Linie im Schnee, die ihren linken Fußabdruck begleitete.

Die kleinen Löcher zeigten ihm, dass sie so etwas wie einen Stock benutzte, einen Ast wahrscheinlich, den sie unterwegs gefunden hatte.

Immer wieder hatte Merle sich ausgeruht. Sich immer wieder aufgerafft.

Abel liebte es, ebenbürtige Gegner zu haben oder doch zumindest welche, die es ihm nicht allzu leicht machten und ihm damit den Spaß verdarben. Das verlieh ihm einen Energieschub, bei dem er über sich selbst hinauswuchs.

Genau das spürte er jetzt.

Er fühlte seine Stärke, nahm diese Schwerelosigkeit in den Armen und Beinen wahr, diese absolute Klarheit im Kopf.

Wurde unbesiegbar.

Meter für Meter folgte er Merles Spur. Beobachtete, wie ihre Kraft abnahm und ihre Mutlosigkeit wuchs. Sich in Verzweiflung verwandelte.

Doch etwas bereitete ihm Sorgen. Etwas, das er nicht greifen konnte, geisterte durch sein Unterbewusstsein und störte seine Jagd.

Irgendwas hatte er übersehen.

Als es ihm einfiel, packte ihn das Entsetzen.

Im Jeep befand sich der Koffer mit seinen übrigen Waffen. Mitsamt Munition. Und er konnte sich nicht erinnern, die Türen verriegelt zu haben. Der Jeep parkte hinter dem Bunker und dort würden jeden Moment Jette und Lo eintreffen ...

Er stieß einen Wutschrei aus, machte auf dem Absatz kehrt und trabte los, um seinen Fehler wiedergutzumachen und das Schlimmste zu verhindern.

*

Merle schreckte auf. Im ersten Augenblick glaubte sie, geträumt zu haben, doch dann begriff sie, dass sie wirklich einen Schrei gehört hatte.

In der nächsten Sekunde rannte Abel fluchend an ihrem Versteck vorbei.

Sie verstand nicht, was hier vor sich ging. Ihr Körper wollte wieder in den Schlaf sinken, in dem sie die Kälte nicht spürte und keine Schmerzen hatte.

Ihre Glieder fühlten sich schwer an und doch federleicht. Unmöglich, sich zu regen, einen Arm zu heben oder ein Bein anzuwinkeln. Merle hatte nur ein einziges Bedürfnis: zu schlafen und zu vergessen.

In einem entlegenen Winkel ihres Gehirns meldete sich eine Stimme, die ihr erklärte, dass es lebensgefährlich war, bei solchen Temperaturen einzuschlafen.

Na und?

Es war ihr egal.

Alles war ihr egal.

Du darfst nicht schlafen. Darfst ... nicht ...

Aber wie sollte sie wach bleiben, wenn selbst ihre Augenlider schwer waren wie Blei?

*

Der Passat geriet an seine Grenzen. Der Weg war nicht asphaltiert und an manchen Stellen kaum noch als solcher erkennbar, weil die Natur ihn sich längst zurückgeholt hatte. Das Scheinwerferlicht zerschnitt die Dunkelheit, die trotz des Schnees und des immer wieder hinter den Wolken hervorkommenden Mondes kompakt und bedrohlich wirkte.

Bei jedem Schlagloch fuhr das Licht auf und nieder und ließ die Bäume und Sträucher einen gespenstischen Tanz aufführen.

Die Steigung war für das Fahrzeug kaum noch zu bewältigen, und Bert ertappte sich dabei, wie er sich an dem Haltegriff über seinem Fenster festklammerte und krampfhaft versuchte, nicht an den Abgrund zu denken, der sich neben ihnen auftat.

Dennoch hielt er Rick nicht dazu an, langsamer zu fahren.

»Hoffentlich kommen wir nicht zu spät«, sagte er.

Rick starrte mit zusammengekniffenen Augen geradeaus. Er antwortete nicht. Bert sah auf die Leuchtziffern der Uhr am Armaturenbrett.

Dreiundzwanzig Uhr.

Bald Mitternacht.

Die Zeit der tiefsten Dunkelheit und der tiefsten Ängste.

*

Es war kein gutes Versteck, aber es war offenbar das beste, das Lo in der kurzen Zeit auftreiben konnte. Sie führte mich an den See und kauerte sich zwischen ein paar mächtige, schneebedeckte Steinbrocken.

Erst als ich neben ihr hockte, begriff ich, warum sie diese Stelle gewählt hatte: Sie wollte den Eingang des Bunkers im Auge behalten. Sie umarmte ihre Puppe, und es war, als horche sie auf etwas und gleichzeitig in sich hinein.

Ich sprach sie nicht an, um sie in dem, was sie da gerade tat, nicht zu stören. Mir war klar geworden, dass sie mein Schutzengel war.

Würde ich meinen Schutzengel beschützen können?

Mir war erbärmlich kalt, und ich wusste, dass wir uns eigentlich bewegen sollten, um nicht zu erfrieren. Aber ich war mittlerweile in einer Verfassung, in der ich in jedem Schatten Abel vermutete und bei jedem noch so winzigen Geräusch zusammenfuhr.

Wie lang die Zeit werden konnte, wenn man sich nicht regen durfte und auf etwas wartete, von dem man nicht mal wusste, was es sein würde. Ich dachte an Merle, die irgendwo auf Hilfe wartete, genau wie wir.

Die vielleicht verletzt war und verstört.

Die Schlimmes erlebt haben musste.

Bitte, dachte ich, bitte sei noch am Leben …

Ich hätte gern geweint. Doch es kamen keine Tränen, und wenn, dann wären sie, wie im Märchen, auf meinen Wangen zu Eis gefroren.

*

Irgendwas stimmt nicht.

Die Luft fühlt sich anders an.

Das Versteck ist nicht mehr sicher.

Er ist hier.

Ganz nah.

Lauf!, flüstert Amanda. *Lauf!*

Aber Lo kann nicht mal aufstehn.

Ihre Füße sind wie festgeklebt.

Lauf doch! Lauf!

Jette neben ihr merkt nichts. Lo möchte sie anstupsen, um sie zu warnen, aber ihre Hände gehorchen ihr nicht.

Als sie seine Schritte hören, ist es schon zu spät.

»Das Spiel ist aus«, sagt Papa mit einer Stimme, die Lo noch nie gehört hat.

Sie muss ganz dringend aufs Klo.

Im nächsten Moment spürt sie, wie es warm aus ihr herausläuft.

Amanda weint, aber Lo kann sie nicht trösten.

Sie sieht in Papas Gesicht und dann macht sie die Augen zu.

*

Abel hatte das Gewehr locker über der Schulter hängen. Es war nicht nötig, es zu benutzen.

Das Mädchen starrte ihn an wie eine Erscheinung. Sie war gelähmt vor Angst. Und von der Kälte, der sie in ihrem dünnen T-Shirt nichts entgegenzusetzen hatte. Anscheinend hatte sie ihren Pullover Lo gegeben, die darin fast verschwand.

Unter anderen Umständen wäre er ihr vielleicht dankbar gewesen.

In seinem früheren Leben, das sie und ihre Freundin gründlich zerstört hatten.

»Aufstehn!«

Sie gehorchten, doch er war sich nicht sicher, ob er Jette trauen konnte. Sie hielt eine Taschenlampe in der einen Hand und ein Taschenmesser in der andern. Er bemerkte, dass ihre Hände blaugefroren waren und so steif, dass ihre lächerlichen Waffen ihr nichts nützen würden.

»Fallen lassen«, sagte er dennoch.

Es schien ihr Mühe zu bereiten, die Hände zu öffnen.

Erst fiel die Taschenlampe auf den Boden, dann das Messer. Lo zuckte bei den Geräuschen zusammen. Sie stand dicht neben Jette, ihre heißgeliebte Amanda in den Armen, und schlotterte vor Angst.

Wie gut er das kannte.

Und wie es ihn anwiderte.

Sie hatte sich in die Hose gepinkelt. Wieder mal. Lo wusste, dass er sie dafür bestrafen würde. Die Liste ihrer Verfehlungen wurde länger und länger.

Die Pisse war ihr an den Hosenbeinen runtergelaufen. Zu ihren Füßen dampfte eine kleine Pfütze im Schnee.

»Los!« Er machte eine Kopfbewegung in die Dunkelheit. »Rüber zum Bunker!«

Wie Schulmädchen gingen sie nebeneinander her.

Er folgte ihnen und ließ sie keine Sekunde aus den Augen.

*

Wieso hatte ich Abel nicht kommen hören?

Ich warf einen Blick auf Lo. Ihr stilles Gesicht zeigte keine Regung. Dabei hatte sie sich vor Angst eingenässt. Mein Gott – sie war fünf! Was hatte ihr Vater ihr in all den Jahren angetan, dass sie sich so sehr in sich selbst verkapselt hatte?

»Lo …«, flüsterte ich.

Sie sah weiter geradeaus.

»Es tut mir leid …«

Ich hatte es verdient, dass sie mich ignorierte. Hatte ihr vorgespielt, erwachsen zu sein und die Dinge im Griff zu haben, sie in Gefahr gebracht und dann, als es darauf ankam, kläglich versagt.

Warum wollte Abel uns in den Bunker bringen?

Was hatte er vor?

Schaudernd dachte ich an das Gewehr über seiner Schulter.

Ich überlegte fieberhaft. Mir würde nur eine einzige Möglichkeit bleiben, ihn anzugreifen.

Um ihn abzulenken.

Und Lo würde nur diese eine Gelegenheit nutzen können, um wegzulaufen.

Ich durfte sie nicht verpassen.

*

Es überraschte Bert nicht, dass Rick aufgab und den Zündschlüssel abzog. Er hatte sich schon darüber gewundert, dass der Passat es überhaupt so weit geschafft hatte.

Sie stiegen aus, um das letzte Stück zu Fuß zurückzulegen.

Berts Körper erinnerte sich wieder daran, dass er eine Zeit lang regelmäßig gejoggt war, und machte keine Schwierigkeiten, als Bert ihn zwang, die Steigung im Laufschritt zu bewältigen. Es war Rick, der seinen Rhythmus nicht fand und bereits nach den ersten hundert Metern keuchte, als hätte er einen Marathon hinter sich.

Die kalte Luft schmerzte Bert im Hals, aber er wusste, dass sich das bald legen würde. Auch das Hämmern seines Herzens beachtete er nicht. Er hätte sogar die Arme ausgebreitet und wäre geflogen, wenn ihm das möglich gewesen wäre. Der Lichtkegel der Taschenlampe irrlichterte über den Waldboden.

Er zwang sich, das Tempo anzuziehen.

Vergrößerte fast mühelos den Abstand zu Rick.

Er würde es sich nie verzeihen, wenn sie zu spät kämen.

36

Wir konnten den Bunker unter uns liegen sehen. Seine Umrisse waren kaum auszumachen in der Dunkelheit. Die Wolken hatten sich wieder vor den Mond geschoben und die einzige Lichtquelle war Abels Taschenlampe hinter uns.

Lo blieb stehen, genau wie ich, während Abel näher kam.

Unsere Schatten wurden lang und schmal. Sie fielen in die Mulde und richteten sich an der Front des Bunkers wieder auf. Seltsamerweise machte es mir Mut, unsere Schatten so groß zu sehen.

Dies war der Augenblick, auf den ich gewartet hatte.

Ich ließ Abel herankommen und holte tief Luft. Im nächsten Moment schnellte ich herum und schlug ihm die Taschenlampe aus der Hand.

»Lauf, Lo!«, rief ich. »Lauf weg!«

Aus den Augenwinkeln sah ich, wie sie rannte.

Lauf weiter, dachte ich. *Lauf, bis du nicht mehr kannst.*

Ich klammerte mich an Abel fest. Wir stürzten und rollten den kleinen Hügel runter. Betonstücke drückten sich in mein Fleisch. Eine Eisenstrebe erwischte mich an der Hüfte.

Das gibt eine Blutvergiftung, dachte ich, doch es war mir gleichgültig. Ich würde das hier sowieso nicht überleben, denn so nah an meinem Ohr, dass es meinen ganzen Kopf ausfüllte, brüllte Abel seine Frustration in die Nacht.

Er hatte die Taschenlampe verloren und sein Gewehr, und er raste vor Wut. Er riss an meinen Haaren. Schlug mir ins Gesicht. Im nächsten Moment saß er auf mir.

Ich bekam keine Luft mehr, öffnete und schloss den Mund wie ein sterbender Fisch. Versuchte, Abel abzuwehren, boxte ihn mit beiden Fäusten, erwischte jedoch nur seine Brust.

Er hörte nicht auf zu schreien.

Schrie, schrie, schrie.

Dann legte er mir die Hände um den Hals und drückte zu.

Ich wollte seine Hände wegreißen, aber er war stärker als ich. In meinem Kopf rauschte es. Ich trat mit den Füßen, rammte verzweifelt die Fersen in den Boden.

Bekam keine Luft ... keine Luft ... keine ...

*

Der Schmerz war ungeheuerlich.

Abel griff sich an den Hals. Zog mit einem Ruck heraus, was seitlich tief in ihm steckte.

Ungläubig betrachtete er es.

Eine Gabel!

Jemand hatte ihm eine Gabel in den Hals gestoßen.

Er fiel zur Seite, hörte Jette gierig einatmen.

Wandte den Blick.

Riss die Augen auf.

*

Erschöpft sank Merle neben Abel auf die Erde.

Nur kurz ausruhen, dachte sie. Nur eine winzige Sekunde.

Doch schon rappelte er sich wieder auf.

Sie besaß jetzt keine Waffe mehr, außer der Taschenlampe, und die würde seiner Wut nicht standhalten.

Ein letztes Mal kam sie auf die Knie, um sich aufzurichten, doch da hatte er ihr schon einen Faustschlag versetzt, der sie zurückfliegen ließ.

»Ich mach euch fertig!«, schrie er. »Ihr werdet euch wünschen, nie geboren worden zu sein!«

Blut strömte aus seinem Hals. Er versuchte, es mit einer Hand zu stoppen. Holte aus und trat Merle mit aller Kraft gegen das verletzte Bein.

Der Schmerz ließ Sterne vor ihren Augen tanzen. Reglos blieb sie liegen.

Es war zu Ende.

Tränen liefen ihr aus den Augenwinkeln und rollten ihr über die Wangen. Sie fühlten sich warm an.

Es war gut.

*

Bert warnte Abel Burggraf.

Dann hob er, zum ersten Mal seit langer Zeit, seine Dienstwaffe und gab einen Schuss ab.

*

Ich machte die Augen auf.

Wolken über mir. Ein Stück vom Mond.

Und dann Los Gesicht.

Vorsichtig setzte ich mich auf und das Bild erweiterte sich.

Ich sah den Kommissar und seinen Kollegen Rick Holterbach, der sich über Abel beugte.

Vor allem aber sah ich Merle.

Sie lag vielleicht einen Meter entfernt neben mir und

guckte mich an. Schon im spärlichen Mondlicht sah sie schlimm aus. Ihre Augen waren fast zugeschwollen und sie blutete aus dem Mund.

»Du bist auch nicht schöner«, nuschelte sie, und ich hätte sie küssen können, wenn es mir nur gelungen wäre aufzustehen. Aber sobald ich es versuchte, fiel ich wieder zurück.

»Lassen Sie sich Zeit«, sagte der Kommissar. »Der Notarzt ist unterwegs.«

Der Notarzt war nicht wichtig.

Wichtig war nur Lo, die dicht neben mir saß, ihre Puppe auf dem Schoß, und vor und zurück schaukelte, vor und zurück.

»Hallo, Lo«, flüsterte ich und streckte die Hand aus.

*

Papa wird nicht sterben.

Das hat der nette Polizist Lo versprochen.

Sie haben Papas Hände mit Handschellen auf dem Rücken gefesselt. Der andere Polizist hat ihm ein Tuch um den Hals gebunden und eins um seine Schulter.

So viel Blut …

Papa liegt im Schnee.

Lo hat ihn noch nie im Schnee liegen sehen.

Guck nicht hin, sagt Amanda. *Guck nicht hin.*

»Irgendwann komme ich wieder raus!«, ruft Papa und spuckt aus. »Dann mach ich euch fertig! Euch alle!«

Hör einfach weg, sagt Amanda.

Ein bisschen sieht Merle wie der Schutzengel aus, den Lo im Keller gesehen hat. Ein guter Schutzengel. Er hat sie alle beschützt.

Jette hustet. Lo sieht die Abdrücke an ihrem Hals.

Sie hat sie schon oft gesehen.
An Mamas Hals.
Mama …
Der nette Polizist wird Lo zu ihr bringen.
Gleich.
Es dauert nicht mehr lange.
Behutsam legt sie die Hand auf Jettes Hals.
So, wie sie es immer bei Mama tut.

Ich bedanke mich …

… bei Markus Wunsch, dem Leiter des Forstbetriebsbezirks Gemünd, den ich mehrere Male durch seinen Arbeitsalltag begleiten durfte. Ich weiß jetzt, dass Bäume Sonnenbrand bekommen können, dass Fledermäuse gern in Bunkern und Stollen überwintern und wie man Leichen so verschwinden lassen kann, dass niemand sie je findet.

Mit dem, was Markus mir gezeigt hat, könnte ich locker zwei weitere Bücher füllen. Er hat mir ein Gefühl für seine Arbeit vermittelt, das für das Schreiben meiner Geschichte unverzichtbar war. Sollte ich seine Hinweise nicht richtig eingebaut haben, so liegt das einzig und allein an mir.

Markus ist ein sympathischer, offener Mensch und hat keinerlei Ähnlichkeit mit Abel Burggraf. Manche Szenen fielen mir deshalb besonders schwer …

… bei Fumée, der hinreißenden Lady, die ihm treu auf Schritt und Tritt folgt. Der kleine Jack Russel Terrier hat das dünne, wehende Haar einer betagten Hundedame, das Herz einer Löwin, eine unerschöpfliche Energie und den Witz eines Clowns. Ich bin ihr vom ersten Moment an rettungslos verfallen …

… bei den üblichen Verdächtigen, allen voran meinem Lieblingskommissar und meinem Lieblingspsychologen, die mir jederzeit ein offenes Ohr geliehen haben …

… bei meiner Lektorin Birte Hecker, die so begeisterungsfähig ist, dass ihre Freude jedes Mal auf mich überschwappt …

… bei Susanne Krebs, der Programmleiterin von cbt, und Jürgen Weidenbach, meinem Verleger, für die es völlig in Ordnung ist, dass ich zu Beginn eines Buches noch nicht sagen kann, wie die Handlung verlaufen wird, die sich einfach auf meine Idee einlassen, abwarten und mich frei und ungestört arbeiten lassen …

… bei meinem Sohn, für virtuelle Erkundungsfahrten durch die Eifel …

… und bei meinem Mann, der mich getröstet hat, als er mich nach den letzten Sätzen heulend am Computer fand und später meinte, ein *bisschen* verrückt sei ich ja doch … Er hat recht. Wer sonst lebt monatelang in einer Welt, die er sich selbst erschaffen hat?

Für jeden Thriller recherchiere ich lange und gründlich. Dennoch entscheide ich mich dann und wann dazu, die Wirklichkeit hier und da ein wenig umzubiegen.

So habe ich Hellenthal eine eigene Polizeiwache eingerichtet. Ich habe ein altes Kloster in die Eifel gestellt und die Regeln der Benediktiner großzügig ausgelegt, um Bert Einblicke zu verschaffen, die er anders nicht gewonnen hätte.